ullstein

Das Buch

Der legendäre George Smiley, ehemaliger Leiter des britischen Geheimdienstes, wird für einen delikaten Auftrag aus dem Ruhestand geholt: Er soll die wahren Hintergründe, die zum Tod eines Agenten geführt haben, verschleiern. Doch Smiley spielt nicht mit. Er setzt sich über alle Dienstanweisungen hinweg und ermittelt auf eigene Faust. In seiner eigentlich längst beendeten Karriere ist dies der dramatischste Fall, denn Smiley wird nun Agent in eigener Sache und rechnet endlich mit Karla, seinem größten Gegner, ab. Ein packender Kampf beginnt, der Smiley durch ganz Europa führt und erst im Schatten der Berliner Mauer sein Ende findet …

Der Autor

John le Carré, 1931 geboren, studierte in Bern und Oxford. Er war Lehrer in Eton und arbeitete während des Kalten Kriegs kurze Zeit für den britischen Geheimdienst. Seit nunmehr fünfzig Jahren ist das Schreiben sein Beruf. Er lebt in London und Cornwall.

Von John le Carré sind in unserem Hause bereits erschienen:

Absolute Freunde · Dame, König, As, Spion · Das Russlandhaus · Das Vermächtnis der Spione · Der ewige Gärtner · Der heimliche Gefährte · Der Nachtmanager · Der Schneider von Panama · Der Spion, der aus der Kälte kam · Der Taubentunnel · Der wachsame Träumer · Die Libelle · Ein blendender Spion · Ein guter Soldat · Ein Mord erster Klasse · Eine Art Held · Eine kleine Stadt in Deutschland · Empfindliche Wahrheit · Federball · Geheime Melodie · Krieg im Spiegel · Marionetten · Schatten von gestern · Single & Single · Unser Spiel · Verräter wie wir

JOHN LE CARRÉ

AGENT IN EIGENER SACHE

ROMAN

AUS DEM ENGLISCHEN VON
HEDDA SOELLNER UND ROLF SOELLNER

ULLSTEIN

Besuchen Sie uns im Internet:
www.ullstein-buchverlage.de

MIX
Papier
FSC FSC® C083411

Neuausgabe im Ullstein Taschenbuch
1. Auflage November 2019

Titel der englischen Originalausgabe: *Smiley's People*
(Hodder and Stoughton, London)
Übersetzung: Rolf und Hedda Soellner mit freundlicher Genehmigung
Hoffmann & Campe Verlag, Hamburg
Umschlaggestaltung: zero-media.net, München
Titelabbildung: © FinePic®, München
Druck und Bindearbeiten: CPI books GmbH, Leck
ISBN 978-3-548-06178-8

1

Zwei scheinbar unzusammenhängende Ereignisse gingen dem Ruf voraus, der Smiley aus seinem dubiosen Ruhestand zurückholen sollte. Das erste hatte als Ort der Handlung Paris und als Zeit der Handlung den kochenden Monat August, wenn die Pariser traditionsgemäß ihre Stadt der sengenden Sonne und den Busladungen zusammengepferchter Touristen überlassen. An einem dieser Augusttage – dem vierten, genau gesagt, und um Schlag zwölf Uhr, wie eine Fabriksirene, gefolgt von einer Kirchenglocke, bezeugte – tauchte in einem *quartier*, das einst für seinen hohen Anteil an russischen Emigranten der ärmeren Sorte bekannt gewesen war, eine stämmige, etwa fünfzigjährige Frau mit einer Einkaufstasche in der Hand aus der Dunkelheit eines alten Lagerhauses auf und ging, nach ihrer Gewohnheit, energisch und zielstrebig das Trottoir entlang zur Bushaltestelle. Die Straße war grau und eng und verödet, mit einigen kleinen *hôtels de passe* und einer Menge Katzen. Aus irgendeinem Grund war die Gegend besonders ruhig. Das Lagerhaus blieb, seiner verderblichen Waren wegen, während der Urlaubszeit geöffnet. Die Hitze, geschwängert von Ausdünstungen, die auch nicht der leiseste Lufthauch vertrieb, stieg wie aus einem Liftschacht an ihr hoch, doch die slawischen Züge der Frau zeigten keinerlei Beschwer. Sie war für Anstrengungen an einem heißen Tag weder gekleidet noch gebaut, denn sie war so kurzbeinig und dickleibig, daß sie ein wenig rudern mußte, um vorwärts zu kommen. Ihr schwarzes Kleid von klösterlicher Strenge wies weder eine Taille noch irgendeinen Putz auf, wenn man von dem Käntchen weißer Spitze am Hals und von einem großen abgegriffenen Kreuz aus vermutlich wertlosem Metall auf ihrem Busen absah. Die rissigen Schuhe, deren Spitzen beim Gehen auswärts gerich-

tet waren, erzeugten einen hallenden Trommelschlag zwischen den Häusern mit den geschlossenen Fensterläden. Die schäbige Tasche, die seit dem frühen Morgen voll war, gab ihrer Trägerin eine leichte Schlagseite, und man sah, daß sie an Lasten gewöhnt war. Es ging aber auch etwas Fröhliches von ihr aus. Das graue Haar war zu einem Knoten gefaßt, doch eine widerspenstige Stirnlocke wippte über den Brauen im Rhythmus ihres Watschelschritts. Ein verwegener Humor sprach aus ihren Augen. Ihr Mund über dem Boxerkinn schien bereit, beim geringsten Anlaß zu lächeln.
Als sie an ihrer Bushaltestelle angekommen war, stellte sie die Tasche ab und massierte sich mit der rechten Hand den Rücken, eine Bewegung, die sie in letzter Zeit oft machte, obwohl sie ihr keine Erleichterung verschaffte. Der hohe Hocker in dem Lagerhaus, wo sie jeden Vormittag als Aufsicht arbeitete, hatte keine Lehne, und sie verspürte in zunehmendem Maß diese Unzulänglichkeit. »Du Teufel!« apostrophierte sie den schuldigen Teil. Nachdem sie ihn gerieben hatte, faltete sie die schwarzen Ellbogen nach hinten, wie eine alte Stadtkrähe, die sich zum Fliegen anschickt. »Du Teufel«, wiederholte sie. Plötzlich fühlte sie, daß sie beobachtet wurde. Sie schwenkte herum und lugte zu dem massigen Mann hoch, der wie ein Turm vor ihr aufragte. Er war außer ihr der einzige Mensch an der Haltestelle, ja sogar in der ganzen Straße. Sie hatte nie mit ihm gesprochen, und doch war sein Gesicht ihr vertraut: so groß, so weichlich, so verschwitzt. Sie hatte es gestern gesehen, sie hatte es vorgestern gesehen und, soweit sie sich erinnern konnte – Herrgott, sie war schließlich kein wandelndes Tagebuch! – auch vorvorgestern. Während der letzten drei oder vier Tage war dieser schwächliche und nervöse Riese, wenn er so auf einen Bus wartete oder vor dem Lagerhaus herumlungerte, für sie zu einer Figur der Straßenszenerie geworden; mehr noch, er gehörte einem ganz bestimmten Typus an, nur hatte sie ihn bis jetzt noch nicht einordnen können. Sie dachte, er sehe *traqué* – gehetzt – aus, wie so viele Pariser heutzutage. Sie sah so viel Angst in ihren Gesich-

tern, in der Art und Weise, wie sie grußlos aneinander vorbeigingen. Vielleicht war es überall so, wie sollte sie das wissen? Mehr als einmal hatte sie *sein* Interesse an *ihr* bemerkt. Sie hatte sich sogar gefragt, ob er womöglich Polizist sei; mit dem Gedanken gespielt, ihn zu fragen. Soviel Großstadt-Chuzpe besaß sie durchaus. Seine düstere Erscheinung verwies auf Polizei, ebenso wie sein verschwitzter Anzug und der nutzlose Regenmantel, der wie ein altes Uniformstück über seinem Arm hing. Sollte sie recht haben und er *wirklich* von der Polizei sein, dann – es war weiß Gott nicht mehr zu früh – unternahmen diese Idioten endlich etwas gegen die Flut von Diebereien, die seit Monaten ihre Inventurarbeiten zur Hölle machten.
Der Fremde hatte sie schon seit geraumer Zeit angestarrt und glotzte sie weiterhin unentwegt an.
»Ich bin von Rückenschmerzen geplagt, Monsieur«, vertraute sie ihm schließlich in ihrem langsamen und klassisch ausgesprochenen Französich an. »Der Rücken ist nicht groß, aber der Schmerz steht in keinem Verhältnis dazu. Sind Sie zufällig Arzt? Orthopäde?«
Dann fragte sie sich, wie sie so an ihm hochsah, ob er nicht selber krank sei, und sie einen schlechten Scherz gemacht habe. Sein Gesicht und Nacken glitzerten ölig, und um seine willensschwachen wäßrigen Augen lag ein Zug blinder Selbstbesessenheit. Er schien über sie hinweg auf einen eigenen Kummer zu blicken. Sie wollte ihn schon danach fragen – sind Sie vielleicht verliebt, Monsieur? – betrügt Ihre Frau Sie? – und zog bereits in Erwägung, ihn zu einem Glas Mineralwasser oder einer *tisane* in ein Bistrot zu lotsen – als er sich plötzlich von ihr abwandte und hinter sich blickte, dann über ihren Kopf hinweg in die andere Richtung die Straße hinunter. Und sie hatte den Eindruck, daß er verängstigt war; nicht nur *traqué*, sondern zu Tode erschrocken. Er war also vielleicht kein Polizist, sondern ein Dieb; obgleich der Unterschied, wie sie sehr wohl wußte, oft nur minimal war.
»Sie heißen Maria Andrejewna Ostrakowa?« sagte er plötzlich in einem Ton, als ängstige ihn die Frage.

Er sprach französisch, aber sie wußte, daß er so wenig Franzose war, wie sie Französin, und die korrekte Aussprache ihres Namens mit dem Patronymikon verwies auf seine Herkunft. Sie erkannte sofort die verschliffene Redeweise und deren Ursache, die eigenartige Zungenbewegung, und sie identifizierte zu spät und mit beträchtlichem inneren Schauder den Typus, den sie nicht hatte bestimmen können.

»Wenn schon – wer um alles in der Welt sind *Sie*?« fragte sie zurück und reckte das Kinn drohend vor.

Er schob sich einen Schritt näher. Der Größenunterschied wurde plötzlich beklemmend. Desgleichen das Maß, in dem die Züge des Mannes seinen unerfreulichen Charakter verrieten. Aus ihrer Froschperspektive sah die Ostrakowa seine Schwäche ebenso deutlich, wie seine Furcht. Sein schweißbedecktes Kinn hatte sich grimassierend nach vorn geschoben, die Mundwinkel waren nach unten gezogen, um Härte vorzutäuschen, aber sie wußte, daß er nur eine unheilbare Feigheit bannen wollte. Er sieht aus wie jemand, der sich zu einer Heldentat aufrafft, dachte sie. Oder zu einer Missetat. Er ist ein Mensch, der keiner spontanen Handlung fähig ist, dachte sie.

»Sie wurden in Leningrad am 8. Mai 1927 geboren?« fragte der Fremde.

Wahrscheinlich hatte sie »ja« gesagt. Sie war sich später dessen nicht ganz sicher. Sie sah, wie er sich wiederum mit der Zunge über die Lippen fuhr. Sie sah, wie sich seine blassen furchterfüllten Augen hoben und auf den näherkommenden Bus starrten. Sie sah, wie eine geradezu panikartige Unentschlossenheit von ihm Besitz ergriff, und sie hatte den Eindruck – der sich später als eine fast hellseherische Ahnung herausstellen sollte – daß er erwog, sie unter die Räder zu stoßen. Er tat es nicht, aber er stieß die nächste Frage auf Russisch hervor – im brutalen Moskauer Amtston:

»1956 erhielten Sie die Erlaubnis, die Sowjetunion zu verlassen zwecks Pflege Ihres kranken Ehemannes, des Verräters Ostrakow? Und auch zu gewissen anderen Zwecken?«

»Ostrakow war kein Verräter«, unterbrach sie ihn. »Er war Patriot.« Instinktiv hob sie die Einkaufstasche auf und umklammerte den Henkel mit ganzer Kraft.
Der Fremde redete ungerührt über diesen Einspruch hinweg, und sehr laut, um das Rattern des Busses zu übertönen. »Ostrakowa, ich bringe Ihnen Grüße von Ihrer Tochter aus Moskau, ferner von gewissen offiziellen Stellen. Ich möchte mit Ihnen über Ihre Tochter sprechen. Steigen Sie nicht ein.«
Der Bus hatte angehalten. Der Fahrer kannte sie und streckte die Hand nach ihrer Tasche aus. Der Fremde fügte mit gesenkter Stimme noch eine schreckliche Bemerkung hinzu: »Alexandra hat ernsthafte Schwierigkeiten, die des Beistands einer Mutter bedürfen.«
Der Fahrer forderte sie zum Einsteigen auf. Er tat es in dem ruppigen Ton, den sie beide sonst scherzhaft gebrauchten. »Los, Mütterchen! Zu heiß für die Liebe. Geben Sie mir Ihre Tasche, und ab die Post!«
Drinnen ertönte Gelächter; dann schimpfte jemand – diese Alte hält den ganzen Betrieb auf! Sie spürte die Hand des Fremden, der unbeholfen nach ihrem Arm griff, wie ein linkischer Liebhaber, der nach den Knöpfen grapscht. Sie riß sich los. Sie versuchte, dem Fahrer etwas zu sagen, brachte aber nichts heraus: Sie öffnete den Mund, schien jedoch das Sprechen verlernt zu haben. Nur mit Mühe konnte sie ein Kopfschütteln zustande bringen. Der Fahrer rief ihr noch etwas zu, dann winkte er achselzuckend. Die Schimpfkanonade verstärkte sich – alte Vettel, mittags schon besoffen, wie eine Hure! Regungslos sah die Ostrakowa zu, wie der Bus abfuhr und verschwand; sie wartete, bis ihre Sicht wieder klarer wurde und ihr Herz zu galoppieren aufhörte. Jetzt brauche *ich* ein Glas Wasser, dachte sie. Gegen die Starken kann ich mich selbst schützen. Gott bewahre mich vor den Schwachen.
Sie folgte ihm schwer hinkend in ein Lokal. In einem Zwangsarbeitslager hatte sie sich vor genau fünfundzwanzig Jahren bei einem Kohlenschlipf im Bergwerk das Bein an drei Stellen gebro-

chen. Am heutigen vierten August – das Datum war ihr nicht entfallen – war unter dem grausamen Schlag, den die Mitteilung des Fremden ihr versetzt hatte, wieder das Gefühl des Verkrüppeltseins über sie gekommen.
Das Lokal war das letzte in der Straße, wenn nicht in ganz Paris, wo es weder Neonlicht noch Jukebox gab, dafür allerdings einige Spielautomaten, die von früh bis spät rumsten und blitzten. Im übrigen herrschte das gewohnte mittägliche Stimmengewirr; es ging um hohe Politik, Pferderennen oder was sonst die Pariser beschäftigt; da war auch das übliche Trio von Prostituierten, die leise miteinander sprachen, und ein stumpfsinniger junger Kellner in einem schmutzigen Hemd, der die neuen Gäste sofort zu einem Ecktisch führte, den ein schmuddeliges Campari-Aufstellschild als reserviert kennzeichnete. Es folgte ein Augenblick lächerlicher Banalität. Der Fremde bestellte zweimal Kaffee, doch der Kellner wandte ein, daß man zu Mittag nicht den besten Tisch des Hauses reservieren lasse, nur um Kaffee zu trinken: Der *patron* muß ja schließlich seine Miete bezahlen, Monsieur. Das Ganze in einem Patois, dem der Fremde nicht zu folgen vermochte, so daß die Ostrakowa übersetzen mußte. Der Fremde errötete und bestellte, ohne die Ostrakowa zu fragen, zweimal Schinkenomelett mit *frites*, sowie zwei Bier. Dann strebte er nach »Herren«, um sich aufzumöbeln – offenbar im Vertrauen darauf, daß sie ihm inzwischen nicht ausrücken werde –, und als er zurückkam, war sein Gesicht trocken und das rötliche Haar gekämmt, doch der Mief, der jetzt in dem geschlossenen Raum von ihm ausging, erinnerte die Ostrakowa an Moskauer U-Bahnen, an Moskauer Straßenbahnen und an Moskauer Verhörräume. Auf seinem kurzen Gang von der Herrentoilette zum Tisch hatte er ihr, beredter als mit allem, was er ihr je hätte sagen können, bestätigt, was sie bereits befürchtet hatte: Er war einer von »ihnen«. Der verborgene Dünkel, die bewußte Unmenschlichkeit des Ausdrucks, die gewichtige Art, wie er jetzt die Unterarme auf dem Tisch hochwinkelte und mit gespielter Unschlüssigkeit nach einem Stück Brot im Körbchen griff, als

tauche er eine Feder ins Tintenfaß, das alles erweckte in der Ostrakowa die schlimmsten Erinnerungen an ihr Leben als »gefallene« Frau unter dem Druck einer übelwollenden Moskauer Bürokratie.

»So«, sagte er und nahm gleichzeitig ein Stück Brot. Er wählte ein knuspriges Endstück. Mit seinen Pranken hätte er es im Nu zerquetschen können, doch statt dessen zupfte er mit fetten Fingerspitzen damenhaft Flocken daraus, als sei dies die offizielle Eßart. Während er knabberte, rutschten seine Brauen in die Höhe, und seine Augen füllten sich mit Selbstmitleid, ich armer Mensch in diesem fremden Land. »Weiß man hierorts, daß Sie in Rußland ein unmoralisches Leben geführt haben?« fragte er schließlich. »Nun, vielleicht nehmen sie's in einer Stadt voller Huren damit nicht so genau.«

Die Antwort lag ihr fix und fertig auf der Zunge: *Mein Leben in Rußland war nicht unmoralisch. Unmoralisch war nur Ihr System.*

Aber sie sagte es nicht, sondern verharrte in Schweigen. Die Ostrakowa hatte sich geschworen, ihr scharfes Temperament und ihre scharfe Zunge an die Kandare zu nehmen, und sie half nun körperlich der Einhaltung dieses Gelübdes nach, indem sie unter dem Tisch ein Stück Haut an der weichen Innenseite des Handgelenks ergriff und es durch den Ärmel hindurch mit aller Gewalt zusammenkniff, so, wie sie es damals Hunderte von Malen getan hatte, als derartige Verhöre für sie an der Tagesordnung waren. – Wann haben Sie zuletzt von Ihrem Mann, dem Verräter Ostrakow, gehört? Nennen Sie alle Personen, mit denen Sie in den letzten drei Monaten zusammengekommen sind! Zu ihrer bitteren Erfahrung hatte sie auch die übrigen Lektionen des Verhörs gelernt. Ein Teil ihrer selbst spielte sie in diesem Augenblick durch, und obgleich diese Lektionen, geschichtlich gesehen, bereits der vorhergehenden Generation angehörten, schienen sie ihr so zutreffend, wie gestern, und ebenso lebenswichtig: nie der Ruppigkeit mit Ruppigkeit begegnen; sich nie provozieren lassen, nie auftrumpfen, nie witzig oder überlegen oder geistreich

sein; sich nie aus der Fassung bringen lassen aus Wut oder Verzweiflung oder durch das Aufwallen einer jähen Hoffnung, die eine bestimmte Frage erwecken könnte. Stumpfsinn mit Stumpfsinn erwidern und Routine mit Routine. Und nur tief, tief innen die beiden Geheimnisse verwahren, die alle diese Erniedrigungen erträglich machten: ihren Haß auf »sie« und die Hoffnung, eines Tages, nach endlos vielen Tropfen Wasser auf den Stein, durch Verschleiß und durch eine wunderbare Fehlschaltung des schwerfälligen Behördengetriebes, von »ihnen« die Freiheit zu erhalten, die sie ihr verweigerten.
Er hatte ein Notizbuch gezogen. In Moskau wäre es die Akte Ostrakowa gewesen, aber hier in einem Pariser Bistrot war es ein glattes, schwarzes, ledergebundenes Notizbuch, über dessen Besitz sich in Moskau sogar ein Funktionär glücklich gepriesen hätte.
Akte hin, Notizbuch her, die Vorrede war die gleiche: »Sie wurden als Maria Andrejewna Rogowa am 8. Mai 1927 in Leningrad geboren«, wiederholte er. »Am 1. September 1948 heirateten Sie, im Alter von 21 Jahren, den Verräter Ostrakow, Igor, Infanteriehauptmann in der Roten Armee, Sohn einer estnischen Mutter. 1950 desertierte besagter Ostrakow, der damals in Ost-Berlin stationiert war, mit Unterstützung reaktionärer estnischer Emigranten verräterisch in die faschistische Bundesrepublik und ließ Sie in Moskau zurück. Er ging nach Paris, nahm später die französiche Staatsbürgerschaft an und unterhielt Kontakte zu antisowjetischen Elementen. Zum Zeitpunkt seiner Fahnenflucht hatten Sie kein Kind von diesem Mann. Auch waren Sie nicht schwanger. Richtig?«
»Richtig«, sagte sie.
In Moskau hätte sie gesagt: »Richtig, Genosse Hauptmann« oder: »Richtig, Genosse Kommissar«, aber in einem lärmenden französischen Bistrot war eine derartige Förmlichkeit unangebracht. Die Hautfalte an ihrem Handgelenk war taub geworden. Sie ließ los, wartete, bis die Stelle wieder durchblutet war, und kniff von neuem zu.

»Als Ostrakows Komplizin wurden Sie zu fünf Jahren Arbeitslager verurteilt, jedoch vorzeitig aufgrund der Amnestie nach Stalins Tod im März 1953 freigelassen. Richtig?«
»Richtig.«
»Nach Ihrer Rückkehr nach Moskau haben Sie trotz der Aussichtslosigkeit eines solchen Unterfangens einen Auslandspaß beantragt, um zu ihrem Mann nach Frankreich zu reisen. Richtig?«
»Er litt an Krebs« sagte sie. »Hätte ich keinen Antrag gestellt, so wäre ich meiner Pflicht als Ehefrau nicht nachgekommen.«
Der Kellner servierte die Omelettes mit *frites* und zwei Elsässer Biere, und die Ostrakowa bat, einen *thé citron* zu bringen: Sie war durstig, machte sich aber nichts aus Bier. Als sie sich an den *garçon* wandte, versuchte sie, mit Lächeln und Blicken eine Brücke zu ihm zu schlagen, prallte aber an seiner steinernen Gleichgültigkeit ab; sie bemerkte, daß sie außer den drei Prostituierten die einzige Frau im Lokal war. Der Fremde hielt das Notizbuch schräg vor sich, wie ein Missale, schaufelte eine Gabelvoll ein, dann noch eine, während die Ostrakowa den Griff auf das Handgelenk verstärkte. Alexandras Name pulsierte in ihrem Kopf wie eine offene Wunde, und sie erwog tausenderlei *ernsthafte Schwierigkeiten*, die des *Beistands einer Mutter* bedürften.
Der Fremde fuhr essend mit ihrer Lebensgeschichte fort. Aß er zum Vergnügen, oder aß er nur, um nicht wieder aufzufallen? Sie kam zu dem Schluß, daß er ein Gewohnheitsesser sei.
»Zwischenzeitlich«, verkündete er kauend.
»Zwischenzeitlich«, flüsterte sie unwillkürlich.
»Zwischenzeitlich«, gab er mit vollem Mund von sich, »gingen Sie, ungeachtet Ihrer angeblichen Sorge um Ihren Mann, den Verräter Ostrakow, ein ehebrecherisches Verhältnis mit dem sogenannten Musikstudenten Glikman, Joseph, ein, einem Juden mit vier Vorstrafen wegen antisozialen Verhaltens, den Sie während Ihrer Haft kennengelernt hatten. Sie lebten mit diesem Juden in dessen Wohnung zusammen. Richtig oder falsch?«

»Ich war einsam.«
»Als Folge dieses Konkubinats mit Glikman haben Sie im Entbindungsheim Oktoberrevolution in Moskau eine Tochter zur Welt gebracht, Alexandra. Die Elternschaftsurkunde wurde von Glikman, Joseph, und Ostrakowa, Maria, unterzeichnet. Das Mädchen wurde auf den Namen des Juden Glikman standesamtlich eingetragen. Richtig oder falsch?«
»Richtig.«
»Die ganze Zeit über haben Sie Ihr Gesuch um einen Auslandspaß aufrechterhalten. Warum?«
»Sagte ich Ihnen schon. Mein Mann war krank. Es war meine Pflicht, das Gesuch aufrechtzuerhalten.«
Er aß wieder, so gierig, daß er seine zahlreichen schlechten Zähne zur Schau stellte. »Im Januar 1956 wurde Ihnen auf dem Gnadenweg ein Paß ausgestellt, unter der Bedingung, daß Sie Ihre Tochter Alexandra in Moskau zurückließen. Sie haben die genehmigte Aufenthaltsfrist überschritten und sind in Frankreich geblieben, ohne Rücksicht auf Ihr Kind. Richtig oder falsch?«
Die Eingangstür und die Fassade waren aus Glas. Ein großer Laster parkte davor, und im Lokal wurde es plötzlich dunkel. Der junge Kellner knallte ihren Tee hin, ohne sie anzusehen.
»Richtig«, sagte sie wieder und brachte es fertig, den Fremden anzuschauen. Sie wußte sehr wohl, was nun kommen würde, und zwang sich, ihm zu zeigen, daß sie wenigstens in dieser Hinsicht keine Zweifel und kein Bedauern hegte. »Richtig«, wiederholte sie herausfordernd.
»Als Gegenleistung für eine wohlwollende Verbescheidung Ihres Antrags durch die Behörden hatten Sie sich den Organen des Staatssicherheitsdienstes gegenüber schriftlich verpflichtet, während Ihres Pariser Aufenthalts gewisse Aufgaben durchzuführen. Erstens, Ihren Mann, den Verräter Ostrakow, zu überreden, in die Sowjetunion zurückzukehren.«
»*Versuchen*, ihn zu überreden«, sagte sie mit einem schwachen Lächeln. »Er war dieser Anregung nicht zugänglich.«
»Zweitens, Sie haben sich ebenfalls verpflichtet, Informationen

über Umtriebe und Mitglieder revanchistischer sowjetfeindlicher Emigrantengruppen zu sammeln. Sie haben zwei völlig wertlose Berichte geliefert, und dann nichts mehr. Warum?«
»Mein Mann verachtete derartige Gruppen und hatte den Kontakt mit ihnen abgebrochen.«
»Sie hätten auch ohne ihn in diesen Gruppen verkehren können. Sie haben sich schriftlich verpflichtet und die Verpflichtung nicht eingehalten. Ja oder nein?«
»Ja.«
»Und dafür lassen Sie Ihr Kind in Rußland zurück? Bei einem Juden? Um sich einem Volksfeind und Landesverräter zu widmen? Dafür vernachlässigen Sie Ihre Pflicht? Überschreiten Sie die genehmigte Frist, bleiben Sie in Frankreich?«
»Mein Mann lag im Sterben. Er brauchte mich.«
»Und das Kind Alexandra? Es brauchte Sie nicht? Ist ein sterbender Mann wichtiger als ein lebendes Kind? Ein Verräter? Ein Verschwörer gegen das Volk?«
Die Ostrakowa ließ ihr Gelenk los, griff entschlossen nach dem Tee und verfolgte das Glas mit der obenauf schwimmenden Zitronenscheibe auf dem Weg zu ihrem Mund. Über das Glas hinweg sah sie einen schmierigen Mosaikboden, und jenseits davon das geliebte, grimmig-freundliche Gesicht Glikmans, das sich über sie neigte, sie aufforderte, zu unterzeichnen, wegzugehen, alles zu schwören, was »sie« verlangten. Die Freiheit für einen ist mehr als die Sklaverei für drei, hatte er geflüstert; ein Kind von Eltern wie wir hat keine Chance in Rußland, ob du nun bleibst oder gehst; geh, und wir werden versuchen, nachzukommen; unterschreibe alles, reise ab und lebe für uns alle; wenn du mich liebst, dann geh . . .
»Damals waren die Zeiten immer noch hart«, sagte sie schließlich zu dem Fremden, als beschwöre sie Erinnerungen herauf. »Sie sind zu jung. Die Zeiten waren hart, selbst nach Stalins Tod: immer noch hart.«
»Schreibt der kriminelle Glikman weiterhin an Sie?« fragte der Fremde in überlegenem und wissendem Ton.

»Er hat nie geschrieben«, log sie. »Wie könnte er schreiben, als Dissident unter Hausarrest? Die Entscheidung, in Frankreich zu bleiben, habe ich allein getroffen.«
Schwärz dich an, dachte sie; tu alles, um die zu schonen, die in »ihrer« Gewalt sind.
»Ich habe von Glikman nichts gehört, seit ich vor mehr als zwanzig Jahren nach Frankreich kam«, fügte sie, wieder Mut fassend, hinzu. »Auf indirektem Weg habe ich erfahren, daß er über mein antisowjetisches Verhalten erzürnt war. Er wollte nichts mehr mit mir zu tun haben. Im Grunde wollte er schon damals, als ich ihn verließ, wieder einschwenken.«
»Hat er nie wegen Ihres gemeinsamen Kindes geschrieben?«
»Er hat weder geschrieben, noch Botschaften übermitteln lassen. Wie schon gesagt.«
»Wo ist Ihre Tochter jetzt?«
»Weiß ich nicht.«
»Haben Sie keine Nachricht von ihr bekommen?«
»Natürlich nicht. Ich habe nur gehört, sie sei in ein staatliches Waisenhaus gekommen und habe einen anderen Namen erhalten. Vermutlich weiß sie nichts von meiner Existenz.«
Der Fremde aß wieder mit einer Hand, während er in der anderen das Notizbuch hielt. Er schaufelte ein, mampfte ein bißchen und spülte dann das Essen mit dem Bier hinunter, ohne sein überlegenes Lächeln zu verlieren.
»Und jetzt ist auch der kriminelle Glikman tot«, gab der Fremde schließlich sein kleines Geheimnis preis. Wobei er weiteraß. Plötzlich wünschte sich die Ostrakowa, die zwanzig Jahre möchten zweihundert sein. Sie wünschte sich, Glikmans Gesicht hätte nie auf sie herabgesehen, sie hätte ihn nie geliebt, nie für ihn gesorgt, nie Tag um Tag für ihn gekocht oder sich mit ihm betrunken, in seinem Einzimmer-Exil, wo sie von der Mildtätigkeit ihrer Freunde lebten, ohne das Recht auf Arbeit, ohne das Recht auf irgendetwas außer Musik hören und einander lieben, sich betrinken, in den Wäldern umherschweifen und sich von den Nachbarn die kalte Schulter zeigen lassen.

»Wenn sie mich das nächste Mal einsperren – oder dich –, dann werden sie uns das Kind ohnehin wegnehmen. Alexandra ist für uns so und so verloren«, hatte Glikman gesagt. »Aber du kannst dich retten.«

»Ich werde mich entschließen, wenn ich dort bin«, hatte sie geantwortet.

»Entschließe dich jetzt.«

»Wenn ich dort bin.«

Der Fremde schob den leeren Teller beiseite und nahm das elegante französische Notizbuch wieder in beide Hände. Er blätterte um, als schlage er ein neues Kapitel auf.

»Was nun Ihre kriminelle Tochter Alexandra betrifft«, verkündete er mit noch immer vollem Mund.

»*Kriminell*?« flüsterte sie.

Zu ihrem Erstaunen rezitierte der Fremde eine neue Liste von Verbrechen. Die Ostrakowa glitt dabei endgültig aus der Gegenwart. Ihre Blicke lagen auf dem Mosaikboden, und sie bemerkte die Langustinenschalen und die Brotkrümel. Doch ihr Geist war wieder in dem Moskauer Gerichtssaal, wo ihr eigener Prozeß aufs neue ablief. Wenn nicht der ihre, dann der von Glikman – nein, auch der nicht. Wessen Prozeß also? Sie erinnerte sich an Prozesse, denen sie als unerwünschte Zuschauer beigewohnt hatten. Prozesse von Freunden, wenn auch nur von Zufallsfreunden: zum Beispiel Leuten, die das absolute Verfügungsrecht der Behörden infrage gestellt hatten; oder irgendeinen nicht genehmigten Gott verehrten; oder kriminell abstrakte Bilder malten; oder politisch gefährliche Liebesgedichte schrieben. Die plaudernden Gäste im Bistrot wurden zur gröhlenden *claque* der Sicherheitspolizei; das Knallen an den Spielautomaten zum Zuknallen von Eisentüren. Am soundsovielten wegen Ausbruchs aus dem staatlichen Waisenhaus an der Dingsstraße soundsoviele Monate Besserungsverwahrung. Am soundsovielten wegen Beleidigung von Organen des Staatssicherheitsdienstes soundsoviele Monate, verlängert wegen schlechter Führung; gefolgt von soundsovielen Jahren interner Verbannung. Die

Ostrakowa spürte, wie sich ihr der Magen umdrehte, und sie glaubte, ihr werde übel. Sie legte die Hände um das Teeglas und sah die roten Kneifmale an den Gelenken. Der Fremde fuhr in seiner Aufzählung fort, und sie hörte, daß man ihrer Tochter zwei weitere Jahre verpaßt hatte, wegen Arbeitsverweigerung in der Soundso-Fabrik. Gott helfe ihr, was war ihr eingefallen? Woher hatte sie das? fragte die Ostrakowa sich ungläubig. Wie hatte Glikman es angestellt, dem Kind in der kurzen Zeit, ehe es ihm weggenommen wurde, seinen Stempel aufzudrücken und alle Bemühungen des Systems zunichte zu machen? Angst, Jubel, Verwunderung wirbelten in ihrem Geist wild durcheinander, bis eine Bemerkung des Fremden alles zum Stillstand brachte.

»Ich habe nicht gehört«, flüsterte sie nach einer Ewigkeit. »Ich bin ein bißchen durcheinander. Würden Sie freundlicherweise wiederholen, was Sie eben gesagt haben?«

Er sagte es nochmals, und sie starrte ihn an, versuchte, sich an alle Tricks zu erinnern, vor denen man sie gewarnt hatte, aber es waren zu viele, und ihr war alle Gerissenheit abhanden gekommen. Sie besaß nicht mehr Glikmans Gabe – falls sie sie jemals besessen hatte –, »ihre« Lügen zu entziffern und »ihnen« immer um ein paar Züge voraus zu sein. Sie wußte nur, daß sie, um sich zu retten und um wieder mit ihrem geliebten Ostrakow vereint zu sein, eine große Sünde begangen hatte, die größte, die eine Mutter begehen kann. Der Fremde hatte angefangen, ihr zu drohen, aber die Drohung schien ausnahmsweise belanglos. Bei Verweigerung der Zusammenarbeit – sagte er gerade – würde eine Kopie der von ihr unterschriebenen Verpflichtungserklärung gegenüber den Sowjetbehörden ihren Weg zur französischen Polizei finden. Kopien ihrer zwei wertlosen Berichte (verfaßt, wie er sehr wohl wußte, einzig zu dem Zweck, die Behörden zu beschwichtigen) würden unter den noch vorhandenen Pariser Emigranten – deren Häuflein weiß Gott heutzutage kaum noch zählte! – in Umlauf gebracht werden. Wieso eigentlich sollte sie sich einem *Druck* beugen müssen, um ein Geschenk

von so unschätzbarem Wert anzunehmen – da doch aufgrund irgendeines unerklärlichen Gnadenakts dieser Mann, dieses System ihr die Chance boten, sich und ihr Kind freizukaufen? Sie wußte, daß ihre täglichen und nächtlichen Gebete um Vergebung erhört worden waren, die Tausende von Kerzen, die Tausende von Tränen. Sie ließ es ihn ein drittes Mal sagen. Sie ließ ihn das Notizbuch von seinem Gesicht wegnehmen und sah, daß sich sein weichlicher Mund zu einem halben Lächeln verzogen hatte und er sie idiotischerweise um Verzeihung zu bitten schien, noch während er diese aberwitzige gottgesandte Frage wiederholte:
»Angenommen, es wurde beschlossen, die Sowjetunion von diesem zersetzenden und asozialen Element zu befreien, was hielten Sie davon, wenn Ihre Tochter Alexandra Ihnen hierher nach Frankreich folgen würde?«

In den Wochen nach dieser Begegnung und bei all den Schritten, die sich daraus ergaben – verstohlene Besuche in der sowjetischen Botschaft, Ausfüllen von Formularen, Unterzeichnen von Eidesstattlichen Erklärungen, Einholen eines *certificat d'hebergement*, mühevolles Durchwandern immer neuer französischer Ministerien –, verfolgte die Ostrakowa ihre eigenen Unternehmungen, als handle es sich um jemand anderen. Sie betete oft, doch ging sie dabei wie zu einer Verschwörung ans Werk, verteilte die Gebete auf mehrere russisch-orthodoxe Kirchen, so daß man sie in keiner von ihnen bei einem ungebührlichen Pietätsaufwand beobachten konnte. Einige dieser Kirchen waren weiter nichts als kleine Privathäuser im 15. und 16. Arrondissement, mit Patriarchenkreuzen aus Sperrholz und mit alten, regengetränkten russischen Anschlägen an den Türen, auf denen billige Unterkunft gegen Klavierunterricht gesucht wurde. Sie ging in die Kirche der Auslandsrussen, in die Kirche zur Erscheinung der Heiligen Jungfrau, in die Kirche des Heiligen Seraphim von Sarow. Sie ging überall hin. Sie klingelte, bis jemand kam, ein Küster oder eine schmalgesichtige Frau in Schwarz; sie gab ihnen Geld und durfte sich dafür in der feuchten Kälte vor kerzenbeleuchtete Ikonen knien, den schweren Weihrauch einatmen, bis sie halb trunken war. Sie tat Gelübde an den Allmächtigen, sie dankte Ihm, bat Ihn um Rat, hätte Ihn um ein Haar gefragt, was Er wohl getan hätte, wenn ein Fremder unter ähnlichen Umständen an Ihn herangetreten wäre, erinnerte Ihn daran, daß so oder so Druck auf sie ausgeübt werde und sie verloren sei, wenn sie nicht gehorche. Zugleich aber meldete sich ihr unverwüstlicher Hausverstand, und sie fragte sich immer wieder, *warum* gerade sie, die Frau des Verräters Ostrakow, die Geliebte des Dissidenten Glikman, die Mutter einer – so wenigstens gab man ihr zu verstehen – turbulenten und asozialen Tochter, so untypischer Nachsicht teilhaftig werden sollte.

In der sowjetischen Botschaft wurde sie, als sie ihren ersten formellen Antrag stellte, so rücksichtsvoll behandelt, wie sie es sich nie hätte träumen lassen, mit einer Milde, die weder einer Überläuferin und abtrünnigen Spionin, noch der Mutter eines ungebärdigen Teufelsbratens zukam. Sie wurde nicht rauh in ein Wartezimmer verwiesen, sondern in ein Büro gebeten, wo ein junger und zuvorkommender Beamter sie mit westlicher Höflichkeit bedachte und ihr sogar, wenn Feder oder Mut sie im Stich ließen, bei der ordentlichen Formulierung ihres Falles behilflich war.

Und sie sprach mit niemanden darüber, nicht einmal mit ihren nächsten Verwandten – der nächste war ohnehin nicht besonders nah. Die Warnung des Rothaarigen klang ihr Tag und Nacht in den Ohren: Die geringste Indiskretion, und Ihre Tochter kommt nicht frei.

Und an wen, außer an Gott, konnte sie sich schließlich wenden? An ihre Halbschwester Valentina, die in Lyon lebte und mit einem Autohändler verheiratet war? Allein beim Gedanken, daß die Ostrakowa mit einem Beamten des Moskauer Geheimdienstes zusammengekommen war, würde Valentina nach ihren Riechsalzen greifen müssen. In einem *bistrot*, Maria? Am *hellichten Tag*, Maria? Ja, Valentina. Und was er gesagt hat, ist wahr. Ich habe eine uneheliche Tochter von einem Juden.

Am meisten setzte ihr die Ereignislosigkeit zu. Wochen vergingen; in der Botschaft hieß es, ihr Antrag werde in »wohlwollende Erwägung« gezogen; die französischen Behörden hätten versichert, daß Alexandra sich rasch um die französische Staatsbürgerschaft werde bewerben können. Der rothaarige Fremde hatte die Ostrakowa überredet, Alexandras Geburt rückzudatieren, so daß das Kind als eine Ostrakowa und nicht als eine Glikman gelten könne; er sagte, die französischen Behörden würden dies akzeptabler finden; und das traf anscheinend zu, obwohl sie damals bei ihren eigenen Einbürgerungsgesprächen nie die Existenz einer Tochter erwähnt hatte. Nun waren plötzlich keine Formulare mehr auszufüllen und keine Hürden mehr zu nehmen, und die Ostrakowa wartete, ohne zu wissen, worauf. Auf das Wiederauftauchen des rothaarigen Fremden? Es gab ihn nicht mehr. Im Konsum eines Schinkenomeletts mit *frites*, einiger Biere und zweier Stücke knusprigen Brots hatten sich seine existentiellen Bedürfnisse offenbar erschöpft. Sie konnte sich nicht vorstellen, in welcher Beziehung er zur Botschaft stand. Er hatte gesagt, sie solle sich dort einfinden, sie sei bereits angemeldet, was gestimmt hatte. Aber wenn sie auf »Ihren Mitarbeiter« anspielte oder deutlicher auf »Ihren großen blonden Mitarbeiter, der mich an Sie verwiesen hat«, begegnete sie nur lächelndem Unverständnis.

So hörte allmählich das, worauf sie wartete, zu existieren auf. Zuerst war es vor ihr gewesen, jetzt lag es hinter ihr, und sie hatte nicht gespürt, wann es vorbeiging, den Augenblick der Erfüllung. War Alexandra schon in Frankreich angekommen? Die Ostrakowa hielt dies langsam für möglich. Mit einem für sie neuen und untröstlichen Gefühl der Enttäuschung musterte sie die Gesichter der jungen Mädchen auf der Straße und fragte sich, wie Alexandra wohl aussehen möge. Wenn sie nach Hause kam, fiel ihr Blick automatisch auf den Dielenteppich, in der Hoffnung, eine handgeschriebene Nachricht oder einen *pneumatique*

vorzufinden: »Mama, ich bin da. Ich wohne im Soundso-Hotel . . .« Ein Telegramm mit der Flugnummer: Eintreffe Orly morgen, heute abend; oder war es nicht Orly, sondern Roissy-Charles de Gaulle? Sie kannte sich in Fluglinien nicht aus, ging also in ein Reisebüro, nur um zu fragen. Beides war möglich. Sie erwog sogar, sich die Kosten für einen Telefonanschluß vom Herzen zu reißen, nur damit Alexandra sie anrufen könne. Aber was um alles in der Welt erwartete sie sich eigentlich nach all den Jahren? Tränenreiche Wiedervereinigung mit einem Kind, mit dem sie nie vereint gewesen war? Nostalgisches Wiederknüpfen eines Familienbandes, das sie vor mehr als zwanzig Jahren bewußt durchschnitten hatte? Ich habe kein Recht auf das Mädchen, verwies sie sich streng; ich habe nur Schulden und Pflichten. Sie fragte in der Botschaft nach, aber dort wußte man auch nicht mehr. Die Formalitäten seien erfüllt, hieß es. Mehr wüßten sie nicht. Und wenn sie, Ostrakowa, nun ihrer Tochter Geld schicken wollte? fragte sie listig – für den Flug zum Beispiel oder das Visum? – könne man ihr vielleicht eine Adresse geben, eine Stelle benennen, über die Alexandra zu erreichen sei?
Wir sind kein Postamt, lautete der Bescheid. Die plötzliche Frostigkeit erschreckte die Ostrakowa, sie ging nicht mehr hin. Darauf machte sie sich wieder Gedanken um die paar verwischten Fotos, die alle gleich waren, und die man ihr zum Anheften an die Formulare gegeben hatte. Diese Fotos waren alles, was sie je zu Gesicht gekriegt hatte. Sie wünschte, sie hätte Kopien davon machen lassen, doch das war ihr gar nicht in den Sinn gekommen. Törichterweise hatte sie angenommen, sie werde bald das Original kennenlernen. Sie hatte die Fotos nicht länger als eine Stunde in Händen gehabt! Sie war damit straks von der Botschaft zum Ministerium geeilt, und als sie von dort wegging, hatten die Fotos bereits ihren bürokratischen Dienstweg angetreten. Aber sie hatte die Bilder genau betrachtet! Mein Gott, und wie genau, jedes einzelne, obwohl sie wirklich alle gleich waren! In der Metro, in den Vorzimmern des Ministeriums, sogar unterwegs auf der Straße hatte sie auf dieses leblose Konterfei ihres

Kindes gestarrt und mit aller Macht versucht, in den ausdruckslosen grauen Schatten irgendeinen Hinweis auf den geliebten Mann zu finden. Vergeblich. Bis jetzt hatte sie sich, wenn sie überhaupt daran zu denken wagte, vorgestellt, die Heranwachsende trüge Glikmans Züge, so klar, wie das neugeborene Kind sie getragen hatte. Es war doch ganz und gar unmöglich, daß ein so kraftvoller Mann wie Glikman in Alexandra nicht für immer weiterleben sollte. Doch die Ostrakowa sah nichts von Glikman auf diesem Foto. Er hatte sein Judentum wie eine Fahne getragen. Es war ein Teil seiner einsamen Revolution gewesen. Er war nicht orthodox, nicht einmal gläubig, und er mißbilligte ihre heimliche Frömmigkeit fast so sehr, wie er die Sowjetbürokratie verabscheute – und doch hatte er sie um ihre Brennschere gebeten und sich Schläfenlöckchen fabriziert, wie die Chassidim sie tragen, nur um dem Antisemitismus der Behörden eine Zielscheibe zu bieten, wie er sich ausdrückte. Doch in dem Gesicht auf dem Foto erkannte sie nicht einen Tropfen seines Blutes wieder, nicht den geringsten Funken seines Feuers – obwohl dieses Feuer, nach Aussage des Fremden, gewaltig in dem Mädchen loderte.

»Wenn sie eine Leiche fotografiert hätten, um zu diesem Bild zu kommen«, dachte die Ostrakowa laut in ihrer Wohnung, »dann würde mich das nicht wundern.« Und mit dieser unverblümten Feststellung gab sie ihrem wachsenden inneren Zweifel zum erstenmal äußeren Ausdruck.

Wenn sie im Lagerhaus schuftete, wenn sie an langen Abenden allein in ihrer winzigen Wohnung saß, zermarterte die Ostrakowa sich das Hirn darüber, wem sie sich anvertrauen könnte; einem Menschen, der weder verteufeln noch verhimmeln würde; der um die Ecken des Weges sehen könnte, den sie entlangging; und vor allem einem, der nicht sprechen und ihr damit – wie man ihr versichert hatte – alle Chancen verderben würde, Alexandra wiederzusehen. Plötzlich, eines Nachts, gab ihr entweder Gott oder ihr fieberhaft arbeitendes Gehirn die Antwort ein: der General! dachte sie, setzte sich im Bett auf und knipste das Licht an.

Ostrakow selbst hatte ihr von ihm erzählt! Diese Emigrantengruppen sind eine Katastrophe, hatte er immer gesagt, und man muß sie meiden, wie die Pest. Der einzige, dem man trauen kann, ist Wladimir, der General; er ist ein alter Teufel und ein Weiberheld, aber er ist ein ganzer Mann, er hat Beziehungen, und er kann den Mund halten.

Aber Ostrakow hatte dies vor etlichen zwanzig Jahren gesagt, und selbst alte Generale sind nicht unsterblich. Und außerdem – Wladimir, wer? Sie kannte nicht einmal seinen Familiennamen. Sogar den Vornamen Wladimir – so Ostrakow – hatte er sich seinerzeit für den Militärdienst zugelegt; denn sein echter Name war estnisch und untauglich zur Verwendung in der Roten Armee. Trotzdem machte sie sich am nächsten Tag zu dem Buchladen an der Sankt Alexander Newsky-Kathedrale auf, wo man oft Informationen über die dahinschwindende russische Kolonie erhalten konnte, und stellte ihre ersten Nachforschungen an. Sie erfuhr einen Namen und sogar eine Telefonnummer, aber keine Adresse. Das Telefon war abgeschaltet. Sie ging zur Post und redete so lange auf die Beamten ein, bis sie ein Telefonbuch von 1956 hervorzauberten, in dem die »Bewegung für die baltische Freiheit« eingetragen war, dahinter eine Adresse in Montparnasse. Die Ostrakowa war nicht auf den Kopf gefallen. Sie schlug im Straßenverzeichnis nach und fand unter der Adresse vier weitere Organisationen: die Riga-Gruppe, die Vereinigung der Opfer des Sowjet-Imperialismus, das Achtundvierziger-Komitee für ein freies Lettland und das Reval-Komitee für Freiheit. Obwohl sie sich lebhaft an Ostrakows bissige Bemerkungen über derartige Vereine erinnerte – seinen Beitrag hatte er aber trotz allem immer brav bezahlt –, ging sie zur angegebenen Adresse und klingelte. Das Haus war wie eine ihrer kleinen Kirchen: bizarr und scheinbar unbewohnt. Schließlich öffnete ein alter Weißrusse die Tür. Er trug eine schief zugeknöpfte Strickjacke, lehnte auf einem Spazierstock und sah sie von oben herab an.

Alle fort, sagte er und deutete mit dem Stock die kopfsteingepflasterte Straße entlang. Ausgezogen. Weg. Verdrängt von größe-

ren Organisationen, fügte er hinzu und lachte. Zu wenig Leute, zu viele Gruppen, und sie zankten sich wie Kinder. Kein Wunder, daß der Zar besiegt worden ist! Der alte Weißrusse hatte ein Gebiss, das nicht paßte, und das spärliche Haar war über den ganzen Schädel gezogen, um die Glatze zu verbergen.
Aber der General? fragte sie. Wo der General sei? Lebte er noch, oder war er –?
Der alte Russe feixte und fragte, ob es geschäftlich sei.
Privat, sagte die Ostrakowa geistesgegenwärtig, eingedenk des Rufs, den der General als Schwerenöter genossen hatte, und sie brachte sogar ein verschämtes Lächeln zustande. Der alte Russe lachte, daß seine Zähne klapperten. Er lachte nochmals und sagte: »Oh, der General!« Dann verschwand er und kam mit einer Londoner Adresse zurück, in Lila auf eine Karte gedruckt, die er ihr gab. Der General wird sich nie ändern, sagte er; noch im Himmel wird er hinter den Engeln her sein und versuchen, sie zu vernaschen, keine Frage. Und in dieser Nacht saß die Ostrakowa, während in der ganzen Nachbarschaft alles schlief, am Schreibtisch ihres toten Mannes und schrieb an den General mit dem Freimut, den wir gemeinhin Fremden vorbehalten, und nicht in Russisch, sondern in Französisch, um so größere Distanz zu sich selbst zu wahren. Sie erzählte ihm von ihrer Liebe zu Glikman und schöpfte Trost aus dem Wissen, daß der General die Frauen nicht weniger liebte, als Glikman dies getan hatte. Sie gab unumwunden zu, daß sie als Spionin nach Frankreich gekommen war, und sie erklärte, wie sie die beiden nichtssagenden Berichte zusammengeschustert hatte, die der schmutzige Preis für ihre Freiheit gewesen waren. Sie habe es *à contre coeur* getan, sagte sie, Phantasie und Phantasterei, sagte sie, ein Nichts. Aber die Berichte existierten, ebenso wie ihre schriftliche Verpflichtung, und sie zogen ihrer Freiheit enge Grenzen. Dann sprach sie ihm von ihrer Seele und von den Gebeten zu Gott in all den russischen Kirchen. Seit der rothaarige Fremde sie angesprochen habe, sei ihre Existenz unwirklich geworden; sie habe das Gefühl, man verweigere ihr eine natürliche Erklärung ihres Lebens,

und wenn es eine schmerzliche Erklärung wäre. Sie hielt mit nichts vor ihm zurück, denn ihre Schuldgefühle, so sie welche empfand, hatten nichts mit ihren Bemühungen, Alexandra in den Westen zu bringen, zu tun, sondern vielmehr mit ihrem Entschluß, in Paris zu bleiben und ihren Mann bis zu seinem Tod zu pflegen, wonach, sagte sie, die Sowjets sie ohnehin nicht mehr hätten zurückkommen lassen, da sie ja ebenfalls abtrünnig geworden war.

»Aber, General«, schrieb sie, »müßte ich heute nacht vor meinen Schöpfer persönlich treten und ihm sagen, was in den Tiefen meines Herzens verborgen ist, ich würde ihm sagen, was ich nun Ihnen sage. Ich habe meine Alexandra unter Schmerzen geboren. Tag und Nacht kämpfte sie gegen mich, und ich kämpfte zurück. Schon im Mutterleib war sie das Kind ihres Vaters. Mir blieb keine Zeit, sie lieb zu gewinnen; ich kannte sie nur als den kleinen jüdischen Streiter, den ihr Vater mir gemacht hat. Aber, General, eines weiß ich mit Sicherheit: Das Mädchen auf dem Foto ist weder Glikmans Tochter noch die meine. Man will mir ein Kuckucksei ins Nest legen, und wenn ich alte Frau mich auch nur allzugern täuschen ließe, ich durchschaue den Betrug, und mein Haß auf die Betrüger ist stärker als alles andere.«

Als sie den Brief beendet hatte, steckte sie ihn sofort in den Umschlag, damit sie ihn nicht mehr lesen und anderen Sinnes werden könne. Dann klebte sie absichtlich zu viele Briefmarken darauf, als opfere sie eine Kerze für einen geliebten Menschen.

Während der nächsten zwei Wochen nach Absendung des Schreibens ereignete sich nichts, und sie war über dieses Schweigen merkwürdig erleichtert, auf eine Art, wie dies nur Frauen möglich ist. Dem Sturm war die Ruhe gefolgt, sie hatte das Wenige getan, was sie tun konnte – hatte ihre Schwäche und ihren Verrat gestanden und ihre einzige große Sünde –, der Rest war in Gottes und des Generals Hand. Ein Streik der französischen Post erschütterte sie nicht. Sie sah darin eher ein weiteres Hindernis, das die Mächte, die ihr Schicksal gestalteten, zu überwinden hätten, wenn ihr Wille dazu stark genug war. Sie ging zufrieden zur Arbeit, und ihr Rücken hörte auf, ihr Beschwerden zu machen, was sie als Omen ansah. Sie nahm die Dinge sogar wieder philosophisch. Es ist so oder so, sagte sie sich; entweder Alexandra war im Westen und besser daran – wenn es sich tatsächlich um Alexandra handelte –, oder Alexandra war, wo sie immer gewesen war, und nicht schlechter daran. Doch allmählich meldete sich ein anderer Teil ihrer selbst, der den falschen Optimismus durchschaute. Es gab eine dritte Möglichkeit, und das war die schlimmste und ihrer Ansicht nach die bei weitem wahrscheinlichste: nämlich, daß Alexandra zu einem dunklen und vielleicht üblen Zweck eingespannt wurde; daß »sie« ihr Zwang antaten, wie »sie« ihr selber Zwang angetan hatten, die Menschlichkeit und den guten Willen mißbrauchten, die Glikman seiner Tochter mitgegeben hatte. In der vierzehnten Nacht erlitt die Ostrakowa einen heftigen Weinkrampf, mit tränenüberströmtem Gesicht wanderte sie quer durch Paris auf der Suche nach einer Kirche, irgendeiner, sofern sie nur offen war, bis sie zur Alexander Newsky Kathedrale kam. Sie war offen. Kniend betete sie lange Stunden zum heiligen Josef, der ja schließlich auch ein Vater und Beschützer war und zudem Glikmans Namenspatron, wenn Glikman sich auch über diese Verbindung mokiert hätte. Und am Tag nach dieser erschöpfenden Andachtsübung ward ihr Gebet erhört. Ein Brief kam. Er trug weder Marke noch Stempel. Sie hatte vorsichtshalber auch die Anschrift ihrer Arbeitsstätte angegeben, und der Brief erwartete sie dort, wahrscheinlich irgendwann in der Nacht durch Boten überbracht. Es war ein sehr kurzer Brief, der weder Namen noch Adresse des Absenders aufwies. Die Unterschrift fehlte. Wie ihr eigener war er in gestelztem Französisch abgefaßt, in dem kühnen, fast napoleonischen Gekleckse einer alten und diktatorischen Hand, in der sie sofort die des Generals erkannte.

Madame! – fing er an, und es klang ihr wie ein Tagesbefehl – *Ihr Brief hat den Schreiber sicher erreicht. Ein Freund unserer gemeinsamen Sache wird Sie demnächst aufsuchen. Er ist ein Ehrenmann und wird sich durch Übergabe der anderen Hälfte bei-*

liegender Ansichtskarte ausweisen. Ich ersuche Sie dringend, bis dahin mit niemandem über diese Angelegenheit zu sprechen. Der Betreffende wird zwischen acht und zehn Uhr abends zu Ihrer Wohnung kommen und dreimal klingeln. Er besitzt mein absolutes Vertrauen. Vertrauen auch Sie ihm völlig, Madame, und wir werden alles tun, um Ihnen zu helfen.

Selbst in ihrer Erleichterung amüsierte sie sich insgeheim über den melodramatischen Ton des Schreibers. Warum hatte man den Brief nicht direkt in ihre Wohnung gebracht, fragte sie sich; und warum sollte ich mich sicherer fühlen, weil er mir die Hälfte einer Londoner Ansicht gibt? Das Stück Postkarte stellte nämlich einen Teil von Picadilly Circus dar und war absichtlich brutal schräg abgerissen, nicht abgeschnitten worden. Der Raum für schriftliche Mitteilungen war leer.

Zu ihrem Erstaunen kam der Abgesandte des Generals noch am gleichen Abend.

Er klingelte dreimal, wie brieflich angekündigt, mußte aber gewußt haben, daß sie zuhause war – mußte gesehen haben, wie sie heimkam und Licht machte –, denn sie hörte nur den Deckel am Briefschlitz klappern, lauter als sonst, und als sie zur Tür ging, sah sie das abgerissene Stück Ansichtskarte am Boden liegen, an derselben Stelle, die sie so oft mit den Augen abgesucht hatte, während sie sich nach einer Botschaft von ihrer Tochter Alexandra sehnte. Sie hob es auf und lief ins Schlafzimmer zu ihrer Bibel, wo ihre eigene Hälfte bereitlag, und tatsächlich, die Teile paßten zusammen, Gott war auf ihrer Seite, der heilige Josef hatte sich für sie verwendet. (Aber trotzdem, was für ein nutzloser Unsinn, das Ganze!) Und als sie ihrem Besucher die Tür öffnete, glitt er an ihr vorbei wie ein Schatten: ein Wichtelmännchen in einem schwarzen Mantel mit Samtaufschlägen am Kragen, der ihm das Aussehen eines Operettenverschwörers verlieh. Sie haben mir einen Zwerg geschickt, um einen Riesen zu fangen, war ihr erster Gedanke. Er hatte geschwungene Brauen und ein zerfurchtes Gesicht, und über seinen spitzen Ohren standen hochgekringelte schwarze Haarbüschel, die er mit seinen kleinen

Handflächen vor dem Dielenspiegel glatt strich, als er den Hut abnahm – so munter und komisch, daß die Ostrakowa bei anderer Gelegenheit laut aufgelacht hätte über all das Leben, den Humor und die Ungeniertheit, die er ausstrahlte.
Doch nicht heute abend.
Heute abend trug er einen Ernst zur Schau, der, wie sie sofort spürte, nicht seiner Natur entsprach. Heute abend machte er ganz auf eiligen Geschäftsmann, der gerade seinem Flugzeug entstiegen war – sie hatte auch den Eindruck, er sei nur zu einer Stippvisite in der Stadt: so adrett, so leichtes Gepäck, heute abend wollte er nur zur Sache kommen.
»Haben Sie meinen Brief sicher erhalten, Madame?« Er sprach russisch, schnell, mit estnischem Akzent.
»Ich dachte, es sei der Brief des Generals gewesen«, erwiderte sie, wobei sie unwillkürlich eine gewisse Strenge in ihren Tonfall legte.
»Ich habe den Brief für ihn überbracht«, sagte er ernst. Er grub in einer Innentasche herum, und sie hatte das entsetzliche Gefühl, er werde, wie der große Russe, ein glattes schwarzes Notizbuch zücken. Statt dessen brachte er jedoch ein Foto zum Vorschein, und ein Blick darauf genügte: die bleichen verschwitzten Züge, der Ausdruck der Verachtung für alles Weibliche, nicht nur für sie, die Mischung aus Gelüst und Feigheit.
»Ja«, sagte sie. »Das ist der Fremde.«
Als sie sah, wie er aufatmete, wußte sie sogleich, daß er zu den Leuten gehörte, von denen Glikman und seine Freunde als »einer von uns« sprachen – nicht unbedingt ein Jude, aber ein ganzer Kerl. Von diesem Augenblick an nannte sie ihn im Stillen den »Magier«. In ihrer Vorstellung waren seine Taschen voll verblüffender Tricks, und in seinen fröhlichen Augen tanzten Zauberlichter.

Die halbe Nacht redete die Ostrakowa mit dem Magier, so hingegeben, wie sie es nur zu Glikmans Zeiten getan hatte. Zuerst erzählte sie alles wieder von vorne, erlebte es nochmals in allen

Einzelheiten und entdeckte zu ihrer Überraschung, wie lückenhaft ihr Brief war, den der Magier auswendig zu kennen schien. Sie erklärte ihm ihre Gefühle und ihre Tränen; ihren schrecklichen inneren Aufruhr; sie beschrieb die Tölpelhaftigkeit ihres schwitzenden Peinigers. Er war so *unfähig* – sagte sie immer wieder verwundert – als wäre es sein erstes Mal gewesen, sagte sie – keinen Schliff, kein Selbstvertrauen. Komisch, sich den Teufel als Stümper vorzustellen! Sie erzählte von dem Schinkenomlett mit *frites* und dem Bier, und er lachte; von ihrem Eindruck, daß dieser Mann gefährlich schüchtern und verklemmt sei – kein Frauenfreund. Meist stimmte der kleine Magier ihr herzlich zu, als seien er und der Rothaarige alte Bekannte. Sie vertraute dem Magier völlig, wie der General es ihr nahegelegt hatte; sie war des ewigen Argwohns müde. Sie redete, dachte sie später, so rückhaltlos wie damals mit Ostrakow in ihrer Heimatstadt, als die beiden ein junges Liebespaar gewesen waren, während der Nächte, da sie glaubten, es wäre jeweils die letzte in ihrem Leben, aneinandergeklammert, unter dem näherrückenden Kanonendonner der Belagerer; oder mit Glikman, während sie darauf warteten, daß »sie« an die Tür hämmern und ihn wieder ins Gefängnis zurückbringen würden. Sie sprach zu seinem alerten und verstehenden Blick, zu dem Lachen in ihm, zu der Toleranz, die, wie sie sofort spürte, der bessere Teil seiner unorthodoxen und vielleicht antisozialen Natur war. Und je länger sie sprach, um so mehr sagte ihr der weibliche Instinkt, daß sie in ihm eine Leidenschaft schürte – keine Liebe in diesem Fall, sondern einen scharfen und präzisen Haß, der auch der kleinsten Frage, die er stellte, Durchschlagskraft und Treffsicherheit verlieh. Was und wen er genau haßte, konnte sie nicht sagen, aber sie fürchtete für jeden, sei es nun der rothaarige Fremde oder sonstwer, der das Feuer dieses kleinen Magiers auf sich gezogen hatte. Glikmans Leidenschaft, so erinnerte sie sich, war eine allgemeine, eine diffuse Leidenschaft gewesen, die sich fast zufällig auf eine Reihe von Symptomen konzentrierte, kleine oder große. Die des Magiers aber war einstrahlig, gezielt auf einen Punkt gerichtet, den sie nicht sehen konnte.

Als der Magier sie schließlich verließ – mein Gott, dachte sie, es ist ja beinah Zeit, zur Arbeit zu gehen! – hatte die Ostrakowa ihm jedenfalls alles gesagt, was sie zu sagen hatte, und der Magier hatte seinerseits in ihr Gefühle geweckt, die seit Jahren, bis zu dieser Nacht, ausschließlich der Vergangenheit angehört hatten. Während sie benommen die Teller und Flaschen wegräumte, brachte sie es, trotz der Komplexität ihrer Gefühle für Alexandra, für sich selbst und für ihre beiden toten Männer fertig, über ihre weibliche Torheit zu lachen.

»Und dabei kenne ich nicht einmal seinen Namen!« sagte sie laut und schüttelte spöttisch den Kopf. »Wie kann ich Sie erreichen?« hatte sie gefragt. »Wie kann ich Sie benachrichtigen, wenn er wieder auftaucht?«

Gar nicht, hatte der Magier geantwortet. Aber sollte die Sache sich zuspitzen, dann könne sie wieder an den General schreiben, unter seinem englischen Namen und einer anderen Adresse. »Mr. Miller«, sagte er ernst, mit Betonung auf der zweiten Silbe, und gab ihr eine Karte, auf der eine Londoner Adresse in Großbuchstaben von Hand gedruckt war. »Aber seien Sie diskret«, mahnte er. »Sie müssen sich indirekt ausdrücken.«

An diesem ganzen Tag und noch viele weitere Tage hindurch bewahrte die Ostrakowa zuvorderst in ihrem Gedächtnis das letzte, schwindende Bild des Magiers, wie er von ihr fort und das schlecht beleuchtete Treppenhaus hinabglitt. Seinen letzten flammenden Blick, voll angespannter Entschlossenheit und Erregung: »Mein Wort, ich pauke Sie heraus. Und Dank, daß Sie mich zu den Waffen riefen.« Seine kleine weiße Hand, die auf dem breiten Treppengeländer hinunterflatterte, Runde um Runde, in einer sich verengenden Spirale von Abschiedsgrüßen, wie ein Taschentuch aus einem Eisenbahnfenster winkt, bis es in der Dunkelheit des Tunnels verschwindet.

2

Das zweite der beiden Ereignisse, die George Smiley aus seinem Ruhestand holten, fand ein paar Wochen später im Frühherbst desselben Jahres statt: nicht in Paris, sondern in Hamburg, einstmals Freie und Hansestadt, jetzt fast erdrückt unter der Last seines Wohlstands; und doch verglüht der Sommer nirgends so glanzvoll, wie an den gold-orangenen Ufern der Alster, die bis jetzt noch niemand trockengelegt oder zubetoniert hat. George Smiley bekam natürlich nichts von dieser melancholischen Herbstpracht zu sehen. Er schuftete an dem fraglichen Tag selbstvergessen und mit all der Überzeugung, die er aufbringen konnte, an seinem gewohnten Tisch in der London Library am St. James's Square vor sich hin, und alles, was er durch das Schiebefenster des Lesesaals sehen konnte, waren zwei spindlige Bäume. Die einzige Beziehung zu Hamburg, die er hätte anführen können – wäre ihm später eingefallen, einen Zusammenhang herzustellen, was jedoch nicht der Fall war –, lag auf dem parnassischen Feld deutscher Barocklyrik, denn er schrieb damals an einer Monographie über den Barden Opitz, redlich bemüht, zwischen echter Leidenschaft und öder literarischer Konvention der Zeit zu unterscheiden.

In Hamburg war es kurz nach elf Uhr morgens, und der Fußweg, der zum Landungssteg führte, war mit Sonnenlicht und abgefallenem Laub gesprenkelt. Über dem platten Wasser der Außenalster lag ein glühender Dunst, durch den die Turmhelme am Ostufer wie grüne Flecke auf den nassen Horizont hingetupft schienen. Rote Eichhörnchen schusselten am Strand entlang und sammelten Vorräte für den Winter. Der schlaksige und leicht anarchistisch wirkende junge Mann auf dem Steg, der einen Trainingsanzug und Laufschuhe trug und dessen hohlwangiges

Gesicht zwei Tage alte Bartstoppeln aufwies, hatte indessen weder Augen noch Interesse für sie. Sein rotgeränderter Blick war starr auf das ankommende Schiff geheftet. Unter den linken Arm hatte er eine Hamburger Zeitung geklemmt, und ein so geschultes Auge wie das von George Smiley hätte sofort bemerkt, daß es die Ausgabe von gestern war, nicht die von heute. In der rechten Hand hielt er krampfhaft einen Strohkorb, der besser zur stämmigen Madame Ostrakowa gepaßt hätte, als zu diesem elastischen und schmuddeligen Sportler, der aussah, als wolle er jeden Moment ins Wasser springen. Aus dem Korb lugten Orangen, auf denen ein gelber Kodak-Umschlag mit englischem Aufdruck lag. Außer dem jungen Mann war niemand auf dem Landungssteg, und der Dunst über dem Wasser verstärkte sein Gefühl der Einsamkeit. Seine einzigen Gefährten waren der Fahrplan der Alsterschiffahrt und ein uralter Anschlag, der den Krieg überstanden haben mußte und Hinweise zur Wiederbelebung von Halbertrunkenen gab; alle Gedanken des Wartenden konzentrierten sich auf die Instruktionen des Generals, die er sich immer wieder vorsagte, wie ein Gebet.

Das Schiff legte an, und der junge Mann hopste an Bord wie ein Kind in einem Tanzspiel – ein Wirbel von Schritten, dann bewegungslos, bis die Musik wieder einsetzt. Achtundvierzig Stunden lang hatte er Tag und Nacht an nichts anderes zu denken gehabt, als an diesen Augenblick: jetzt. Hinter dem Steuer seines Lasters hatte er wachsam auf die Straße gestarrt und sich zwischen kurzen Blicken auf die Photos von Frau und Töchterchen hinter dem Rückspiegel die vielen Dinge vorgestellt, die katastrophal schiefgehen konnten. Er wußte, daß er eine Begabung für Katastrophen hatte. Während der seltenen Kaffeepausen hatte er die Orangen ein Dutzendmal aus- und wieder eingepackt, den gelben Umschlag längs daraufgelegt, quer – nein, dieser Winkel ist besser, günstiger, man kann dann leichter herankommen. Am Stadtrand hatte er sich Münzen besorgt, um das Fahrgeld abgezählt bereit zu haben – wenn der Schaffner ihn nun aufhielte, in ein müssiges Gespräch verwickelte? Die Zeit war so knapp bemessen für das, was er tun mußte! Er hatte sich überlegt, daß er nicht deutsch sprechen würde. Er würde irgendetwas brabbeln, lächeln, wortkarg sein, abbittende Gesten vollführen, aber stumm bleiben. Oder er würde einige seiner estnischen Wörter von sich geben – einen Bibelvers, der ihm noch von seiner protestantischen Kindheit im Gedächtnis geblieben war, ehe sein Vater darauf bestand, daß er russisch lerne. Aber jetzt, wo der Augenblick so nah war, bemerkte der junge Mann, daß sein Plan einen Haken hatte. Wenn nun die Mitreisenden ihm zu Hilfe kamen? Im polyglotten Hamburg, nur wenige Kilometer vom Osten entfernt, konnten sechs x-beliebige Leute mit ebenso vielen Sprachen aufwarten! Besser den Mund halten, keine Miene verziehen.

Wenn er sich bloß rasiert hätte! Wenn er bloß weniger auffällig aussähe!

In der Hauptkabine des Schiffes sah der junge Mann niemanden an. Er hielt die Augen gesenkt; *Augenkontakt vermeiden,* hatte der General befohlen. Der Schaffner plauderte mit einer alten Dame und nahm keine Notiz von ihm. Er wartete nervös, versuchte, ruhig auszusehen. Er hatte den Eindruck von unterschiedslos mit grünen Filzhüten und grünen Mänteln angetanen Frauen und Männern, die ihn einhellig mißbilligten. Jetzt war er an der Reihe. Er hielt seine feuchte Handfläche hin. Eine Mark, ein Fünfzigpfennigstück, ein paar Zehnpfennigmünzen. Der Schaffner bediente sich wortlos. Linkisch tappte der junge Mann zwischen den Sitzen zum Heck. Der Landungssteg bewegte sich weg. Sie halten mich für einen Terroristen, dachte der junge Mann. Seine Hände waren mit Motoröl beschmiert, und er wünschte, er hätte es abgewischt. Vielleicht ist auch welches auf meinem Gesicht. *Keine Miene verziehen,* hatte der General gesagt. *Abseits halten. Nicht lächeln, nicht finster dreinschauen. Normal verhalten.* Er sah auf die Uhr, mit einer bemüht langsamen Bewegung. Er hatte schon vorher den linken Ärmelbund hochgerollt, um die Uhr freizumachen. Obwohl er nicht groß war, duckte er sich zusammen, als er plötzlich im Heckteil ankam, das im Freien lag und nur mit einem Sonnendach überdeckt war. Es war eine Sache von Sekunden. Nicht mehr von Tagen oder Kilometern; nicht mehr von Stunden. Sekunden. Der Stoppzeiger seiner Uhr rückte über die Sechs. Wenn er das nächste Mal die Sechs erreicht, dann los. Eine Brise hatte sich erhoben, doch er spürte sie kaum. Die Zeit war ein gräßliches Problem für ihn. Er wußte, wenn er aufgeregt war, verlor er jeden Zeitsinn. Er befürchtete, der Sekundenzeiger könne, eh er es merkte, eine Doppelrunde drehen und so zwei Minuten zu einer raffen. Im Heckteil waren alle Sitze frei. Er steuerte ruckweise auf die allerletzte Bank zu, wobei er den Korb mit den Orangen in beiden Händen vor seinem Magen und die Zeitung in die Achselhöhle geklemmt hielt: Ich bin's, entziffert meine Signale. Er kam sich idiotisch vor. Die Orangen waren viel zu auffällig. Warum um alles in der Welt sollte ein unrasierter junger Mann im Trainingsanzug einen Korb voll Orangen und die gestrige Zeitung herumtragen? Das ganze Schiff mußte aufmerksam geworden sein! »Herr Kapitän – dieser junge Mensch – dort drüben –, das ist ein Bombenleger. Er hat eine Bombe in seinem Korb, er will uns entführen oder das Schiff versenken!« Ein Paar stand Arm in Arm mit dem Rücken zu ihm an der Reling und starrte in den Dunst. Der Mann war winzig, kleiner als die Frau. Er trug einen schwarzen Mantel mit Samtkragen. Sie beachteten ihn nicht. *So weit nach hinten setzen, wie es irgend geht; direkt an den Mittelgang,* hatte der General gesagt. Er setzte sich und betete zu Gott, daß es beim erstenmal klappen möge und keine der Ausweichlösungen nötig sein würde. »Beckie, ich tu es für dich«, flüsterte er im stillen und dachte an seine Tochter, während er sich die Worte des Generals ins Gedächtnis zurückrief. Trotz seiner protestantischen Herkunft trug er unter dem Reißverschluß seiner Jacke ein Holzkreuz, ein Geschenk seiner Mutter. Warum hielt er es versteckt? Damit Gott nicht Zeuge seines Wortbruchs werde? Er wußte es nicht. Er wollte nur wieder fahren, nichts als fahren, bis er umfiele oder sicher zu Hause wäre. *Nirgends hinsehen,* hatte der General gesagt. Er solle nirgends anders als gerade vor sich hinsehen: *Du bist der passive Partner. Du hast weiter nichts zu tun, als die Gelegenheit zu liefern. Keine Parole, nichts; nur den Korb mit den Orangen und den gelben Umschlag und die Zeitung unterm Arm.* Ich hätte mich nie darauf einlassen dürfen, dachte er. Ich bringe das Leben meiner Tochter Beckie in Gefahr. Stella wird mir nie verzeihen. Ich verliere meine Staatsbürgerschaft, ich riskiere Kopf und Kragen. *Tu's für unsere Sache*, hatte der General gesagt. General, ich habe keine: Es ist nicht meine Sache, es ist die Ihre, es war die meines Vaters, darum werfe ich jetzt die Orangen über Bord. Aber er tat es nicht. Er legte die Zeitung neben sich auf die Lattenbank und sah, daß sie verschwitzt war – daß die Druckerschwärze an den Stellen, wo er sie umklammert hatte, abgegangen war. Er schaute auf die Uhr. Der Sekundenzeiger wies auf die Zehn. Sie ist stehengeblieben! Fünfzehn Sekunden, seit ich das letzte Mal hingesehen habe – das ist schlicht unmöglich! Ein hektischer Blick aufs Ufer zeigte ihm, daß sie bereits in der Mitte der Alster waren. Wieder schaute er auf die Uhr und sah den Sekundenzeiger die Elf überspringen. Idiot, dachte er, beruhige dich. Er beugte sich nach rechts, tat, als läse er die Zeitung, während er das Zifferblatt seiner Uhr nicht aus den Augen ließ. Terroristen. Nichts als Terroristen, dachte er, als er zum zwanzigstenmal die Schlagzeilen sah. Kein Wunder, daß die Passagiere mich auch für so einen halten. *Großfahndung.* Er wußte, was das hieß und staunte selbst darüber, daß er noch soviel Deutsch konnte. *Tu's für unsere Sache.*

Der Korb mit den Orangen lehnte in labilem Gleichgewicht an seinen Füßen. *Wenn du aufstehst, stell den Korb auf die Bank, um deinen Platz zu belegen*, hatte der General gesagt. Wenn er aber umfällt? In seiner Phantasie sah er die Orangen übers ganze Deck kullern, sah den offenen gelben Umschlag die Fotos überallhin verstreuen, alles Aufnahmen von Beckie. Der Sekundenzeiger rückte über die Sechs. Er stand auf. *Jetzt.* Er fror in der Magengegend. Er zog die Jacke hinunter und brachte dadurch unabsichtlich das Holzkreuz seiner Mutter zum Vorschein. Er zog den Reißverschluß hoch. *Schlendern. Nirgendwo hinsehen. Den Träumer spielen,* hatte der General gesagt. *Dein Vater hätte nicht einen Augenblick gezögert,* hatte der General gesagt. *So wenig, wie du zögern wirst.* Behutsam hievte er den Korb auf die Bank, balancierte ihn mit beiden Händen aus und kippte ihn leicht gegen die Rückenlehne, um ihm zusätzlichen Halt zu geben. Dann prüfte er die Standfestigkeit. Und jetzt das *Abendblatt*. Sollte er es mitnehmen oder liegenlassen? Vielleicht hatte sein Kontakt das Signal noch nicht gesehen? Er hob die Zeitung auf und klemmte sie unter den Arm.

Er ging in die Hauptkabine zurück. Ein zweites Paar war auf dem Weg zum Heck, wahrscheinlich, um Luft zu schnappen, älter, sehr gesetzt. Das erste Paar hatte sexy ausgesehen, selbst von hinten – der kleine Mann, das gutgewachsene Mädchen, beide richtig schmuck. Ein Blick genügte, um zu wissen, daß sie im Bett Spaß aneinander hatten. Das zweite Paar kam ihm wie ein Polizistengespann vor; der junge Mann war überzeugt, daß bei ihnen von Spaß keine Rede sein konnte. Wohin gehen meine Gedanken? fragte er sich verwirrt. Zu meiner Frau Stella, war die Antwort. Zu den langen köstlichen Umarmungen, mit denen es jetzt vielleicht für immer vorbei war. Schlendernd, wie man es ihm anbefohlen hatte, bewegte er sich durch den Gang hin zu der Absperrung, wo der Kapitän saß. Niemanden anzusehen, war leicht; die Passagiere drehten ihm den Rücken zu. Er war soweit nach vorne gegangen, wie es den Fahrgästen erlaubt war. *Geh zum Fenster des Kapitäns und bewundere die Aussicht. Bleib genau eine Minute dort.* Das Kabinendach war hier niedriger; er mußte sich bücken. Durch die große Windschutzscheibe vorbeiziehende Bäume und Gebäude. Er sah einen Ruderachter vorüberflitzen, gefolgt von einer einsamen blonden Göttin in einem Skiff. Brüste wie eine Statue, dachte er. Der größeren Beiläufigkeit wegen stützte er einen Laufschuh auf die Estrade des Kapitäns. Gebt mir ein Weib, dachte er verzweifelt, als der Augenblick der Entscheidung kam. Gebt mir meine Stella, verschlafen und voll Verlangen im Zwielicht des Morgens. Er legte sein lin-

kes Handgelenk auf die Reling, und sein Blick wich nicht von der Uhr.
»Wir putzen hier keine Schuhe«, grollte der Kapitän.
Hastig zog der Junge seinen Fuß zurück.
Jetzt weiß er, daß ich deutsch spreche, dachte er und fühlte, wie sein Gesicht vor Verlegenheit brannte. Aber sie wissen es ohnehin schon, dachte er dumpf, denn wozu sollte ich sonst eine deutsche Zeitung mit mir herumtragen?
Es war soweit. Schnell richtete er sich wieder zu seiner vollen Größe auf, drehte sich zu rasch um und machte sich auf den Rückweg zu seinem Platz. Die Ermahnung, nicht in die Gesichter zu starren, war jetzt zwecklos, denn die Gesichter starrten auf ihn, voller Mißbilligung über seinen zwei Tage alten Bart, seinen Trainingsanzug und seinen irren Blick. Seine Augen verließen ein Gesicht nur, um auf ein anderes zu treffen. Noch nie in seinem Leben, dachte er, hatte er einen derartigen Chor von Unwillen gesehen. Seine Trainingsbluse hatte sich wieder hochgeschoben und gab einen Strich schwarzen Haars frei. Stella wäscht sie zu heiß, dachte er. Er zog die Jacke wieder hinunter und trat ins Freie, und jetzt trug er sein Holzkreuz wie einen Orden. Nun geschahen zwei Dinge auf einmal. Auf der Bank neben dem Korb sah er die erwartete Kreidemarke. Sie lief knallgelb über zwei Latten und sagte ihm, daß die Übergabe erfolgreich vonstatten gegangen war. Dieser Anblick erfüllte ihn mit einem bisher nie gekannten Glücksgefühl; einer Befriedigung von solcher Vollkommenheit, wie keine Frau sie ihm verschaffen könnte.
Warum muß es so und nicht anders vor sich gehen? hatte er den General gefragt; warum so umständlich?
Weil das Objekt einzigartig auf der Welt ist, hatte der General erwidert. *Ein unersetzlicher Schatz. Sein Verlust würde eine Tragödie für die freie Welt sein.*
Und er hat *mich* zu seinem Kurier erwählt, dachte der junge Mann stolz, obgleich er in seinem Innersten überzeugt war, daß der alte Mann des Guten zuviel getan habe. Gelassen hob er den

gelben Umschlag auf, steckte ihn in seine Jackentasche, zog den Reißverschluß zu und ließ die Finger darüber gleiten, um sich zu vergewissern, daß die Krampen ineinander gegriffen hatten.
Genau in diesem Augenblick spürte er, daß er beobachtet wurde. Die Frau an der Reling stand noch immer mit dem Rücken zu ihm, und wieder bemerkte er, daß sie sehr hübsche Hüften und Beine hatte. Ihr kleiner Begleiter im schwarzen Mantel jedoch, der so sexy wirkte, hatte sich umgedreht, und sein Ausdruck tat alle die Hochgefühle ab, in denen der junge Mann gerade noch geschwelgt hatte. Nur ein einziges Mal hatte er ein derartiges Gesicht gesehen, damals, als sein Vater in ihrem ersten englischen Heim im Sterben lag, einem Zimmer in Ruislip, ein paar Monate nach ihrer Ankunft in England. Der junge Mann hatte nie etwas so Verzweifeltes, so tief Ernstes, so völlig Schutzloses bei irgend einem anderen Menschen gesehen. Schlimmer noch, er wußte – genau wie die Ostrakowa es gewußt hatte –, daß diese Verzweiflung im Widerspruch stand zum natürlichen Ausdruck dieser Züge, denn sie waren die eines Komödianten – oder, wie die Ostrakowa es ausgedrückt hatte, eines Magiers. So daß das leidenschaftliche Starren dieses kleinen scharfgesichtigen Fremden mit seinem wütenden Flehen – »Junge, du weißt gar nicht, was du da beförderst! Behüte es mit deinem Leben!« – einen Blick hinter die Maske gewährte.
Das Schiff hatte gestoppt. Sie waren am anderen Ufer angelangt. Der junge Mann packte den Korb, sprang an Land und tauchte, fast im Laufschritt, zwischen den geschäftigen Käufern von einer Seitenstraße in die andere, ohne zu wissen, wohin sie führten.

Auf der ganzen Rückfahrt sah der junge Mann, während das Steuerrad seine Arme schütterte und der Motor ihm seinen Takt in die Ohren hämmerte, dieses Gesicht vor sich auf der nassen Straße und fragte sich, je länger er darüber nachdachte, ob er sich das alles in der Aufregung der Übergabe nur eingebildet habe. Wahrscheinlich war die echte Kontaktperson jemand ganz anderer, überlegte er, um sich zu beruhigen. Eine dieser fetten Damen mit Filzhut vielleicht. Ich war übererregt, sagte er sich. Im entscheidenden Augenblick hat sich ein Unbekannter umgedreht und mich angeschaut, und ich habe ihm eine ganze Geschichte angehängt, in ihm sogar meinen sterbenden Vater gesehen.

Als er in Dover ankam, war er fast überzeugt, er habe den Mann aus seinem Denken verdrängt. Er hatte die verdammten Orangen in einen Abfallkorb geworfen; der gelbe Umschlag steckte wohlverwahrt in seiner Jackentasche, eine spitze Ecke stach ihn in die Haut, und alles übrige zählte nicht. Er hatte Theorien über seinen heimlichen Komplizen aufgestellt? Weg damit! Selbst wenn er aus reinem Zufall recht gehabt haben sollte und es wirklich dieses eingefallene starrende Gesicht gewesen war – na *und*? Um so weniger Grund, es dem General vorzuplappern, dessen Sicherheitsfimmel der junge Mann mit der unanfechtbaren Besessenheit eines Sehers gleichsetzte. Der Gedanke an Stella verfolgte ihn mit schmerzender Hartnäckigkeit. Sein Verlangen wuchs mit jeder lärmenden Meile. Es war noch früh am Morgen. Er stellte sich vor, daß er sie mit seinen Liebkosungen weckte; er sah, wie sich ihr verschlafenes Lächeln langsam in Leidenschaft wandelte.

Der Ruf erreichte Smiley in derselben Nacht. Da er in letzter Zeit den entschiedenen Eindruck gehabt hatte, ganz und gar nicht gut zu schlafen, war es merkwürdig, daß das Telefon am Bett lange läuten mußte, ehe er den Hörer abnahm. Er war von der Bibliothek direkt nach Hause gegangen und hatte dann später in einem italienischen Restaurant an der King's Road frugal zu Abend gegessen, im Schutz der *Newe Orientalische Reise* des Olearius. Nach seiner Rückkehr in die Bywater Street hatte er wieder die Arbeit an seiner Monographie aufgenommen, mit der Hingabe eines Mannes, der nichts Besseres zu tun hat. Nach ein paar Stunden hatte er eine Flasche Burgunder entkorkt und sie zur Hälfte geleert, wobei er sich ein miserables Hörspiel anhörte. Er hatte unruhig geschlafen, bis der Anruf kam. Sobald er jedoch

Lacons Stimme hörte, hatte er das Gefühl gehabt, daß man ihn aus einer warmen und liebgewordenen Geborgenheit riß, in der er für immer hätte bleiben wollen. Obwohl er sich schnell bewegte, hatte er den Eindruck, unendlich lange zum Anziehen zu brauchen; und er fragte sich, ob es so wohl allen alten Männern ergehe, wenn eine Todesnachricht eintraf.

3

»Haben Sie ihn denn persönlich gekannt, Sir?« fragte der Detective Chief Superintendent der Polizei respektvoll und in bewußt gedämpftem Ton. »Oder vielleicht sollte ich besser nicht fragen.«

Die beiden Männer waren seit einer Viertelstunde zusammen, aber dies war die erste Frage des Superintendent. Eine ganze Weile schien es, als habe Smiley sie nicht gehört, doch sein Stummbleiben wirkte nicht beleidigend, er besaß die Gabe des Schweigens. Überdies stellt sich zwischen zwei Männern, die eine Leiche betrachten, ein wortloses Einverständnis her. Es war eine Stunde vor Tagesanbruch in der Hampstead Heath, eine diesige, neblige Niemands-Stunde, weder warm noch kalt, mit einem Himmel, der vom Londoner Widerschein orange gefärbt war, und mit Bäumen, die wie Ölhäute glänzten. Smiley und der Superintendent standen Seite an Seite in einer Buchenallee, und der Superintendent war um einen Kopf größer: ein junger, vorzeitig ergrauter Koloss von einem Mann, ein bißchen bombastisch vielleicht, doch von der Milde eines Riesen, die ihn sofort sympathisch machte. Smiley hatte die Patschhände über dem Bauch gefaltet, wie ein Bürgermeister vor einem Kriegerdenkmal, und für nichts anderes Augen als für die Leiche, die zu seinen Füßen im Strahl der Stablampe des Superintendent unter einer Plastikhülle lag. Der Marsch hierher hatte ihn offentsichtlich außer Atem gebracht, er schnaubte ein bißchen, wie er so niederstarrte. Aus der Dunkelheit knisterten Polizeiempfänger in die Nachtluft. Außer der Stablampe des Superintendent waren keine Lichter zu sehen; er hatte befohlen, sie auszumachen.

»Nur jemand, mit dem ich zusammenarbeitete«, erklärte Smiley nach einer langen Pause.

»So hatte man mir zu verstehen gegeben, Sir«, sagte der Superintendent.
Er wartete hoffnungsvoll, aber es kam nichts mehr. »Nicht einmal mit ihm sprechen«, hatte der Deputy Assistant Commissioner (Crime and Ops) gesagt. »Zeigen Sie ihm nur, was er will, und ab mit ihm durch die Mitte. Schnell.« Bis jetzt hatte der Superintendent sich an die Anweisung gehalten, und zwar, wie er selber fand, mit Lichtgeschwindigkeit. Die Fotografen hatten Fotos gemacht, der Arzt hatte den Exitus festgestellt, der Pathologe hatte die Leiche *in situ* inspiziert, ehe er die Autopsie vornehmen würde – das Ganze wider alle Gepflogenheit im Eiltempo, nur um den Weg freizumachen für den anrückenden *Irregulären*, wie der Deputy Assistant Commissioner (Crime and Ops) ihn zu nennen geruhte. Der Irreguläre war eingetroffen – etwa so zeremoniell wie ein Gasableser, dachte der Superintendent, der ihn sogleich im Galopp durch die Routine schleuste. Sie hatten die Fußabdrücke angeschaut, sie hatten den Weg des alten Mannes bis hierher verfolgt. Der Superintendent hatte das Verbrechen rekonstruiert, soweit er unter den gegebenen Umständen dazu fähig war, und der Superintendent war ein fähiger Mann. Nun standen sie in der Senke, dort, wo die Allee eine Biegung machte und der rollende Nebel am dichtesten war. Im Licht der Stablampe war der Leichnam der Mittelpunkt von allem. Er lag mit dem Gesicht zur Erde, die Arme ausgebreitet, als hätte man ihn auf den Kies gekreuzigt, und die Plastikplane machte ihn noch lebloser. Es war der Körper eines alten, aber immer noch breitschultrigen Mannes, ein Körper, den Kampf und Leid gezeichnet hatten. Das weiße Haar war zur Bürste geschnitten. Eine kräftige geäderte Hand umklammerte noch immer einen klobigen Spazierstock. Er trug einen schwarzen Mantel und Gummigaloschen. Eine schwarze Baskenmütze lag neben ihm auf dem Boden, und der Kies unter seinem Kopf war schwarz von Blut. Einige Münzen lagen verstreut herum, und ein Kavalierstüchlein sowie ein kleines Federmesser, das mehr nach Souvenir als nach Werkzeug aussah. Höchstwahrscheinlich haben

sie angefangen, ihn zu durchsuchen und dann abgelassen, Sir, hatte der Superintendent gesagt. Höchstwahrscheinlich wurden sie gestört, Mr. Smiley, Sir; und Smiley dachte, wie es wohl sein mochte, wenn man den warmen Körper eines Menschen berührte, den man gerade erschossen hat.
»Könnte ich wohl einen Blick auf sein Gesicht werfen, Superintendent?« sagte Smiley.
Diesmal war es am Superintendent, mit der Antwort zu zögern.
»Ah, meinen Sie wirklich, Sir?« Es klang leicht verlegen. »Es gibt bessere Mittel und Wege, ihn zu identifizieren, als *das*, wissen Sie.«
»Ja. Ja, sicher«, sagte Smiley so ernst, als hätte er diesen Punkt reiflich erwogen.
Der Superintendent rief leise zu den Bäumen hinüber, wo seine Leute zwischen ihren unbeleuchteten Fahrzeugen standen wie die nächste Generation, die auf ihr Stichwort wartet.
»Ihr da. Hall. Sergeant Pike. Kommen Sie her und drehen Sie ihn um. Beeilung.«
Schnell, hatte der Deputy Assistant Commissioner (Crime and Ops) gesagt.
Zwei Männer glitten aus dem Schatten. Der Ältere trug einen schwarzen Bart. Ihre ellbogenlangen Chirurgenhandschuhe glänzten geisterhaft grau. Sie trugen blaue Overalls und schenkelhohe Gummistiefel. Der Bärtige kauerte nieder und hob vorsichtig die Plastikplane an, während der junge Constable eine Hand an die Schulter des alten Mannes legte, als wolle er ihn aufwecken. »Sie müssen schon ein bißchen kräftiger zufassen, Junge«, mahnte der Superintendent in bedeutend schärferem Ton.
Der junge Mann zog, der bärtige Sergeant half ihm, und die Leiche drehte sich widerstrebend um, wobei ein Arm steif mitschwang, während der andere am Stock festhielt.
»Herrgott«, sagte der Constable. »Gott verdammich!« und klappte eine Hand über seinen Mund. Der Sergeant packte ihn am Ellbogen und zerrte ihn weg. Man hörte würgende Laute.

»Ich persönlich halte nichts von Politik«, vertraute der Superintendent Smiley zusammenhanglos an, wobei er beharrlich nach unten starrte. »Ich halte nichts von Politik, und ich halte auch nichts von Politikern. Verrückte mit Jagdschein, die meisten, wenn Sie mich fragen. Drum bin ich auch zur Polizei gegangen, ehrlich gesagt.« Der wallende Nebel zog im Strahl seiner Stablampe seltsame Kringel. »Sie wissen nicht zufällig, was es gewesen sein kann, oder, Sir? In den ganzen fünfzehn Jahren hab ich keine derartige Wunde gesehen.«
»Ich fürchte, Ballistik schlägt nicht in mein Fach«, antwortete Smiley nach einer weiteren Denkpause.
»Nein, hab ich eigentlich auch nicht angenommen. Genug gesehen, Sir?«
Hatte Smiley offenbar nicht.
»Die meisten Leute erwarten allen Ernstes einen Brustschuß, nicht wahr, Sir?« bemerkte der Superintendent geistreich. Er hatte gelernt, daß harmloses Geplauder bei derartigen Gelegenheiten manchmal die Atmosphäre auflockere. »Ein Kügelchen, das ein schmuckes Loch bohrt. Das erwarten die meisten. Opfer sinkt sacht in die Knie zum Klang himmlischer Chöre. Kommt wahrscheinlich vom Fernsehen. Während eine echte Kugel einem heutzutage einen Arm oder ein Bein abreißen kann, wie mir meine Freunde in Braun berichten.« Seine Stimme nahm einen sachlicheren Ton an. »Hatte er denn einen Schnurrbart, Sir? Mein Sergeant bildet sich ein, die Spur weißer Haare über der Oberlippe entdeckt zu haben.«
»Einen militärischen«, sagte Smiley nach einer langen Pause, und zeichnete mit Daumen und Zeigefinger die Form auf seiner eigenen Lippe nach, während sein Blick nicht von der Leiche des alten Mannes wich. »Ob ich wohl den Inhalt seiner Taschen prüfen könnte, Superintendent?«
»Sergeant Pike.«
»Sir!«
»Decken Sie ihn wieder zu und sagen Sie Mr. Murgotroyd, er soll im Kastenwagen den Tascheninhalt für mich bereithalten,

das heißt, das, was sie davon übrig gelassen haben. Beeilung«, fügte der Superintendent gewohnheitsmäßig hinzu.

»Sir!«

»Und hören Sie.« Der Superintendent hatte den Sergeant sanft am Oberarm genommen. »Sagen Sie diesem jungen Constable Hall, daß ich ihm nicht verbieten kann, sich zu übergeben, aber ich verbitte mir seine blasphemische Redeweise.« Denn der Superintendent war im Privatleben ein praktizierender Christ und machte kein Hehl daraus. »Hier lang, Mr. Smiley, Sir«, fügte er, wieder zu seinem freundlicheren Ton zurückfindend, hinzu.

Als sie ein Stück die Allee hinaufgingen, verlor sich allmählich das Geschnatter aus den Funkgeräten, und sie hörten statt dessen den ärgerlichen Flügelschlag von Krähen und das Grollen der Stadt. Der Superintendent schritt scharf aus, wobei er sich links von der abgesperrten Fläche hielt. Smiley zappelte hinter ihm her. Ein fensterloser Kastenwagen parkte zwischen den Bäumen, die hintere Tür war offen, und im Inneren brannte ein schwaches Licht. Sie stiegen ein und setzten sich auf harte Bänke. Mr. Murgotroyd hatte graues Haar und trug einen grauen Anzug. Er kauerte vor ihnen, mit einem Plastiksack in der Hand, der wie ein durchsichtiger Kopfkissenbezug aussah. Der Sack war oben zugeschnürt, und er löste den Knoten. Darinnen schwammen kleinere Beutel. Mr. Murgotroyd fischte sie nacheinander heraus, und der Superintendent las im Licht seiner Handlampe die Aufschriften, ehe er die Beutel an Smiley zur Begutachtung weiterreichte.

»Eine abgegriffene Lederbörse kontinentaler Machart. Zur Hälfte in der Tasche, zur Hälfte draußen, Jacke, links. Sie haben die Münzen bei der Leiche gesehen – zweiundsiebzig Pence. Das war alles an Geld, was er bei sich hatte. Hat er gewöhnlich eine Brieftasche getragen, Sir?«

»Keine Ahnung.«

»Wir vermuten, daß sie die Brieftasche kassierten, sich an die Börse machten und dann davonliefen. Ein Bund Schlüssel, Haus und sonstige, Hose, rechts . . .« Er fuhr fort, doch Smileys forschende Aufmerksamkeit ließ nicht nach. Manche Leute *tun* so, als hätten sie ein gutes Gedächtnis, sagte sich der Superintendent, dem Smileys Konzentrationsvermögen nicht entging, manche *haben* eins. Nach der Einschätzung des Superintendenten war ein gutes Gedächtnis die bessere Hälfte der Intelligenz, er stellte es über alle anderen geistigen Fähigkeiten; und Smiley, das wußte er, besaß eins. »Ein Benutzerausweis der Stadtbücherei von Paddington, ausgestellt auf den Namen W. Miller, eine Schachtel Swan Vesta Streichhölzer, angebrochen, Mantel links. Eine Aufenthaltsgenehmigung für Ausländer, Nummer wie angegeben, ebenfalls auf den Namen Wladimir Miller. Ein Fläschchen Tabletten, Mantel links. Wofür waren die Tabletten, Sir, irgendeine Vermutung? Marke Sustac, was immer das sein mag, zwei bis dreimal täglich einzunehmen?«

»Herz«, sagte Smiley.

»Und eine Quittung über dreizehn Pfund vom Mini-Taxi-Dienst *Schnell und Sicher*, Islington, Nord 1.«

»Kann ich sehen?« sagte Smiley, und der Superintendent hielt die Quittung so, daß er das Datum und die Unterschrift des Fahrers lesen konnte, J. Lamb in Schönschrift mit einem wilden Schnörkel darunter.

Die nächste Tüte enthielt ein Stück Tafelkreide, gelb und wunderbarerweise unzerbrochen. Das zugespitzte Ende war wie von einem einzigen Strich braun gefärbt, doch das dicke Ende war unbenutzt.

»Gelbe Kreidespur auch an linker Hand«, ließ Mr. Murgotroyd sich zum erstenmal vernehmen. Seine Gesichtshaut war grau wie Stein. Auch seine Stimme war grau und traurig wie die eines Leichenbestatters. »Wir haben uns gefragt, ob er wohl im Lehrberuf tätig war«, fügte Mr. Murgotroyd hinzu, doch Smiley ging absichtlich oder versehentlich nicht darauf ein, und der Superintendent ließ es dabei bewenden.

Und ein zweites Taschentuch, Baumwolle, diesmal von Mr. Murgotroyd vorgewiesen, teils blutig, teils sauber und sorgfältig zu einem scharfen Dreieck für die Brusttasche gebügelt.

»Wahrscheinlich auf dem Weg zu einer Party, haben wir uns überlegt«, sagte Mr. Murgotroyd, diesmal ohne jede Hoffnung.
»Crime and Ops über Funk, Sir«, rief eine Stimme aus dem Vorderteil des Wagens.
Wortlos verschwand der Superintendent in die Dunkelheit und ließ Smiley unter dem deprimierten Blick Mr. Murgotroyds zurück.
»Sind Sie irgendein Experte, Sir?« fragte Mr. Murgotroyd, nachdem er seinen Gast lange und düster gemustert hatte.
»Nein. Nein, leider nicht«, sagte Smiley.
»Innenministerium, Sir?«
»Tut mir leid, auch nicht Innenministerium«, sagte Smiley leicht kopfschüttelnd, als teile er Mr. Murgotroyds Ratlosigkeit.
»Meine Vorgesetzten machen sich ein bißchen Sorge wegen der Presse, Mr. Smiley«, sagte der Superintendent, als er den Kopf wieder in den Wagen steckte. »Scheinen schon hierher unterwegs zu sein, Sir.«
Smiley kletterte hastig hinaus. Die beiden Männer standen einander in der Allee gegenüber.
»Sie waren sehr freundlich«, sagte Smiley. »Vielen Dank.«
»Keine Ursache«, sagte der Superintendent.
»Sie erinnern sich nicht zufällig, in welcher Tasche die Kreide war, oder?« fragte Smiley.
»Mantel, links«, antwortete der Superintendent leicht überrascht.
»Und die Durchsuchung – könnten Sie mir nochmals Ihre genaue Ansicht *darüber* geben?«
»Entweder, sie hatten keine Zeit mehr, ihn umzudrehen, oder es lag ihnen nichts daran. Knieten neben ihm nieder, angelten nach der Brieftasche, wollten an seine Börse. Verstreuten dabei ein paar Dinge. Hatten dann genug.«
»Vielen Dank«, sagte Smiley wieder.
Und einen Augenblick später war er mit einer Behendigkeit, die man ihm bei seiner Korpulenz nicht zugetraut hätte, zwischen den Bäumen verschwunden. Jedoch nicht, ehe der Superinten-

dent, unter Hintanstellung der bis dahin geübten Diskretion, den Strahl seiner Handlampe voll auf Smileys Gesicht gerichtet und einen intensiven geschulten Blick auf die legendären Züge getan hatte, und sei es nur, um später einmal, als Greis, seinen Enkelkindern erzählen zu können: wie George Smiley, einst Chef des Geheimdienstes und damals im Ruhestand, eines nachts aus dem Nebel auftauchte, um einen toten Ausländer zu beäugen, der unter höchst unerfreulichen Umständen ums Leben gekommen war.

Nicht eigentlich *ein* Gesicht, überlegte der Superintendent. Nicht, wenn es so von unten mit einer Stablampe indirekt angeleuchtet wurde. Eher eine ganze Reihe von Gesichtern. Eher ein Patchwork aus verschiedenen Altern, Leuten und Mühen. Sogar, dachte der Superintendent, aus verschiedenen Glaubensbekenntnissen.

»Der Beste, den ich je gekannt habe«, hatte der alte Mendel, sein Vorgänger im Amt, dem Superintendent unlängst bei einem freundschaftlichen Glas Bier anvertraut. Mendel war jetzt pensioniert, wie Smiley. Aber Mendel wußte, wovon er sprach, und er mochte die Circus-Clowns ebensowenig wie der Superintendent – Amateurfatzken, die einem dazwischenpfuschten, und meist noch dazu krumme Hunde. Nicht so Smiley. Smiley war anders, hatte Mendel gesagt. Smiley war der Beste – ganz einfach der beste Fall-Bearbeiter, den Mendel je gekannt hatte, und der alte Mendel wußte, wovon er sprach.

Eine Abtei, entschied der Superintendent. Genau das war er, eine Abtei. Er würde das bei nächster Gelegenheit in seine Predigt einarbeiten. Eine Abtei, zusammengesetzt aus allen möglichen einander widersprechenden Altern, Stilen und Überzeugungen. Der Superintendent fand an dieser Metapher immer mehr Gefallen, je länger er bei ihr verweilte. Er würde sie, sobald er nach Hause kam, zunächst an seiner Frau ausprobieren: der Mensch als Architektur Gottes, meine Liebe, geprägt von der Hand der Zeiten, unendlich in seinem Streben und in seiner Vielfalt . . . Doch hier legte der Superintendent seiner rhetorischen

Phantasie Zügel an. Vielleicht doch nicht, dachte er. Vielleicht schießen wir ein bißchen über das Ziel hinaus, mein Freund. Da war noch etwas an diesem Gesicht, was der Superintendent nicht so leicht vergessen würde. Später sprach er mit dem alten Mendel darüber, wie über so viele andere Dinge. Die Feuchtigkeit. Er hatte sie zuerst für Tau gehalten – doch sollte es Tau sein, wieso war dann das Gesicht des Superintendent strohtrocken? Es war nicht Tau, und es war auch nicht Schmerz, wenn seine Ahnung zutraf. Es war etwas, was den Superintendent gelegentlich selber ankam, und auch die Jungens, sogar die härtesten; es übermannte sie, und der Superintendent hielt danach Ausschau wie ein Falke. Gewöhnlich bei Kinderfällen, wo einem die Widersinnigkeit durch Mark und Knochen ging – Kindesmißhandlungen, Kindesentführungen, Kindermorde. Man brach nicht zusammen noch raufte man sich das Haar oder was dergleichen Theater mehr war. Man legte nur wie von ungefähr die Hand ans Gesicht und fand es feucht und fragte sich, wofür zum Teufel Christus eigentlich gestorben sei, falls ER überhaupt jemals gestorben war.

Und wenn man in *dieser* Stimmung war, sagte sich der Superintendent leicht schaudernd, dann nahm man am besten ein paar Tage Urlaub und fuhr mit seiner Frau nach Margate, sonst sprang man, ehe man recht wußte, wie es kam, mit den Leuten ein bißchen rauher um, als einem selber bekömmlich war.

»Sergeant!« brüllte der Superintendent.

Das bärtige Gesicht tauchte vor ihm auf.

»Scheinwerfer an und alles auf Normal bringen«, befahl der Superintendent. »Und sagen Sie Inspector Hallowes, er soll gefälligst hier antanzen und sich nützlich machen. Beeilung.«

4

Sie hatten die Kette an der Tür ausgehakt, um ihn einzulassen, und Fragen gestellt, noch ehe sie ihm den Mantel abnahmen: präzis und konzentriert. Wurde bei dem Toten irgendwelches kompromittierendes Material gefunden, George? Aus dem seine Verbindung zu uns hervorgeht? Mein Gott, haben Sie lange gebraucht! Sie hatten ihm gezeigt, wo er sich die Hände waschen könne und völlig vergessen, daß er mit den Örtlichkeiten vertraut war. Sie hatten ihn in einen Ledersessel bugsiert, und dort saß Smiley nun, bescheiden und unbeachtet, während Oliver Lacon, Whitehalls Obermacher in nachrichtendienstlichen Fragen, auf dem abgetretenen Teppich hin- und hertigerte, wie ein Mann, dem sein Gewissen keine Ruhe läßt, und Lauder Strickland über das alte Standtelefon in der entfernten Ecke des Zimmers alles auf fünfzehn verschiedene Arten zu fünfzehn verschiedenen Leuten nochmals sagte – »Dann geben Sie mich zurück zur Polizeiverbindungsstelle, Weib, und zwar *sofort*« – entweder bellend oder säuselnd, je nach Rang und Einfluß. Der Superintendent lag ein Leben zurück, doch zeitlich nur zehn Minuten. Die Wohnung roch nach alten Windeln und abgestandenem Zigarettenrauch und lag im obersten Stockwerk eines im überladenen spätviktorianischen Stil erbauten Apartmenthauses, keine zweihundert Yards von Hampstead Heath. In Smileys Denken vermischten sich Visionen von Wladimirs zerschossenem Gesicht mit den bleichen Gesichtern der Lebenden, doch der Tod war kein überraschender Schlag für ihn, er bestätigte ihm nur, daß seine eigenen Tage dahinschwanden, daß er auf Abruf lebte. Er saß erwartungslos da. Er saß da, wie ein alter Mann auf einem Dorfbahnhof, der zusieht, wie die Schnellzüge durchbrausen. Aber nichtsdestoweniger zusieht. Und sich an alte Fahrten erinnert.

So geht es immer bei Krisen, dachte er; zielloses Durcheinandergerede. Ein Mann am Telefon, ein anderer tot und ein Dritter auf und ab gehend. Nervöse Müdigkeit in Zeitlupe.
Er blickte um sich, versuchte, seine Gedanken auf den Verfall außerhalb seiner Person zu konzentrieren. Vergammelte Feuerlöscher, Stiftung des Arbeitsministeriums. Braune Sofas mit kratzigem Bezug, etwas fleckiger als damals. Doch im Gegensatz zu alten Generalen sterben sichere Wohnungen nie, dachte er. Sie schwinden nicht einmal dahin.
Auf dem Tisch vor ihm warteten die dürftigen Attribute der Agenten-Gastlichkeit, bereitgestellt zur Belebung des unbelebbaren Gastes. Smiley machte Bestandsaufnahme. In einem Kübel mit geschmolzenem Eis eine Flasche Stolochnaya-Wodka, Wladimirs aktenkundige Lieblingsmarke. Salzheringe, noch in der Dose. Essiggurken, lose gekauft und schon am Austrocknen. Ein obligatorischer Laib Schwarzbrot. Wie jedem Russen, den Smiley je gekannt hatte, war es Wladimir kaum möglich gewesen, seinen Wodka ohne diese Beigabe zu trinken. Zwei Wodkagläser von Marks & Spencer, könnten sauberer sein. Ein Päckchen russischer Zigaretten, ungeöffnet: Wäre er gekommen, er hätte sie aufgeraucht, er hatte keine Zigaretten bei sich gehabt, als er starb.
Wladimir hatte keine bei sich, als er starb, wiederholte er für sich und machte sich einen Knoten ins Gedächtnis.
Ein Scheppern riß Smiley aus seinen Gedanken. Der junge Mostyn hatte in der Küche einen Teller fallen lassen. Lauder Strickland wirbelte am Telefon herum und erbat sich Ruhe. Doch die war inzwischen schon wieder eingetreten. Was machte Mostyn eigentlich? Abendessen? Frühstück? Buk er Aniskuchen für den Leichenschmaus? Und was war Mostyn? *Wer* war Mostyn? Smiley hatte seine feuchte und zitternde Hand geschüttelt und augenblicks vergessen, wie er aussah, erinnerte sich nur, daß er blutjung war und ihm doch aus irgendeinem Grund vertraut, wenn auch nur als Typus. Mostyn ist ein Stück Malheur, entschied Smiley kategorisch.

Lacon blieb mitten in seinem Herumwandern abrupt stehen. »George! Sie sehen sorgenvoll aus. Nicht doch. Wir haben alle ein reines Gewissen in dieser Sache, jeder von uns!«
»Ich sorge mich nicht, Oliver.«
»Sie sehen aus, als machten Sie sich Vorwürfe. Ich kenne Sie!«
»Wenn Agenten sterben –« sagte Smiley, ließ aber den Satz in der Luft hängen, und Lacon konnte das Ende ohnehin nicht abwarten. Er hatte sich wieder in Marsch gesetzt, wie ein Wandersmann, der noch Meilen vor sich hat. Lacon, Strickland, Mostyn, dachte Smiley, als Stricklands schottisch gefärbtes Stakkato erneut einsetzte. Ein Regierungsfaktotum, ein Circus-Intrigant und ein verschreckter Junge. Warum keine echten Leute? Warum nicht Wladimirs Einsatzleiter, wer immer es sei? Warum nicht Saul Enderby, ihr Chef?
Ein Vers von Auden kam ihm in den Sinn, aus den Tagen, als er Mostyns Alter hatte: *Ehren wir, so wir können, den senkrechten Mann, wenn wir auch nur den waagrechten schätzen*. Oder so ähnlich.
Und warum Smiley? dachte er. Warum ausgerechnet ich? Ein Mann, der für sie töter ist als der alte Wladimir?
»Möchten Sie Tee, Mr. Smiley, oder lieber etwas Stärkeres?« rief Mostyn durch die offene Küchentür. Smiley fragte sich, ob der junge Mensch wohl von Natur aus so blaß war.
»Er möchte nur Tee, danke schön, Mostyn«, bellte Lacon und drehte sich scharf auf dem Absatz um. »Nach einem Schock nichts wie Tee. Mit Zucker, ja, George? Zucker gleicht Energieschwund aus. War es *grausig*, George? Wie gräßlich für Sie.«
Nein, es war nicht gräßlich, es war die Wahrheit, dachte Smiley. Er wurde erschossen, und ich habe ihn tot gesehen. Vielleicht solltet ihr das auch tun.
Lacon konnte Smiley anscheinend nicht in Ruhe lassen, er war quer durch das Zimmer zurückgekommen und schaute ihn mit aufmerksamen, verständnislosen Augen an. Er war ein fader Mensch, hektisch, aber ohne Schwung, mit grausam gealterten jugendlichen Zügen und einem häßlichen entzündeten Aus-

schlag rings um den Hals, wo das Hemd die Haut wundgescheuert hatte. In dem Kirchenlicht zwischen Dämmerung und Morgen schimmerte seine schwarze Weste und sein weißer Kragen wie eine Soutane.

»Ich habe Sie kaum begrüßt«, klagte Lacon, als sei dies Smileys Schuld. »George. Alter Freund. Mein Gott.«

»Hallo, Oliver«, sagte Smiley.

Doch Lacon blieb bei ihm stehen und sah auf ihn hinunter, den langen Kopf auf die Seite gelegt, wie ein Kind, das einen Käfer betrachtet. In Smileys Geist spulte Lacons Telefonanruf von vor zwei Stunden nochmals ab.

Es ist ein Notfall, George. Erinnern Sie sich an Wladimir? George, sind Sie wach? Erinnern Sie sich an den alten General, George? Der lange in Paris gelebt hat?

Ja, ich erinnere mich an den General, hatte er geantwortet. Ja, Oliver, ich erinnere mich an Wladimir.

Wir brauchen jemanden aus seiner Vergangenheit, George. Jemanden, der seine Lebensgewohnheiten kannte, der ihn identifizieren, einen möglichen Skandal abbiegen kann. Wir brauchen Sie, George. Jetzt. George, wachen Sie auf.

Er hatte es versucht. So, wie er versucht hatte, den Hörer zu seinem besseren Ohr hinüberzuwechseln und sich in einem Bett aufzusetzen, das zu breit für ihn war. Er strampelte sich über den kalten Platz, den seine Frau leer gelassen hatte, denn das Telefon stand auf ihrem Nachttisch.

Er wurde angeschossen, sagen Sie? hatte Smiley wiederholt. *George, warum können Sie nicht zuhören? Totgeschossen. Heute abend. George, um Himmels willen, wachen Sie auf, wir brauchen Sie!*

Lacon marschierte wieder los und drehte dabei an seinem Siegelring, als sei er ihm zu eng. *Ich brauche dich*, dachte Smiley, als er ihm zusah, wie er seine Kreise zog. *Ich liebe dich, ich hasse dich, ich brauche dich.* Diese apokalyptischen Verlautbarungen erinnerten ihn an Ann, wenn ihr das Geld oder die Liebe ausgegangen waren. Das Herz des Satzes ist das Subjekt, dachte er. Nicht das Verbum und schon gar nicht das Objekt. Das Herz ist das Ich, das sein Teil fordert.

Mich brauchen, wozu? dachte er wieder. Um sie zu trösten? Ihnen die Absolution zu erteilen? Was haben sie getan, daß sie meine Vergangenheit brauchen, um ihre Zukunft wieder ins Lot zu bringen?

Im Hintergrund des Zimmers hielt Lauder Strickland wie ein Faschist auf einer Rednertribüne einen Arm hoch, während er sich an die Obrigkeit wandte.

»Ja, Chef, er ist zur Zeit bei uns, Sir . . . Ich werd's bestellen, Sir . . . Gewiß, Sir . . . Ich werde es ihm ausrichten . . . Ja, Sir . . .« Warum fühlen die Schotten sich von der Geheimwelt so angezogen? Smiley dachte nicht zum erstenmal in seiner Karriere darüber nach. Schiffsingenieure, Kolonialbeamte, Spione . . . Ihre häretische schottische Geschichte zog sie zu fernen Kirchen. »George!« Strickland rief Smileys Namen, plötzlich lauter, wie einen Befehl. »Sir Saul läßt Sie persönlich aufs herzlichste grüßen, George!« Er war herumgewirbelt, noch immer mit erhobenem Arm. »In einem ruhigeren Augenblick wird er Ihnen seine Dankbarkeit passender ausdrücken.« Wieder ins Telefon: »Ja, Chef, Oliver Lacon ist auch hier bei uns, und sein Gegenstück im Innenministerium konferiert gerade mit dem Commissioner of Police betreffs unseres einstigen Interesses an dem Toten und der Vorbereitung einer Presseverlautbarung.«

Einstiges Interesse, registrierte Smiley. Ein einstiges Interesse mit weggeschossenem Gesicht und keinen Zigaretten in der Tasche. Gelbe Kreide. Smiley unterzog Strickland einer offenen Musterung: den scheußlichen grünen Anzug, die zum Wildleder-Look aufgerauhten schweinsledernen Schuhe. Die einzige Veränderung, die er an ihm feststellen konnte, war ein rotbrauner Schnurrbart, nicht halb so militärisch wie Wladimirs Bart gewesen war, als er noch einen hatte.

»Jawohl, Sir, ›ein erloschener Fall, von historischen Belang‹, Sir,« schnurrte Strickland weiter ins Telefon. Erloschen stimmt, dachte Smiley. Erloschen, verloschen, ausgelöscht. »Haargenau die richtige Terminologie«, fuhr Strickland fort. »Und Oliver Lacon schlägt vor, es so Wort für Wort in die Pressenotiz aufzunehmen. Liege ich da richtig, Oliver?«

»*Rein* historisch«, korrigierte Lacon ihn gereizt. »Nicht von historischem *Belang*. Das fehlte uns gerade noch! Rein historisch.« Er durchquerte das Zimmer, offensichtlich, um durch das Fenster auf den kommenden Tag zu schauen.

»Enderby hat *immer noch* das Sagen, wie, Oliver?« fragte Smiley den ihm zugewandten Rücken Lacons.

»Ja. Ja, immer noch Saul Enderby, Ihr alter Gegenspieler, und er tut Wunder«, gab Lacon ungeduldig zurück. Er zog so heftig an der Gardine, daß sie aus der Gleitschiene sprang. »Nicht Ihr Stil, zugegeben, aber warum auch? Überzeugter Atlantiker.« Er versuchte, den Fensterflügel mit Gewalt zu öffnen. »Man hat's nicht leicht unter einer derartigen Regierung, das kann ich Ihnen sagen.« Er versetzte dem Griff einen weiteren heftigen Stoß. Ein eisiger Luftzug strich um Smileys Knie. »Halten einen ganz schön auf Trab. Mostyn, wo bleibt der Tee. Wir warten schon eine Ewigkeit darauf.«

Unser ganzes Leben lang, dachte Smiley. Durch das Gekeuche eines bergauf fahrenden Lasters hörte er wieder Strickland, dessen Gespräch mit Saul Enderby sich hinzog. »Ich meine, wir dürfen ihn bei der Presse nicht *zu weit* herunterspielen, Chef. Dumm stellen ist alles, in einem derartigen Fall. Auch der Einstieg über das Privatleben ist hier gefährlich. Was wir brauchen, ist ein absoluter Mangel an Gegenwartsbezug. Wie wahr, wie wahr, ganz richtig, Chef –« Und weiter dröhnte er in alerter Speichelleckerei.

»Oliver –« begann Smiley, der die Geduld verlor. »Oliver, hätten Sie etwas dagegen, mir –«

Doch Lacon wollte reden, nicht zuhören. »Wie geht's Ann?« fragte er vage herüber und lehnte die Unterarme aufs Fensterbrett. »Hoffentlich hübsch zu Hause und so weiter, streunt nicht, oder? Mein *Gott*, ich hasse den Herbst.«

»Gut, danke. Wie geht's –« Er versuchte vergebens, sich an den Vornamen von Lacons Frau zu erinnern.

»Auf und davon, verdammich. Durchgebrannt mit ihrem windigen Reitlehrer, hol sie der Teufel. Hat mich mit den Kindern sitzen lassen. Die Mädchen sind Gott sei Dank in Internaten untergebracht.« Er stützte sich auf die Hände und starrte in den heller werdenden Himmel. »Ist das, was da droben wie ein Golfball zwischen den Kaminhauben steckt, der Orion?« fragte er.

Womit wir einen weiteren Todesfall hätten, dachte Smiley traurig, und ließ seinen Geist kurz bei Lacons zerbrochener Ehe verweilen. Er erinnerte sich an eine hübsche weltfremde Frau und eine Meute von Töchtern, die sich im Garten des unübersichtlichen Hauses in Ascot auf Ponys tummelten.

»Tut mir leid, Oliver«, sagte er.

»Warum denn? Ist ja nicht *Ihre* Frau. Ist *meine*. In der Liebe ist jeder sich selbst der Nächste.«

»Würden Sie bitte das Fenster schließen!« rief Strickland und wählte bereits eine neue Nummer. »Verdammt arktisch hier hinten.«

Gereizt schlug Lacon das Fenster zu und schlenderte ins Zimmer zurück.

Smiley unternahm einen zweiten Versuch: »Oliver, was geht hier vor?« fragte er. »Warum habt Ihr mich geholt?«

»Zunächst nur jemanden, der ihn kannte. Strickland, sind Sie halbwegs durch? Er ist wie eine von diesen Flughafen-Ansagerinnen«, verkündete er Smiley mit törichtem Grinsen. »*Niemals* fertig.«

Du bist am Zusammenklappen, Oliver, dachte Smiley, als er unter dem Licht die Starre in Lacons Augen bemerkte. Es war zuviel für dich, dachte er in unerwartetem Mitgefühl. Für uns beide.

Aus der Küche erschien der mysteriöse Mostyn mit Tee: ein ernsthaftes heutig aussehendes Kind mit weiten Hosen und einer Mähne braunen Haars. Als er sah, wie der Junge das Tablett absetzte, konnte Smiley ihn endlich in seiner eigenen Vergangenheit unterbringen. Ann hatte einmal einen ähnlichen Liebhaber gehabt, einen Seminaristen vom Wells Theological College. Sie hatte ihn auf der M 4 aufgegabelt und, wie sie später anführte, davor bewahrt, Homo zu werden.

»In welcher Abteilung sind Sie, Mostyn«, fragte Smiley ihn ruhig.

»Zwinger, Sir.« Er kauerte auf Tischhöhe nieder, wobei er asiatische Geschmeidigkeit bewies. »Schon seit Ihrer Zeit, Sir. Es ist eine Art Operationspool. Hauptsächlich Praktikanten, die auf einen Übersee-Einsatz warten.«

»Verstehe.«

»Ich habe Ihre Vorträge in der Nursery in Sarratt gehört, Sir. Anfängerkurs. ›Führung von Agenten im Feldeinsatz‹. War das beste in den ganzen zwei Jahren.«

»Vielen Dank.«

Doch Mostyns Kalbsaugen wichen nicht von ihm.

»Vielen Dank«, sagte Smiley nochmals, ratloser denn zuvor.

»Milch, Sir, oder Zitrone? Die Zitrone war für *ihn*«, sagte Mostyn leise beiseite, als sei dies eine Empfehlung für die Zitrone.

Strickland hatte eingehängt und fummelte an seinem Hosenbund, machte ihn weiter oder enger.

»Nun ja, wir müssen die Wahrheit mildern, George!« bellte Lacon plötzlich heraus, als handle es sich um ein persönliches Glaubensbekenntnis. »Manchmal ist jemand unschuldig, aber die Umstände können ihn in einem ganz anderen Licht erscheinen lassen. Es hat nie ein Goldenes Zeitalter gegeben. Nur eine Goldene Mitte. Das dürfen wir nie vergessen. Malt's auch auf eure Rasierspiegel.«

»Mit gelber Kreide«, dachte Smiley. Strickland watschelte quer durchs Zimmer.

»He! Mostyn. Jungmann Nigel. Ja, Sie, Sir.«

Mostyn hob zur Antwort die ernsten braunen Augen.

»Daß Sie mir nichts zu Papier bringen«, warnte ihn Strickland, wobei er mit dem Handrücken über seinen Schnurrbart fuhr, als sei Hand oder Bart naß geworden. »Hören Sie? Das ist ein Befehl. Es gab kein Treffen, also brauchen Sie auch nicht das übliche Treff-Formular oder dergleichen Zeug auszufüllen. Sie müssen weiter nichts tun, als die Klappe halten. Verstanden? Sie rechnen Ihre Spesen ohne Beleg als allgemeine Nebenausgaben ab. Direkt über mich. Kein Aktenbezug. Verstanden?«

»Ich verstehe«, sagte Mostyn.

»Und keine Flüsterverlautbarungen zu diesen kleinen Nutten von der Registratur, ich erfahr's ja doch. Kapiert? Geben Sie uns Tee.«

Etwas tat sich im Inneren George Smileys, als er dieses Gespräch hörte. Aus der formlosen Ungenauigkeit dieser Dialoge, aus dem Grauen der Szene auf der Heath brach die eine ätzende Wahrheit über ihn herein. Er spürte ein Ziehen in der Brust und hatte das momentane Gefühl, von dem Zimmer und den drei verstörten Menschen, die er darin vorgefunden hatte, abgeschnitten zu sein. *Treff*-Formular? Kein *Treff*? *Treff* zwischen Mostyn und Wladimir? *Gott im Himmel*, dachte er und vollzog die Quadratur des Narrenkreises. *Der Herr behüte, bewahre und beschütze uns. Mostyn hatte als Wladimirs Einsatzleiter fungiert. Dieser alte Mann, ein General, einst unser Stolz, und sie hatten ihn einem unbedarften Knaben ausgeliefert!* Dann ein weiterer, noch heftigerer Stich, als seine Überraschung in einer Explosion innerlicher Wut hinweggefegt wurde. Er fühlte, wie seine Lippen zitterten, er fühlte, wie seine Kehle sich zuschnürte und seine Worte blockierte, und als er sich Lacon zuwandte, schienen seine Brillengläser sich von der Hitze zu beschlagen.

»Oliver, ob Sie nun endlich die Güte hätten, mir zu verraten, was ich hier soll«, hörte er sich zum drittenmal in einem Ton sagen, der kaum mehr war als ein Flüstern.

Er streckte den Arm aus und zog die Wodkaflasche aus dem Kübel. Unaufgefordert brach er die Kapsel und schenkte sich ein ziemlich großes Tröpfchen ein.

Auch jetzt noch überlegte Lacon, erwog, ließ die Blicke schweifen, zögerte. In Lacons Welt waren direkte Fragen der Gipfel des schlechten Geschmacks, aber direkte Antworten waren noch schlimmer. Eine Weile blieb er mitten in der Bewegung erstarrt

im Zimmer stehen und glotzte Smiley ungläubig an. Ein Wagen mühte sich hügelan, brachte Kunde von der wirklichen Welt draußen vor dem Fenster. Lauder Strickland schlürfte seinen Tee. Mostyn setzte sich artig auf einen Klavierhocker, zu dem es kein Klavier gab. Und Lacon hakte mit ruckartigen Bewegungen nach Worten, die elliptisch genug wären, um ihren wirklichen Sinn zu verbergen.
»George«, sagte er. Ein Regenschauer trommelte wie Maschinengewehrfeuer gegen die Scheiben, doch er achtete nicht darauf. »Wo ist Mostyn?« fragte er.
Mostyn war, kaum zu Stuhl gekommen, wieder aus dem Zimmer geflitzt, um einem nervösen Bedürfnis abzuhelfen. Sie hörten die Spülung donnern, lautstark wie ein Blasorchester, und die Abflußrohre das ganze Haus hinunter gurgeln. Lacon hob eine Hand an den Hals und fuhr die Schürfmale entlang.
Widerstrebend begann er: »Vor drei Jahren, George – fangen wir da an –, kurz nachdem Sie den Circus verließen – hat Ihr Nachfolger Saul Enderby –, Ihr *würdiger* Nachfolger – unter dem Druck eines besorgten Kabinetts –, mit *besorgt* meine ich, neu gebildet –, hat also Ihr Nachfolger die Einführung weitreichender Änderungen in der nachrichtendienstlichen Praxis beschlossen. Ich gebe Ihnen den *Background*, George«, unterbrach er sich erläuternd. »Ich tue das, weil Sie sind, wer Sie sind, der alten Zeiten wegen und wegen« – er wies mit einem ausgestreckten Finger zum Fenster –, »wegen da draußen.«
Strickland hatte die Weste aufgeknöpft und lag dösend und satt da, wie ein Erster-Klasse-Passagier in einem Nachtflugzeug. Doch seine kleinen wachsamen Augen folgten jedem Ausfall, den Lacon machte. Die Tür öffnete und schloß sich, ließ Mostyn ein, der seinen Hochsitz auf dem Klavierhocker wieder einnahm.
»Mostyn, ich erwarte von Ihnen, daß Sie jetzt weghören. Es geht um hohe, allerhöchste Politik. Eine dieser *weitreichenden* Änderungen, George, war die Entscheidung, einen interministeriellen Leitausschuß zu bilden. Einen *gemischten* Ausschuß« – er bil-

dete mit beiden Händen einen in der Luft –, »teils Westminster, teils Whitehall, der das Kabinett ebenso vertrat wie die größeren Whitehall-Kunden. Bekannt als die Weisen. Jedoch eingeschaltet – George –, eingeschaltet *zwischen* der nachrichtendienstlichen Bruderschaft und dem Kabinett. Als Verbindung, als Filter, als Bremse.« Die eine Hand war ausgestreckt geblieben, spielte diese Methaphern aus wie Karten. »Um dem Circus auf die Finger zu schauen. Um Kontrolle auszuüben, George. Wachsamkeit und Verantwortungsgefühl im Interesse einer transparenten Regierung. Ist nicht Ihr Geschmack. Ich seh's Ihnen an.«

»Ich bin aus dem Spiel«, sagte Smiley. »Ich kann mir kein Urteil erlauben.«

Plötzlich nahm Lacons Gesicht einen konsternierten Ausdruck an, und in seinem Ton schwang fast so etwas wie Verzweiflung. »Sie sollten sie *hören*, George, unsere neuen Herren! Sollten *hören*, wie sie über den Circus sprechen! Ich bin ihr Prügelknabe, verdammich; ich *weiß* es, ich krieg täglich mein Fett ab. Verleumdungen. Verdächtigungen. Mißtrauen an jeder Ecke, selbst von seiten der Minister, die's eigentlich besser wissen sollten. Als wäre der Circus eine Art wildes Fabeltier und somit unberechenbar. Als wäre der britische Geheimdienst etwas wie eine hundertprozentige Filiale der Konservativen Partei. Nicht ihr Verbündeter, sondern eine autonome Natter in ihrem sozialistischen Nest. Haargenau wie in den Dreißigern. Sogar das Gerede von einem ›Britischen Gesetz über die Informationsfreiheit‹ nach amerikanischem Muster wird wieder laut, wissen Sie das? *Mitten* aus dem Kabinett. Offene Hearings, Enthüllungen, alles zum Gaudium der Öffentlichkeit? George, Sie würden schokkiert sein. Schmerzlich betroffen. Bedenken Sie, wie sich so etwas allein auf die Truppenmoral auswirkt. Wäre zum Beispiel unser Mostyn hier jemals zum Circus gegangen, nach dieser Art von trauriger Berühmtheit, in der Presse und sonstwo? Wären Sie, Mostyn?«

Die Frage schien Mostyn sehr tief zu treffen, denn seine ernsten

Augen, die durch seine kränkliche Blässe dunkler als sonst erschienen, wurden noch ernster, und er legte Daumen und Zeigefinger auf die Lippen. Sagte aber nichts.
»Wo war ich stehengeblieben, George?« fragte Lacon, plötzlich wie verloren.
»Die Weisen«, sagte Smiley mitfühlend.
Vom Sofa her verkündete Lauder Strickland sein Urteil über diese Körperschaft: »Weise, von wegen. Ein Haufen linkslastiger Krämerseelen. Führen uns am Gängelband. Sagen uns, wie wir den Laden schmeißen sollen. Klopfen uns auf die Finger, wenn unsere Zahlen nicht stimmen.«
Lacon warf Strickland einen tadelnden Blick zu, widersprach ihm aber nicht.
»Eine der weniger strittigen Übungen der Weisen, George, eine ihrer ersten Aufgaben, die ihnen – laut einer gemeinsam ausgearbeiteten Charta – von unseren Herren ganz speziell übertragen wurde, war die *Bestandsaufnahme*. Die Betriebsmittel des Circus weltweit registrieren und sie legitimen, zeitgemäßen Zielen zuordnen. Fragen Sie mich nicht, was in ihrer Sicht ein legitimes, zeitgemäßes Ziel darstellt. Das ist ein sehr kitzliger Punkt. Doch ich will nicht unloyal sein.« Er nahm seinen Text wieder auf. »Nur soviel sei gesagt, daß diese Revision über sechs Monate durchgeführt und die Axt gebührend angelegt wurde.« Er brach ab und starrte Smiley an.
»Folgen Sie mir, George?« fragte er perplex.
Doch es war im Augenblick kaum festzustellen, ob Smiley irgendwem folgte. Seine schweren Lider waren fast geschlossen, und der sichtbare Rest seiner Augen lag im Schatten der dicken Brillengläser. Er saß bolzengerade, doch sein Kopf war so weit nach vorn gefallen, daß die prallen Kinne auf der Brust ruhten.
Lacon zögerte noch einen Moment, dann fuhr er fort: »Nun, als Folge dieses Axtanlegens – dieser Bestandsaufnahme, wenn Ihnen das lieber ist – seitens der Weisen wurden bestimmte Kategorien von Geheimoperationen *ipso facto* als unzulässig erklärt. Njet. Klar?«

Auf sein Sofa hingelümmelt stimmte Strickland die Litanei des Unsagbaren an: »Keine Leimruten. Keine Gimpelfallen. Keine Schaukelpferde. Keine Abwerbungen. Keine Emigranten. Kein Garnichts.«
»Wie bitte?« sagte Smiley, als erwache er jäh aus einem tiefen Schlaf. Doch solch unverblümte Rede war nicht nach Lacons Geschmack, und er wischte sie weg.
»Wir wollen nicht simplifizieren, bitte, Lauder. Wir wollen die Dinge organisch angehen. Hier muß in Konzepten gedacht werden. Die Weisen haben also einen *Kodex* aufgestellt, George«, faßte er an Smileys Adresse zusammen. »Einen Katalog geächteter Praktiken. Klar?« Aber Smiley harrte eher des Kommenden, als daß er zuhörte. »Haben das ganze Feld abgesteckt – über Gebrauch und Mißbrauch von Agenten, über unsere Fischereirechte – oder deren Verweigerung – in den Commonwealthstaaten und dergleichen mehr. Lauscher, Überseebeobachter, Operationen unter falscher Flagge – eine Mammutaufgabe, die sie wacker angingen.« Zu jedermanns, außer seinem eigenen Erstaunen verschränkte Lacon die Finger, drehte die Handfläche nach unten und ließ die Gelenke in herausforderndem Stakkato knacken.
Er fuhr fort: »*Ebenfalls* auf ihrer Verbotsliste – und sie *ist* ein krudes Instrument, George, respektiert keine Tradition –, stehen solche Dinge wie die klassische Verwendung von Doppelagenten. *Obsession* belieben das unsere neuen Herren in ihren Untersuchungsberichten zu nennen. Die alten Spiele des Anlaufens, des Umdrehens und Rückspielens von Feindspionen – zu Ihrer Zeit das tägliche Brot der Spionageabwehr –, gelten heutzutage, George, nach der übereinstimmenden Meinung der Weisen, als veraltet. Unwirtschaftlich. Weg damit.«
Ein weiterer Laster donnerte schlingernd den Hügel hinunter oder hinauf. Sie hörten, wie seine Reifen an den Bordstein schlugen.
»Herrgott«, murrte Strickland.
»Oder – ich greife willkürlich ein anderes Beispiel heraus – die Überbewertung der Exilgruppen.«

Diesmal gab es keinen Lastwagen, nur die tiefe anklagende Stille, die der Durchfahrt des letzten gefolgt war. Smiley saß da wie vorher, aufnahmebereit und meinungslos, ganz auf Lacon konzentriert, das Gehör geschärft wie das eines Blinden.

»Exilgruppen, das wird Sie interessieren«, fuhr Lacon fort »oder besser gesagt, die altbewährten Verbindungen des Circus zu ihnen – die Weisen ziehen den Ausdruck *Abhängigkeit* vor, den ich eine Spur zu hart finde – mein Einspruch wurde allerdings abgewiesen –, Exilgruppen gelten heutzutage als provokatorisch, entspannungsfeindlich und aufrührerisch. Ein teurer Spaß. Wer sich mit ihnen abgibt, tut dies bei Strafe der *Exkommunikation*. Im Ernst, George. So weit sind wir gekommen. Völlig unter ihrer Fuchtel. Stellen Sie sich das vor!«

Mit einer Bewegung, als wolle er die Brust freimachen für Smileys Todesstoß, breitete Lacon die Arme aus, blieb stehen und linste auf ihn hinunter, wie er es schon vorher getan hatte, während im Hintergrund Stricklands schottisches Echo dieselbe Wahrheit nochmals, nur brutaler, verkündete:

»Die Gruppen sind auf den Müll geworfen worden, George«, sagte Strickland. »Samt und sonders. Befehl von oben. Kein Kontakt, nicht einmal auf Armlänge. Einschließlich der Kamikaze-Helden des verblichenen Wladimir. Spezielles Doppelschlüssel-Archiv für sie auf der fünften Etage. Kein Zutritt ohne schriftliche Genehmigung vom Chef. Durchschlag in die wöchentliche Post an die Weisen zur Begutachtung. Trübe Zeiten, George, das kann ich Ihnen sagen, trübe Zeiten.«

»George, ich muß schon bitten«, rügte Lacon unbehaglich, denn er hatte etwas gehört, was den anderen entgangen war.

»Alles barer Unsinn«, wiederholte Smiley demonstrativ.

Er hatte den Kopf gehoben, und seine Augen ruhten voll auf Lacon, als wolle er die Unverblümtheit seines Protests noch betonen. »Wladimir war nicht *teuer*. Er war auch kein *Spaß*. Und am allerwenigsten unwirtschaftlich. Sie wissen ganz genau, wie ungern er unser Geld nahm. Wir mußten es ihm aufzwingen, sonst wäre er verhungert. Und von wegen aufrührerisch und entspan-

nungsfeindlich – was immer man damit sagen will –, sicher, von Zeit zu Zeit mußten wir ihm die Zügel anziehen, wie den meisten guten Agenten, aber wenn es darauf ankam, dann folgte er unseren Anweisungen wie ein Lamm. Oliver, Sie waren einer seiner Bewunderer. Sie wissen so gut wie ich, was er wert war.«
Smileys ruhiger Ton verhehlte nicht die Spannung in seiner Stimme. Auch waren Lacon die gefährlichen Farbflecke auf seinen Backen nicht entgangen.
Scharf wandte er sich an das schwächste Glied unter den Anwesenden: »Mostyn, ich erwarte von Ihnen, daß Sie dies alles vergessen. Hören Sie mich? Strickland, sagen Sie's ihm.«
Strickland beeilte sich, der Aufforderung nachzukommen: »Mostyn, Sie stellen sich heute Vormittag um Punkt zehn Uhr dreißig bei den Housekeepers ein und unterschreiben eine Belehrungsbestätigung, die ich persönlich abfassen und gegenzeichnen werde!«
»Yes, Sir«, sagte Mostyn nach einer kurzen, fast gespenstischen Pause.
Erst jetzt ging Lacon auf Smileys Bemerkung ein: »George, ich habe den *Mann* bewundert. Nie seine Gruppe. Hier muß scharf getrennt werden. Der Mann, ja. In mancher Hinsicht eine heroische Gestalt, wenn Sie so wollen. Aber nicht sein Umgang: die Phantasten, die verlotterten Prinzlinge. Noch die Unterwanderer aus der Moskauer Zentrale, die sie warm an ihre Brust drückten. Nie. In diesem Punkt haben die Weisen recht, das können Sie nicht leugnen.«
Smiley hatte die Brille abgenommen und putzte sie mit dem breiten Ende seiner Krawatte. Im fahlen Licht, das jetzt durch die Vorhänge drang, sah sein volles Gesicht feucht und schutzlos aus.
»Wladimir war einer der besten Agenten, die wir je hatten«, sagte er schroff.
»Wohl weil er Ihrer war, wie?« höhnte Strickland hinter Smileys Rücken.
»Weil er gut war«, schnappte Smiley, und alle schwiegen betrof-

fen, während er sich wieder faßte. »Wladimirs Vater war Este und leidenschaftlicher Bolschewik, Oliver«, fuhr er in ruhigerem Ton fort. »Von Beruf Rechtsanwalt. Stalin belohnte seine Loyalität, indem er ihn bei den Säuberungen ermorden ließ. Wladimir hieß eigentlich Woldemar, hatte aber seinen Namen aus Treue zu Moskau und zur Revolution geändert. Er wollte immer noch glauben, trotz allem, was sie seinem Vater getan hatten. Er ging zur Roten Armee, und einzig Gottes Hilfe bewahrte ihn davor, ebenfalls liquidiert zu werden. Der Krieg brachte ihm Beförderung, er kämpfte wie ein Löwe, und nach Kriegsende wartete er auf die Grossrussische Liberalisierung, von der er geträumt hatte, und auf die Befreiung seines eigenen Volkes. Wozu es nie kam. Statt dessen erlebte er die erbarmungslose Unterdrückung seines Heimatlandes durch die Regierung, der er gedient hatte. Abertausende seiner ehemaligen estnischen Landsleute kamen in Lager, darunter einige seiner eigenen Verwandten.« Lacon öffnete schon den Mund zu einer Unterbrechung, schloß ihn aber klugerweise wieder. »Die Glücklicheren entkamen nach Schweden und Deutschland. Wir sprechen von einer Million nüchterner, hart arbeitender Leute, die man durch den Wolf drehte. Eines nachts bot er uns aus Verzweiflung seine Dienste an. Uns, den Briten. In Moskau. Drei Jahre lang hat er für uns inmitten der Hauptstadt spioniert. Tagtäglich alles für uns riskiert.«

»Und überflüssig zu sagen, daß unser George hier ihn geführt hat«, knurrte Strickland, der immer noch zu suggerieren versuchte, daß diese Tatsache Smiley als Zeugen disqualifiziere. Doch Smiley war nicht mehr zu bremsen. Zu seinen Füßen hatte der junge Mostyn die Augen weit aufgerissen und lauschte in einer Art Trance.

»Wir haben ihm sogar eine Auszeichnung verliehen, wenn Sie sich erinnern, Oliver. Nicht zum Tragen oder Vorzeigen, das natürlich nicht. Aber irgendwo auf einem Stück Pergament, auf das er gelegentlich einen Blick tun durfte, war eine Unterschrift, die deutlich nach der des Monarchen aussah.«

»George, das ist Geschichte«, protestierte Lacon schwach. »Das hat nichts mit *heute* zu tun.«

»Drei lange Jahre hindurch war Wladimir die beste Informationsquelle über sowjetische Mittel und Absichten – und das auf dem Höhepunkt des Kalten Krieges. Er hatte engen Kontakt zu ihrer nachrichtendienstlichen Gemeinde und berichtete uns auch darüber. Dann hat er eines Tages, bei einer Dienstreise nach Paris, seine Chance ergriffen und sich abgesetzt, Gott sei Dank, denn sonst wäre er schon viel eher erschossen worden.«

Lacon schien plötzlich überhaupt nichts mehr zu verstehen. »Was *meinen* Sie damit?« fragte er. »Wieso *viel eher*? Was soll das heißen?«

»Das soll heißen, daß der Circus damals ziemlich fest im Griff eines Agenten der Moskauer Zentrale war«, erwiderte Smiley mit tödlicher Geduld. »Es war pures Glück, daß Bill Haydon zufällig im Ausland stationiert war, als Wladimir für uns arbeitete. Noch drei Monate länger, und Bill hätte ihn unweigerlich hochgehen lassen.«

Lacon wußte darauf nichts zu sagen, also sprang Strickland für ihn ein.

»Bill Haydon, dauernd Bill Haydon«, geiferte er. »Nur weil Sie zu ihm noch in dieser speziellen Beziehung standen –« Er wollte weitersprechen, besann sich jedoch eines besseren. »Haydon ist tot, verdammtnochmal«, schloß er mürrisch, »und der ganze Laden dazu.«

»Nicht zu vergessen Wladimir«, ergänzte Smiley ruhig, und wiederum trat eine Stockung im Verfahren ein.

»George«, flehte Lacon, als habe er endlich die richtige Stelle im Gesangbuch gefunden. »Wir sind *Pragmatiker*, George. Wir *passen* uns *an*. Wir sind *nicht* die Hüter irgendeiner heiligen Flamme. Ich bitte Sie, ich beschwöre Sie, vergessen Sie das nicht!«

Doch der ruhige, aber entschlossene Smiley war mit seinem Nachruf auf den alten Mann noch nicht am Ende, und vielleicht ahnte er, daß dies die einzige Leichenrede sein würde, deren der Verstorbene teilhaftig werden sollte.

»Und als er dann wirklich herüben war, na schön, da war er ein Trumpf, der nicht mehr stach, wie jeder Ex-Agent.«

»Fürwahr«, sagte Strickland *sotto voce*.

»Er blieb in Paris und stürzte sich mit Leib und Seele in die baltische Unabhängigkeitsbewegung. Klar, es war eine verlorene Sache. Allerdings haben die Briten bis heute die Annektierung der drei baltischen Staaten durch die Sowjets *de jure* nicht anerkannt, aber sei's drum. Estland – das wissen Sie vielleicht, Oliver – unterhält eine Delegation und ein völlig reguläres Generalkonsulat in Queen's Gate. Offenbar macht es uns nichts aus, eine verlorene Sache zu unterstützen, wenn sie nur völlig verloren ist. Vorher nicht.« Er zog scharf die Luft ein. »Und zugegeben, in Paris gründete er eine baltische Gruppe, mit der es bergab ging, wie das Emigrantengruppen und verlorene Sachen so an sich haben – lassen Sie mich zu Ende reden, Oliver, ich mach's nicht häufig so lang.«

»Mein lieber Freund«, sagte Lacon errötend. »Machen Sie's so lang, wie Sie wollen«, was Strickland von neuem aufstöhnen ließ.

»Seine Gruppe zersplitterte, zerstritt sich. Wladimir hatte es eilig und wollte alle Fraktionen unter einen Hut bringen. Die Fraktionen aber hatten ihre eigenen althergebrachten Interessen und konnten sich nicht einigen. Es kam zu einer regelrechten Schlacht, einige Köpfe gingen zu Bruch, und die Franzosen haben ihn hinausgeworfen. Wir brachten ihn, zusammen mit ein paar von seinen Leutnants, nach London. Wladimir hat sich im Alter wieder der evangelischen Religion seiner Vorfahren zugewandt und den marxistischen Retter gegen den christlichen Messias vertauscht. Soviel ich weiß, sollten wir dergleichen Wandlungen fördern. Oder vielleicht entspricht das nicht mehr den heutigen Richtlinien. Jetzt ist er ermordet worden. Soviel zum Thema Wladimirs *Background*. Und nun, warum bin ich hier?«

Das Anschlagen der Türklingel hätte nicht gelegener kommen können. Lacon war noch immer rosenrot, und Smiley putzte wieder einmal schwer atmend seine Brille. Ehrfurchtsvoll stand

Mostyn, der Jünger, auf, hakte die Kette aus und ließ einen hochgewachsenen Boten in Motarradfahrerkluft ein, einen schwarzen Engel, der einen Bund Schlüssel in seiner behandschuhten Hand schwang. Ehrfurchtsvoll brachte Mostyn die Schlüssel zu Strickland, der quittierte und einen Eintrag in sein Logbuch machte. Nach einem langen und fast liebevollen Blick auf Smiley entfernte sich der Bote, und Smiley blieb mit dem schuldbewußten Gefühl zurück, daß er den Mann auch in seiner jetzigen Verkleidung hätte erkennen müssen. Doch Smiley hatte drückendere Sorgen. Ohne jede Ehrfurcht ließ Strickland die Schlüssel in Lacons offene Hand fallen.

»Also schön, Mostyn, sagen Sie's ihm!« dröhnte Lacon plötzlich und zog damit, erwünscht oder unerwünscht, einen Schlußstrich unter Smileys bittere Tirade. »Sagen Sie's ihm, mit Ihren eigenen Worten.«

5

Mostyn saß in seltsamer Starre da. Er sprach leise. Lacon hatte sich zum Zuhören in eine Ecke verzogen und die Hände wie ein Richter unter der Nase gefaltet. Doch Strickland hatte sich bolzengerade aufgesetzt und schien, genau wie Mostyn selber es tat, die Worte des Jungen nach Ausrutschern abzupatrouillieren. »Wladimir rief den Circus heute zur Lunchzeit an, Sir«, begann Mostyn, wobei einigermaßen unklar blieb, an welchen »Sir« er sich wandte. »Ich war gerade der Diensthabende im Zwinger und nahm den Anruf entgegen.«
Strickland verbesserte ihn mit unschöner Hast: »Sie meinen, *gestern*. Immer präzise, wenn ich bitten darf.«
»Verzeihung, Sir. Gestern«, sagte Mostyn.
»Passen Sie besser auf«, mahnte Strickland.
Diensthabender im Zwinger sein, erklärte Mostyn, bedeute kaum mehr, als die Mittagslücke füllen und bei Büroschluß Schreibtische und Papierkörbe kontrollieren. Das Personal des Zwinger sei zu unerfahren für den Nachtdienst, und so sehe der Dienstplan nur die Lunchzeit und den Abend vor.
Und Wladimir, wiederholte er, habe zur Lunchzeit angerufen, über die Lebensleitung.
»*Lebensleitung*?« wiederholte Smiley ratlos. »Ich glaube nicht, daß ich genau weiß, was darunter zu verstehen ist.«
»So heißt unser Kontaksystem mit toten Agenten, Sir«, sagte Mostyn, legte dann die Finger an die Schläfen und flüsterte: »Oh mein Gott.« Er nahm einen neuen Anlauf: »Ich meine, ausgediente Agenten, die immer noch auf der Unterstützungliste stehen, Sir«, sagte Mostyn gequält.
»Er hat also angerufen und Sie haben abgehoben«, sagte Smiley freundlich. »Um wieviel Uhr war das?«

»Genau um ein Uhr fünfzehn, Sir. Der Zwinger sieht aus wie eine Zeitungsredaktion, verstehen Sie. Zwölf Schreibtische und der Hühnerkäfig des Abteilungsleiters am Ende, mit einer Glaswand zwischen uns und ihm. Die Lebensleitung ist in einem verschlossenen Kasten, und normalerweise hat der Abteilungsleiter den Schlüssel dazu. Aber zur Mittagszeit gibt er ihn dem Diensthund. Ich habe den Kasten aufgesperrt und dann diese fremdländische Stimme ›Hallo‹ sagen hören.«
»Machen Sie schon weiter, Mostyn«, knurrte Strickland.
»Ich habe auch nur ›Hallo‹ gesagt, Mr. Smiley. Mehr tun wir nicht. Wir nennen keine Nummer. Er sagte: ›Hier ist Gregory, ich will Max sprechen. Ich habe etwas sehr Dringendes für ihn. Bitte, holen Sie sofort Max.‹ Ich fragte ihn routinemäßig, von woher er anrufe, aber er sagte nur, er habe genügend Kleingeld. Wir haben keine Anweisung, ankommende Gespräche zu lokalisieren, und außerdem würde das ohnehin zu lange dauern. Bei der Lebensleitung ist ein elektrischer Karteikartenwähler mit allen Decknamen. Ich sagte dem Anrufer, er solle am Apparat bleiben und habe ›Gregory‹ eingetippt. Das tun wir als nächstes, nachdem wir gefragt haben, woher der Anruf komme. Und schon hatte ich die Antwort aus dem Wähler. ›Gregory gleich Wladimir, Ex-Agent, Ex-General der Sowjet-Armee, Ex-Führer der Rigagruppe.‹ Dann das Aktenzeichen. Ich habe ›Max‹ eingetippt und Sie gefunden, Sir.« Smiley nickte kurz. »›Max gleich Smiley.‹ Dann habe ich ›Riga-Gruppe‹ eingetippt und festgestellt, daß Sie ihr letzter Vikar waren.«
»Ihr *Vikar*?« sagte Lacon, als habe er eine Häresie entdeckt. »Smiley ihr letzter *Vikar*, Mostyn? Was soll nun das schon wieder –?«
»Ich dachte, Sie hätten von all dem gehört, Oliver«, unterbrach Smiley ihn.
»Nur in Grundzügen«, gab Lacon zurück. »In einer Krisensituation beschränkt man sich auf das Grundsätzliche.«
Ohne Mostyn aus den Augen zu lassen, lieferte Strickland in seinem verquetschten Schottisch die gewünschte Erläuterung:

»Organisationen wie diese Gruppe hatten traditionsgemäß zwei Einsatzleiter. Den Postboten, der die Kleinarbeit für sie erledigte, und den Vikar, der über dem Getümmel stand. Ihre Vaterfigur«, sagte er, und nickte flüchtig in Smileys Richtung.
»Und wer war als letzter Postbote der Gruppe eingetragen, Mostyn?« fragte Smiley, ohne Strickland im mindesten zu beachten.
»Esterhase, Sir, Codename Hector.«
»Und der Anrufer hat nicht nach ihm verlangt?« sagte Smiley zu Mostyn, wiederum direkt an Strickland vorbei.
»Wie bitte, Sir?«
»Wladimir hat nicht Hector verlangt? Seinen Postboten? Er hat mich verlangt. Max. Nur Max. Wissen Sie das ganz genau?«
»Er verlangte Sie und niemanden sonst, Sir«, erwiderte Mostyn ernst.
»Haben Sie sich Notizen gemacht?«
»Die Lebensleitung liegt automatisch auf Band, Sir. Sie ist außerdem an die Zeitansage angeschlossen, so daß wir auch da genaue Angaben bekommen.«
»Verdammt, Mostyn, das ist eine vertrauliche Angelegenheit«, schnappte Strickland. »Mr. Smiley ist zwar ein hervorragendes Ex-Mitglied, aber er gehört nicht mehr zur Familie.«
»Was haben Sie dann als Nächstes getan?« fragte Smiley.
»Die Dienstvorschrift ließ mir sehr wenig Spielraum, Sir«, antwortete Mostyn, wobei er wieder, wie Smiley, gezielt an Strickland vorbeiredete. »Sowohl ›Smiley‹ wie ›Esterhase‹ standen auf der Warteliste, das heißt, sie konnten nur über die fünfte Etage angesprochen werden. Mein Abteilungsleiter war zum Lunch gegangen und wurde nicht vor zwei Uhr fünfzehn zurückerwartet.« Er zuckte leicht die Achseln. »Ich habe abgeblockt. Ihm gesagt, er solle es um zwei Uhr dreißig nochmals versuchen.«
Smiley wandte sich an Strickland. »Sagten Sie nicht, daß alle Emigranten-Akten gesondert geführt und verwahrt werden?«
»Stimmt.«
»Hätte nicht irgendetwas Diesbezügliches auf der Karte erscheinen müssen?«

»Hätte schon, hat aber nicht«, sagte Strickland.
»Genau das war der springende Punkt, Sir«, pflichtete Mostyn bei, ausschließlich an Smileys Adresse. »Nichts deutete bei diesem Stand der Dinge darauf hin, daß Wladimir und seine Gruppe tabu waren. Der Karte nach sah er wie ein x-beliebiger pensionierter Agent aus, der Wind machte. Ich nahm an, er wolle ein bißchen Geld oder Gesellschaft oder dergleichen. Wir haben einige von dieser Sorte. Überlaß ihn dem Abteilungsleiter, dachte ich.«
»Keine Namen, Mostyn«, sagte Strickland. »Vergessen Sie das nicht.«
Hier hatte Smiley den Eindruck, daß Mostyn vielleicht mit seinem Zögern – seiner Miene, als streiche er bei allem, was er sagte, angewidert um irgendein gefährliches Geheimnis – zu verstehen geben wolle, er decke einen nachlässigen Vorgesetzten. Doch Mostyns nächste Worte widerlegten diesen Eindruck, denn er deutete jetzt sehr wohl an, daß sein Boß einen Fehler begangen habe.
»Die Sache war nur, daß mein Abteilungsleiter erst um drei Uhr fünfzehn vom Lunch zurückkam, und als Wladimir um zwei Uhr dreißig anrief, mußte ich ihn also wieder vertrösten. Er war wütend«, sagte Mostyn. »Wladimir, meine ich. Ich fragte ihn, ob ich inzwischen irgendetwas für ihn tun könne, und er sagte: ›Finden Sie Max. Sehen Sie zu, daß Sie Max finden. Sagen Sie Max, ich sei in Verbindung gewesen mit gewissen Freunden, und über Freunde auch mit Nachbarn.‹ Auf der Karte waren ein paar Anmerkungen zu seinem Wortcode, und ich sah, daß mit *Nachbar* der sowjetische Geheimdienst gemeint war.«
Smileys Gesicht hatte jeden Ausdruck verloren. Die Erregung von vorhin war völlig verschwunden.
»Was Sie alles pflichtgemäß Ihrem Abteilungschef um drei Uhr fünfzehn meldeten?«
»Jawohl, Sir.«
»Spielten Sie ihm das Band vor?«
»Er hatte keine Zeit, es sich anzuhören«, sagte Mostyn gnaden-

los. »Er mußte unverzüglich zu einem langen Wochenende aufbrechen.«

Mostyns hartnäckige Bündigkeit war jetzt so ausgeprägt, daß Strickland sich offenbar verpflichtet glaubte, die Lücken zu füllen.

»Nun ja, wenn wir nach Sündenböcken suchen, George, dann kann man nur sagen, daß der Abteilungsleiter sich bis auf die Knochen blamiert hat, das steht völlig außer Frage«, erklärte Strickland forsch. »Er versäumte es, nach Wladimirs Unterlagen zu schicken – die natürlich nie gekommen wären. Er versäumte es, sich mit der geltenden Regelung über die Behandlung von Emigranten vertraut zu machen. Auch schien er einem schweren Anfall von Wochenend-Fieber erlegen zu sein und nicht hinterlassen zu haben, wo man ihn im Ernstfall erreichen könne. Gott stehe ihm am Montagmorgen bei, kann ich nur sagen. Weiter im Text, Mostyn, wir warten, mein Junge.«

Mostyn nahm gehorsam den Faden wieder auf. »Wladimir rief zum dritten- und letztenmal um drei Uhr dreiundvierzig an, Sir«, sagte er, wobei er noch langsamer sprach als bisher. »Eigentlich war ein Viertel vor vier abgemacht, aber er ging zwei Minuten vor.« Mostyn hatte inzwischen summarische Anweisungen von seinem Chef bekommen, die er jetzt für Smiley wiederholte: »Er nannte es eine Baldrian-Tour. Ich sollte herausfinden, was der alte Knabe eigentlich wollte, und wenn es gar nicht anders ginge, einen Treff mit ihm ausmachen, damit er Ruhe gebe. Ich sollte ihm einen Drink spendieren, Sir, ihm auf die Schulter klopfen und ihm weiter nichts versprechen, als daß ich seine Botschaft weitervermitteln würde.«

»Und die *Nachbarn*?« fragte Smiley. »Haben die Ihren Abteilungsleiter nicht stutzig gemacht?«

»Er dachte, es sei die übliche Agenten-Angeberei, Sir.«

»Verstehe. Ja, ich verstehe«, sagte Smiley und schüttelte im Widerspruch zu dieser Behauptung ratlos den Kopf. »Wie verlief nun Ihr drittes Gespräch mit Wladimir?«

»Laut Wladimir sollte es ein sofortiger Treff sein oder gar nichts,

Sir. Ich habe, wie befohlen, alle Alternativen an ihm ausprobiert – ›Schreiben Sie uns einen Brief – wollen Sie Geld haben? – hat sicher Zeit bis Montag‹ –, aber da hat er mich auch schon niedergebrüllt. ›Ein Treff oder gar nichts. Heute abend oder überhaupt nicht. Moskauer Regeln. Betone, Moskauer Regeln. Sagen Sie das Max – ‹«

Mostyn unterbrach sich, hob den Kopf und gab, ohne mit der Wimper zu zucken, Stricklands feindseliges Glotzen zurück.

»Sagen Sie *was* Max?« sagte Smiley, und sein Blick flog zwischen den beiden hin und her.

»Wir sprachen französisch, Sir. Laut Karte war französisch seine bevorzugte Fremdsprache, und ich bin im Russischen erst Anfänger.«

»Unerheblich«, schnappte Strickland.

»Sagen Sie Max *was*?« beharrte Smiley.

Mostyns Blick wählte als neuen Fixierpunkt einen Fleck auf dem Fußboden, in ein bis zwei Metern Entfernung von seinen Füßen.

»Er meinte: ›Sagen Sie Max, unter allen Umständen Moskauer Regeln.‹«

Lacon, der sich während der letzten Minuten ganz unnatürlich still verhalten hatte, fiel nun ein: »Hier gilt es, einen wichtigen Punkt klarzumachen: Der Circus war in diesem Fall nicht der Bittsteller. Das war *er*. Der Ex-Agent. Er hat *alles* durchdrücken wollen, er hat *alles* eingefädelt. Hätte er unseren Vorschlag angenommen und uns seine Information brieflich gegeben, dann hätte nichts von alledem passieren müssen. Er hat es sich selbst zuzuschreiben, George, ich möchte dies nochmals unmißverständlich klarstellen!«

Strickland zündete sich eine neue Zigarette an.

»Moskauer Regeln in Hampstead. Ist ja zum totlachen«, sagte Strickland und wedelte das Streichholz aus.

»Tot ist richtig«, sagte Smiley ruhig.

»Mostyn, bringen Sie die Geschichte zu Ende«, befahl Lacon, der dunkelrot anlief.

Sie hatten sich auf einen Zeitpunkt geeinigt, faßte Mostyn höl-

zern zusammen und starrte jetzt in seine linke Handfläche, als wolle er sich selber wahrsagen. »Zehn Uhr zwanzig, Sir.«
Sie hatten sich auf Moskauer Regeln geeinigt, sagte er, und auf die üblichen Kontaktprozeduren, die Mostyn bereits am früheren Nachmittag anhand des im Zwinger aufliegenden Treff-Index zusammengestellt hatte.
»Und was *waren* die Kontakt-Prozeduren genau?« fragte Smiley.
»Ein Bilderbuch-Treff, Sir«, antwortete Mostyn. »Genau, wie wir's im Ausbildungskurs in Sarratt gelernt haben.«
Smiley spürte plötzlich, wie Mostyns unverhüllte Respektsbezeigungen ihm lästig wurden. Er wollte nicht der Held dieses Jungen sein, nicht von seiner Stimme, seinen Blicken, seinem »Sir« umworben werden. Er war auf die besitzergreifende Bewunderung dieses Fremden nicht vorbereitet.
»Auf der Hampstead Heath steht ein Schutzhäuschen, zehn Minuten zu Fuß von der East Heath Road, über einem Spielfeld an der Südseite der Allee, Sir. Das Sicherheitssignal war eine neue Reißzwecke oben im ersten Holzsparren links vom Eingang.«
»Und das Gegensignal?« fragte Smiley.
Doch er kannte die Antwort bereits.
»Ein gelber Kreidestrich«, sagte Mostyn. »Ich vermute, gelb war eine Art Gruppenkennzeichen aus den alten Tagen.« Jetzt verriet sein Tonfall, daß es dem Ende zuging. »Ich brachte die Reißzwecke an, kam dann nach hierher zurück und wartete. Als er nicht auftauchte, dachte ich, na schön, wenn er den Geheimnisfimmel hat, dann muß ich eben nochmals zur Hütte und nach seinem Gegensignal schauen, dann wird sich schon herausstellen, ob er in der Gegend ist und es lieber mit der Ausweich-Lösung probieren will.«
»Die worin bestand?«
»Aufgabeln mit einem Auto Nähe Swiss Cottage U-Bahn-Station um elf Uhr vierzig, Sir. Ich wollte gerade aufbrechen, als Mr. Strickland anrief und mir befahl, ich solle mich bis auf weiteres nicht vom Fleck rühren.« Smiley nahm an, er sei nun am

Ende, aber das traf nicht ganz zu. Mostyn, der alle übrigen Anwesenden vergessen zu haben schien, schüttelte langsam den hübschen bleichen Kopf. »Ich habe ihn nie kennengelernt«, sagte er in bedächtigem Staunen. »Er war mein erster Agent, und ich habe ihn nicht einmal zu sehen bekommen. Ich werde nie erfahren, was er mit erzählen wollte«, sagte er. »Mein erster Agent, und er ist tot. Unglaublich. Ich bin schon ein Unglücksrabe.« Sein Kopfschütteln hielt noch eine ganze Weile an, nachdem er zu sprechen aufgehört hatte.
Lacon fügte ein schwungvolles Postscriptum hinzu: »Nun, Scotland Yard verfügt heutzutage über einen Computer, George. Die Polizeistreife Heath fand die Leiche und sperrte die Gegend ab, und sowie der Name in den Computer eingefüttert worden war, spuckte der eine Menge Bits oder dergleichen Zeugs aus, und sofort wußte man, daß er auf unserer Sonderüberwachungsliste stand. Von da an lief alles wie am Schnürchen. Der Commissioner rief das Innenministerium an, das Innenministerium rief den Circus an – «
»Und Sie riefen mich an«, sagte Smiley. »Warum, Oliver? Von wem ging der Vorschlag aus, mich in dieses Spiel einzubeziehen?«
»George, ist das wichtig?«
»Enderby?«
»Wenn Sie es unbedingt wissen wollen: Ja, es war Saul Enderby. George, hören Sie mir zu.«

Endlich war Lacons großer Augenblick gekommen. Das Ziel, was immer es sein mochte, lag vor ihnen, sie hatten es umschrieben, wenn auch noch nicht definiert. Mostyn war vergessen. Lacon beugte sich zutraulich über Smileys sitzende Gestalt und gab sich ganz als guter alter Freund.
»George, wie die Dinge stehen, kann ich zu den Weisen gehen und sagen: ›Ich habe Nachforschungen angestellt, die Hände des Circus sind rein.‹ Das kann ich sagen. ›Der Circus hat weder diese Leute noch ihren Anführer ermutigt. Seit einem Jahr hat er

von dort weder Gehalt noch Unterstützung bezogen!‹ Auf Ehre. Der Circus ist nicht Eigentümer der Wohnung dieses Mannes oder seines Wagens, bezahlt nicht seine Miete, kommt nicht für seine unehelichen Kinder auf, schickt seiner Mätresse keine Blumen, unterhält keine der alten- und beklagenswerten Beziehungen mit ihm oder seinesgleichen. Die einzige Verbindung gehört der Vergangenheit an. Seine Einsatzleiter sind endgültig von der Bühne abgetreten. Sie und Esterhase, beide Ehemalige, beide aus dem Spiel. Das kann ich, Hand aufs Herz, sagen. Den Weisen, und wenn nötig, meinem Minister persönlich.«

»Ich komme da nicht mit«, sagte Smiley mit vorsätzlicher Begriffstutzigkeit. »Wladimir war unser Agent. Er versuchte, uns etwas mitzuteilen.«

»Unser Ex-Agent, George. Woher wollen Sie *wissen*, daß er uns etwas mitteilen wollte? Er hatte keinen *Auftrag* von uns. Er sprach von Dringlichkeit – sogar vom sowjetischen Geheimdienst –, das tun eine Menge Ex-Agenten, wenn sie ihre Mütze für einen Zuschuß hinhalten.«

»Nicht Wladimir«, sagte Smiley.

Aber Sophisterei war Lacons zweite Natur. Er war dafür geboren, er atmete sie, er konnte darin fliegen und schwimmen, niemand in Whitehall war darin besser als er.

»George, man *kann* uns nicht für jeden Ex-Agenten verantwortlich machen, der unklugerweise einen nächtlichen Spaziergang auf einer von Londons immer gefährlicher werdenden Freiflächen unternimmt!« Er streckte die Hände beschwörend aus. »George. Was soll es sein? Wählen Sie. Die Wahl liegt bei *Ihnen*. Entweder, Wladimir bat um ein Plauderstündchen mit Ihnen. Pensionierte Kumpels – ein Schwatz über alte Zeiten –, warum nicht? Und um der Sache in bißchen Pepp zu geben, was ja nur menschlich ist, behauptet er, etwas für Sie zu haben. Ein Goldkörnchen Information. Warum nicht? So machen sie's alle. Auf dieser Basis wird mein Minister uns decken. Keine Köpfe müssen rollen, es gibt kein Trara, keine Kabinetts-Hysterie. Er wird uns helfen, den Fall zu begraben. Natürlich kein Vertuschen.

Aber er wird seinen Grips bemühen. Wenn ich ihn in der richtigen Stimmung erwische, könnte er sogar entscheiden, daß kein Anlaß bestehe, die Weisen damit zu belästigen.«
»Amen«, echote Strickland.
»Oder aber«, fuhr Lacon gewichtig fort und bot seine ganze Überredungskunst für den Fangschuß auf, »sollten irgendwelche Dinge aufgerührt werden, George, und der Minister zu der Annahme gelangen, daß wir seine guten Dienste mißbrauchten, um die Spuren eines nicht abgesegneten verunglückten Abenteuers zu verwischen« – er schritt aufs neue aus, umging einen imaginären Morast –, »und es kommt zu einem Skandal, George, und der Circus ist nachweislich darin verwickelt – Ihr altes Amt, George, an dem Sie noch immer hängen, da bin ich ganz sicher, gibt sich mit einer notorisch revanchistischen Emigrantengruppe ab – unberechenbaren, schwatzhaften, bis aufs Messer entspannungsfeindlichen Elementen – mit allen möglichen anachronistischen Komplexen – totales Relikt aus den schlimmsten Tagen des kalten Krieges – Musterbeispiel für alles, wovor unsere Herren und Meister uns gewarnt haben« – er war wieder in seiner Ecke angelangt, ein wenig außerhalb des Lichtkreises –, »und es hat dabei einen Toten gegeben, George, und einen Vertuschungsversuch, wie sie es zweifellos nennen würden – mit der ganzen dazugehörigen Publicity –, nun, dann könnte es gerade *ein* Skandal zuviel sein. Das Amt ist immer noch ein schwaches Kind, George, kränklich und in den Händen dieser Leute verzweifelt anfällig. In diesem Stadium seiner Wiedergeburt könnte es an einem gemeinen Schnupfen eingehen. Sollte es soweit kommen, dann wäre dafür nicht zuletzt auch Ihre Generation zu tadeln. George, Ihnen ist eine Pflicht auferlegt, wie uns allen. Eine Loyalität.«
Pflicht *wozu*? fragte sich jener Teil von Smileys Ich, der manchmal als Zuschauer den Rest zu beobachten schien. Loyalität *wem* gegenüber? »Es gibt keine Loyalität ohne Verrat«, beliebte Ann in ihrer Jugend zu ihm zu sagen, wenn er es wagte, gegen ihre Seitensprünge zu protestieren.

Eine Zeitlang sprach niemand.
»Und die Waffe?« fragte Smiley schließlich in einem Ton, als wolle er eine Theorie testen. »Wo bringen Sie die unter, Oliver?«
»Was für eine Waffe? Da war keine Waffe. Er wurde erschossen, wahrscheinlich von seinen eigenen Genossen, sind ja dauernd untereinander in Kabalen verstrickt. Ganz zu schweigen von seinem Appetit auf anderer Leute Frauen.«
»Ja, er wurde erschossen«, pflichtete Smiley bei. »Mitten ins Gesicht geschossen. Aus nächster Nähe. Mit einem Dumdum-Geschoß. Und flüchtig durchsucht. Brieftasche abgenommen. Soweit die Polizeidiagnose. Aber unsere Diagnose würde anders lauten, nicht wahr, Lauder?«
»Keineswegs«, sagte Strickland und glotzte ihn durch eine Wolke von Zigarettenrauch finster an.
»Nun, meine schon.«
»Dann heraus damit, George«, sagte Lacon großmütig.
»Die Waffe, mit der Wladimir getötet wurde, war ein Standard-Mordinstrument aus der Zentrale Moskau«, sagte Smiley. »Versteckt in einer Kamera, in einer Aktenmappe oder wie immer. Ein Dumdum-Geschoß wird aus nächster Nähe abgefeuert. Um auszulöschen, zu bestrafen und andere einzuschüchtern. Wenn ich mich recht erinnere, war sogar ein Exemplar in Sarratt ausgestellt, in dem schwarzen Museum neben der Bar.«
»Ist es noch. Ein grauenhaftes Ding«, sagte Mostyn.
Strickland bedachte ihn mit einem giftigen Blick.
»Aber George!« rief Lacon.
Smiley wartete, denn er wußte, daß Lacon in seiner jetzigen Stimmung fähig gewesen wäre, das Vorhandensein von Big Ben abzustreiten.
»Diese Leute – diese Emigranten –, zu denen der arme Kerl ja gehörte – *kommen* sie denn nicht aus Rußland? Hatte nicht die Hälfte von ihnen irgendwann *Kontakt* mit der Moskauer Zentrale – sei es mit unserem Wissen, sei es ohne? Eine derartige Waffe – ich sage natürlich nicht, daß Sie recht haben –, eine derartige Waffe könnte in ihrer Welt etwas so Landläufiges sein, wie Käse!«

Mit der Dummheit kämpfen Götter selbst vergebens, dachte Smiley; aber Schiller hatte die Bürokraten vergessen. Lacon wandte sich an Strickland.
»Lauder. Da steht immer noch diese Presseverlautbarung aus.« Es war ein Befehl. »Vielleicht sollten Sie mal nachstochern und sehen, wie weit es damit ist.«
Strickland machte sich gehorsam auf die Socken, tappte durchs Zimmer und wählte eine Nummer.
»Mostyn, vielleicht sollten Sie das alles hier in die Küche bringen. Wir müssen ja nicht unbedingt Spuren hinterlassen, nicht wahr?«
Nachdem Mostyn ebenfalls aus dem Weg war, waren Lacon und Smiley plötzlich allein.
»Ein klares Ja oder Nein, George«, sagte Lacon. »Jemand muß den Aufwasch machen, Erklärungen geben, den Geschäftsleuten, was weiß ich. Post. Milch. Freunde. Was eben bei solchen Leuten anfällt. Keiner kennt sich da so aus wie Sie. Die Polizei hat versprochen, Ihnen einen Vorsprung zu lassen. Sie wird nichts verschleppen, nur eine gemessene Ordnung bei der Erledigung der Dinge einhalten und der Routine ihren Lauf lassen.« Mit einem nervösen Sprung näherte Lacon sich Smileys Sessel und hockte sich linkisch auf die Armlehne. »George, Sie waren sein Vikar. Na schön, dann bitte ich Sie jetzt, hinzugehen und die Messe zu lesen. Er wollte *Sie*, George. Nicht uns. Sie.«
Von seinem Stammplatz am Telefon aus unterbrach ihn Strickland: »Man braucht eine Unterschrift für diese Presseverlautbarung, Oliver. Vorzugweise die Ihre, wenn's Ihnen nichts ausmacht.«
»Warum nicht die vom Chef?« fragte Lacon vorsichtig.
»Scheinen anzunehmen, Ihre hätte mehr Gewicht, wenn Sie mich fragen.«
»Sagen Sie, Moment noch«, sagte Lacon und rammte mit windmühlenartigem Armschwung eine Faust in die Tasche. »Kann ich Ihnen die Schlüssel geben, George?« Er ließ sie vor Smileys Gesicht baumeln. »Unter bestimmten Bedingungen? Einver-

standen?« Die Schlüssel baumelten weiter. Smiley starrte sie an, und vielleicht fragte er »Welche Bedingungen?«, aber vielleicht starrte er auch schweigend; er war nicht eigentlich in der Stimmung zu palavern. Seine Gedanken waren bei Mostyn und den fehlenden Zigaretten; oder bei Anrufen, Nachbarn betreffend; bei Agenten ohne Gesicht; beim Schlaf. Lacon zählte auf. Er legte größten Wert auf Numerierung seiner Klauseln. »Erstens, daß Sie Privatmann sind. Wladimirs Testamentsvollstrecker, nicht unserer. Zweitens, daß Sie der Vergangenheit angehören, nicht der Gegenwart, und sich entsprechend verhalten. Der *keimfreien* Vergangenheit. Daß Sie Öl auf die Wogen gießen und sie nicht etwa aufrühren. Daß sie Ihr altes berufliches Interesse an ihm unterdrücken, versteht sich, denn Ihres bedeutet unseres. Kann ich Ihnen zu diesen Bedingungen die Schlüssel geben? Ja? Nein?«

Mostyn stand in der Küchentür. Er wandte sich an Lacon, doch seine ernsten Augen glitten dauernd zu Smiley.

»Was gibt's, Mostyn?« fragte Lacon. »Machen Sie schon!«

»Mir ist gerade eine Eintragung auf Wladimirs Karte eingefallen, Sir. Er hatte eine Frau in Reval. Ich fragte mich, ob sie benachrichtigt werden sollte. Ich dachte nur, ich müßte es erwähnen.«

»Die Kartei ist auch hierin ungenau«, sagte Smiley und erwiderte Mostyns Blick. »Seine Frau war bei ihm in Moskau, als er überlief, sie wurde verhaftet und in ein Arbeitslager gebracht, wo sie starb.«

»Mr. Smiley muß in dieser Angelegenheit das tun, was er für richtig hält«, sagte Lacon schnell, um einem weiteren Ausbruch zuvorzukommen, und ließ die Schlüssel in Smileys passive Hand fallen. Plötzlich geriet alles in Bewegung. Smiley war auf den Beinen, Lacon war bereits halbwegs durchs Zimmer, und Strickland hielt ihm den Hörer hin. Mostyn war in die dunkle Diele geschlüpft und hatte Smileys Regenmantel vom Haken genommen.

»Was hat Wladimir sonst noch am Telefon zu Ihnen gesagt, Mostyn?« fragte Smiley ruhig und ließ einen Arm in den Ärmel fallen.

»Er sagte: ›Sagen Sie Max, es betrifft den Sandmann. Sagen Sie ihm, ich habe zwei Beweise und kann sie mitbringen. Dann wird er mich vielleicht treffen wollen.‹ Er sagte es zweimal. Es war auf dem Band, aber Strickland hat es gelöscht.«

»Wissen Sie, was Wladimir damit gemeint hat? Sprechen Sie leise.«

»Nein, Sir.«

»Nichts auf der Karte?«

»Nein, Sir.«

»Wissen die *anderen*, was er meinte?« fragte Smiley und ruckte mit dem Kopf rasch in Richtung Strickland und Lacon.

»Strickland vielleicht, ich bin nicht sicher.«

»Wladimir hat wirklich nicht nach Esterhase gefragt?«

»Nein, Sir.«

Lacon war am Telefon fertig. Strickland nahm ihm den Hörer ab und sprach selber hinein. Als er Smiley an der Tür sah, sprang Lacon quer durchs Zimmer und schüttelte seine Hand wie einen Pumpenschwengel.

»George! Altes Haus! Leben Sie wohl! Hören Sie. Ich möchte mit Ihnen gelegentlich über die Ehe sprechen. Ein Seminar, bei dem alle Griffe erlaubt sind. Ich erwarte von Ihnen eine Aufklärung mit allen Schikanen. George!«

»Ja. Wir müssen uns wiedersehen«, sagte Smiley.

Als er an sich herunterblickte, sah er, daß Lacon ihm die Hand schüttelte.

Ein bizarres Nachspiel machte den konspirativen Zweck dieser Zusammenkunft zunichte. Nach den gängigen Zunftregeln des Circus müssen in sicheren Häusern verborgene Mikrophone angebracht werden. Die Agenten finden sich in ihrer sonderbaren Art damit ab, auch wenn sie darüber nicht informiert werden, auch wenn ihre Einsatzleiter so tun, als machten sie sich Notizen. Für seinen Treff mit Wladimir hatte Mostyn in Erwartung des alten Mannes die Anlage ordnungsgemäß eingeschaltet, und niemandem war es in der darauffolgenden Panik eingefallen, sie wieder abzustellen. Der Routineweg brachte die Bänder zur Abteilung Abhörprotokollierung, die in aller Unschuld einige Exemplare des ausgeschriebenen Textes in Umlauf gab. Der glücklose Chef des Zwingers bekam eine Kopie, desgleichen das Sekretariat, desgleichen die Leiter der Abteilungen Personal, Einsatz und Finanzen. Erst, als eine Kopie in Lauder Stricklands Einlaufkorb landete, kam es zum Knall, und die unschuldsvollen Empfänger wurden unter allen möglichen fürchterlichen Drohungen zur Geheimhaltung vergattert. Das Band ist tadellos. Lacons rastloses Hin- und Hergehen ist darauf, Stricklands halblaute Bemerkungen, einige davon obszöner Natur, sind zu hören. Nur Mostyns in der Diele geflüsterte Geständnisse fehlen.

Was Mostyn selber betrifft, so spielte er in der Angelegenheit weiter keine Rolle mehr. Er reichte einige Monate später von sich aus seine Entlassung ein und erhöhte so die Ausschußrate, über die heutzutage allerseits so bewegte Klage geführt wird.

6

Das gleiche ungewisse Licht, das Smiley begrüßte, als er dankbar aus der sicheren Wohnung in die frische Luft dieses Hampstead-Morgens trat, begrüßte auch die Ostrakowa – obgleich der Pariser Herbst schon weiter fortgeschritten war und nur noch einige wenige Blätter an den Platanen hingen. Wie Smiley hatte sie eine ruhelose Nacht verbracht. Noch vor Tagesanbruch war sie aufgestanden, hatte sich bedachtsam angezogen und, da es draußen kalt aussah, überlegt, ob dies nicht der Tag sei, die Winterstiefel hervorzuholen, denn der Durchzug im Lagerhaus konnte abscheulich sein und setzte ihren Beinen immer mehr zu. Immer noch unentschlossen hatte sie das warme Schuhwerk aus dem Schrank gefischt, abgewischt und sogar poliert, ohne sich indes endgültig entscheiden zu können, ob sie die Stiefel anziehen sollte oder nicht. So ging es ihr immer, wenn sie sich mit einem großen Problem herumschlug: Die Kleinigkeiten wuchsen ihr über den Kopf. Sie kannte alle die Zeichen, fühlte sie herankommen, konnte aber nichts dagegen tun. Sie würde ihre Geldbörse verlegen, bei der Buchführung im Lagerhaus patzen, sich aus ihrer Wohnung aussperren und diese alte Närrin von Concierge holen müssen, Madame la Pierre, die schniefte und mit dem Kopf ruckte, wie eine Ziege im Brennesselschlag. Auch konnte sie in dieser Stimmung, trotz fünfzehnjähriger Gewohnheit, in den falschen Bus steigen und wütend in irgendeiner fremden Umgebung wieder auftauchen. Schließlich zog sie die Stiefel doch an – nannte sich dabei brummend »alte Närrin, Kretin« und dergleichen mehr – und machte sich mit ihrer schweren Einkaufstasche, die sie schon am Vorabend bereitgestellt hatte, auf den gewohnten Weg. Sie ging an ihren drei Stammgeschäften vorbei, ohne eines davon zu betreten, und versuchte herauszufinden, ob sie dabei sei, den Verstand zu verlieren oder nicht. *Ich bin verrückt. Ich bin nicht verrückt. Jemand versucht, mich umzubringen. Jemand versucht, mich zu beschützen. Ich bin in Sicherheit. Ich bin in Lebensgefahr*. Hin und her.

In den vier Wochen, die seit dem Besuch ihres kleinen estnischen Beichtvaters vergangen waren, hatte sie viele Veränderungen an sich festgestellt, und für die meisten war sie gar nicht undankbar. Die Frage, ob sie sich in ihn verliebt habe, stand dabei nicht zur Debatte: Er war im genau richtigen Augenblick erschienen, und das Piratenhafte an ihm hatte ihren Oppositionsgeist neu angefacht, als er gerade zu erlöschen drohte. Der Magier hatte sie dem Leben wiedergegeben, und er besaß genug von einem Gassenkater, um sie an Glikman und auch an andere Männer zu erinnern; sie war nie eine Kostverächterin gewesen. Und da der Magier, dachte sie, zu alledem gut aussieht und ein Frauenkenner ist und in mein Leben tritt, bewaffnet mit einem Bild meines Peinigers sowie dem offensichtlichen Vorsatz, diesem Burschen das Handwerk zu legen – nun, da wäre es doch für eine alte einsame Närrin wie mich ausgesprochen unschicklich, sich *nicht* auf der Stelle in ihn zu verlieben!

Doch mehr als sein Zauber hatte sie sein Ernst beeindruckt. »Sie dürfen nicht *ausschmücken*«, hatte er mit ungewöhnlicher Schärfe zu ihr gesagt, wenn sie sich zur Unterhaltung oder Abwechslung eine kleine Abschweifung von ihrer schriftlichen Version an den General erlaubte. »Nur weil Sie sich erleichtert fühlen, dürfen Sie nicht fälschlich annehmen, die Gefahr sei vorüber.«

Sie hatte Besserung gelobt.

»Die Gefahr ist absolut«, hatte er zu ihr gesagt, als er ging. »Es liegt nicht in Ihrer Macht, sie größer oder kleiner zu machen.« Schon früher hatten manche Leute ihr von Gefahr gesprochen, aber wenn der Magier es sagte, so glaubte sie ihm.

»Gefahr für meine Tochter?« hatte sie gefragt. »Gefahr für Alexandra?«

»Ihre Tochter hat damit nichts zu tun. Sie können sicher sein,

daß das Mädchen keine Ahnung von dem hat, was vorgeht.«
»Gefahr für wen also?«
»Gefahr für uns alle, die wir von der Sache wissen«, hatte er geantwortet, als sie ihm unter der Tür voll Glück eine – die einzige – Umarmung gewährte. »Gefahr vor allem für Sie.«
Und nun, während der letzten drei Tage – oder waren es zwei? oder zehn? –, hätte die Ostrakowa geschworen, daß die Gefahren sich um sie scharten wie eine Armee von Schatten um ihr eigenes Totenbett. Die absolute Gefahr; die größer oder kleiner zu machen nicht in ihrer Macht lag. Und sie sah die Gefahr wieder an diesem Samstagmorgen, als sie in ihren frisch geputzten Winterstiefeln dahinstapfte und die schwere Einkaufstasche an der Seite schwang: dieselben beiden Männer, die ihr, trotz Wochenende, beharrlich folgten. Harte Burschen. Härter als der Rothaarige. Männer, die in den Zentralen herumsitzen und Verhören beiwohnen. Und nie ein Wort sprechen. Der eine ging fünf Meter hinter ihr, der andere hielt sich auf der gegenüberliegenden Straßenseite auf gleicher Höhe mit ihr, ging gerade an der Tür dieses Halunken Mercier vorbei, des Krämers, dessen rot-grüne Markise so tief herabhing, daß sie sogar für jemanden vom bescheidenen Wuchs der Ostrakowa eine Gefahr war.
Als sie sich zum erstenmal gestattete, von den beiden Notiz zu nehmen, hatte sie beschlossen, sie für die Männer des Generals zu halten. Das war am Montag gewesen, oder war's am Freitag? General Wladimir hat mir seine Leibwache abgetreten, dachte sie belustigt, und einen ganzen gefährlichen Vormittag hindurch hatte sie sich die freundlichen Gesten ausgemalt, mit denen sie den beiden ihre Dankbarkeit kundtun wollte: das wissende Lächeln, das sie ihnen schenken würde, wenn niemand hersah; sogar die Suppe, die sie ihnen bereiten und bringen wollte, um ihnen das Wachestehen in den Tornischen zu erleichtern. Zwei hünenhafte Leibwächter, nur für eine alte Dame, dachte sie. Ostrakow hatte recht gehabt: Der General war ein ganzer Mann!
Am zweiten Tag entschied sie, daß es die beiden überhaupt nicht gebe und daß das Hirngespinst von den zwei Schutzengeln nur

ihrem Wunsch nach einem erneuten Zusammensein mit dem Magier entsprungen sei. Ich versuche, Brücken zu ihm zu schlagen, dachte sie; so, wie ich es nicht über mich brachte, das Glas abzuwaschen, aus dem er seinen Wodka getrunken hat, oder die Kissen aufzuschütteln, auf denen er saß und mir einen Vortrag über die Gefahr hielt.

Doch am dritten – oder war es am fünften? – Tag rang sie sich zu einer anderen und rüderen Ansicht über ihre vorgeblichen Beschützer durch. Sie hörte auf, das kleine Mädchen zu spielen. Als sie an irgendeinem Tag frühmorgens ihre Wohnung verließ, um eine besondere Anlieferung im Lagerhaus zu kontrollieren, trat sie aus dem Hort ihrer Selbsttäuschungen direkt auf die Straßen Moskaus hinaus, wie sie ihr aus den Jahren mit Glikman in deutlicher Erinnerung waren. Die schlecht beleuchtete, mit Kopfsteinen gepflasterte Straße war leer, mit Ausnahme eines schwarzen Wagens, der zwanzig Meter von ihrer Haustür entfernt parkte. Wahrscheinlich war er in diesem Augenblick angekommen. Nachträglich war ihr, als habe sie ihn heranfahren sehen, vielleicht sollte er die Posten zum Wacheschieben abliefern. Scharf bremsen, gerade, als sie herauskam. Und abblenden. Resolut machte sie sich auf den Weg die Straße entlang. »Gefahr vor allem für *Sie*«, erinnerte sie sich immer wieder; »Gefahr für uns alle, die wir Bescheid wissen.«

Der Wagen folgte ihr.

Sie halten mich für eine Hure, versuchte sie sich einzureden, eine von diesen alten, die den Morgenmarkt abgrasen.

Plötzlich hatte sie nur noch ein Ziel: in eine Kirche schlüpfen. Irgendeine. Die nächste russisch-orthodoxe Kirche war zwanzig Minuten entfernt und so klein, daß das Beten dort einer spiritistischen Sitzung gleichkam; die unmittelbare Nähe der Heiligen Familie sicherte allein schon Vergebung der Sünden. Doch zwanzig Minuten waren eine Ewigkeit. Nicht-orthodoxe Kirchen mied sie in der Regel konsequent – sie waren ein Verrat an ihrer Herkunft. Doch als an diesem Morgen der Wagen hinter ihr herkroch, hatte sie ihr Vorurteil überwunden und war in die

erstbeste Kirche getaucht, die sich nicht nur als katholisch erwies, sondern sogar als fortschrittlich katholisch, so daß sie die Messe zweimal in schlechtem Französisch über sich ergehen lassen mußte, gelesen von einem Arbeiterpriester, der nach Knoblauch und Schlimmerem roch. Als sie die Kirche wieder verließ, waren die Männer nirgends zu sehen, und das war schließlich die Hauptsache – auch wenn die Ostrakowa, als sie im Lagerhaus eintraf, sich zu zwei Überstunden verpflichten mußte, um die durch ihr Zuspätkommen verursachten Schwierigkeiten wettzumachen. Egal, es war und blieb die Hauptsache.
Danach, drei Tage lang nichts, oder waren es fünf? Der Ostrakowa rann jetzt auch die Zeit durch die Finger, wie Geld. Drei oder fünf, sie waren weg, es hatte sie nie gegeben. Alles war nur ihre »Ausschmückerei«, wie der Magier es genannt hatte, ihre dumme Gewohnheit, zuviel zu sehen, zuvielen Leuten in die Augen zu schauen, zuviele Episoden zu erfinden. Bis heute früh, als sie wieder da waren. Nur daß heute fünfzigtausendmal schlimmer war, denn heute war *jetzt*, und die Straße war heute so leer wie am letzten Tag oder am ersten, und der Mann, der sich fünf Meter hinter ihr hielt, kam näher, und der Mann, der unter Merciers gefährlich herabhängender Markise gegangen war, überquerte die Straße, um sich zu seinem Kollegen zu gesellen.

Was dann geschah, hätte nach den Kenntnissen oder Vorstellungen der Ostrakowa wie der Blitz passieren müssen. In dem einen Augenblick ging man noch aufrecht die Straße entlang, im nächsten wurde man unter einem Geflirr von Lichtern und dem Geheul von Sirenen auf einen Operationstisch geweht, den Chirurgen mit verschiedenfarbigen Gesichtsmasken umstanden. Oder man war im Himmel vor dem Allmächtigen und murmelte Entschuldigungen wegen gewisser Fehltritte, die man nicht wirklich bedauerte; und Er – wenn man Ihn recht verstand –, auch nicht. Oder, und das war das Schlimmste, man kam davon und wurde als gehfähiger Verwundeter nach Hause entlassen, und die lästige Halbschwester Valentina ließ höchst ungehalten alles liegen und

stehen, um aus Lyon herbeizueilen und am Krankenbett dauernd auf einen herunterzukeifen.
Keine dieser Annahmen traf zu.
Alles ging mit der Langsamkeit eines Unterwasserballetts vor sich. Der Mann, der zu ihr aufschloß, hielt sich rechts und ging an der Häuserseite neben ihr her. Der Mann, der bei Merciers Laden die Straße überquert hatte, hielt sich links von ihr, nicht auf dem Trottoir, sondern im Rinnstein, wobei er sie bei jedem Schritt mit dem Regenwasser von gestern anspritzte. Mit ihrer fatalen Angewohnheit, anderen Leuten in die Augen zu schauen, starrte die Ostrakowa auf ihre beiden Begleiter und sah Gesichter, die sie bereits identifiziert hatte und auswendig kannte. Sie hatten Ostrakow gejagt, sie hatten Glikman ermordet, und ihrer persönlichen Ansicht nach ermordeten sie schon seit Jahrhunderten das ganze russische Volk, sei es im Namen des Zaren, Gottes oder Lenins. Als ihr Blick sich von ihnen löste, sah sie den schwarzen Wagen, der ihr auf dem Weg zur Kirche gefolgt war, langsam die leere Straße entlang auf sich zufahren. Also tat sie genau das, was sie die ganze Nacht lang geplant, sich, während sie wach lag, ausgedacht hatte. In ihrer Einkaufstasche steckte heute ein altes Bügeleisen, ein Stück Trödel, den Ostrakow in den Tagen erworben hatte, als der arme sterbende Mann sich einbildete, mit dem Antiquitätenhandel ein paar zusätzliche Francs verdienen zu können. Die Einkaufstasche war aus grünen und braunen Lederflecken und sehr stabil. Die Ostrakowa holte nach hinten aus, ließ die Tasche kreisen und schwang sie mit aller Kraft nach dem Mann im Rinnstein – nach seinen Leisten, dem verhaßten Sitz seiner Schlechtigkeit. Er fluchte – in welcher Sprache, konnte sie nicht hören – und ging in die Kniee. Von hier an kam ihr Plan ins Schleudern. Sie hatte nicht mit zwei Wegelagerern, einem rechts, einem links, gerechnet, und sie brauchte Zeit, um wieder ins Gleichgewicht zu kommen und das Plätteisen nach dem zweiten Mann zu schwingen. Er ließ sie nicht dazu kommen. Er schlang seine Arme um die ihren, packte sie wie den Fettsack, der sie war, und hob sie in die Luft. Sie sah ihre Tasche

fallen und hörte das Scheppern des Bügeleisens, als es aus der Tasche auf einen Kanaldeckel fiel. Wie sie so immer noch nach unten blickte, sah sie, daß ihre Stiefel zehn Zentimeter über dem Boden baumelten, als hätte sie sich aufgehängt wie ihr Bruder Niki – seine Füße waren genauso verdreht gewesen wie die eines Schwachsinnigen. Sie bemerkte, daß eine ihrer Stiefelkappen, die linke, bei der Keilerei verkratzt worden war. Die Arme ihres Angreifers schlossen sich noch enger um ihre Brust, und sie fragte sich, ob wohl ihre Rippen brechen würden, ehe sie erstickte. Sie fühlte, wie der Mann sie nach hinten bog und vermutete, daß er Stand fassen wollte, um sie in den Wagen zu schwingen, der nun ziemlich schnell näherkam: daß sie entführt werden sollte. Diese Vorstellung entsetzte sie. Nichts, am wenigsten der Tod, erschien ihr in diesem Augenblick so schrecklich wie der Gedanke, diese Schweine würden sie nach Rußland zurückbringen und jenem langsamen doktrinären Gefängnistod ausliefern, an dem, dessen war sie sicher, Glikman zugrunde gegangen war. Sie wehrte sich mit aller Kraft, brachte es fertig, ihn in die Hand zu beißen. Sie sah ein paar Passanten, die genauso verschreckt zu sein schienen wie sie selber. Dann bemerkte sie, daß der Wagen nicht verlangsamte und daß die Männer etwas ganz anderes im Sinn hatten: Man wollte sie keineswegs entführen, man wollte sie töten.

Er schleuderte sie.

Sie trudelte, stürzte aber nicht, und als der Wagen ausbog, um sie zu überrollen, dankte sie Gott und allen seinen Engeln, daß sie sich doch noch zu den Winterstiefeln entschlossen hatte, denn die Stoßstange traf sie an den Wadenbeinen, und als sie ihre Füße wiedersah, waren sie in gerader Linie vor ihrem Gesicht, und ihre bloßen Schenkel waren gespreizt wie bei einer Geburt. Eine Weile flog sie, und schlug dann mit allem zugleich aufs Pflaster – mit dem Kopf, dem Rückgrat und den Fersen –, rollte danach wie eine Wurst über die Steine. Der Wagen war vorüber, aber sie hörte ihn kreischend anhalten und fragte sich, ob er wohl umkehren und sie nochmals überfahren werde. Sie versuchte, sich zu bewegen, fühlte sich aber zu schläfrig. Sie hörte Stimmen und das Schlagen von Autotüren, sie hörte den Motor aufbrüllen und verklingen, also entfernte er sich entweder, oder sie verlor das Gehör.

»Nicht anfassen«, sagte jemand.

»Nein, bitte *nicht*«, dachte sie.

»Es ist nur der Mangel an Sauerstoff«, hörte sie sich sagen. »Helfen Sie mir auf die Beine, und alles ist wieder gut.«

Warum sagte sie das? Oder dachte sie es nur?

»*Auberginen*«, sagte sie. »Holen Sie die *Auberginen*.« Sie wußte nicht, ob sie von ihren Einkäufen sprach oder von den Politessen, die wegen der Farbe ihrer Uniform im Pariser Argot so hießen.

Dann legten ein Paar Frauenhände eine Decke über sie, und es entspann sich eine hitzige gallische Auseinandersetzung über das, was nun zu tun sei. Hat jemand die Nummer aufgeschrieben? wollte sie fragen. Aber sie war wirklich zu schläfrig dazu, und zudem fehlte es ihr an Sauerstoff – der Sturz hatte ihn ein für allemal aus ihrem Körper gequetscht. In Erinnerung an russische Landschaften hatte sie eine Vision von angeschossenen Vögeln, die hilflos am Boden flatterten und auf den Biß der Hunde warteten. General, dachte sie, haben Sie meinen zweiten Brief bekommen? Im Hinübergleiten forderte sie ihn auf, beschwor ihn, den Brief zu lesen und auf sein Flehen einzugehen. General, lesen Sie meinen zweiten Brief.

Vor einer Woche hatte sie ihn in einem Augenblick der Verzweiflung geschrieben und ihn gestern, in einem ebensolchen Augenblick, aufgegeben.

7

In der Gegend der Paddington Station gibt es viktorianische Häuserblocks, die außen strahlend weiß sind, wie Luxusdampfer, und innen dunkel wie Gräber. Westbourne Terrace glänzte an diesem Samstagmorgen so hell wie nur irgendeines der Gebäude, doch die Dienstboten- und Lieferantenanfahrt, die zu Wladimirs Behausung führte, wurde am einen Ende von einem Haufen faulender Matratzen blockiert und am anderen durch einen zersplitterten Schlagbaum, gleich einer Grenzschranke.
»Vielen Dank, ich steige hier aus«, sagte Smiley höflich bei den Matratzen und bezahlte den Taxifahrer.
Er war direkt von Hampstead hierhergekommen, und seine Knie schmerzten. Der griechische Chauffeur hatte ihm während der ganzen Fahrt einen Vortrag über Zypern gehalten, und Smiley hatte sich aus Artigkeit auf den Klappsitz gekniet, um den Ausführungen trotz des Motorgeräuschs besser folgen zu können. Wladimir, wir hätten dir Besseres zukommen lassen sollen, dachte er beim Anblick des verdreckten Pflasters und der armseligen Wäsche, die von den Balkonen hing. Der Circus hätte seinem senkrechten Mann mehr Ehre erweisen sollen. *Es betrifft den Sandmann*, dachte er. *Sagen Sie ihm, ich habe zwei Beweise und kann sie mitbringen.*
Er ging langsam, denn er wußte, daß sich der frühe Morgen eher zum Verlassen als zum Betreten von Häusern eignet. An der Bushaltestelle hatte sich eine kleine Schlange gebildet. Ein Milchmann drehte seine Runde, desgleichen ein Zeitungsjunge. Ein Schwarm landsässiger Möwen säuberte graziös das Umfeld der überquellenden Müllkästen. Wenn die Möwen in die Städte kommen, dachte er, werden dann die Tauben ans Meer ziehen? Als er den Lieferantenweg überquerte, sah er, wie ein Motorrad-

fahrer mit amtlich schwarzer Beiwagen-Maschine seinen Renner hundert Yards entfernt am Randstein parkte. Etwas an der Haltung des Mannes erinnerte ihn an den großen Boten, der die Schlüssel in die sichere Wohnung gebracht hatte – ein Eindruck von Verläßlichkeit, selbst auf diese Entfernung; eine respektvolle, fast militärische Aufmerksamkeit.

Abblätternde Kastanienbäume verdunkelten den Säuleneingang, eine narbenbedeckte Katze äugte argwöhnisch zu Smiley hoch. Die Türklingel war ganz oben, die letzte von dreißig, aber Smiley klingelte nicht, und als er gegen die zweiflügelige Tür drückte, schwang sie widerstandslos auf und gab den Zugang zu den gleichen düsteren, zum Schutz vor Graffiti-Schreibern mit einem Ölanstrich versehenen Korridoren frei, und zu den gleichen mit quietschendem Linoleum belegten Treppen. Er erinnerte sich an alles. Nichts hatte sich geändert, und jetzt würde sich nie mehr etwas ändern. Es gab keinen Lichtschalter, und das Treppenhaus wurde immer dunkler, je höher er stieg. Warum hatten Wladimirs Mörder ihm die Schlüssel nicht abgenommen? fragte er sich, als er sie bei jedem Schritt gegen seine Hüfte schlagen fühlte. Vielleicht brauchten sie die Schlüssel nicht. Vielleicht hatten sie bereits ihren eigenen Satz. Er erreichte ein Podest und zwängte sich an einem luxuriösen Kinderwagen vorbei. Er hörte Hundegeheul, die Morgennachrichten in deutsch und die Wasserspülung aus einem Gemeinschaftsklo. Er hörte ein Kind, das seine Mutter anschrie, dann einen Klatsch, und den Vater, der das Kind anschrie. *Sagen Sie Max, es betrifft den Sandmann.* Es roch nach Curry und billigem Bratfett und Desinfektionsmitteln. Es roch nach zu vielen Menschen mit zu wenig Geld, auf zu engem Raum zusammengepfercht. Auch daran erinnerte er sich. Nichts hatte sich geändert.

Wenn wir ihn besser behandelt hätten, wäre es nie passiert, dachte Smiley. Vernachlässigte werden zu leicht umgebracht, dachte er und stellte damit, ohne es zu wissen, eine Parallele zu der Ostrakowa her. Er erinnerte sich an den Tag, als sie ihn hierher gebracht hatten, Smiley, der Vikar und Esterhase, der Postbote. Sie waren nach Heathrow gefahren, um ihn abzuholen: Toby, der mit allen Wassern gewaschene Kanalarbeiter, wie er sich selbst nannte. Obwohl Toby fuhr wie der Teufel, wären sie damals beinah zu spät gekommen. Das Flugzeug war bereits gelandet. Sie hasteten zur Zollabfertigung, und da stand er: silberhaarig und majestätisch, reglos wie ein Turm im Getümmel der gewöhnlichen Sterblichen, die auf dem Weg von der Landungshalle an ihm vorbeiströmten. Er erinnerte sich an ihre feierliche Umarmung – »Max, alter Freund, sind Sie's wirklich?« »Ja, Wladimir, ich bin's wirklich, man hat uns wieder zusammengespannt.« Er erinnerte sich, wie Toby Esterhase sie durch die Hintertüren der Einwanderungskontrolle schmuggelte, da die wütende französische Polizei dem alten Knaben, ehe sie ihn hinauswarf, die Papiere abgenommen hatte. Er erinnerte sich an das Mittagessen selbdritt bei Scott's, als der alte Knabe in seiner Euphorie sogar aufs Trinken vergessen und mit Grandezza von einer Zukunft gesprochen hatte, die, wie sie alle wußten, hinter ihm lag. »Es wird wieder genauso sein, wie in Moskau, Max. Vielleicht schnappen wir uns sogar den Sandmann.« Am nächsten Tag gingen sie auf Wohnungssuche. »Nur um Ihnen ein paar Möglichkeiten zu zeigen, General«, wie Toby Esterhase erklärt hatte. Es war um die Weihnachtszeit, und der Übersiedelungs-Etat für das laufende Jahr war aufgebraucht. Smiley hatte sich an die Finanzabteilung gewandt; Lacon und das Schatzamt um einen Nachtragshaushalt bekniet, jedoch ohne Erfolg. »Ein Schuß Realität wird ihn wieder auf den Boden der Tatsachen zurückbringen«, hatte Lacon entschieden. »Machen Sie Ihren Einfluß auf ihn geltend, George. Dafür haben wir Sie wieder eingesetzt.« Der erste Schuß Realität war ein Nuttenbunker in Kensington gewesen, der zweite ging auf einen Rangierbahnhof bei der Waterloo-Station hinaus. Westbourne Terrace war der dritte, und als sie, mit Toby an der Spitze, dieselbe Treppe hinaufquietschten, die Smiley jetzt erklomm, war der alte Mann plötzlich stehengeblieben, hatte den großen gesprenkelten Kopf zurückgeworfen und theatralisch die Nüstern gebläht.

Ah! Wenn ich Hunger kriege, brauche ich nur auf den Korridor hinausgehen und schnuppern, und schon bin ich satt! hatte er in seinem harten Französisch verkündet. *So kann ich's eine ganze Woche ohne Essen aushalten!*
Jetzt war es selbst Wladimir aufgegangen, daß man ihn endgültig abhalftern wollte.
Smiley kehrte wieder in die Gegenwart zurück. Auf dem nächsten Podest beherrschte, wie er bei seinem einsamen Aufstieg feststellte, die Musik das Feld. Durch eine Tür kamen in voller Lautstärke Rockrhythmen, durch die andere Sibelius und der Geruch von gebratenem Speck. Als er durchs Treppenfenster lugte, sah er zwischen den Kastanien zwei Männer herumlungern, die bei seiner Ankunft noch nicht dagewesen waren. So würde ein Team vorgehen, dachte er. Ein Team würde Späher aufstellen, während die anderen ins Haus gingen. Ein Team, das für *wen* arbeitete? Für Moskau? Für die Polizei? Für Saul Enderby? Weiter unten auf der Straße hatte der große Motorradfahrer eine kleinformatige Zeitung gekauft, die er nun im Sattel sitzend las.
Auf Smileys Seite öffnete sich eine Tür, und eine alte Frau im Morgenrock erschien mit einer Katze auf der Schulter. Er konnte die Alkoholfahne von gestern abend riechen, noch ehe die Frau den Mund auftat und ihn fragte:
»Sind Sie ein Einbrecher, Herzchen?«
»Ich muß Sie leider enttäuschen«, erwiderte Smiley lachend. »Nur ein Besucher.«
»Egal, Hauptsache, man ist gefragt, nicht wahr, Herzchen?«
»Da haben Sie recht«, sagte Smiley höflich.
Die letzte Treppe war steil und sehr eng und erhielt echtes Tageslicht durch eine vergitterte Luke in der Dachschräge. Auf dem obersten Podest waren zwei Türen, beide zu, beide sehr schmal. An eine war eine maschinengeschriebene Karte geheftet: »Mr. W. Miller, ÜBERSETZUNGEN.« Smiley erinnerte sich an das Gerangel um Wladimirs neue Identität, jetzt, da er Londoner werden und auf Tauchstation bleiben sollte. »Miller« war kein

Problem gewesen. Aus irgendeinem unerfindlichen Grund fand der alte Knabe, Miller sei großartig. »Miller, *c'est bien*«, hatte er erklärt. »Miller gefällt mir, Max.« Aber »Mister« war alles andere als gut. Er bestand zunächst auf General, ließ sich dann bis zum Colonel herab. Smiley, als wiedererstandener Vikar, war indessen in diesem Punkt unnachgiebig: Mister bringe weit weniger Scherereien, als ein falscher Dienstgrad in der verkehrten Armee, hatte er verfügt.

Er klopfte kräftig, da er wußte, daß ein leises Anklopfen mehr auffällt, als ein lautes. Er hörte das Echo, sonst nichts. Kein Geräusch von Schritten, keinen plötzlich verstummenden Laut. Er rief »Wladimir« durch den Briefschlitz, als sei er ein alter Freund, der auf Besuch kommt. Er probierte einen Yale-Schlüssel aus dem Bund; der Schlüssel klemmte. Er probierte einen zweiten. Er paßte. Smiley trat in die Wohnung und schloß die Tür. Er war auf einen Schlag über den Hinterkopf gefaßt, dachte aber, ein eingeschlagener Schädel sei immer noch besser, als ein weggeschoßenes Gesicht. Er fühlte Schwindel und merkte, daß er den Atem anhielt. Der gleiche weiße Anstrich, stellte er fest, die gleiche Gefängnisöde. Dieselbe merkwürdige Stille, wie in einer Telefonzelle, und auch dieselbe Mischung von öffentlichen Gerüchen.

Genau an dieser Stelle, so erinnerte sich Smiley, standen wir drei an jenem Nachmittag. Toby und ich wie Hochseeschlepper mit dem alten Schlachtschiff zwischen uns. Das Angebot der Immobilienfirma hatte von einem »Penthouse« gesprochen.

»Hoffnungslos«, hatte Toby Esterhase, der wie immer als erster das Wort ergriff, in seinem ungarischen Französisch verkündet und sich bereits wieder zur Tür gewandt, um die Wohnung zu verlassen. »Ich meine, absolut gräßlich. Ich meine, ich hätte sie mir vorher ansehen sollen, ich Idiot«, hatte Toby gesagt, als Wladimir sich immer noch nicht rührte. »General, ich muß mich bei Ihnen entschuldigen. Das hier ist wirklich eine Zumutung.« Smiley hatte sich im gleichen Sinn geäußert. Wir können Ihnen etwas Besseres bieten, als das, Wladi. Etwas viel Besseres. Wir dürfen nur nicht locker lassen.

Doch die Augen des alten Mannes hatten auf dem Fenster verweilt, so wie jetzt Smileys Augen, auf dem Wald von Kaminen und Giebeln und schrägen Dächern, der jenseits der Brüstung aufschoß. Und plötzlich hatte er eine behandschuhte Pranke auf Smileys Schulter fallen lassen.
»Verwenden Sie Ihr Geld lieber dazu, diese Schweine in Moskau abzuknallen, Max«, hatte er geraten.
Unter Tränen, die ihm die Wangen hinabrannen, und mit dem gleichen entschlossenen Lächeln hatte Wladimir weiter auf die Moskauer Kamine gestarrt; und auf den schwindenden Traum von einem Leben unter russischem Himmel.
»*On reste ici*«, hatte er schließlich befohlen, so, als beziehe er eine letzte Verteidigungsstellung.
Eine schmale Bettcouch stand an einer Wand, auf dem Fensterbrett ein Gaskocher. Der Geruch nach Gipsmörtel weckte in Smiley die Vermutung, daß der alte Mann die Wohnung ständig selbst getüncht, die feuchten Stellen übermalt und die Risse verspachtelt hatte. Auf einem Schreib- und Eßtisch waren eine uralte Remington und ein paar abgegriffene Wörterbücher. Seine Übersetzungsarbeit, dachte Smiley, ein paar Extra-Pennies zur Aufbesserung seiner »Rente«. Smiley drückte die Ellbogen nach hinten, als schmerze ihn das Rückgrat, richtete sich zu seiner ganzen, wenn auch nicht stolzen Größe auf und machte sich an den Vollzug der vertrauten Totenriten für heimgegangene Spione. Eine estnische Bibel lag auf dem Nachtkästchen aus Fichtenholz. Er tastete das Buch behutsam nach Hohlräumen ab, hielt es dann mit der Schnittseite nach unten, um Papierschnitzel oder Fotos herauszuschütteln. Er zog die Kommodenschublade auf und fand darin ein Fläschen mit Patentpillen zur Neubelebung der schwindenden Manneskraft und drei auf einer Chromspange aufgezogene Tapferkeitsorden der Roten Armee. Soviel zur Tarnung, dachte Smiley und fragte sich, wie um alles in der Welt Wladimir und seine zahlreichen Gespielinnen auf diesem kärglichen Lager zurechtgekommen sein mochten. Ein Lutherbild hing über dem Kopfende der Bettcouch. Daneben ein Farb-

druck, betitelt »Die roten Dächer von Alt-Riga«, den Wladimir wohl irgendwo herausgerissen und auf ein Stück Pappe geklebt hatte. Eine weitere Ansicht zeigte »Die Kazari-Küste«, eine dritte »Windmühlen mit Burgruine«. Smiley suchte die Wand hinter den Bildern ab. Dann fiel sein Blick auf die Nachttischlampe. Er drückte auf den Knopf, und als kein Licht anging, zog er den Stecker heraus, entfernte die Glühbirne und fischte im Sockel herum, ohne Erfolg. Bloß die Birne ausgebrannt, dachte er. Ein jäher Schrei von draußen ließ ihn an die Wand zurückweichen, doch als er sich wieder gefaßt hatte, sah er, daß es wieder diese Binnenmöwen waren: eine ganze Kolonie hatte sich rings um die Kaminhauben geschart. Wieder spähte er hinunter auf die Straße. Die beiden Eckensteher waren verschwunden. Sie sind schon unterwegs zu mir herauf, dachte er; mein Vorsprung ist abgelaufen. Es sind gar keine Polizisten, dachte er; es sind Mörder. Das Motorrad mit seinem schwarzen Beiwagen stand einsam und verlassen. Er schloß das Fenster und sinnierte, ob es wohl ein Spezial-Walhall für tote Spione gebe, wo er und Wladimir einander wiedersehen würden und er die Dinge richtigstellen könnte; er sagte sich, daß sein Leben lange genug gewährt habe und daß dieser Augenblick so gut wie jeder andere sei, ihm ein Ende zu setzen. Ohne auch nur eine Sekunde daran zu glauben.

Die Tischlade enthielt leeres Schreibpapier, einen Heftapparat, einen angenagten Bleistift, ein paar Gummiringe und eine unlängst ausgestellte, nicht bezahlte Telefonrechnung über achtundsiebzig Pfund, eine Summe, die ihm mit Wladimirs einfacher Lebensweise in krassem Widerspruch zu stehen schien. Er öffnete den Heftapparat und fand nichts. Er steckte die Telefonrechnung zu späterer Prüfung in die Tasche und suchte weiter, wobei er genau wußte, daß dies eigentlich keine richtige Durchsuchung war, daß zu einer richtigen Durchsuchung drei Männer mehrere Tage gebraucht hätten, ehe sie mit Sicherheit hätten sagen können, es sei alles gefunden worden, was zu finden war. Wenn er überhaupt nach etwas Bestimmtem Ausschau hielt, dann am ehesten nach einem Adressen- oder Tagebuch oder etwas, das dem einen oder anderen Zweck hatte dienen können, und wäre es auch nur ein Fetzchen Papier. Er wußte, daß alte Spione, selbst die besten, manchmal wie alte Liebhaber waren: Wenn sie in die Jahre kamen fingen sie an zu mogeln, aus Angst, ihre Fähigkeiten könnten sie im Stich lassen. Sie behaupteten, alles im Kopf zu haben, aber so, wie sie insgeheim ihrer Männlichkeit nachhalfen, so schrieben sie insgeheim Dinge auf, oft in einem selbstgebastelten Code, den jeder, der die Spielregeln kannte, innerhalb von Stunden oder Minuten knacken konnte: Namen und Adressen von Kontakten, Unteragenten. Nichts war ihnen heilig. Prozeduren, Treffzeiten und -orte, Decknamen, Telefonnummern, sogar Safekombinationen, als Sozialversicherungsnummern und Geburtsdaten getarnt. Zu seiner Zeit hatte Smiley erlebt, daß ganze Netze gefährdet wurden, nur, weil ein Agent seinem Gedächtnis nicht mehr traute. Er glaubte nicht, daß dies bei Wladimir der Fall gewesen war, aber es gab immer ein Erstesmal.

Sagen Sie ihm, ich habe zwei Beweise und kann sie mitbringen . . .

Er stand an der Stelle, die der alte Mann seine Küche genannt haben würde: am Fenstersims mit dem Gaskocher darauf und dem selbstgebastelten Vorratskästchen, in das Luftlöcher gebohrt waren. Wir Männer, die unsere Kocherei selber besorgen müssen, sind Halb-Menschen, dachte er, als er die zwei Regale musterte, den Topf und die Bratpfanne herauszog, zwischen Cayenne-Pfeffer und Paprika herumstocherte. Überall sonst im Haus – sogar im Bett – kann man sich einigeln, seine Bücher lesen, sich einreden, daß der Mensch am besten allein sei. Doch in der Küche sind die Zeichen der Unvollständigkeit zu augenfällig. Ein halber Laib Schwarzbrot. Eine halbe Mettwurst. Eine halbe Zwiebel. Eine halbe Flasche Milch. Eine halbe Zitrone. Ein halbes Päckchen schwarzer Tee. Ein halbes Leben. Er öffnete alles, was sich öffnen ließ, grub mit einem Finger im Paprika. Er entdeckte eine lose Kachel und krallte sie heraus, er schraubte den

Holzgriff der Bratpfanne ab. Als er den Kleiderschrank aufmachen wollte, hielt er mitten in der Bewegung inne, als lausche er wieder, doch diesmal hatte er etwas gesehen, nicht gehört.
Auf dem Vorratsschränkchen lag eine Stange Gauloises Caporal, Wladimirs Lieblingszigaretten, wenn er keine russischen kriegen konnte. Er las die verschiedenen Aufdrucke. »*Duty Free*«, »*Filtre*«, ferner »*Exportation*« und »*Made in France*«. In einer Zellophanhülle. Er nahm sie herunter. Von den ursprünglichen zehn Päckchen fehlte eines. Im Aschenbecher drei ausgedrückte Stummel derselben Marke. Er schnüffelte, und jetzt erst gewahrte er, neben dem Geruch nach Essen und Gipsmörtel, ganz schwach das Aroma französischer Zigaretten in der Luft.
Und keine Zigaretten in der Tasche, erinnerte er sich.
Smiley hielt die blaue Packung in beiden Händen, drehte sie langsam und versuchte, hinter ihren tieferen Sinn zu kommen. Sein Instinkt – besser gesagt, eine noch unterschwellige Wahrnehmung – signalisierte ihm eindringlich, daß an diesen Zigaretten irgendetwas faul war. Nicht das Äußere. Nicht die Füllung, kein Mikrofilm oder Sprengstoff oder Dumdum-Geschoße oder ähnlich abgedroschenes Zeug.
Nur die Tatsache, daß sie hier waren, hier und nirgendwo anders, war faul.
So neu, so staubfrei, ein fehlendes Päckchen, drei Zigaretten geraucht.
Und keine Zigaretten in der Tasche.
Er arbeitete jetzt rascher, wollte möglichst schnell weg. Die Wohnung lag zu hoch oben. Sie war zu leer und zu voll. Er hatte immer mehr das Gefühl, daß irgendetwas nicht stimmte. Warum hatten sie die Schlüssel nicht genommen? Smiley öffnete den Schrank. Er enthielt Kleidung und Schriften, doch Wladimir besaß von beiden nicht sehr viel. Die Schriften waren meist hektographierte Pamphlete in Russisch und Englisch oder in etwas, das Smiley für eine der baltischen Sprachen hielt. Da war ein Ordner mit Briefen aus dem alten Pariser Hauptquartier der Gruppe und eine Anzahl Plakate mit Aufschriften wie »DENKT

AN LETTLAND«, »DENKT AN ESTLAND«, »DENKT AN LITAUEN«, vermutlich zum Aushang bei öffentlichen Veranstaltungen. Da war eine Schachtel Schulkreide, gelb, aus der zwei Stücke fehlten. Und Wladimirs heißgeliebtes Norfolk-Jackett, vom Haken auf den Boden gefallen. Vielleicht heruntergerutscht, als Wladimir die Schranktür ein bißchen zu hastig geschlossen hatte.

Wladimir, der so eitel war? dachte Smiley. So militärisch in seiner Erscheinung? Und sein bestes Jackett liegt zusammengeknüllt auf dem Schrankboden? Oder hatte eine achtlosere Hand als die Wladimirs es nicht wieder über den Bügel gehängt?

Smiley hob das Jackett auf, durchsuchte die Taschen, hing es dann wieder in den Schrank zurück und schlug die Tür zu, um zu sehen, ob es herunterfallen würde.

Was es tat.

Sie haben die Schlüssel nicht genommen, und sie haben seine Wohnung nicht durchsucht, dachte er. Sie haben Wladimir durchsucht, wurden jedoch, nach Meinung des Superintendent, dabei gestört.

Sagen Sie ihm, ich habe zwei Beweise und kann sie mitbringen.

Er ging wieder ins Küchenrevier zurück, stellte sich vor das Schränkchen und betrachtete nochmals eingehend die blaue Pakkung, die obenauf lag. Dann schaute er in den Papierkorb. Wiederum nachdenklich auf den Aschenbecher. Dann in den Abfalleimer, ob das fehlende Päckchen vielleicht zerknüllt darin liege. Er fand nichts, und aus irgendeinem Grund freute er sich darüber.

Zeit zu gehen.

Aber er ging nicht, noch nicht. Eine weitere Viertelstunde grub und stocherte Smiley herum, wobei er mit einem Ohr auf verdächtige Geräusche lauschte. Er hob Dinge auf und stellte sie wieder zurück, immer noch auf der Suche nach dem losen Dielenbrett oder der klassischen Nische hinter den Regalen. Aber diesmal wollte er *nichts* finden. Diesmal wollte er nur ein Nichtvorhandensein feststellen. Erst als er sich soweit überzeugt hatte, wie die Umstände dies zuließen, trat er endlich leise auf den Treppenabsatz hinaus und versperrte hinter sich die Tür. Auf dem Podest der nächsten Etage begegnete er einem Aushilfsbriefträger mit Armbinde, der aus einem anderen Korridor aufgetaucht war. Smiley tippte ihn am Ellbogen an.

»Wenn Sie irgendetwas für Wohnung 6 B haben, dann kann ich Ihnen den Aufstieg ersparen«, sagte er bescheiden.

Der Briefträger kramte in seiner Tasche und brachte einen braunen Umschlag zum Vorschein. Abgestempelt in Paris vor fünf Tagen, im fünfzehnten Arrondissement. Smiley steckte ihn ein. Noch ein Stockwerk weiter unten würde eine Tür zur Feuertreppe führen, die mit einem Riegel gesichert und nur von innen zu öffnen war. Smiley hatte sich das beim Hinaufsteigen im Geist notiert. Er drückte, die Tür gab nach, er klomm eine ekelhafte Betontreppe hinab und ging durch einen Innenhof auf eine menschenleere Hintergasse hinaus, wobei er noch immer über die Unterlassung nachgrübelte. Warum hatten sie seine Wohnung nicht durchsucht? Die Moskauer Zentrale hatte, wie jeder andere bürokratische Apparat, feste Prozeduren. Man beschließt, einen Mann zu töten. Also stellt man Posten vor seinem Haus sowie auf seinem Weg auf und setzt dann das Mörderteam an, tötet ihn. Die klassische Methode. Warum also nicht auch seine Wohnung durchsuchen? – Wladimir, ein Junggeselle, der in einem Haus wohnte, wo dauernd Fremde aus- und eingingen? Warum nicht die Posten heraufschicken, sobald er sich auf den Weg gemacht hatte? *Weil sie wußten, daß er es bei sich hatte,* dachte Smiley. Und die Durchsuchung des Toten, die der Superintendent als flüchtig bezeichnet hatte? Angenommen, sie waren nicht gestört worden, sondern hatten bereits gefunden, was sie suchten?

Er rief ein Taxi und sagte zum Fahrer: »Bywater Street in Chelsea bitte, an der King's Road.«

Nach Hause, dachte er. Ein Bad nehmen, die Sache durchdenken. Rasieren. *Sagen Sie ihm, ich habe zwei Beweise und kann sie mitbringen.*

Plötzlich beugte er sich vor, klopfte an die Trennscheibe und nannte ein neues Ziel. Als sie wendeten, hielt der Motorradfahrer kreischend hinter ihnen an, stieg ab und schob seine mächtige schwarze Maschine samt Beiwagen gemessen auf die Gegenspur. Ein Herrschaftsdiener, dachte Smiley, der ihm zusah. Ein Herrschaftsdiener, der den Teewagen hereinrollt. Mit durchgedrücktem Kreuz und ausgestellten Ellbogen folgte er ihnen wie eine offizielle Eskorte durch die Außenviertel von Camden, dann, immer noch in vorschriftsmäßigem Abstand, langsam hügelan. Das Taxi hielt, Smiley beugte sich vor, um den Fahrpreis zu entrichten. In diesem Augenblick zog die dunkle Gestalt feierlich an ihnen vorbei, die ledergepanzerte Faust salutierend aus dem Ellbogen hochgewinkelt.

8

Er stand an der Mündung der Allee und spähte in den Tunnel aus Birkenbäumen, die wie eine Armee auf dem Rückzug immer mehr im Dunst versanken. Die Dunkelheit war widerstrebend einem Stubendämmer gewichen. Es hätte schon auf den Abend zugehen können: Teestunde in einem alten Landhaus. Die Straßenlampen rechts und links von ihm waren trübe Funzeln, die nichts erhellten. Die Luft war warm und schwer. Er hatte erwartet, noch Polizisten zu sehen und eine abgesperrte Fläche. Er hatte Journalisten und neugierige Gaffer erwartet. Es ist überhaupt nie passiert, sagte er sich, als er langsam den Hang hinunterging. Ich habe den Schauplatz kaum verlassen, da hat sich Wladimir, mit dem Stock in der Hand, vergnügt aufgerappelt, sein grauenhaftes Make-up weggewischt und ist mit dem übrigen Ensemble auf ein Bierchen zum Polizeirevier geflitzt.

Stock in der Hand, wiederholte er für sich, und dachte dabei an etwas, das der Superintendent zu ihm gesagt hatte. Linke Hand oder rechte Hand? »Kreidespur an der linken Hand«, hatte Mr. Murgotroyd im Kastenwagen gesagt. »Daumen, Zeige- und Mittelfinger.«

Während er weiterging, wurde die Allee immer dunkler und der Dunst dichter. Seine Schritte warfen ein blechernes Echo voraus. Zwanzig Yards höher brannte braunes Sonnenlicht wie ein schwelendes Freudenfeuer. Doch hier unten in der Senke hatte der Dunst sich zu einem kalten Nebel verdichtet, und Wladimir war tot, ein für allemal. Er sah Reifenspuren, wo die Polizeifahrzeuge geparkt hatten, bemerkte das Fehlen von Laub und die unnatürliche Sauberkeit des Kieswegs. Was tun sie nur? fragte er sich. Den Weg mit einem Schlauch abspritzen? Das Laub in ein paar von ihren Plastikkopfkissen kehren?

Seine Müdigkeit war einer neuen geheimnisvollen Klarheit gewichen. Er schritt weiter die Allee entlang, wünschte Wladimir guten Morgen und gute Nacht und kam sich dabei nicht lächerlich vor, dachte intensiv nach über Reißzwecken und Kreide und französische Zigaretten und Moskauer Regeln, hielt Ausschau nach einer Blechhütte an einem Spielfeld. Der Reihe nach vorgehen, ermahnte er sich. Mit dem Anfang beginnen. Laß die Gauloises auf ihrem Regal. Er kam zu einer Wegkreuzung, überquerte sie, ging weiter hügelan. Zu seiner Rechten erschienen Torpfosten und dahinter eine grüne, angerostete und anscheinend leere Wellblechhütte. Er stapfte über das Spielfeld, wobei Regenwasser seine Schuhe durchnäßte. Hinter der Hütte lief eine steile Schlammböschung entlang, auf der die Kinder glatte Schlitterbahnen gezogen hatten. Er kletterte die Böschung hinauf, drang in ein Dickicht und kletterte weiter. Der Nebel war noch nicht zwischen die Bäume gedrungen, und als Smiley auf dem Hügelrücken ankam, war die Luft klar. Es war noch immer niemand in Sicht. Er kehrte um und näherte sich durch die Bäume der Hütte. Es war ein Blechschuppen, weiter nichts, an der Spielfeldseite offen. Das einzige Möbel war eine roh gezimmerte Bank voller Kerben und messergeschnitzter Inschriften, der einzige Anwesende eine Gestalt, die bäuchlings auf der Bank lag, unter einer Decke, die den Kopf verhüllte und nur die braunen Stiefel freiließ. Eine Schrecksekunde lang fragte sich Smiley, ob man wohl dem Liegenden auch das Gesicht weggeschossen habe. Balken stützten das Dach, ernste moralische Appelle belebten den abblätternden grünen Anstrich. »Punks sind zersetzend. Die Gesellschaft braucht sie nicht.« Diese Behauptung rief in ihm einen Augenblick der Unentschlossenheit hervor. »Oh, die Gesellschaft braucht sie sehr wohl«, hätte er gern erwidert; »die Gesellschaft ist eine Ansammlung von Minderheiten.« Die Reißzwecke befand sich dort, wo Mostyn gesagt hatte, daß sie sein würde, genau in Kopfhöhe, ordnungsgemäß nach bester Sarratt-Tradition, ihr ärarischer Messingkopf war so neu und unbefleckt, wie der Knabe, der sie angebracht hatte.

Geh zum Treff, besagte sie; *keine Gefahr gesichtet.*
Moskauer Regeln, dachte Smiley wieder einmal. Moskau, wo ein Außenmann drei Tage brauchen konnte, um einen Brief zu einer sicheren Adresse zu bringen. Moskau, wo alle Minderheiten Punks sind.

Sagen Sie ihm, ich habe zwei Beweise und kann sie mitbringen . . .

Wladimirs Bestätigung in Kreide lief dicht an der Reißzwecke entlang, ein flatternder gelber Wurm von einer Botschaft, der sich den ganzen Pfosten hinunterkringelte. Vielleicht hatte der alte Mann sich wegen des Regens Sorgen gemacht, dachte Smiley. Vielleicht befürchtete er, der Regen werde die Markierung abwaschen. Oder vielleicht hat er auch nur in seiner Aufregung zu heftig auf die Kreide gedrückt, so wie er sein Norfolk-Jackett auf dem Schrankboden hatte liegen lassen. *Ein Treff oder gar nichts*, hatte er zu Mostyn gesagt . . . *Heute abend oder überhaupt nicht . . . Sagen Sie ihm, ich habe zwei Beweise und kann sie mitbringen . . .* Trotz allem hätte nur ein sehr aufmerksamer Beobachter die Markierung bemerkt, so augenfällig sie auch war; desgleichen die glänzende Reißzwecke, und nicht einmal der sehr aufmerksame Beobachter wäre stutzig geworden, denn Hampstead Heath wimmelt von Zetteln und Botschaften, angebracht von Leuten, die keineswegs samt und sonders Spione sind. Einige sind Kinder, einige sind Landstreicher, einige sind Gläubige im Herrn und Organisierer von Wohltätigkeitsmärschen, einige suchen entlaufene Haustiere, wieder andere sehnen sich nach Abwechslung in der Liebe und müssen ihre Nöte unbedingt von einer Hügelkuppe herab kundtun. Beileibe nicht allen wird mit einer Mordwaffe aus der Moskauer Zentrale das Gesicht aus nächster Nähe weggeschossen.

Und der Zweck dieser Bestätigung? Als Smiley von seinem Schreibtisch in London aus in letzter Instanz für Wladimirs Einsatz verantwortlich gewesen war, hatte man für Agenten in Moskau, mit deren Verschwinden jederzeit gerechnet werden mußte, diese Zeichen erdacht – abgebrochene Zweige auf einem

Weg, der immer der letzte sein konnte. *Ich sehe keine Gefahr und gehe laut Instruktionen zum vereinbarten Treff*, besagte Wladimirs letzte – und unglücklicherweise falsche – Botschaft an die Welt der Lebenden.

Smiley verließ die Hütte und ging ein kleines Stück den Weg zurück, auf dem er gerade gekommen war. Er memorierte dabei gewissenhaft die Ausführungen des Superintendent über Wladimirs letzten Gang, zog die Schubladen seines Gedächtnisses auf, als kramte er in einem Archiv.

Diese Gummigaloschen sind eine Gottesgabe, Mr. Smiley, hatte der Superintendent fromm erklärt; North British Century, Diamant-Profilsohlen, Sir, und kaum getragen – also, man könnte ihm durch einen Haufen Fußballfans folgen, wenn's sein müßte!

»Ich gebe Ihnen die autorisierte Fassung«, hatte der Superintendent gesagt und dabei schneller gesprochen, da die Zeit drängte. »Fertig, Mr. Smiley?«

Fertig, hatte Smiley gesagt.

Der Tonfall des Superintendent hatte sich verändert. Geplauder und Beweisaufnahme waren zwei Paar Stiefel. Er ließ den Schein der Stablampe im Rhythmus seiner Ausführungen auf den nassen Kies der abgeseilten Fläche fallen. Eine Vorlesung mit Laterna Magica, dachte Smiley; um ein Haar hätte er mitgeschrieben. »Hier taucht er auf und kommt jetzt den Hügel herunter, Sir. Sehen Sie ihn dort? Normaler Schritt, hübsche Absatz-Spitze-Abrollbewegung, normales Tempo, alles sonnenklar. Gesehen, Mr. Smiley?«

Smiley hatte es gesehen.

»Auch die Stockspur da, mit der rechten Hand, haben Sie die ebenfalls gesehen, Mr. Smiley?«

Smiley hatte ebenfalls gesehen, wie der Spazierstock mit der Gummizwinge ein tiefes rundes Loch bei jeder zweiten Fußstapfe hinterlassen hatte.

»Während er natürlich den Stock in der *linken* Hand hielt, als er erschossen wurde, nicht wahr? Haben Sie auch gesehen, Sir, wie

ich bemerkte. Wissen Sie zufällig, welches Bein das schlechtere war, wenn überhaupt, Sir?«
»Das rechte«, hatte Smiley gesagt.
»Ah. Dann hat er auch normalerweise den Stock höchstwahrscheinlich rechts benützt. Bitte, hier runter, Sir, da geht's lang. Gangart immer noch normal, wie Sie bitte beachten wollen.« Der regelmäßige Diamant-Profilsohlenabdruck, Absatz und Spitze, war im Schein der Stablampe unverändert über fünf weitere Schritte zu sehen. Jetzt, bei Tageslicht, sah Smiley ihn nur noch als Gespenst. Der Regen, andere Füße, die Reifenspuren verkehrswidriger Radfahrer hatten das meiste ausgelöscht. Doch nachts, während der Laternenschau des Superintendent, hatte er die Abdrücke echt gesehen, so echt, wie die mit Plastik bedeckte Leiche ein Stück weiter unten, in der Senke, wo die Spur geendet hatte.
»Hier«, hatte der Superintendent befriedigt erklärt, wobei er stehengeblieben war und den Kegel seiner Stablampe auf einem zertretenen Stück Boden verweilen ließ.
»Wie alt war er, sagten Sie, Sir?« fragte der Superintendent.
»Ich habe nichts gesagt, aber er ging auf die neunundsechzig zu.«
»Und dann erst kürzlich ein Herzanfall, vermute ich. Also, Sir. Zuerst stoppt er scharf. Fragen Sie mich nicht, warum, vielleicht wurde er angesprochen. Ich würde sagen, er hörte etwas. Hinter sich. Bemerken Sie die Art, wie die Schritte kürzer werden, bemerken Sie die Stellung der Füße, als er sich halb umdreht, über die Schulter schaut oder dergleichen? Wie dem auch sei, er *dreht sich um*, darum sage ich ›hinter sich‹. Und was immer er sah oder nicht sah, hörte oder nicht hörte – er beschließt zu laufen. Und los prescht er, sehen Sie her!« drängte der Superintendent mit der plötzlichen Begeisterung des Sportsmanns. »Längerer Schritt, Absätze berühren kaum noch den Boden. Ein völlig anderer Abdruck, rennt, was das Zeug hält. Man kann sogar sehen, wo er sich mit dem Stock abstieß, um nachzuhelfen.«
Als Smiley jetzt bei Tageslicht auf den Boden spähte, konnte er die verzweifelten Abdrücke der zuerst senkrecht, dann schräg

nach unten gestossenen Zwinge nicht mehr mit Sicherheit sehen, so, wie er sie gestern Nacht tatsächlich – und heute Morgen im Geist – gesehen hatte.
»Der Haken war nur«, hatte der Superintendent ruhig und wieder in seinem Gerichtssaalton kommentiert, »daß, was immer ihn umgebracht hat, vor ihm war, nicht wahr? Keineswegs hinter ihm.«
Sowohl, als auch, dachte Smiley jetzt, mit der Kenntnis, die einige Stunden Abstand verschaffen. Sie *trieben* ihn, dachte er und versuchte vergebens, sich an den Sarratt-Ausdruck für diese besondere Technik zu erinnern. Sie kannten seinen Weg, und sie *trieben* ihn. Der Angstmacher scheucht das Ziel von hinten, der Killer lauert unentdeckt vorne, bis das Ziel direkt in ihn hineinrennt. Denn auch die Mörder-Teams aus der Moskauer Zentrale wußten, daß selbst die ältesten Hasen stundenlang auf ihre Rükkendeckung achten, auf ihre Flankendeckung, auf Autos, die vorbeifahren oder nicht, auf Straßen, die sie überqueren, und Häuser, die sie betreten. Und wenn es dann soweit ist, nicht in der Lage sind, die Gefahr zu erkennen, die ihnen von Angesicht zu Angesicht begegnet.
»Rennt immer noch«, hatte der Superintendent gesagt und sich stetig dem Toten unten am Hügel genähert. »Bemerken Sie, wie sein Schritt jetzt ein wenig länger wird wegen des steileren Gefälles? Auch unregelmäßig, sehen Sie? Die Füße fliegen in wilder Hast. Läuft ums liebe Leben. Buchstäblich. Und der Spazierstock immer noch in der rechten Hand. Jetzt schert er aus, Richtung Straßenrand. Hat wohl den Kopf verloren, wäre ja auch kein Wunder. Hierher, bitte. Erklären Sie *das*, wenn Sie können!«
Der Lampenstrahl verweilte auf einem Fleck mit dicht aneinanderliegenden Fußabdrücken, fünf oder sechs, alle auf sehr engem Raum, am Grasrand zwischen zwei hohen Bäumen.
»Wieder stehengeblieben«, verkündete der Superintendent. »Oder vielleicht nicht *ganz*, eigentlich mehr auf der Stelle getreten. Fragen Sie mich nicht, warum. Möglicherweise hat er nur

die Füße durcheinandergebracht. Möglicherweise war es ihm unheimlich, so dicht an den Bäumen zu sein. Möglicherweise hat sein Herz gestreikt, wenn Sie sagen, daß es einen Knacks hatte. Dann rast er wieder los, wie zuvor.«

»Mit dem Stock in der linken Hand«, hatte Smiley ruhig gesagt.

»Warum? Das frage ich mich, Sir, aber vielleicht wißt Ihr Leute die Antwort. Warum? Hat er wieder etwas gehört? Sich an etwas erinnert? Warum – wenn man um sein Leben rennt –, warum stehen bleiben, herumtrampeln, den Stock in die andere Hand nehmen und dann wieder losrennen? Direkt in die Arme des Mörders? Es sei denn, natürlich, der Bursche hinter ihm hat ihn hier *überholt*, vielleicht einen Bogen durch die Bäume geschlagen? Irgendeine Erklärung von *Ihrer* Seite der Straße, Mr. Smiley?«

Diese Frage klang Smiley immer noch im Ohr, als sie schließlich bei der Leiche angekommen waren, die wie ein Embryo in ihrem Plastikbauch schwamm.

Doch an diesem darauffolgenden Morgen blieb Smiley kurz vor der Senke stehen. Er stellte seine durchnäßten Schuhe, so gut er konnte, jeweils auf den genau richtigen Fleck und versuchte, die Bewegungen zu imitieren, die der alte Mann gemacht haben mochte. Und da Smiley dies alles in Zeitlupe und mit allen Anzeichen äußerster Konzentration unter dem Blick von zwei behosten Damen tat, die ihre Schäferhunde Gassi führten, wurde er für einen Jünger der als neueste Marotte grassierenden Chinesischen Kampfübungen und dementsprechend für verrückt gehalten.

Zuerst stellte er die Füße nebeneinander, die Spitzen hügelabwärts gerichtet. Dann schob er den linken Fuß vor und drehte den rechten, bis die Spitze direkt auf eine Schonung zeigte. Dabei drehte sich die rechte Schulter ganz von selbst mit, und sein Instinkt sagte ihm, daß genau dies der Augenblick sein würde, um den Stock von der rechten in die linke Hand zu nehmen. Aber *warum*? Wie schon der Superintendent gefragt hatte: Warum den Stock überhaupt in die andere Hand nehmen?

Warum sollte er in diesem vielleicht allerletzten Augenblick seines Lebens einen Spazierstock feierlich von der rechten in die linke Hand genommen haben? Sicher nicht, um sich zu verteidigen – er war ja Rechtshänder. Um sich zu verteidigen, würde er den Stock nur fester gepackt haben. Oder mit beiden Händen umklammert, wie einen Schläger.

Wollte er die rechte Hand dadurch frei bekommen? Doch: frei, wozu?

Smiley, der sich jetzt eindeutig beobachtet fühlte, linste scharf nach hinten und sah zwei Knirpse in Klubjacken, die stehengeblieben waren, um dieses rundliche bebrillte Männchen bei seiner possierlichen Fußgymnastik zu beobachten. Er blitzte sie in seiner schulmeisterlichsten Manier an, und sie entfernten sich schleunigst.

Die rechte Hand freizubekommen, wofür? fragte Smiley sich wieder. Und warum einen Augenblick später aufs neue losrennen?

Wladimir drehte sich nach rechts, dachte Smiley und vollzog wiederum gleichzeitig mit dem Gedanken auch die Bewegung. Wladimir drehte sich nach rechts. Er stand vor der Schonung, er nahm den Stock von der rechten in die linke Hand. Laut Schlußfolgerung des Superintendent verharrte er einen Moment. *Dann* rannte er weiter.

Moskauer Regeln, dachte Smiley und starrte auf seine eigene rechte Hand. Langsam steckte er sie in die Tasche seines Regenmantels. Die leer war, so wie die rechte Manteltasche des toten Wladimir leer gewesen war.

Hatte er vielleicht beabsichtigt, eine Botschaft zu schreiben? Smiley zwang sich, die Theorie durchzuspielen, obwohl er sie bereits ausgeschaltet hatte. Eine Botschaft zu schreiben, mit der *Kreide* zum Beispiel? Wladimir erkannte seinen Verfolger und wollte irgendwo einen Namen oder ein Zeichen hinkreiden. Aber worauf? Ganz sicher nicht auf diese naßen Baumstämme. Auch nicht auf den Lehm, das abgefallene Laub, den Kies. Smiley blickte in die Runde und wurde sich einer Besonderheit sei-

nes Standplatzes bewußt. Hier, am Saum der Allee, ziemlich genau zwischen zwei Bäumen, wo der Nebel sich am stärksten verdichtete, war er so gut wie außer Sicht. Die Allee führte hügelab, ja, und stieg vor ihm an, aber sie beschrieb auch eine Kurve, und von dem Platz, wo er stand, war der Ausblick nach oben in beiden Richtungen durch Baumstämme und dichtes Jungholz verstellt. Auf der ganzen Strecke von Wladimirs letztem, verzweifelten Gang, einer Strecke, die er, wohlgemerkt, gut gekannt und für ähnliche Treffs benützt hatte, war dies, wie Smiley mit wachsender Genugtuung bemerkte, der einzige Punkt, wo der Fliehende weder von vorn noch von hinten gesehen werden konnte. Und war stehengeblieben.
Hatte seine rechte Hand freigemacht.
Hatte mit ihr – sagen wir einmal – in die Tasche gegriffen.
Nach seinen Herztabletten? Nein. Wie die gelbe Kreide und die Zündhölzer waren sie in der linken Tasche gewesen, nicht in der rechten.
Nach irgendetwas, das – sagen wir einmal – nicht mehr in der Tasche war, als man ihn tot aufgefunden hatte.
Wonach also?
Sagen Sie ihm, ich habe zwei Beweise und kann sie mitbringen . . . Dann wird er mich vielleicht sehen wollen . . . Hier ist Gregory, ich möchte Max sprechen. Ich habe etwas für ihn, bitte . . .

Beweise. Beweise, die zu kostbar waren, als daß man sie der Post anvertrauen durfte. Er brachte etwas. Zwei Etwase. Nicht nur in seinem Kopf – in der Tasche. Und hielt sich an die Moskauer Regeln. Regeln, die dem General vom ersten Tag nach seinem Frontwechsel an eingebläut worden waren. Von keinem Geringeren als George Smiley, und von seinem örtlichen Einsatzleiter. Überlebensregeln für ihn und sein Netz. Smiley spürte, wie sich sein Magen vor Erregung zusammenzog, als werde ihm übel. Laut Moskauer Regeln muß jeder, der eine Botschaft *physisch* bei sich trägt, auch die Mittel zu ihrer Beseitigung mitführen!

Ganz gleich, wie die Botschaft getarnt oder worin sie verborgen ist – Mikropunkte, Geheimschrift, unentwickelter Film, irgendeine der hundert riskanten und ausgeklügelten Methoden –, als *Gegenstand* muß sie so beschaffen sein, daß man sie als erstes und am leichtesten in die Hand bekommt und am unauffälligsten abstoßen kann.

Zum Beispiel ein Fläschen Tabletten, dachte er und beruhigte sich wieder ein bißchen. Zum Beispiel eine Schachtel Streichhölzer.

Eine Schachtel Swan Vesta Streichhölzer, angebrochen, Mantel, links, erinnerte er sich. Raucherstreichhölzer, wohlgemerkt. Und in der sicheren Wohnung, bohrte er weiter – wobei er sich selbstquälerisch von der Lösung fernhielt –, da wartete auf dem Tisch ein Päckchen Zigaretten auf ihn. Wladimirs Lieblingsmarke. Und in Westbourne Terrace auf dem Vorratsschränkchen neun Päckchen Gauloises Caporal. Neun von zehn.

Aber keine Zigaretten in den Taschen. Keine, wie der wackere Superintendent gesagt haben würde, bei seiner Person. Das heißt, keine jedenfalls, als er gefunden wurde.

Wie also lautet die Prämisse, George? fragte Smiley sich, wobei er Lacon nachahmte – Lacons direktorialen Zeigefinger anklagend auf sein eigenes unzerschossenes Gesicht richtete –, die Prämisse? Die Prämisse, Oliver, lautet, daß ein Raucher, ein Gewohnheitsraucher, sich im Zustand hochgradiger Nervosität auf den Weg macht zu einem geheimen hochwichtigen Treffen, wohlversehen mit Streichhölzern, doch ohne auch nur die Spur eines, und wäre es auch nur *leeren* Päckchens Zigaretten – obwohl er nachweislich einen größeren Vorrat davon zu Hause hat. Also haben entweder die Mörder es gefunden und mitgenommen – den Beweis, die Beweise, von denen Wladimir sprach –, oder – oder was? Oder Wladimir hat rechtzeitig den Stock von der Rechten in die Linke genommen. Und rechtzeitig die rechte Hand in die Tasche gesteckt. Und sie ebenso rechtzeitig wieder herausgezogen, genau an der Stelle, wo er nicht gesehen werden konnte. Und den Beweis oder die Beweise nach den Moskauer Regeln abgestoßen.

Nachdem er so seinem eigenen hartnäckigen Drängen auf logische Abfolge der Ereignisse Genüge getan hatte, watete Smiley vorsichtig durch das hohe Gras, das zur Schonung führte, wobei er seine Hosen bis zu den Knien durchnäßte. Er suchte eine halbe Stunde oder noch länger, tastete im Gras und im Laub umher, kam immer wieder auf seine Spuren zurück, verfluchte seine Tollpatschigkeit, gab auf, fing wieder an, antwortete auf die idiotischen Fragen der Passanten, die ihn mit zotigen Bemerkungen oder übertriebener Aufmerksamkeit bedachten. Sogar zwei Buddhistenmönche aus dem nahen Seminar, in safrangelben Gewändern, Schnürsandalen und gestrickten Wollkappen, kamen vorüber und boten ihre Hilfe an. Smiley lehnte höflich dankend ab. Er fand zwei zerbrochene Drachen, eine Anzahl Coca-Cola-Dosen. Er fand Fetzen des weiblichen Körpers, einige davon in Farbe, einige in Schwarz-Weiß, aus Magazinen gerissen. Er fand einen alten Laufschuh, schwarz, Reste einer alten verbrannten Decke. Er fand vier Bierflaschen, leer, und vier leere Zigarettenpäckchen, die so alt und durchweicht waren, daß sie nicht in Betracht kamen. Und, eingeklemmt in einer Gabel zwischen dem Ansatz eines Astes und seinem Baumstamm, das fünfte Päckchen – oder besser gesagt, das zehnte –, und es war nicht leer; ein verhältnismäßig trockenes Päckchen Gauloises Caporal, *Filtre* und *Duty Free*, hoch oben. Smiley streckte sich danach, wie nach einer verbotenen Frucht, aber wie alle verbotenen Früchte war es außerhalb seiner Reichweite. Er sprang danach und fühlte seinen Rücken bersten: ein deutlicher und nervtötender Riß, der ihm noch nach Tagen stechende Schmerzen verursachen sollte. Er sagte laut »verdammt« und rieb sich die Stelle, wie die Ostrakowa es getan haben könnte. Zwei Stenotypistinnen, die auf dem Weg ins Büro vorbeikamen, trösteten ihn mit ihrem Kichern. Er fand einen Stecken, stocherte das Päckchen herunter, öffnete es. Es waren noch vier Zigaretten darin. Hinter den vier Zigaretten, halb versteckt und durch die Zellophanhülle geschützt, etwas, das er erkannte, aber nicht mit seinen nassen und zitternden Fingern zu berühren wagte. Etwas, das er nicht einmal zu betrachten wagte, solange er sich an diesem unheimlichen Ort befand, wo kichernde Tippmädchen und buddhistische Mönche in aller Unschuld über die Stelle trampelten, auf der Wladimir gestorben war. Sie haben den einen, ich habe den anderen, dachte er. Ich teile die Hinterlassenschaft des alten Mannes mit seinen Mördern.

Dem Verkehr trotzend, wanderte er auf dem schmalen Gehsteig hügelabwärts, bis er nach South End Green kam, wo er ein Café zu finden hoffte, um dort Tee zu trinken. Da keines offen war, setzte er sich auf eine Bank, einem Kino gegenüber, betrachtete einen alten Marmorbrunnen und zwei rote Telefonzellen, eine verdreckter als die andere. Ein warmer Sprühregen hatte eingesetzt; einige Ladenbesitzer ließen schon die Markisen herunter; ein Delikatessenladen nahm eine Lieferung Brot in Empfang. Smiley saß mit eingezogenen Schultern, und die feuchten Spitzen seines Mantelkragens stachen ihn in die unrasierten Wangen, sooft er den Kopf drehte. »So trauere doch, um Himmels willen!« hatte Ann ihm einmal entgegengeschleudert, wütend über die Gefaßtheit, die er zur Schau trug, als wieder einmal ein Freund gestorben war. »Wenn du um die Toten nicht trauern willst, wie kannst du dann die Lebenden lieben?« Jetzt, da er auf dieser Bank über den nächsten Schritt nachsann, ließ Smiley ihr die Antwort zukommen, die ihm damals nicht eingefallen war. »Du irrst«, sagte er zerstreut zu ihr. »Ich trauere aufrichtig um die Toten, und in diesem Augenblick ganz besonders tief um Wladimir. Wogegen es zuweilen nicht ganz einfach ist, die Lebenden zu lieben.«
Er probierte die beiden Telefonzellen, und die zweite funktionierte. Wundersamerweise war auch der Band S–Z uversehrt, und der Mini-Taxi-Dienst »Schnell und Sicher«, Islingston Nr. 1, hatte sich, um dem Wunder die Krone aufzusetzen, in die Unkosten eines Fettdrucks gestürzt. Er wählte die Nummer, und während das Freizeichen ertönte, verfiel er in Panik, da er glaubte, sich nicht mehr an den Namen des Fahrers auf Wladi-

mirs Quittung erinnern zu können. Er hängte ein und nahm sein Geldstück wieder an sich. Lane? Lang? Er wählte wieder. Eine weibliche Stimme meldete sich in gelangweiltem Singsang:
»Hier Schnell und Sicher! Name-wann-und-wo-*hin*, bitte?«
»Könnte ich bitte Mr. J. Lamb sprechen, einen Ihrer Fahrer?« sagte Smiley höflich.
»Be-dauere, keine Privatgespräche auf dieser Leitung«, sang sie und legte auf.
Er wählte ein drittes Mal. Es sei keineswegs privat, sagte er scharf, da er jetzt seiner Sache sicherer war. Er wolle Mr. Lamb als Fahrer, und zwar ausschließlich Mr. Lamb und keinen sonst. »Sagen Sie ihm, es ist eine lange Fahrt. Stratford-on-Avon« – er nannte die erste Stadt, die ihm einfiel –, »sagen Sie ihm, ich möchte nach Stratford fahren.« *Sampson*, antwortete er, als sie auf einem Namen bestand. Sampson mit »p«.
Er ging wieder zu seiner Bank zurück und wartete.
Lacon anrufen? Wozu? Nach Hause eilen, das Zigarettenpäckchen öffnen, den kostbaren Inhalt prüfen? Wladimir hat es als erstes weggeworfen, dachte er: Im Spionagegeschäft trennen wir uns zuerst von dem, was wir am meisten lieben. Ich kann schließlich doch noch von Glück sagen. Ein älteres Paar hatte sich ihm gegenüber niedergelassen. Der Mann trug eine Melone und blies Kriegsweisen auf einem Blechpfeifchen. Seine Frau grinste die Vorübergehenden idiotisch an. Um ihren Blick zu vermeiden, entsann Smiley sich des braunen Umschlags aus Paris. Er riß ihn auf, in Erwartung welchen Inhalts? Einer Rechnung vermutlich, irgendeines Überbleibsels aus dem Leben des alten Knaben dort drüben. Oder eines dieser hektographierten Schlachtrufe, die Emigranten einander zusenden wie Weihnachtskarten. Aber es war weder eine Rechnung noch ein Rundschreiben, sondern ein persönlicher Brief: ein Hilferuf, aber einer von ganz besonderer Art. Ohne Unterschrift, ohne Absender. In französisch, sehr schnell mit der Hand geschrieben. Smiley las ihn einmal, und er war gerade dabei, ihn ein zweites Mal zu lesen, als ein bunt lackierter Ford Cortina, an dessen Steuer

ein Junge im Polohemd saß, rasant schlitternd vor dem Kino zum Stehen kam. Smiley steckte den Brief in die Tasche und ging über die Straße zum Taxi.

»Sampson mit ›p‹? krähte der Junge impertinent durch das Fenster und stieß dann die hintere Tür von innen auf. Smiley kletterte hinein. Es roch nach einer Mischung von Rasierwasser und abgestandenem Zigarettenrauch. Er hielt eine Zehnpfundnote gut sichtbar in der Hand.

»Würden Sie bitte den Motor abstellen«, sagte Smiley.

Der Junge gehorchte und sah ihn dabei unverwandt im Rückspiegel an. Er war braunhaarig und trug eine Afro-Frisur. Weiße, sorgfältig manikürte Hände.

»Ich bin Privatdetektiv«, erklärte Smiley. »Sicher haben Sie oft mit unseresgleichen zu tun, und ich weiß, wir sind eine Landplage, aber ich würde mir eine kleine Auskunft gern etwas kosten lassen. Sie haben gestern eine Quittung über dreizehn Pfund ausgestellt. Können Sie sich an Ihren Fahrgast erinnern?«

»Großer Typ. Ausländer. Weißer Schnurrbart und Hinkebein.«

»Alt?«

»Sehr. Mit Krückstock und so.«

»Wo haben Sie ihn abgeholt?«

»Restaurant Cosmo, Praed Street, zehn Uhr dreißig vormittags«, rasselte der Junge in einem Zug herunter.

Praed Street war fünf Minuten zu Fuß von Westbourne Terrace entfernt.

»Und wo, bitte, haben Sie ihn hingefahren?«

»Charlton.«

»Charlton in Süd-Ost-London?«

»Sankt Sowieso-Kirche, Höhe Battle-of-the-Nile Street. Am Pub ›Zum besiegten Frosch‹ abgesetzt.«

»Frosch?«

»Franzose.«

»Haben Sie ihn dort gelassen?«

»Eine Stunde gewartet, dann zurück zur Praed Street.«

»Hielten Sie sonst noch irgendwo?«

»Einmal vor einem Spielzeugladen, auf der Hinfahrt, einmal an einer Telefonzelle, auf dem Rückweg. Fahrgast kaufte Holzente auf Rädern.« Er drehte den Oberkörper, stützte das Kinn auf die Rückenlehne des Sitzes und spreizte respektlos die Hände, um die Größe anzuzeigen. »Gelbes Dings«, sagte er. »Das Telefonat war ein Ortsgespräch.«
»Woher wissen Sie das?«
»Hab ihm Twopence gepumpt, oder? Ist dann zurückgekommen und hat sich nochmal zwei Zehner ausgeliehen, für alle Fälle.«
Ich fragte ihn, von wo er anrufe, aber er sagte nur, er habe genügend Kleingeld, hatte Mostyn gesagt.
Smiley reichte dem Jungen die Zehnpfundnote und streckte die Hand nach dem Türgriff aus.
»Sie können Ihrer Firma sagen, ich sei nicht aufgetaucht«, sagte er.
»Denen sag ich verdammtnochmal, was mir paßt, oder?«
Smiley kletterte hastig hinaus und konnte gerade noch die Tür schließen, ehe der Junge mit dem gleichen Höllentempo wieder abfuhr. Er vollendete im Stehen die zweite Lektüre des Briefes und hatte ihn nun endgültig im Kopf. Eine Frau, dachte er instinktiv. Und sie glaubt, daß sie sterben muß. Nun, das glauben wir alle, und wir haben recht. Er spielte sich selber den Leichtherzigen vor, den Gleichgültigen. Der Mensch verfügt nur über ein bestimmtes Quantum Mitgefühl, und meines, so befand er, ist für heute erschöpft. Aber der Brief erschreckte ihn dennoch und stachelte ihn aufs neue zur Eile an.
General, ich will nicht dramatisieren, aber ein paar Männer beobachten mein Haus, und ich glaube nicht, daß es Freunde von mir sind. Heute morgen hatte ich den Eindruck, daß sie versuchten, mich umzubringen. Könnten Sie mir nicht nochmals Ihren Freund, den Magier, schicken?
Er hatte Dinge zu verbergen. Zu kaschieren, wie man in Sarratt sagen mußte. Er fuhr mit Bussen, stieg mehrmals um, hielt nach Verfolgern Ausschau, döste. Das schwarze Motorrad mit seinem

Beiwagen war nicht wieder aufgetaucht; er konnte keinen anderen Observanten ausmachen. In einem Schreibwarenladen in der Baker Street kaufte er eine große Pappschachtel, ein paar Zeitungen, Einwickelpapier und eine Rolle Scotchtape. Er rief ein Taxi, kauerte sich in den Fond und machte sein Paket zurecht. Er legte Wladimirs Zigarettenpäckchen hinein, zusammen mit dem Brief der Ostrakowa und stopfte den Leerraum mit Zeitungen aus. Er wickelte die Schachtel ein und verhedderte seine Finger im Scotchtape. Mit Klebebändern war er noch nie zu Rande gekommen. Er schrieb seinen eigenen Namen obenauf und den Zusatz »Wird abgeholt«. Er entlohnte das Taxi am Savoy Hotel, wo er die Schachtel, zusammen mit einer Pfundnote, dem Wärter des Waschraums für Herren zur Verwahrung gab.
»Nicht schwer genug für eine Bombe, wie, Sir?« fragte der Wärter und hielt das Paket scherzhaft ans Ohr.
»Da würde ich nicht so sicher sein«, sagte Smiley, und sie lachten beide herzhaft darüber.
Sagen Sie Max, es betrifft den Sandmann«, dachte er. Wladimir, fragte Smiley sich nachdenklich, was war dein zweiter Beweis?

9

Krane und Gasometer verstellten den Horizont, Schornsteine spuckten träge ockerfarbenen Rauch in die niedrig hängenden Regenwolken. Wäre es nicht Sonnabend gewesen, Smiley hätte die öffentlichen Verkehrsmittel benutzt, doch an Samstagen wagte er sich ans Steuer, obwohl er mit dem Verbrennungsmotor auf Kriegsfuß stand. Er hatte die Themse an der Vauxhall Bridge überquert, Greenwich lag hinter ihm, und er fuhr jetzt durch das flache zersiedelte Hinterland der Docks. Während die Scheibenwischer hin- und herzitterten, krochen große Regentropfen durch die Karosserie seines armen englischen Kleinwagens. Mißmutige Kinder, die unter dem Schutzdach einer Bushaltestelle standen, riefen: »Nimm's Gas weg, Chef.«
Er hatte sich rasiert, ein Bad genommen, aber nicht geschlafen. Er hatte Wladimirs Telefonrechnung an Lacon geschickt mit der Bitte um sofortige Aufschlüsselung aller nachprüfbaren Anrufe. Sein Geist war klar, wurde aber von anarchischen Stimmungsschwankungen heimgesucht. Er trug den braunen Tweedmantel, den er immer auf Reisen benutzte. Er meisterte einen Kreisverkehr, fuhr eine Anhöhe hinauf, und plötzlich stand unter einem Aushängeschild, das einen rotgesichtigen Krieger darstellte, ein prachtvoller Pub im viktorianischen Stil vor ihm. Die Battle-of-the-Nile Street nahm hier ihren Anfang und führte zu einer Insel aus zertretenem Gras, und auf der Insel erhob sich die aus Stein und Klinker erbaute Sankt Saviour's Kirche, die den zerfallenden viktorianischen Lagerhäusern Gottes Botschaft verkündete. Ein Anschlag besagte, daß die Predigt am nächsten Sonntag von einem weiblichen Major der Heilsarmee gehalten werde, und vor dem Anschlag stand das Monstrum: ein zehn Meter langer knallroter Riesenlaster. Die Seitenfenster waren mit Fußballwimpeln

bestückt, und eine Menge buntscheckiger Hotelaufkleber bedeckten eine der Türen. Der Laster war das größte Ding weit und breit, größer sogar als die Kirche. Irgendwo in der Ferne hörte Smiley, wie ein Motorrad verlangsamte und dann wieder beschleunigte, aber er nahm sich nicht einmal die Mühe, umzuschauen. Die vertraute Eskorte war ihm seit Chelsea gefolgt; doch Angst ist, wie er in Sarratt zu predigen pflegte, eine Ermessensfrage.

Smiley folgte einem Pfad durch einen gräberlosen Friedhof. Reihen von Leichensteinen begrenzten die Fläche, den Mittelpunkt bildeten ein Klettergerüst und drei neue Standard-Einfamilienhäuser. Das erste Haus hieß Zion, das zweite trug keinen Namen, und das dritte hieß Nummer Drei. Alle hatten breite Fenster, doch nur Nummer Drei besaß Spitzengardinen. Als Smiley das Gartentor aufstieß, war alles, was er sah, ein einzelner Schatten im Oberstock des Hauses. Der Schatten war zuerst unbeweglich, dann sank er in sich zusammen, als habe der Fußboden ihn aufgesogen. Blitzartig fuhr Smiley die schreckliche Frage durch den Kopf, ob er nicht soeben Zeuge eines weiteren Mordes gewesen sei. Er drückte auf die Klingel, und im Hausinneren explodierte ein Glockenspiel. Die Tür bestand aus geriffeltem Glas. Er preßte ein Auge dagegen und sah einen braunen Treppenläufer und etwas, das ein Kinderwagen sein mochte. Er klingelte nochmals und hörte einen Schrei, der leise einsetzte und stetig anschwoll. Zuerst glaubte er, es sei ein Kind, dann eine Katze, dann ein Flötenkessel. Das Geräusch erreichte seinen Höhepunkt, verharrte dort eine Weile und brach dann jäh ab, weil entweder jemand den Kessel vom Feuer genommen hatte oder der Pfeifaufsatz weggesprungen war. Er ging zur Rückseite des Hauses. Sie unterschied sich in nichts von der Vorderseite, abgesehen von den Abflußrohren, einem Gemüsebeet und einem winzigen Goldfischbecken aus vorgefertigten Teilen. Im Becken war kein Wasser und folglich auch kein Goldfisch, doch eine gelbe Holzente lag umgestürzt auf dem Grund. Ihr Schnabel war offen, ihre Augen starrten in den Himmel, und ihre Räder drehten sich noch.

Der Fahrgast kaufte eine Holzente auf Rädern, hatte der Mini-Taxi-Chauffeur gesagt und sich dabei umgedreht, um mit seinen weißen Händen die Größe anzudeuten. »Gelbes Dings.«
An der Hintertür war ein Klopfer. Smiley schlug ihn leicht an und drehte den Türknauf, der nachgab. Er trat ein und schloß die Tür sorgfältig hinter sich. Er stand in einer Spülküche, die zur eigentlichen Küche führte, und das erste, was er in der Küche sah, war ein Wasserkessel, den jemand vom Gas gestellt hatte und aus dessen Pfeifdüse sich lautlos eine dünne Dampfspirale kringelte. Und zwei Tassen und einen Milchkrug und eine Teekanne auf einem Tablett.
»Mrs. Craven?« rief er leise. »Stella?«
Er durchquerte das Eßzimmer und stand in der Diele auf dem braunen Teppich neben dem Kinderwagen, und im Geist schloß er einen Pakt mit Gott: Bloß keine Toten mehr, bloß keine Wladimirs mehr, und ich werde Dich anbeten bis an unser Lebensende.
»Stella? Ich bin's. Max,« sagte er.

Er stieß die Tür zum Wohnzimmer auf, und da saß sie, in der Ecke zwischen dem Klavier und dem Fenster, und schaute ihn mit kalter Entschlossenheit an. Sie hatte keine Angst, aber sie sah aus, als haße sie ihn. Sie trug ein langes asiatisches Gewand und kein Make-up. Sie hielt das Kind im Arm, einen Knaben oder ein Mädchen, er konnte es nicht sagen und sich auch nicht erinnern. Sie drückte den zerzausten Kopf an ihre Schulter, hielt dem Kleinen eine Hand über den Mund, um es am Schreien zu hindern, und sah Smiley über das Kind hinweg herausfordernd und argwöhnisch an.
»Wo ist Willem?« fragte er.
Langsam nahm sie ihre Hand weg, und Smiley erwartete, daß das Kind losbrüllen werde, doch es starrte ihn nur zur Begrüßung an.
»Er heißt William«, sagte sie ruhig. »Merken Sie sich das endlich, Max. Sein eigener Entschluß. William Craven. Britisch bis ins

Mark. Nicht estnisch, nicht russisch. Britisch.« Sie war eine schöne, dunkelhaarige und stille Frau. Wie sie so in der Ecke saß und ihr Kind hielt, sah sie aus, als sei sie für alle Zeiten vor den schwarzen Hintergrund gemalt.

»Ich möchte mit ihm sprechen, Stella. Ich verlange nicht, daß er irgendetwas tut. Vielleicht kann ich ihm sogar helfen.«

»Das hab ich schon mal gehört, oder nicht? Er ist weggegangen, zur Arbeit, wo er hingehört.«

Smiley ließ es einsickern.

»Was tut dann sein Laster vor der Tür?« wandte er sanft ein.

»William ist im Lagerhaus. Wurde mit einem Auto abgeholt.«

Smiley ließ auch dies einsickern.

»Für wen ist dann die zweite Teetasse in der Küche?«

»Er hat nichts damit zu tun«, sagte sie.

Smiley ging nach oben, und sie ließ ihn gewähren. Eine Tür war direkt vor ihm, rechts und links waren zwei weitere Türen, beide offen, eine führte ins Kinderzimmer, die andere ins Schlafzimmer. Die Tür vor ihm war geschlossen, und als er klopfte, kam keine Antwort.

»Willem, ich bin's, Max«, sagte er. »Ich muß mit Ihnen reden, bitte. Dann geh ich und laß Sie in Ruhe, das verspreche ich Ihnen.«

Er wiederholte das Ganze nochmals, Wort für Wort, und stieg dann wieder die steile Treppe zum Wohnzimmer hinunter. Das Kind hatte laut zu weinen angefangen.

»Vielleicht könnten Sie jetzt diesen Tee machen«, schlug er zwischen zwei Schluchzern des Kindes vor.

»Sie sprechen mir nicht mehr mit ihm allein, Max. Ich will nicht, daß Sie ihn wieder in Versuchung führen.«

»Das habe ich nie getan. Das war nicht meine Aufgabe.«

»Er hält immer noch die größten Stücke auf Sie. Das genügt mir.«

»Es geht um Wladimir«, sagte Smiley.

»Ich weiß, worum es geht. Schließlich haben sie ja die halbe Nacht angerufen, nicht wahr?«

»Wer, *sie*?«

»›Wo ist Wladimir? Wo ist Wladi?‹ Wofür hält man William eigentlich? Für Jack the Ripper? Er hat seit Gott weiß wie lange von Wladimir weder etwas gehört noch gesehen. Oh, Beckie, Darling, sei doch still!« Sie ging durchs Zimmer, grub unter einem Wäschehaufen eine Dose Biskuits hervor und schob dem Kind eines davon energisch in den Mund. »Ich bin sonst nicht so«, sagte sie.

»*Wer* hat nach ihm gefragt?« beharrte Smiley sanft.

»Mikhel, wer sonst? An Mikhel erinnern Sie sich doch, unser As von Radio Freies Europa, designierter Premierminister von Estland, Renntip – Hausierer? Um drei Uhr morgens, während Beckie einen Zahn bekommt, geht das Misttelefon. Am Apparat ist Mikhel, und er zieht seine Schnauf- und Flüsternummer ab. ›Wo ist Wladi, Stella? Wo ist unser Führer?‹ Ich sage zu ihm: ›Sie sind wohl bescheuert, wie? Glauben Sie denn, Sie könnten mit Ihrem Gewisper eine Abhörschaltung austricksen? Sie sind total meschugge‹, sag ich zu ihm. ›Bleiben Sie bei Ihren Rennpferden und lassen Sie die Pfoten von der Politik‹, hab ich zu ihm gesagt.«

»Warum war er so besorgt?« fragte Smiley.

»Wladi schuldete ihm Geld, darum. Fünfzig Pfund. Vermutlich gemeinsam auf ein Pferd verwettet, eines ihrer zahlreichen ›Ferner liefen‹, Wladi hatte versprochen, das Geld bei Mikhel vorbeizubringen und mit ihm eine Partie Schach zu spielen. Mitten in der Nacht, wohlgemerkt. Schlaflosigkeit und Patriotismus gehen offenbar Hand in Hand. ›Unser Führer ist nicht gekommen!‹ Tragödie. ›Warum zum Teufel soll William wissen, wo er ist?‹ frage ich ihn. ›Gehen Sie schlafen.‹ Eine Stunde später, wer ist wieder am Apparat? Schnaufend, wie zuvor? Unser Major Mikhel, Held der Königlich Estnischen Kavallerie. Knallt die Hacken zusammen und entschuldigt sich. Er war bei Wladi, hat an die Tür gebollert und geklingelt. Niemand zu Hause. ›Hören Sie, Mikhel‹, sage ich. ›Wir verstecken ihn nicht auf dem Dachboden, wir haben ihn seit Beckies Taufe weder gesehen noch etwas von ihm gehört. Kapiert? William ist gerade aus Hamburg zurückgekommen, er braucht Schlaf, und ich werde ihn nicht wecken.‹«

»Er hat also wieder eingehängt«, meinte Smiley.

»Den Teufel hat er! Er ist ein aufdringlicher Kerl. ›William ist Wladis Favorit‹, sagt er. ›Wofür?‹ sage ich. ›Für das Drei-Uhr-dreißig-Rennen in Ascot? Nun gehn Sie schon verdammt noch-mal schlafen!‹ ›Wladimir hat immer zu mir gesagt, wenn etwas schief geht, soll ich William anrufen.‹ ›Was soll er denn tun?‹ sage ich. ›Mit dem Brummi in die Stadt fahren und auch an Wladimirs Tür bollern?‹ Herrgottnochmal!«

Sie setzte das Kind auf einen Stuhl. Es blieb sitzen und mümmelte zufrieden an seinem Biskuit.

Man hörte das Geräusch einer heftig zugeschlagenen Tür, gefolgt von schnellen Schritten, die die Treppe herabkamen.

»William ist aus der Sache raus, Max«, warnte Stella und starrte Smiley unverwandt an. »Er ist unpolitisch, er ist unabhängig und er hat's verwunden, daß sein Vater ein Märtyrer war. Er ist jetzt ein großer Junge und kann auf eigenen Füßen stehen. Klar? Ich sagte ›Klar‹?«

Smiley war ans andere Ende des Zimmers gegangen, möglichst weit weg von der Tür. Willem kam zielstrebig herein, immer noch in Trainigsanzug und Laufschuhen, ungefähr zehn Jahre jünger als Stella und irgendwie leichtgewichtiger, als für ihn gut war. Er hockte sich aufs Sofa, an die Kante, und sein Blick ging gespannt zwischen seiner Frau und Smiley hin und her, als überlege er, wer von den beiden ihn zuerst anspringen werde. Seine hohe Stirn sah seltsam bleich aus unter dem dunklen zurückgestrichenen Haar. Er hatte sich rasiert, wodurch sein Gesicht voller und sogar noch jünger wirkte. Die vom Fahren rot geränderten Augen waren braun und leidenschaftlich.

»Hallo, Willem«, sagte Smiley.

»William«, verbesserte ihn Stella.

Willem nickte ernsthaft, als ob er beide Formen anerkenne.

»Hallo, Max«, sagte Willem. Auf seinem Schoß fanden sich die

Hände und hielten einander fest. »Wie geht's, Max? Wie steht's, he?«
»Ich nehme an, Sie haben schon von Wladimir gehört«, sagte Smiley.
»Gehört? Was gehört, bitte?«
Smiley ließ sich Zeit. Er beobachtete ihn und spürte seine Nervenanspannung.
»Daß er verschwunden ist«, antwortete Smiley schließlich leichthin. »Ich nehme an, seine Freunde haben Sie zu ganz unchristlichen Zeiten angerufen.«
»Freunde?« Willem warf einen hilfesuchenden Blick auf Stella. »Alte Emigranten, trinken Tee, spielen den ganzen Tag Schach, politisieren? Spinnen verrückte Träume? Mikhel ist nicht mein Freund, Max.«
Er redete schnell, die fremde Sprache machte ihn ungeduldig, dieser armselige Ersatz für seine eigene. Während Smiley sprach, als habe er den ganzen Tag vor sich.
»Aber *Wladi* ist Ihr Freund«, wandte er ein. »Wladi war schon ein Freund Ihres Vaters. Die beiden waren in Paris zusammen. Waffenbrüder. Sind zusammen nach England gekommen.«
Willems schmaler Körper stemmte sich mit einem Wirbel von Bewegungen gegen die Wucht dieses Einwands. Seine Hände fuhren auseinander und beschrieben hektische Bogen, das braune Haar flog auf und nieder.
»Sicher! Wladimir war Freund meines Vaters. Guter Freund. Auch von Beckie der Taufpate, okay? Aber nicht für Politik. Nicht mehr.« Er blickte Zustimmung heischend auf Stella. »Ich, ich bin William Craven. Ich hab englisches Haus, englische Frau, englisches Kind, englischen Namen, okay?«
»Und einen englischen Job«, warf Stella ruhig ein und sah ihn an.
»Guter Job! Wissen Sie, wieviel ich verdiene, Max? Wir kaufen Haus. Vielleicht sogar Wagen, okay?«
Etwas an Williams Verhalten – seine Redewut vielleicht oder die Energie, mit der er sich verteidigte – hatte die Aufmerksamkeit seiner Frau erregt, denn jetzt beobachtete Stella ihn ebenso in-

tensiv, wie Smiley dies tat, und sie hielt das Baby zerstreut, fast gleichgültig vor sich hin.
»Wann haben Sie ihn zuletzt gesehen, William?« fragte Smiley.
»Wen, Max? Wen gesehen? Ich versteh' Sie nicht, bitte.«
»Sag's ihm, Bill«, befahl Stella und ließ ihren Mann keine Sekunde aus den Augen.
»Wann haben Sie Wladimir zuletzt gesehen?« wiederholte Smiley geduldig.
»Lang her, Max.«
»Wochen?«
»Sicher. Wochen.«
»Monate?«
»Monate. Sechs Monate! Sieben! Bei Taufe. Er war Pate. Wir geben Party. Aber keine Politik.«
Smileys Pausen hatten allmählich eine peinliche Spannung hervorgerufen.
»Und seitdem nicht?« fragte er schließlich.
»Nein.«
Smiley wandte sich an Stella, die immer noch ihren Mann anstarrte.
»Wann ist William gestern zurückgekommen?«
»Früh«, sagte sie.
»Schon um zehn Uhr früh?«
»Möglich. Ich war nicht hier. Ich habe meine Mutter besucht.«
»Wladimir ist gestern mit dem Taxi hierhergefahren«, erklärte Smiley, immer noch an Stella gewandt. »Ich glaube, er hat William gesehen.«
Niemand half dem jungen Mann, nicht Smiley, nicht seine Frau. Sogar das Kind verhielt sich still.
»Auf dem Weg hierher hat er ein Spielzeug gekauft. Das Taxi wartete eine Stunde lang unten an der Straße und fuhr ihn dann wieder nach Paddington zurück, wo er wohnt«, sagte Smiley, immer noch sorgfältig darauf bedacht, die Gegenwartsform zu wählen.
Willem hatte endlich seine Stimme wiedergefunden. »Wladi ist

von Beckie Pate!« protestierte er, wobei er wiederum errötete, als sein Englisch ihn vollends im Stich zu lassen drohte. »Stella mag ihn nicht, also muß er hier kommen wie Dieb, okay? Er bringt meiner Beckie Spielzeug, okay? Ist schon Verbrechen, Max? Gibt Gesetz, daß alter Mann seinem Patenkind nicht Spielzeug bringen darf?«

Wieder sprachen weder Smiley noch Stella. Sie warteten beide auf den Zusammenbruch, der unweigerlich kommen mußte.

»Wladi ist alter Mann, Max! Wer weiß, wann er Beckie wiedersieht? Er ist Freund von Familie!«

»Nicht von dieser Familie«, sagte Stella. »Nicht mehr.«

»Er war Freund von meinem Vater! Kamerad! Haben in Paris zusammen gegen Bolschewismus gekämpft. Er bringt also Beckie Spielzeug. Warum nicht, bitte? Warum nicht, Max?«

»Du hast gesagt, du hättest das verdammte Ding selber gekauft«, sagte Stella. Sie legte eine Hand auf die Brust und machte einen Knopf zu, als wolle sie ihn ausschließen.

Willem schwang sich zu Smiley herum, rief ihn um Beistand an: »Stella mag alten Mann nicht, okay? Hat Angst, ich mache mit ihm Politik, okay? Ich sag also Stella nichts. Sie besucht ihre Mutter im Krankenhaus von Staines, und während sie weg ist, kommt Wladi auf kleinen Besuch, um Beckie zu sehen, hallo zu sagen, warum nicht?« In seiner Verzweiflung sprang er auf und warf die Arme übertrieben beteuernd in die Höhe. »Stella!« rief er. »Hör zu! Wladi kommt also letzte Nacht nicht nach Hause? Bitte, tut mir leid! Ist aber nicht meine Schuld, okay, Max? Dieser Wladi ist alter Mann! Einsam. Hat sich vielleicht eine Frau gefunden. Okay? Kann nicht viel mit ihr anfangen, ist aber froh um Gesellschaft. Dafür war er ganz schön berühmt, glaube ich! Okay? Warum nicht?«

»Und *vor* gestern?« fragte Smiley nach einer Ewigkeit. Da Willem nicht zu verstehen schien, baute Smiley die Frage für ihn aus: »Sie haben Wladimir gestern gesehen. Er war mit dem Taxi gekommen und hatte eine gelbe Holzente für Beckie gekauft. Auf Rädern.«

»Sicher.«
»Sehr schön. Aber vor gestern – ich meine, abgesehen von gestern –, wann haben Sie ihn da das letzte Mal gesehen?«
Manche Fragen stellt man auf gut Glück, manche aus Instinkt, wieder andere – wie diese hier – beruhen auf einer Vorauskenntnis, die mehr ist als Instinkt und weniger als Wissen.
Willem fuhr sich mit dem Handrücken über die Lippen. »Am Montag«, sagte er kläglich. »Ich seh' ihn am Montag. Er ruft mich an, wir treffen uns. Sicher.«
Stella flüsterte: »Oh, Willem«, und hielt das Kind senkrecht vor sich hin wie einen kleinen Soldaten, während sie nach unten auf den Sisalteppich blickte und wartete, daß ihre Gefühle wieder ins Lot kämen.
Das Telefon begann zu schrillen. Wie ein wütendes Kind sprang Willem darauf zu, hob den Hörer ab, schmetterte ihn wieder auf die Gabel, schmiß dann den ganzen Apparat auf den Boden und stieß mit dem Fuß den Hörer weg. Dann setzte er sich.
Stella wandte sich an Smiley. »Ich möchte, daß Sie gehen«, sagte sie. »Verschwinden Sie, und kommen Sie nie mehr wieder. Bitte, Max. Sofort.«
Eine Weile schien Smiley sich ganz ernsthaft zu überlegen, ob er dieser Aufforderung nachkommen solle. Dann tauchte er in die Innentasche seines Mantels und zog ein Exemplar der Frühausgabe des *Evening Standard* hervor. Er reichte es Stella, nicht Willem, teils wegen der Sprachbarriere, teils, weil er vermutete, daß Willem unter dem Schlag zusammenbrechen werde.
»Leider ist Wladi für immer von uns gegangen, William«, sagte er im Ton schlichten Bedauerns. »Es steht in den Zeitungen. Er wurde erschossen. Die Polizei wird Ihnen Fragen stellen. Ich muß wissen, was passiert ist und Ihnen sagen, was Sie antworten sollen.«
Willem flüsterte irgendetwas Hoffnungsloses auf Russisch, Stella, die mehr sein Ton rührte, als das, was er sagte, setzte das eine Kind ab und ging hin, das andere zu trösten, und Smiley hätte ebenso gut nicht im Zimmer sein können. Eine Zeitlang blieb er

also einfach so sitzen, dachte an Wladimirs Negativ, das unentzifferbar bleiben würde, solange er es nicht in ein Positiv verwandelte, und das in seinem Karton im Savoy Hotel ruhte, zusammen mit dem anonymen Brief aus Paris, mit dem er noch nichts anfangen konnte. Und an den zweiten Beweis, fragte sich, worin er wohl bestanden und wie der alte Mann ihn mit sich geführt haben mochte: in der Brieftasche, vermutete er und war überzeugt, daß er es nie erfahren würde.

Willem saß tapfer da, als wohnte er bereits Wladimirs Beerdigung bei. Stella saß neben ihm und hatte ihre Hand auf seine Hand gelegt, Beckie, das Kind, lag auf dem Boden und schlief. Während Willem sprach, liefen ihm manchmal hemmungslos Tränen über die bleichen Wangen.

»Auf die anderen gebe ich nichts«, sagte Willem. »Auf Wladi alles. Ich liebe diesen Mann.« Er begann wieder: »Nach dem Tod meines Vaters ist Wladi für mich Vater geworden. Manchmal nenne ich ihn sogar ›Vater‹. Nicht Onkel. Vater.«

»Vielleicht könnten wir mit dem Montag anfangen«, schlug Smiley vor. »Mit dem ersten Treffen.«

Wladi hatte telefoniert, sagte Willem. Es war das erste Mal seit Monaten, daß Willem etwas von ihm oder von irgendjemandem aus der Gruppe hörte. Wladi hatte Willem im Lagerhaus angerufen, aus heiterem Himmel, während Willem gerade seine Fracht verzurrte und im Büro vor dem Aufbruch nach Dover die Verladepapiere prüfte. So lautete die Vereinbarung, sagte Willem, so war es mit der Gruppe abgemacht. Er stand außerhalb, wie sie alle mehr oder weniger aus dem Spiel waren, aber falls er dringend benötigt werden sollte, so könnte man ihn an Montagvormittagen im Lagerhaus erreichen, nicht zu Hause, wegen Stella. Wladi war Beckies Pate, und als Pate konnte er jederzeit zu Hause anrufen. Aber nicht geschäftlich. Niemals.

»Ich frage ihn: ›Wladi! Was gibt's? Hören Sie, wie geht's Ihnen?‹«

Wladimir war in einer Telefonzelle am anderen Ende der Straße.

Er wollte Willem sofort persönlich sprechen. Entgegen allen Bestimmungen der Betriebsordnung ließ Willem ihn an der Kreuzung einsteigen, und Wladimir fuhr den halben Weg nach Dover mit: »Schwarz«, sagte Willem, und meinte damit »vorschriftswidrig«. Der alte Knabe hatte einen Strohkorb voller Orangen dabei, aber Willem war nicht in der Stimmung gewesen zu fragen, warum er sich ein paar Pfund Apfelsinen aufhalsen sollte. Zuerst sprach Wladimir von Paris und von Willems Vater und von den großen Schlachten, die sie zusammen geschlagen hatten, dann fing er von einer kleinen Gefälligkeit an, die Willem ihm erweisen könne. Der alten Zeiten wegen, eine kleine Gefälligkeit. Willems Vater wegen, den Wladimir geliebt hatte. Der Gruppe wegen, deren großer Held einst Willems Vater gewesen war.

»Ich sag zu ihm: ›Wladi, diese kleine Gefälligkeit ist unmöglich für mich. Ich verspreche Stella: ist unmöglich.‹«

Stellas Hand hob sich von der ihres Mannes, und die junge Frau saß da, hin- und hergerissen zwischen dem Wunsch, ihn zu trösten, und ihrem Kummer über seinen Wortbruch.

Nur eine ganz kleine Gefälligkeit, hatte Wladimir betont. Klein, keine Scherereien, kein Risiko, aber eine große Hilfe für unsere Sache: außerdem Willems Pflicht. Dann brachte Wladimir Schnappschüße zum Vorschein, die er bei Beckies Taufe aufgenommen hatte. Sie waren in einem gelben Kodak-Umschlag, die Abzüge auf einer Seite, die Negative in einer Zellophanschutzhülle auf der anderen, und das blaue Etikett des Drogisten noch immer außen angeheftet, alles ganz und gar harmlos.

Eine Weile bewunderten sie die Bilder, bis Wladimir plötzlich sagte: »Es ist für Beckie, Willem. Was wir tun, tun wir für Beckies Zukunft.«

Während Willem diese Worte Wladimirs wiederholte, ballte Stella die Fäuste, und als sie wieder aufsah, wirkte sie entschlossen und sehr viel älter, mit Inseln von Fältchen um die Augenwinkel.

Willem fuhr in seiner Geschichte fort: »Dann sagt Wladimir zu mir: ›Willem. Jeden Montag fährst du nach Hannover und

Hamburg, und kommst freitags zurück. Wie lange Zeit bleibst du in Hamburg, bitte?‹«
Worauf Willem geantwortet hatte, so wenig, wie möglich, je nachdem, wie lange er zum Ausladen brauchte, je nachdem, ob die Lieferung an den Kommissionär ging oder an den Empfänger, je nachdem, zu welcher Tageszeit er ankam und wieviele Stunden er schon in seinem Fahrtenbuch hatte. Es kamen noch mehr Fragen dieser Art – viele davon völlig banal –, und Willem gab auch sie wieder: wo Willem unterwegs schlafe, wo er esse – und Smiley wußte, daß der alte Mann auf ziemlich monströse Art genau das tat, was auch er selber getan hätte; er redete Willem in eine Ecke, veranlaßte ihn zu antworten, als Vorspiel zu seinem Nachgeben. Und jetzt erst erklärte Wladimir unter Aufgebot aller seiner militärischen und familiären Autorität, was Willem tun sollte.
»Er sagt zu mir: ›Willem, nimm diese Orangen für mich nach Hamburg mit. Nimm diesen Korb.‹ ›Wozu?‹ frag ich ihn. ›General, warum soll ich diesen Korb nehmen?‹ Da gibt er mir Geld, fünfzig Pfund. ›Für Notfälle‹, sagt er zu mir. ›Im Notfall sind hier fünfzig Pfund.‹ ›Aber wozu denn der Korb?‹ frag ich ihn. ›Was für ein Notfall ist denn vorgesehen, General?‹«
Dann rezitierte Wladimir die Instruktionen für Willem, sie schlossen Ausweichmöglichkeiten und alle erdenklichen Eventualitäten mit ein – sogar eine zusätzliche Übernachtung mit Hilfe der fünfzig Pfund –, und Smiley stellte fest, daß der General auch hier, genau wie bei Mostyn, strikt auf Moskauer Regeln bestanden und, wie alle seinesgleichen, des Guten zuviel getan hatte – je älter er wurde, desto mehr verstrickte sich der alte Knabe in das Netz seiner eigenen Verschwörungen. Willem sollte den gelben Kodak-Umschlag mit Beckies Fotos oben auf die Orangen legen, nach vorn zum Schiffsbug schlendern – was Willem dann alles tatsächlich getan hatte, sagte er –, und der Umschlag war der Briefkasten, und das Zeichen dafür, daß er aufgefüllt worden war, würde eine gelbe Kreidemarke sein, »so gelb, wie der Umschlag, was eine Tradition unserer Gruppe ist«, sagte Willem.

»Und das Sicherheitssignal?« fragte Smiley. »Das Signal, das besagt: ›Ich werde nicht verfolgt‹?«
»War Hamburger Zeitung von gestern«, antwortete Willem prompt – indessen habe es, wie er gestand, über diesen Punkt eine kleine Auseinandersetzung gegeben, trotz des Respekts, den er Wladimir als Führer, als General und als Freund seines Vaters schuldete –
»Er spricht zu mir, ›Willem, du steckst diese Zeitung in deine Tasche.‹ Aber ich sag ihm: ›Wladi, bitte schauen Sie mich an, ich hab nur Trainingsanzug, keine Taschen.‹ Also sagt er, ›Willem, dann trägst du die Zeitung unterm Arm.‹«
»Bill«, sagte Stella und atmete tief durch, wie nach einem Schock. »Bill, du hirnverbrannter Narr.« Sie wandte sich an Smiley. »Ich meine, warum hat er es, was immer es auch war, nicht mit der Scheißpost geschickt und damit basta?«
Weil es ein Negativ war. Und nach Moskauer Regeln sind ausschließlich Negative beweiskräftig. Weil der General in der beständigen Furcht vor Verrat lebte, dachte Smiley. Er witterte ihn in allem und jedem. Und wenn der Tod Beweiskraft besitzt, dann hatte er Recht gehabt.
»Und es hat geklappt?« fragte Smiley schließlich Willem mit großer Behutsamkeit. »Die Übergabe hat geklappt?«
»Sicher! Großartig geklappt«, stimmte Willem lebhaft zu und warf einen trotzigen Blick auf Stella.
»Und haben Sie irgendeine Ahnung, zum Beispiel, wer Ihr Kontakt bei diesem Treffen gewesen sein könnte?«
Nur sehr zögernd und nach vielem Zureden, teils von Stella, berichtete Willem auch davon: von dem hohlwangigen Gesicht, das so verzweifelt ausgesehen und ihn an seinen Vater erinnert hatte; von dem warnenden Starren, das er vielleicht wirklich gesehen oder sich in seiner Aufregung nur eingebildet hatte. So, wie manchmal im Fernsehen, wenn man ein Fußballspiel verfolgt, was er leidenschaftlich gerne tat, die Kamera ein Gesicht aus der Menge herausholt, das einem dann bis zum Ende des Spiels gegenwärtig bleibt, auch wenn es nie wieder auftauchte –

genau so war es ihm mit dem Gesicht auf dem Schiff gegangen. Er beschrieb die aufgezwirbelten Haarbüschel und zog mit den Fingerspitzen tiefe Furchen in seine eigenen glatten Wangen. Er beschrieb, wie klein der Mann war, und sogar, wie sexy er wirkte – Willem sagte, da sei er sicher. Er beschrieb sogar, wie er den Eindruck gehabt habe, der Mann wolle ihn er*mahnen* – ermahnen, auf das wertvolle Ding achtzugeben. Genau so würde er selber dreinschauen – sagte Willem zu Stella in einer jähen tragischen Vision –, wenn wieder Krieg wäre und Kämpfe und er Beckie einem Fremden in Obhut geben müßte! Und dies war das Stichwort für weitere Tränen und weitere Aussöhnung und weitere Wehklagen über den Tod des alten Mannes, denen Smileys nächste Frage unweigerlich neue Nahrung gab:
»Also: Sie haben den gelben Umschlag zurückgebracht, und gestern, als der General mit der Ente für Beckie hierherkam, haben Sie ihm den Umschlag ausgehändigt«, spann Smiley den Faden so vorsichtig wie irgend möglich weiter, aber er mußte noch eine gute Weile warten, bis eine zusammenhängende Erzählung zustande kam.

William hatte es sich, sagte er, zur Gewohnheit gemacht, am Freitag, ehe er vom Lager nach Hause fuhr, ein paar Stunden in der Kabine des Lasters zu schlafen, sich dann zu rasieren und eine Tasse Tee mit den Jungens zu trinken, so daß er ausgeruht daheim ankam und nicht nervös und mißgelaunt. Es war ein Trick, den er von den alten Hasen gelernt hatte, sagte er: Nicht direkt heimbrausen, das gibt nur Ärger. Aber gestern war's anders, sagte er, und außerdem – er stutzte plötzlich die Namen auf eine Silbe zusammen – war Stell mit Beck zu Ma nach Staines gefahren. Also war er ausnahmsweise geradewegs nach Hause gekommen, hatte Wladimir angerufen und ihm das vereinbarte Codewort gegeben.
»Wo angerufen?« unterbrach Smiley ihn sanft.
»In Wohnung. Er hat mir gesagt: ›Nur in Wohnung anrufen. Niemals in der Bibliothek. Mikhel ist guter Mann, aber er ist nicht eingeweiht.‹«

Und, fuhr Willem fort, innerhalb kürzester Zeit – er hatte vergessen, wie kurz – war Wladimir in einem Mini-Taxi gekommen, was er nie zuvor getan hatte, mit der Ente für Beck. Willem gab ihm den gelben Umschlag mit den Schnappschüssen, und Wladimir ging damit zum Fenster. Sehr langsam, »als ob's was Geweihtes aus einer Kirche wäre«, hatte Wladimir, mit dem Rükken zu Willem, die Negative nacheinander gegen das Licht gehalten, bis er offenbar auf das gesuchte gestoßen war, und danach hatte er es noch eine lange Zeit betrachtet.
»Nur eines?« fragte Smiley schnell, da er wieder an die zwei Beweise dachte. »*Ein* Negativ?«
»Sicher.«
»Einen Rahmen oder einen Streifen?«
Rahmen: Willem war sicher. Ein kleiner Rahmen. Jawohl, fünfunddreißig Millimeter, wie seine eigene Agfa Automatic. Nein, Willem hatte nicht sehen können, was darauf war, Text oder sonstwas. Er hatte nur Wladimir gesehen, sonst nichts.
»Wladi war rot, Max. Wild im Gesicht, Max, glänzend mit den Augen. Er war alter Mann.«
»Und auf der Fahrt«, unterbrach Smiley Willems Bericht, um eine entscheidende Frage zu stellen. »Auf dem ganzen Weg von Hamburg nach Hause, haben Sie da nie einen Blick darauf riskiert?«
»War Geheimnis, Max. War militärisches Geheimnis.«
Smiley blickte Stella an.
»Würde er nie tun«, sagte sie in Beantwortung seiner stummen Frage. »Dafür ist er zu ehrlich.«
Smiley glaubte ihr.
Willem nahm seine Geschichte wieder auf. Wladimir steckte den gelben Umschlag in die Tasche, führte Willem in den Garten und dankte ihm, hielt Willems Hand in beiden Händen und sagte ihm, was für eine Großtat er vollbracht habe, die allergrößte: daß Willem seines Vaters Sohn sei, ein noch besserer Soldat sogar als sein Vater – beste estnische Rasse, seriös, gewissenhaft und zuverlässig; daß sie mit diesem Foto viele Schulden abtragen und es

den Bolschewiken ordentlich heimzahlen könnten; daß das Foto ein Beweis sei, um den niemand herumkomme. Ein Beweis, wofür, sagte er jedoch nicht – nur, daß Max ihn sehen und daran glauben und entsprechend handeln werde. Willem wußte nicht recht, warum sie in den Garten hatten gehen müssen, aber er vermutete, daß der alte Mann in seiner Erregung vor Mikrophonen Angst bekommen hatte, denn er sprach auch schon wieder jede Menge über Sicherheit.

»Ich bring ihn zur Gartentür, aber nicht zum Taxi. Er sagt, ich soll nicht zum Taxi mitkommen. ›Willem, ich bin alter Mann‹, sagt er zu mir. Wir sprechen russisch. ›Kann sein, nächste Woche fall ich tot um. Wenn schon! Heute haben wir große Schlacht gewonnen. Max wird mächtig stolz auf uns sein!«

Die Richtigkeit der letzten Worte des Generals traf Willem so sehr, daß seine braunen Augen loderten und er wütend aufsprang. »War Sowjets!« schrie er. »War Sowjetspione, Max, *sie* töten Wladimir. Er weiß zuviel!«

»Genau wie du«, sagte Stella, und es folgte ein langes verlegenes Schweigen. »So, wie wir alle«, fügte sie mit einem Blick auf Smiley hinzu.

»War das alles?« fragte Smiley. »Hat er sonst nichts gesagt, zum Beispiel über die Wichtigkeit der Aufgabe, die Sie erledigt haben? Nur, daß Max glauben wird?«

Willem schüttelte den Kopf.

»Oder über irgendwelche weiteren Beweise?«

Nichts, sagte Willem; sonst nichts.

»Auch nichts darüber, wie er sich vorher mit Hamburg in Verbindung gesetzt und alles abgesprochen hatte? Ob noch andere Gruppen beteiligt waren? Bitte, denken Sie nach.«

Willem dachte nach, jedoch ohne Erfolg.

»Wem haben Sie denn noch davon erzählt, außer mir?« fragte Smiley.

»Niemand! Max, niemand!«

»Hat gar nicht Zeit dazu gehabt«, sagte Stella.

»Niemand! Auf Fahrt schlafe ich in Kabine, spare zehn Pfund

Übernachtungsgeld. Wir kaufen Haus mit Erspartem. In Hamburg erzähle ich *niemand*. Im Lagerhaus, *niemand!*«

»Hat Wladimir jemanden ins Vertrauen gezogen – ich meine, jemanden, den Sie kennen?«

»Von der Gruppe niemand, nur Mikhel, wie nötig, aber nicht ganz, nicht einmal Mikhel. Ich frag ihn: ›Wladimir, wer weiß, daß ich das für Sie tue?‹ ›Nur Mikhel ein ganz kleines bißchen‹, sagt er. ›Mikhel leiht mir Geld, leiht mir Fotokopierer, er ist mein Freund. Aber selbst Freunden können wir nicht trauen. Feinde fürchte ich nicht, Willem. Aber Freunde fürchte ich gewaltig.‹«

Smiley wandte sich an Stella: »*Sollte* die Polizei hierherkommen«, sagte er. »Sollte sie kommen, so wird sie nur wissen, daß Wladimir gestern bei Ihnen vorbeigeschaut hat. Sie wird bis zum Taxifahrer vorgestoßen sein, genau wie ich.«

Stella beobachtete ihn mit ihren großen klugen Augen.

»Also?« fragte sie.

»Also behalten Sie den Rest für sich. Die Polizei weiß, was sie wissen muß. Alles weitere würde nur eine Belastung für sie sein.«

»Für *sie* oder für *Sie*?« fragte Stella.

»Wladimir hat gestern Beckie besucht und ihr ein Geschenk gebracht. Das ist die Legende, haargenau Williams erste Version der Geschichte. Wladimir wußte nicht, daß Sie mit Beckie zu Ihrer Mutter gefahren waren. Er fand William allein vor, die beiden haben über alte Zeiten geplaudert und sind im Garten spazieren gegangen. Er konnte wegen des Taxis nicht mehr länger warten und ist also abgezogen, ohne Sie oder sein Patenkind gesehen zu haben. Mehr war nicht.«

»Sind *Sie* hier gewesen?« Stella beobachtete ihn immer noch.

»Wenn danach gefragt wird, ja. Ich bin heute gekommen, um Ihnen die schlechte Nachricht schonend beizubringen. Daß William der Gruppe angehört hat, interessiert die Polizei nicht. Für sie zählt nur die Gegenwart.«

Erst jetzt wandte Smiley seine Aufmerksamkeit wieder Willem

zu. »Sagen Sie, haben Sie noch etwas anderes für Wladimir mitgebracht?« fragte er. »Außer dem, was im Umschlag war? Ein Geschenk vielleicht? Was er gern hatte, aber nicht selbst kaufen konnte?«
Willem konzentrierte sich energisch auf die Frage, ehe er antwortete. »Zigaretten!« rief er plötzlich. »Auf Boot kaufe ich ihm französische Zigaretten als Geschenk. Gauloises, Max. Mag er sehr gern! ›Gauloises Caporal, mit Filter, Willem.‹ Sicher!«
»Und die fünfzig Pfund, die Wladimir von Mikhel geborgt hatte?« fragte Smiley.
»Geb ich zurück. Sicher.«
»Alles?« sagte Smiley.
»Alles. Zigaretten waren Geschenk. Max, ich liebe diesen Mann.«

Stella brachte ihn hinaus, und an der Tür nahm er sie sanft am Arm und führte sie ein paar Schritte in den Garten, außer Hörweite ihres Mannes.
»Ihr habt den Zug verpaßt«, sagte sie zu ihm. »Was ihr auch tut, früher oder später muß die eine oder die andere Seite aufstecken. Ihr seid wie die Gruppe.«
»Seien Sie ruhig und hören Sie zu«, sagte Smiley. »Hören Sie zu?«
»Ja.«
»William darf mit niemandem über diese Sache sprechen. Mit wem redet er gern im Lagerhaus?«
»Mit aller Welt.«
»Schön, tun Sie, was Sie können. Hat außer Mikhel sonst noch wer angerufen? Vielleicht jemand, der sich verwählt hat? Einmal klingeln lassen – dann wieder aufgelegt?«
Sie überlegte und schüttelte dann den Kopf.
»Ist jemand an die Tür gekommen? Vertreter, Marktforscher, Wanderprediger? Meinungsumfrager? Irgend jemand? Sind Sie sicher?«
Sie starrte ihn weiter an, und ihre Augen schienen ihn zusehends

zu ergründen und ihm Achtung zu bezeugen. Dann schüttelte sie wiederum den Kopf, verwehrte ihm die Partnerschaft, um die er warb.

»Bleiben Sie ihm vom Leib, Max. Sie und alle anderen. Ganz gleich, was passiert und wie schlimm es ist. Er ist erwachsen. Er braucht keinen Vikar mehr.«

Sie sah ihm nach, vielleicht, um sicher zu sein, daß er wirklich ging. Wie er so dahinfuhr, brannte ihm eine Weile die Sorge um Wladimirs Negativ in der Zigarettenschachtel auf der Seele wie Angst um verstecktes Geld – ob es wohl in Sicherheit war, ob er einen Blick darauf tun oder einen Abzug machen solle; schließlich war es unter Hingabe des Lebens durch die feindlichen Linien gebracht worden. Doch als er sich dem Fluß näherte, hatten seine Gedanken und Vorhaben eine andere Richtung eingeschlagen. Er umfuhr Chelsea, reihte sich in den nordwärts fließenden Wochenendverkehr ein, den hauptsächlich junge Familien in alten Wagen bestritten. Und ein wohlvertrautes Motorrad mit schwarzem Beiwagen, das ihm auf der ganzen Strecke nach Bloomsbury getreulich auf den Fersen blieb.

10

Die Freie Baltische Bibliothek befand sich im dritten Stock über einem verstaubten Antiquariat, das auf Spiritismus spezialisiert war. Seine kleinen Fenster schielten auf einen Vorhof des Britischen Museums hinunter. Bei seinem mühsamen Aufstieg durch ein geschwungenes holzverkleidetes Treppenhaus war Smiley an einigen betagten, handgezeichneten Plakaten vorbeigekommen, die an Reißnägeln hingen, sowie an einem Stapel brauner Schachteln mit Toilettenartikeln, Eigentum des Drogisten von nebenan. Als er schließlich sein Ziel erreicht hatte, bemerkte er, daß er gründlich außer Atem gekommen war, und er legte klugerweise eine kleine Rast ein, bevor er läutete. In seiner momentanen Erschöpfung wurde er dabei von einer Halluzination heimgesucht. Ihm war, als strebe er immer wieder demselben hochgelegenen Ort zu: der sicheren Wohnung in Hampstead, Wladimirs Mansarde in Westbourne Terrace, und jetzt diesem gespenstischen Rückstand aus den fünfziger Jahren, einstigem Sammelpunkt der sogenannten Bloomsbury Irregulars. Die drei Orte fügten sich in seinem Geist zu einem einzigen zusammen, zu ein und demselben Versuchsgelände für unerprobte Tugenden. Das Trugbild wich, er läutete dreimal kurz, einmal lang, fragte sich, ob sie wohl das Signal geändert hatten, bezweifelte es aber; machte sich weiterhin Gedanken um Willem oder um Stella oder vielleicht nur um das Kind. Er hörte das nahe Knacken von Bodenbrettern und vermutete, daß ihn jemand aus einem Fuß Entfernung durch das Guckloch musterte. Die Türe ging schnell auf, er trat in einen düsteren Raum und fühlte sich von zwei sehnigen Armen liebevoll umfaßt. Er roch Hitze und Schweiß und Zigarettenrauch, und ein unrasiertes Gesicht preßte sich gegen seines – rechte Wange, linke Wange, wie bei einer Ordensverlei-

hung –, nochmals linke Wange, als Beweis besonderer Zuneigung.
»Max«, murmelte Mikhel in einem Ton, der für sich genommen schon ein Requiem war. »Sie sind gekommen. Ich bin froh. Ich hatte gehofft, aber nicht gewagt, damit zu rechnen. Ich habe trotzdem auf Sie gewartet. Den ganzen Tag, bis jetzt. Er liebte Sie, Max. Sie waren für ihn der Beste. Hat er immer gesagt. Sie waren seine Inspiration. So drückte er es aus. Sein großes Beispiel.«
»Tut mir leid, Mikhel«, sagte Smiley. »Ehrlich leid.«
»Wie uns allen, Max. Wie uns allen. Unsagbar. Aber wir sind Soldaten.«
Er war gepflegt und drahtig, jeder Zoll der Major der Kavallerie, der er vorgab, gewesen zu sein. Seine braunen, von der Nachtwache geröteten Augen waren dekorativ umschattet.
Er trug einen schwarzen Blazer, den er wie einen Husaren-Dolman über die Schultern geworfen hatte, und schwarze, auf Hochglanz polierte Stiefel, die wirklich zum Reiten hätten dienen können. Sein graues Haar war militärisch korrekt geschnitten und sein üppiger Schnurrbart sorgfältig gestutzt. Sein Gesicht wirkte auf den ersten Blick jugendlich, und erst wenn man genauer auf die zahllosen winzigen Faltendeltas in der bleichen Haut sah, gab es Mikhels sechzig oder noch mehr Jahre preis.
Smiley folgte ihm schweigend in die Bibliothek. Sie nahm die ganze Breite des Hauses ein und war durch Nischen in entschwundene Länder unterteilt – Lettland, Litauen und – nicht zuletzt – Estland. In jeder Nische waren ein Tisch und eine Flagge, und auf einigen Tischen lagen, spielbereit, Schachbretter, doch es wurde nicht gespielt, so wenig wie gelesen.
Es war niemand da bis auf eine blonde, ausladende Frau in den Vierzigern, die einen kurzen Rock und Söckchen trug. Ihr gelbes, an den Wurzeln dunkles Haar war zu einem strengen Knoten geschlungen. Sie hatte sich neben einem Samowar eingenistet und las ein Reisemagazin, dessen Titelseite Birkenwälder im Herbst zeigte. Als Mikhel in Höhe ihres Tisches angekommen

war, blieb er stehen und schien ihr seinen Begleiter vorstellen zu wollen, doch beim Anblick Smileys flammte in ihren Augen intensiver, unmißverständlicher Zorn auf. Sie sah ihn an, ihr Mund verzog sich verächtlich, und ihr Blick glitt von ihm weg zu einem regenverschmierten Fenster. Ihre Wangen glänzten vom Weinen, und unter ihren Augen mit den schweren Lidern waren dunkle Flecke.

»Elvira liebte ihn auch sehr«, bemerkte Mikhel erklärend, als sie außer Hörweite waren. »Er war für sie wie ein Bruder. Er instruierte sie.«

»Elvira?«

»Meine Frau, Max. Nach vielen Jahren haben wir geheiratet. Ich war lange dagegen. Es ist nicht immer gut für unsere Arbeit. Aber ich war ihr diese Sicherheit schuldig.«

Sie setzten sich. Um sie herum an den Wänden hingen Märtyrer vergessener Bewegungen. Dieser hier im Gefängnis, durch die Stäbe hindurch fotografiert. Jener dort, tot, und wie bei Wladimir hatte man das Tuch weggezogen, um sein blutiges Gesicht freizumachen. Ein dritter, der eine verbeulte Partisanenmütze und ein langläufiges Gewehr trug, lachte in die Kamera. Vom anderen Ende des Raums hörten sie eine kleine Explosion, gefolgt von einem kräftigen, russischen Fluch. Elvira, Mikhels Gattin, zündete den Samowar an.

»Tut mir leid«, wiederholte Smiley.

Feinde fürchte ich nicht, Willem, dachte Smiley. *Aber Freunde fürchte ich gewaltig*.

Sie waren in Mikhels Privatnische, die er sein Büro nannte. Ein altmodisches Telefon stand auf dem Tisch neben einer Remington Schreibmaschine aus der Gründerzeit, die gleiche, wie sie Wladimir besessen hatte. Jemand mußte einmal eine Menge davon aufgekauft haben, dachte Smiley. Aber das Paradestück war ein handgeschnitzter Sessel mit gedrechselten Beinen und einem kaiserlichen Wappen, das auf die Hinterseite der Rückenlehne gestickt war. Mikhel saß steif darauf, Knie und Stiefel zusammengepreßt, wie ein Vizekönig, der für diesen Thron zu klein

war. Er hatte sich eine Zigarette angezündet und hielt sie wie eine Fackel senkrecht, mit dem brennenden Ende nach oben. Über ihm hing eine Rauchwolke gleich einem Regenschleier, genau wie Smiley es in Erinnerung hatte. Im Papierkorb bemerkte Smiley einige weggeworfene Nummern von *Sporting Life*.
»Er war ein Führer, Max, er war ein Held,« erklärte Mikhel. »Wir müssen versuchen, seinem Mut und seinem Beispiel nachzueifern.« Er machte eine Pause, wie um Smiley Gelegenheit zu geben, den Ausspruch zur Veröffentlichung niederzuschreiben. »In derartigen Fällen fragt man sich natürlich, wie es denn weitergehen soll. Wer ist wert, ihm nachzufolgen? Wer hat seine Statur, sein Ehrgefühl, sein Sendungsbewußtsein? Glücklicherweise ist unsere Bewegung ein Prozeß, der sich dauernd weiterentwickelt. Sie ist größer als jeder Einzelne, größer sogar, als jede Gruppe.«
Als er Mikhels glänzender Rhetorik lauschte, seine glänzenden Stiefel betrachtete, fragte sich Smiley, wie alt der Mann wohl sein mochte. Die Russen hatten, erinnerte er sich, Estland im Jahre 1940 besetzt. Wenn Mikhel damals Kavallerieoffizier gewesen war, dann müßte er heute gut und gern sechzig sein. Er versuchte den Rest von Mikhels turbulenter Biographie zusammenzubringen – der lange Weg durch fremde Kriege und mit Mißtrauen verfolgte ethnische Brigaden, alle die Kapitel der Geschichte, an denen dieser kleine Körper teilgehabt hatte. Er fragte sich, wie alt seine Stiefel sein mochten.
»Erzählen Sie mir von seinen letzten Tagen, Mikhel«, regte Smiley an. »War er aktiv bis zum Ende?«
»Völlig aktiv, Max, aktiv in jeder Beziehung. Als Patriot. Als Mann. Als Führer.«
Mit dem gleichen verächtlichen Ausdruck, den sie vorher gezeigt hatte, stellte Elvira den Tee vor sie hin, zwei Tassen mit Zitrone, und kleine Marzipanplätzchen. Sie bewegte sich aufreizend, mit schwingenden Hüften und einer mürrischen Andeutung von Herausforderung. Smiley versuchte, sich ihren Background ins Gedächtnis zu rufen, bekam ihn aber nicht zu fassen, vielleicht

weil er ihn nie gekannt hatte. *Er war für sie wie ein Bruder*, dachte er. *Er instruierte sie*. Doch irgendetwas aus seinem eigenen Leben mahnte ihn schon seit langem, Erklärungen zu mißtrauen, besonders wenn Liebe mit im Spiel war.

»Und als Mitglied der Gruppe?« fragte Smiley, als sie wieder weggegangen war. »Ebenfalls aktiv?«

»Immer«, sagte Mikhel ernst.

Eine kleine Pause trat ein, als jeder höflich wartete, daß der andere fortfahren möge.

»Wer, glauben Sie, hat es getan, Mikhel? Ist er verraten worden?«

»Max, Sie wissen so gut wie ich, wer es getan hat. Wir sind alle bedroht. Ausnahmslos. Wir können jederzeit abgerufen werden. Wichtig ist nur, daß man darauf vorbereitet ist. Ich für meine Person bin Soldat, ich bin vorbereitet, ich bin bereit. Wenn ich heimgehe, hat Elvira ihre Sicherheit. Das ist alles. Für die Bolschewisten bleiben wir Exilrussen der Feind Nummer eins. Die Verfluchten. Wo sie können, zerstören sie uns. Immer noch. Wie sie einst unsere Kirchen und unsere Dörfer und unsere Schulen und unsere Kultur zerstört haben. Und sie haben recht, Max. Sie haben recht, wenn sie uns fürchten. Denn eines Tages werden wir es ihnen heimzahlen.«

»Aber warum haben sie gerade diesen Augenblick gewählt«, warf Smiley nach dieser etwas rituellen Verlautbarung sanft ein. »Sie hätten Wladimir schon vor Jahren töten können.«

Mikhel hatte eine flache Blechschachtel mit zwei kleinen wäschemangelartigen Rollen obenauf und ein Packet grobes, gelbes Zigarettenpapier zum Vorschein gebracht. Er leckte über ein Blättchen, legte es auf die Rollen und schüttete schwarzen Tabak darauf. Ein Schnappen, die Mangel drehte sich, und eine dicke, lose gestopfte Zigarette erschien auf der versilberten Oberfläche. Er wollte sie gerade in den Mund stecken, als Elvira kam und sie ihm wegschnappte. Er rollte sich eine andere und steckte die Schachtel wieder in die Tasche.

»Es sei denn, Wladimir führte etwas im Schilde«, fuhr Smiley

nach dieser Drehpause fort. »Provozierte sie auf irgendeine Art – wozu er durchaus imstande war, wie wir wissen.«
»Wer kann das sagen?« fragte Mikhel und blies den Rauch sorgfältig nach oben in die Luft.
»Nun, wenn irgendjemand, dann *Sie*. *Ihnen* hat er sich doch sicher anvertraut. Sie waren seit über zwanzig Jahren seine rechte Hand. Zuerst in Paris und dann hier. Sagen Sie nur nicht, daß er *Ihnen* nicht vertraute«, sagte Smiley in gespielter Naivität.
»Unser Führer war ein verschwiegener Mann, Max. Das war seine Stärke. Er mußte es zwangsläufig sein. Aus militärischen Gründen.«
»Doch sicher nicht *Ihnen* gegenüber?« beharrte Smiley in seinem einschmeichelndsten Ton. »Sein Pariser Adjutant. Sein Aide-de-camp. Sein Privatsekretär. Nicht doch, Sie tun sich selber unrecht.«
Mikhel beugte sich auf seinem Thron nach vorne und legte eine kleine Hand genau aufs Herz. Seine dunkle Stimme wurde noch tiefer.
»Max. Selbst mir gegenüber. Am Ende, selbst Mikhel gegenüber. Zu meinem Schutz. Um mir gefährliches Wissen zu ersparen. Er hat sogar zu mir gesagt: ›Mikhel, es ist besser, daß Sie – selbst Sie – nicht wissen, was die Vergangenheit hochgespült hat.‹ Ich flehte ihn an. Vergebens. Eines Abends besuchte er mich. Hier. Ich schlief oben. Er hat das geheime Klingelzeichen gegeben: ›Mikhel, ich brauche fünfzig Pfund.‹«
Elvira kam zurück, diesmal mit einem leeren Aschenbecher. Als sie ihn auf den Tisch stellte, fühlte Smiley eine Spannung hochsteigen, wie das plötzliche Wirken eines Medikaments. Er hatte diese Empfindung manchmal beim Fahren, wenn er auf einen Zusammenstoß wartete, der nicht kam. Er hatte sie, wenn er Ann bei ihrer Rückkehr von einer angeblich harmlosen Verabredung beobachtete und wußte, ganz einfach wußte, daß von Harmlosigkeit keine Rede sein konnte.
»Wann war das?« fragte Smiley, als sie wieder weggegangen war.
»Vor zwölf Tagen. Letzten Montag vor einer Woche. An seinem

Verhalten hab ich sofort gemerkt, daß es sich um nichts Privates handelte. Er hatte mich nie vorher um Geld gebeten. ›General‹, sage ich zu ihm. ›Sie machen eine Verschwörung. Sagen Sie mir, worum es geht.‹ Aber er schüttelt den Kopf. ›Hören Sie‹, sag ich zu ihm, ›wenn es eine Verschwörung ist, dann folgen Sie meinem Rat und gehen Sie zu Max.‹ Er lehnte ab: ›Max ist ein ausgezeichneter Mann, aber er hat kein Vertrauen mehr zu unserer Gruppe. Er möchte sogar, daß wir den Kampf einstellen. Doch sobald ich den erhofften, großen Fisch gelandet habe, geh' ich zu Max und verlange unsere Spesen und vielleicht noch viele andere Dinge dazu. Aber das tu ich nachher, nicht vorher. Bis dahin kann ich diese Sache nicht in einem schmutzigen Hemd erledigen. Bitte, Mikhel. Leihen Sie mir fünfzig Pfund. Das ist die wichtigste Aufgabe meines ganzen Lebens. Sie reicht weit in unsere Vergangenheit zurück.‹ Das hat er gesagt. Wort für Wort. In meiner Brieftasche sind fünfzig Pfund – glücklicherweise hatte ich an diesem Tag eine erfolgreiche Investition getätigt –, ich gebe sie ihm. ›General‹, sage ich. ›Nehmen Sie alles, was ich habe. Was mir gehört, gehört auch Ihnen. Bitte‹«, sagte Mikhel, und um diese Geste zu unterstreichen oder um sie zu beglaubigen, zog er heftig an seiner gelben Zigarette.
In dem verschmierten Fenster über ihnen sah Smiley das Spiegelbild Elviras, die in der Mitte des Raums stand und ihrem Gespräch zuhörte. Auch Mikhel hatte sie bemerkt und ihr sogar einen unwirschen Blick zugeworfen; aber er wollte oder konnte sie nicht wegscheuchen.
»Das war sehr gütig von Ihnen«, sagte Smiley nach einer angemessenen Pause.
»Max, es war meine Pflicht. Eine Herzenspflicht. Ich kenne kein anderes Gesetz.«
Sie verachtet mich, weil ich dem alten Mann nicht geholfen habe. Sie war mit von der Partie, sie hat Bescheid gewußt, und nun verachtet sie mich, weil ich ihm in der Stunde seiner Not nicht geholfen habe. *Er war für sie wie ein Bruder*, erinnerte er sich. *Er instruierte sie*.

»Und dieses Ansinnen an Sie – diese Bitte um Betriebsmittel –« sagte Smiley. »Kam das aus heiterem Himmel? War vorher nichts gewesen, woraus Sie hätten schließen können, daß er einen großen Coup vorhatte?«
Wieder runzelte Mikhel die Stirne, ließ sich Zeit, und es war klar, daß er von Fragen nicht viel hielt.
»Vor ein paar Monaten, zwei vielleicht, hat er einen Brief bekommen«, sagte er vorsichtig. »Hierher adressiert.«
»Hat er denn so wenige gekriegt?«
»Dieser Brief war etwas Besonderes«, sagte Mikhel, in dem gleichen, vorsichtigen Ton, und Smiley wurde plötzlich klar, daß Mikhel, wie es die Sarratt Inquisitoren nannten, in der Verliererecke saß, denn er hatte keine Ahnung – er konnte nur raten –, wieviel oder wie wenig Smiley bereits wußte. Daher würde Mikhel mit seiner Information haushälterisch umgehen, in der Hoffnung, Smiley dabei in die Karten sehen zu können.
»Von wem war er?«
Mikhel antwortete, wie so oft, ganz leicht daneben.
»Er war aus Paris, Max, ein langer Brief, viele Seiten, handgeschrieben. An den General persönlich adressiert, nicht an Miller. An General Wladimir, streng persönlich. Auf dem Umschlag stand geschrieben: ›streng persönlich‹, auf französisch. Ich sperr den Brief in meinen Schreibtisch, und um elf Uhr kommt er wie immer daher: ›Mikhel, ich grüße Sie.‹ Manchmal, glauben Sie mir, salutierten wir sogar voreinander. Ich geb ihm den Brief, er setzt sich« – er deutete in Elviras Richtung –, »er setzt sich da hinten hin, öffnet ihn ganz lässig, als erwarte er sich nichts davon, und ich sehe, wie der Brief ihn zunehmend beschäftigt. Gefangen nimmt. Ich möchte sagen, fasziniert. Ja, sogar aufwühlt. Ich spreche ihn an. Er antwortet nicht. Ich versuche es nochmals. – Sie kennen ja seine Art – er ignoriert mich völlig. Er geht weg auf einen Spaziergang. ›Ich komme wieder‹, sagt er.«
»Und nahm den Brief mit?«
»Natürlich. Wenn er ein großes Problem im Kopf wälzte, dann machte er immer einen Spaziergang. Wie er wiederkommt, be-

merkte ich eine tiefe Erregung an ihm. Eine Spannung. ›Mikhel.‹ Sie wissen ja, wie er sprach. Alles hört auf mein Kommando. ›Mikhel, schalten Sie den Fotokopierer an. Legen Sie Papier für mich ein. Ich muß ein Schriftstück ablichten.‹ Ich frag ihn, wie oft. ›Einmal‹. Ich frag ihn, wieviele Blätter. ›Sieben. Bitte halten Sie sich in fünf Schritten Entfernung, während ich den Apparat bediene‹, sagt er zu mir. ›Ich kann Sie in diese Sache nicht mit hineinziehen.‹ «

Wieder deutete Mikhel auf die Stelle, als beweise sie die absolute Wahrheit seiner Geschichte. Der schwarze Fotokopierer stand auf einem eigenen Tisch, wie eine alte Dampfmaschine, mit Rollen und mit Löchern zum Eingießen der verschiedenen Chemikalien. »Der General war technisch unbegabt. Ich schalte die Maschine für ihn ein, stelle mich dann – so – hier hin und rufe ihm meine Anweisungen durch den Raum zu. Wie er fertig ist, beugt er sich über die Kopien, während sie trocknen, faltet sie zusammen und steckt sie ein.«

»Und das Original?«

»Steckt er auch ein.«

»Sie haben also den Brief nie gelesen?« sagte Smiley im Ton leichten Bedauerns.

»Nein, Max. Tut mir leid, habe ich nicht.«

»Aber Sie haben den Umschlag gesehen. Sie hatten den Brief ja hier für ihn verwahrt, bis er kam.«

»Sagte ich Ihnen schon, Max. Er war aus Paris.«

»Welches Arrondissement?«

Wieder das Zögern.

»Das fünfzehnte«, sagte Mikhel. »Ich glaube, es war das fünfzehnte. Wo immer viele unserer Leute gewohnt haben.«

»Und das Datum. Könnten Sie das näher präzisieren? Sie sagten, vor etwa zwei Monaten.«

»Anfang September. Ich würde sagen, Anfang September. Möglicherweise Ende August. Vor rund sechs Wochen.«

»Die Adresse auf dem Umschlag war auch mit der Hand geschrieben?«

»Richtig, Max. Richtig.«

»Welche Farbe hatte der Umschlag?«

»Braun.«

»Und die Tinte?«

»Blau, nehme ich an.«

»War er versiegelt?«

»Wie bitte?«

»War der Umschlag mit Wachs oder mit einem Klebeband versiegelt? Oder war er nur auf die übliche Art zugeklebt?«

Mikhel zuckte die Achseln, als seien derartige Details unter seiner Würde.

»Aber der Absender war vermutlich außen angegeben?« beharrte Smiley leichthin.

Wenn dem so war, dann gab Mikhel es nicht zu.

Einen Augenblick ließ Smiley seine Gedanken zu dem braunen Umschlag in der Herrentoilette des Savoy abschweifen und zu dem leidenschaftlichen Hilferuf, den er enthielt.

Heute morgen hatte ich den Eindruck, sie versuchten, mich umzubringen. Könnten Sie mir nicht nochmals Ihren Freund, den Magier schicken? Poststempel Paris, dachte er. Fünfzehntes Arrondissement. Nach dem ersten Brief gab Wladimir dem Schreiber seine Privatadresse, dachte er. So wie er Willem seine private Telefonnummer gegeben hatte. Nach dem ersten Brief wollte er Mikhel umgehen.

Das Telefon läutete. Mikhel meldete sich sofort mit einem kurzen ›Ja‹ und hörte dann zu.

»Dann fünf auf beide«, murrte er und legte mit herrischer Würde wieder auf.

Je mehr er sich dem Hauptzweck seines Besuchs näherte, desto behutsamer ging Smiley zu Werk. Mikhel hatte vor seinem Eintritt in die Pariser Gruppe die Hälfte aller Verhörzentren Osteuropas von Innen kennengelernt, und Smiley erinnerte sich, daß er immer dann auf stur schaltete, wenn man ihm zusetzte, eine Eigenheit, durch die er seinerzeit die Sarratt-Inquisitoren beinahe in den Wahnsinn getrieben hätte.

»Darf ich Sie etwas fragen, Mikhel?« sagte Smiley und wählte einen Annäherungsweg, der schräg zur Hauptbohrrichtung verlief.

»Bitte sehr«.

»An dem Abend, als er hierher kam, um sich Geld von Ihnen zu leihen: Ist er da geblieben? Haben Sie ihm Tee gemacht? Vielleicht eine Partie Schach mit ihm gespielt? Könnten Sie diesen Abend ein bißchen für mich ausmalen?«

»Wir haben Schach gespielt, aber unkonzentriert. Er war in Gedanken, Max.«

»Hat er noch etwas über den großen Fisch gesagt?«

Die halb geschlossenen Augen sahen ihn seelenvoll an.

»Wie bitte, Max?«

»Der große Fisch. Der Coup, den er, wie er sagte, plante. Hat er sich weiter darüber ausgelassen?«

»Nichts. Überhaupt nichts. Kein Sterbenswörtchen.«

»Hatten Sie den Eindruck, daß ein anderes Land im Spiel war?«

»Er sprach nur davon, daß er keinen Paß habe. Es hat ihn gekränkt – Max, ich muß es Ihnen ehrlich sagen –, es hat ihn verletzt, daß der Circus ihm keinen Paß mehr ausstellen lassen wollte. Nach all den Diensten, all der Hingabe – er war verletzt.«

»Es war zu seinem eigenen Besten, Mikhel.«

»Max, *ich* verstehe vollkommen. Ich bin jünger, ein Mann von heute, anpassungsfähig. Der General war zuweilen impulsiv, Max. Vorkehrungen mußten getroffen werden, manchmal sogar von denen, die ihn bewunderten, um seinen Tatendrang zu bändigen. Bitte. Aber für den Mann selbst war es unverständlich. Eine Schmach.«

Hinter sich hörte Smiley Getrampel, als Elvira verächtlich in ihre Ecke zurückstapfte.

»Wer, glauben Sie, sollte die Reise für ihn machen?« fragte Smiley und nahm wieder keinerlei Notiz von ihr.

»Willem«, sagte Mikhel mit offensichtlicher Mißbilligung. »Er sagte es mir nicht ausdrücklich, aber ich glaube, er schickte Willem. Das war mein Eindruck. Daß Willem fahren würde. General Wladimir sprach sehr stolz von Willems Jugend und Ehrgefühl. Auch von seinem Vater. Er stellte sogar einen historischen Bezug her. Er sprach davon, daß man die neue Generation einsetzen solle, um das Unrecht der alten wieder gutzumachen. Er war sehr bewegt.«

»Wo hat er ihn hingeschickt? Hat Wladi irgendeine Anspielung darauf gemacht?«

»Er sagt es mir nicht. Er sagt nur zu mir: ›Willem hat einen Paß, er ist ein braver Junge, ein guter Balte, seriös, er kann reisen, aber man muß ihn auch beschützen.‹ Ich bohre nicht. Ich dränge nicht. Das ist nicht meine Art, Max. Sie wissen das.«

»Aber Sie haben sich doch eine Meinung gebildet, nehme ich an«, sagte Smiley. »Wie man das eben so tut. Schließlich konnte Willem ja nicht x-beliebig wohin fahren. Schon gar nicht mit fünfzig Pfund. Und da war auch noch Willems Arbeit, nicht wahr. Ganz zu schweigen von seiner Frau. Er konnte nicht einfach ins Blaue fahren, wenn ihm danach war.«

Mikhel machte eine militärische Geste. Er schob die Lippen vor, bis sein Schnurrbart fast umgestülpt war und zupfte mit Daumen und Zeigefinger überlegend an der Nase. »Der General hat auch nach Karten gefragt. Ich war hin- und hergerissen, ob ich es Ihnen sagen sollte. Sie sind sein Vikar, Max, aber Sie kämpfen nicht für unsere Sache. Da ich Ihnen aber vertraue, sage ich es Ihnen.«

»Was für Karten?«

»Straßenkarten.« Er holte mit einer Hand nach den Regalen aus, als befehle er ihnen, sich zu nähern. »Stadtpläne. Von Danzig. Hamburg. Lübeck. Helsinki. Die Nordseeküste. Ich frage ihn: ›General, Sir, lassen Sie mich Ihnen helfen‹, sagte ich zu ihm. ›Bitte. Ich bin Ihr Assistent für alles. Ich habe ein Recht darauf. Wladimir. Lassen Sie mich Ihnen helfen.‹ Er lehnte ab. Er wollte völlig für sich allein sein.«

Moskauer Regeln, dachte Smiley wieder. Viele Karten und nur eine von ihnen ist die richtige. Und wieder tat Wladimir alles, um seine Absichten vor seinem vertrauenswürdigen Pariser Adjutanten zu verschleiern.

»Worauf er dann ging?« fragte Smiley.
»Richtig.«
»Um wieviel Uhr?«
»Es war spät.«
»Können Sie sagen, wie spät?«
»Zwei. Drei. Vielleicht sogar vier. Ich bin nicht sicher.«
Smiley spürte, wie Mikhels Blick millimeterweise an ihm hoch und über seine Schulter glitt und hinter ihm verweilte, und ein Instinkt, der ihn zeitlebens nie im Stich gelassen hatte, ließ ihn die Frage stellen:
»Ist Wladimir allein hierher gekommen?«
»Natürlich, Max. Wen hätte er mitbringen sollen?«
Sie wurden durch ein Klirren von Geschirr unterbrochen, als Elvira am anderen Ende des Raums wieder gewichtig zur Erfüllung ihrer Pflichten schritt. Smiley wagte nun einen Blick auf Mikhel und sah, wie er ihr mit einem Ausdruck nachstarrte, den er für den Bruchteil einer Sekunde erkannte, aber nicht einordnen konnte: hoffnungslos und liebevoll zugleich, zwischen Abhängigkeit und Abneigung. Bis Smiley schließlich erkannte, daß er mit krankhaftem Mitgefühl in sein eigenes Gesicht starrte, wie es ihn zu oft mit rot geränderten Augen aus den hübschen, goldgerahmten Spiegeln Anns in der Bywater Street angesehen hatte.
»Wenn er sich also nicht von Ihnen helfen lassen wollte, was haben Sie dann getan?« fragte Smiley mit beflissener Beiläufigkeit. »Sind Sie aufgeblieben und haben gelesen – Schach gespielt mit Elvira?«
Mikhels braune Augen ruhten einen Augenblick auf ihm, glitten ab, kamen wieder zu ihm zurück.
»Nein, Max«, antwortete er äußerst höflich. »Ich hab ihm die Karten gegeben. Er wollte mit ihnen allein sein. Ich wünschte ihm gute Nacht. Als er ging, schlief ich schon.«
Doch Elvira ganz offensichtlich nicht, dachte Smiley.
Elvira blieb und wartete auf Instruktionen von ihrem Vize-Bruder. *Aktiv als Patriot, als Mann, als Führer*, memorierte Smiley. *Aktiv in jeder Beziehung.*

»Und welchen Kontakt hatten Sie mit ihm seitdem?« fragte Smiley, und Mikhel war plötzlich bei gestern angekommen. »Keinen bis gestern«, sagte Mikhel.
»Gestern nachmittag hat er mich angerufen. Max, ich schwöre Ihnen, ich hatte ihn seit Jahren nicht mehr so aufgeregt gehört. Glücklich, ich würde sagen, ekstatisch. ›Mikhel! Mikhel!‹ Max, der Mann war verzückt. Er würde am Abend zu mir kommen. Gestern abend. Spät möglicherweise, aber er wird mir die fünfzig Pfund bringen. ›General‹, sag ich zu ihm. ›Was sind schon fünfzig Pfund? Sind Sie wohlauf? Sind Sie in Sicherheit? Erzählen Sie mir.‹ ›Mikhel; ich war auf Fischfang, und ich bin glücklich. Bleiben Sie wach‹, sagt er zu mir. ›Ich bin um elf Uhr bei Ihnen, oder kurz danach. Mit dem Geld. Ich muß Sie auch im Schach schlagen, um meine Nerven zu beruhigen.‹ Ich bleibe wach, mache Tee, warte auf ihn. Max, ich bin Soldat, um mich habe ich keine Angst. Aber um den General, um diesen alten Mann hatte ich Angst. Ich rufe den Circus an, ein Notfall. Sie haben einfach eingehängt. Warum, Max? Warum haben Sie das getan, bitte?«
»Ich hatte nicht Dienst«, sagte Smiley und sah Mikhel jetzt so scharf an, wie er es irgend wagte. »Sagen Sie, Mikhel«, begann er.
»Max.«
»Was wollte Wladimir Ihrer Ansicht nach tun, nachdem er bei Ihnen angerufen hatte, um von der guten Nachricht zu sprechen und bevor er kommen würde, um die fünfzig Pfund zurückzuzahlen?«
Mikhel zögerte nicht. »Ich habe selbstverständlich angenommen, daß er zu Max gehen würde«, sagte er. »Er hatte seinen großen Fisch gelandet. Jetzt würde er zu Max gehen, seine Spesen verlangen, ihn mit der sensationellen Neuigkeit überraschen. Selbstverständlich«, wiederholte er und schaute Smiley ein bißchen zu fest in die Augen.
Selbstverständlich, dachte Smiley. Und du hast auf die Minute genau gewußt, wann er von zu Hause fortgehen würde und auf

den Meter genau den Weg gekannt, den er nehmen würde, um zu der sicheren Wohnung in Hampstead zu gehen.
»Er kam also nicht, Sie riefen den Circus an, und wir haben Sie abblitzen lassen«, faßte Smiley kurz zusammen.
»Tut mir leid. Was haben Sie als nächstes getan?«
»Ich rufe Willem an. Ich wollte mich zunächst vergewissern, daß der Junge wohlauf war und ihn auch fragen: Wo ist unser Führer? Seine englische Frau hat mich angeschnauzt. Schließlich bin ich zu seiner Wohnung gegangen. Nicht gern – es war aufdringlich –, sein Privatleben geht niemand etwas an – aber ich bin hingegangen. Ich habe geläutet. Keine Antwort. Ich ging wieder nach Hause. Heute vormittag um elf ruft Jüri an. Ich hatte die Frühausgabe der Abendzeitungen nicht gelesen, ich bin kein Freund von englischen Zeitungen. Jüri hatte sie gelesen. Wladimir, unser Führer, war tot«, endete er.
Elvira stand neben ihm. Sie hatte zwei Gläser mit Wodka auf einem Tablett.
»Bitte«, sagte Mikhel. Smiley nahm ein Glas, Mikhel das andere.
»Auf das Leben!« sagte Mikhel sehr laut und trank, während ihm die Tränen in die Augen schossen.
»Auf das Leben«, sagte Smiley, während Elvira sie beide beobachtete.
Sie ist mit ihm hingegangen, dachte Smiley. Sie hat Mikhel gezwungen, zur Wohnung des alten Mannes zu gehen, sie hat ihn bis vor seine Türe gezerrt.
»Haben Sie jemand anderem davon erzählt, Mikhel?« fragte Smiley, als sie wieder einmal wegging.
»Jüri traue ich nicht«, sagte Mikhel und schneuzte sich.
»Haben Sie Jüri von Willem erzählt?«
»Wie bitte?«
»Haben Sie ihm gegenüber Willem erwähnt? Haben Sie Jüri gegenüber durchblicken lassen, daß Willem in irgendeiner Weise mit Wladimir zu tun gehabt haben könnte?«
Mikhel hatte anscheinend keine dieser Sünden begangen.
»In dieser Sache sollten Sie niemandem trauen«, sagte Smiley in

förmlicherem Ton, als er sich anschickte zu gehen. »Nicht einmal der Polizei. So lautet die Order. Die Polizei darf nicht erfahren, daß Wladimir bei einem Einsatz gestorben ist. Das ist wichtig für die Sicherheit. Die Ihre und die unsere. Sonst hat er Ihnen keine Botschaft übermittelt? Eine Nachricht für Max, zum Beispiel?«

Sagen Sie Max, es betrifft den Sandmann, dachte er.

Mikhel lächelte bedauernd.

»Hat Wladimir kürzlich Hector erwähnt?«

»Für ihn taugte Hector nichts.«

»Hat Wladimir das gesagt?«

»Bitte, Max. Ich habe nichts persönlich gegen Hector. Hector ist Hector, er ist kein Gentleman, aber in unserer Branche müssen wir viele Arten und Abarten von Menschen verwenden. Ich gebe nur die Meinung des Generals wieder. Unser Führer war ein alter Mann. ›Hector‹, sagt Wladimir zu mir, ›Hector taugt nichts. Unser guter Postbote Hector ist wie die City-Banken. Wenn es regnet, heißt es, nehmen einem die Banken den Schirm weg. Unser Postbote Hector ist wie sie.‹ Bitte. Das sagt Wladimir. Nicht Mikhel. ›Hector taugt nichts.‹«

»Wann hat er das gesagt?«

»Er sagte es mehrmals.«

»Kürzlich?«

»Ja.«

»Wie kürzlich?«

»Kann zwei Monate her sein. Vielleicht weniger.«

»Nachdem er den Brief aus Paris erhielt oder vorher?«

»Nachher. Ganz fraglos.«

Mikhel begleitete ihn zur Tür, ganz der Gentleman, der Toby Esterhase nicht war. Elvira saß rauchend an ihrem Platz neben dem Samowar und betrachtete dasselbe Bild mit den Birken. Als sie an ihr vorbeigingen, hörte Smiley eine Art Zischen, das aus dem Mund oder aus der Nase oder aus beidem kam, als eine letzte Bekundung ihrer Verachtung.

»Was werden Sie nun tun?« fragte Mikhel, als richte er sich an die trauernden Hinterbliebenen. Aus dem Augenwinkel heraus sah Smiley, wie ihr Kopf sich hob und ihre Finger sich über die Seite spreizten. Eine letzte Idee kam ihm: »Und die Handschrift haben Sie nicht erkannt?« fragte er.

»Welche Handschrift meinen Sie, Max?«

»Die auf dem Umschlag aus Paris.«

Plötzlich hatte er keine Zeit mehr, um auf die Anwort zu warten, plötzlich war er die dauernden Ausflüchte leid.

»Good bye, Mikhel.«

»Leben Sie wohl, Max.«

Elviras Kopf neigte sich wieder über die Birken.

Ich werde es nie erfahren, dachte Smiley, als er schnell die Holztreppe hinunterging. Niemand von uns wird es erfahren. War er Mikhel, der Verräter, der dem alten Mann verübelte, daß er mit ihm seine Frau teilen mußte und der nach der Krone dürstete, die man ihm zu lange vorenthielt? Oder war er Mikhel, der selbstlose Offizier und Gentleman, Mikhel, der ewig treue Diener? Oder war er vielleicht, wie viele treue Diener, beides?

Er dachte an Mikhels Kavalleristenstolz, der so schrecklich verletzbar war wie jede andere Mannestugend eines Helden. An seinen Stolz, der Hüter des Generals zu sein, den Stolz, sein Statthalter zu sein. Das schmachvolle Gefühl, ausgeschlossen zu werden. Dann wieder sein Stolz – in wieviele Wege er sich verästelte! Doch wie weit reichte er? Bis zum Stolz, jedem Herrn nobel aufzuwarten, zum Beispiel?

Ich habe beide Herren gut bedient, sagt der perfekte Doppelagent im Zwielicht seines Lebens. Und sagt es zudem mit Stolz, dachte Smiley, der etliche von ihnen gekannt hatte.

Er dachte an den siebenseitigen Brief aus Paris. Er dachte an zweite Beweise. Er fragte sich, bei wem die Fotokopie wohl gelandet war – vielleicht bei Esterhase? Er fragte sich, wo das Original sein mochte. Wer ist wohl nach Paris gegangen, fragte er sich. Wenn Willem nach Hamburg ging, wer war dann der kleine Magier? Er war hundemüde. Seine Müdigkeit setzte ihm zu wie ein Virus. Er fühlte sie in den Knien, in den Hüften, in seinem ganzen erlahmenden Körper. Doch er marschierte weiter, denn sein Geist verweigerte die Rast. Und überdies war der Augenblick gekommen, wo er nicht mehr eskortiert werden wollte, weder von Freund noch von Feind.

11

Gehen konnte die Ostrakowa gerade noch, und gehen war das einzige, was sie wollte. Gehen und auf den Magier warten. Nichts war gebrochen. Wenn auch ihr kleiner stämmiger Körper, nachdem man sie gebadet hatte, schwarzfleckig wurde wie eine Karte von den sibirischen Kohlefeldern, so war doch nichts gebrochen. Und ihr armes Kreuz, das ihr im Lagerhaus immer ein bißchen zu schaffen gemacht hatte, sah bereits so aus, als hätten die vereinten Geheimarmeen Sowjetrußlands sie mit Fußtritten quer durch Paris gejagt: Doch gebrochen war nichts. Sie hatten jeden einzelnen Teil von ihr durchleuchtet, sie wie Fleisch zweifelhafter Qualität nach inneren Blutungen abgetastet. Nur um ihr schließlich düster zu erklären, daß sie das Opfer eines Wunders sei.

Sie hatten sie trotzdem behalten wollen. Zur Behandlung ihres Schocks, zur Verabreichung von Beruhigungsmitteln – wenigstens für eine Nacht! Die Polizei, die sechs Zeugen ermittelt hatte, mit sieben einander widersprechenden Aussagen (War der Wagen grau oder blau? ein Marseiller oder ein ausländisches Nummernschild?), die Polizei hatte sie lange vernommen und gedroht, zwecks weiterer Einvernahme zurückzukommen.

Doch die Ostrakowa hatte trotz allem ihre Entlassung aus dem Krankenhaus durchgesetzt.

Ob sie denn wenigstens Kinder habe, die sich um sie kümmern würden, hatten sie gefragt. Oh, gewiß, massenhaft, sagte sie. Töchter, die ihr den geringsten Wunsch von den Augen ablesen, Söhne, die sie die Treppe hinauf und hinunter bringen würden! Jede Menge – so viele sie wollten! Den Schwestern zu Gefallen lieferte sie sogar die Lebensläufe ihrer Kinder, obwohl ihr der Schädel dröhnte wie eine Kriegstrommel. Sie hatte sich Kleider besorgen lassen. Ihre eigenen waren in Fetzen, und der liebe Gott mußte höchst persönlich rot geworden sein, als er sah, in welchem Zustand man sie aufgelesen hatte. Sie gab eine falsche Adresse an, die zu ihrem falschen Namen paßte; sie wollte keine Nachbehandlung, keine Besucher. Und um Schlag sieben Uhr abends wurde die Ostrakowa durch einen reinen Willensakt zur Ex-Patientin, als sie vorsichtig und äußerst mühsam die Auffahrt des großen, schwarzen Krankenhauses hinunterging, um dieselbe Welt wiederzufinden, die an eben diesem Tag alles getan hatte, um sie für immer los zu werden. Sie trug ihre Stiefel, die wie sie selbst verbeult, aber wunderbarerweise ganz waren; und sie war mächtig stolz auf die Art, wie sie ihr Halt gegeben hatten. Sie trug sie immer noch. Im Dämmerlicht ihrer eigenen Wohnung, während sie in Ostrakows zerschlissenem Sessel saß und sich geduldig mit seinem alten Armeerevolver plagte, zu ergründen versuchte, wie er sich laden, entsichern und abfeuern ließ, trug sie ihre Stiefel wie eine Uniform: ›Ich bin eine Einmannarmee.‹ Am Leben bleiben, das war ihr einziges Ziel, und je länger ihr dies gelänge, desto größer würde ihr Sieg sein. Am Leben bleiben, bis der General käme oder ihr den Magier schicken würde. Ihnen entkommen, wie Ostrakow? Nun, das hatte sie fertig gebracht. Sie zum Narren halten, wie Glikman, sie in Ecken drängen, wo ihnen nichts anderes übrig blieb, als ihre eigene Obszönität zu betrachten. Seinerzeit, erinnerte sie sich wohlgefällig, hatte sie das auch ein bißchen betrieben. Aber überleben, wie dies keiner ihrer beiden Männer getan hatte, sich ans Leben klammern, gegen all die Bemühungen dieser seelenlosen und erdrückenden Welt von stumpfsinnigen Funktionären; ihnen jede Stunde des Tages ein Stachel im Fleisch sein, nur indem sie lebte, atmete, sich bewegte, bei Verstand blieb – das, hatte die Ostrakowa entschieden, war eine Beschäftigung, die ihres Kampfgeists, ihres Glaubens und ihrer beiden Lieben würdig war. Sie hatte sich sofort mit gebührender Hingabe ans Werk gemacht. Schon hatte sie diese Närrin von Hausmeisterin zum Einkaufen geschickt: Auch Kranksein hatte seine guten Seiten.

»Ich habe einen kleinen *Anfall* erlitten, Madame« – ob sie eine Herzschwäche, ein Magenübel oder die russische Geheimpolizei angefallen hatte, band sie der alten Ziege nicht auf die Nase –, »ich soll ein paar Wochen mit der Arbeit aussetzen und mich schonen – ich bin erschöpft, Madame –, es gibt Zeiten, da will man nichts als allein sein. Hier Madame, nehmen Sie – ich weiß, Sie sind keine geldgierige Schnüfflerin.« Madame la Pierre schloß die Hand um die Banknote und linste nur auf eine Ecke des Scheins, ehe sie ihn in ihrem Rockbund verschwinden ließ. »Und noch etwas, Madame, falls jemand nach mir fragt, sagen Sie bitte, ich sei verreist; ich werde auf der Straßenseite kein Licht machen. Sensible Frauen wie wir haben schließlich das Recht auf ein bißchen Ruhe, meinen Sie nicht auch? Doch, Madame, bitte, merken Sie sich diese Besucher und sagen Sie mir, wer es war – der Gasmann, jemand von der Caritas –, sagen Sie mir alles, es tut mir gut, wenn ich höre, wie das Leben draußen weitergeht.« Die Concierge kam zu dem Schluß, daß Maria Ostrakowa verrückt sei, aber ihr Geld war normal, und nichts mochte die Concierge lieber als Geld, und außerdem war sie selber verrückt. Innerhalb weniger Stunden war Maria Ostrakowa gerissener geworden, als sie es jemals in Moskau gewesen war. Der Mann der Concierge kam herauf – gleichfalls ein Bandit, schlimmer noch als die alte Ziege – und montierte, durch weitere Zahlungen angespornt, Sperrketten an die Wohnungstür.
Morgen würde er ein Guckloch anbringen, gegen Bezahlung. Die Concierge versprach, die Post für sie entgegenzunehmen und zu verabredeten Zeiten heraufzubringen – um Punkt elf Uhr vormittags, um sechs Uhr nachmittags, zweimal kurz klingeln, –, gegen Bezahlung. Wenn sie die Lamellen des winzigen Ventilators in der Toilette auseinanderbog und auf einen Stuhl stieg, konnte die Ostrakowa jederzeit den Hof überblicken und sehen, wer kam und ging. Sie hatte an das Lagerhaus geschrieben, daß sie unpäßlich sei. Ihr Doppelbett konnte sie nicht vom Fleck rücken, also trug sie Kissen und Federbett zum Diwan und stellte ihn so, daß er wie ein Torpedo durch die geöffnete Tür des

Wohnzimmers direkt auf die Flurtür zielte. Sie brauchte sich nur noch hinzulegen, die Stiefel gegen den Feind gerichtet, und genau über die Spitzen hinweg zu feuern, und wenn sie sich dabei nicht den eigenen Fuß abschoß, so würde sie den Eindringling im ersten Augenblick der Überraschung erwischen, ehe er sich auf sie stürzen konnte: Sie hatte alles bedacht. Ihr Schädel dröhnte und tobte, bei jeder jähen Kopfbewegung wurde ihr schwarz vor den Augen, sie hatte hohes Fieber und war manchmal einer Ohnmacht nahe. Aber sie hatte alles bedacht, sie hatte ihre Vorkehrungen getroffen, und bis zur Ankunft des Generals oder des Magiers würde es wieder ganz so sein wie in Moskau. »Du bist auf dich allein gestellt, du alte Närrin«, schalt sie sich laut. »Du mußt dir schon selber helfen, also tu's auch.«
Mit einem Foto von Glikmann und einem von Ostrakow rechts und links von ihr auf dem Boden, und einer Ikone der Heiligen Jungfrau unter der Bettdecke schickte Maria Ostrakowa sich zu ihrer ersten Nachtwache an, flehte während der langen Stunden eine Armee von Heiligen an – nicht zuletzt den heiligen Josef –, sie möchten ihr den Retter schicken, den Magier.
Niemand klopft mir eine Botschaft über die Wasserleitung durch, dachte sie. Nicht einmal ein Wärter kommt, der mich mit Beschimpfungen aufweckt.

12

Es war immer noch derselbe Tag und kein Ende, kein Bett in Sicht. Nachdem George Smiley die Bibliothek verlassen hatte, marschierte er eine Weile ziellos dahin. Er war zu müde, zu angespannt, um sich ans Steuer seines Autos zu wagen, aber immerhin wach genug, um nach Verfolgern Ausschau zu halten und jene Art vager, aber jäher Haken zu schlagen, auf die eventuelle Beschatter nicht gefaßt sind. Er kämpfte gegen die Müdigkeit und versuchte zugleich Dampf abzulassen, wegzukommen vom Dauerstreß seiner vierundzwanzigstündigen Parforcejagd. Das Embankment sah ihn, und auch ein Pub an der Northumberland Avenue, wo er sich, abgekämpft und verschmuddelt, einen großen Whisky genehmigte und hin und her überlegte, ob er nicht Stella anrufen solle – alles in Ordnung? Dann aber die Nutzlosigkeit des Unterfangens einsah –, er konnte schwerlich jeden Abend telefonieren und fragen, ob sie und Willem noch am Leben seien. Also machte er sich wieder auf den Weg und landete schließlich in Soho, das an Samstagabenden womöglich noch mieser ist als sonst. Lacon anbohren, dachte er, Schutz für die Familie anfordern. Aber er brauchte sich nur die Szene auszumalen, um zu wissen, daß nichts dabei herauskommen würde. Wenn der Circus schon für Wladimir nicht zuständig war, wie konnte er es dann für Willem sein? Und wie, bitte sehr, sollte man ein Team von Babysittern auf einen Fernlastfahrer ansetzen, dessen Fahrtziele auf dem Kontinent lagen? Sein einziger Trost war, daß Wladimirs Mörder anscheinend gefunden hatten, was sie suchten: daß ihr Bedarf gedeckt war. Doch wie stand es mit der Frau in Paris?

Wie stand es mit der Schreiberin der beiden Briefe?

Geh nach Hause, dachte er. Zweimal tätigte er Scheinanrufe von

Telefonzellen aus und überwachte dabei den Gehsteig. Einmal ging er in eine Sackgasse und krebste wieder zurück, wobei er auf den huschenden Schritt achtete, auf das Auge, das seinem Blick auswich. Er erwog, ein Hotelzimmer zu nehmen. Er tat das zuweilen. Nur, um eine Nacht lang in Sicherheit zu sein. Manchmal war seine Wohnung einfach zu gefährlich für ihn.
Er dachte an das Negativ: Zeit, die Schachtel zu öffnen. Als er sich dabei ertappte, wie er instinktiv seinem alten Amtssitz am Cambridge Circus zustrebte, bog er hastig ostwärts ab und gelangte schließlich wieder zu seinem Wagen. Wenn er auch das Gefühl hatte, nicht beobachtet zu werden, so fuhr er doch auf Schleichpfaden nach Bayswater, ohne eine Sekunde den Rückspiegel aus den Augen zu lassen. Bei einem pakistanischen Eisenwarenhändler, der alles verkaufte, erstand er zwei Abspülschüsseln aus Plastik und ein Stück Bilderglas, dreieinhalb auf fünf Zoll; und in einem Drogeriemarkt, drei Türen weiter, zehn Blatt Glanzpapier derselben Größe sowie eine Kindertaschenlampe mit einem Raumfahrer auf dem Griff und einem roten Filter, der über die Linse glitt, wenn man auf einen Nickelknopf drückte. Von Bayswater fuhr er auf ausgeklügelten Umwegen zum Savoy, das er von der Embankment-Seite her betrat. Niemand war ihm gefolgt. In der Herrengarderobe hatte noch derselbe Wärter Dienst und erinnerte sich sogar noch an ihren Scherz.
»Ich warte immer noch darauf, daß sie explodiert«, sagte er lächelnd, als er Smiley die Schachtel zurückgab. »Ein paarmal habe ich, wenn ich mich nicht täusche, was drinnen ticken gehört.«
An seiner Haustür waren die winzigen Holzsplinte immer noch da, wo er sie vor seiner Fahrt nach Charlton angebracht hatte. In den Fenstern der Nachbarhäuser sah er sonnabendliches Kerzenlicht und redende Köpfe, doch bei ihm waren die Gardinen immer noch zugezogen, wie vor seinem Weggang, und in der Diele empfing ihn Anns hübsche kleine Großmutteruhr in völliger Dunkelheit, ein Zustand, dem er schleunigst abhalf.
Obwohl er todmüde war, ging er methodisch ans Werk.

Zuerst legte er drei Feueranzünder auf den Kaminrost im Wohnzimmer, schaufelte rauchlose Kohle darüber und spannte Anns Badezimmer-Wäscheleine quer vor die Feuerstelle. Als Arbeitskluft hing er sich eine alte Küchenschürze um, wobei er sicherheitshalber die Bänder fest um seine füllige Taille zurrte. Im Treppenverschlag grub er einen Stoß grünes Verdunkelungspapier aus und einen Küchenhocker und trug beides ins Erdgeschoß. Nachdem er das Fenster abgedunkelt hatte, ging er wieder hinauf, wickelte die Schachtel aus, öffnete sie, und, nein, sie enthielt keine Bombe, sondern einen Brief, sowie ein zerknülltes Zigarettenpäckchen mit Wladimirs Negativ darin. Er nahm den Film heraus, ging damit wieder ins Untergeschoß, knipste die rotlichtige Taschenlampe an und machte sich an die Arbeit, obwohl er, weiß Gott, ein blutiger Laie auf diesem Gebiet war und die Sache, zumindest theoretisch, über Lauder Strickland durch die Fotoabteilung des Circus im Handumdrehen hätte erledigen lassen können. Oder von irgendeinem aus dem guten halben Dutzend »Kunsthandwerker«, wie sie im Jargon des Circus hießen: Auf bestimmte Gebiete spezialisierte Mitarbeiter, die verpflichtet sind, zu jeder Zeit alles liegen und stehen zu lassen, keine Fragen zu stellen und ihre Fertigkeiten dem Amt zur Verfügung zu stellen. Einer dieser Kunsthandwerker wohnte keinen Steinwurf weit vom Sloane Square entfernt, eine gute Seele, spezialisiert auf Hochzeitsfotos. Smiley hatte nur zehn Minuten weit zu gehen und auf die Klingel zu drücken. Eine halbe Stunde später würde er seine Abzüge haben. Aber er tat es nicht. Er zog es vor, den Abzug in der Geborgenheit seines Hauses selber anzufertigen und dabei die Beschwerlichkeit und Unvollkommenheit seiner Bemühungen in Kauf zu nehmen und sein Ohr dem ununterbrochenen Klingeln des Telefons im Obergeschoß zu verschließen.

Er zog die langwierige Methode vor, durch wiederholte Proben und Fehlschläge schließlich zum Ziel zu gelangen: das Negativ zuerst zu lang, dann zu kurz unter der Raumleuchte zu exponieren; als Zeitmesser den unhandlichen Küchenwecker zu benützen, der tickte und ratterte wie etwas aus *Coppélia*. Er zog es vor, zu raunzen und erbittert zu fluchen, in der Dunkelheit zu schwitzen und mindestens sechs Bogen Glanzpapier zu vergeuden, ehe der Entwickler in der Spülschüssel ein halbwegs brauchbares Bild lieferte, das er drei Minuten lang ins Fixierbad legte. Und abwusch. Und mit einem sauberen Geschirrtuch abtupfte, das man daraufhin vermutlich nur noch wegwerfen konnte, das wagte er nicht zu entscheiden. Ein Bild, das er schließlich nach oben trug und an die Wäscheleine klammerte. Für Liebhaber bedeutsamer Symbole sei gesagt, daß das Feuer trotz der Anzünder am Ausgehen war, da die Kohle zum größten Teil aus feuchter Schlacke bestand, und daß George Smiley, um ein völliges Erlöschen zu verhindern, sich auf alle Viere niederlassen und die Flammen anpusten mußte. Dabei hätte ihm in den Sinn kommen können – was jedoch nicht zutraf, da seine introvertierte Haltung wieder einer lebhaften Neugier gewichen war –, daß er genau entgegen Lacons striktem Befehl handelte, die Flammen einzudämmen, nicht anzufachen.

Nachdem der Abzug nun sicher vor dem Kamin hing, ging Smiley zu dem hübschen eingelegten Schreibtisch, in dem Ann ihre »Sachen« mit peinlicher Offenheit verwahrte. Zum Beispiel einen Bogen Briefpapier, auf den sie nur das eine Wort »Darling« geworfen hatte, weiter nichts, vielleicht unschlüssig, an welchen Darling sie schreiben sollte. Zum Beispiel Zündholzbriefchen aus Restaurants, in denen er nie gewesen war, und Briefe in einer Handschrift, die er nicht kannte. Aus diesem verwirrenden Durcheinander fischte er eine große viktorianische Lupe mit Perlmuttgriff, die Ann zur Entzifferung der Auflösungen von nie ganz ausgefüllten Kreuzworträtseln benutzte. Derart ausgerüstet – die Abfolge dieser Handlungen ermangelte aufgrund seiner Müdigkeit der absoluten Logik – legte er eine Mahler-Platte auf, die Ann ihm geschenkt hatte, und setzte sich in den Ledersessel, an dem ein Lesepult aus Mahagoni befestigt war, das man wie ein Bett-Tablett vor den Magen schwenken konnte. Unvorsichtigerweise schloß er die Augen, während er teils auf die Musik, teils auf das Platsch-Platsch des tröpfelnden Fotos und teils auf das unwillige Knistern des Feuers lauschte. Als er dreißig Minuten später hochfuhr, war der Abzug trocken, und der Mahler drehte sich stumm auf dem Plattenteller.

Er starrte auf das Bild, wobei er eine Hand an die Brille legte und mit der anderen die Lupe langsam über dem Abzug kreisen ließ. Es war ein Gruppenbild, aber es handelte sich um nichts Politisches und auch nicht um eine Badepartie, denn niemand trug Badekleidung. Die Gruppe bestand aus einem Quartett, zwei Damen, zwei Herren, und sie lagerten auf Polstersofas um einen niedrigen, mit Zigaretten und Flaschen beladenen Tisch. Die Damen waren nackt und jung und hübsch. Die Herren, die kaum besser bedeckt waren, lagen nebeneinander, und die Mädchen hatten sich pflichtschuldigst um ihren Erwählten geschlungen. Das Licht auf dem Foto war fahl und unirdisch, und kraft der geringen Kenntnisse, die er auf diesem Gebiet besaß, schloß Smiley, daß zur Aufnahme ein hochempfindlicher Film verwendet worden war, denn der Abzug war körnig. Die Oberflächenstruktur erinnerte ihn, wenn er es sich recht überlegte, an Aufnahmen von Terroristen-Geiseln, nur daß die Vier auf dem Bild miteinander beschäftigt waren, während Geiseln immer in die Linse starren wie in einen Gewehrlauf. Auf der Suche nach dem, was er operative Information genannt haben würde, versuchte er, die vermutliche Stellung der Kamera auszumachen und kam zu der Annahme, daß sie sich hoch über den Akteuren befunden haben mußte. Die Vier schienen in der Mitte einer Grube zu liegen, unter dem Auge der Kamera, die auf sie herabblickte. Ein sehr dunkler Schatten – eine Balustrade, ein Fenstersims oder vielleicht auch nur die Schulter von irgendjemandem – verdeckte einen Teil des Vordergrunds. Als habe trotz des günstigen strategischen Punkts nur die Hälfte des Objektivs es gewagt, über die Sichtlinie zu linsen.
Hier versuchte Smiley seine erste Schlußfolgerung. Ein Schritt – kein großer, aber er hatte sich bereits genug große

Schritte im Geist zurechtgelegt. Nennen wir es einen technischen Schritt: einen bescheidenen technischen Schritt. Das Bild trug alle Anzeichen dessen, was man in einschlägigen Kreisen ein *Meuchelfoto* nannte. Meuchlings aufgenommen mit der Absicht, jemanden zu *verbrennen*, das heißt zu erpressen. Aber wen erpressen? Und wozu?
Während er darüber nachdachte, schlief Smiley wahrscheinlich ein. Das Telefon stand auf Anns kleinem Schreibtisch, und es mußte drei- oder viermal geklingelt haben, ehe er es hörte.

»Ja, Oliver?« sagte Smiley vorsichtig.
»Endlich, George. Hab's schon früher versucht. Gut zurückgekommen, nehme ich an?«
»Von wo?« fragte Smiley.
Lacon geruhte darauf nicht zu antworten. »Hatte das Gefühl, Ihnen einen Anruf schuldig zu sein. Wir trennten uns ein bißchen mißgestimmt. Ich war schroff. Zuviel auf dem Hals. Bitte um Entschuldigung. Wie steht's? Total erledigt? Fertig?«
Im Hintergrund hörte Smiley Lacons Töchter darüber zanken, wieviel Miete für ein Hotel an der Parkallee zu zahlen sei. Er hat sie übers Wochenende zu Hause, dachte Smiley.
»Hatte das Innenministerium wieder an der Strippe, George«, fuhr Lacon leiser fort, ohne auf Smileys Antwort zu warten. »Der gerichtsmedizinische Befund liegt vor, die Leiche kann freigegeben werden. Baldige Einäscherung wird empfohlen. Ich dachte, wenn ich Ihnen den Namen des Bestattungsinstituts mitteile, können Sie ihn an die Betroffenen weitergeben. Ohne Quellenangabe, versteht sich. Haben Sie die Pressemeldung gesehen? Mir schien sie gekonnt. Schien mir genau den richtigen Ton zu treffen.«
»Ich hol mir einen Stift«, sagte Smiley und fummelte wieder in der Schublade herum, bis er ein birnenförmiges Plastikgebilde mit Lederriemen fand, das Ann manchmal um den Hals trug. Er bekam es mit einiger Mühe auf und schrieb nach Lacons Diktat:

Firmenname, Adresse, nochmals Firmenname und wiederum die Adresse.
»Haben Sie's? Soll ich wiederholen? Oder lesen Sie es mir nochmals vor, von wegen doppelt genäht hält besser?«
»Ich glaube, ich hab's mitgekriegt, vielen Dank«, sagte Smiley. Etwas verspätet dämmerte ihm, daß Lacon betrunken war.
»George, wir haben eine Verabredung, vergessen Sie's nicht. Ein Seminar über die Ehe, bei dem alle Griffe erlaubt sind. Ich hab Sie zu meinem Guru ausersehen. Da ist ein nicht unübles Steak-House gleich um die Ecke, und ich werde Ihnen ein gepflegtes Dinner auffahren lassen, während Sie mir etwas von Ihrer Weisheit abgeben. Haben Sie einen Terminkalender zur Hand? Tragen wir doch gleich was ein.«
Voll düsterer Vorahnungen machte Smiley ein Datum fest. Nachdem er ein Leben lang Legenden für jede Gelegenheit erfunden hatte, war er immer noch außerstande, sich aus einer Dinner-Einladung herauszureden.
»Und Sie haben nichts gefunden?« fragte Lacon, jetzt wieder in leiserem Ton. »Keinen Haken? Keinen Wurm? Keinen dicken Hund? War ein Sturm im Wasserglas, wie wir vermuteten, nicht wahr?«
Eine Menge Antworten kamen Smiley in den Sinn, aber er erachtete sie alle für zwecklos.
»Was ist mit der Telefonrechnung?« frage Smiley.
»Telefonrechnung? Welche Telefonrechnung? Ah, Sie meinen *seine*. Bezahlen Sie, und schicken Sie mir die Quittung. Kein Problem. Noch besser, schicken Sie die Rechnung an Strickland.«
»Ich habe Sie Ihnen bereits zugesandt«, sagte Smiley geduldig. »Ich bat Sie, die nachprüfbaren Anrufe aufschlüsseln zu lassen.«
»Werde mich sofort darum kümmern«, antwortete Lacon leutselig. »Sonst noch was?«
»Nein. Nein, ich glaube nicht. Sonst nichts.«
»Legen Sie sich ein bißchen aufs Ohr. Sie klingen ganz erschossen.«
»Gute Nacht«, sagte Smiley.

Mit Anns Lupe in der drallen Hand machte Smiley sich von neuem an die Untersuchung des Bildes. Der Boden der Grube war mit einem anscheinend weißen Teppich ausgelegt; die Sofas standen im Halbrund vor der Stoffbespannung, die das Gesichtsfeld abschloß. Im Hintergrund sah man eine Polstertür, und daran hingen die abgelegten Kleidungsstücke der Männer – Jakken, Krawatten, Hosen –, so ordentlich wie in einem Spitalzimmer. Auf dem Tisch stand ein Aschenbecher, und Smiley versuchte, die Aufschrift auf dem Rand zu entziffern. Nach vielem Hin- und Hergeschiebe der Lupe fand er schließlich, was der verhinderte Philologe in ihm als die erschlossene (putative) Buchstabengruppe »A-C-H-T« bezeichnete. Er konnte jedoch nicht sagen, ob es sich dabei um das deutsche Zahlwort handelte oder um vier Buchstaben eines längeren Worts, zum Beispiel des Worts »Achtung«. Er stellte in diesem Stadium auch keine weiteren Spekulationen an, sondern speicherte einfach die Nachricht in einer rückwärtigen Zelle seines Gedächtnisses, solange, bis irgendein weiteres Teilstück des Puzzles zwangsläufig die richtige Plazierung ergeben würde.

Ann rief an. Er mußte wieder einmal eingedöst sein, denn er erinnerte sich später nicht daran, das Klingeln des Telefons gehört zu haben, nur ihre Stimme, als er langsam den Hörer ans Ohr gehoben hatte: »George, George«, als ob sie schon eine ganze Weile nach ihm gerufen und er sich erst jetzt aufgerafft oder bequemt hätte, ihr zu antworten.
Sie begannen ihr Gespräch wie zwei Fremde, so, wie sie sich im Bett einander näherten.
»Wie geht es dir?« fragte sie.
»Danke, gut, sehr gut. Und dir? Was kann ich für dich tun?«
»Ich möchte es wirklich wissen«, beharrte Ann. »Wie geht es dir? Sag.«
»Ich sagte doch schon: gut.«
»Ich habe heute Vormittag angerufen. Warum hast du dich nicht gemeldet?«

»Ich war aus.«
Lange Pause, während sie die fadenscheinige Begründung zu werten schien. Das Telefon hatte sie nie zur Eile angestachelt.
»Aus, beruflich?«
»Eine Verwaltungssache für Lacon.«
»Der fängt aber neuerdings früh mit dem Verwalten an.«
»Seine Frau hat ihn verlassen«, sagte Smiley als Erklärung.
Keine Antwort.
»Du hast immer gesagt, daß sie das tun sollte«, fuhr er fort. »Sie solle zusehen, daß sie da rauskomme, hast du gesagt, bevor sie ebenfalls zur Beamten-Geisha würde.«
»Ich habe es mir überlegt. Er braucht sie.«
»Aber sie braucht ihn offenbar nicht«, beschied Smiley sie in gewollt lehrhaftem Ton.
»Dummes Weib«, sagte Ann, und es folgte eine weitere Pause, die diesmal auf Smileys Konto ging, denn er mußte über den unversehends aufgetauchten Berg von Möglichkeiten nachdenken, vor den sie ihn gestellt hatte.
Wieder zusammensein, wie sie es manchmal nannte.
Die Wunden vergessen, die Liste von Liebhabern; Bill Haydon vergessen, den Circus-Verräter, dessen Schatten noch immer über ihr Gesicht fiel, sooft er die Arme nach ihr ausstreckte, dessen Andenken er wie einen ständigen Schmerz in sich trug. Bill, seinen Freund, Bill, die Blüte der ganzen Generation, den Spaßmacher, den Charmeur, den bilderstürmenden Konformisten; Bill, den geborenen Betrüger, den die Suche nach dem höchsten Treuebruch ins Bett der Russen und in Anns Bett geführt hatte. Die Flitterwochen neu auflegen, fortfliegen nach Südfrankreich, Spezialitäten essen, Kleider kaufen, den ganzen Zauber aufziehen, den Liebende sich vorspielen. Und für wie lange? Wie lange würde es dauern, bis ihr Lächeln dahinschwinden, ihre Augen den Glanz verlieren und diese mythischen Verwandten sie wieder zu sich rufen würden, damit sie ihre mythischen Gebrechen in weit entlegenen Orten pflege?
»Wo bist du?« fragte er.

»Bei Hilda.«
»Ich dachte, du seist in Cornwall.«
Hilda war eine geschiedene Frau, die ein flottes Leben führte. Sie wohnte in Kensington, knappe zwanzig Minuten zu Fuß entfernt.
»Und wo ist Hilda?«
»Ausgegangen.«
»Die ganze Nacht?«
»Wie ich Hilda kenne, ja. Es sei denn, sie bringt ihn in die Wohnung.«
»Nun, dann mußt du dich wohl ohne sie amüsieren, so gut du kannst«, sagte er, doch noch während er sprach, hörte er sie flüstern: »George.«
Eine tiefe und heftige Furcht griff nach Smileys Herz. Er starrte durch das Zimmer auf den Lesesessel und sah den Kontaktabzug immer noch auf dem Bücherpult neben ihrer Lupe; in einer einzigen Aufwallung der Erinnerung beschwor er all die Dinge, die ihn diesen ganzen endlosen Tag hindurch bedrängt und auf ihn eingeflüstert hatten; er hörte die Trommelschläge seiner eigenen Vergangenheit, die ihn aufforderten, in einer letzten Anstrengung den Konflikt, den er so lange in sich getragen hatte, nach außen zu kehren und zu lösen. Dabei wollte er sie nicht in der Nähe haben. *Sagen Sie Max, es betrifft den Sandmann*. Mit einer Klarheit, wie sie nur Hunger, Müdigkeit und Verzweiflung verleihen, erkannte Smiley, daß sie keinen Anteil an dem haben durfte, was er tun mußte. Wenn er auch erst an der Schwelle stand, so wußte er doch, daß ihm in seinen alten Tagen wider alles Erwarten die Chance geboten wurde, auf alle die abgeblasenen Kämpfe seines Lebens zurückzukommen und sie schließlich doch noch auszutragen. Wenn dem so war, dann sollte keine Ann, kein falscher Friede, kein befangener Zeuge seiner Taten ihn bei seiner einsamen Suche stören. Er hatte bis jetzt seinen Weg nicht gekannt. Nun kannte er ihn.
»Auf keinen Fall«, sagte er. »Du darfst auf keinen Fall hierherkommen. Es hat nichts mit grundsätzlichen Entscheidungen zu

tun, nur mit praktischen Erwägungen. Du darfst nicht hierherkommen.« Seine eigenen Worte schienen ihm einen merkwürdigen Klang zu haben.
»Dann komm du hierher«, sagte sie.
Er legte auf. Jetzt würde sie wohl in Tränen ausbrechen, dann nach dem Adressenbüchlein greifen, nachsehen, wer aus der Ersten Elf, wie sie sich ausdrückte, sie an seiner Stelle trösten könne. Er schenkte sich einen strammen Whisky ein, Lacons Patentrezept. Er ging in die Küche, vergaß warum, wanderte in sein Arbeitszimmer. Soda, dachte er. Zu spät. Dann eben ohne. Ich muß verrückt geworden sein, dachte er. Ich jage Gespenstern nach, es steckt nichts dahinter. Ein seniler General hat einen Traum geträumt und ist dafür gestorben. Er erinnerte sich an einen Ausspruch Oscar Wildes: Daß ein Mensch für eine Sache stirbt, heiligt nicht die Sache. Ein Bild hing schief. Er rückte daran, zu viel, zu wenig, trat dabei jedesmal ein wenig zurück. *Sagen Sie Max, es betrifft den Sandmann.* Er ging wieder zum Lesesessel und fixierte seine zwei Prostituierten durch Anns Lupe mit einem Ingrimm, vor dem sie, hätten sie ihn sehen können, schreiend zu ihren Mackern geflüchtet wären.

Sie gehörten eindeutig zur Spitzenklasse ihrer Zunft, sie waren jung, wohlgestaltet und wohlgepflegt. Jemand schien sie – wenn es nicht purer Zufall war – wegen des Kontrastes ausgewählt zu haben, den sie bildeten. Das Mädchen zur Linken war blond und feingliedrig, von fast klassischem Wuchs, mit langen Oberschenkeln und kleinen hohen Brüsten. Ihre Gefährtin dagegen war dunkelhaarig und gedrungen, mit ausladenden Hüften und breiten, vielleicht eurasischen Zügen. Die Blonde trug, wie er feststellte, ankerförmige Ohrringe, was ihm ungewöhnlich erschien, denn nach seiner wenn auch beschränkten Erfahrung mit dem schwachen Geschlecht waren Ohrringe das erste, was Frauen ablegten. Ann brauchte nur ohne Ohrringe fortzugehen, und schon wurde ihm das Herz schwer. Sonst fiel ihm zu keinem der beiden Mädchen irgendetwas Schlaues ein, und so wandte er nach einem weiteren kräftigen Schluck Whisky pur seine Aufmerksamkeit wieder den Männern zu – denen sie, wenn er ehrlich sein wollte, von Anfang an bei der Betrachtung des Bildes in erster Linie gegolten hatte. Wie die Mädchen, so unterschieden sich auch die Männer scharf voneinander, und bei ihnen kam hinzu, daß – da sie erheblich älter waren – die Unterschiede deutlicher hervortraten und die Charaktereigenschaften verrieten. Der Mann mit dem blonden Mädchen war hellhäutig und wirkte auf den ersten Blick stumpfsinnig, während der Mann mit der Schwarzen nicht nur dunkelhäutig war, sondern Züge von romanischer, ja, levantinischer Lebhaftigkeit besaß sowie ein ansteckendes Lächeln, das einzig Sympathische auf dem Foto. Der helle Mann war breit und unförmig, der dunkle Mann war klein und witzig genug, um sein Hofnarr zu sein: ein Kobold mit einem freundlichen Gesicht und Haarbüscheln, die wie Hörner über den Ohren aufgezwirbelt waren.

Eine plötzliche Nervosität – die sich später als so etwas wie eine Vorahnung erweisen sollte – veranlaßte ihn, sich zuerst den Hellhäutigen vorzunehmen. Es war eine Stunde, in der man sich bei Fremden sicherer fühlte.

Der Oberkörper des Mannes war robust, aber nicht durchtrainiert, die Gliedmaßen schwer, ohne den Eindruck von Kraft zu vermitteln. Die Helle von Haut und Haaren betonte seine Beleibtheit. Die Hände, von denen eine auf der Hüfte, die andere um die Taille des Mädchens lag, waren fett und plump. Smiley ließ die Lupe langsam über die nackte Brust zum Kopf hochgleiten. Mit vierzig, hatte ein kluger Mann einmal drohend geschrieben, bekommt der Mensch das Gesicht, das er verdient. Smiley bezweifelte das. Er hatte empfindsame Seelen gekannt, die zu lebenslanger Haft hinter einer abstoßenden Fassade verdammt gewesen waren, und Verbrecher mit Engelsgesichtern. Wie auch immer, es war kein Schmuckstück von einem Gesicht, und die Kamera hatte es zudem nicht von seiner vorteilhaftesten Seite aufgenommen. Charakterlich schien es in zwei Teile zu zerfallen: die untere Partie, die zu einem Grinsen fieser Hochstim-

mung verzogen war, während der Mann, wie der geöffnete Mund vermuten ließ, etwas zu seinem Gefährten sagte; die obere, die von zwei kleinen blassen Augen beherrscht wurde, in deren Winkeln weder Fröhlichkeit nistete noch eine Spur von Hochstimmung, und die mit der kalten Ungeniertheit eines Kindes aus ihrem teigigen Umfeld blickten. Die Nase war platt, das Haar voll und der Schnitt mitteleuropäisch.
Gierig, würde Ann gesagt haben, die dazu neigte, ein absolutes Urteil über Leute zu fällen, deren Konterfei sie in der Zeitung gesehen hatte. Gierig, schwach, lasterhaft. Meiden. Nur schade, daß sie bei Haydon nicht zu demselben Schluß gekommen war, zumindest nicht rechtzeitig.
Smiley ging wieder in die Küche, benetzte sich das Gesicht, erinnerte sich dann, daß er eigentlich Wasser für seinen Whisky hatte holen wollen. Er ließ sich wieder in dem Lesesessel nieder und schob die Lupe über den zweiten Mann, den Hofnarren. Der Whisky hielt ihn wach und machte ihn zugleich schläfrig. Warum rief sie nicht nochmals an? dachte er. Wenn sie nochmals anruft, geh ich zu ihr. Doch in Wirklichkeit war sein Denken ganz von diesem zweiten Gesicht in Anspruch genommen, weil die Vertrautheit darin ihn verwirrte, so wie der Ausdruck beschwörender Komplizenschaft bereits Willem und die Ostrakowa verwirrt hatte. Smiley betrachtete das Gesicht, und seine Müdigkeit schwand; er schien neue Kraft aus ihm zu schöpfen. Manche Gesichter sind uns, wie Willem an jenem Morgen gesagt hatte, bekannt, noch ehe wir sie sahen; andere sehen wir ein einziges Mal und erinnern uns unser ganzes Leben lang an sie; wieder andere sehen wir tagtäglich und erinnern uns überhaupt nie an sie. Zu welcher Kategorie gehörte dieses hier?
Ein Toulouse-Lautrec-Gesicht, dachte Smiley, als er es nachdenklich anlinste – festgehalten in dem Augenblick, in dem seine Augen gerade zu irgendeiner unwiderstehlichen, vielleicht erotischen Ablenkung hinüberglitten. Ann wäre sofort auf ihn geflogen; er hatte den gefährlichen Einschlag, den sie liebte.
Ein Toulouse-Lautrec-Gesicht, festgehalten, während der ver-

irrte Strahl einer Rummelplatzbeleuchtung die eingefallene, gezeichnete Wange erhellte. Ein Gesicht, wie gemeißelt, voller Schroffen und Schründe, über dessen Stirn, Nase und Backenknochen die gleichen erodierenden Unwetter hinweggefegt waren. Ein Toulouse-Lautrec-Gesicht, beweglich und anziehend. Das Gesicht eines Kellners, nicht das eines Gastes. Auf dem der Zorn des Kellners am hellsten lodert hinter einem dienernden Lächeln. Ann würde diese Seite weniger mögen. Smiley ließ den Abzug, wo er lag, rappelte sich langsam in die Höhe und stapfte, um sich wach zu halten, im Zimmer herum; versuchte, das Gesicht unterzubringen, konnte es nicht, fragte sich, ob alles nur Einbildung sei. Manche Menschen *übertragen*, dachte er. Manchen Menschen braucht man nur zu begegnen, und schon überreichen sie einem ihre ganze Vergangenheit wie ein Geschenk. Manche Menschen sind die verkörperte Intimität.

Er blieb an Anns Schreibtisch stehen und starrte wieder auf das Telefon. Ihr Telefon. Ihr und Haydons Telefon, ihr und jedermanns Telefon. *Trimline*, dachte er. Oder war es *Slimline?* Fünf Pfund Zusatzgebühr für den zweifelhaften Luxus seiner altmodisch-futuristischen Form. *Mein Nuttentelefon*, wie sie es immer nannte. *Das kleine Ding-Dong für meine kleinen Lieben, das laute Bim-Bam für meine großen*. Er konstatierte, daß es klingelte. Schon seit geraumer Zeit klingelte, das kleine Ding-Dong für die kleinen Lieben. Er stellte sein Glas ab und starrte weiter auf das trillernde Telefon. Sie stellte es immer zwischen ihren Schallplatten auf den Fußboden, wenn sie sich Musik vorspielte. Sie lag dabei immer daneben – dort, beim Kamin –, lässig auf eine Hüfte hochgestützt, für den Fall, daß es sie rufen würde. Wenn sie schlafen ging, zog sie den Stöpsel aus der Dose und nahm es mit, drückte es an die Brust, auf daß es ihr in der Nacht Gesellschaft leiste. Wenn sie sich liebten, wußte er, daß er nur der Ersatz für alle die Männer war, die nicht angerufen hatten.

Für die Erste Elf.

Sogar für den toten Bill Haydon.

Es hatte zu klingeln aufgehört.

Was tut sie jetzt? Die Zweite Elf probieren? Schön sein und Ann ist *eine* Sache, hatte sie erst unlängst zu ihm gesagt – schön sein und in Anns Alter wird bald eine *andere* sein. Und häßlich und in meinem Alter sein ist nochmals eine andere, dachte er wütend. Er hob den Kontaktabzug auf und machte sich mit neuer Energie wieder an seine Betrachtungen.
Schatten, dachte er, Flecke von Hell und Dunkel auf den Wegen, die wir entlangtaumeln. Koboldshörner, Teufelshörner, unsere Schatten soviel größer als wir selber. Wer ist er? Wer war er? Bin ich ihm begegnet? Habe ich eine Begegnung abgelehnt? Und wenn ich abgelehnt habe, wieso kenne ich ihn dann? Er war irgendeine Art Bittsteller, ein Mann, der etwas verkaufen wollte – Informationen? Träume?

Wieder vollwach, streckte er sich auf dem Sofa aus – alles, nur nicht hinauf ins Bett gehen – und schweifte, mit dem Foto in der Hand, durch die langen Galerien seiner Erinnerung, hielt die Laterne an halbvergessene Portraits von Scharlatanen, Goldmachern, Fälschern, Hausierern, Mittelsmännern, Spionen, Schurken und gelegentlich auch Helden, die in seinem vielschichtigen Bekanntenkreis die Nebenrollen gespielt hatten. Dabei hielt er Ausschau nach dem einen scharf beleuchteten Gesicht, das sich aus dem Kontaktabzug herausgelöst zu haben schien und nun wie ein heimlicher Teilhaber einen Platz in seinem schwankenden Bewußtsein suchte. Der Strahl der Lampe glitt ab, zögerte, kam wieder darauf zurück. Die Dunkelheit hat mich irre geführt.
Ich bin ihm im Licht begegnet. Er sah ein gräßliches, neonbeleuchtetes Hotelzimmer – Musikberieselung und Karotapeten – und den kleinen Fremden, der lächelnd in einer Ecke kauerte und ihn Max nannte. Ein kleiner Botschafter – aber welche Sache vertrat er, welches Land? Er erinnerte sich an einen Mantel mit Samtaufschlägen und an harte, kleine Hände, die ihr eigenes Ballett aufführten. Er erinnerte sich an die leidenschaftlichen, la-

chenden Augen, den lebhaften Mund, der schnell auf und zu ging, aber er hörte keine Wörter. Er hatte das Gefühl, daß ihm etwas entglitt, daß er am Ziel vorbeischoß, daß da noch ein anderer, hochaufragender Schatten gewesen war, während sie sprachen.

Vielleicht, dachte er. Alles ist vielleicht. Vielleicht war Wladimir doch von einem eifersüchtigen Ehemann erschossen worden, dachte er, als die Glocke an der Wohnungstür wie ein Geier auf ihn einkreischte, zwei Klingelzeichen.

Sie hat wie immer ihren Schlüssel vergessen, dachte er.

Er war in der Diele, bevor er es recht gewahr wurde, und fummelte am Schloß. Ihr Schlüssel würde nichts nützen, stellte er fest, wie die Ostrakowa hatte er die Kette vorgelegt. Er fischte nach der Kette, rief »Ann, Moment!« und fühlte, daß seine Finger nichts faßten. Er rammte den Bolzen in der Laufschiene zurück und hörte den Knall im ganzen Haus widerhallen. »Komme schon!« rief er. »Warte! Nicht weggehen!«

Er riß die Tür weit auf, trat schwankend auf die Schwelle und bot sein Gesicht wie eine Opfergabe der mitternächtlichen Luft und der schwarzschimmernden lederbekleideten Gestalt dar, die mit dem Sturzhelm unter dem Arm gleich einem Sendboten des Todes vor ihm stand.

»Ich wollte Sie nicht erschrecken Sir, gewiß nicht«, sagte der Fremde.

Smiley klammerte sich an die Türfüllung und starrte den Fremden wortlos an. Er war groß, trug einen Bürstenhaarschnitt und seine Augen spiegelten unerwiderte Loyalität.

»Ferguson, Sir. Erinnern Sie sich an mich, Sir, Ferguson? Leitete früher die Fahrbereitschaft für Mr. Esterhases Pfadfinder.«

Das schwarze Motorrad mit dem Seitenwagen war hinter ihm am Rinnstein geparkt, die liebevoll polierten Flächen der Maschine glitzerten unter der Straßenbeleuchtung.

»Ich dachte, die Pfadfinder seien aufgelöst«, sagte Smiley und starrte ihn immer noch an.

»Das stimmt, Sir. In alle vier Winde zerstreut, wie ich leider sagen muß. Die Kameradschaft, der Corpsgeist, alles für immer dahin.«
»Wer ist dann Ihr Auftraggeber?«
»Eigentlich niemand, Sir. Das heißt, offiziell niemand. Aber nach wie vor auf Seiten der Schutzengel.«
»Ich wußte gar nicht, daß wir Schutzengel haben.«
»Nein, es stimmt aber, Sir. Alle Menschen sind fehlbar, sage ich immer. Besonders heutzutage.« Er hielt Smiley einen braunen Umschlag hin. »Von gewissen Freunden von Ihnen, Sir, sagen wir mal so. Betrifft eine Telefonabrechnung, über die Sie Nachforschungen anstellten. Die Post spurt im allgemeinen recht gut, möchte ich sagen. Gute Nacht, Sir. Entschuldigen Sie die Störung. Zeit, daß Sie eine Mütze voll Schlaf bekommen, nicht wahr? Gute Männer sind Mangelware, sage ich immer.«
»Gute Nacht«, sagte Smiley.
Aber sein Besucher zögerte, wie jemand, der auf Trinkgeld wartet. »Aber in Wirklichkeit erinnern Sie sich sehr wohl an mich, Sir, wie? War bloß ein Versehen, nicht wahr?«
»Natürlich.«
Als er die Tür schloß, sah er, daß der Himmel voller Sterne war. Klare, vom Tau noch vergrößerte Sterne. Fröstelnd nahm er eines von Anns zahlreichen Fotoalben heraus und öffnete es in der Mitte. Wenn eine Aufnahme ihr gefiel, klemmte sie immer das Negativ dahinter. Er wählte ein Bild, das sie beide am Cap Ferrat zeigte – Ann im Badeanzug, Smiley wohlweislich bedeckt –, und tauschte das Negativ gegen Wladimirs Film aus. Er räumte Chemikalien und Geräte weg und ließ den Abzug in den zehnten Band seines Oxford Dictionary von 1961 gleiten, unter Y für *Yesterday*. Er öffnete Fergusons Umschlag, schaute verdrossen auf seinen Inhalt, registrierte ein paar Eintragungen und das Wort »Hamburg« und schob das Ganze in eine Schreibtischlade. Morgen, dachte er, jedem Tag sein Rätsel. Er kroch ins Bett, wie immer unschlüssig, auf welcher Seite er schlafen sollte. Er schloß die Augen, und sofort schossen ihm, wie nicht anders zu erwar-

ten gewesen war, die Fragen in wilden, chaotischen Salven durch den Kopf.

Warum hat Wladimir nicht Hector verlangt, fragte er sich zum hundertsten Mal. Warum hat der alte Mann Esterhase, alias Hector, mit den City Banken verglichen, die einem den Schirm wegnehmen, wenn es regnet?

Sagen Sie Max, es betrifft den Sandmann.

Sie anrufen? Sich in den Anzug werfen und zu ihr stürzen, wie ein heimlicher Liebhaber, der sich bei Tagesanbruch wieder davonschleicht? Zu spät, sie war bereits versorgt.

Plötzlich begehrte er sie brennend. Er konnte den Raum um sich nicht mehr ertragen, der sie nicht enthielt, er sehnte sich nach ihrem bebenden Körper, nach ihrem Lachen, wenn sie ihm zurief, ihn ihren einzig wahren, ihren besten Liebhaber nannte, sie wollte keinen anderen, niemals: »Frauen sind gesetzlos, George«, hatte sie einmal in einem der seltenen Augenblicke gesagt, als sie friedlich nebeneinanderlagen. »Und was bin ich?« hatte er gefragt, und sie darauf: »Mein Gesetz.« »Und was war Haydon?« hatte er gefragt. Und sie lachte und sagte: »Meine Anarchie.«

Er sah wieder das kleine Foto vor sich, das, wie der kleine Fremde selbst, in seine schwindende Erinnerung geprägt war. Ein kleiner Mann, mit einem großen Schatten. Er erinnerte sich an Willems Beschreibung von der kleinen Gestalt auf dem Boot in Hamburg, die wie Hörner aufgezwirbelten Haarbüschel, das zerfurchte Gesicht, die mahnenden Augen. *General*, dachte er chaotisch, *könnten Sie mir nicht Ihren Freund, den Magier, nochmals schicken?*

Vielleicht. Alles ist vielleicht.

Hamburg, dachte er, kletterte schnell aus dem Bett und zog seinen Morgenrock an. Er setzte sich wieder an Anns Schreibtisch und machte sich ernsthaft an die Prüfung der Liste von Wladimirs Anrufen, die ein Postbeamter in gestochener Schrift aufgestellt hatte. Er nahm ein Blatt Papier und warf Notizen darauf.

Faktum: Anfang September erhält Wladimir den Brief aus Paris und räumt ihn Mikhel aus den Klauen.

Faktum: Etwa um dieselbe Zeit tätigt Wladimir ganz ungewöhnlicherweise einen kostspieligen Fernruf nach Hamburg, handvermittelt, vermutlich, damit er später die Gebühren zurückbekommen kann.

Faktum: Nochmals drei Tage danach, am achten, nimmt Wladimir ein R-Gespräch aus Hamburg entgegen, Gebühr zwei Pfund achtzig. Anrufer, Dauer und Uhrzeit sind aufgeführt, und der Anrufer hat dieselbe Nummer, mit der Wladimir vor drei Tagen telefoniert hatte.

Hamburg, dachte Smiley wieder, und seine Gedanken schweiften zu dem Knirps auf dem Foto. Die R-Gespräche waren mit Unterbrechungen bis vor drei Tagen weitergegangen, neun Anrufe zu insgesamt einundzwanzig Pfund, alle aus Hamburg an Wladimir. Aber wer hatte ihn angerufen? Aus Hamburg? Wer?

Plötzlich fiel es ihm ein.

Die hochaufragende Gestalt in dem Hotelzimmer, der große Schatten des kleinen Mannes, war Wladimir selbst gewesen. Er sah sie nebeneinander stehen, beide in schwarzen Mänteln, der Riese und der Zwerg.

Das verlotterte Hotel mit Musikberieselung und Karotapete lag am Flughafen Heathrow, wohin die beiden so ungleichen Männer zu einer Unterredung geflogen waren, genau in dem Augenblick, als Smileys berufliche Identität in Trümmer ging. *Max, wir brauchen Sie. Max, geben Sie uns eine Chance.*

Smiley hob ab und wählte die Nummer in Hamburg. Am anderen Ende sagte eine männliche Stimme leise »Ja?« und ließ eine Pause folgen.

»Könnte ich«, sagte Smiley und wählte auf gut Glück einen Namen, »könnte ich bitte Herrn Dieter Fassbender sprechen?« Deutsch war Smileys zweite Sprache und manchmal seine erste.

»Hier gibt es keinen Fassbender« sagte dieselbe Stimme kühl nach einer kleinen Pause, als habe der Sprecher sich bei jemandem erkundigt. Smiley konnte leise Musik im Hintergrund hören.

»Hier ist Leber«, beharrte Smiley. »Ich muß dringend Herrn Fassbender sprechen. Ich bin sein Partner.«
Wieder längere Zeit nichts.
»Bedaure«, sagte der Mann nach einer weiteren Pause kurz angebunden – und legte auf.
Kein Privathaus, dachte Smiley, der hastig seine Eindrücke zu Papier brachte. – Der Sprecher hatte die Wahl zwischen zu vielen Möglichkeiten. Keine Behörde, denn welche Behörde spielt leise Hintergrundmusik und ist um Mitternacht an einem Samstag geöffnet? Ein Hotel? Möglich, aber ein einigermaßen großes Hotel hätte ihn mit dem Empfang verbunden und ein Minimum von Höflichkeit an den Tag gelegt. Ein Restaurant? Zu verstohlen, zu sehr auf der Hut – und zudem hätten sie sich sicher mit Namen gemeldet.
Die Teile nicht gewaltsam zusammenfügen, mahnte er sich. Einspeichern. Geduld. Aber wie soll man geduldig sein, wenn man so wenig Zeit hat?
Er ging wieder ins Bett, öffnete eine Nummer von Cobbetts *Rural Rides* und versuchte darin zu lesen, während er müßig über so gewichtige Dinge nachdachte, wie über seinen Bürgersinn und wieviel oder wie wenig davon er Oliver Lacon schuldete: ›Ihre *Pflicht*, George.‹ Doch wer könnte ernsthaft Lacons Mann sein? Wer könnte Lacons schwache Argumente als Hinweise für das nehmen, was des Kaisers ist?
»Emigranten hui, Emigranten pfui. Rein in die Kartoffeln, raus aus den Kartoffeln«, murrte er laut.
Es schien Smiley, als hätte er sein ganzes Berufsleben lang nichts als derartige Absurditäten zu hören bekommen, die angeblich einschneidende Änderungen in der Whitehall-Doktrin signalisierten; Zurückhaltung predigten, Selbstverleugnung, immer irgendeinen Grund, um nichts zu tun. Er hatte beobachtet, wie Whitehalls Rocksäume nach oben rutschten, dann wieder nach unten, wie der Gürtel enger geschnallt wurde, weiter, enger. Er war der Zeuge oder das Opfer – manchmal sogar der unfreiwillige Prophet – solch flüchtiger Kulte gewesen wie Lateralismus,

Parallelismus, Separatismus, operative Dezentralisierung, und jetzt – wenn er Lacons jüngste Ausführungen noch richtig im Kopf hatte – Integration. Jede neue Mode war jubelnd als Patentrezept begrüßt worden: ›Jetzt werden wir siegen, jetzt wird die Maschine funktionieren.‹ Jede war sang- und klanglos untergegangen, unter Hinterlassung des üblichen englischen Kuddelmuddels, als dessen lebenslangen Sachwalter er sich, in der Rückschau, immer mehr sah. Er hatte Zurückhaltung geübt, in der Hoffnung, daß andere dies auch tun würden, was dann aber nicht der Fall war. Er hatte in den Kulissen gewerkt, während Hohlköpfe die Bühne beherrschten, damals wie heute. Vor fünf Jahren noch hätte er sich derartige Gefühle nie eingestanden. Aber heute sah Smiley leidenschaftslos in sein eigenes Herz und erkannte, daß er ungeführt und vielleicht unführbar war; daß die einzigen Forderungen, denen er sich fügte, die seines Verstandes und seiner Menschlichkeit waren. Es war ihm mit seinem Dienst an der Öffentlichkeit so ergangen wie mit seiner Ehe: Ich habe mein Leben in Institutionen investiert, dachte er ohne Bitterkeit, und alles, was mir geblieben ist, bin nur ich selbst.

Und Karla, dachte er, mein schwarzer Gral.

Er konnte nichts dagegen tun, sein schweifender Geist wollte ihn einfach nicht zur Ruhe kommen lassen. Er starrte vor sich hin ins Dunkel, sah Karlas Bild vor sich, wie es in den schwebenden Schattenflecken zerbarst und wiedererstand. Er sah, wie die braunen, aufmerksamen Augen ihn abschätzten, so wie sie ihn damals, vor hundert Jahren, aus der Dunkelheit der Verhörzelle eines Gefängnisses in Delhi abgeschätzt hatten: Augen, die auf den ersten Blick Sensibilität und Kameradschaft anzuzeigen schienen; sich dann wie schmelzendes Glas langsam zu vollkommener Spröde und Unnachgiebigkeit verhärteten. Er sah sich auf die staubverwehte Rollbahn des Flughafens in Delhi treten und eine Grimasse schneiden, als die indische Hitze vom Boden zu ihm hochschlug. Smiley, alias Barraclough oder Standfast oder welchen Namen auch immer er in jener Woche aus der Mappe gefischt hatte – er wußte es nicht mehr.

Auf alle Fälle ein Smiley der sechziger Jahre, Smiley, der Handlungsreisende, wie sie ihn nannten, der im Auftrag des Circus den Globus abgraste und umsteigwilligen Agenten aus der Moskauer Zentrale die Vorteile eines Frontwechsels schmackhaft machte. Die Zentrale führte damals gerade eine ihrer periodischen Säuberungsaktionen durch, und die Wälder wimmelten von russischen Außenagenten, die sich nicht mehr nach Hause trauten. Ein Smiley, der Anns Ehemann und Bill Haydons Kollege war und der sich immer noch einen Rest von Illusionen bewahrt hatte. Ein Smiley, der nichtsdestoweniger am Rand einer inneren Krise balancierte, denn es war das Jahr, in dem Ann ihr Herz an einen Ballettänzer verlor; Bill sollte erst später an die Reihe kommen.
In der Dunkelheit von Anns Schlafzimmer erlebte er wieder seine Fahrt zum Gefängnis, in einem ratternden und tutenden Jeep, auf dessen Trittbrett lachende Kinder hingen; sah die Ochsenkarren und das ewige, indische Menschengewimmel, die Hütten am braunen Flußufer. Er nahm den Geruch von getrockneten Kuhfladen und ewig schwelenden Feuern wahr – Feuer zum Kochen und Feuer zum Reinigen; Feuer zur Beseitigung der Toten. Er sah das Eisentor des alten Gefängnisses und die perfekt gebügelten britischen Uniformen der Wärter, als sie knietief durch die Gefangenen wateten.
»Hier entlang, Euer Gnaden, Sir. Wollen Eure Exzellenz bitte die Güte haben, uns zu folgen!«
Ein europäischer Gefangener, der sich Gerstmann nannte.
Ein kleiner, grauhaariger und blauäugiger Mann in einem roten Kattun-Kittel, der wie der letzte Überlebende einer ausgestorbenen Priesterschaft aussah.
In Handschellen: »Bitte abnehmen, Officer, und bringen Sie ein paar Zigaretten«, sagte Smiley.
Ein Gefangener, den London als einen Agenten der Moskauer Zentrale identifiziert hatte und der jetzt darauf wartete, nach Rußland abgeschoben zu werden. Ein kleiner Infanterist des Kalten Krieges, wie es damals schien, der wußte – mit tödlicher

Sicherheit wußte –, daß ihn bei einer Rückkehr nach Rußland der Gulag oder das Erschießungskommando oder beides erwartete. Jemand, der in den Händen des Feindes gewesen war, war in den Augen der Zentrale selbst zu einem Feind geworden: Ob er nun gesprochen oder dicht gehalten hatte, spielte dabei keine Rolle. Kommen Sie zu uns, hatte Smiley über den Eisentisch hinweg gesagt.
Kommen Sie zu uns, und Sie erwartet das Leben.
Gehen Sie nach Hause, und Sie erwartet der Tod.
Seine Hände waren feucht – Smileys Hände. Die Hitze war fürchterlich. Zigarette? hatte Smiley gefragt, hier, nehmen Sie mein Feuerzeug. Es war ein goldenes Feuerzeug, das seine Schweißspuren trug. Graviert. Ein Geschenk Anns zum Trost für ein Mißverhalten. *Für George von Ann in aller Liebe*. Es gibt große Lieben und kleine Lieben, sagte Ann gerne, doch als sie die Inschrift verfaßt hatte, bedachte sie ihn mit beiden Spielarten. Es war vermutlich die einzige Gelegenheit, bei der sie das tat.
Kommen Sie zu uns, hatte Smiley gesagt. Retten Sie sich.
Sie haben nicht das Recht, eine Überlebenschance abzulehnen. Smiley wiederholte zuerst mechanisch, dann leidenschaftlich, alle die gängigen Argumente, während sein Schweiß auf den Tisch tropfte. Kommen Sie zu uns. Sie haben nichts zu verlieren. Ihre Lieben in Rußland sind bereits verloren. Ihre Rückkehr würde für sie die Dinge nur noch schlimmer machen, nicht besser.
Kommen Sie zu uns. Ich bitte Sie. Hören Sie auf mich, auf die Argumente, die Philosophie.
Und er wartete darauf, daß sein Gegenüber irgendeine Reaktion auf sein zunehmend verzweifelteres Drängen zeigen würde. Daß die braunen Augen zucken, daß die steifen Lippen durch die Kringel des Zigarettenrauchs ein einziges Wort aussprechen würden: Ja, ich komme zu euch. Ja, ich will auspacken. Ja, ich akzeptiere euer Geld, euer Versprechen, für mich zu sorgen, das Rumpfleben eines Überläufers. Er wartete darauf, daß die von den Handschellen befreiten Hände aufhören würden, mit Anns

Feuerzeug herumzuspielen, für George von Ann in aller Liebe. Doch je mehr Smiley in ihn drang, desto dogmatischer wurde Gerstmanns Schweigen. Smiley drängte ihm Antworten auf, doch Gerstmann hatte keine dazu passenden Fragen. Allmählich wurde Gerstmanns fugenlose Festigkeit unheimlich. Er war ein Mann, der sich mit dem Galgen abgefunden hatte, der lieber von der Hand seiner Freunde sterben, als von der Hand seiner Feinde leben wollte. Am nächsten Morgen gingen sie auseinander, jeder seinem vorgezeichneten Schicksal entgegen: Gerstmann flog nach Moskau zurück, überlebte gegen jede Wahrscheinlichkeit die Säuberung und florierte und gedieh. Smiley kehrte mit hohem Fieber zu seiner Ann und zu – fast – all ihrer Liebe zurück; und zu der späteren Erkenntnis, daß Gerstmann niemand anderer als Karla selbst war, Bill Haydons Anwerber, Einsatzleiter, Mentor; und der Mann, der Bill in Anns Bett gezaubert hatte – in eben das Bett, in dem Smiley jetzt lag – um Smileys sich verdichtenden Argwohn von Bills größerem Verrat abzulenken, vom Verrat am britischen Geheimdienst und seinen Agenten.

Karla, dachte er, als sich seine Augen in die Dunkelheit bohrten, was willst du jetzt von mir? *Sagen Sie Max, es betrifft den Sandmann.*

Sandmann, dachte er: Warum hältst du mich wach, wo du mich doch eigentlich einschläfern sollst?

Gleicherweise von Geist und Körper gequält, konnte die Ostrakowa in ihrer kleinen Pariser Wohnung nicht schlafen, selbst wenn sie es gewollt hätte: Die ganze Zauberkraft des Sandmanns hätte ihr nicht helfen können. Sie drehte sich auf die Seite, und ihre zerquetschten Rippen stachen, als lägen immer noch die Arme um sie, die versucht hatten, sie unter den Wagen zu schleudern. Sie probierte die Rückenlage, und der Schmerz in ihrem Kreuz war so stark, daß ihr übel wurde. Und wenn sie sich auf den Bauch drehte, wurden ihre Brüste wund wie damals, als

sie versucht hatte, Alexandra zu stillen, in den Monaten, bevor sie ihr Kind verließ, und sie haßte sie darum.
Es ist Gottes Strafe, sagte sie ohne zu große Überzeugung. Erst als der Morgen kam und sie wieder mit dem Revolver auf den Knien in Ostrakows Armsessel saß, erlöste die erwachende Welt sie für ein paar Stunden von ihren Gedanken.

13

Die Kunstgalerie lag an jenem Ende der Bond Street, das in Fachkreisen als das Schlechte gilt, und Smiley fand sich am Montagvormittag dort ein, lang ehe irgendein respektabler Kunsthändler aus den Federn war.

Er hatte einen unwahrscheinlich ruhigen Sonntag verbracht. Die Bywater Street war spät erwacht, und Smiley mit ihr. Während er schlief, hatte sein Gedächtnis weitergearbeitet und den ganzen Tag hindurch war es auf dem Sprung gewesen, mit dem einen oder anderen bescheidenen Fundstück aufzuwarten. Zumindest in seinem Gedächtnis war sein schwarzer Gral ein Stück nähergerückt. Sein Telefon hatte kein einziges Mal geklingelt, ein leichter, aber beharrlicher Katzenjammer sorgte für anhaltende stille Nachdenklichkeit. Er war, wider bessere Einsicht, Mitglied eines Clubs in der Nähe von Pall Mall, wo er in kaiserlicher Einsamkeit einen Lunch aus aufgewärmtem Steak-und-Kidney-Pie zu sich nahm. Anschließend hatte er sich vom Chefportier seine Kassette aus dem Clubsafe geben lassen und ihr in aller Stille ein paar illegale Besitztümer entnommen, unter anderem einen auf seinen Arbeitsnamen Standfast lautenden britischen Paß, der nie den Weg zurück zu den Housekeepers des Circus gefunden hatte; einen dazu passenden internationalen Führerschein; eine ansehnliche Geldsumme in Schweizer Franken, die unstreitig sein Privatbesitz waren, aber ebenso unstreitig im Widerspruch zu den geltenden Devisenbestimmungen hier lagerten. Jetzt steckten sie in seiner Tasche.

Die Galerie war in blendendem Weiß gehalten, die Leinwände hinter den Fenstern aus Panzerglas hoben sich kaum davon ab: weiß auf weiß, und die gerade noch wahrnehmbare Kontur einer Moschee oder der St. Paul's Cathedral – oder war es Washing-

ton? – mit einem Finger in den dicken Brei gegraben. Vor einem halben Jahr hatte das über dem Gehsteig hängende Schild verkündet: *The Wandering Snail Coffee Shop.* Heute lautete die Inschrift: *Atelier Benati, goût arabe, Paris, New York, Monaco,* und eine diskrete Speisenkarte an der Tür zählte die Spezialitäten des neuen Chefs auf: *Islam, Klassik und Moderne. Innenraumgestaltung. Übernahme von Ausstattungsaufträgen. Sonnez.*
Smiley tat, wie ihm geheißen, ein elektrischer Türöffner kreischte, die Glastür gab nach. Eine leicht angestaubte Ladenhüterin, aschblond und halbwach, beäugte ihn argwöhnisch über einen weißen Schreibtisch hinweg.
»Dürfte ich mich bitte einmal umsehen?« sagte Smiley.
Ihre Augen hoben sich leicht zu einem islamischen Himmel. »Die kleinen roten Punkte bedeuten verkauft«, knautschte sie, reichte ihm eine maschinengeschriebene Preisliste, seufzte und widmete sich wieder ihrer Zigarette und ihrem Horoskop.
Ein paar Minuten lang schlurfte Smiley unglücklich von einer Leinwand zur anderen, bis er aufs neue vor dem Mädchen stand.
»Könnte ich bitte Mister Benati sprechen?« sagte er.
»Oh, Mister Benati ist im Augenblick leider *total* ausgebucht. Der Nachteil, wenn man international ist«, fügte sie mit mehr als einer Spur Sarkasmus hinzu.
»Vielleicht könnten Sie ihm sagen, Mr. Engel möchte ihn sprechen«, schlug Smiley mit anhaltender Schüchternheit vor. »Wenn Sie ihm das vielleicht sagen könnten. Engel, Alan Engel, er kennt mich nämlich.«
Er setzte sich auf das S-förmige Sofa. Es war mit zweitausend Pfund ausgezeichnet und mit einer schützenden Zellophanhülle bezogen, die quietschte, wenn Smiley sich bewegte. Er hörte, wie sie den Telefonhörer abhob und hineinseufzte.
»Hab' einen Engel für Sie«, hauchte sie mit Schlafzimmerstimme. »Wie im Paradies, ja, Engel?«
Wenig später klomm Smiley eine Wendeltreppe ins Dunkel hinab. Drunten wartete er. Es klickte, und ein halbes Dutzend Lampen bestrahlten leere Stellen, an denen keine Bilder hingen.

Eine Tür ging auf und gab den Blick frei auf eine kleine adrette Gestalt. Der Mann stand regungslos da. Das volle weiße Haar war flott nach hinten gekämmt. Er trug einen pechschwarzen Anzug mit breiten Streifen, und Schnallenschuhe. Der Streifen war entschieden zu breit für ihn. Die rechte Faust steckte in der Jackentasche, doch als er Smiley sah, zog er die Hand heraus und hielt sie seinem Besucher wie eine gefährliche flache Klinge hin.
»Nein, Mr. Engel«, rief er mit deutlichem mitteleuropäischen Akzent und warf rasch einen Blick treppauf, als wolle er sehen, wer zuhörte. »Was für eine große Freude, Sir. Haben uns viel zu lange nicht gesehen. Bitte treten Sie näher.«
Sie reichten sich die Hände, doch jeder wahrte Distanz.
»Hallo, Mister Benati«, sagte Smiley und folgte ihm in ein Büro, das sie durchschritten, und in einen dahinterliegenden Raum, wo Mr. Benati die Tür schloß und sich bedächtig dagegen lehnte, vielleicht um jedes unbefugte Eindringen zu verhindern. Danach sprach längere Zeit keiner der beiden Männer ein Wort, dafür musterte jeder den anderen in respektvollem Schweigen. Mr. Benatis Augen waren braun und beweglich und blickten nirgendwo lange hin und nirgendwohin ohne bestimmten Grund. Der Raum machte den Eindruck eines dürftigen Boudoirs, mit einer Chaiselongue und einem rosa Waschbecken in einer Ecke.
»Nun, wie geht's Geschäft, Toby?« fragte Smiley.
Toby Esterhase reagierte auf diese Frage mit einem besonderen Lächeln und einer besonderen Art, die kleinen Handflächen nach oben zu drehen.
»Es floriert, George. Erfolgreicher Start, dann fantastischer Sommer. Der Herbst, George« – wieder die Handbewegung –, »der Herbst, würde ich sagen, ist eher schleppend. Man muß, genau gesagt, vom eigenen Höker zehren. Kaffee, George? Meine Sekretärin kann uns Kaffee machen.«
»Wladimir ist tot«, sagte Smiley nach einer weiteren ziemlich langen Pause. »Erschossen, in Hampstead Heath.«
»Traurig. Der alte Mann, wie? Traurig.«
»Oliver Lacon möchte, daß ich den Aufwasch besorge. Da Sie

der Postbote in der Gruppe waren, würde ich mich gern mit Ihnen unterhalten.«
»Klar«, sagte Toby entgegenkommend.
»Also wußten Sie davon? Von seinem Tod?«
»Hab's in der Zeitung gelesen.«
Smiley ließ die Blicke durch den Raum schweifen. Nirgends war eine Zeitung zu sehen.
»Irgendeine Theorie, wer es getan hat?« fragte Smiley.
»In *seinem* Alter, George? Nach einem Leben voll Enttäuschungen, wie man wohl sagen kann? Keine Familie, keine Zukunft, die Gruppe völlig dahin – ich vermute, er hat es selber getan. Ganz natürlich.«
Vorsichtig ließ Smiley sich auf die Chaiselongue nieder und nahm, scharf beobachtet von Toby, das Bronze-Modell einer Tänzerin vom Tisch.
»Sollte dies hier nicht eine Nummer tragen, wenn es ein Degas ist, Toby?« fragte Smiley.
»Bei Degas gibt es eine gewaltige Grauzone, George. Da muß man schon hundertprozentig sicher sein.«
»Aber das hier ist echt?« fragte Smiley, und es klang, als wolle er es tatsächlich wissen.
»Vollkommen«.
»Würden Sie mir die Statuette verkaufen?«
»Was soll das?«
»Rein akademisches Interesse. Ist sie verkäuflich? Käme ich, gegebenenfalls, als Käufer überhaupt in Betracht?«
Toby zuckte leicht verlegen die Achseln.
»George, hören Sie, hier geht es um Tausende, verstehen Sie? So was wie eine Jahresrente oder dergleichen.«
»Wann haben Sie eigentlich zuletzt mit Wladimirs Netz zu tun gehabt, Toby?« fragte Smiley und stellte die Tänzerin wieder auf den Tisch.
Toby verdaute die Frage ausgiebig.
»Netz?« echote er schließlich ungläubig. »Habe ich ›Netz‹ gehört, George?« Normalerweise war in Tobys Repertoire we-

nig Platz für Lachen, aber jetzt brachte er doch einen kleinen, wenn auch verkrampften Heiterkeitsausbruch zustande. »Diese Gruppe von Verrückten nennen Sie ein Netz? Zwanzig meschuggene Balten, undicht wie alte Scheunen, das gibt bereits ein *Netz*?«

»Nun ja, irgendwie müssen wir sie benennen«, meinte Smiley einlenkend.

»Irgendwie, klar. Bloß nicht Netz, okay?«

»Wie lautet also die Antwort?«

»Welche Antwort?«

»Wann hatten Sie den letzten Kontakt mit der Gruppe?«

»Jahre her. Bevor sie mich geschaßt haben. Jahre her.«

»Wieviele Jahre.«

»Weiß ich nicht.«

»Drei?«

»Möglich.«

»Zwei?«

»George, wollen Sie mich festnageln?«

»Sieht so aus. Ja.«

Toby nickte ernst, als habe er das schon die ganze Zeit kommen sehen.

»Und haben Sie vergessen, George, wie es bei unseren Lamplighters zuging? Wie überlastet wir waren? Wie meine Jungens und ich für die Hälfte aller Netze des Circus Postboten spielten? Erinnern Sie sich? Wieviele Treffs, wieviele Autokunden in einer Woche? Zwanzig, dreißig? Einmal, in der Hochsaison, vierzig? Gehen Sie in die Registratur, George. Wenn Sie Lacons Segen haben, gehen Sie in die Registratur, holen Sie die Akte, sehen Sie sich die Treff-Formulare an. Dann wissen Sie es genau. Kommen Sie nicht hierher und versuchen Sie nicht, mir ein Bein zu stellen, Sie wissen, was ich meine, wie? Degas, Wladimir – ich mag diese Fragen nicht. Ein Freund, ein ehemaliger Boß, mein eigenes Haus – es regt mich auf, okay?«

Nach dieser, sowohl für Smiley wie für ihn selber überraschend langen Rede schwieg Toby, als warte er darauf, daß Smiley die

Erklärung für soviel Beredsamkeit lieferte. Dann trat er einen Schritt vor und drehte flehend die Handflächen nach oben.
»George«, sagte er vorwurfsvoll. »George, mein Name lautet Benati, okay?«
Smiley schien in tiefe Niedergeschlagenheit verfallen zu sein. Düster starrte er auf die Stapel schmieriger Kunstkataloge, die über den ganzen Teppich verteilt waren.
»Ich heiße nicht Hector, ganz entschieden nicht Esterhase«, sagte Toby energisch. »Ich habe ein Alibi für jeden Tag des Jahres – habe mich vor meiner Kreditbank versteckt. Glauben Sie, ich möchte mir Scherereien aufhalsen? Emigranten, sogar Polizei? Ist dies ein Verhör, George?«
»Toby, Sie kennen mich.«
»Eben. Ich kenne Sie, George. Ich soll Ihnen Streichhölzer geben, damit Sie mich rösten können.«
Smileys Blick blieb starr auf die Kataloge gerichtet. »Ehe Wladimir starb – Stunden vorher –, rief er den Circus an«, sagte er. »Er sagte, er habe Informationen für uns.«
»Aber dieser Wladimir war ein alter Mann, George!« Tobys Proteste klangen, zumindest für Smileys Ohr, allzu energisch. »Hören Sie, von seiner Sorte gibt's jede Menge. Großer Background, zu lange auf der Gehaltsliste gewesen, sie werden alt, verkalkt, schreiben an verrückten Memoiren, sehen überall weltweite Verschwörungen, verstehen Sie, was ich meine?«
Smiley betrachtete unbewegt die Kataloge, der runde Kopf ruhte auf den geballten Fäusten.
»Warum sagen Sie das eigentlich, Toby?« fragte er nörgelnd. »Ich kann Ihrem Gedankengang nicht folgen.«
»Was meinen Sie mit ›warum ich das sage‹? Alte Überläufer, alte Spione, sie werden ein bißchen plemplem. Hören Stimmen, reden mit den Piepmätzen. Ganz normal.«
»Hat Wladimir Stimmen gehört?«
»Wie soll ich das wissen?«
»Genau das habe ich Sie gefragt, Toby«, erklärte Smiley nüchtern den Katalogen. »Ich habe gesagt, Wladimir behauptete,

Neuigkeiten für uns zu haben, und *Sie* antworteten, er sei nicht mehr ganz richtig im Kopf gewesen. Ich fragte mich, woher Sie das wissen. Daß Wladimir nicht mehr ganz richtig im Kopf war. Ich fragte mich, welchen Datums wohl Ihre Kenntnis seines Geisteszustands sein mag. Und warum es Sie gar nicht interessiert, was er uns hat sagen wollen. Weiter nichts.«

»George, das sind alte Spiele, die Sie da treiben. Drehen Sie mir nicht das Wort im Mund um, okay? Wenn Sie mich fragen wollen, fragen Sie. Bitte. Aber nicht meine Worte verdrehen.«

»Es war kein Selbstmord, Toby«, sagte Smiley, noch immer ohne ihn anzublicken. »Es war *eindeutig* kein Selbstmord. Ich sah die Leiche, Sie dürfen mir glauben. Es war auch kein eifersüchtiger Ehemann – es sei denn, er wäre mit einer Mordwaffe aus der Moskauer Zentrale ausgerüstet gewesen. Wie haben wir diese Spezialwaffe immer genannt? Den inhumanen Killer, stimmt's? Genau das hat Moskau benutzt. Einen inhumanen Killer.«

Wiederum versank Smiley in Nachdenken, doch diesmal war Toby – wenn auch verspätet – schlau genug, schweigend zu warten.

»Also, Toby, als Wladimir vor seinem Tod im Circus anrief, verlangte er *Max*. Mich, mit anderen Worten. Nicht seinen Postboten, der *Sie* gewesen wären. Nicht Hector. Er verlangte seinen Vikar, der, bis daß der Tod uns scheiden würde, ich war. Gegen alles Protokoll, gegen alle Regeln und gegen alles bisher Dagewesene. Hat das noch nie getan. Ich war natürlich nicht da – also boten sie ihm einen Ersatzmann an, einen albernen grünen Jungen namens Mostyn. Es spielte keine Rolle, denn sie trafen einander ohnehin nicht, als es soweit war. Aber können *Sie* mir sagen, warum er nicht Hector sprechen wollte?«

»George, also, ich muß schon *sagen!* Schatten, Sie machen Jagd auf Schatten! Soll ich jetzt wissen, warum er nicht *mich* verlangt hat? Wir sind plötzlich schuld an dem, was andere Leute *nicht* tun? Was soll das?«

»Hatten Sie Streit mit ihm? Könnte das der Grund gewesen sein?«

»Warum sollte ich mit Wladimir Streit haben? Er war immer so dramatisch, George. So sind sie, diese alten Knaben im Ruhestand.« Toby legte eine Pause ein, wie um anzudeuten, daß auch Smiley nicht über solche kleinen Schwächen erhaben sei. »Sie langweilen sich, vermissen ihre Einsätze, möchten gestreichelt werden, also blasen sie eine Mücke zum Elefanten auf.«
»Aber nicht alle werden dabei erschossen, nicht wahr, Toby? Hier liegt der Haken, verstehen Sie. Ursache und Wirkung. Eines Tages streitet Toby sich mit Wladimir, und am nächsten Tag wird Wladimir mit einer russischen Waffe erschossen. Die Polizei spricht in solchen Fällen von einer peinlichen Verkettung der Ereignisse. Wir übrigens auch.«
»George, sind Sie verrückt? Was zum Teufel soll das mit dem Streit? Ich sage Ihnen doch: Ich habe nie im Leben mit dem alten Mann Streit gehabt!«
»Mikhel sagt, Sie hätten.«
»Mikhel? Sie haben sich bei *Mikhel* erkundigt?«
»Laut Mikhel war der alte Mann sehr erzürnt über Sie. ›Hector taugt nichts‹, habe Wladimir ihm wiederholt gesagt. Er zitierte Wladimir wörtlich. ›Hector taugt nichts.‹ Mikhel war sehr erstaunt. Wladimir hatte immer große Stücke auf Sie gehalten. Mikhel konnte sich nicht vorstellen, welche Geschichte zwischen Ihnen beiden einen so ernsthaften Umschwung verursacht haben mochte. ›Hector taugt nichts.‹ *Warum* taugten Sie nichts, Toby? Was ist passiert, warum ereiferte Wladimir sich derart über Sie? Ich möchte es der Polizei gern verschweigen, wenn irgend möglich, verstehen Sie. Um unser aller willen.«
Doch der Außenmann in Toby Esterhase war jetzt voll erwacht, und er wußte, daß Verhöre, genau wie Schlachten, niemals gewonnen, immer nur verloren werden.
»George, das ist doch absurd«, erklärte er, eher mitleidig als gekränkt. »Ich meine, ein Blinder sieht, daß Sie mich zum besten halten. Oder? Ein alter Mann baut Luftschlösser, und damit wollen Sie gleich zur Polizei laufen? Hat Lacon Sie dafür angeheuert? Ist das der Aufwasch, den Sie besorgen sollen? George?«

Diesmal schien das lange Schweigen irgendeinen Entschluß in Smiley gezeitigt zu haben, und als er wieder sprach, klang es, als habe er es eilig. Sein Tonfall war bündig, sogar ungeduldig.
»Wladimir suchte Sie auf. Ich weiß nicht, wann, aber in den letzten Wochen. Entweder Sie trafen ihn, oder es war ein Telefongespräch – zwischen zwei öffentlichen Fernsprechzellen oder was immer die Abmachung war. Er bat Sie, etwas für ihn zu erledigen; Sie lehnten ab. Deshalb verlangte er Max, als er Freitagabend im Circus anrief. Er hatte Hectors Antwort bereits erhalten, und sie lautete ›nein‹. Das ist auch der Grund, warum Hector ›nichts taugt‹. Sie haben ihn abgewimmelt.«
Diesmal unternahm Toby keinen Versuch zu unterbrechen.
»Und, wenn ich das sagen darf, Sie haben Angst!« fuhr Smiley fort und blickte geflissentlich nicht auf die Beule in Tobys Jakkett. »Sie wissen ziemlich genau, wer Wladimir tötete und glauben, man könne Sie gleichfalls töten. Ja, Sie hielten es sogar für möglich, daß ich der falsche Engel sein könnte.« Er wartete, aber Toby erhob keinen Einspruch. Smileys Ton wurde milder. »Toby, *Sie* erinnern sich, was wir in Sarratt immer sagten – daß Angst gleich Information ohne Daumenschrauben sei. Daß wir sie würdigen sollten. Nun, ich würdige Ihre Angst, Toby. Ich möchte mehr darüber wissen. Woher sie kam. Ob ich sie teilen sollte. Weiter nichts.«
Toby Esterhase stand noch immer an der Tür, preßte jetzt die Handflächen gegen die Füllung und musterte Smiley mit höchster Aufmerksamkeit und ohne die geringste Lockerung seiner gespannten Haltung. Er mühte sich sogar, durch die Tiefe und den fragenden Ausdruck seines Blicks klarzumachen, daß seine Besorgnis jetzt eher Smiley gelte, als seiner eigenen Person. Danach trat er, auch dies mit allen Anzeichen der Wohlgewogenheit, einen Schritt, dann zwei Schritte ins Zimmer – aber zögernd, etwa so, wie man das Krankenhauszimmer eines darniederliegenden Freundes betritt. Erst dann, und mit einer recht passablen Imitation des mitfühlenden Besuchers, reagierte er auf Smileys Anschuldigung mit einer höchst treffenden Frage, einer

Frage, über die Smiley selber zufällig während der vergangenen beiden Tage weidlich gegrübelt hatte.
»George. Bitte beantworten Sie mir eins. Wer spricht hier eigentlich? George Smiley? Oliver Lacon? Mikhel? Wer spricht, bitte?« Als er nicht sofort Antwort erhielt, setzte er seinen Vormarsch bis zu einem schäbigen seidenbezogenen Taburett fort, wo er sich adrett wie eine Katze niederließ, eine Hand auf jedem Knie. »Denn für einen beauftragten Vertreter, George, stellen Sie ein paar verdammt unbeauftragte Fragen, das erstaunt mich. Ich finde, Sie benehmen sich ziemlich unbeauftragt.«
»Sie haben Wladimir gesehen und mit ihm gesprochen. Was ist passiert?« fragte Smiley, völlig unberührt von Tobys Herausforderung. »Sagen Sie mir das, und dann sage ich Ihnen, wer hier spricht.«
In der hintersten Ecke des Plafonds war ein gelblicher Glasquader von etwa einem Meter Seitenlänge eingelassen, und die Schatten, die darüberspielten, waren die Füße von Straßenpassanten. Aus irgendeinem Grund hatte Tobys Blick sich an dieser seltsamen Stelle festgesogen, er schien seinen Entschluß von diesem Glas abzulesen wie eine Anweisung von einem Bildschirm.
»Wladimir hat eine Notruf-Rakete steigen lassen«, sagte Toby im genau gleichen Tonfall wie vorher, weder nachgebend noch zugebend. Ja, er brachte es sogar mit Hilfe eines Stimmtricks fertig, eine Drohung mitschwingen zu lassen.
»Durch den Circus?«
»Durch Freunde von mir«, sagte Toby.
»Wann?«
Toby nannte ein Datum. Vor zwei Wochen. Ein Blitz-Treff. Smiley fragte, wo er stattgefunden habe.
»Im Science Museum«, antwortete Toby wieder ganz obenauf. »Im Café im obersten Stock, George. Wir tranken Kaffee, bewunderten die alten Flugzeuge, die von der Decke hängen. Wollen Sie das alles Lacon berichten, George? Bitte, jederzeit, okay? Ganz wie Sie wünschen. Ich habe nichts zu verbergen.«
»Und er trug sein Anliegen vor?«

»Klar. Er trug mir sein Anliegen vor. Er wollte, daß ich für ihn den Lamplighter spiele. Sein Kamel. Das war ein alter Scherz aus den Moskauer Tagen, wissen Sie noch? Aufsammeln, durch die Wüste tragen, abliefern. ›Toby, ich habe keinen Paß. *Aidez-moi. Mon ami, aidez-moi.*‹ Sie wissen, wie er redete. Wie de Gaulle. Wir nannten ihn immer ›Der andere General‹. Wissen Sie noch?«
»Was tragen?«
»Er legte sich nicht fest. Nur: ein Dokument, klein, nichts, was man verstecken muß. Soviel sagte er mir.«
»Für jemand, der nur die Fühler ausstreckt, scheint mir das eine ganze Menge.«
»Und er hat auch eine ganze Menge verlangt«, sagte Toby und wartete auf Smileys nächste Frage.
»Und das Wo?« fragte Smiley. »Hat Wladimir Ihnen das auch gesagt?«
»Deutschland.«
»Welches?«
»Unseres. Der Norden.«
»Zufällige Begegnung? Tote Briefkästen? Lebende? Welche Art von Treff?«
»Fliegender. Ich sollte mit der Bahn reisen. Von Hamburg nach Norden. Übergabe im Zug, Näheres bei Zusage.«
»Und es sollte eine private Abmachung sein. Kein Circus, kein Max?«
»Zunächst äußerst privat, George.«
Smiley wählte die nächsten Worte besonders taktvoll. »Und die Gegenleistung für Ihre Bemühungen?«
Tobys Antwort klang eindeutig skeptisch: »›Wenn wir das Dokument‹ – so nannte er es, okay? Dokument, – ›wenn wir das Dokument kriegen, und das Dokument ist echt‹ – er schwor, es werde echt sein –, ›so ist uns ein Platz im Himmel sicher. Zuerst bringen wir das Dokument zu Max, erzählen Max die Geschichte. Max wird wissen, was es bedeutet. Max wird den immensen Wert des Dokuments erkennen. Max wird uns belohnen. Geschenke, Beförderung, Orden, Max bringt uns ins House of

Lords.‹ Klar. Der Haken war nur, Wladimir wußte nicht, daß Max ausrangiert war und der Circus unter die Boy Scouts gegangen ist.«

»Wußte er, daß Hector ausrangiert war?«

»Halb und halb, George.«

»Was soll das heißen?« Dann tat Smiley mit einem »Egal« seine eigene Frage wieder ab und verfiel erneut in längeres Nachdenken.

»George, darf ich bitten, Nachforschungen in dieser Richtung einzustellen«, sagte Toby ernst. »Ich rate Ihnen dringend, Hände weg«, sagte er und wartete.

Es war, als habe Smiley nichts gehört. Nach einem kurzen Schock schien er das Ausmaß von Tobys Schuld zu wägen.

»Kurzum: Sie haben ihn abblitzen lassen«, murmelte er und starrte unverwandt ins Leere. »Er ging Sie um Hilfe an, und Sie schlugen sie ihm rundweg ab. Wie konnten Sie das tun, Toby? Ausgerechnet Sie?«

Unter der Wucht dieses Vorwurfs sprang Toby wütend auf, was vielleicht hatte bewirkt werden sollen. Seine Augen flammten, die Wangen röteten sich, der schlafende Ungar in ihm war hellwach.

»Und vielleicht wollen Sie wissen, warum? Warum ich zu ihm gesagt habe: ›Scheren Sie sich zum Teufel, Wladimir. Aus meinen Augen, bitte, Sie machen mich krank?‹ Wollen Sie wissen, wer sein Verbindungsmann dort drüben ist – dieser Zauberkünstler in Norddeutschland, der auf dem Topf voll Gold sitzt und uns über Nacht zu Millionären machen soll. George – wollen Sie seine Personalien erfahren? Erinnern Sie sich zufällig noch an den Namen Otto Leipzig? Vielfacher Inhaber des Titels Knilch des Jahres? Märchenerzähler, Nachrichtenhausierer, Bauernfänger, Sittenstrolch, Zuhälter, außerdem vielseitig kriminell? Erinnern Sie sich an *diesen* großen Helden?«

Smiley sah wieder das Schottenmuster der Hoteltapete vor sich und die scheußlichen Jagddrucke, auf denen die Jorrocks mit Heissa und Hussa dahersprengten, er sah die beiden Gestalten in

ihren schwarzen Mänteln, den Riesen und den Zwerg, und die fleckige Pranke des Generals auf der schmalen Schulter seines Schützlings. »Max, das ist mein guter Freund Otto. Ich habe ihn mitgebracht, damit er Ihnen selber seine Geschichte erzählt.« Er hörte das pausenlose Donnern der auf dem Londoner Flugplatz landenden und startenden Maschinen.
»Vage«, räumte Smiley ein. »Ja, vage erinnere ich mich an Otto Leipzig. Erzählen Sie mir von ihm. Wenn ich nicht irre, hatte er eine *Menge* Namen. Aber das haben wir alle schließlich auch, wie?«
»Ungefähr zweihundert, aber Leipzig behielt er am Ende bei. Wissen Sie, warum? Leipzig in Ostdeutschland: Die Gefängnisse dort hatten es ihm angetan. Er besaß diese Art Galgenhumor. Wissen Sie zufällig noch, mit welcher Art Stoff er hausieren ging?« Toby, der glaubte, nun die Initiative zu haben, trat kühn einen Schritt vor, beugte sich zu dem passiv dasitzenden Smiley hinunter und fuhr fort: »George, erinnern Sie sich nicht mal an den kompletten Quatsch, den dieser Knilch Jahr für Jahr unter fünfzehn verschiedenen Quellenangaben unseren westeuropäischen Stationen angedreht hat, vornehmlich den deutschen? Unser Experte für die Neue Estnische Ordnung? Unsere Top-Quelle für sowjetische Waffensendungen aus Leningrad? Unser inneres Ohr in der Moskauer Zentrale, ja, sogar unser oberster Karla-Späher?« Smiley regte sich nicht. »Wie er zum Beispiel unserem Berliner Residenten zweitausend Deutsche Mark für einen Bericht abknöpfte, den er aus dem *Stern* abgeschrieben hatte? Wie er dem alten General mitgespielt hat, ihn ausgesaugt wie ein Blutegel, immer wieder aufs neue – ›Wir alten Exil-Balten‹ –, auf diese Tour? – ›General, ich kann Ihnen die Kronjuwelen holen –, das Dumme ist nur, ich hab das Geld für den Flug nicht flüsssig.‹ Hergott!«
»Es waren aber nicht *nur* Märchen, Toby, wie?« wandte Smiley milde ein. »Manches erwies sich – wenn ich mich recht erinnere –, zumindest aus bestimmten Bereichen, als recht brauchbar.«
»Kann man an einem Finger abzählen.«

»Sein Material über die Moskauer Zentrale zum Beispiel. Ich entsinne mich nicht, daß daran jemals etwas auszusetzen war.«

»Okay. Die Zentrale hat ihm gelegentlich ein paar Körnchen Wahrheit hingeworfen, damit er uns den übrigen Mist andrehen konnte! Das klassische Vorgehen aller Doppelagenten!«

Smiley schien hier widersprechen zu wollen, überlegte es sich dann aber anders.

»Verstehe«, sagte er schließlich, als gebe er sich geschlagen. »Ja, ich verstehe, was Sie meinen. Ein Spion.«

»Kein Spion, nur ein Windbeutel. Hier ein bißchen, dort ein bißchen. Ein Hausierer. Keine Grundsätze. Kein Berufsethos. Arbeitet für jeden, der ein paar Kröten springen läßt.«

»Eins zu null für Sie«, sagte Smiley ernsthaft und ebenso kleinlaut, wie vorher. »Und er hat sich ja auch in Norddeutschland niedergelassen, nicht wahr? Irgendwo droben bei Travemünde.«

»Otto Leipzig hat sich in seinem ganzen Leben nirgendwo niedergelassen«, sagte Toby verächtlich. »George, der Kerl ist ein Stromer, ein kompletter Strolch. Kleidet sich wie ein Rothschild, besitzt eine Katze und ein Fahrrad. Wissen Sie, was er zuletzt gemacht hat, der große Spion? Nachtwächter in einem miesen Hamburger Lagerschuppen! Schwamm drüber.«

»Und er hatte einen Partner«, sagte Smiley, wiederum so unschuldig, als sei es ihm eben erst eingefallen. »Ja, jetzt kommt es mir wieder. Einen Immigranten, einen Ostdeutschen.«

»Schlimmer, einen Sachsen. Familienname Kretzschmar, Vorname Claus. Claus mit C, fragen Sie mich nicht, warum. Ich meine, diese Menschen haben überhaupt keine Logik. Claus war auch ein Windhund. Die beiden klauten gemeinsam, hurten gemeinsam, fälschten gemeinsam ihre Berichte.«

»Aber das war vor langer Zeit, Toby«, wandte Smiley sanft ein.

»Na und? Es war eine ideale Ehe.«

»Dann dürfte sie nicht lang gedauert haben«, sagte Smiley wie im Selbstgespräch.

Aber vielleicht hatte Smiley seine Demutshaltung diesmal übertrieben, oder vielleicht kannte Toby ihn einfach zu gut. Denn in seinem flinken Ungarnauge war ein Warnlicht aufgeblitzt, und eine argwöhnische Falte erschien auf der glatten Stirn. Er trat zurück, betrachtete Smiley und strich sich nachdenklich über das makellos weiße Haar.

»George«, sagte er. »Hören Sie, wen halten Sie hier zum Narren, okay?«

Smiley sagte nichts. Er hob nur den Degas auf, drehte ihn einmal rundum und stellte ihn dann wieder hin.

»George, hören Sie ein einziges Mal auf mich. Bitte! Okay, George? Vielleicht darf ich Ihnen ein einziges Mal einen Vortrag halten.«

Smiley warf ihm einen raschen Blick zu und sah wieder weg.

»George, ich bin in Ihrer Schuld. Sie müssen zuhören, Sie haben mich in Wien als Lausejungen aus der Gosse geholt. Ich war ein Leipzig. Ein Strolch. Sie haben mir meinen Job beim Circus verschafft. Wir haben oft zusammengearbeitet, manches Pferd gestohlen. Erinnern Sie sich an das erste Gebot für den Ruhestand, George? ›Keine Schwarzarbeit. Kein Weiterstricken an unerledigten Fällen. Keinerlei private Initiative.‹ Wissen Sie noch, wer dieses Gebot verkündet hat? In Sarratt? Wo man ging und stand? Unser George Smiley. ›Wenn es aus ist, ist es aus. Rolläden runter und nach Hause gehen!‹ Und was soll das jetzt plötzlich sein? Dieses Trara um einen alten General, der tot ist, aber nicht liegenbleiben will, und um einen Allerweltskomödianten wie Otto Leipzig? Was soll das sein? Der letzte Reiterangriff auf den Kreml? Wir sind aus dem Spiel, George. Wir haben keinen Jagdschein. Man will uns nicht mehr. Schluß der Vorstellung.« Er zögerte, schien plötzlich verlegen. »Okay, Ann hat Ihnen mit Bill Haydon schwer mitgespielt. Klar, es geht um Karla, und Karla war Bills Schutzpatron in Moskau. George, ich meine, das Ganze ist ziemlich primitiv, nicht wahr?«

Seine Hände fielen kraftlos herab. Er starrte auf die regungslose Gestalt seines Gegenübers. Smileys Lider waren fast geschlossen. Sein Kopf hing auf die Brust. Durch die Verschiebung der Wangen erschienen tiefe Schatten um Mund und Augen.

»Was Leipzigs Berichte über die Moskauer Zentrale betraf, so haben wir ihn nie bei einem Schwindel erwischt«, sagte Smiley, als habe er Tobys letzte Sätze nicht gehört. »Das weiß ich noch ganz genau. Auch nicht bei den Berichten über Karla. Wladimir vertraute ihm blind. In bezug auf das Moskau-Material. Und wir auch.«

»George, wer hat jemals einen Bericht über die Moskauer Zentrale als Schwindel entlarven können? Bitte? Okay, dann und wann kriegen wir einen Überläufer, und der sagt: ›Das da ist Mist, und das hier könnte wahr sein.‹ Wo ist die Garantie? Wo ist der wahre Kern, wie Sie immer sagten? Jemand tischt einem eine Geschichte auf: ›Karla hat gerade eine neue Agentenschule in Sibirien eingerichtet.‹ Wer kann das Gegenteil beweisen? Nur immer hübsch allgemein bleiben, dann kann man nicht verlieren.«

»Eben deshalb haben wir Otto Leipzig trotz allem gehalten«, fuhr Smiley fort, als habe Toby nichts gesagt. »Wo es um den sowjetischen Geheimdienst ging, trieb er ein ehrliches Spiel.«

»George«, sagte Toby sanft und schüttelte den Kopf. »Sie müssen aufwachen. Die jubelnde Menge ist längst nach Hause gegangen.«

»Wollen Sie mir jetzt den Rest der Geschichte erzählen, Toby? Wollen Sie mir genau berichten, was Wladimir zu Ihnen gesagt hat? Bitte.«

Und so erzählte Toby schließlich, als widerstrebend gewährten Freundschaftsbeweis, was Smiley wissen wollte – mit einer Offenheit, die dem Eingeständnis seiner Niederlage gleichkam.

Die Statuette, die ein Degas hätte sein können, stellte eine Tänzerin mit erhobenen Armen dar. Der Körper war weit zurückgebogen, der Mund wie in Ekstase geöffnet, und es stand außer Frage, daß sie, ob gefälscht oder echt, eine zwar flüchtige, aber beunruhigende Ähnlichkeit mit Ann hatte. Smiley hatte sie wieder vom Tisch genommen und drehte sie jetzt langsam zwischen den Händen, beäugte sie, ohne dabei wirklich mit ihr ins Reine zu kommen, bald von der einen, bald von der anderen Seite.

Toby saß wieder auf seinem seidenen Taburett. Die Schattenfüße glitten munter über das Oberlicht.
Toby und Wladimir hatten sich im Café des Science Museum getroffen, droben in der aeronautischen Abteilung, wiederholte Toby. Wladimir war äußerst erregt und packte Toby immer wieder am Arm, was Toby nicht leiden konnte, es war ihm zu auffällig. Otto Leipzig habe das Unmögliche fertiggebracht, sagte Wladimir mehrmals. Der Haupttreffer, Toby, die Chance eins zu einer Million; Otto Leipzig habe den Fisch an Land gezogen, von dem Max die ganze Zeit träumte, »die hundertprozentige Begleichung aller unserer Ansprüche«, wie Wladimir sich ausdrückte. Als Toby ihn ein bißchen scharf fragte, welche Ansprüche er meine, konnte oder wollte Wladimir ihm nicht antworten. »›Fragen Sie Max‹, sagte er immer nur. ›Wenn Sie mir nicht glauben, fragen Sie Max, sagen Sie Max, es ist der große Fisch.‹«
»Wie lautet also der Handel«, hatte Toby gefragt – da er, wie er sagte, gewußt habe, daß überall, wo Otto Leipzig im Spiel war, die Rechnung zuerst eintraf und die Ware lang, lang danach. »Wieviel verlangt er, der große Held?«
Toby gab zu, daß er seine Skepsis nur schwer habe verbergen können – »was von Anfang an eine schlechte Atmosphäre schuf«. Wladimir umriß die Bedingungen. Leipzig habe die Story, sagte Wladimir, aber er habe auch gewisse greifbare Beweise für ihre Richtigkeit. Erstens ein Dokument, und dieses Dokument sei, wie Leipzig es nannte, eine Vorspeise, ein Appetithappen. Ein weiterer Beweis, ein Brief, sei in seinem, Wladimirs, Besitz. Und schließlich die Story selbst, die aus weiteren Unterlagen hervorgehe, Unterlagen, die Leipzig in sichere Verwahrung gegeben habe. Das Dokument zeige, wie die Story an Land gezogen wurde, die Unterlagen seien unwiderlegbar.
»Und worum ging es?« fragte Smiley.
»Keine Aussage«, erwiderte Toby kurz. »Hector gegenüber keine Aussage. Holen Sie Max, und okay, Wladimir wird sagen, worum es geht. Hector sollte zunächst nur die Klappe halten und den Botenjungen spielen.«

Eine Weile schien es, als wollte Toby sich in eine weitere Abschreckungskampagne stürzen. »George, ich meine, der alte Knabe war einfach total plemplem«, begann er. »Otto Leipzig hat ihn komplett auf die Schippe genommen.« Dann sah er Smileys tief versunkene und unzugängliche Miene und begnügte sich mit der Wiedergabe von Otto Leipzigs unverschämten Forderungen: »Das Dokument ist Max von Wladimir persönlich auszuhändigen. Alles strikt nach Moskauer Regeln, kein Mittelsmann, keine postalische Beförderung. Bei den bereits geführten vorbereitenden Telefongesprächen –«

»Telefongespräche zwischen London und Hamburg?« unterbrach Smiley, und sein Tonfall gab zu verstehen, daß es sich hier um eine neue und unwillkommene Information handelte.

»Sie hätten Wort-Code benutzt, sagt er. Alte Kumpels, sie kennen den Dreh. Aber nicht mit dem Beweis, sagt Wladi: Mit dem Beweis wird kein Dreh gemacht. Kein Telefon, keine Post, kein Lastwagentransport, nur per Kamel, punktum. Wladi hat den Sicherheitsfimmel, okay, das wissen wir schon. Von jetzt an gelten nur noch Moskauer Regeln.«

Smiley dachte an seinen eigenen Anruf in der Nacht des Samstag und fragte sich erneut, welche Lokalität Otto Leipzig wohl als Telefonzentrale benutzt haben mochte.

»Sobald der Circus sein Interesse bekundet habe«, fuhr Toby fort, »sei eine Anzahlung an Otto Leipzig zu tätigen, fünf Schweizer Riesen, für ein mündliches Exposé, George! Fünf Schweizer Riesen! Als Aufnahmegebühr! Nur um ins Spiel zu kommen! Danach – hören Sie sich das an, George –, danach sei Otto Leipzig zu einem sicheren Haus in England zu fliegen, wo er das mündliche Exposé liefern würde. George, ich meine, sowas Irres habe ich noch nie gehört. Wollen Sie wissen, wie's weitergeht? Sollte der Circus, aufgrund der Exposés, sich zum Kauf der Unterlagen entschließen – wollen Sie hören, wieviel?«

Smiley wollte.

»Fünfzig Schweizer Riesen. Würden Sie mir vielleicht einen Scheck ausstellen?«

Toby wartete auf den Schrei der Entrüstung, aber es kam keiner.
»Alles für Leipzig?«
»Klar. Das waren Leipzigs Bedingungen. Wer sonst würde so meschugge sein?«
»Was verlangte Wladimir für sich?«
Kurzes Zögern. »Nichts«, sagte Toby widerstrebend. Dann ließ er, als wolle er diesen Punkt möglichst rasch abtun, eine neue Suada der Empörung los.
»*Basta.* Hector mußte also nur auf eigene Kosten nach Hamburg fliegen, in einen Zug nach Norden steigen und das Karnickel abgeben in irgendeiner blödsinnigen Treibjagd, die Otto Leipzig zu seinen eigenen Gunsten veranstalten will, mit den Ostdeutschen, den Russen, den Polen, den Bulgaren, den Kubanern, und, er ist schließlich ein moderner Mensch, zweifellos auch den Chinesen als Teilnehmer. Ich sagte zu ihm – passen Sie gut auf, George –, ich sagte zu ihm: ›Wladimir, alter Freund, hören Sie ausnahmsweise einmal zu. Sagen Sie mir, was in aller Welt ist so wichtig, daß der Circus fünf Schweizer Riesen aus seinem kostbaren Reptilienfonds zahlt, nur um sich ein einziges Mal diesen lausigen Otto Leipzig anhören zu dürfen? Soviel kriegte nicht einmal die Callas, und glauben Sie mir, sie sang verdammt viel besser als Otto.‹ Er packt mich am Arm. Hier.« Demonstrativ umklammerte Toby seinen eigenen Bizeps. »Preßt mich, als wäre ich eine Orange. Der alte Knabe hatte noch allerhand Kräfte, glauben Sie mir. ›Holen Sie mir das Dokument her, Hector.‹ Er spricht jetzt russisch. Ein sehr stiller Ort, dieses Museum. Alles schweigt und hört ihm zu. Mir wird ganz flau. Er weint sogar. ›Um Gottes willen, Hector, ich bin ein alter Mann. Ich habe keine Beine, keinen Paß, keinen Menschen, dem ich vertrauen kann, außer Otto Leipzig. Fliegen Sie nach Hamburg, und holen Sie sein Dokument. Wenn Max den Beweis sieht, wird er mir glauben, Max hat Vertrauen.‹ Ich will ihn trösten, mache ein paar Andeutungen. Ich sage ihm, Emigranten sind heutzutage unten durch, Kurswechsel, neue Regierung. Ich rate ihm: ›Wladimir, gehen Sie nach Hause, spielen Sie Schach. Hören Sie, ich komme

vielleicht gelegentlich auf eine Partie in der Bibliothek vorbei.‹ Dann sagt er zu mir: ›Hector, ich habe diese Sache eingeleitet. *Ich* habe Otto Leipzig veranlaßt, die Lage zu erkunden. *Ich* habe ihm das Geld für die Vorarbeiten geschickt, alles, was ich hatte.‹ Hören Sie, er war ein alter trauriger Mann. *Passé*.«

Toby machte eine Pause, aber Smiley rührte sich nicht. Toby stand auf, ging zu einem Schränkchen, goß zwei Gläser von einem unsäglichen Sherry ein und stellte eines neben die Degas-Bronze auf den Tisch. Er sagte: »Cheers« und trank sein Glas bis zur Neige aus, aber noch immer regte Smiley sich nicht. Seine Passivität heizte Tobys Ärger von neuem an.

»Also habe ich ihn umgebracht, George, okay? Hector ist schuld, okay? Hector ist persönlich und allein verantwortlich für den Tod des alten Mannes. Das ist doch die Höhe!« Er warf beide Hände vor, Handflächen nach oben. »George! sagen Sie selbst! –, George, für diese Geschichte sollte ich nach Hamburg fliegen, privat, ohne Legende, ohne Babysitter. Wissen Sie, wo dort oben die Grenze zu Ostdeutschland ist? Zwei Kilometer von Lübeck? Weniger. Erinnern Sie sich? In Travemünde mußte man auf der linken Straßenseite bleiben, oder man war versehentlich übergelaufen.« Smiley lachte nicht. »Und für den unwahrscheinlichen Fall, daß ich zurückkäme, sollte ich George Smiley mobilisieren, mit ihm rübergehen zu Saul Enderby, an die Hintertür klopfen wie ein Schnorrer – ›Lassen Sie uns rein, Saul, bitte, wir haben von Otto Leipzig eine total zuverlässige Information, nur fünf Schweizer Riesen für ein mündliches Exposé über Dinge, die nach den Gesetzen der Boy Scouts streng verboten sind?‹ Sollte ich das tun, George?«

Aus einer Innentasche zog Smiley ein zerknittertes englisches Zigarettenpäckchen. Aus dem Päckchen zog er den selbstgefertigten Kontaktabzug, den er Toby über den Tisch hinweg zur Ansicht reichte: »Wer ist der zweite Mann?«

»Weiß ich nicht.«

»Nicht sein Partner, der Sachse, der Mann, mit dem er in den alten Zeiten zum Klauen ging? Kretzschmar?«

Toby Esterhase schüttelte den Kopf und blickte unverwandt das Bild an.
»Wer ist der zweite Mann?« fragte Smiley abermals.
Toby gab das Foto zurück. »George, darf ich Ihnen etwas sagen, bitte?« sagte er ruhig. »Hören Sie mir zu?«
Vielleicht hörte Smiley zu, vielleicht auch nicht. Er schob den Abzug wieder in das Zigarettenpäckchen.
»Heutzutage kann man so etwas leicht fälschen, wissen Sie? Ein Kinderspiel, George. Ich will einen Kopf auf eine andere Schulter setzen, ich habe die Ausrüstung, ich brauche vielleicht zwei Minuten. Sie sind nicht technisch veranlagt, George, von solchen Sachen verstehen Sie nichts. Sie kaufen keine Fotos von Otto Leipzig, Sie kaufen keinen Degas von Signor Benati, können Sie mir folgen?«
»Kann man auch Negative fälschen?«
»Klar. Man fälscht den Abzug, fotografiert ihn, macht ein neues Negativ, warum nicht?«
»Ist das hier eine Fälschung?« fragte Smiley.
Toby zögerte lange. »Ich glaube nicht.«
»Leipzig war viel auf Reisen. Wie erreichten wir ihn, wenn wir ihn brauchten?« fragte Smiley.
»Er durfte uns nicht nahekommen. Niemals.«
»Wie erreichten wir ihn also?«
»Für einen Routinetreff per Heiratsanzeige im *Hamburger Abendblatt:* Petra, 22, zierliche Blondine, ehem. Sängerin . . . diesen Schmus. George, hören Sie mir zu. Leipzig ist ein gefährlicher Strolch mit sehr vielen lausigen Verbindungen, die meisten noch in Moskau.«
»Und in dringenden Fällen? Hatte er ein Haus? Ein Mädchen?«
»Er hatte nie im Leben ein Haus. Für Blitztreffs amtierte Kretzschmar als Schlüsselverwahrer. George, hören Sie mir doch um Gottes willen einmal zu –«
»Und wie erreichten wir Kretzschmar?«
»Er besitzt ein paar Nightclubs. Puffs. Dort hinterließen wir Nachricht.«

Ein warnendes Schnarren ertönte, und von droben hörten sie eine Auseinandersetzung zwischen zwei Stimmen.
»Bedauere, aber Signor Benati hat heute eine Besprechung in Florenz«, sagte das blonde Mädchen. »Das kommt davon, wenn man international ist.«
Doch der Besucher wollte ihr nicht glauben. Smiley hörte die anschwellende Woge seiner Widerrede. Für den Bruchteil einer Sekunde zuckten Tobys braune Augen bei dieser Verlautbarung nach oben, dann öffnete er seufzend einen Wandschrank und entnahm ihm, ungeachtet der Sonnenhelle im Oberlicht, einen schmierigen Regenmantel und einen braunen Hut.
»Wie heißt er?« fragte Smiley. »Kretzschmars Nightclub. Wie heißt er?«
»The Blue Diamond. George, tun Sie's nicht, okay? Was immer Sie vorhaben, lassen Sie's. Selbst wenn das Foto echt ist, was dann? Dann verdankt der Circus Otto Leipzig das Bild von irgendeinem Kerl. Glauben Sie, das ist plötzlich eine Goldmine? Glauben Sie, daß es Saul Enderby vom Stuhl reißt?«
Smiley sah Toby vor sich, sah ihn in der Erinnerung und erinnerte sich auch, daß in all den Jahren, die sie einander gekannt und zusammen gearbeitet hatten, Toby kein einziges Mal freiwillig mit der Wahrheit herausgerückt war; daß Information für ihn Geld war; selbst wenn er sie für wertlos hielt, warf er sie niemals weg.
»Was hat Wladimir Ihnen sonst noch über Leipzigs Information gesagt?« fragte Smiley.
»Er sagte, es sei ein alter Fall, der wieder akut geworden ist. Jahrelange Investitionen. Irgendeinen Mist über den Sandmann. Er war wieder ein Kind, erinnerte sich an Märchen, du lieber Himmel! Verstehen Sie, was ich meine?«
»Was ist mit dem Sandmann?«
»Ich sollte Ihnen sagen, es betrifft den Sandmann. Sonst nichts. Der Sandmann baut eine Legende für ein Mädchen. Max wird verstehen. George, er hat geweint, du lieber Gott. Er hätte alles gesagt, was ihm gerade einfiel. Er wollte den Kampf. Er war ein

alter Spion, dem nicht mehr viel Zeit blieb. Wir sagten immer, die sind die Schlimmsten.«

Toby war schon halbwegs durch die Hintertür. Aber er machte kehrt und kam zurück, trotz des Lärms, der sich von droben näherte, denn etwas an Smileys Verhalten schien ihn zu beunruhigen – »Er glotzte so bedrohlich«, wie er später erklärte, »als hätte ich ihn irgendwie schrecklich beleidigt.«

»George? George, ich bin's, Toby, erinnern Sie sich? Wenn Sie nicht schleunigst zusehen, daß Sie hier rauskommen, dann wird der Kerl dort droben Sie als Abschlagszahlung kassieren, hören Sie?«

Was Smiley offenbar nicht tat. »Jahrelange Investitionen, und der Sandmann baut eine Legende für ein Mädchen?« wiederholte er. »Was sonst noch? Toby, was sonst noch?«

»Er benahm sich wie ein Irrer.«

»Der General? Wladi benahm sich wie ein Irrer?«

»Nein, der Sandmann. George, hören Sie bloß: ›Der Sandmann benimmt sich wieder wie ein Irrer, der Sandmann baut eine Legende für ein Mädchen. Max wird verstehen.‹ Finito. Ende des Fahnenmastes. Ich habe Ihnen jedes Wort gesagt. Lassen Sie's jetzt gut sein, ja?«

Die streitenden Stimmen droben wurden lauter. Eine Tür schlug zu, stampfende Schritte näherten sich der Treppe. Toby versetzte Smileys Arm einen letzten flüchtigen Klaps.

»Leben Sie wohl, George. Wenn Sie eines Tages einen ungarischen Babysitter brauchen, rufen Sie mich an. Hören Sie? Wenn Sie sich mit einem Knilch wie Otto Leipzig einlassen wollen, dann sollten Sie einen Knilch wie Toby zu ihrem Schutz dabeihaben. Gehen Sie nachts nicht alleine aus, Sie sind noch zu jung.«

Als Smiley die Eisentreppe zur Galerie hinaufkletterte, hätte er um ein Haar einen erbosten Gläubiger beim Abstieg angerempelt. Aber das war Smiley egal, desgleichen das freche Aufseufzen der Aschblonden, als er auf die Straße trat. Wichtig war nur, daß er einen Namen für das zweite Gesicht auf dem Foto hatte; und die zu dem Namen gehörige Geschichte, die während der letzten sechsunddreißig Stunden an seinem Gedächtnis gezerrt hatte, wie ein nicht diagnostizierter Schmerz – wie Toby vielleicht gesagt hätte, die Geschichte einer Legende.

Und hier liegt in der Tat das Dilemma jener Möchtegern-Historiker, die es sich, Monate nur nach Abschluß des Falls, angelegen sein lassen, das Ineinandergreifen von Smileys Wissen und Handeln nachzuzeichnen. Toby berichtete ihm dies und jenes, sagen sie, folglich tat er dies und jenes. Oder: Wäre eine bestimmte Sache nicht passiert, dann hätte es keinen Entschluß gegeben. Doch die Wahrheit ist viel komplizierter und weit weniger bequem zur Hand. Wie ein Patient nach dem Erwachen aus der Narkose seine Gliedmaßen durchprobiert – linkes Bein, rechtes Bein, lassen sich die Finger beugen und strecken? –, so wuchs Smiley dank einer Abfolge von vorsichtigen Bewegungen wieder seine eigene körperliche und geistige Kraft zu, und er sondierte die Motive seines Gegners, wie er seine eigenen sondierte.

14

Er fuhr über ein Hochplateau, und das Plateau lag über den Baumwipfeln, denn die Fichten waren drunten in der Talsenke gepflanzt worden. Es war am frühen Abend desselben Tages, und in der Ebene stachen die ersten Lichter durch die feuchte Dämmerung. Am Horizont schwamm auf dem Bodennebel die Stadt Oxfort, ein akademisches Jerusalem. Die Ansicht von dieser Seite war ihm neu, was sein Gefühl der Unwirklichkeit verstärkte, den Eindruck, daß er nicht nach eigenem Plan steuere, sondern gesteuert werde; daß nicht er selber, sondern ein anderer seine Gedanken lenke. Sein Besuch bei Toby Esterhase hatte sich, bei großzügiger Auslegung, noch innerhalb der Grenzen von Lacons rüder Anweisung bewegt; diese Reise hingegen führte, das wußte er, auf Gedeih oder Verderb ins verbotene Land seiner persönlichen Interessen.

Dennoch sah er keine Alternative und wollte auch keine. Wie ein Archäologe, der im ganzen Leben nicht fündig geworden war, hatte Smiley sich noch einen einzigen letzten Tag erbeten, diesen heutigen.

Anfangs hatte er ständig den Rückspiegel im Auge behalten, beobachtet, daß das wohlvertraute Motorrad ihm folgte, wie Möwen einem Schiff. Aber hinter der letzten Abzweigung war der Mann namens Ferguson nicht gefolgt, und als Smiley anhielt, um die Karte zu studieren, überholte ihn nichts; also hatten sie entweder sein Ziel erraten oder ihrem Mann aus unerforschlichen Verfahrensgründen verboten, die Grafschaft zu verlassen.

Unterwegs fielen ihn von Zeit zu Zeit jähe Skrupel an. Laß sie in Ruhe, dachte er. Er hatte einiges gehört, nicht viel, aber genug, um den Rest zu erraten. Laß sie, laß sie ihren Frieden finden, so gut sie kann. Aber er wußte, daß es nicht seines Amtes war, Frieden zu geben, daß der Kampf, in den er verstrickt war, immer weitergehen mußte, wenn er überhaupt Sinn haben sollte.

Das Hinweisschild des Tierheims war wie ein gemaltes Grinsen: MERRILEE HEISST IHREN LIEBLING WILLKOMMEN! EIER! Ein hingekleckster gelber Hund, der einen Zylinder trug, wies mit der Pfote den Fahrweg entlang; und der Weg, den Smiley nun einschlug, führte so steil bergab, daß die Fahrt einem freien Fall glich. Er passierte einen Leitungsmast und hörte den Wind darin heulen; er fuhr in die Baumpflanzung ein. Zuerst kam das Jungholz, dann schlossen sich die hohen Wipfel über ihm, und er war im Schwarzwald seiner deutschen Kindheit und strebte einem tief verborgenen Innern entgegen. Er schaltete die Scheinwerfer ein, bog um eine enge Kurve, eine zweite und dritte, und da war die Hütte, fast genau so, wie er sie sich vorgestellt hatte – ihre *Datscha*, wie sie immer gesagt hatte. Früher hatte sie ein Haus in Oxford gehabt und die Datscha als Ausweichstelle. Jetzt war nur die Datscha geblieben, die Städte hatte sie für immer verlassen. Das Häuschen stand auf einer Lichtung aus Baumstümpfen und zertrampelter Erde, hatte eine wackelige Veranda, ein Schindeldach und einen Blechkamin, aus dem Rauch aufstieg. Die Holzverschalung der Wände war schwarz geteert, ein verzinkter Futtertrog blockierte fast den Vordereingang. Auf einem kleinen Rasenfleck stand ein selbstgebastelter Vogeltisch mit genügend Brot für eine ganze Arche Noah, und rings um die Lichtung standen, wie Schreberhäuschen, die Asbestschuppen und Drahtgehege für die Hühner und die unterschiedslos willkommenen Lieblinge.

Karla, dachte er, ausgerechnet hier muß ich nach dir suchen. Er parkte den Wagen, und sofort brach die Hölle los, Hunde winselten herzzerbrechend, und dünne Wände krachten unter dem Anprall verzweifelter Leiber. Er ging auf das Haus zu, die Flaschen im Plastikbeutel schlugen ihm gegen das Bein. Trotz des Getöses hörte er, wie unter seinen Füßen die sechs Stufen der Veranda ächzten. An der Tür hing ein Zettel mit der Aufschrift: »Wenn GESCHLOSSEN, Tiere NICHT hier deponieren.«

Und darunter, offenbar in großer Erregung hinzugefügt: »Keine verdammten Affen.«
Der Klingelzug war ein Eselsschwanz aus Plastik. Er streckte die Hand danach aus, doch die Tür öffnete sich bereits, und eine zarte hübsche Frau blickte ihm aus dem dunklen Innern der Datscha entgegen. Ihre Augen waren scheu und grau, sie besaß jene altmodische englische Schönheit, die einst auch Ann ausgezeichnet hatte: verstehend und ernst. Sie sah ihn und erstarrte. »O Gott«, flüsterte sie, »herrje!«. Dann senkte sie den Blick auf ihre klobigen Schuhe, schob mit dem Finger eine Haarsträhne aus der Stirn, während die Hunde sich hinter ihrem Drahtzaun heiser bellten.
»Entschuldigen Sie, Hilary«, sagte Smiley sehr sanft. »Es dauert nur eine Stunde, Ehrenwort. Mehr will ich nicht. Eine Stunde.«
Eine männlich klingende Stimme ließ sich langsam aus dem Dunkel hinter Hilary vernehmen: »Was steht ins Haus, Hils?« grollte die Stimme. »Rüsselkäfer, Wellensittich oder Giraffe?« Der Frage folgte ein dumpfer Ton, als werde ein Stück Stoff über einem Hohlraum bewegt.
»Besuch, Con«, rief Hilary über die Schulter ins Haus und widmete sich dann wieder der Betrachtung ihres derben Schuhwerks.
»Weiblich oder von der anderen Sorte?« wollte die Stimme wissen.
»George ist da, Con. Nicht böse sein, Con.«
»*George*? Welcher *George*? Der Schwarze George, der mir die Kohlen wässert, oder Schlachter George, der mir die Hunde vergiftet?«
»Es sind bloß ein paar Fragen, Hilary«, versicherte Smiley ihr im gleichen Ton aufrichtigen Mitgefühls. »Ein alter Fall. Nichts Gravierendes, glauben Sie mir.«
»Schon in Ordnung, George«, sagte Hilary und blickte dabei unverwandt zu Boden. »Wirklich. Wir freuen uns.«
»Schluß mit dem Geflirte!« befahl die Stimme von drinnen. »Hände weg von ihr, wer immer Sie sind!«

Als die dumpfen Laute näher kamen, beugte Smiley sich vor und sagte, an Hilary vorbei, durch die Tür: »Connie, ich bin's.« Und wiederum mühte sein Tonfall sich nach Kräften, redliche Absichten auszudrücken.

Zuerst kamen die Welpen – vier an der Zahl, vermutlich Whippets – in einer rasenden Meute. Dann folgte ein räudiger alter Köter, in dem gerade noch soviel Leben steckte, daß er die Veranda erreichen und dort zu Boden plumpsen konnte. Und dann öffnete die Tür sich ruckweise sperrangelweit und gab den Blick frei auf eine massige Frau, die gebeugt zwischen zwei dicken hölzernen Krücken steckte, anscheinend, ohne sie festzuhalten. Sie hatte weißes Haar, zum Herrenschnitt gestutzt, und wäßrige, sehr schlaue Augen, deren starrer Blick ihn unerbittlich festnagelte. So lange, so bedächtig, so eingehend war die Musterung, der sie ihn unterzog – sein ernstes Gesicht, seinen formlosen Anzug, die Plastiktüte, die von seiner linken Hand baumelte, die demütige Haltung, in der er darauf wartete, vorgelassen zu werden –, daß sie ihr eine fast königliche Macht über ihn verlieh, die durch ihr Schweigen, ihr mühsames Atmen und ihre Hinfälligkeit nur noch vollkommener wurde.

»Mich laust der Affe!« verkündete sie, den Blick noch immer auf Smiley gerichtet, und stieß einen Atemstrom aus. »Jetzt schlägt's dreizehn! Fahr zur Hölle, George Smiley, und alle, die mit dir segeln. Willkommen in Sibirien.«

Dann lächelte sie, und ihr Lächeln war so unvermittelt und frisch und kindlich, daß es die vorangegangene strenge Prüfung beinah wegwischte.

»Hallo, Con«, sagte Smiley.

Sie lächelte noch immer, doch ihre Augen blieben desungeachtet weiter auf ihn gerichtet. Sie waren so blaß wie die Augen eines Neugeborenen.

»Hils«, sagte sie schließlich. »Hörst du nicht, *Hils!*«

»Ja, Con?«

»Geh und füttere die Wauwaus, Darling. Und das widerliche Federvieh. Wirf den Raubtieren ihren Fraß vor. Danach mixt du das Fressen für morgen, und *da*nach bring mir den humanen Killer, damit ich diese lästige Type in ein frühes Paradies befördern kann. Komm, George.«

Hilary lächelte, schien indes jeder Bewegung unfähig, bis Connie sie sanft in die Rippen stieß und so in Gang setzte.

»Troll dich, Darling. Er kann dir jetzt nichts tun. Er hat sein Pulver verschossen, genau wie du und, weiß Gott, ich auch.«

Im Haus herrschten Tag und Nacht zugleich. In der Mitte stand, auf einem Tisch voller Toastkrümel und Eintopfresten, eine alte Petroleumlampe, deren gelbe Lichtkugel die Dunkelheit ringsum noch vertiefte. Die französischen Fenster an der Stirnseite waren vom Widerschein blauer Regenwolken und ein paar letzten Sonnenstrahlen erfüllt. Während Smiley Connies lähmend langsamem Vormarsch folgte, wurde ihm nach und nach klar, daß das Holzhaus nur aus diesem einzigen Raum bestand. Als Büro hatten sie den Rollschreibtisch, auf dem sich Rechnungen und Flohpulver türmten; als Schlafzimmer das Doppelbett aus Messing mit einer Herde ausgestopfter Spieltiere, die wie tote Soldaten zwischen den Kissen lagen; als Salon Connies Schaukelstuhl und ein krümelndes Korbsofa; als Küche einen Gaskocher nebst dazugehöriger Propanflache; und als Innendekoration das undefinierbare Durcheinander des Alters.

»Connie kommt nicht zurück, George«, rief sie, während sie vor ihm herhumpelte. »Und wenn die Wildpferde schnauben und sich das scheinheilige Herz aus dem Leib wiehern, die alte Närrin hat ihre Stiefel ein für allemal an die Wand gehängt.« Sie hatte den Schaukelstuhl erreicht und begann ein schwerfälliges Wendemanöver, bis sie mit dem Rücken zum Sitz stand. »Sollten Sie also deshalb gekommen sein, dann können Sie Saul Enderby melden, er soll sich's in die Pfeife stopfen und rauchen.« Sie streckte ihm die Arme entgegen, und er glaubte, sie wolle einen Kuß. »*Nicht* doch, Sie Lustmolch. Nur Händchenhalten!«

Das tat er und ließ sie in ihren Sessel sinken.

»Ich bin nicht deshalb gekommen, Con«, sagte Smiley. »Ich will nicht versuchen, Sie von hier fortzulocken, Ehrenwort.«
»Und das aus gutem Grund: Mit ihr geht's dahin«, verkündete sie energisch, ohne seine Versicherung zu beachten. »Die Alte wird abkratzen, je eher, desto besser. Der Quacksalber will mir natürlich alles mögliche einreden, der Duckmäuser. Bronchitis. Rheuma. Kommt vom Wetter. Alles Mist. Meine Krankheit ist der Tod. Das systematische Anrücken des großen T. Ist das Schnaps, was Sie da in der Tüte mitschleppen?«
»Ja. Ja, stimmt«, sagte Smiley.
»Prima. Dann her damit in Mengen. Wie geht's dem Dämon Ann?«
Auf dem Ablaufbrett fand er in einem permanenten Geschirrstapel zwei Gläser und füllte sie zur Hälfte.
»Blüht und gedeiht, wie ich annehme«, antwortete er.
Er erwiderte ihr offensichtliches Vergnügen über seinen Besuch durch freundliches Lächeln, reichte ihr ein Glas, und sie umklammerte es mit beiden, aus Pulswärmern ragenden Händen.
»Annehmen!« echote sie. »Wenn Sie's nur endlich tun würden. An die Leine nehmen, das sollten Sie. Oder ihr gemahlenes Glas in den Kaffee schütten. Also dann, worauf sind Sie aus?« sagte sie, alles in einem Atemzug. »Ich habe nie erlebt, daß Sie irgendetwas ohne Grund tun. Auf Ihr Wohl!«
»Auf das Ihre, Con«, sagte Smiley.
Zum Trinken mußte sie den ganzen Oberkörper dem Glas nähern, und als ihr gewaltiger Kopf in den Lampenschein geriet, sah er – sagte ihm seine allzu lange Erfahrung –, daß sie die Wahrheit gesprochen und ihre Haut das aussätzige Weiß des Todes hatte.
»Los. Raus damit«, befahl sie mit ihrer strengsten Stimme. »Ob ich Ihnen helfen werde, weiß ich allerdings nicht. Seit unserer Trennung habe ich die Liebe entdeckt. Versaut die Hormone, weicht die Zähne auf.«
Er hätte gern mehr Zeit gehabt, um sie wieder kennenzulernen. Er war ihrer nicht sicher.

»Nur einer unserer alten Fälle, Con, nichts weiter«, begann er beschwichtigend. »Er ist wieder akut geworden, auch nichts Ungewöhnliches.« Er versuchte, seine Stimme um eine Stufe höherzuschrauben, damit sie beiläufiger klinge. »Wir brauchen noch ein paar Einzelheiten. Wissen Sie zufällig noch, wie eigen Sie mit Ihren Berichten waren?« fügte er scherzend hinzu.
Ihre Augen wichen nicht von seinem Gesicht.
»Kirow«, fuhr er fort und sprach den Namen sehr langsam aus. »Kirow, Vorname Oleg. Sagt Ihnen das etwas? Sowjetbotschaft, Paris, vor drei bis vier Jahren, Zweiter Botschaftssekretär? Wir glaubten, er sei ein Mann aus der Moskauer Zentrale.«
»War er«, sagte sie, und lehnte sich ein wenig zurück, beobachtete ihn jedoch unablässig.
Sie wollte eine Zigarette. Auf dem Tisch lag eine Zehnerpakkung. Er steckte ihr eine zwischen die Lippen und gab ihr Feuer, aber noch immer wollte ihr Blick nicht von seinem Gesicht ablassen.
»Saul Enderby hat diesen Fall abgewürgt«, sagte sie, spitzte die Lippen und blies einen mächtigen Rauchstrahl senkrecht nach unten, an Smileys Gesicht vorbei.
»Er ordnete an, daß der Fall nicht weiter bearbeitet werde«, korrigierte Smiley.
»Wo liegt der Unterschied?«
Smiley sah sich überraschend vor die Aufgabe gestellt, Saul Enderby zu verteidigen.
»Der Fall lief noch eine Weile, dann, in der Übergangszeit zwischen meiner Amtsführung und der seinen, erklärte er ihn verständlicherweise für unproduktiv.« Smiley hatte seine Worte mit größter Umsicht gewählt.
»Und jetzt hat er sich's anders überlegt«, sagte sie.
»Ich habe Einzelteile, Con. Ich will das Ganze.«
»Wie immer«, sagte sie. »George«, brabbelte sie. »George Smiley. Herr im Himmel. Der Herr beschütze und bewahre uns. *George.*« Ihr Blick war halb besitzergreifend, halb tadelnd, als wäre er ein auf Abwege geratener geliebter Sohn. Noch eine

Weile hielt dieser Blick ihn fest, dann schweiften ihre Augen hinüber zu den französischen Fenstern und dem dunkelnden Himmel draußen.
»Kirow«, sagte er nochmals, eindringlicher, und wartete, fragte sich allen Ernstes, ob es wirklich aus und vorbei sei mit ihr; ob ihr Geist zusammen mit ihrem Körper verfalle und nichts mehr zu holen sei.
»Kirow, Oleg«, wiederholte sie nachdenklich. »Geboren Leningrad Oktober 1929, laut Reisepaß, was keinen Pfifferling besagt, außer daß er Leningrad im ganzen Leben nicht einmal von fern gesehen hat.« Sie lächelte, als sei dies eben der Lauf der schnöden Welt. »Ankunft in Paris 1. Juni 1974, Rang und Stellung des Zweiten Botschaftssekretärs, Handelsabteilung. Vor drei bis vier Jahren, sagten Sie? Lieber Himmel, es könnten zwanzig sein. Stimmt, Darling, er war vom Geheimdienst. Klar. Indentifiziert durch die Pariser Loge der armen alten Riga-Gruppe, was uns auch nicht weiterhalf, schon gar nicht auf der fünften Etage. Wie war sein richtiger Name? Kursky. Natürlich, so hieß er. Ja, ich glaube, ich erinnere mich. Oleg Kirow, né Kursky, genau.« Ihr Lächeln kehrte zurück und war wiederum sehr hübsch. »Dürfte so ziemlich Wladimirs letzter Fall gewesen sein. Wie geht's dem alten Sünder?« fragte sie, und ihre feuchten klugen Augen warteten auf die Antwort.
»Oh, in Hochform«, sagte Smiley.
»Immer noch der Jungfernschreck von Paddington?«
»Bin ich überzeugt.«
»Hol's der Kuckuck, Darling«, sagte Connie und drehte den Kopf, bis sie ihm das Profil zuwandte, das ganz dunkel war bis auf den einen dünnen Strahl der Petroleumlampe, während sie wieder durchs Fenster starrte.
»Gehen Sie raus und sehen Sie nach dem verrückten Huhn, ja?« sagte sie liebevoll. »Am Ende hat sie sich in den Mühlbach gestürzt oder den Universal-Unkrautvertilger ausgetrunken.«
Smiley trat hinaus auf die Veranda und erspähte in der niedersinkenden Nacht Hilarys Gestalt, die mit ungelenken langen Schrit-

ten von Käfig zu Käfig ging. Er hörte die Schöpfkelle gegen den Eimer klappern und dann und wann ihre wohlerzogene Stimme durch die Nachtluft klingen, wenn sie kindische Namen rief: Komm, Whitey, Flopsy, Bo.
»Alles in Ordnung«, sagte Smiley, als er wieder ins Haus trat. »Füttert die Hühner.«
»Ich sollte sie ins andere Lager schicken, meinen Sie nicht, George?« bemerkte sie, als habe sie seinen Lagebericht nicht gehört. »›Zieh hinaus in die Welt, Hils, mein Kind.‹ Das sollte ich sagen. ›Bleib nicht länger bei einem morschen alten Wrack wie Con. Heirate den nächstbesten Narren, wirf ein paar Bälger, erfülle deine niederträchtige Bestimmung.‹« Connie hatte für all und jeden eine besondere Stimme, erinnerte er sich: sogar für sich selber. Sie hatte sie auch jetzt noch. »Der Teufel soll mich holen, wenn ich's tue, George. Ich brauche sie. Jeden prachtvollen Zentimeter. Ich würde sie mitnehmen, wenn's irgend möglich wäre. Sollte man vielleicht wirklich versuchen.« Pause. »Wie *geht's* all den Jungens und Mädels?«
Sekundenlang begriff er ihre Frage nicht; seine Gedanken waren noch immer bei Hilary und Ann.
»Seine Gnaden Saul Enderby führen immer noch die Meute an, ja? Frißt ordentlich, wie ich hoffe? Keine Staupe?«
»Oh, Saul entwickelt sich von Tag zu Tag prächtiger, danke.«
»Diese Kröte Sam Collins immer noch Leiter von London Station?«
Lauter heikle Fragen, aber es blieb ihm keine Wahl, er mußte antworten.
»Sam geht's auch prima«, sagte er.
»Toby Esterhase schlängelt sich nach wie vor durch die Korridore?«
»Alles ist noch ziemlich so, wie früher.«
Ihr Gesicht lag nun für ihn völlig im Dunkeln, so daß er nicht feststellen konnte, ob sie Miene machte, weiterzusprechen. Er hörte sie atmen und das Rasseln in ihrer Brust. Aber er wußte, daß er noch immer Gegenstand ihrer Aufmerksamkeit war.

»*Sie* würden nie und nimmer für dieses Pack arbeiten, George«, bemerkte sie schließlich, als handelte es sich dabei um die augenfälligste Binsenwahrheit. »Nicht Sie. Geben Sie mir noch einen Schluck.«

Smiley war froh, aufstehen zu können und ging wieder quer durch das Zimmer.

»*Kirow,* sagten Sie?« rief Connie ihm zu.

»Stimmt«, sagte Smiley vergnügt und kehrte mit ihrem frisch gefüllten Glas zurück.

»Dieses Frettchen Otto Leipzig war die erste Hürde«, bemerkte sie voll Behagen, nachdem sie einen tüchtigen Zug genommen hatte. »Die fünfte Etage wollte *ihm* kein Wort glauben, wie? Nicht unserem kleinen Otto, oh nein! Otto war ein Lügenmaul, punktum!«

»Aber ich glaube nicht, daß Leipzig uns jemals über *Moskau* belogen hat«, sagte Smiley, als kramte er gleichfalls in Erinnerungen.

»Nein, Darling, das hat er *nicht*«, sagte sie beifällig. »Er hatte seine Schwächen, zugegeben. Aber wenn es um die große Sache ging, hat er immer ehrlich gespielt. Und Sie haben das begriffen, als einziger Ihres Stammes, Respekt. Aber Sie erhielten wenig Unterstützung von den *übrigen* Baronen, wie?«

»Auch Wladimir hat er nie belogen«, sagte Smiley. »Allein schon deshalb, weil Wladimirs Fluchtkanäle ihm seinerzeit aus Rußland heraushalfen.«

»Ja, ja,« sagte Connie nach einer weiteren langen Pause.

»Kirow, né Kursky, das Rote-Rübenschwein.«

Sie sagte es ein zweites Mal – »Kirow, né Kursky« –, ein Sammelsignal an ihr eigenes ungeheuerliches Gedächtnis. Während dieser Worte sah Smiley im Geist wiederum das Zimmer im Flughafenhotel vor sich und die beiden seltsamen Verschwörer in ihren schwarzen Mänteln: der eine so hünenhaft, der andere winzig; der alte General, der seine Körpergröße einsetzte, um seinem leidenschaftlichen Flehen Nachdruck zu verleihen; daneben der kleine Leipzig, wie ein Hündchen, das an der Leine zerrt.

Connie war der Verführung erlegen.
Aus dem Glimmen der Petroleumlampe war ein rauchiger Lichtball geworden, und Connie saß in ihrem Schaukelstuhl, ganz vorn an der Kante, Mütterchen Rußland persönlich, wie sie im Circus geheißen hatte, das zerrüttete Gesicht verklärt von Erinnerung, während sie die Geschichte dieses einen ihrer ungezählten mißratenen Kinder entrollte. Was auch immer sie als wahren Grund für Smileys Auftauchen argwöhnen mochte, sie schob es von sich: Dies war ihr Lebensinhalt gewesen, ihr Hohelied, auch wenn sie es nun zum letztenmal sang; in diesen überwältigenden Gedächtnisleistungen lag ihr Genie. In den alten Tagen, dachte Smiley, hätte sie mit ihm geflirtet, mit ihrer Stimme kokettiert, gewaltige Bogen durch anscheinend Unwesentliches zur Geschichte der Moskauer Zentrale geschlagen, alles nur, um ihn näher zu locken. Doch heute abend war ihr Erzählstil von erschreckender Nüchternheit, als wisse sie, daß ihr nur noch wenig Zeit blieb.
Oleg Kirow sei direkt aus Moskau in Paris eingetroffen, wiederholte sie – damals im Juni, Darling, wie ich schon sagte –, damals, als es regnete und regnete und das alljährliche Cricketmatch von Sarratt drei Sonntage nacheinander abgesagt werden mußte. Der Fette Oleg wurde als Einzelgänger geführt, und er löste auch niemand anderen ab. Sein Schreibtisch stand in der zweiten Etage mit Blick auf die Rue Saint-Simon – verkehrsreich, aber *hübsch*, Darling –, während die Residentur der Moskauer Zentrale sich im dritten und vierten Stock breit machte, zum wütenden Ärger des Botschafters, der sich von seinen ungeliebten Nachbarn wie in einen Schrank gepfercht fühlte. Nach außen hin schien Kirow daher auf den ersten Blick ein weißer Rabe im diplomatischen Corps der Sowjets zu sein – nämlich ein echter Diplomat. Aber in Paris war es damals Usus – und, soviel Connie wußte, auch noch heutzutage –, daß, sobald in der Sowjetbotschaft ein neues Gesicht auftauchte, sein Foto an alle Stammeshäuptlinge der Emigranten verteilt wurde. Brüderchen Kirows Foto gelangte ebenfalls auf diesem Weg an die Gruppen,

und im Handumdrehen donnerte dieser alte Teufel Wladimir im Zustand höchster Erregung an die Tür seines Einsatzleiters – Steve Mackelvore war damals Resident in Paris gewesen, Gott hab ihn selig, er starb bald danach an Herzversagen, aber das ist eine andere Geschichte – und behauptete, »seine Leute« hätten Kirow als einen ehemaligen *agent provocateur* namens Kursky identifiziert, der als Student an der Technischen Hochschule in Reval eine Vereinigung regimekritischer estnischer Hafenarbeiter gegründet habe, genannt »Blockfreier Diskussionsclub«, und die Mitglieder dann an die Geheimpolizei verpfiff. Wladimirs Quelle war einer dieser unglücklichen Dockarbeiter, der sich zur Zeit in Paris aufhielt und der einst um seiner Sünden willen besonders eng mit Kursky befreundet gewesen war, bis er prompt von ihm verraten wurde.

So weit, so gut, nur, daß Wladis Quelle – sagte Connie – kein anderer gewesen sei, als unser gottvergessener kleiner Otto, was bedeutete, daß die Sache von Anfang an verkorkst war.

Während Connie weitersprach, begannen Smileys Erinnerungen aufs neue, die ihren zu ergänzen. Er sah sich in den letzten Monaten seiner kommissarischen Amtsführung als Chef des Circus, wie er müde die wackelige Holztreppe von der fünften Etage zur Montagsbesprechung hinunterklomm, ein Bündel zerlesener Akten unter den Arm geklemmt. Der Circus hatte in jenen Tagen einem zerbombten Bauwerk geglichen, erinnerte er sich; das Personal in alle Winde zerstreut, der Etat an allen Enden beschnitten, die Agenten hochgegangen oder tot oder abgeschaltet. Bill Haydons Entlarvung war in allen Gemütern eine offene Wunde: Sie nannten sie den Sündenfall und empfanden alle die gleiche uralte Scham. Im Innersten machten sie vielleicht sogar Smiley dafür verantwortlich, denn Smiley hatte Bills Verrat aufgedeckt. Er sah sich selber, wie er den Vorsitz bei der Besprechung führte, und den Kreis feindseliger Gesichter, der sich um ihn geschlossen hatte, während die Fälle der Woche einer um den anderen zur Debatte gestellt und den üblichen Fragen unterworfen wurden: Wollen wir diesen weiter verfolgen oder nicht? Sagen wir, noch eine Woche lang? Noch einen Monat? Noch ein Jahr? Ist es nur eine Finte, können wir uns notfalls distanzieren, liegt es im Rahmen unseres Auftrags? Welche Mittel sind nötig, und würden sie besser anderweitig eingesetzt? Wer wird verantwortlich zeichnen? Wer soll informiert werden? Wieviel wird es kosten? Er entsann sich des stürmischen Protests, den der bloße Name oder Arbeitsname Otto Leipzig bei solch fragwürdigen Richtern wie Lauder Strickland, Sam Collins und ihresgleichen sofort auslöste. Er versuchte sich zu erinnern, wer außer Connie und ihren Kohorten aus der Rußland-Abteilung noch dabei gewesen war. Der Chef der Finanzabteilung, der Chef des Ressorts Westeuropa, der Chef von Sowjet Attack, die meisten bereits Saul Enderbys Leute.

Und Enderby selber, damals nominell noch im Auswärtigen Dienst und von seiner eigenen Palastwache in der Maske des Verbindungsmanns zu Whitehall eingeschleust. Doch schon war sein Lächeln ihr Lachen, sein Stirnrunzeln ihre Ablehnung. Smiley sah sich wieder als Zeuge der Kapitulation – Connies Kapitulation –, die sie nun noch einmal schilderte, zusammen mit den Ergebnissen ihrer vorangegangenen Recherchen.

Ottos Geschichte sei *schlüssig*, hatte sie behauptet. Bisher habe man keine Unstimmigkeiten gefunden. Sie hatte ihre Ergebnisse vorgewiesen:

Ihre eigene Rußland-Abteilung habe in gedruckten Quellen die Bestätigung gefunden, daß ein Jura-Student Oleg Kursky während der entscheidenden Zeitspanne an der Universität von Riga gewesen sei, sagte sie.

Unterlagen des Foreign Office aus dieser Zeit sprächen von Unruhen in den Docks.

Ein bei den amerikanischen Vettern vorhandener Überläufer-Bericht nenne einen gewissen Kursky oder Karsky, Anwalt, Vorname Oleg, der 1971 einen Ausbildungskursus der Moskauer Zentrale in Kiew absolviert habe.

Dieselbe, allerdings suspekte Quelle sei der Meinung, Kursky habe später auf Anraten seiner Vorgesetzten seinen Namen ge-

ändert, »aufgrund seiner bereits gesammelten Erfahrungen als Außenagent«.
Den, wenn auch notorisch unzuverlässigen, routinemäßig ausgetauschten französischen Berichten sei zu entnehmen, daß Kirow in der Tat für einen Zweiten Sekretär der Handelsabteilung in Paris ungewöhnliche Freiheiten genieße: Er gehe zum Beispiel allein einkaufen und besuche Empfänge der Dritten Welt ohne die übliche fünfzehnköpfige Begleitmannschaft.
Kurzum, dies alles – so hatte Connie viel zu energisch für den Geschmack der fünften Etage geendet –, dies alles bestätige Leipzigs Geschichte und den Verdacht, daß Kirow mit geheimdienstlichen Aufgaben betraut sei. Dann klatschte sie die Akte auf den Tisch und ließ ihre Fotos herumgehen – eben jene von französischen Abwehrteams routinemäßig geschossenen Aufnahmen, die den ursprünglichen Tumult in den Zentralen der Pariser Riga-Gruppe ausgelöst hatten. Kirow steigt in einen Wagen der Gesandtschaft. Kirow verläßt mit einer Aktenmappe die Moskauer Norodny-Bank. Kirow verweilt vor dem Schaufenster einer auf Erotica spezialisierten Buchhandlung, um mißbilligend die Titelseiten der Magazine zu betrachten.
Aber keines der Fotos, dachte Smiley – der wieder in die Gegenwart zurückkehrte –, keines zeigte Oleg Kirow und sein einstiges Opfer Otto Leipzig, wie sie sich mit zwei Damen verlustierten.

»Das also war der *Fall*, Darling«, verkündete Connie, nachdem sie einen tüchtigen Schluck aus ihrem Glas genommen hatte. »Wir hatten die Aussage Klein-Ottos und jede Menge in den Akten, um deren Richtigkeit zu bestätigen. Wir hatten einiges an Stützmaterial aus anderen Quellen – nicht gerade Unmengen, das nicht, aber es war ein Anfang. Kirow war von Moskau eingeschleust, er war neu auf seinem Posten, aber zu welchem *Zweck*, das konnte man nur raten. Und das machte ihn *interessant*, nicht war, Darling?«
»Ja«, sagte Smiley zerstreut. »Ja, Connie, ich erinnere mich, daß es so war.«

»Er gehörte nicht zum Stammpersonal der Residentur, das wußten wir vom ersten Tag an. Er fuhr nicht in Wagen der Residentur herum, machte keinen Nachtdienst oder arbeitete im Tandem mit identifizierten Leuten der Residentur, er benutzte weder ihren Chiffrierraum noch nahm er an den wöchentlichen Andachtsübungen teil oder fütterte die Hauskatze der Residentur, nichts dergleichen. Andererseits war Kirow auch nicht Karlas Mann, oder, Herzchen? Und das war das Merkwürdige an der Sache.«

»Warum nicht?« fragte Smiley, ohne sie anzusehen. Aber Connie sah sehr wohl Smiley an. Connie machte eine ihrer langen Pausen, um ihn ausgiebig zu betrachten, während draußen in den absterbenden Ulmen die klugen Krähen die jähe Stille nutzten, um ein Shakespearesches Omen zu krächzen.

»Weil Karla bereits seinen Mann in Paris *hatte*, Darling«, erklärte sie geduldig. »Wie Sie sehr wohl wissen. Diesen alten Querkopf Pudin, den stellvertretenden Militärattaché. Sie erinnern sich noch, daß Karla immer eine Vorliebe für Soldaten hatte. Hat er noch immer, soviel ich weiß.« Connie brach ab, um aufs neue Smileys ausdruckslose Miene zu studieren.

Er hatte das Kinn in beide Hände gestützt und die halb geschlossenen Augen zu Boden gerichtet. »Außerdem war Kirow ein Idiot, und wenn es etwas gab, was Karla noch nie leiden konnte, dann waren es Idioten, stimmt's? Übrigens hatten Sie selber für diese Sorte nie viel übrig. Oleg Kirow hatte keine Manieren, stank, schwitzte und fiel überall auf, wie ein Fisch in einem Baum. Karla wäre *meilenweit* gerannt, ehe er einen solchen Hornochsen angeheuert hätte.« Wieder eine Pause. »Und Sie auch«, fügte sie hinzu.

Smiley hob eine Hand und legte sie mit den Fingern nach oben an die Schläfe, wie ein Kind bei einer Prüfung. »Es sei denn –«, sagte er.

»Es sei denn, *was*? Es sei denn, er hätte nicht mehr alle Tassen im Schrank, wie? Also, *den* Tag möchte ich noch erleben!«

»Und damals gingen auch diese Gerüchte um«, sagte Smiley aus der Tiefe seiner Gedanken.

»Welche Gerüchte? Gerüchte hat es immer gegeben, Schafskopf.«
»Oh, nur Berichte von Überläufern«, sagte er geringschätzig. »Geschichten über seltsame Vorgänge in Karlas Hofstaat. Zweitrangige Quellen, natürlich. Aber wiesen sie nicht darauf hin –«
»Worauf?«
»Nun ja, wiesen sie nicht darauf hin, daß er recht seltsame Leute auf seine Besoldungsliste setzte? Mitten in der Nacht Besprechungen mit ihnen abhielt? Alles nur geringwertiges Material, ich weiß. Ich erwähne es nur so *en passant*.«
»Und wir bekamen Anweisung, uns nicht darum zu kümmern«, sagte Connie sehr bestimmt. »Kirow war das Ziel. Nicht Karla. So lautete der Befehl aus der fünften Etage, George, zu der auch Sie gehörten. ›Schluß mit der Sternguckerei, konzentriert euch auf die irdischen Aufgaben‹, sagten Sie.« Connie verzog den Mund, legte den Kopf zurück und lieferte eine beklemmend realistische Karikatur von Saul Enderby: »›Aufgabe dieser Dienststelle ist das Sammeln von Erkenntnissen‹«, knautschte sie, »›*nicht* die Befehdung der Gegenseite.‹ Sagen Sie bloß nicht, er habe seine Sprechweise inzwischen geändert, Darling. Wie? *George?*« flüsterte sie. »O George, Sie sind gemein!«
Er holte ihr einen weiteren Drink, und als er zurückkam, sah er, daß ihre Augen vor boshafter Erregung glänzten. Sie zerrte an den Büscheln ihres weißen Haars, wie früher, als sie es noch lang getragen hatte.
»Der springende Punkt ist doch, daß wir die Operation genehmigt haben, Con«, sagte Smiley und versuchte, sie durch seinen sachlichen Ton im Zaum zu halten. »Wir haben die Zweifler überstimmt und Ihnen die Erlaubnis erteilt, mit Kirow bis an die Strafraumgrenze weiterzumachen. Wie ist es danach gelaufen?«

Doch der Alkohol, die Erinnerungen, das wieder heraufbeschworene Jagdfieber hatten sie so in Schwung gebracht, daß auch Smileys militärischster Tonfall sie nicht mehr bremsen konnte. Während des Sprechens beschleunigte sich ihr Atem, bis sie keuchte, wie ein gefährlich überhitzter Dampfkessel. Sie erzählte Otto Leipzigs Geschichte, wie Leipzig sie Wladimir erzählt hatte. Smiley hatte geglaubt, noch mit ihr zusammen im Circus zu sein, in jener Zeit, als die Ermittlungen gegen Kirow gerade anliefen. Sie war indes in ihrer Phantasie zurückgegangen bis in das Tallinn von einst, mehr als ein Vierteljahrhundert vor der Gegenwart. Sie kannte diese Stadt, in ihrer ungewöhnlichen Vorstellungskraft war sie tatsächlich dort gewesen; sie hatte Leipzig und Kirow in der Zeit ihrer Freundschaft gekannt. Eine Love-Story, behauptete sie. Klein Otto und der Fette Oleg. Das sei der Schlüssel des Ganzen, sagte sie; soll die alte Närrin doch die Geschichte so erzählen, wie sie wirklich war, sagte sie, und Sie, George, können Ihre eigenen schnöden Ziele verfolgen, während ich spreche.

»Die Schildkröte und der Hase, Darling, genau das waren die beiden. Kirow, das dicke traurige Baby, studiert fleißig die Gesetzesbücher an der Uni und sieht in der verfluchten Geheimpolizei seinen Daddy; und unser kleiner Otto Leipzig, der Teufel in Person, mit allen Wassern gewaschen und auch schon im Gefängnis gewesen, arbeitet tagsüber in den Docks und schürt bei Nacht den Aufruhr bei den Blockfreien. Die beiden lernen sich in einer Kneipe kennen, und es war Liebe auf den ersten Blick. Otto riß die Mädchen auf, Oleg Kirow segelte in seinem Kielwasser und angelte sich die Reste. Was haben Sie mit mir vor, George? Heilige Johanna spielen?«

Er hatte ihr eine frische Zigarette angezündet und sie ihr in den Mund gesteckt, da er hoffte, sie zu beruhigen, aber durch das fieberhafte Sprechen war die Zigarette bereits weit genug abgebrannt, um sie zu versengen. Smiley nahm ihr flugs die Zigarette weg und drückte sie auf dem Blechdeckel aus, der als Aschenbecher diente.

»Eine Zeitlang teilten sie sich sogar ein Mädchen«, sagte Connie so laut, daß sie beinah schrie. »Und eines Tages, ob Sie's glauben oder nicht, kam diese arme Irre doch tatsächlich zu Klein Otto

und warnte ihn unverblümt. ›Dein fetter Freund ist eifersüchtig auf dich; und er ist ein Spitzel der Geheimpolizei‹, sagte sie. ›Der blockfreie Diskussionsclub wird demnächst hopsgenommen. Hüte dich vor den Iden des März!‹«
»Sachte, Con«, warnte Smiley sie ängstlich. »Con, immer mit der Ruhe!«
Ihre Stimme wurde noch lauter: »Otto warf das Mädchen hinaus, und eine Woche später wurde der ganze Verein verhaftet. Einschließlich des fetten Oleg, versteht sich, der sie verpfiffen hatte – aber sie wußten es. Oh, *sie* wußten es!« Connie zögerte, als habe sie den Faden verloren. »Und das dumme Ding, das ihn hatte warnen wollen, starb«, sagte sie. »Vermißt, vermutlich beim Verhör abhanden gekommen. Otto kämmte alles nach ihr durch, bis er jemand fand, der mit ihr in den Zellen gewesen war. Tot wie ein Dodo. Zwei Dodos. Tot, wie ich es bald sein werde, verdammt bald.«
»Machen wir doch später weiter«, sagte Smiley. Er hätte auch alles getan um sie zu bremsen – Tee gemacht, übers Wetter geplaudert, irgendetwas, nur um ihr wachsendes Tempo zu bremsen –, aber sie hatte einen zweiten Sprung getan und war schon wieder zurück in Paris, beschrieb, wie Otto Leipzig mit dem ungern erteilten Segen der fünften Etage und der leidenschaftlichen Unterstützung des alten Generals sich daran machte, die Wiederbegegnung, nach allen diesen verlorenen Jahren, mit dem Zweiten Botschaftssekretär Kirow zu inszenieren, den Connie als das Rote-Rübenschwein bezeichnete. Smiley vermutete, daß sie ihn damals so nannte. Ihr Gesicht war scharlachrot und ihr Atem zu knapp für ihre Geschichte, so daß er immer wieder röchelnd aussetzte, doch sie zwang sich, weiterzusprechen.
»Connie«, flehte er abermals, aber es nutzte nichts, und vielleicht hätte überhaupt nichts genutzt.
Klein Otto begann die Suche nach dem Rote-Rübenschwein damit, daß er sämtliche franco-sowjetischen Freundschaftsclubs aufsuchte, in denen Kirow verkehrte.
»Der arme kleine Otto muß den ›Panzerkreuzer Potemkin‹ fünf-

zehnmal gesehen haben, aber kein einziges Mal tauchte das Rote-Rübenschwein auf.«

Dann hieß es, Kirow zeige ernsthaftes Interesse an Emigranten und bezeichne sich sogar als ihr heimlicher Sympathisant, halte bei ihnen Umfragen, ob er, als Botschaftsangehöriger, irgendetwas tun könne, um ihren Angehörigen in der Sowjetunion zu helfen. Mit Wladimirs Hilfe versuchte Leipzig, Kirow zufällig in den Weg zu laufen, aber wiederum hatte er kein Glück. Dann fing Kirow an zu reisen – überallhin zu reisen, mein Lieber, der reinste Fliegende Holländer –, so daß Connie und ihre Jungens sich bereits fragten, ob er vielleicht eine Art Verwaltungsbeamter für die Moskauer Zentrale sei und überhaupt nicht operativ eingesetzt: zum Beispiel Rechnungsprüfer für eine Gruppe europäischer Residenturen, mit Hauptstelle in Paris, Bonn, Madrid, Stockholm, Wien.

»Für Karla oder für das Amt?« fragte Smiley ruhig.

Nur Gedanken seien zollfrei, sagte Connie, aber sie wette ihren letzten Penny, daß es für Karla war. Auch wenn Pudin bereits am Ort gewesen sei. Auch wenn Kirow ein Idiot gewesen sei und kein Soldat: Es *mußte* für Karla gewesen sein, sagte Connie und widerlegte so ihre eigenen vorhergegangenen Behauptungen. Hätte Kirow die Residenturen der Zentrale besucht, so wäre er von identifizierten Geheimdienstleuten behaust und bewirtet worden. Aber nichts dergleichen, er lebte seine Legende und hielt sich nur bei seinen Landsleuten und Kollegen in den Handelsabteilungen auf.

Trotzdem, die Fliegerei hat es schließlich gebracht, sagte Connie. Klein Otto wartete, bis Kirow einen Flug nach Wien gebucht hatte, vergewisserte sich, daß Oleg allein reiste, nahm dieselbe Maschine und schon waren sie im Geschäft.

»Eine schlichte Gimpelfalle, wie sie im Lehrbuch steht, darauf wollten wir hinaus«, sang Connie jetzt sehr laut. »Die gute alte Sex-Falle. Ein großer Fisch würde vielleicht bloß lachen, aber nicht Genosse Kirow, am allerwenigsten, wenn er bei Karla im Sold stand. Schlüpfrige Fotos und Auskünfte mit Drohungen,

das wollten wir haben. Und wenn wir mit ihm fertig gewesen wären und herausgefunden hätten, wer seine sauberen Freunde waren und wer ihm soviel berauschende Freiheit gewährte, dann hätten wir ihn uns entweder als Überläufer gekauft oder ihn in den Tümpel zurückgeworfen, je nachdem, wieviel von ihm übrig gewesen wäre!«
Sie hielt jäh inne. Sie öffnete den Mund, schloß ihn, holte ein wenig Atem und hielt Smiley ihr Glas hin.
»Darling, hol dem alten Schwamm noch ein Schlückchen, dalli-dalli, ja? Connie kriegt ihre Zustände. Nein, lieber nicht. Bleiben Sie sitzen.«
Eine fatale Sekunde lang war Smiley ratlos.
»George?«
»Connie, hier bin ich. Was ist los?«
Er war schnell, aber nicht schnell genug. Er sah, wie ihr Gesicht versteinerte, sah die verkrümmten Hände hochfliegen und ihre Augen sich vor Ekel zusammenkneifen, als hätte sie einen grauenhaften Unfall gesehen.
»Hils, schnell!« schrie sie. »Verflixt nochmal!«
Er nahm sie in die Arme und spürte, wie sie die Hände um seinen Nacken schlang, um ihn noch fester zu halten. Ihre Haut war kalt, sie zitterte, aber vor Entsetzen, nicht vor Kälte. Er blieb ganz nah bei ihr, roch Scotch und medizinischen Hautpuder und alte Dame, während er versuchte, sie zu trösten. Ihre Tränen liefen ihm über die Wangen, er konnte sie fühlen und hatte noch den salzigen Geschmack im Mund, als Connie ihn wegstieß. Er fand ihre Handtasche, öffnete sie und reichte sie ihr, dann lief er hastig wieder hinaus auf die Veranda und rief nach Hilary. Sie kam aus dem Dunkeln angerannt, die Fäuste halb geschlossen, Ellbogen und Hüften rotierend, ein Anblick, bei dem Männer meist lachen müssen. Grinsend vor Verlegenheit hastete sie an ihm vorbei, und er blieb allein auf der Veranda und fühlte die kalte Nachtluft auf seinen Wangen prickeln, während er in die aufziehenden Regenwolken starrte und in die Fichten, die der Mond zu versilbern begann. Die Hunde hatten sich beruhigt.

Nur die kreisenden Krähen ließen ihre mißtönenden Warnrufe hören. Geh, sagte er sich. Weg von hier. Nichts wie weg. Der Wagen wartete kaum hundert Schritt von ihm entfernt, schon bildete sich Reif auf dem Dach. Er stellte sich vor, wie er hineinspringen würde und den Hügel hinauffahren, durch die Fichtenschonung und immer weiter, um nie mehr zurückzukehren. Aber er wußte, daß er es nicht fertigbrächte.

»Sie sollen wieder reinkommen, George«, sagte Hilary streng von der Tür her, mit der Autorität der Menschen, die Sterbende pflegen.

Aber als er wieder ins Haus trat, war alles in schönster Ordnung.

15

Alles war in schönster Ordnung. Connie saß gepudert und würdig in ihrem Schaukelstuhl, und ihre Augen waren, als er hereinkam, genauso fest auf ihn gerichtet wie bei seinem ersten Eintreten. Hilary hatte sie beruhigt, Hilary hatte sie ernüchtert, und jetzt stand Hilary hinter ihr, die Hände auf Connies Nacken, Daumen eingezogen und massierte ihr sanft das Genick.

»Anwandlung von *timor mortis*, Darling«, erklärte Connie. »Der Doktor verschreibt Valium, aber die alte Närrin hält sich lieber an den Schnaps. Davon erzählen Sie aber Saul Enderby nichts, wie, Herzchen, wenn Sie Ihren Rapport machen?«

»Nein, natürlich nicht.«

»Wann werden Sie denn Ihren Rapport machen, Darling?«

»Bald«, sagte Smiley.

»Heute nacht, wenn Sie zurückkommen?«

»Je nachdem, was es zu berichten gibt.«

»Con hat alles aufgeschrieben, das wissen Sie, George«, fuhr sie mit großer Eindringlichkeit fort. »Die Akten der alten Närrin über den Fall waren sehr *voll*, dächte ich. Sehr *detailliert*. Und sehr *eingehend*, ausnahmsweise. Aber Sie haben sie nicht zu Rate gezogen.« Smiley sagte nichts. »Die Akten gingen verloren. Wurden vernichtet. Oder Sie hatten keine Zeit. Schon gut. Dabei waren Sie doch immer so scharf auf den Papierkram. *Höher*, Hils«, befahl sie, ohne den glühenden Blick von Smiley abzuwenden. »Höher, Darling. Dort, wo die Wirbelsäule in die Mandeln sticht.«

Smiley setzte sich auf das alte Korbsofa.

»Ich hab diese Doppel-Doppelspiele immer gemocht«, gestand Connie verträumt und rollte den Kopf, um Hilarys Hände damit zu streicheln. »Stimmt's nicht, Hils? Das ganze menschliche Leben lag darin. Du weißt das vermutlich nicht mehr, wie? Seit du durchgedreht hast.«

Sie wandte sich wieder an Smiley: »Soll ich weitermachen, Süßer?« Die Stimme gehörte jetzt zu einer Nutte aus dem East End.

»Nur in großen Zügen«, sagte Smiley. »Aber nicht, wenn es – «

»Wo waren wir stehengeblieben? Ich weiß schon. Wir waren hoch droben im Flugzeug mit dem Rübenschwein. Er ist auf dem Weg nach Wien, hat die Pfoten in einem Trog voll Bier. Blickt auf, und wen sieht er vor sich stehen, wie sein eigenes schlechtes Gewissen: Keinen anderen als seinen lieben alten Kumpel von vor fünfundzwanzig Jahren, Klein Otto, feixend wie Beelzebub persönlich. Was *empfindet* er, fragen wir uns, vorausgesetzt, er hat überhaupt Empfindungen? *Weiß* Otto – fragt er sich –, daß ich der Bösewicht war, der ihn verpfiffen und in den Gulag gebracht hat? Was also tut er?«

»Was tut er?« sagte Smiley, ohne auf ihre Mätzchen einzugehen.

»Er entscheidet sich für die herzliche Masche, Süßer. Nicht wahr, Hils? Pfeift den Kaviar herbei und sagt ›Gott sei Dank‹.« Sie flüsterte etwas, und Hilary beugte den Kopf, um es zu hören und kicherte dann. »›Champagner!‹ sagt er. Und, mein Gott, sie kriegen ihn, und er bezahlt ihn, und sie trinken ihn, und sie fahren gemeinsam im Taxi in die Stadt und zwitschern sogar rasch noch einen in einem Café, ehe das Rübenschwein seinen dunklen Pflichten nachgeht. Kirow *mag* Otto«, behauptete Connie. »*Liebt* ihn, nicht wahr, Hils? Die beiden sind das ideale Pärchen, genau wie wir. Otto ist sexy, Otto ist amüsant, Otto ist elegant und antiautoritär und gewandt – und –, oh, alles, was das Rübenschwein nie sein könnte, in tausend Jahren nicht! Warum glaubte die fünfte Etage immer, die Leute hätten nur ein einziges Motiv?«

»Ich glaubte das bestimmt nicht«, sagte Smiley inbrünstig.

Aber Connie sprach schon wieder zu Hilary und keineswegs zu Smiley. »Kirow *langweilte* sich, Kindchen. Otto bedeutete für ihn Leben. So, wie du für mich. Ich tanze mit dir in den Himmel hinein. Hatte Kirow nicht daran gehindert, ihn zu verpfeifen, aber das ist nur natürlich.«

Hilary, die noch immer sanft Connies Rücken massierte, nickte zerstreut Zustimmung.
»Und was bedeutete Kirow für Otto Leipzig?« fragte Smiley.
»Haß, Darling«, erwiderte Connie ohne Zögern. »Reinen, unverdünnten Haß. Simplen, ehrlichen, alten Abscheu. Haß und Geld. Ottos Leitsterne. Otto war immer überzeugt, daß er etwas guthabe für all die Jahre im Knast. Und er wollte auch gleich für das Mädchen mitkassieren. Sein großer Traum war, daß er eines Tages Kirow für eine Menge Geld verkaufen würde. Mengen und *Unmengen* von Geld. Und es dann durchbringen.«
Die Erbitterung eines Kellners, dachte Smiley, als er sich an den Fotoabzug erinnerte. Er erinnerte sich auch wieder an das Zimmer im Flughafenhotel und an Ottos ruhige deutsche Stimme mit ihrem einschmeichelnden Akzent; erinnerte sich an die braunen steten Augen, die wie Fenster seiner schwelenden Seele waren. Nach der Begegnung in Wien hatten die beiden Männer ein Wiedersehen in Paris verabredet, sagte Connie, und Otto ließ sich wohlweislich Zeit. In Wien hatte Otto keine einzige Frage gestellt, an der das Rübenschwein hätte Anstoß nehmen können; Otto sei Profi, sagte Connie. Ob Kirow verheiratet sei? habe er gefragt. Kirow habe daraufhin die Hände gen Himmel geworfen und sei in brüllendes Gelächter ausgebrochen, was besagen sollte, weder jetzt noch in Zukunft. *Verheiratet, aber Ehefrau in Moskau*, habe Otto berichtet – um so wirksamer würde eine Sex-Falle funktionieren. Kirow hatte Leipzig nach seinem derzeitigen Job gefragt, und Leipzig hatte großzügig geantwortet »Import-Export« und sich als eine Art fliegenden Händler bezeichnet, heute Wien, morgen Hamburg. Also: Otto wartete einen ganzen Monat – nach fünfundzwanzig Jahren, sagte Connie, konnte er sich das leisten –, und während dieses Monats wurde Kirow von den Franzosen dabei beobachtet, wie er sich in drei verschiedenen Fällen an ältere, in Paris ansässige russische Emigranten heranmacht: an einen Taxichauffeur, an einen Ladeninhaber, an einen Gastwirt, alle drei mit Angehörigen in der Sowjetunion. Er machte sich erbötig, Briefe, Botschaften, Adres-

sen mit hinüberzunehmen; er bot sogar an, Geld mitzunehmen und, wenn sie nicht allzu umfangreich seien, auch Geschenke. Und das gleiche in der Gegenrichtung bei seiner Rückkehr. Niemand akzeptierte sein Angebot. In der fünften Woche rief Otto bei Kirow in dessen Wohnung an, sagte, er sei soeben aus Hamburg gelandet und ob sie sich nicht einen vergnügten Abend zusammen machen wollten. Beim Essen, genau im richtigen Moment, sagte Otto, heute werde er der Gastgeber sein; er habe gerade klotzig an einer gewissen Lieferung an ein gewisses Land verdient, und Geld spiele keine Rolle.

»Das war der Köder, den wir für ihn präpariert hatten, Darling«, erläuterte Connie, und wandte sich endlich wieder direkt an Smiley. »Und das Rübenschwein schnappte danach, und wie, das tun sie alle, nicht wahr, wie Lachse nach der Fliege, jedesmal.«

Was für eine Lieferung? hatte Kirow wissen wollen. Was für ein Land? Als Antwort hatte Leipzig mit dem Zeigefinger über seiner eigenen Nase einen krummen Erker in die Luft gezeichnet und schallend gelacht. Kirow lachte ebenfalls, aber er war jetzt eindeutig höchst interessiert. Nach *Israel*? sagte er: Und was für eine Art von Lieferung? Leipzig richtete nun den Zeigefinger auf Kirow und tat, als drücke er auf einen Abzug. *Waffen* nach Israel? fragte Kirow baß erstaunt, aber Leipzig war ein Profi und antwortete nicht mehr. Sie tranken, besuchten ein Strip-Lokal und plauderten von alten Zeiten. Kirow kam sogar auf ihre gemeinsame Freundin zu sprechen und fragte, ob Leipzig wisse, was aus ihr geworden sei. Leipzig sagte, keine Ahnung. Gegen Morgen hatte Leipzig vorgeschlagen, sie sollten sich ein paar Gefährtinnen suchen und alle zusammen in seine Wohnung gehen, aber zu seiner Enttäuschung lehnte Kirow ab: nicht in Paris, zu gefährlich. In Wien oder Hamburg, jederzeit. Aber nicht in Paris. Um die Frühstückszeit trennten sie sich, stockbesoffen, und der Circus war um hundert Pfund leichter.

»Dann gingen die verdammten Palastkämpfe los«, sagte Connie, unvermittelt das Thema wechselnd. »Die Große Debatte um die

Leitung von London Station. Debatte, daß ich nicht lache. Sie, George, waren im Ausland, Saul Enderby setzte einen manikürten Huf hinein, und allen übrigen fiel prompt das Herz in die Hosen – und das war's dann.« Wieder ihre Barons-Stimme: »›Otto Leipzig nimmt uns auf die Schippe . . . Wir haben die Operation nicht mit den Fröschen abgeklärt . . . Foreign Office beunruhigt über mögliche Weiterungen . . . Kirow ist ein Ablenkungsmanöver . . . Die Riga-Gruppe eine total unrealistische Basis für ein Unternehmen dieses Ausmaßes . . .‹ Wo waren Sie übrigens damals? In Berlin, nicht wahr?«

»Hongkong.«

»Ach, dort«, sagte sie vage und sank in ihrem Stuhl zusammen, während ihre Lider sich nahezu schlossen.

Smiley hatte Hilary gebeten, Tee zu machen, und sie klapperte am anderen Ende des Zimmers mit dem Geschirr. Er warf einen Blick zu ihr hinüber, weil er überlegte, ob er sie nicht rufen sollte und sah sie genauso dastehen, wie er sie zuletzt im Circus gesehen hatte, in jener Nacht, als er zu Hilfe gerufen wurde – stocksteif, die Fingerknöchel der geballten Fäuste auf den Mund gepreßt, um einen lautlosen Schrei zu ersticken. Er hatte noch gearbeitet – es war um etwa diese Zeit gewesen; ja, er hatte seine Abreise nach Hongkong vorbereitet –, als plötzlich sein Haustelefon klingelte und er eine sehr erregte Männerstimme hörte, die ihn bat, unverzüglich in den Chiffrierraum zu kommen, Mr. Smiley, Sir, es ist dringend. Sekunden später eilte er einen kahlen Korridor entlang, flankiert von zwei besorgten Wachposten. Sie stießen die Tür vor ihm auf, er trat in den Raum, sie blieben draußen. Er sah die zertrümmerten Apparate, die Akten und Karteikarten und Telegramme auf dem Boden verstreut wie Abfall auf einem Fußballplatz, er sah die obszönen Graffiti mit Lippenstift an die Wand geschmiert. Und in der Mitte des Ganzen sah er Hilary, die Täterin – genau, wie sie jetzt dastand –, verzweifelt durch die dicken Netzgardinen in den freien weißen Himmel hinausstarren: Hilary, unsere Vestalin, so wohlerzogen; Hilary, unsere Circus-Braut.

»Was zum Teufel treibst du, Hils?« fragte Connie barsch aus ihrem Schaukelstuhl.
»Tee machen, Con. George möchte eine Tasse Tee.«
»Zum Teufel damit, was *George* möchte«, gab sie zornglühend zurück. »George ist *fünfte Etage*. George hat den Kirow-Fall abgeblasen, und jetzt möchte er's wieder gut machen, im Alleingang, auf seine alten Tage. Stimmt's, George? Stimmts's? Lügt mich sogar an über diesen alten Teufel Wladimir, der in Hampstead Heath geradewegs in eine Kugel marschierte, wie die Zeitungen vermelden, aber die liest er anscheinend nicht, so wenig, wie meine Berichte!«
Sie tranken den Tee. Ein Regenguß setzte ein. Die ersten harten Tropfen hämmerten bereits auf das Holzdach.

Smiley hatte sie bezaubert, Smiley hatte ihr geschmeichelt, Smiley hatte bewirkt, daß sie weitermachte. Schon hatte sie den Faden halbwegs ausgesponnen. Er war entschlossen, daß sie ihn bis zum Ende ausspinnen müsse.
»Ich muß das Ganze haben, Con«, wiederholte er. »Ich muß alles und jedes hören, so, wie Sie sich daran erinnern, auch wenn das Ende schmerzlich ist.«
»Das Ende ist *verdammt* schmerzlich«, erwiderte sie.
Doch schon erlahmten ihre Stimme, ihr Gesicht, sogar die Brillanz ihres Gedächtnisses, und er wußte, daß es ein Wettlauf gegen die Zeit sein werde.
Jetzt sei Kirow an der Reihe gewesen, die klassische Karte auszuspielen, sagte sie müde. Beim nächsten Zusammentreffen, einen Monat später in Brüssel, kam Kirow auf die Sache mit der Waffenlieferung nach Israel zu sprechen und sagte, er habe sie beiläufig einem guten Bekannten gegenüber erwähnt, einem seiner Kollegen in der Handelsabteilung der Botschaft, der an einer Studie über die israelische Verteidigungsfinanzierung mitarbeite und für seine Recherchen sogar über einen Spezialfonds verfügen könne. Ob Leipzig gegebenenfalls bereit wäre – nein, ganz im Ernst, Otto! –, mit dem Mann zu sprechen oder, noch besser,

seinem alten Kumpel Oleg die Geschichte gleich hier und jetzt zu erzählen und Oleg damit auch eine kleine Anerkennung zu verschaffen? Otto sagte: »Vorausgesetzt, es lohnt sich und schadet niemandem.« Dann verpaßte er Oleg einen Haufen wertloser Informationen, die Connie und die Leute von der Nahost-Abteilung vorbereitet hatten – selbstverständlich alles wahr und absolut stichhaltig, auch wenn niemand etwas damit anfangen konnte –, und Kirow schrieb feierlich alles auf, obgleich beide, wie Connie sagte, genau wußten, daß weder Kirow noch sein Auftraggeber, wer immer das sein mochte, das geringste Interesse an Israel hatten oder an Waffen oder an Lieferungen oder an der israelischen Verteidigungsfinanzierung – jedenfalls nicht in *diesem* Zusammenhang. Kirow lag lediglich daran, eine konspirative Beziehung herzustellen, wie ihre nächste Begegnung in Paris klar bewies. Kirow bekundete gewaltige Begeisterung über den Bericht, bestand darauf, daß Otto dafür fünfhundert Dollar entgegennehme und – reine Formsache – eine Quittung unterschreibe. Und nachdem Otto dies getan hatte und somit ein für allemal am Angelhaken hing, kam Kirow geradewegs zur Sache, mit der ganzen Brutalität, die er aufzubieten vermochte – und das war nicht wenig, sagte Connie –, und fragte Otto, wie gut er mit den ortsansässigen russischen Emigranten stehe.
»Bitte, Con«, flüsterte Smiley. »Wir haben's fast geschafft!« Sie war ihm so nah, doch er spürte, wie sie ihm immer mehr entglitt. Hilary lag auf dem Fußboden und hatte den Kopf an Connies Knie gelehnt. Connies Hände in den Pulswärmern suchten Halt in Hilarys Haar, und ihre Augen waren fast geschlossen.
»Connie!« wiederholte Smiley.
Connie öffnete die Augen und lächelte schwach.
»Es war nur der Fächertanz, Darling«, sagte sie. »Das Er-weiß-daß-ich-weiß-daß-du-weißt. Der übliche Fächertanz«, wiederholte sie nachsichtig, und ihre Augen fielen wieder zu.
»Und was hat Leipzig ihm geantwortet? *Connie!*«
»Er hat getan, was wir alle getan hätten, Darling«, murmelte sie. »Verzögerungstaktik. Gab zu, daß er bei den Emigrantengrup-

pen gern gesehen sei und mit dem General ein Herz und eine Seele. Dann nichts mehr. Sagte, er komme nicht sehr häufig nach Paris. ›Warum nicht einen Ortsansässigen anheuern?‹ sagte er. Er hat gemauert, Hils, Darling, verstehst du? Fragte wieder: Würde es irgendwem schaden? Fragte, worin eigentlich der Job bestehe? Was dabei herausspringe? Gib mir einen Schluck, Hils.«

»Nein«, sagte Hilary.

»Los.«

Smiley goß ihr zwei Finger hoch Whisky ein und sah zu, wie sie ihn schlürfte.

»Was sollte Otto bei den Emigranten für Kirow erledigen?« sagte er.

»Kirow brauchte eine Legende«, antwortete sie. »Er brauchte eine Legende für ein Mädchen.«

Nichts an Smileys Verhalten ließ erkennen, daß er diesen Satz erst vor ein paar Stunden von Toby Esterhase gehört hatte. Vor vier Jahren, wiederholte Connie, habe Oleg Kirow eine Legende gebraucht. Genau wie der Sandmann, nach Aussagen Tobys und des Generals – dachte Smiley –, heute eine Legende brauchte. Kirow brauchte eine Tarnung für eine Agentin, die man nach Frankreich einschleusen wollte. Das sei des Pudels Kern gewesen, sagte Connie. Kirow sagte das natürlich nicht; im Gegenteil, er stellte es ganz anders dar. Er erzählte Otto, Moskau habe an alle Botschaften eine geheime Anweisung ergehen lassen, des Inhalts, daß auseinandergerissene russische Familien unter gewissen Voraussetzungen im Ausland wieder zusammengeführt werden sollten. Wenn genügend Familien gefunden werden könnten, die diesen Wunsch hegten, so die Anweisung, dann wolle Moskau das Vorhaben an die Öffentlichkeit bringen und damit das Image der Sowjetunion auf dem Gebiet der Menschenrechte aufwerten. Am liebsten wären ihnen Fälle mit Gefühlsgehalt: Töchter in Rußland zum Beispiel, von ihren Angehörigen im Westen abgeschnitten, alleinstehende Mädchen, vielleicht im

heiratsfähigen Alter. Geheimhaltung sei wichtig, sagte Kirow, bis eine Liste passender Fälle beisammen sei – nicht auszudenken das Geschrei, wenn die Sache vorzeitig durchsickere!
Das Rote-Rübenschwein sei so plump vorgegangen, sagte Connie, daß Otto den Vorschlag zunächst einfach um der Wahrscheinlichkeit willen habe lächerlich machen müssen; das Ganze sei zu verrückt, zu weit hergeholt, sagte er – geheime Listen, was für ein Nonsens! Warum wandte Kirow sich nicht direkt an die Emigranten-Organisationen und ließ sie Verschwiegenheit schwören? Warum einen krassen Außenseiter für seine Dreckarbeit engagieren? Je länger Leipzig herumredete, um so hitziger wurde Kirow. Es sei nicht Leipzigs Job, sich über Erlasse der Moskauer Zentrale lustig zu machen, sagte Kirow. Er begann Otto anzubrüllen, und irgendwie fand Connie die Kraft, gleichfalls zu brüllen oder wenigstens die müde Stimme ein wenig zu heben und ihr den gutturalen russischen Klang zu verleihen, den Kirow ihrer Meinung nach haben mußte. »›Wo bleibt dein Mitgefühl?‹ sagte er. ›Willst du deinen Mitmenschen nicht helfen? Warum verhöhnst du eine menschliche Geste, nur weil sie von Rußland ausgeht?‹« Kirow sagte, er habe bereits persönlich einige Familien aufgesucht, aber kein Vertrauen gefunden und keine Fortschritte erzielt. Er fing an, Druck auf Leipzig auszuüben, zuerst persönlicher Natur – ›Willst du mir nicht helfen, beruflich weiterzukommen?‹ –, und als das nicht verfing, gab er zu bedenken, daß Leipzig, da er bereits geheime Informationen gegen Entgelt an die Botschaft geliefert habe, vielleicht gut daran tue weiterzumachen, andernfalls die westdeutschen Behörden von dieser Verbindung Wind bekommen und ihn aus Hamburg hinauswerfen könnten – vielleicht überhaupt aus Deutschland. Ob Otto das angenehm sein würde? Und schließlich, sagte Connie, habe Kirow Geld geboten, und eben hier habe das Wunder gelegen: »Für jede erfolgreich durchgeführte Wiedervereinigung zehntausend US-Dollar«, verkündete sie. »Für jeden passenden Kandidaten, ob eine Zusammenführung zustande kommt oder nicht, tausend US-Dollar, auf die hohle Hand. Barzahlung.«

Dies sei natürlich, sagte Connie, der Zeitpunkt gewesen, an dem die fünfte Etage entschied, Kirow müsse übergeschnappt sein, und den Fall mit sofortiger Wirkung abblies.
»Und ich aus dem Fernen Osten zurückkam«, sagte Smiley.
»Wie der arme König Richard aus den Kreuzzügen, so kamen Sie zurück, Darling!« pflichtete Connie ihm bei. »*Und* fanden die Bauern in Aufruhr und Ihren sauberen Bruder auf dem Thron. Geschieht Ihnen recht.« Sie gähnte gewaltig. »Fall im Eimer«, erklärte sie. »Die deutsche Polizei verlangte Leipzigs Ausweisung aus Frankreich; wir hätten sie ohne weiteres umstimmen können, aber wir taten es nicht. Keine Sex-Falle, kein Ergebnis, kein Garnichts. Das Stück war abgesetzt.«
»Und wie hat Wladimir das alles aufgenommen?« fragte Smiley, als wisse er es wirklich nicht.
Connie öffnete mühsam die Augen: »Was aufgenommen?«
»Daß das Stück abgesetzt wurde.«
»Oh, er *tobte*, was hatten Sie erwartet? Tobt und tobt. Sagt, wir hätten uns den Fang des Jahrhunderts durch die Lappen gehen lassen. Schwor, er werde den Krieg mit anderen Mitteln weiterführen.«
»Welche *Art* Fang?«
Sie überhörte seine Frage. »Bei diesem Krieg wird nicht mehr *geschossen*, George«, sagte sie, und wieder sanken ihre Lider herab. »Das ist es ja. Alles grau in grau. Halb-Engel kämpfen gegen Halb-Teufel. Niemand weiß, wo die Front verläuft. Kein Peng-peng.«
Wiederum sah Smiley in der Erinnerung das Hotelzimmer und die beiden schwarzen Mäntel nebeneinander, während Wladimir ihn verzweifelt beschwor, daß der Fall wieder aufgenommen werden müsse: »Max, hören Sie uns noch dieses eine Mal zu, hören Sie sich an, was passiert ist, seit Sie den Haltebefehl gaben!« Die beiden waren auf eigene Kosten von Paris herübergeflogen, um mit ihm zu sprechen, da die Finanzabteilung gemäß Enderbys Befehl das Konto für diesen Fall aufgelöst hatte.
»Max, bitte, hören Sie uns an«, hatte Wladimir gefleht. »Kirow

hat Otto gestern noch spät nachts in seine Wohnung bestellt. Die beiden haben sich erneut getroffen, Otto und Kirow. Kirow hat sich betrunken und erstaunliche Sachen gesagt!«

Er sah sich wieder in seinem alten Büro im Circus, Enderby saß bereits an seinem Schreibtisch. Es war am selben Tag, nur ein paar Stunden später.

»Klingt wie Klein Ottos letzter Grabenkampf vor dem Zugriff der Hunnen«, hatte Enderby gesagt, nachdem Smiley zu Ende gesprochen hatte. »Weshalb sind sie eigentlich hinter ihm her, Diebstahl oder Lustmord?«

»Betrug«, hatte Smiley resigniert erwidert, was der traurigen Wahrheit entsprach.

Connie summte ein paar Töne. Sie versuchte, ein Lied daraus zu machen, dann einen Limerick. Sie verlangte etwas zu trinken, aber Hilary hatte ihr Glas weggestellt.

»Bitte gehen Sie jetzt«, sagte Hilary direkt in Smileys Gesicht.

Smiley beugte sich auf dem Korbsofa vor und stellte seine letzte Frage. Er stellte sie scheinbar zögernd, fast widerwillig. Sein weiches Gesicht war hart geworden vor Entschlossenheit, aber die Härte vermochte die Zeichen der Drangsal nicht zu tilgen.

»Erinnern Sie sich an eine Geschichte, Con, die der alte Wladimir oft erzählte? Und die wir niemals weitererzählten? Die wir hüteten, wie ein Kleinod? Daß Karla eine Mätresse habe, eine Frau, die er liebe?«

»Seine Ann«, sagte sie tonlos.

»Daß sie auf der ganzen Welt das einzige sei, um dessentwillen er zu hirnverbranntem Handeln fähig wäre?«

Langsam hob sich ihr Kopf, und er sah, wie ihr Gesicht sich aufhellte, und seine Stimme wurde rascher und dringlicher.

»Wie dieses Gerücht in der Moskauer Zentrale die Runde machte – unter den Eingeweihten? Karlas Erfindung – seine Schöpfung? Wie er sie fand, als sie noch ein Kind war und während des Krieges in einem ausgebrannten Dorf umherirrte? Sie adoptierte, aufzog, sich in sie verliebte?«

Er beobachtete sie, und trotz des Whiskys, trotz ihrer tödlichen Müdigkeit sah er die letzte Erregung, wie den letzten Tropfen in der Flasche, langsam ihre Züge noch einmal beleben.
»Er war hinter den deutschen Linien«, sagte sie. »In den vierziger Jahren. Mit einem Team, das die Balten aufwiegeln sollte. Bauten Netze auf, Widerstandsgruppen. Es war eine große Operation. Karla war der Boß. Das Mädchen wurde ihr Maskottchen. Sie schleppten sie auf Schritt und Tritt mit. Ein Kind. O George!«
Er hielt den Atem an, um jedes ihrer Worte zu erhaschen. Das Prasseln auf dem Dach wurde lauter, er hörte das anschwellende Grollen des Waldes, als der Regen auf ihn niederrauschte. Sein Gesicht war ganz nah an dem ihren; und es war, Widerwille hin oder her, vom gleichen Feuer beseelt, wie das ihre.
»Und was dann?« sagte er.
»Dann hat er sie abgemurkst, Darling. Das war dann.«
»Warum?« Er rückte noch näher, als fürchte er, die Sprache werde ihr genau im entscheidenden Moment versagen. »*Warum*, Connie? Warum sie töten, wenn er sie liebte?«
»Er hatte alles für sie getan. Pflegeeltern für sie gefunden. Gute Schulen. Ließ sie zu seinem Traumweib erziehen. Spielte Daddy, spielte Liebhaber, spielte Gott. Sie war sein Spielzeug. Dann, eines schönen Tages, setzt sie sich plötzlich Flausen in den Kopf.«
»Was für Flausen?«
»Rebelliert. Verkehrt mit Scheiß-Intellektuellen. Wollen den Staat zersetzen. Fragt das große ›Warum?‹ und das große ›Warum nicht?‹ Er sagt, sie soll die Klappe halten. Was sie nicht tat. Sie hatte den Teufel im Leib. Er ließ sie ins Lager verfrachten. Machte sie nur noch schlimmer.«
»Und sie hatte ein Kind«, soufflierte Smiley und nahm ihre Hand in seine beiden Hände. »Ein Kind von ihm, erinnern Sie sich?«
Ihre Hand war zwischen seinem und ihrem Gesicht. »Sie haben Recherchen nach dem Kind angestellt, ja? Es war Saure-Gurken-Zeit, und ich ließ Sie von der Leine. ›Nimm die Fährte auf,

Con‹«, sagte ich, »›verfolg sie, wohin sie auch führt.‹ Wissen Sie noch?«
Unter Smileys beschwörendem Zuspruch steigerte sich Connies Rede zum Furioso einer letzten Liebe. Sie sprach schnell, ihre Augen strömten über. Sie verfolgte die Fährte in die Vergangenheit, stöberte in allen Winkeln ihres Gedächtnisses . . . Karla hatte dieses Mädel . . . ja, Darling, das war die Story, hören Sie mich? – Ja, Connie, weiter, ich höre. Dann passen Sie auf. Er zog sie groß, machte sie zu seiner Geliebten, das Balg kam, und der Zank drehte sich um dieses Balg. George, Darling, lieben Sie mich noch, wie in den alten Tagen? – Weiter, Con, wie ging es aus, ja, natürlich liebe ich Sie. Er beschuldigte sie, sie vergifte die kostbare Seele des Kindes mit gefährlichen Ideen – wie zum Beispiel Freiheit. Oder Liebe. Ein Mädchen – das Ebenbild der Mutter –, angeblich eine Schönheit. Schließlich schlug die Liebe des alten Tyrannen in Haß um, und er ließ sein Ideal deportieren und umlegen: Ende der Geschichte . . . Wir bekamen sie zuerst von Wladimir, dann ein paar Brocken, nie etwas Verläßliches . . . Name unbekannt, Darling, weil er alle Unterlagen über sie vernichtete, jeden umbrachte, der womöglich etwas wußte, typisch Karla, hol ihn der Kuckuck, wie Darling, so war er schon immer? Es hieß auch, sie sei überhaupt nicht tot, die Geschichte von ihrer Ermordung sei gezielte Falschinformation, um die Spur zu löschen. So, sie hat's geschafft, wie? Die alte Närrin hat sich erinnert!«
»Und das Kind?« fragte Smiley. »Das Mädchen, das Ebenbild der Mutter? Es gab Aussagen eines Überläufers – worum ging es da?«
Sie zögerte nicht. Auch daran hatte sie sich erinnert, ihr Denken raste vor ihr her, so wie ihre Stimme dem Atem davonlief.
Irgendein Dozent der Universität Leningrad, sagte Connie. Behauptete, man habe ihm befohlen, einem geheimnisvollen Mädchen abends Nachhilfestunden in Politik zu erteilen – einer Art Privatpatientin, die anti-sozialistische Symptome zeige, Tochter eines hohen Funktionärs . . . Tatjana, er kannte sie nur als Tat-

jana. Sie hatte in der ganzen Stadt Krakeel gemacht, aber ihr Vater war ein großes Tier in Moskau, und sie war tabu. Das Mädchen versuchte, ihn zu verführen, tat es vermutlich, dann erzählte sie ihm eine Geschichte, wie Daddy ihre Mammi killte, weil sie mangelndes Vertrauen in den historischen Prozeß bewies. Anderntags ließ sein Ordinarius ihn kommen und sagte, wenn er jemals ein Wort dieses Gesprächs verlauten lasse, so werde er auf einer sehr großen Bananenschale ausrutschen ...

Connie war nicht mehr zu bremsen, sie zitierte Hinweise, die im Sand verlaufen, Quellen, die im Augenblick der Entdeckung versickert waren. Unglaublich, daß ihr zerrütteter und vom Trinken entstellter Körper noch einmal soviel Kraft aufzubieten vermochte.

»O George, Darling, nehmen Sie mich mit! Ja, das haben Sie vor, jetzt weiß ich's. Wer tötete Wladimir und warum! Hab's Ihrem häßlichen Gesicht angesehen, schon als Sie hereinkamen. Kam nicht gleich drauf, jetzt weiß ich's. Sie haben Ihr Karla-Gesicht! Wladi hat die Ader wieder angezapft, deshalb ließ Karla ihn töten! Das ist Ihr Banner, George. Ich sehe Sie marschieren. Nehmen Sie mich mit, George, ich flehe Sie an! Ich verlasse Hils, ich verlasse alles, keinen Tropfen mehr, ich schwöre. Bringen Sie mich nach London, und ich finde Ihnen sein Traumweib, auch wenn es gar nicht existiert, auch wenn es das Letzte ist, was ich tue!«

»Warum nannte Wladimir ihn den Sandmann?« fragte Smiley, obwohl er die Antwort bereits kannte.

»Es war ein Scherz. Ein Märchen, das Wladi in Estland von einem seiner nordischen Vorfahren gehört hatte. Karla ist unser Sandmann. Jeder, der ihm zu nahe kommt, fällt in einen besonders tiefen Schlaf. Wir wußten es nie genau, Darling, wie wäre das möglich gewesen? In der Lubjanka hatte jemand einen Mann kennengelernt, der eine Frau kannte, die sie gekannt hatte. Ein anderer kannte jemanden, der mithalf, sie zu begraben. Dieses Weib war Karlas Heiligtum. Und sie betrog ihn. Zwillingsstädte, so nannten wir ihn und Sie, zwei Hälften vom selben Apfel.

George, Darling, nicht! Bitte!«

Sie hatte zu sprechen aufgehört, und er sah, daß sie angstvoll zu ihm hinaufstarrte, daß ihr Gesicht ein Stück unterhalb des seinen war; er stand und starrte wild auf sie hinab.

Hilary war an die Wand zurückgewichen und rief: »Halt, halt!«

Er stand dicht vor der sitzenden Connie, wutentbrannt über ihren billigen und ungerechten Vergleich, er wußte, daß er weder Karlas Methoden noch Karlas Machtanspruch teilte. Er hörte sich sagen: *»Nein. Connie!«* und entdeckte, daß er beide Hände auf Brusthöhe gehoben hatte, steif ausgestreckt und Handflächen nach unten, als drücke er etwas mit aller Kraft in die Erde. Und er begriff, daß seine Leidenschaftlichkeit sie erschreckt, daß er ihr gegenüber noch nie soviel von seiner Überzeugung – oder von seinen Gefühlen – enthüllt hatte.

»Ich werde alt«, murmelte er und lächelte schüchtern. Als er sich beruhigte, wurde auch ihr Körper langsam wieder schlaff, und der Traum in ihr starb. Die Hände, die ihn noch vor ein paar Sekunden umklammert hatten, lagen in ihrem Schoß wie zwei tote Soldaten in einem Schützengraben.

»Es war lauter Quatsch«, sagte sie verdrießlich. Tiefe und endgültige Apathie ergriff von ihr Besitz. »Gelangweilte Emigranten, die in ihren Wodka flennen. Geben Sie's auf, George. Karla hat Sie auf der ganzen Linie geschlagen. Er hat Sie zum besten gehalten, hat Ihnen Ihre Zeit gestohlen . . . *Unsere* Zeit.«

Sie trank, es war ihr jetzt egal, was sie sagte. Ihr Kopf baumelte wieder nach vorn, und einen Augenblick lang glaubte er, sie sei wirklich eingeschlafen. »Er hat *Sie* zum besten gehalten, er hat *mich* zum besten gehalten, und als Sie Lunte rochen, brachte er Bill dazu, Ann zum besten zu halten, damit Sie die Witterung verloren.« Mit Mühe hob sie den Kopf, um ihn noch einmal anzustarren. »Gehen Sie heim, George. Karla gibt Ihnen Ihre Vergangenheit nicht zurück. Machen Sie's, wie die alte Närrin hier. Leisten Sie sich ein bißchen Liebe, und warten Sie bis der Vorhang fällt.«

Sie fing wieder an zu husten, hoffnungslos, einen harten, würgenden Stoß nach dem anderen.

Der Regen hatte aufgehört. Als Smiley durch die französischen Fenster blickte, sah er wieder das Mondlicht auf den Käfigen liegen, die bereiften Drahtgitter streifen, er sah die weiß-glänzenden Baumwipfel hügelan in einen schwarzen Himmel aufsteigen; er sah eine verkehrte Welt, in der alles Helle zu Schatten verdunkelt war, und alles Dunkle wie Leuchtzeichen aus dem weißen Grund stach. Er sah einen jähen Mond aus den Wolken treten, dessen Strahl ihn in einen Abgrund locken wollte.
Er sah eine schwarze Gestalt mit Gummistiefeln und Kopftuch den Weg entlanglaufen und erkannte, daß es Hilary war; sie mußte, von ihm unbemerkt, hinausgeschlüpft sein. Er entsann sich, daß er eine Tür hatte zufallen hören. Er ging wieder zu Connie und setzte sich neben sie, auf das Sofa. Connie weinte und redete wirres Zeug, sprach von Liebe. Die Liebe ist eine absolute Macht, sagte sie vage – fragen Sie Hils. Aber Hilary war nicht da, er konnte sie nicht fragen. Die Liebe sei ein Stein, den man ins Wasser wirft, und wenn es genügend Steine gäbe und wir alle zusammen liebten, so würden eines Tages die Wellenkreise stark genug sein, um über das Meer zu reichen und die Hasser und Zyniker zu ertränken – »sogar diesen Schuft Karla, Darling«, versicherte sie ihm. »Das sagt Hils immer. Quatsch, wie? Es ist Quatsch, Hils!« kreischte sie.
Dann schloß Connie die Augen aufs neue, und nach einer Weile schien sie, nach ihrem Atmen zu schließen, einzudösen. Oder vielleicht tat sie nur so, um die Qual des Abschieds zu vermeiden. Auf Zehenspitzen trat Smiley in die kalte Nacht hinaus. Der Motor seines Wagens sprang wunderbarerweise an; Smiley fuhr langsam den Weg hinauf und hielt dabei nach Hilary Ausschau. Er bog um eine Kurve und sah sie im Scheinwerferlicht. Sie kauerte unter den Bäumen, wartete, daß er verschwinde, ehe sie wieder zu Connie zurückging. Wieder hatte sie die Hände vors Gesicht geschlagen, und er glaubte, Blut zu sehen; vielleicht

hatte sie sich mit den Fingernägeln zerkratzt. Er fuhr vorbei und sah sie im Autorückspiegel, wie sie ihm im Rot seiner Rücklichter nachstarrte, und einen Augenblick lang verkörperte sie für ihn alle jene schlammigen Gespenster, die wahren Opfer der Konflikte: die aus dem Rauch des Krieges taumeln, verschmutzt und verhungert und um alles gebracht, was sie je besaßen. Er wartete, bis er sie wieder hügelabwärts laufen sah, auf die Lichter der Datscha zu.

Ich habe mein eigenes Gedächtnis konsultiert, dachte er, und vorgegeben, ich konsultierte das ihre.

Am Flughafen Heathrow kaufte er sein Ticket für den nächsten Morgen, dann lag er auf seinem Hotelbett – und für ihn war es das gleiche wie damals, obwohl die Wände kein Schottenmuster hatten. Das Hotel blieb die ganze Nacht über wach und Smiley mit ihm. Er hörte das Tosen der Wasserleitungen, das Klingeln der Telefone und das Gebumse von Liebespaaren, die nicht schlafen wollten oder konnten.

Max, hören Sie uns noch ein einziges Mal an – klang es ihm in den Ohren –, *der Sandmann persönlich hat Kirow zu den Emigranten geschickt, um die Legende zu suchen.*

16

Smiley kam in Hamburg Mitte des Vormittags an und fuhr mit dem Flughafenbus ins Stadtzentrum. Es war neblig und sehr kalt. Am Bahnhofsplatz fand er nach einigen ›Bedauere, ausgebucht‹ ein schmalbrüstiges Hotel mit einem Lift, den, laut Vorschrift, nur jeweils drei Personen benutzen durften. Er trug sich als Standfast ein und ging dann zu einer Autovermietung, wo er sich einen kleinen Opel aussuchte, den er in einer mit gedämpfter Beethovenmusik berieselten Tiefgarage parkte. Der Wagen war seine Hintertüre. Er wußte nicht, ob er ihn benötigen würde, aber es war nötig, daß er da war. Er machte sich wieder zu Fuß auf den Weg in Richtung Alster, wobei er alles mit besonderer Schärfe wahrnahm: Den irren Verkehr und die Spielzeugläden für Millionärskinder. Der Stadtlärm sprang ihn wie ein Sturm an und ließ ihn die Kälte vergessen. Deutschland war seine zweite Natur, ja seine zweite Seele. In seiner Jugend war die deutsche Literatur seine Leidenschaft und sein Studienfach gewesen. Er konnte die deutsche Sprache anlegen wie eine Uniform und sich kühn darin bewegen. Und doch hatte er das Gefühl, daß jeder Schritt, den er tat, Gefahr bedeutete, denn Smiley hatte hier als junger Mann den halben Krieg in der einsamen Angst des Spions verbracht, und das Bewußtsein, in Feindesland zu sein, war unausrottbar in ihm verwurzelt. In seiner Kindheit hatte er Hamburg als eine reiche und elegante Hafenstadt kennengelernt, die ihre flatterhafte Seele unter einem Mantel von Englischtümelei verbarg; im Erwachsenenalter, als eine Stadt, die durch Luftangriffe von tausend Flugzeugen in mittelalterliche Finsternis zurückgebombt wurde. Er hatte sie in den ersten Friedensjahren gesehen, eine endlose, schwelende Ruinenstätte, in der die Überlebenden den Schutt wie Felder bearbeiteten. Und er sah sie heu-

te, auf der Flucht in die Anonymität von Konservenmusik, Betontürmen und getöntem Glas.
An der Alster ging er den anmutigen Fußweg hinunter zum Landungssteg, wo Willem das Schiff bestiegen hatte. An Wochentagen fuhr, wie er feststellte, das erste Boot um 7 Uhr 10, das letzte um 20 Uhr 15, und Willem war an einem Wochentag hiergewesen. Das nächste Schiff war in fünfzehn Minuten fällig. Während er darauf wartete, beobachtete er die Ruderboote und die roten Eichhörnchen, genau wie Willem dies getan hatte, und als das Schiff ankam, setzte er sich ins Heck, wo Willem gesessen hatte, im Freien unter dem Schutzdach. Seine Mitpassagiere waren eine Horde Schulkinder und drei Nonnen. Er kniff vor der blendenden Helle die Augen halb zu und lauschte dem Geschnatter der Kinder. Auf halber Strecke stand er auf, schritt durch die Kabinen zum vorderen Fenster und sah hinaus, offensichtlich um etwas zu überprüfen, schaute auf die Uhr, kehrte dann wieder zu seinem Platz zurück und blieb sitzen bis zum Jungfernstieg, wo er an Land ging.
Willems Geschichte stimmte. Smiley hatte es nicht anders erwartet, aber in einer Welt beständigen Zweifels war ein zusätzlicher Beweis immer willkommen.
Er aß zu Mittag, ging dann zur Hauptpost und studierte eine Stunde lang alte Telefonbücher, wie damals die Ostrakowa in Paris, wenn auch aus anderen Gründen. Nach Beendigung seiner Nachforschungen ließ er sich zufrieden in der Halle des Hotels Vier Jahreszeiten nieder und las Zeitungen bis zum Abend.

In einem Hamburger Vergnügungsführer war das ›Blue Diamond‹ nicht unter Nachtklubs angeführt, sondern unter ›L'amour‹ und mit drei Sternen ausgezeichnet wegen seiner Exklusivität und seiner hohen Preise. Es lag in Sankt Pauli, doch diskret abseits vom Touristenrummel, in einer leicht abfallenden, gepflasterten Straße, die dunkel war und nach Fisch roch. Smiley drückte auf die Klingel, und ein elektrischer Türöffner summte. Er trat ein und stand unmittelbar in einem gepflegten

Vorraum, voll grauer Apparaturen, die von einem smarten jungen Mann in grauem Anzug bedient wurden. An der Wand drehten sich langsam graue Tonbandspulen, doch die Musik, die sie spielten, war anderswo zu hören. Am Empfangspult flackerte und tickte eine mit den letzten Raffinessen ausgestattete Telefonanlage.

»Ich möchte einige Zeit hier verbringen«, sagte er.

Von hier aus haben sie auf meinen Telefonanruf geantwortet, dachte er, als ich Wladimirs Hamburger Gesprächspartner zu erreichen suchte.

Der smarte junge Mann zog ein Formular aus seinem Pult und erklärte in vertraulichem Gemurmel die Prozedur, wie ein Rechtsanwalt, der er wahrscheinlich tagsüber hauptberuflich war. Mitgliedsbeitrag einhundertfünfundsiebzig Mark, sagte er leise. Dies sei eine einmalige Beitrittsgebühr, die Smiley ein volles Jahr zu freiem Eintritt berechtige, sooft er wolle. Das erste Getränk würde ihn weitere fünfundzwanzig Mark kosten, und danach seien die Preise hoch, aber nicht übermäßig. Das erste Getränk sei obligatorisch und, wie der Mitgliedsbeitrag, vor Eintritt zu bezahlen. Alle anderen Arten der Unterhaltung seien gebührenfrei, doch nähmen die Mädchen Zuwendungen dankend entgegen. Smiley solle das Formular mit einem Namen seiner Wahl unterschreiben. Es würde von dem jungen Mann hier höchstpersönlich abgelegt werden. Bei seinem nächsten Besuch brauche er sich dann nur an seinen Beitrittsnamen zu erinnern, und er würde dann ohne weitere Formalitäten eingelassen werden.

Smiley zählte sein Geld hin und fügte den Dutzenden von falschen Namen, die er in seinem Leben verwendet hatte, einen weiteren hinzu. Er stieg eine Treppe hinunter bis zu einer zweiten Tür, die sich ebenfalls elektronisch öffnete und einen Durchgang freigab, an dem eine Reihe Séparées lagen, leer, denn in dieser Welt fing die Nacht gerade erst an. Am Ende des Durchgangs war eine dritte Tür, hinter der ihn totale Finsternis empfing und die auf höchste Lautstärke gedrehte Musik von den Tonbändern

des smarten jungen Mannes. Eine männliche Stimme sprach zu ihm, ein Punktlicht führte ihn an einen Tisch. Er bekam eine Getränkekarte ausgehändigt. ›Besitzer C. Kretzschmar‹, las er unten auf der Seite in Kleindruck. Er bestellte Whisky.
»Ich möchte allein bleiben. Keine Gesellschaft.«
»Ich werde entsprechend Bescheid geben, mein Herr«, sagte der Kellner mit vertraulicher Würde und nahm sein Trinkgeld an.
»Übrigens, Herr Kretzschmar. Ist er zufällig aus Sachsen?«
»Jawohl, mein Herr.«
Schlimmer als ein Ostdeutscher, hatte Toby Esterhase gesagt. *Ein Sachse. Sie klauten zusammen. Sie hurten zusammen, sie fälschten zusammen Berichte. Eine ideale Ehe.*

Er nippte an seinem Whisky und wartete, bis sich seine Augen an das Licht gewöhnt hatten. Von irgendwoher strahlte blaues Schummerlicht und hob Manschetten und Kragen gespenstisch hervor. Er sah weiße Gesichter und weiße Körper. Der Raum war in zwei Ebenen angelegt. Die untere, wo er saß, war mit Tischen und Armstühlen ausgestattet. Die obere bestand aus sechs Chambres séparées, die wie Theaterlogen aussahen, jedes mit seinem eigenen blauen Schummerlicht. In einer davon hatte, das stand für ihn fest, das Quartett wissentlich oder unwissentlich für den Fotografen posiert. Er erinnerte sich an den Standpunkt, von dem aus das Bild aufgenommen worden war. Von oben – von hoch oben. Aber ›hoch oben‹ bedeutete irgendwo im Dunkel der Mauern, wohin kein Auge dringen konnte, nicht einmal das von Smiley.
Die Musik erstarb, und aus den Lautsprechern wurde eine Nummer angekündigt. ›Alt Berlin‹, sagte der *compère*, und die Stimme des *compère* war auch altberlinerisch: bestimmt, nasal und suggestiv. Der smarte junge Mann hat das Tonband gewechselt, dachte Smiley. Ein Vorhang ging hoch und gab eine kleine Bühne frei. In dem Licht, das von ihr fiel, schaute Smiley schnell nach oben, und diesmal sah er, wonach er gesucht hatte: ein kleines Beobachtungsfenster aus Rauchglas, sehr hoch oben in der

Wand. Der Fotograf hat Spezialkameras benützt, dachte er vage. Heutzutage war, wie er sich hatte sagen lassen, Dunkelheit kein Hindernis mehr. Ich hätte Toby fragen sollen, dachte er. Toby kennt diese Finessen auswendig. Auf der Bühne führte ein Paar den Liebesakt vor, mechanisch, witzlos, abschreckend. Smiley wendete seine Aufmerksamkeit den im Raum verstreuten Mitgästen zu. Die Mädchen waren schön und nackt und jung, wie die Mädchen auf dem Foto. Wenn sie versorgt waren, saßen sie eng umschlungen mit ihren Partnern, offensichtlich entzückt über deren Senilität und Häßlichkeit. Die Nichtversorgten saßen schweigend in einer Gruppe zusammen, wie Ersatzspieler auf der Reservebank. Der Lärm aus den Lautsprechern schwoll an, eine Mischung aus Musik und hektischer Berichterstattung. Und in Berlin spielen sie Alt Hamburg, dachte Smiley. Auf der Bühne verdoppelte das Paar seine Anstrengungen, ohne daß viel dabei herauskam. Smiley fragte sich, ob er wohl die Mädchen von dem Foto erkennen würde, wenn sie erscheinen sollten. Sicher nicht, dachte er. Der Vorhang fiel. Erleichtert bestellte er noch einen Whisky.

»Ist Herr Kretzschmar heute abend im Haus?« fragte er den Kellner.

Herr Kretzschmar habe viele Verpflichtungen, erklärte der Kellner. Herr Kretzschmar müsse seine Zeit zwischen mehreren Etablissements teilen.

»Sollte er kommen, lassen Sie es mich bitte wissen.«

»Er wird um Punkt elf Uhr hier sein, mein Herr.«

An der Bar hatten nackte Paare zu tanzen begonnen. Er litt eine weitere halbe Stunde, bevor er an den jetzt teilweise besetzten Nischen vorbei zum Vorraum am Eingang zurückging. Der smarte junge Mann fragte ihn, wen er melden dürfe.

»Sagen Sie ihm, es handle sich um ein spezielles Anliegen.«

Der smarte junge Mann drückte auf einen Knopf und redete in dem extrem ruhigen Ton, in dem er mit Smiley gsprochen hatte.

Das Büro oben war so blank wie ein ärztliches Behandlungs-

zimmer mit einem polierten Plastikschreibtisch und einer Menge weiterer Apparaturen. Eine Industriefernsehanlage lieferte ein gestochen scharfes Bild dessen, was unten vorging. Durch das Beobachtungsfenster, das Smiley bereits bemerkt hatte, sah man in die Séparées. Herr Kretzschmar war das, was die Deutschen seriös nennen. In den Fünfzigern, gepflegt, massig, mit dunklem Anzug und heller Kravatte. Sein Haar war strohblond, wie es sich für einen guten Sachsen gehört, und sein ausdrucksloses Gesicht verriet weder Freude noch Ärger über den Besuch. Er schüttelte Smiley lebhaft die Hand und winkte ihn in einen Sessel. Er schien mit der Handhabung spezieller Anliegen wohl vertraut zu sein.
»Bitte«, sagte er, und damit waren die Präliminarien erledigt. Nun gab es nur noch die Flucht nach vorne.
»Wenn ich mich nicht täusche, dann waren Sie einmal der Geschäftspartner eines meiner Bekannten namens Otto Leipzig«, sagte Smiley, und seine Stimme kam ihm ein bißchen zu laut vor. »Ich bin zufällig in Hamburg und habe mich gefragt, ob Sie wohl wissen, wo er ist. Seine Adresse scheint nirgends verzeichnet zu sein.«
Herrn Kretzschmars Kaffee war in einer Silberkanne, deren Henkel mit einer Papierserviette umwickelt war, damit er sich beim Ausgießen die Finger nicht verbrenne. Er trank und stellte seine Tasse sorgfältig ab, um jeden Aufprall zu vermeiden.
»Wer sind Sie, bitte?« fragte Herr Kretzschmar. Der sächselnde Tonfall quetschte seine Stimme platt. Ein kleines Stirnrunzeln verstärkte noch den Eindruck der Seriosität.
»Otto nannte mich Max«, sagte Smiley.
Herr Kretzschmar ging auf diese Information nicht ein, doch er nahm sich Zeit, ehe er seine nächste Frage vorbrachte. Wieder bemerkte Smiley, daß sein Blick seltsam unschuldig war. *Otto hatte in seinem ganzen Leben nie ein Haus,* hatte Toby gesagt. *Bei Blitztreffs amtierte Kretzschmar als Schlüsselverwahrer.*
»Und Ihre Geschäfte mit Herrn Leipzig, wenn ich fragen darf?«
»Ich vertrete eine große Firma. Neben anderen Beteiligungsge-

sellschaften besitzen wir eine literarische und fotografische Agentur für freiberufliche Reporter.«

»Und?«

»Vor längerer Zeit hatte mein Stammhaus gelegentlich Angebote Herrn Leipzigs angenommen – über Vermittler – und sie an unsere Kunden zur Verarbeitung und Unterbringung weitergegeben.

»Und?« wiederholte Herr Kretzschmar. Sein Kopf hatte sich leicht gehoben, aber sein Ausdruck blieb unverändert.

»Kürzlich ist die Geschäftsverbindung zwischen meinem Stammhaus und Herrn Leipzig wieder aufgelebt.« Er machte eine kleine Pause. »Zunächst über das Telefon«, sagte er, aber Herr Kretzschmar hatte vielleicht nie etwas von Fernsprechern gehört. »Dann schickte er uns, wieder über Mittelsmänner, eine Musterkollektion seiner Arbeiten, die wir das Vergnügen hatten, für ihn unterzubringen. Ich bin hierher gekommen, um über Bedingungen zu sprechen und um weitere Arbeiten in Auftrag zu geben. Vorausgesetzt natürlich, daß Herr Leipzig in der Lage ist, sie auszuführen.«

»Was war das für eine Art Arbeit, bitte, die Herr Leipzig Ihnen gesandt hat, bitte, Herr Max?«

»Es war ein Fotonegativ mit erotischem Inhalt. Meine Firma besteht immer auf Negativen. Herr Leipzig wußte das natürlich.« Smiley deutete bedächtig durch das Zimmer. »Ich möchte annehmen, daß es von diesem Fenster aus aufgenommen wurde. Das Besondere an diesem Foto ist, daß Herr Leipzig selbst darauf figuriert. Es ist daher anzunehmen, daß ein Freund oder Geschäftspartner die Kamera bedient hat.«

Herrn Kretzschmars blauäugiger Blick verlor nichts von seiner Direktheit und Unschuld. Sein seltsam glattes Gesicht kam Smiley mutig vor, ohne daß er hätte sagen können, warum.

Wenn Sie sich mit einem Knilch wie Leipzig einlassen wollen, dann sollten Sie einen Knilch wie Toby zu Ihrem Schutz dabei haben, hatte Toby gesagt.

»Da ist noch ein anderer Aspekt«, sagte Smiley.

»Ja?«
»Unglücklicherweise erlitt der Herr, der bei dieser Gelegenheit als Vermittler fungierte, einen schweren Unfall, kurz nachdem das Negativ in unseren Besitz gelangt war. Die übliche Verbindung zu Herrn Leipzig war damit abgebrochen.«
Herr Kretzschmar machte kein Hehl aus seiner Bestürzung. Ein Schatten, der echte Besorgnis auszudrücken schien, flog über sein Gesicht, und er sagte scharf:
»Wieso ein Unfall? Was für ein Unfall?«
»Ein tödlicher. Ich bin gekommen, um Otto zu warnen und um mit ihm zu sprechen.«
Herr Kretzschmar besaß einen schönen, goldenen Kugelschreiber. Er zog ihn bedachtsam aus einer Innentasche, ließ die Spitze herausspringen und zeichnete, immer noch stirnrunzelnd, einen perfekten Kreis auf die Schreibunterlage vor ihm. Dann setzte er obenauf ein Kreuz, zog einen Strich durch sein Werk, machte »ts, ts«, sagte »schade«, und nachdem er dies alles getan hatte, richtete er sich auf und sprach in knappem Ton in einen Apparat: »Ich bin für niemanden zu sprechen.« Murmelnd bestätigte die Stimme des grauen Empfangschefs die Anweisung.
»Sie sagten, Herr Leipzig sei ein alter Bekannter Ihres Stammhauses?« faßte Herr Kretzschmar zusammen.
»Wie Sie selbst auch, glaube ich, Herr Kretzschmar.«
»Bitte, erklären Sie das näher,« sagte Herr Kretzschmar und drehte den Kugelschreiber langsam in beiden Händen, als wolle er die Qualität des Goldes prüfen.
»Wir sprechen natürlich von alten Geschichten«, sagte Smiley beschwichtigend.
»So habe ich es verstanden.«
»Nach seiner Flucht aus Rußland kam Herr Leipzig nach Schleswig-Holstein«, sagte Smiley. »Die Organisation, die seine Flucht ermöglicht hatte, war in Paris ansässig, aber als Balte zog er es vor, in Norddeutschland zu leben. Deutschland war immer noch besetzt, und es war schwierig für ihn, sich seinen Lebensunterhalt zu verdienen.«

»Für jeden«, korrigierte ihn Herr Kretzschmar. »Für jeden war es schwierig. Die Zeiten waren phantastisch hart. Die Jugend von heute hat keine Ahnung.«
»Nicht die geringste«, bestätigte Smiley. »Und sie waren besonders hart für Flüchtlinge. Ob sie nun aus Estland oder aus Sachsen kamen, das Leben war hart für sie.«
»Absolut richtig. Die Flüchtlinge hatten es am schwersten. Bitte, fahren Sie fort.«
»Damals blühte der Handel mit Informationen. Aller Art von Informationen. Militärischer, industrieller, politischer, wirtschaftlicher. Die Siegermächte waren bereit, hohe Summen für Material zu bezahlen, das sie jeweils über die anderen aufklärte. Mein Stammhaus war in diesem Handel tätig und unterhielt hier einen Vertreter, dessen Aufgabe darin bestand, derartiges Material zu sammeln und es nach London zu übermitteln. Herr Leipzig und sein Partner wurden gelegentlich von uns mit Aufträgen betraut. Als freie Mitarbeiter.«
Trotz der Nachricht vom tödlichen Unfall des Generals huschte ein schnelles und unerwartetes Lächeln wie eine Brise über Herrn Kretzschmars Züge:
»Freie Mitarbeiter«, sagte er, als habe der Ausdruck es ihm besonders angetan. »Frei«, wiederholte er. »Genau das waren wir.«
»Derartige Verbindungen sind naturgemäß nicht auf Dauer angelegt«, fuhr Smiley fort. »Doch Herr Leipzig hatte als Balte gewisse Ziele im Auge und korrespondierte weiterhin noch längere Zeit mit meiner Firma über Mittelsmänner in Paris«, er hielt inne, »vornehmlich über einen General. Der General mußte vor ein paar Jahren aufgrund eines Streits nach London übersiedeln, doch Otto blieb mit ihm in Kontakt. Und der General seinerseits spielte weiter den Mittelsmann.«
»Bis zu seinem Unfall«, warf Herr Kretzschmar ein.
»Ganz recht.«
»War es ein Verkehrsunfall? Ein alter Mann – ein bißchen unachtsam?«

»Erschossen«, sagte Smiley und sah, wie Herrn Kretzschmars Gesicht sich wieder unwillig verzog. »Er ist erschossen *worden*«, fügte Smiley hinzu, wie um ihn zu beruhigen. »Es war kein Selbstmord oder sonstiges Selbstverschulden.«
»Natürlich«, sagte Herr Kretzschmar und bot Smiley eine Zigarette an. Smiley lehnte ab, also zündete er sich selbst eine an, tat ein paar Züge und drückte sie aus. Seine blasse Gesichtsfarbe war um eine Schattierung bleicher geworden.
»Sind Sie mit Otto zusammengekommen? Kennen Sie ihn?« fragte Herr Kretzschmar und machte auf leichten Plauderton.
»Ich bin einmal mit ihm zusammengekommen.«
»Wo?«
»Ich bin nicht befugt, darüber zu sprechen.«
Herr Kretzschmar runzelte die Stirne, doch eher ratlos als mißbilligend.
»Sagen Sie, bitte. Wenn Ihr Stammhaus – na schön, London – Herrn Leipzig direkt erreichen wollte, wie ging es da vor?« fragte Herr Kretzschmar.
»Über das *Hamburger Abendblatt*.«
»Und wenn es sehr dringend war?«
»Über Sie.«
»Sind Sie von der Polizei?« fragte Herr Kretzschmar ruhig. »Scotland Yard?«
»Nein.« Smiley starrte Herrn Kretzschmar an, und Herr Kretzschmar starrte zurück.
»Haben Sie etwas für mich mitgebracht?« fragte Herr Kretzschmar. Smiley war ratlos und antwortete nicht sofort. »So etwas wie einen Empfehlungsbrief? Eine Karte, zum Beispiel?«
»Nein.«
»Nichts vorzuzeigen? Sehr schade.«
»Vielleicht werde ich Ihre Frage besser verstehen, wenn ich ihn gesehen habe.«
»Aber das Foto, das haben Sie doch offensichtlich gesehen? Haben Sie es zufällig bei sich?«
Smiley zog seine Brieftasche und reichte den Abzug über den

Schreibtisch. Herr Kretzschmar hielt ihn an den Rändern, sah ihn einen Augenblick prüfend an, aber nur pro forma und legte ihn dann auf die Plastikfläche vor sich hin. Sein sechster Sinn sagte Smiley, daß Herr Kretzschmar sich anschickte, eine Aussage zu machen, wie dies die Deutschen manchmal so tun, eine Aussage zu seiner philosophischen Einstellung oder seiner persönlichen Entlastung, auf daß man ihn liebe oder bemitleide. Smiley schwante, daß Herr Kretzschmar, zumindest nach seinem Selbstverständnis, ein umgänglicher, wenn auch mißverstandener Mensch war; ein Mann von Herz, ja Herzensgüte, und daß seine Wortkargheit nur ein berufliches Requisit war, das er widerstrebend zur Schau stellte, in einer Welt, die mit seinem von Natur aus zartbesaiteten Wesen oft nicht in Einklang stand.
»Ich möchte Ihnen nur sagen, daß ich hier ein anständiges Haus leite«, bemerkte Herr Kretzschmar, nachdem er nochmals einen Blick auf den Abzug unter der klinisch modernen Lampe geworfen hatte. »Es liegt nicht in meiner Gewohnheit, Gäste zu fotografieren. Manche Leute verkaufen Krawatten, ich verkaufe Sex. Ich lege größten Wert auf korrektes Geschäftsgebaren. Aber hier handelte es sich nicht um Geschäft. Hier handelte es sich um Freundschaft.«
Smiley war klug genug, den Mund zu halten.
Herr Kretzschmar runzelte die Stirn. Seine Stimme senkte sich zu einem vertraulichen Ton: »Kannten Sie ihn, Herr Max? Den alten General? Waren Sie ihm persönlich verbunden?«
»Ja.«
»Er war wer. Stimmt's?«
»Stimmt.«
»Ein Löwe, was?«
»Ein Löwe.«
»Otto hat einen Narren an ihm gefressen. Ich heiße Claus. ›Claus‹, sagte er immer zu mir. ›Dieser Wladimir. Ich liebe diesen Mann.‹ Können Sie mir folgen? Otto ist ein äußerst loyaler Bursche. Der General auch?«
»Genau so«, sagte Smiley. »Gewesen.«

»Eine Menge Leute glaubten nicht an Otto. Auch ihr Stammhaus glaubte nicht immer an ihn. Das ist verständlich. Ich mache niemandem einen Vorwurf. Aber der General, der glaubte an Otto. Nicht in allen Kleinigkeiten. Aber in den großen Dingen.« Herr Kretzschmar winkelte den Unterarm hoch und ballte die Hand zur Faust, zu einer überraschend stattlichen Faust. »Wenn's mulmig wurde, glaubte der General hundertprozentig an Otto. Auch ich glaube an Otto, Herr Max. In den großen Dingen. Aber ich bin Deutscher, ich interessiere mich nicht für Politik, nur für Geschäfte. Diese Flüchtlingsgeschichten sind für mich aus und vorbei. Können Sie mir folgen?«

»Ich glaube schon.«

»Aber nicht für Otto. Nie und nimmer. Otto ist ein Fanatiker. Das darf ich wohl sagen. Ein Fanatiker. Das ist einer der Gründe, warum sich unsere Wege getrennt haben. Aber er ist mein Freund geblieben. Wer Otto etwas antut, der kriegt es mit Kretzschmar zu tun.« Ein Schatten der Ratlosigkeit überflog sein Gesicht. »Sie haben wirklich nichts für mich, Herr Max?«

»Außer dem Foto habe ich nichts für Sie.«

Widerstrebend fand Herr Kretzschmar sich mit dieser Tatsache ab, aber er brauchte einige Zeit dazu. Verlegene Pause.

»Der alte General wurde in England erschossen?« fragte er schließlich.

»Ja.«

»Und Sie glauben trotzdem, daß auch Otto in Gefahr ist?«

»Ja. Aber ich glaube, er will es nicht anders.«

Herrn Kretzschmar gefiel diese Antwort, und er nickte zweimal energisch mit dem Kopf.

»Das glaube ich auch. Genau diesen Eindruck habe ich auch von ihm. Wie oft hab' ich zu ihm gesagt: ›Otto, du hättest Hochseilkünstler werden sollen.‹ Für Otto ist ein Tag, der nicht bei sechs verschiedenen Gelegenheiten sein letzter werden könnte, nicht lebenswert. Gestatten Sie mir ein paar Bemerkungen über meine Beziehung zu Otto?«

»Bitte«, sagte Smiley höflich.

Herr Kretzschmar legte die Unterarme auf die Schreibtischplatte und setzte sich bequem zur Beichte zurecht. »Es gab eine Zeit, da haben Otto und Claus Kretzschmar alles zusammen getan, eine Menge Pferde gestohlen, wie man so sagt. Ich bin aus Sachsen gekommen, Otto aus dem Osten. Ein Balte. Nicht aus Rußland, aus Estland, wie er immer betonte. Er hatte viel durchgemacht, eine ganze Anzahl Gefängnisse von innen kennengelernt, ein paar üble Burschen hatten ihn verraten, damals in Estland. Ein Mädchen war gestorben, was ihm ziemlich zugesetzt hatte. Da gab's einen Onkel in der Nähe von Kiel, aber das war ein Schwein. Das kann man wohl sagen. Ein Schwein. Wir hatten kein Geld, wir waren Kameraden und Diebsgenossen. Das war normal, Herr Max.«

Smiley bestätigte nickend diese Auslegung des Zeitgeists.

»Einer unserer Geschäftszweige war der Verkauf von Informationen. Wie Sie ganz richtig bemerkten, war Information damals eine geschätzte Handelsware. Wir hörten zum Beispiel von einem Flüchtling, der gerade von drüben gekommen war und den die Alliierten noch nicht ausgequetscht hatten. Oder vielleicht von einem russischen Deserteur. Oder dem Kapitän eines Frachters. Wir hören von ihm, wir fragen ihn aus. Wenn wir es schlau anstellen, können wir den gleichen Bericht in verschiedenen Fassungen an zwei oder drei Käufer absetzen. Die Amerikaner, die Franzosen, die Briten und die Deutschen, die schon wieder fest mitmischten, jawohl. Manchmal, wenn er nur vage genug war, sogar an *fünf* Käufer.« Er lachte herzlich. »Aber nur, wenn er vage war, okay? Bei anderen Gelegenheiten haben wir, wenn uns die Quellen ausgingen, einfach erfunden – ohne Frage. Wir hatten Landkarten, eine gute Phantasie, gute Kontakte. Mißverstehen Sie mich nicht: Kretzschmar ist ein Kommunistenfeind. Wir sprechen von alten Geschichten, wie Sie sagten, Herr Max. Es war eine Frage des Überlebens. Otto hatte die Idee, Kretzschmar tat die Arbeit. Otto hat die Arbeit nicht erfunden, möchte ich sagen.« Herr Kretzschmar runzelte die Stirne. »Aber in einer Hinsicht kannte Otto keinen Spaß. Er hatte eine Schuld zu kassieren.

Davon hat er öfter gesprochen. Der Schuldner war vielleicht der Bursche, der ihn verraten und sein Mädchen umgebracht hat, vielleicht aber auch die ganze menschliche Rasse. Was weiß ich? Er mußte einfach aktiv sein. Politisch aktiv. Dazu fuhr er nach Paris, sooft sich eine Gelegenheit bot. Immer wieder.«
Herr Kretzschmar gestattete sich eine kurze Denkpause.
»Ich werde ganz offen sein«, verkündete er.
»Und ich werde Ihr Vertrauen zu würdigen wissen«, sagte Smiley.
»Ich glaube Ihnen. Sie sind Max. Der General war Ihr Freund, das weiß ich von Otto. Otto ist einmal mit Ihnen zusammengekommen, er bewunderte Sie. Schön. Ich will Ihnen gegenüber ganz offen sein. Vor vielen Jahren ist Otto für mich ins Gefängnis gegangen. Damals war ich keine Respektsperson. Heute hab ich Geld und kann es mir leisten, eine zu sein. Wir haben gemeinsam etwas gestohlen, er wurde gefaßt, er hat gelogen und alles auf sich genommen. Ich wollte ihn dafür entschädigen. Er sagte: ›Was soll der Quatsch? Wenn man Otto Leipzig ist, ist ein Jahr Gefängnis der reinste Urlaub.‹ Ich besuchte ihn jede Woche, ich habe die Wärter bestochen, damit sie ihm anständiges Essen und einmal sogar ein Mädchen besorgten. Als er herauskam, versuchte ich wieder, ihn mit Geld zu entschädigen. Er hat meine Angebote abgelehnt. ›Eines Tages werd' ich dich um etwas bitten‹, sagte er. ›Vielleicht um deine Frau.‹ ›Ich geb sie dir‹, sagte ich zu ihm. ›Kein Problem.‹ Herr Max, ich nehme an, Sie sind Engländer. Sie werden meine Lage verstehen.«
Smiley sagte, er verstehe.
»Vor zwei Monaten – was weiß ich, kann länger, kann kürzer zurückliegen – ruft der alte General an. Er brauche dringend den Otto. ›Nicht morgen, sondern heute abend.‹ Manchmal hatte er so von Paris aus angerufen, mit Codenamen und all diesem Blödsinn. Der alte General ist ein Geheimniskrämer. Otto ebenfalls. Wie Kinder, verstehen Sie? Wie dem auch sei.«
Herr Kretzschmar fuhr sich mit seiner großen Hand nachsichtig über die Stirn, als wolle er Spinnweben wegwischen.

»›Hören Sie‹, sage ich zu ihm. ›Ich weiß nicht, wo Otto ist. Als ich das letzte Mal von ihm gehört habe, steckte er wegen irgendwelcher Geschäfte in einer üblen Klemme. Ich muß ihn zuerst finden, und das kann etwas dauern. Vielleicht morgen, vielleicht in zehn Tagen.‹ Der alte Mann sagt zu mir: ›Ich schicke Ihnen einen Brief für ihn. Behüten Sie ihn mit Ihrem Leben.‹ Am nächsten Tag kommt der Brief, per Eilboten für Kretzschmar, abgestempelt in London. Drinnen ein zweiter Umschlag. ›Dringend und streng geheim‹ für Otto. *Streng geheim,* verstehen Sie. Der Alte ist verrückt. Sei's drum. Sie kennen ja seine große Handschrift, energisch wie ein Heeresbefehl.«
Smiley kannte sie.
»Ich finde Otto. Er ist wieder mal in Geldschwierigkeiten und versteckt sich. Hat nur einen einzigen Anzug, ist aber gekleidet wie ein Filmstar. Ich gebe ihm den Brief des Alten.«
»Ein dicker Brief«, meinte Smiley und dachte dabei an die sieben Seiten Fotokopierpapier. An Mikhels schwarze Maschine, die wie ein alter Tank in der Bibliothek stand.
»Sicher. Ein langer Brief. Er hat ihn in meiner Gegenwart aufgemacht –«
Herr Kretschmar unterbrach sich, starrte auf Smiley, und in seinen Zügen schien sich das unwillkürliche Eingeständnis einer gewissen Hemmung zu spiegeln.
»Ein langer Brief«, wiederholte er. »Viele Seiten. Otto ist beim Lesen ganz aufgeregt geworden. ›Claus‹, hat er gesagt. ›Leih mir ein bißchen Geld. Ich muß nach Paris.‹ Ich leih ihm ein bißchen Geld, fünfhundert Mark, kein Problem. Danach hab' ich längere Zeit nicht viel von ihm gesehen. Ein paarmal kommt er hierher und telefoniert. Ich hör nicht hin. Vor einem Monat ist er dann zu mir gekommen.« Wieder unterbrach er sich und wieder spürte Smiley sein inneres Zögern. »Ich will ganz offen sein«, sagte er, als wolle er Smiley nochmals zur Geheimhaltung vergattern. »Er war, nun, ich würde sagen, aufgeregt.«
»Er wollte Ihren Nachtklub für seine Zwecke benutzen«, sprang Smiley hilfreich ein.

»›Claus‹, sagte er. ›Tu, was ich verlange, und du hast deine Schuld mir gegenüber abgetragen.‹ Er nannte es eine Sex-Falle. Er wollte einen Mann in den Klub mitbringen, einen Iwan, den er gut kannte, den er sich seit Jahren warm hielt, ein ganz besonderes Schwein. Dieser Mann war das *Ziel*. Er nannte ihn: ›Das Ziel‹. Er sagte, es sei *die* Chance seines Lebens, alles, worauf er seit jeher gewartet habe. Die besten Mädchen, der beste Champagner, die beste Show. Für eine Nacht, gratis und franko von Kretzschmar. Die Krönung seiner Bemühungen, sagte er. Die Gelegenheit, alte Schulden abzutragen und ein bißchen Geld zu machen. Er habe gesät, sagte er. Jetzt würde er ernten. Er versprach, daß keinerlei Folgen zu befürchten seien. Ich sagte ›kein Problem‹. ›Also, Claus, ich möchte, daß du uns fotografierst‹, sagt er zu mir. Ich sage wieder ›kein Problem‹. Dann ist er gekommen und hat sein ›Ziel‹ mitgebracht.«
Herrn Kretzschmars Erzählweise war plötzlich ungewöhnlich schmucklos geworden. Abgehackt. In eine der Pausen ließ Smiley eine Frage gleiten, die weit über den Gegenstand hinauspeilte, den sie betraf.
»In welcher Sprache unterhielten sie sich denn?«
Herr Kretzschmar zögerte, zog die Stirn kraus und antwortete schließlich:
»Zuerst gab sein Ziel vor, Franzose zu sein, aber die Mädchen konnten nur ein paar Brocken französisch, also sprach er deutsch mit ihnen. Aber mit Otto sprach er russisch. Er war unangenehm, dieses Ziel. Er stank furchtbar, er schwitzte furchtbar und war auch in gewissen anderen Beziehungen kein Gentleman. Die Mädchen wollten nicht bei ihm bleiben. Sie sind zu mir gekommen und haben sich beklagt. Ich hab' sie zurückgeschickt, aber sie murrten.«
Es schien ihm peinlich zu sein.
»Noch eine kleine Frage«, sagte Smiley, als wieder ein Augenblick der Verlegenheit eintrat.
»Bitte.«
»Wie konnte Otto Leipzig versprechen, daß keine Folgen zu be-

fürchten seien, wo doch das Ganze vermutlich auf eine Erpressung hinauslief.«

»Das Ziel war nicht der *Zweck*«, sagte Herr Kretzschmar, wobei er die Lippen schürzte, um diesem Punkt Nachdruck zu verleihen. »Er war das Mittel.«

»Das Mittel, zu jemand anderem zu gelangen?«

»Otto drückte sich nicht klar aus. ›Eine Sprosse auf der Leiter des Generals‹ war seine Rede. ›Für mich, Claus, genügt das Ziel. Das Ziel und später das Geld. Aber für den General ist er nur eine Sprosse auf der Leiter. Für Max auch.‹ Aus Gründen, die ich nicht verstand, hing die Bezahlung des Geldes auch davon ab, ob der General zufrieden sein würde. Oder vielleicht auch Sie.« Er machte eine Pause, als hoffe er, Smiley würde ihn aufklären. Was Smiley nicht tat. »Ich wollte weder Fragen noch Bedingungen stellen«, fuhr Herr Kretzschmar fort und wählte seine Worte mit noch strengerer Sorgfalt. »Otto und sein Ziel wurden durch den Hintereingang eingelassen und direkt in ein Séparée geführt. Wir haben dafür gesorgt, daß nirgends der Name des Etablissements erschien. Kürzlich ist ein Nachtklub am anderen Ende der Straße bankrott gegangen«, sagte Herr Kretzschmar in einem Ton, der anzudeuten schien, daß ihm dieses Ereignis nicht völlig das Herz gebrochen hatte. »Ein Lokal namens ›Freudenjacht‹. Ich hatte bei der Versteigerung ein paar Dinge gekauft. Zündhölzer. Teller. Wir haben sie über die Séparées verteilt.«

Smiley erinnerte sich an die Buchstaben ACHT auf dem Aschenbecher des Fotos.

»Können Sie mir sagen, worüber sich die beiden Männer unterhielten?«

»Nein.« Er korrigierte seine Antwort. »Ich kann nicht russisch«, sagte er. Wieder machte er mit der Hand diese wegwischende Bewegung. »Auf deutsch sprachen sie über Gott und die Welt. Alles und jedes.«

»Verstehe.«

»Das ist alles, was ich weiß.«

»Wie hat Otto sich verhalten? War er immer noch so aufgeregt?«

»Ich hatte Otto vorher nie im Leben so gesehen. Er lachte wie ein Henker, sprach drei Sprachen auf einmal, war nicht betrunken, aber ziemlich angeheitert, sang, riß Witze, was weiß ich. Das ist alles, was ich weiß«, wiederholte Herr Kretzschmar verlegen. Smiley warf diskret einen Blick auf das Beobachtungsfenster und auf die grauen Gehäuse der Apparaturen. Er sah wieder auf Herrn Kretzschmars kleinem Bildschirm, wie die weißen Körper jenseits der Wand sich lautlos umschlangen und trennten. Er sah seine letzte Frage, erkannte ihre Logik, erahnte den Schatz der Erkenntnisse, die sie versprach. Doch derselbe lebenslange Instinkt, der ihn bis hierher gebracht hatte, hielt ihn nun zurück. Nichts, keine kurzfristige Dividende war im Augenblick das Risiko wert, Herrn Kretzschmar zu vergrämen und den Weg zu Otto Leipzig zu versperren.

»Und Otto hat Ihnen sonst weiter nichts über dieses Ziel gesagt?« fragte Smiley, nur um irgendwas zu fragen; um das Gespräch zum Abschluß zu bringen.

»Im Verlauf des Abends kam er einmal zu mir herauf. Hierher. Er entschuldigte sich bei den anderen und kam hierher, um sich zu vergewissern, daß alles plangemäß verlief. Er schaute auf den Bildschirm da und lachte. ›Jetzt hab' ich ihn in der Zange, und er kann nicht mehr raus‹, sagte er. Ich habe nicht weiter gefragt. Das war alles.«

Herr Kretzschmar schrieb seine Instruktionen für Smiley auf einer Schreibunterlage aus Leder mit Goldecken.

»Otto lebt in schlimmen Verhältnissen«, sagte er. »Daran kann man nichts ändern. Sein sozialer Status läßt sich durch Geldzuwendungen nicht verbessern. Er bleibt –« Herr Kretzschmar zögerte, »– er bleibt im Herzen, Herr Max, ein *Zigeuner*. Mißverstehen Sie mich nicht.«

»Werden Sie ihm melden, daß ich komme?«

»Wir haben abgemacht, auf telefonische Verständigung zu verzichten. Es besteht keinerlei offizielle Verbindung mehr zwischen uns.« Er reichte ihm das Blatt Papier. »Ich rate Ihnen drin-

gend, sich vorzusehen«, sagte Herr Kretzschmar. »Otto wird sehr zornig sein, wenn er erfährt, daß der alte General erschossen worden ist.« Er begleitete Smiley zur Tür. »Wieviel haben sie Ihnen drunten berechnet?«
»Wie, bitte?«
»Im Lokal unten. Wieviel haben Sie bezahlt?«
»Einhundertfünfundsiebzig Mark Mitgliedsbeitrag.«
»Mit den Getränken mindestens zweihundert. Ich werde Anweisung geben, daß man Ihnen den Betrag am Eingang zurückerstattet. Ihr Engländer seid recht arm geworden. Zuviele Gewerkschaften. Wie hat Ihnen die Show gefallen?«
»Sehr künstlerisch«, sagte Smiley.
Herrn Kretzschmar schien diese Antwort zu gefallen. Er klopfte Smiley auf die Schulter.
»Vielleicht sollten Sie sich ein bißchen mehr amüsieren in Ihrem Leben.«
»Hätte ich vielleicht tun sollen«, pflichtete Smiley bei.
»Grüßen Sie Otto von mir«, sagte Herr Kretzschmar.
»Werde ich nicht verfehlen«, versprach Smiley.
Herr Kretzschmar zögerte, und wieder flog über sein Gesicht ein Schatten von Ratlosigkeit.
»Und Sie haben nichts für mich?« wiederholte er. »Keine Papiere, zum Beispiel?«
»Nein.«
»Schade.«
Als Smiley ging, war Herr Kretzschmar bereits wieder am Telefon und nahm weitere spezielle Anliegen entgegen.

Er kehrte in sein Hotel zurück. Er wurde eingelassen von einem betrunkenen Nachtportier, der Smiley Wundersames zu berichten wußte über die herrlichen Mädchen, die er ihm aufs Zimmer schicken könnte. Der Klang von Kirchenglocken und das Tuten der Schiffe, das der Wind vom Hafen herüberwehte, weckte ihn auf, wenn er überhaupt geschlafen haben sollte. Doch es gibt Alpträume, die nicht dem Tageslicht weichen, und als er in seinem gemieteten Opel durch die Marschen nach Norden fuhr, lauerten in den Nebelschwaden die gleichen Schreckensbilder, die ihn die ganze Nacht hindurch gepeinigt hatten.

17

Die Straßen waren so leer wie die Landschaft. Durch Risse im Nebel erhaschte sein Blick hier einen Flecken Getreidefeld, dort ein rotes Bauernhaus, das sich tief zusammengeduckt gegen den Wind stemmte. Auf einem blauen Schild stand »Kai«. Er schwenkte scharf in eine Laderampe ein, fuhr steil hinunter und sah vor sich die Pier, eine Ansammlung grauer Baracken, die vor den Decks der Frachtschiffe zwergisch wirkten. Ein weiß-roter Schlagbaum versperrte den Weg, und an einer Tafel waren Zollvorschriften in mehreren Sprachen angeschlagen. Keine Menschenseele weit und breit. Smiley stoppte, stieg aus und ging leichtfüßig zur Schranke. Der rote Druckknopf war so groß wie eine Untertasse. Er drückte darauf, und das Kreischen der Klingel scheuchte ein Fischreiherpaar auf, das in den weißen Nebel flatterte. Zu seiner Linken stand ein Wachturm auf Röhrenbeinen. Er hörte eine Tür knallen und ein Metallgeräusch und sah eine bärtige Gestalt in blauer Uniform die Eisenstiege herunterstapfen. Von der untersten Treppe aus rief der Mann ihm zu: »Was wollen Sie denn?« Ohne auf eine Antwort zu warten, ließ er den Schlagbaum hochgehen und winkte Smiley weiter. Die von Kranen gesäumte und vom nebelweißen Himmel plattgedrückte Schotterdecke wirkte wie zerbombt und mit Beton ausgeflickt.

Die flache See dahinter schien zu zerbrechlich für die Last so vieler Schiffe. Er schaute in den Rückspiegel und sah die Turmspitzen einer Hafenstadt wie auf einem alten Stich halb ins Bild hineinragen. Er schaute aufs Meer hinaus und sah durch den Nebel eine Linie aus Bojen und Baken, die die Wassergrenze zu Ostdeutschland markierte und den Beginn von siebeneinhalbtausend Meilen Sowjetimperium. Dahin sind die Reiher geflogen,

dachte er. Er fuhr im Kriechtempo zwischen weiß-roten Richtungskegeln auf einen Container-Parkplatz zu, auf dem Wagenreifen und Holzbalken gestapelt waren. ›Links vom Container-Parkplatz‹, hatte Herr Kretzschmar gesagt. Gehorsam bog Smiley nach links ab und hielt nach einem alten Haus Ausschau, obgleich ein altes Haus auf diesem hanseatischen Schuttabladeplatz ein Ding der Unmöglichkeit schien. Aber Herr Kretzschmar hatte gesagt: ›Halten Sie Ausschau nach einem alten Haus, auf dem ›Büro‹ steht‹, und Herr Kretzschmar irrte sich nie.
Er rumpelte über ein Bahngleis und hielt auf die Frachter zu. Die Morgensonne war durch den Nebel gebrochen und ließ den weißen Anstrich der Schiffe aufblitzen. Er fuhr in eine Allee aus Kransteuerwarten ein, die alle wie moderne Stellwerke aussahen, mit grünen Hebeln und großen Fenstern. Und da, am Ende der Allee, stand, genau wie Herr Kretzschmar versprochen hatte, das alte Wellblechhaus mit einem hohen Blechgiebel, der einer Laubsägearbeit glich und von einem abblätternden Flaggstock gekrönt war. Die elektrischen Versorgungsleitungen schienen das Haus aufrecht zu halten. Neben der Kate stand ein alter, tröpfelnder Brunnen mit einem angeketteten Blechkrug. Auf der Holztür stand in verblaßten gotischen Lettern das Wort ›Bureau‹, in französischer Schreibweise, nicht in deutscher, und darüber eine Inschrift neueren Datums ›P. K. Bergen, Import-Export‹. *Er arbeitet dort nachts*, hatte Herr Kretzschmar gesagt. *Was er tagsüber treibt, das wissen nur Gott und der Teufel.*
Er drückte auf die Klingel und trat dann gebührend zurück, so daß er gut sichtbar war. Er steckte die Hände nicht in die Taschen und sorgte dafür, daß sie außerdem noch gut sichtbar waren. Er hatte seinen Mantel bis oben zugeknöpft. Er trug keinen Hut. Den Wagen hatte er seitlich vom Haus geparkt, so daß man von drinnen sehen konnte, daß er leer war. *Ich bin allein und unbewaffnet*, versuchte er zu sagen. *Ich stehe nicht auf Seiten der anderen, sodern auf Ihrer*. Er läutete nochmals und rief »Herr Leipzig!« Oben ging ein Fenster auf, und eine hübsche Frau sah

heraus. Sie hatte schwarze Ringe unter den Augen und eine Decke um die Schultern geschlungen.
»Verzeihen Sie bitte«, rief Smiley höflich zu ihr hinauf. »Ich suche Herrn Leipzig. Es ist sehr wichtig.«
»Nicht hier«, antwortete sie und lächelte.
Ein Mann trat an ihre Seite. Er war jung und unrasiert und trug Tätowierungen auf den Armen und der Brust. Sie sprachen einen Augenblick miteinander in einer Sprache, die Smiley für polnisch hielt.
»*Nix hier*«, bestätigte der Mann vorsichtig. »*Otto nix hier.*«
»Wir sind nur Gelegenheitsmieter«, rief das Mädchen hinunter. »Wenn Otto pleite ist, zieht er in seine Stadtvilla und überläßt uns die Wohnung.«
Sie wiederholte das Ganze für ihren Freund, der diesmal lachte.
»*Nix hier*«, wiederholte er. »Kein Geld. Niemand hat Geld.«
Sie genossen die Morgenfrische und die Gesellschaft.
»Wann haben sie ihn das letzte Mal gesehen?« fragte Smiley.
Neuerliche Beratung. War es an diesem Tag oder an jenem? Smiley hatte den Eindruck, daß sie außerhalb der Zeit lebten.
»Donnerstag«, verkündete das Mädchen und lächelte wieder.
»Donnerstag«, wiederholte der Mann.
»Ich habe gute Nachrichten für ihn«, erklärte Smiley fröhlich, ganz auf ihren Ton eingestimmt. Er klopfte auf seine Brieftasche.
»Geld, Pinkepinke. Alles für Otto. Ist seine Provision für ein Geschäft. Ich hatte es ihm für gestern versprochen.«
Das Mädchen verdolmetschte das alles, die beiden redeten hin und her, und das Mädchen lachte wieder.
»Mein Freund sagt, Sie sollen es Otto nicht geben, sonst kommt er zurück und wirft uns raus, und wir haben wieder nichts, wo wir miteinander schlafen können.«
Versuchen Sie es mal mit dem Campingplatz am See, schlug sie vor und streckte den nackten Arm aus. Zwei Kilometer die Hauptstraße entlang, über die Eisenbahnlinie und an der Windmühle vorbei, dann rechts – sie schaute auf ihre Hände, bog dann eine anmutig zu ihrem Liebhaber hin –, ja, rechts; rechts, auf den

See zu, aber den sehen Sie erst, wenn Sie direkt davor stehen.
»Wie heißt der Ort?«
»Hat keinen Namen«, sagte sie, »es ist einfach nur ein Ort. Fragen Sie nach ›Ferienhäuser zu vermieten‹, und fahren Sie dann auf die Boote zu. Fragen Sie nach Walter. Wenn Otto in der Gegend ist, dann weiß Walter, wo man ihn finden kann.«
»Walter weiß alles«, rief sie. »Er ist der reinste Professor.«
Sie übersetzte wieder, aber diesmal schaute der Mann ärgerlich drein.
»*Schlechter* Professor!« rief er herunter. »Walter schlechter Mensch!«
»Sind Sie auch ein Professor?« fragte das Mädchen Smiley.
»Nein. Nein, leider nicht.« Er lachte und dankte ihnen, und sie beobachteten ihn auf seinem Weg zum Wagen wie Kinder bei einer Feier. Der Tag, die strahlende Sonne, sein Besuch – alles war Spaß für sie. Er kurbelte das Fenster herunter, um sich zu verabschieden, als er sie etwas rufen hörte, was er nicht verstand.
»Wie war das?« rief er zu ihr hinauf, immer noch lächelnd.
»Ich habe gesagt, dann hat Otto zur Abwechslung doppelt Glück gehabt!« wiederholte das Mädchen.
»Wieso?« fragte Smiley und stellte den Motor ab. »Wieso hat er doppelt Glück gehabt?«
Das Mädchen hob die Schultern. Die Decke glitt ab, und die Decke war das einzige, was sie trug. Ihr Freund legte einen Arm um sie und zog die Decke züchtig wieder hoch.
»Letzte Woche der unerwartete Besuch aus dem Osten«, sagte sie, »und heute das Geld. Otto ist ausnahmsweise ein Sonntagskind. Mehr wollte ich nicht sagen.«
Dann sah sie Smileys Gesicht und das Lachen wich jäh aus ihrer Stimme.
»Besuch?« wiederholte Smiley. »Was für ein Besuch?«
»Aus dem Osten«, sagte sie.
Smiley, der ihre Bestürzung sah und befürchtete, sie könnte auf Nimmerwiedersehen verschwinden, ließ mühsam wieder den Anschein von guter Laune erstehen.

»Doch nicht sein Bruder, oder doch?« fragte er, ganz Begeisterung. Er streckte eine Hand aus und legte sie auf den Kopf des mythischen Bruders. »Kleiner Bursche? Brille wie meine?«

»Nein, *nein!* Ein großer Bursche. Mit Chauffeur. Reich.«

Smiley schüttelte den Kopf und mimte sorglose Enttäuschung. »Dann kenn ich ihn nicht«, sagte er. »Ottos Bruder ist ganz sicher nie reich gewesen.« Er brachte ein unbekümmertes Lachen zustande. »Es sei denn, er war der Chauffeur«, fügte er hinzu.

Er folgte genau ihren Anweisungen, mit der tiefen Ruhe, die aus der Not geboren wird. Gelenkt werden. Keinen eigenen Willen haben. Gelenkt werden, beten, dem Schöpfer einen Handel vorschlagen. Oh Gott, laß es nicht zu, nicht noch einen Wladimir, und ich werde jeden Sonntag in die Kirche gehen, bis ans Ende meiner Tage. Die braunen Felder hatten sich in der Sonne golden gefärbt, doch auf Smileys Rücken war der Schweiß wie eine kalte Hand, die über die Haut strich. Er sah alles, als wäre es sein letzter Tag, wußte, daß der große Bursche mit seinem Chauffeur denselben Weg vor ihm gefahren war. Er sah das Bauernhaus mit dem alten Pferdepflug in der Scheune, das flackernde Neonschild einer Bierreklame, die Blumenkästen voll blutroter Geranien. Er sah die Windmühle, die wie eine riesige Pfeffermühle aussah, und die Wiese mit den weißen Gänsen, die im böigen Wind dahinliefen. Er sah die Reiher wie Segel über die Marschen schweben. Er fuhr zu schnell. Ich müßte öfter fahren, dachte er; ich bin außer Übung, hab' den Wagen nicht unter Kontrolle. Die Straße wechselte von Schotter zu Splitt und von Splitt zu Staub, und der Staub trieb um das Auto wie ein Sandsturm. Er fuhr durch ein Kiefernwäldchen und sah, als er wieder herauskam, ein Schild mit der Aufschrift ›Ferienwohnungen zu vermieten‹ und eine Reihe unbewohnter Bungalows, die auf den Sommeranstrich warteten. Er fuhr zügig dahin und sah in der Ferne ein Dickicht von Masten und braunes, niedriges Wasser in einem Bassin. Er hielt auf die Maste zu, rumpelte über ein Schlagloch und hörte ein fürchterliches Krachen unter dem Wagen. Er ver-

mutete, daß es der Auspuff war, denn das Motorgeräusch war plötzlich sehr viel lauter geworden und hatte die Hälfte aller Wasservögel von Schleswig-Holstein aufgescheucht. Er fuhr an einem Gehöft vorbei, durchquerte die schützende Dunkelheit einer Baumgruppe und tauchte dann in ein Bild von blendender Weiße mit einem schadhaften Landungssteg und ein paar schwanken, olivfarbenen Schilfrohren als niedrigem Vordergrund, über den sich ein riesiger Himmel wölbte. Die Boote lagen zu seiner Rechten, neben einer Fahrrinne. Schäbige Wohnwagen waren an der Zufahrt entlang geparkt, schmuddelige Wäsche hing zwischen den Fernsehantennen. Er fuhr an einem Zelt vorbei, das inmitten eines eigenen Gemüsegartens stand, und an einigen baufälligen Schuppen, die einst militärischen Zwecken gedient hatten. Auf einen war ein psychedelischer Sonnenaufgang gemalt, der am Abblättern war. Drei alte Wagen, daneben ein Abfallhaufen. Er parkte und folgte einem Trampelpfad durch das Schilf zum Strand. Im Naturhafen ankerte ein Schwarm improvisierter Hausboote, einige davon umgebaute Landungsfahrzeuge aus dem Krieg. Es war kälter hier und aus irgendeinem Grund auch dunkler. Die Boote, die er zuerst gesehen hatte, waren Segelboote und lagen, eng zusammengedrängt, meist unter einer Persenning, ein wenig abseits vertäut. Ein paar Radios spielten, doch er konnte zunächst niemand sehen. Dann bemerkte er ein Haffwasser und darin festgemacht einen blauen Dingi. Und in dem Dingi einen knorrigen alten Mann, in Segeltuchjacke und schwarzer Zipfelmütze, der sich das Genick massierte, als sei er gerade aufgewacht.
»Sind Sie Walter?« fragte Smiley.
Der Alte schien zu nicken, während er sich weiterhin das Genick rieb.
»Ich suche Otto Leipzig. Am Kai hat man mir gesagt, daß er hier zu finden sei.«
Walters Augen waren mandelförmig in eine verschrumpelte, braune Pergamenthaut geschnitten.
»Isadora«, sagte er.
Er deutete auf einen wackeligen Landungssteg weiter unten am

Strand. Und tatsächlich, an seinem äußeren Ende lag die *Isadora*, eine zwölf Meter lange, völlig abgetakelte Motorbarkasse, ein Grandhotel, das auf seinen Abbruch wartete. Die Bullaugen trugen Vorhänge, eines war eingeschlagen, ein anderes mit Tesafilm repariert. Die Planken des Stegs gaben besorgniserregend unter Smileys Tritt nach. Einmal wäre er beinahe gestürzt, und zweimal mußte er zur Überwindung von Lücken seine kurzen Beine gefährlich weit spreizen. Als er am Ende des Stegs angekommen war, stellte er fest, daß die *Isadora* abgelegt hatte. Sie war aus ihren Haltetauen am Heck geschlüpft und drei Meter weit in See gestochen, eine Fahrt, die wohl die größte ihrer alten Tage bleiben würde. Die Kabinentüren waren geschlossen, die Fenster mit Vorhängen versehen. Keinerlei Beiboot.

Der Alte saß fünfzig Meter entfernt auf seine Ruder gestützt. Er kam nun aus dem Haffwasser heraus, um besser beobachten zu können. Smiley legte die Hände um den Mund und gellte: »Wie komm ich zu ihm hin?«

»Rufen Sie ihn doch, wenn Sie ihn brauchen«, antwortete der Alte, ohne dabei die Stimme merklich zu heben.

Smiley drehte sich wieder zur alten Barkasse um und rief ›Otto‹. Zuerst leise, dann lauter, aber im Innern der *Isadora* regte sich nichts. Er beobachtete die Vorhänge. Er beobachtete das ölige Wasser, das an den rostenden Rumpf klatschte.

Er lauschte und glaubte, Musik zu hören, die so klang, wie die in Herrn Kretzschmars Klub, aber sie konnte auch von einem anderen Schiff kommen. Vom Dingi her beobachtete ihn immer noch Walters braunes Gesicht.

»Nochmals rufen«, grollte er. »Rufen Sie doch weiter, wenn Sie wollen, daß er kommt.«

Doch Smiley wollte sich von dem Alten nicht herumkommandieren lassen. Er spürte seine Autorität und seine Verachtung und verübelte ihm beides.

»Ist er drinnen oder nicht?« rief Smiley. »Ich habe gesagt, ist er drinnen?«

Der Alte reagierte nicht.

»Haben Sie ihn an Bord gehen sehen?« bohrte Smiley weiter. Er sah, wie der braune Kopf sich abwandte und wußte, daß der Alte ins Wasser spuckte.
»Die Wildsau kommt und geht«, hörte er ihn sagen. »Was zum Teufel schert das mich?«
»Wann ist er denn das letzte Mal gekommen?«
Beim Klang ihrer Stimmen waren ein paar Köpfe aus den anderen Booten aufgetaucht. Sie starrten Smiley ausdruckslos an: den kleinen, dicken Fremden, der am Ende des zerbrochenen Stegs stand. Am Strand hatte sich eine bunt zusammengewürfelte Gruppe gebildet: ein Mädchen in Shorts, eine alte Frau, zwei gleich angezogene Halbwüchsige. Sie hatten etwas an sich, das sie trotz ihrer Verschiedenartigkeit verband: eine Sträflingsmiene, Gehorsam gegenüber denselben üblen Gesetzen.
»Ich suche Otto Leipzig«, rief Smiley ihnen allen zu. »Kann jemand mir bitte sagen, ob er in der Gegend ist?« Auf einem nicht allzuweit entfernten Hausboot ließ ein bärtiger Mann einen Eimer ins Wasser. Smileys Auge fiel auf ihn. »Ist jemand an Bord der *Isadora*?« fragte er.
Der Eimer gurgelte und lief voll. Der Bärtige zog ihn heraus, sagte aber nichts.
»Sie sollten seinen Wagen sehen«, schrie eine Frau schrill vom Strand herüber, oder vielleicht war es auch ein Kind gewesen. »Sie haben ihn in den Wald gefahren.«
Der Wald lag hundert Meter vom Wasser entfernt und bestand hauptsächlich aus Jungholz und Birken.
»Wer?« fragte Smiley. »Wer hat ihn dahin gefahren?«
Der Sprecher von vorhin, wer immer es auch gewesen war, zog es jetzt vor, nicht mehr zu sprechen. Der Alte ruderte auf den Steg zu. Smiley beobachtete ihn, wie er näher kam, wie er achtern auf die Treppen des Stegs zusteuerte. Ohne zu zögern, kletterte er in das Boot. Der Alte brachte ihn mit ein paar Ruderschlägen zur *Isadora*. Eine Zigarette war zwischen seine rissigen Lippen geklemmt, sie schimmerte unwirklich vor der bösartigen Düsterkeit seines verwitterten Gesichts.

»Von weit her?« fragte der Alte.
»Ich bin ein Freund von ihm«, sagte Smiley.
Die Leiter der *Isadora* war voller Rost und Algen, das Deck schlüpfrig vor Tau. Smiley hielt nach Lebenszeichen Ausschau, sah aber keine. Er hielt nach Fußabdrücken im Tau Ausschau, ohne Erfolg. Ein paar Angelschnüre hingen von der rostigen Reling ins Wasser, aber sie konnten schon seit Wochen daran festgebunden sein. Er lauschte und hörte wieder, ganz schwach, Fetzen einer langsamen Tanzmusik. Der Klang kam von unten, und es war, als spiele jemand eine 78-Schallplatte mit 33.
Er schaute hinunter und sah den Alten in seinem Dingi. Er hatte sich zurückgelehnt, den Zipfel seiner Mütze über die Augen gezogen und schlug langsam den Takt zur Musik. Smiley drückte auf die Klinke der Kabinentüre. Sie war verschlossen, doch die Tür schien, wie alles andere auch, nicht sehr solide zu sein. Er ging also auf dem Deck herum, bis er einen rostigen Schraubenzieher fand, der sich als Stemmeisen verwenden ließ. Er zwängte ihn in die Spalte, ruckte ihn hin und her, und plötzlich gab zu seiner Überraschung die ganze Tür nach, Rahmen, Angeln, Schloß und der Rest fielen mit einem explosionsartigen Knall nach hinten, in einer Wolke roten Staubs aus verrottetem Holz. Eine große, langsam fliegende Motte stieß an seine Wange, und er spürte noch eine Weile danach einen Schmerz wie von einem Stich, so daß er sich allmählich fragte, ob es nicht eine Wespe gewesen war. In der Kabine war es stockdunkel, doch die Musik war ein wenig lauter. Er stand auf der obersten Sprosse der Leiter, und trotz des Tageslichts hinter ihm blieb es unten pechschwarz. Er drückte auf einen Lichtschalter, der nicht funktionierte. Smiley ging wieder zurück und rief zu dem Alten in seinem Dingi hinunter: »Streichhölzer!«
Beinahe wäre er aus der Ruhe gekommen. Die Zipfelmütze rührte sich nicht, und das Taktschlagen hörte nicht auf. Er schrie, und diesmal landete eine Streichholzschachtel vor seinen Füßen. Er nahm sie mit in die Kabine, zündete ein Streichholz an und sah das erschöpfte Transistorradio, das mit seiner letzten

Energie Musik ausstieß. Es war so ziemlich das einzige, was noch ganz war, das einzige, was noch funktionierte in all der Verwüstung ringsum.

Das Streichholz war ausgegangen, und ehe er ein neues anzündete, zog er die Vorhänge zurück, doch nicht auf der Landseite. Er wollte nicht, daß der Alte hereinschaute. Im grauen, schräg einfallenden Licht wirkte Leipzig so lächerlich wie sein winziges Konterfei auf dem Foto, das Herr Kretzschmar aufgenommen hatte. Er lag da, wo sie ihn gefesselt hatten, nackt, doch ohne Mädchen und ohne Kirow. Das kantige Toulouse-Lautrec-Gesicht, grün und blau geschlagen und mit Seilenden geknebelt, war im Tod so zerklüftet und ausdrucksvoll, wie Smiley es vom Leben her in Erinnerung hatte. Die Musik hatte vermutlich den Lärm übertönen sollen, während sie ihn folterten. Doch die Musik allein dürfte wohl dazu nicht ausgereicht haben. Er starrte unverwandt auf das Radio, wie auf einen Bezugspunkt, ein Ding, auf das man mit Ohren und Augen zurückkommen konnte, wenn der Anblick der Leiche unerträglich werden sollte, bevor das Streichholz ausging. Japanisch, bemerkte er. Merkwürdig, dachte er. Sich ganz auf diese Merkwürdigkeit konzentrieren. Wie merkwürdig, daß die technischen Deutschen japanische Radios kaufen. Er fragte sich, ob die Japaner das Kompliment wohl zurückgaben. Frag dich nur, ermunterte er sich grimmig. Richte dein ganzes Augenmerk auf das interessante Wirtschaftsproblem des Handelsaustausches zwischen hochindustrialisierten Ländern.

Ohne das Radio aus den Augen zu lassen, richtete er einen Klappstuhl auf und setzte sich darauf. Langsam wendete er den Blick wieder zu Leipzigs Gesicht. Manche Gesichter, ging es ihm durch den Kopf, nehmen im Tod ein stumpfsinniges, ja geradezu idiotisches Aussehen an, wie das eines Kranken unter Betäubung. Andere spiegeln eine einzige Stimmung ihrer vielschichtigen Natur wieder – der Tote als Liebhaber, als Vater, als Autofahrer, Bridgespieler, Tyrann. Und einige, wie das von Wladimir, spiegeln gar nichts wider. Doch Leipzigs Gesicht drückte, trotz des Knebels, eine Stimmung aus, und zwar Zorn, zur Wut gesteigert durch den Schmerz; Zorn, der angewachsen war und den ganzen Mann erfaßt hatte, als der Körper seine Kraft verlor.

Haß, hatte Connie gesagt.

Smiley sah methodisch um sich, dachte so langsam, wie er es irgend fertig brachte, versuchte, aus den Trümmern den Handlungsablauf zu rekonstruieren. Zuerst der Kampf, bevor sie ihn überwältigten, abzulesen an den zertrümmerten Tischbeinen und Stühlen und Lampen und Regalen und an allem anderen, was man irgendwo abreißen und zum Schlagen oder Schleudern verwenden konnte. Dann die Durchsuchung, nachdem sie ihn gefesselt hatten, während der Verhörpausen. Ihre Enttäuschung war überall deutlich sichtbar. Sie hatten Wand- und Fußbodenbretter herausgerissen, Schubladen, Kleider und Matratzen, und schließlich, als Otto Leipzig sich immer noch weigerte zu sprechen, alles, was sich auseinandernehmen ließ, bis auf winzigste Gegenstände. Er bemerkte Blut an den überraschendsten Stellen – im Waschbecken, über dem Herd. Der Gedanke, daß nicht alles von Otto Leipzig stammen könnte, bereitete ihm eine gewisse Genugtuung. Schließlich hatten sie ihn aus Verzweiflung umgebracht, denn so lauteten Karlas Befehle, das war Karlas Philosophie: Killen geht vor kirren, hatte Wladimir immer gesagt.

Auch ich glaube an Otto Leipzig, dachte Smiley töricht, in Erinnerung an Herrn Kretzschmars Worte. *Nicht in allen Kleinigkeiten, aber in den großen Dingen*. Ich auch, dachte er. Er glaubte in diesem Augenblick auch an ihn, so sicher, wie er an den Tod glaubte und an den Sandmann. Und was für Wladimir galt, galt auch für Otto Leipzig: Der Tod hatte entschieden, daß er die Wahrheit gesagt hatte.

Vom Strand her hörte er eine Frau gellen:

»Was hat er gefunden? Hat er was gefunden? Wer ist er?«

Er stieg wieder nach oben. Der Alte hatte die Ruder eingezogen und ließ das Dingi treiben. Er saß mit dem Rücken zur Leiter, den Kopf tief zwischen die breiten Schultern gesteckt. Er hatte seine Zigarette zu Ende geraucht und sich eine Zigarre angezündet, als sei es Sonntag. In dem Augenblick, als Smiley den Alten sah, sah er auch die Kreidemarke. Sie lag in der gleichen Blickrichtung, doch ganz dicht vor ihm, sie flimmerte in den beschlagenen Gläsern seiner Brille. Er mußte den Kopf senken und über den Brillenrand schauen, um sie deutlich wahrzunehmen. Eine Kreidemarke, scharf und gelb. Ein sorgfältig über den Rost der Reling gezogener Strich, und dicht daneben eine Angelschnur, die mit einem Seemansknoten festgemacht war. Der Alte beobachtete ihn, desgleichen wahrscheinlich die wachsende Gruppe von Zuschauern am Strand, doch ihm blieb keine andere Wahl. Er zog an der Schnur, und sie spannte sich. Er zog stetig, Hand über Hand, bis die Schnur in Darm überging, und nun zog er daran. Plötzlich wurde der Darm sehr straff. Vorsichtig zog er weiter. Die Leute am Strand warteten gespannt, er konnte ihr Interesse sogar über das Wasser hinweg spüren. Der Alte hatte den Kopf nach hinten gelegt und schaute durch den schwarzen Schatten seiner Mütze. Plötzlich sprang der Fang mit einem ›Plup‹ aus dem Wasser, und ein schallendes Gelächter erhob sich unter den Zuschauern. Ein alter Turnschuh, grün, mit eingezogenem Schuhband. Der Haken, an dem er hing, war groß genug, um einen Haifisch zu landen. Das Gelächter erstarb allmählich. Smiley nahm den Schuh vom Haken. Dann strebte er auf die Kabine zu, als hätte er dort noch etwas zu erledigen, und verschwand darin. Die Tür ließ er einen Spalt offen, damit Licht hereinkam. Aber zufällig hatte er den Turnschuh mitgenommen.

Ein in Ölhaut gewickeltes Päckchen war in die Schuhspitze geheftet. Er zog es heraus. Es war ein Tabaksbeutel, der oben zugenäht und mehrmals gefaltet war. *Moskauer Regeln*, dachte er hölzern. *Moskauer Regeln von A bis Z*. Wieviele Hinterlassenschaften toter Männer muß ich noch erben? fragte er sich. *Wenn wir auch nur den waagrechten schätzen*. Er zupfte die Naht auf. Im Beutel war eine weitere Schutzhülle, ein Latexgummifutteral, das oben zugeschnürt war. Und darinnen verborgen ein hartes Stück Pappe, kleiner als ein Zündholzbriefchen. Smiley faltete es auseinander. Es war die Hälfte einer Ansichtskarte. Schwarzweiß, nicht einmal farbig. Die Hälfte einer öden Schleswig-Holsteinischen Landschaft, mit der Hälfte einer Herde von friesischen Rindviechern, die im grauen Sonnenlicht grasten. Mit absichtlicher Brutalität durchgerissen. Auf der Rückseite kein Text, keine Adresse, kein Stempel. Nur die Hälfte einer langweiligen, nicht aufgegebenen Postkarte: Aber sie hatten ihn ihretwegen gefoltert und umgebracht und die Karte trotzdem nicht gefunden, und auch keinen der Schätze, zu denen sie den Schlüssel lieferte. Smiley steckte sie mit ihren Hüllen in die Brusttasche seiner Jacke und ging wieder auf Deck zurück. Der Alte in seinem Dingi hatte längsseits angelegt. Wortlos kletterte Smiley die Leiter hinunter. Die Menge am Strand war inzwischen noch größer geworden.

»Besoffen?« fragte der Alte. »Schläft seinen Rausch aus?«

Smiley stieg in das Dingi, und während der Alte wegruderte, schaute er nochmals auf die *Isadora* zurück. Er sah das zerbrochene Bullauge, er dachte an die Verwüstung in der Kabine, die papierdünnen Seitenwände, durch die er sogar das Schlurfen der Schritte am Strand hatte hören können. Er stellte sich den Kampf vor und Otto Leipzigs Schreie, die das ganze Lager mit ihrem Lärm erfüllt hatten. Er stellte sich die schweigende Gruppe vor, wie sie auf dem Fleck gestanden hatte, wo sie jetzt auch stand, ohne daß sich eine Stimme, eine helfende Hand erhoben hätte.

»Es war eine Party«, sagte der Alte gleichgültig, während er das Dingi am Steg festmachte. »Jede Menge Musik, Gesang. Haben uns vorher gewarnt, daß es laut werden würde.« Er zerrte an einem Knoten. »Vielleicht haben sie miteinander gestritten. Na und? 'n Haufen Leute streiten sich. Sie haben Krach gemacht, Jazz gespielt. Na und? Wir sind Musikliebhaber hier.«

»Sie waren von der Polizei«, gellte eine Frau aus der Gruppe am Strand. »Wenn die Polizei ihre Pflicht tut, dann hat der Bürger die Klappe zu halten.«

»Zeigen Sie mir seinen Wagen«, sagte Smiley.

Sie gingen in einem ungeordneten Haufen dahin, den niemand

anführte. Der Alte marschierte an Smileys Seite, halb Wärter, halb Leibwächter, und machte ihm mit possenhafter Würde den Weg frei. Die Kinder rannten überall herum, hielten sich aber in sicherer Entfernung vom Alten. Der Volkswagen stand in einem Dickicht und war ebenso verwüstet wie die Kabine der *Isadora*. Die Dachpolsterung hing in Fetzen herunter, die Sitze hatte man herausgenommen und aufgeschlitzt. Die Räder fehlten, doch Smiley vermutete, daß sie nachträglich abhandengekommen waren. Die Lagerbewohner standen ehrfürchtig um das Auto geschart, als handle es sich um »ihr« Ausstellungsstück. Jemand hatte versucht, es anzuzünden, doch das Feuer war nicht angegangen.

»Er war nichts wert«, erklärte der Alte. »Wie die alle hier. Sehen Sie sich die Brüder doch an. Polacken, Verbrecher, Untermenschen.«

Smileys Wagen war noch immer da, wo er ihn geparkt hatte, am Rand des Pfades, dicht neben den Abfallbehältern, und die beiden blonden, gleich gekleideten Halbwüchsigen standen am Kofferraum und droschen mit Hämmern auf den Deckel ein. Er konnte sehen, wie ihre Stirnlocken bei jedem Schlag auf- und niederhüpften. Sie trugen Jeans und schwarze Stiefeletten, die mit Nieten in Form von Gänseblümchen geschmückt waren.

»Sagen Sie ihnen, sie sollen aufhören, auf meinen Wagen einzuschlagen«, sagte Smiley zum Alten.

Die Lagerbewohner folgten ihnen in einiger Entfernung. Er konnte wieder das Schlurfen ihrer Schritte hören, wie eine Armee von Flüchtlingen. Als er mit den Schlüsseln in der Hand seinen Wagen erreichte, waren die beiden Jungen immer noch über den rückwärtigen Teil gebeugt und schlugen aus Leibeskräften darauf ein. Er ging um das Auto herum, um nachzusehen. Sie hatten den Kofferraumdeckel aus den Scharnieren geschlagen, ihn gebogen und wieder flach gedengelt, und jetzt lag er wie ein unförmiges Paket auf dem Boden. Er schaute auf die Räder, doch es schien nichts zu fehlen. Es fiel ihm nichts mehr ein, wo er noch nachsehen könnte. Da bemerkte er, daß sie einen Abfalleimer an die hintere Stoßstange gebunden hatten. Er zerrte an der Schnur, um sie abzureißen, doch sie gab nicht nach. Er versuchte es mit den Zähnen, ohne Erfolg. Der Alte lieh ihm ein Taschenmesser, und Smiley schnitt die Schnur durch, wobei er sich immer in geziemender Entfernung von den beiden Jungen mit ihren Hämmern hielt. Die Lagerbewohner hatten einen Halbkreis gebildet und hielten ihre Kinder zum Abschiedwinken hoch. Smiley stieg in das Auto, und der Alte knallte mit einem gewaltigen Schwung die Tür hinter ihm zu. Smiley steckte den Schlüssel in die Zündung, doch während er ihn drehte, hatte einer der Jungen sich lässig quer über die Kühlerhaube gelegt wie ein Modell bei einem Auto-Korso, und der andere klopfte höflich an die Scheibe. Smiley kurbelte das Fenster herunter.

»Was wollen Sie?« fragte Smiley.

Der Junge hielt die Hand hin. »Reparatur«, erklärte er. »Ihr Kofferaum hat nicht ordentlich geschlossen. Arbeitszeit und Material. Unkosten. Parkgebühren.« Er deutete auf seinen Daumennagel. »Mein Kollege hat sich die Hand verletzt. Hätte schlimm ausgehen können.«

Smiley schaute in das Gesicht des Jungen und sah darin keine menschliche Regung, die er verstand.

»Sie haben gar nichts repariert. Nur Schaden angerichtet. Sagen Sie Ihrem Freund, er soll von meinem Wagen heruntergehen.«

Die beiden Jungen berieten sich, schienen uneins. Sie taten dies alles unter den aufmerksamen Blicken der Menge, in äußerst gesetzter Form, stießen sich gegenseitig langsam mit den Schultern an und machten Rednergesten, die nicht mit ihren Worten übereinstimmten. Sie sprachen über Natur und Politik, und ihr platonischer Dialog hätte endlos weitergehen können, wenn der Junge auf dem Wagen sich nicht aufgerichtet hätte, um einem Argument besonderen Nachdruck zu verleihen. Dabei brach er einen Scheibenwischer ab und reichte ihn dem Alten wie eine Blume. Beim Wegfahren schaute Smiley in den Rückspiegel und sah einen Kreis von Gesichtern, die ihm nachstarrten, mit dem Alten in der Mitte. Niemand winkte. –

Er fuhr ohne Hast, wog seine Chancen ab, während das Auto schepperte wie ein alter Feuerwehrwagen. Er vermutete, daß sie mit dem Wagen noch irgendetwas angestellt hatten, was ihm entgangen war. Er hatte Deutschland schon öfter verlassen. Er war heimlich aus- und eingereist. Er hatte gejagt, während er selbst gejagt wurde, und obgleich er jetzt alt und in einem anderen Deutschland war, hatte er den Eindruck, wieder auf freier Wildbahn zu sein. Er wußte nicht, ob irgend jemand vom Campingplatz an die Polizei telefoniert hatte, doch er nahm es als gegeben an. Das Boot war offen, und sein Geheimnis lag klar zutage. Alle, die weggeschaut hatten, würden sich nun als erste auf ihre Bürgerpflicht besinnen. Er hatte das alles schon erlebt.
Er fuhr in eine Küstenstadt, der Kofferraum – wenn es *wirklich* der Kofferraum war – schepperte immer noch hinter ihm. Vielleicht ist es auch der Auspuff, dachte er: das Schlagloch, über das ich auf dem Weg zum Lager gefahren bin. Eine für die Jahreszeit ungewöhnlich heiße Sonne hatte die Morgennebel verdrängt. Nirgends waren Bäume, nur blendende Helle um ihn. Es war noch früh am Tag, und leere Pferdedroschken warteten auf die ersten Touristen. Der Sand wies ein Muster aus Kratern auf, die Sonnenanbeter im Sommer zum Schutz gegen den Wind gegraben hatten. Er konnte das blecherne Echo hören, das bei seiner Durchfahrt von den buntbemalten Ladenfassaden widerhallte und von der Sonne noch verstärkt zu werden schien. Wenn er an Leuten vorbeifuhr, sah er, wie ihre Köpfe sich hoben und ihm, wegen des Krachs, den er machte, nachstarrten.
›Sie werden den Wagen erkennen‹, dachte er. Selbst wenn sich niemand von den Campern an die Nummer erinnerte, würde ihn der zertrümmerte Kofferraum verraten. Er bog von der Hauptstraße ab. Die Sonne war wirklich sehr stark.
›Ein Mann ist gekommen, Herr Wachtmeister‹, würden sie zur Funkstreife sagen. ›Heute morgen, Herr Wachtmeister. Er hat gesagt, er sei ein Freund. Er hat im Boot nachgesehen und ist dann weggefahren. Er hat uns keine Fragen gestellt, Herr Inspektor. Er war völlig ungerührt. Er hat einen Schuh herausge-

fischt, Herr Wachtmeister. Stellen Sie sich vor: einen Schuh!‹ Er folgte den Hinweisschildern zum Bahnhof und hielt dabei nach einem Platz Ausschau, wo er den Wagen den ganzen Tag abstellen könnte. Der Bahnhof war ein massiver Backsteinbau, wahrscheinlich von vor dem Krieg. Er fuhr daran vorbei und fand zu seiner Linken einen großen Parkplatz. Eine Baumzeile teilte ihn in zwei Hälften, und auf einigen Wagen lag abgefallenes Laub. Ein Automat nahm sein Geld und gab ihm dafür ein Ticket zum Anstecken an die Windschutzscheibe. Er fuhr in die Mitte einer Reihe rückwärts ein, stieß so weit es ging nach hinten bis zu einem Erdwall, so daß sein Kofferraum möglichst außer Sicht war. Er stieg aus, und die Hitze traf ihn wie ein Schlag. Es war nicht der leiseste Windhauch zu spüren. Er sperrte den Wagen ab und legte die Schlüssel in den Auspuff, ohne daß er hätte sagen können warum, vielleicht aus Schuldgefühl gegenüber der Verleihfirma. Er häufte mit dem Fuß Laub und Sand, bis das vordere Nummernschild fast verschwunden war. Bei diesem Altweibersommerwetter würden in einer Stunde hundert und noch mehr Wagen auf dem Parkplatz sein.

Er hatte ein Herrenbekleidungsgeschäft in der Hauptstraße bemerkt. Er kaufte eine Leinenjacke und sonst nichts, denn an Leute, die sich vollständig ausstaffieren, erinnert man sich. Er zog die Jacke nicht an, sondern ließ sie in eine Plastiktüte stekken: In einer Seitenstraße voller Boutiquen kaufte er sich einen auffälligen Strohhut und in einem Papierwarengeschäft eine Wanderkarte von der Umgebung sowie einen Fahrplan von Hamburg, Schleswig-Holstein und Niedersachsen. Auch den Hut setzte er nicht auf, sondern steckte ihn, wie die Jacke, in eine Plastiktüte. Die unerwartete Hitze machte ihm zu schaffen. Er ärgerte sich darüber, sie war so unangebracht wie Schnee im Sommer. Er betrat eine Telefonzelle und wälzte wieder Telefonbücher. Das Ortsverzeichnis von Hamburg kannte keinen Kretzschmar, doch in einem der Telefonbücher von Schleswig-Holstein stand ein Kretzschmar, der an einem Ort wohnte, von dem Smiley nie gehört hatte. Er studierte seine Landkarte

und fand eine kleine Stadt, die so hieß und die zu seiner großen Genugtuung auf der Hauptbahnlinie nach Hamburg lag.
Wieder schob Smiley alle anderen Gedanken eisern beiseite und überdachte in aller Ruhe die Lage. Unmittelbar nach Auffindung des Wagens würde die Polizei sich mit der Verleihfirma in Hamburg in Verbindung setzen. Sobald sie von ihr Namen und Personenbeschreibung des Ausleihers bekommen hätte, würde sie den Flugplatz und andere Grenzstationen alarmieren. Kretzschmar war ein Nachtvogel und würde lange schlafen. Die Stadt, in der er wohnte, war in einer Stunde mit dem Personenzug zu erreichen.
Er ging wieder zum Bahnhof zurück. Die Schalterhalle war eine wagnersche Phantasie von einem gotischen Königshof, mit einer gewölbten Decke und einem riesigen Butzenscheibenfenster, durch das farbige Sonnenstrahlen auf den gekachelten Boden fielen. Von einer Telefonzelle aus rief er den Flughafen Hamburg an, meldete sich mit J. Standfast, dem Namen, der auf dem Paß stand, den er in seinem Londoner Klub mitgenommen hatte. Das nächste Flugzeug nach London ging abends um sechs, aber es waren nur noch Plätze in der ersten Klasse verfügbar. Er buchte erste Klasse und sagte, er würde am Flugplatz den Aufschlag auf sein Economy Ticket bezahlen. Das Mädchen sagte: »Dann kommen Sie bitte eine halbe Stunde vor der Abfertigung.« Smiley versprach das – er wollte, daß sie sich daran erinnerte –, nein, leider, Mister Standfast konnte keine Telefonnummer angeben, unter der er bis dahin zu erreichen war. Nichts in ihrem Ton deutete an, daß ein Sicherheitsbeamter mit einem Fernschreiben in der Hand hinter ihr stand und ihr Anweisungen ins Ohr wisperte, doch er vermutete, daß Mister Standfasts Platzreservierung in ein paar Stunden eine Kettenreaktion auslösen würde, denn schließlich hatte ja ein Mister Standfast den Opel gemietet. Er ging wieder zur Bahnhofshalle und zu den farbigen Lichtbündeln zurück. Es waren zwei Schalter vorhanden, mit zwei kurzen Schlangen davor. Am ersten bediente ihn ein intelligentes Mädchen, und er erstand einen Fahrschein, zweite Klasse, ein-

fach, nach Hamburg. Doch es war ein absichtlich umständlicher Kauf, voller Unentschlossenheit und Nervosität. Und als er ihn getätigt hatte, wollte er sich die Abfahrts- und Ankunftszeiten aufschreiben. Wozu er sich von ihr Kugelschreiber und Schreibblock auslieh.

Auf der Herrentoilette räumte er zuerst den Inhalt seiner Taschen um, allem voran das wohlbehütete Stück Ansichtskarte aus Leipzigs Boot, zog die Leinenjacke an und setzte den Strohhut auf und ging dann zum zweiten Schalter, wo er ohne viel Aufhebens eine Fahrkarte für den Personenzug nach Kretzschmars Wohnort kaufte. Dabei vermied er es, den Beamten anzuschauen, konzentrierte sich im Schutz seines auffallenden Strohhuts völlig auf die Fahrkarte und das Fahrgeld. Bevor er die Halle verließ, traf er eine letzte Vorsichtsmaßnahme. Er rief bei Kretzschmar an, sagte, er habe sich verwählt und erfuhr von einer empörten Frau, daß es ein Skandal sei, irgend jemanden zu so nachtschlafender Zeit aufzuwecken. Schließlich faltete er noch die Plastiktüten zusammen und steckte sie ein.

Die Stadt lag mitten im Grünen und bestand aus weitläufigen Rasenflächen und sorgfältig eingezäunten Villen. Jeglicher Überrest einstmaligen Landlebens war seit langem den Armeen der Suburbia anheimgefallen, doch die strahlende Sonne verschönte alles. Nummer acht war auf der rechten Straßenseite, ein stattliches, zweistöckiges Haus mit Walmdach und Doppelgarage inmitten einer breit gestreuten Auswahl viel zu eng aneinander gepflanzter Bäume. Eine Hollywoodschaukel mit geblümtem Plastiksitz stand neben einem Fischteich, Produkt der letzten Nostalgiewelle. Doch die Hauptattraktion und Herrn Kretzschmars Stolz war ein Swimming-pool in einem eigens dafür angelegten Patio aus knallroten Ziegeln, und dort sah Smiley ihn im Schoß seiner Familie und im Kreis einiger Nachbarn, die er an diesem unwahrscheinlichen Herbsttag zu einer zwanglosen Gartenparty eingeladen hatte. Herr Kretzschmar war in Shorts und bediente höchstselbst den Grill, und als Smiley auf die Klinke des Gartentors drückte, unterbrach er sein löbliches Tun, um sich nach dem Neu-

ankömmling umzusehen. Doch der Strohhut und die Leinenjacke führten ihn irre, und er schickte seine Frau.
Frau Kretzschmar erschien in einem rosa Badeanzug und einen durchsichtigen rosa Umhang, den sie auf dem Weg zum Gartentor kühn hinter sich herflattern ließ. Sie trug ein Sektglas vor sich her wie eine Kerze.
»Wer *kommt* denn da? Wer *macht* uns diese hübsche Überraschung?« fragte sie neckisch, als spräche sie zu ihrem Hündchen. Sie blieb vor ihm stehen. Sie war braungebrannt und groß und, wie ihr Mann, solide gebaut. Smiley konnte nur wenig von ihrem Gesicht sehen, denn sie trug eine Sonnenbrille mit dunklen Gläsern und einem weißen Plastikschnabel als Nasenschutz gegen Sonnenbrand.
»Hier ist die Familie Kretzschmar, die ihren Freizeitvergnügungen nachgeht«, sagte sie ein wenig zurückhaltender, als Smiley sich immer noch nicht vorgestellt hatte. »Was können wir für Sie tun? Womit können wir *dienen*?«
»Ich muß Ihren Mann sprechen«, sagte Smiley. Es waren seine ersten Worte seit dem Fahrscheinkauf und seine Stimme war belegt und unnatürlich.
»Aber Cläuschen arbeitet tagsüber nicht«, sagte sie fest, wenn auch immer noch lächelnd. »Tagsüber hat das Profitdenken laut Familienerlaß Ruhe. Soll ich ihm Handschellen anlegen, um Ihnen zu beweisen, daß er hier bis Sonnenuntergang unser Gefangener ist?«
Ihr Badeanzug war zweiteilig und ihr glatter, praller Bauch mit Sonnenöl eingerieben. Sie trug ein goldenes Kettchen um das Fußgelenk, wahrscheinlich als zusätzliches Zeichen ihrer Natürlichkeit. Und Goldsandaletten mit sehr hohen Absätzen.
»Bitte sagen Sie Ihrem Mann, daß es sich um nichts Geschäftliches handelt«, sagte Smiley. »Es ist ein Freundschaftsbesuch.«
Frau Kretzschmar nippte an ihrem Sekt, dann nahm sie die dunklen Gläser mit dem Plastikschnabel ab, wie bei einem Maskenball um Mitternacht. Sie hatte eine Stupsnase. Ihr freundliches Gesicht war ein gut Teil älter als ihr Körper.

»Wie kann es sich um einen Freundschaftsbesuch handeln, wo ich nicht einmal Ihren Namen kenne?« fragte sie, unschlüssig darüber, ob sie weiterhin zuvorkommend oder abweisend sein sollte.

Inzwischen war Herr Kretzschmar ihr nachgegangen und ließ seinen Blick von Smiley zu seiner Frau, dann wieder zurück zu Smiley schweifen. Die gesetzte Haltung und der starre Gesichtsausdruck des Besuchers ließen Herrn Kretzschmar vielleicht den Grund von Smileys Kommen ahnen.

»Schau nach dem Grill«, sagte er in knappem Ton.

Herr Kretzschmar nahm Smiley am Arm und führte ihn in ein Wohnzimmer mit Messingleuchtern und einem Panoramafenster voller Dschungelkakteen.

»Otto Leipzig ist tot«, sagte Smiley unvermittelt, sobald die Tür hinten ihnen zu war. »Zwei Männer haben ihn umgebracht.« Herrn Kretzschmars Augen öffenten sich sehr weit, dann drehte er sich um und legte die Hände vors Gesicht.

»Sie haben eine Bandaufnahme gemacht«, sagte Smiley, ohne im mindesten auf diese Gefühlsentfaltung zu achten. »Es gibt das Foto, das ich Ihnen gezeigt habe, und irgendwo gibt es auch eine Bandaufnahme, die Sie für ihn verwahren.« Der Rücken vor Smiley ließ nicht erkennen, ob Herr Kretzschmar zugehört hatte. »Sie haben selbst gestern Nacht davon gesprochen«, fuhr Smiley im gleichen ungerührten Ton fort. »Sie sagten, sie hätten über Gott und die Welt geredet. Sie sagten, Otto hätte gelacht, wie ein Henker, drei Sprachen gleichzeitig gesprochen, gesungen, Witze gerissen. Sie haben nicht nur die Fotos für Otto aufgenommen, sondern auch das Gespräch. Ich vermute, daß Sie auch den Brief haben, der ihm über Sie aus London geschickt wurde.«

Herr Kretzschmar hatte sich umgedreht und starrte in heller Empörung auf Smiley.

»Wer hat ihn umgebracht?« fragte er. »Herr Max, ich frage Sie als Soldat!«

Smiley hatte das abgerissene Stück Postkarte aus der Tasche gezogen.

»Wer hat ihn umgebracht?« wiederholte Herr Kretzschmar. »Ich will es wissen!«
»Das sollte ich Ihnen doch vergangene Nacht bringen?« sagte Smiley, ohne auf seine Frage einzugehen. »Wer immer Ihnen das da bringt, bekommt dafür die Bänder und was Sie sonst noch für ihn verwahrt haben. So lautete die Abmachung zwischen Ihnen beiden.«
Kretzschmar nahm die Karte.
»Er nannte es seine Moskauer Regeln«, sagte Herr Kretzschmar. »Otto und der General bestanden darauf, obgleich es mir persönlich lächerlich vorkam.«
»Haben Sie die andere Hälfte der Karte?« fragte Smiley.
»Ja«, sagte Herr Kretzschmar.
»Dann bitte prüfen Sie, ob sie zusammenpassen und geben Sie mir das Material. Ich werde es genau so verwenden, wie Otto dies gewünscht hätte.«
Er mußte es zweimal in jeweils anderer Formulierung sagen, bevor Herr Kretzschmar antwortete.
»Versprechen Sie das?«
»Ja.«
»Und die Mörder? Was passiert mit denen?«
»Wahrscheinlich sind sie bereits auf der anderen Seite des Wassers in Sicherheit«, sagte Smiley. »Es sind ja nur ein paar Kilometer.«
»Wozu soll das Material dann gut sein?«
»Das Material bringt den Mann in Schwierigkeiten, der die Mörder ausgeschickt hat«, sagte Smiley, und vielleicht ließ die eiserne Beherrschung seines Besuchers Herrn Kretzschmar ahnen, daß Smiley ebenso schmerzlich, vielleicht sogar, auf seine spezielle Art, noch schmerzlicher betroffen war als er selbst.
»Es bedeutet also seinen Tod?« fragte Herr Kretzschmar.
Smiley ließ sich zur Beantwortung dieser Frage viel Zeit.
»Es bedeutet schlimmeres für ihn als den Tod«, sagte er.
Einen Augenblick schien es, als ob Herr Kretzschmar fragen wollte, was denn schlimmer sei als der Tod; doch er unterließ es.

Er hielt die halbe Postkarte apathisch in der Hand und verließ das Zimmer. Smiley wartete geduldig. Eine Messinguhr mit automatischem Aufzug werkte rastlos vor sich hin, Goldfische glotzten ihn aus einem Aquarium an. Herr Kretzschmar kam wieder zurück, mit einer weißen Pappschachtel in der Hand. Darinnen lagen, in einem Polster aus Klosettpapier, ein Stoß zusammengefalteter, fotokopierter Blätter, die mit einer ihm bereits vertrauten Handschrift bedeckt waren, sowie sechs Miniaturkassetten aus blauem Plastik, die Art, wie sie Menschen von heute bevorzugen.

»Er hat sie mir anvertraut«, sagte Herr Kreztschmar.

»Das war klug von ihm«, sagte Smiley.

Herr Kretzschmar legte eine Hand auf Smileys Schulter: »Wenn Sie etwas brauchen, lassen Sie's mich wissen«, sagte er. »Ich habe meine Leute. Wir leben in einer gewalttätigen Zeit.«

Von einer Telefonzelle aus rief Smiley nochmals den Flughafen Hamburg an, um Mister Standfasts Flug nach London Heathrow zu bestätigen. Danach kaufte er Briefmarken und einen kräftigen Umschlag, auf den er eine fiktive Adresse in Adelaide, Australien, schrieb. Er steckte Mister Standfasts Paß hinein und warf das Kuvert in einen Briefkasten. Dann ging er als ganz einfacher Mister George Smiley, Beruf Angestellter, zum Bahnhof zurück und fuhr ohne Zwischenfall über die Grenze nach Dänemark. Während der Fahrt ging er auf die Toilette und las dort Maria Ostrakowas Brief, alle sieben Seiten, die der General selbst auf Mikhels antiquiertem Naßkopierer in der kleinen Bibliothek am Britischen Museum abgelichtet hatte. Was er las, paßte zu dem, was er an diesem Tag erlebt hatte und erfüllte ihn mit wachsender, schier unbändiger Sorge. Per Bahn, Fährschiff und Taxi eilte er zum Flughafen Castrup in Kopenhagen. Von dort flog er am Nachmittag weiter nach Paris, und obwohl die Flugzeit nur eine Stunde betrug, füllte sie in Smileys Geist die Spanne eines Lebens und führte ihn durch die ganze Skala seiner Erinnerungen, Empfindungen und Erwartungen. Die Wut und

Bestürzung über Leipzigs Ermordung, die er bis jetzt unterdrückt hatte, wallten nun in ihm auf, wichen aber sofort seiner Angst um die Ostrakowa: Wenn sie schon bei Leipzig und dem General vor nichts zurückgeschreckt waren, was würden sie dann erst mit der Ostrakowa anstellen? Die Blitzreise durch Schleswig-Holstein hatte ihm die Behendigkeit der Jugend wiedergegeben, doch jetzt, nachdem der Höhepunkt überschritten war, fiel ihn erneut die unheilbare Gleichgültigkeit des Alters an. Wenn der Tod so nahe, so allgegenwärtig ist, dachte er, aus welchem Grund sollte man da weiterkämpfen? Er dachte wieder an Karla und an dessen Absolutheit, die zumindest dem dauernden Chaos, das Leben hieß, eine bestimmte Richtung gab, eine Richtung auf Gewalttätigkeit und Tod; an Karla, für den Mord nie mehr gewesen war als das notwendige Mittel zu einem großen Zweck.

Wie kann ich gewinnen? fragte er sich; allein, voller Zweifel und von Skrupeln gehemmt, wie kann ich da – wie könnte da irgend jemand von uns – gegen diese gnadenlosen Exekutionskommandos gewinnen?

Die bevorstehende Landung des Flugzeugs und die Aussicht auf neuerliche Jagd belebten ihn wieder. Es gibt zwei Karlas, überlegte er in Erinnerung an das unbewegte Gesicht, an die geduldigen braunen Augen, den drahtigen Körper des Mannes, der stoisch auf seine eigene Zerstörung hinarbeitete. Da ist Karla, der Profi, der so kaltblütig war, daß er, wenn nötig, zehn Jahre warten konnte, bis sich ein Einsatz auszahlte: in Bill Haydons Fall, zwanzig; Karla, der alte Spion, der Pragmatiker, der ein Dutzend Fehlschläge für einen großen Erfolg in Kauf nahm.

Und da ist der andere Karla, der Mann, der letzten Endes doch ein Herz besitzt, einer großen Liebe fähig ist, Karla, dem der Makel der Menschlichkeit anhaftet. Ich sollte mich nicht kopfscheu machen lassen, wenn er, um seine Schwäche zu verteidigen, auf die einschlägigen Methoden seines Metiers zurückgreift.

Als er in seinem Abteil nach dem Strohhut über sich griff und bereits im Geist die nächsten Schachzüge plante, erinnerte Smiley

sich an ein leichtsinniges Versprechen, das er einst gegeben hatte: Auch Karla könne man zu Fall bringen. »Nein«, war damals seine Antwort auf eine Frage gewesen, die fast aufs Haar derjenigen glich, die er sich soeben selber gestellt hatte. »Nein, Karla ist nicht kugelfest. Weil er ein Fanatiker ist. Und wenn ich dann noch ein Wort mitzureden habe, wird ihn eines Tages eben dieser Mangel an Mäßigung zu Fall bringen.«
Als er zum Taxistand hastete, fiel ihm ein, daß er diese Bemerkung damals einem gewissen Peter Guillam gegenüber getan hatte, Peter Guillam, an den er zufälligerweise gerade sehr viel denken mußte.

18

Maria Ostrakowa lag auf dem Sofa, blickte hinaus ins Zwielicht und fragte sich ernsthaft, ob es wohl den Weltuntergang ankündige.

Den ganzen Tag hatte dasselbe trübe Grau über dem Hof gelegen und ihr winziges Universum einem immerwährenden Abend ausgeliefert. In der bräunlichen Morgendämmerung war das Grau noch dichter geworden. Um Mittag, kurz nach dem Auftauchen der Männer, erfolgte eine himmlische Stromsperre, Grabesfinsternis sank herab, wie ein Vorgriff auf Maria Ostrakowas eigenes Ende. Und jetzt, am Abend, schickte sich ein kriechender Nebel an, die vor der Dunkelheit zurückweichenden Kräfte des Lichts endgültig zu besiegen. Und genauso wird es mit der Ostrakowa enden, dachte sie ohne Bitterkeit: mit meinem zerschlagenen, schwarz und blau gefleckten Körper und mit meiner belagerten Festung und mit meinen Hoffnungen auf die Wiederkunft des Erlösers; genauso wird es enden, mein Lebenslicht wird dahinschwinden.

Als sie an diesem Morgen erwacht war, hatte sie sich an Händen und Füßen gefesselt geglaubt. Sie hatte versucht, ein Bein zu bewegen, und schon schnitten glühende Ketten ihr in Schenkel, Brust und Bauch. Sie hatte einen Arm angehoben, doch eiserne Bande rissen ihn wieder zurück. Es hatte eine Ewigkeit gedauert, bis sie ins Badezimmer gekrochen, und eine zweite, bis sie ausgezogen war und im warmen Wasser lag. Beim Hineinsteigen fürchtete sie, vor Schmerzen ohnmächtig zu werden, ihre vom Straßenpflaster aufgeschundene Haut brannte wie Feuer. Sie hörte ein Hämmern und glaubte, es sei in ihrem Kopf, bis sie begriff, daß es von einem aufgebrachten Nachbarn stammte. Als sie die Schläge der Kirchenuhr zählte, kam sie nur auf vier; kein

Wunder also, wenn der Nachbar gegen das donnernde Rauschen in den alten Leitungen protestierte. Die Anstrengung des Kaffeekochens hatte sie erschöpft, aber sie konnte sich plötzlich nicht mehr setzen, es war genauso unerträglich, wie das Liegen. Blieb als Ruhestellung nur noch, daß sie sich über den Ausguß beugte und die Ellbogen auf das Ablaufbrett stützte. Von hier aus konnte sie den Hof überblicken, zum Zeitvertreib und zur Sicherheit, und von hier aus hatte sie die Männer erspäht, die beiden Geschöpfe der Finsternis – wie sie jetzt befand –, und gehört, daß sie der Concierge etwas zuriefen und die dumme alte Ziege zurückblökte und dabei ihren blöden Kopf schüttelte – »Nein, Madame Ostrakowa ist nicht da, nicht da« –, nicht da, in zehn verschiedenen Variationen, daß es gleich einer Arie durch den Hof schallte – *ist nicht da* –, alles übertönte, das Teppichklopfen und den Kinderlärm und das Geschnatter der beiden alten Weiber vom dritten Stock, die ihre mit Schals umwickelten Köpfe aus zwei Meter voneinander entfernten Fenstern streckten – *ist nicht da!* –, bis nicht einmal ein Kind es mehr geglaubt hätte.

Wenn sie lesen wollte, mußte sie das Buch auf das Ablaufbrett legen, und dort deponierte sie nach dem Auftauchen der Männer auch die Waffe, bis sie die Öse am Kolben bemerkte und, als praktische Frau, aus Bindfaden eine Schlaufe anfertigte und sich die Pistole um den Hals hängte. So hatte sie beide Hände frei, um sich bei jeder Fortbewegung abstützen zu können. Aber als die Waffe ihr gegen die Brüste stieß, wurde ihr vor Schmerz übel. Nachdem die Männer wieder gegangen waren, hatte sie bei ihren häuslichen Verrichtungen, die sie während ihrer Gefangenschaft nicht vernachlässigen wollte, laut vor sich hinzureden begonnen. »Ein *großer* Mann, ein *Leder*mantel, ein Homburg-*Hut*«, hatte sie gemurmelt und sich zur Herzstärkung eine tüchtige Dosis Wodka genehmigt. »Ein *breiter* Mann, schütteres *Haar*, graue *Schuhe* mit Lochmuster!« Lieder machen aus meinen Erinnerungen, hatte sie gedacht; sie dem Magier vorsingen, dem General – oh, warum antworten sie nicht auf meinen zweiten Brief?

Sie war wieder ein Kind, stürzte von ihrem Pony, und das Pony machte kehrt und trampelte auf ihr herum. Sie war wieder eine Frau und versuchte, Mutter zu werden. Sie entsann sich der drei Tage währenden unmenschlichen Qualen, als Alexandra sich erbittert dagegen wehrte, in das graue und gefährliche Licht einer unsauberen Moskauer Gebärklinik zu treten – das gleiche Licht, das jetzt vor dem Fenster herrschte und wie künstlicher Staub auf den gebohnerten Fußböden der Wohnung lag. Sie hörte sich nach Glikman rufen: »Er soll kommen, er soll kommen.« Sie erinnerte sich, daß ihr manchmal war, als trage sie Glikman, ihren Liebsten, und nicht ihr Kind; als versuche sein ganzer kraftvoller haariger Körper sich seinen Weg aus ihr – oder in sie? – zu bahnen; als liefere sie mit dieser Geburt Glikman der Gefangenschaft aus, vor der sie ihn so gern bewahrt hätte.
Warum war er nicht da, warum kam er nicht? fragte sie sich und verwechselte Glikman mit dem General und mit dem Magier. Sie wußte sehr wohl, warum Glikman nicht gekommen war, während sie mit Alexandra rang. Sie selbst hatte ihn gebeten, wegzubleiben. »Du hast den Mut zu leiden, und das genügt«, hatte sie zu ihm gesagt. »Aber du hast nicht den Mut, die Leiden anderer mitanzusehen, und auch darum liebe ich dich. Christus hatte es zu leicht«, sagte sie. »Christus konnte die Aussätzigen heilen, Christus konnte die Blinden sehend machen und die Toten wieder zum Leben erwecken. Aber du bist nicht Christus, du bist Glikman, und du kannst nichts gegen meine Leiden tun als zusehen und mitleiden, und davon hat niemand etwas.«
Aber der General und sein Magier konnten mehr, sagte sie sich ein wenig ungehalten; sie haben sich anheischig gemacht, mich von meinem Übel zu heilen, und ich habe ein Recht auf ihre Hilfe!
Zur verabredeten Zeit war die blöde, blökende Concierge heraufgekommen, komplett mit Ehetrottel und Schraubenzieher. Sie waren voll freudiger Erregung und frohlockten, der Ostrakowa so erquickende Kunde bringen zu können. Die Ostrakowa hatte sich auf ihr Kommen sorgfältig vorbereitet, Musik einge-

schaltet und Make-up aufgelegt und Bücher neben dem Sofa gestapelt, um eine Atmosphäre entspannter Beschaulichkeit zu schaffen.

»Besuch, Madame, *Herren* . . . Nein, ihren Namen wollten sie nicht sagen . . . nur auf der Durchreise . . . kannten ihren *Gatten*, Madame. Emigranten, wie Sie . . . Nein, es sollte eine *Überraschung* bleiben, Madame . . . Die Herren sagten, sie hätten *Geschenke* für Sie von Verwandten, Madame . . . ein Geheimnis, Madame, und einer war so groß und kräftig, ein schöner Mann . . . Nein, sie kommen ein andermal wieder, sie sind geschäftlich hier, viele Termine, sagten sie . . . Nein, in einem Taxi, und sie ließen es warten – was das gekostet haben muß, bedenken Sie bloß!«

Die Ostrakowa hatte gelacht und der Concierge die Hand auf den Arm gelegt, um sie auch physisch in ein großes Geheimnis einzubeziehen, während der Ehetrottel dastand und die beiden Frauen mit Zigarettenrauch und Knoblauch einnebelte.

»Hören Sie zu«, sagte die Ostrakowa. »Alle beide. Passen Sie gut auf. Ich weiß genau, wer sie sind, diese reichen und gutaussehenden Besucher. Es sind die beiden nichtsnutzigen Neffen meines Mannes aus Marseille, Faulpelze und Herumtreiber. Wenn sie mir ein Geschenk mitbringen, dann können Sie sicher sein, daß sie dafür ein Bett und womöglich auch Abendessen wollen. Seien Sie so gut und sagen Sie ihnen, ich bliebe noch ein paar Tage auf dem Land. Ich habe die beiden von Herzen gern, aber ich brauche meine Ruhe.«

Mochten auch Reste von Zweifel oder Enttäuschung in den hausmeisterlichen Herzen zurückgeblieben sein, die Ostrakowa entschädigte sie durch eine Geldspende, und jetzt war sie wieder allein – die Schlaufe um den Hals. Sie streckte sich auf dem Sofa aus und schob ein Kissen unter die Hüfte, eine halbwegs erträgliche Lage. Die Waffe in ihrer Hand war auf die Tür gerichtet, und sie konnte die treppauf kommenden Schritte hören, zwei Paar Füße, das eine schwer, das andere leicht.

Wieder sagte sie vor sich hin: »Ein *großer* Mann, ein Leder*man*-

tel . . . Ein *breiter* Mann, graue *Schuhe* mit Lochmuster . . .« Dann das Klopfen, schüchtern wie eine kindliche Liebeserklärung. Und die unvertraute Stimme, die ein unvertrautes Französisch sprach mit einem unvertrauten Akzent, langsam und klassisch, wie ihr Mann Ostrakow, und mit der gleichen gewinnenden Weichheit.

»Madame Ostrakowa. Bitte lassen Sie mich ein. Ich will Ihnen helfen.«

Mit dem Gefühl, das Ende aller Dinge sei da, entsicherte die Ostrakowa bedächtig die Pistole ihres Mannes und begab sich mit festen, wenn auch schmerzenden Schritten zur Tür. Sie schob sich seitwärts heran, und sie trug keine Schuhe, und sie mißtraute dem Guckloch. Nichts vermochte sie zu überzeugen, daß es nicht in beide Richtungen gucken konnte. Deshalb nahm sie den Umweg an der Wand entlang, denn sie hoffte, so aus der Sichtlinie zu bleiben, und unterwegs kam sie an Ostrakows verblichenem Portrait vorbei und verübelte ihm sehr, daß er so egoistisch gewesen war, früh zu sterben, anstatt am Leben zu bleiben und sie zu beschützen. Dann dachte sie: nein. Darüber bin ich hinaus. Ich habe selber Mut genug.

Und den hatte sie. Sie zog in den Kampf, jeder Augenblick konnte ihr letzter sein, aber der Schmerz war verschwunden, ihr Körper fühlte sich so bereit, wie er es für Glikman gewesen war, immer, zu jeder Zeit; sie fühlte seine Kraft in ihre Glieder strömen wie ein Verstärkungskontingent. Glikman war bei ihr, und sie entsann sich seiner Stärke, ohne sie sich zu wünschen. Wie ein biblisches Wunder schien seine unerschöpfliche Liebesfähigkeit sie für diesen Moment gestählt zu haben. Sie hatte Ostrakows Ruhe und sie hatte Ostrakows Ehre; sie hatte seine Waffe. Doch ihr verzweifelter einsamer Mut kam aus ihr selber, war der Mut einer bedrohten und beraubten und bis aufs Blut gereizten Mutter: Alexandra! Die Männer, die gekommen waren, um sie zu töten, waren die gleichen, die sie unerfüllter Mutterpflichten geziehen, die Ostrakow und Glikman getötet hatten und die ganze unselige Welt töten würden, wenn sie, Maria Ostrakowa, ihnen nicht Einhalt gebot.

Sie wollte genau zielen, ehe sie feuerte, und sie hatte sich ausgedacht, daß sie, da die Tür geschlossen und die Kette vorgelegt und das Guckloch da war, aus nächster Nähe zielen könnte, denn sie machte sich keine Illusionen über ihre Treffsicherheit. Sie legte den Finger auf das Guckloch, damit niemand mehr hereinschauen könne, dann preßte sie das Auge dagegen, um zu sehen, wer draußen sei, und das erste, was sie sah, war ihre verblödete Concierge, ganz nah, rund wie eine Zwiebel im verzerrenden Glas, mit grünem Haar vom Widerschein der Keramikfliesen des Treppenpodests und einem gewaltigen Gummigrinsen und einer Nase, die wie ein Entenschnabel vorsprang. Und der Ostrakowa ging flüchtig durch den Kopf, daß die leichten Schritte von der Concierge gestammt hatten – Leichtigkeit war, wie Schmerz und Freude, stets eine relative Größe, abhängig vom Vorher und Nachher. Und als zweites sah sie einen kleinen Mann im braunen Tweedmantel, der im Guckloch so kugelig war wie das Michelin-Männchen. Und während sie ihn beäugte, nahm er einen Strohhut ab, der geradewegs aus einem Roman von Turgenjew stammte, und hielt ihn seitwärts an sich gepreßt, als werde die Nationalhymne seines Landes gespielt. Und sie schloß aus dieser Geste, der kleine Mann wolle ihr sagen, er wisse, daß sie sich am allermeisten vor einem überschatteten Gesicht fürchte und habe den Kopf entblößt, um ihr gewissermaßen seine redlichen Absichten zu enthüllen.
Seine Regungslosigkeit und sein Ernst hatten etwas soldatisch Respektvolles und erinnerten sie, genau wie die Stimme, wiederum an Ostrakow; mochte das Glas ihn zu einem Frosch verzerren, seiner Haltung konnte es nichts anhaben. Auch die Brille erinnerte sie an Ostrakow, eine Sehhilfe, so notwendig, wie die Krücke eines Invaliden. Das alles gewahrte die Ostrakowa mit hämmerndem Herzen, aber sehr ruhigem Auge, bei ihrer ersten langen Musterung, während sie die Waffe an die Tür und den Finger an den Abzug preßte und überlegte, ob sie den Mann nicht sofort und auf der Stelle, durch die Tür hindurch, erschießen solle – »Nimm *das* für Glikman, *das* für Ostrakow, *das* für Alexandra!«

Denn in ihrem Argwohn hielt sie es für möglich, daß man den Mann eben wegen seines menschlichen Aussehens gewählt hatte; weil man wußte, daß auch Ostrakow diese Gabe besessen hatte, fett und würdevoll zugleich zu sein.
»Ich brauche keine Hilfe«, rief die Ostrakowa schließlich zur Antwort und beobachtete schreckensstarr, welche Wirkung diese Worte auf ihn haben würden. Doch während sie beobachtete, beschloß die schwachsinnige Concierge, auf eigene Rechnung loszuplärren.
»Madame, er ist ein Gentleman! Er ist Engländer! Er sorgt sich um Sie. Sie sind krank, Madame, die ganze Straße macht sich Ihretwegen Sorgen! Madame, Sie dürfen sich nicht länger so einschließen.« Pause. »Er ist Arzt, Madame – nicht wahr, Monsieur? Ein berühmter Arzt für Gemütsleiden!« Dann hörte die Ostrakowa das blöde Weib zischeln: »Sagen Sie's ihr, Monsieur. Sagen Sie ihr, daß Sie Arzt sind!«
Doch der Fremde schüttelte ablehnend den Kopf und erwiderte: »Nein. Ich bin kein Arzt.«
»Madame, machen Sie auf oder ich hole die Polizei!« schrie die Concierge. »Eine Russin und sich so aufführen!«
»Ich brauche keine Hilfe«, wiederholte die Ostrakowa jetzt bedeutend lauter.
Aber sie wußte, daß sie nichts so dringend brauchte wie Hilfe, daß sie ohne Hilfe nie imstande sein würde zu töten, so wenig, wie Glikman je dazu imstande gewesen wäre. Auch nicht, wenn sie den Teufel persönlich im Visier hätte, könnte sie das Kind einer Mutter töten.
Während sie weiter die Pistole im Anschlag hielt, trat der kleine Mann langsam einen Schritt vor, bis sie im Guckloch nur noch sein Gesicht, verzerrt, wie ein Gesicht unter Wasser, sehen konnte; und sie sah zum erstenmal die Müdigkeit darin, die geröteten Augen hinter den Brillengläsern, die schweren Schatten darunter; und sie spürte das leidenschaftliche Interesse, das er an ihr hatte, und das nicht ihrem Tod galt, sondern ihrem Überleben; sie spürte, daß sie in ein teilnehmendes Gesicht blickte, aus

dem das Mitgefühl nicht für immer verbannt war. Das Gesicht kam noch näher, und das Schnappen der Briefklappe genügte, daß sie um ein Haar die Waffe versehentlich abgefeuert hätte, und diese Tatsache erfüllte sie mit Entsetzen. Sie hatte bereits das Zucken in ihrer Hand gefühlt und es gerade noch im Augenblick der Ausführung gebremst; dann bückte sie sich, um den Umschlag aufzuheben. Es war ihr eigener Brief, an den General adressiert – der zweite, in dem stand »Jemand versucht, mich zu töten«, in Französisch geschrieben. Als letzten hinhaltenden Widerstand schützte sie den Verdacht vor, der Brief könne ein Trick sein, »sie« hätten ihn abgefangen oder gestohlen oder was Betrüger sonst anstellen mochten. Aber als sie den Brief sah, die Anfangsworte und den verzweifelten Ton wiedererkannte, wurde sie jeglichen Betrugs unendlich müde, müde auch allen Argwohns und müde der Versuche, Böses zu sehen, wo sie sich aus tiefstem Herzen Gutes zu sehen wünschte. Wieder hörte sie die Stimme des dicken Mannes, ein korrekt erlerntes, aber leicht angerostetes Französisch, und es erinnerte sie an halbvergessene Schulgedichte. Und wenn, was er sagte, Lüge war, so war es die gerissenste Lüge, die sie je im Leben gehört hatte.
»Der Magier ist tot, Madame«, sagte er, und sein Atem beschlug das Guckloch. »Ich komme aus London, um Ihnen an seiner Statt zu helfen.«

Noch Jahre danach und vermutlich sein ganzes Leben lang schilderte Peter Guillam immer wieder, mit wechselnder Offenheit, wie er an jenem Abend nach Hause gekommen war. Er wies jedesmal besonders darauf hin, daß die Umstände außergewöhnlich gewesen waren. Er hatte – erstens – schlechte Laune gehabt, schon den ganzen Tag. Zweitens – sein Botschafter tadelte ihn bei der wöchentlichen Mitarbeiterbesprechung vor versammelter Mannschaft, wegen einer unziemlich leichtfertigen Bemerkung über die britische Zahlungsbilanz. Er war – drittens – erst seit kurzem verheiratet und seine sehr junge Frau erwartete ein Kind. Ihr Telefonanruf kam – viertens – wenige Minuten, nachdem er ein langes und höchst langweiliges Fernschreiben des Circus entschlüsselt hatte, worin er zum fünfzehntenmal ermahnt wurde, auf französischem Boden keine – wiederhole, *keine* – Operationen ohne vorherige schriftliche Genehmigung der Londoner Einsatzzentrale zu unternehmen. Zudem – fünftens – litt *tout Paris* wieder einmal unter der periodisch auftretenden Kidnapping-Panik. Und schließlich galt der Posten des Circus-Residenten in Paris allgemein als vorletzte Ruhestätte für pensionsreife Funktionäre, denn was dort geboten wurde, beschränkte sich im Wesentlichen auf endlose Déjeuners mit einem Sammelsurium sehr korrupter, sehr langweiliger Chefs rivalisierender Geheimdienste, die mehr Zeit darauf verwendeten, sich gegenseitig zu bespitzeln, als die mutmaßlichen Feinde auszuspähen. Alle diese Faktoren, so betonte Guillam später ausdrücklich, seien zu berücksichtigen, ehe man ihn der Unbeherrschtheit bezichtige. Guillam war übrigens väterlicherseits französicher Abstammung, doch in seiner sportlichen Erscheinung dominierte die englische Hälfte; er war schlank und sah recht gut aus, aber er ging auch – wenngleich er unermüdlich dagegen ankämpfte – auf die Fünfzig zu, eine Weiche, die nur wenige Außenagenten überfahren, ohne aufs Abstellgleis zu geraten. Er fuhr einen brandneuen deutschen Porsche, den er, einigermaßen schlechten Gewissens, mit Diplomatenrabatt gekauft hatte und zur schärfsten Mißbilligung des Botschafters auf dem Gesandtschaftsparkplatz abstellte.

Damals also rief Marie-Claire Guillam ihren Mann punkt sechs Uhr an, gerade, als Guillam seine Codebücher wegschloß. Guillam hatte zwei Telofonanschlüsse, einen, der theoretisch operativen Anrufen diente und direkt war. Der zweite ging über die Hausvermittlung. Marie-Claire rief über die direkte Leitung an, was, wie sie mit ihrem Mann übereingekommen war, äußersten Notfällen vorbehalten bleiben mußte. Seit einiger Zeit bedienten beide sich des Englischen, damit Marie-Claire es fließender sprechen lerne, jetzt aber sprach sie französisch, ihre Muttersprache.

»Peter«, begann sie.

Er hörte sofort die Erregung in ihrer Stimme.
»Maire-Claire? Was ist los?«
»Peter, hier ist ein Herr. Er möchte, daß du sofort kommst.«
»Wer?«
»Das kann ich nicht sagen. Es ist wichtig. Bitte komm sofort nach Hause«, wiederholte sie und legte auf.
Guillams Bürovorsteher, ein Mr. Anstruther, hatte an der Tür zum Tresorraum auf ihn gewartet, als der Anruf kam, denn Guillam mußte das Kombinationsschloß einstellen, ehe er und der Bürovorsteher ihre Schlüssel betätigten. Anstruther sah durch die offene Bürotür, wie Guillam den Hörer auf die Gabel knallte, und als nächstes sah er den geheiligten *persönlichen* Schlüssel des Residenten, eine Art Symbol seines Amtes, durch die Luft fliegen – ein weiter Flug, wohl an die fünfzehn Fuß –, und wie durch ein Wunder gelang es Mr. Anstruther, den Schlüssel aufzufangen: griff mit der linken Hand nach oben und schnappte ihn aus der Luft, wie ein amerikanischer Baseball-Star; er würde es nie wieder fertigbringen, und wenn er es hundertmal versuchte, sagte er später zu Guillam.
»Rühren Sie sich nicht aus dem Büro, bis ich anrufe!« rief Guillam. »Sie setzen sich an meinen Schreibtisch und bedienen diese Telefone. Hören Sie?«
Anstruther hörte, aber inzwischen war Guillam schon halbwegs die lächerlich zierliche geschwungene Treppe der Botschaft hinuntergerast, überholte Stenotypistinnen und Wachleute und clevere junge Männer, die auf dem Weg zur abendlichen Cocktail-Runde waren. Sekunden später saß er am Steuer des Porsche und jagte den Motor auf Touren, wie ein Rennfahrer, der er in einem anderen Leben durchaus hätte sein können. Guillam wohnte in Neuilly, und gewöhnlich machten die Spurts durch den Verkehrsstrom ihm Spaß, denn sie erinnerten ihn täglich zweimal daran – so sagte er –, daß die Arbeit in der Botschaft zwar geisttötend langweilig, das Leben draußen aber immer noch gefahrvoll, kernig und köstlich war. Manchmal stoppte er sogar seine Fahrzeit. Über die Avenue Charles de Gaulle und bei günstigem

Wind an den Ampeln waren fünfundzwanzig Minuten im Abendverkehr nicht unmöglich. Spät nachts oder frühmorgens schaffte er es bei leeren Straßen und dank des CD-Schilds in einer Viertelstunde, aber zur Stoßzeit waren fünfunddreißig Minuten schon optimal und vierzig die Norm. An jenem Abend legte er, gejagt von der Vorstellung einer von verblendeten Nihilisten mit der Waffe bedrohten Marie-Claire, die Strecke in glatten achtzehn Minuten zurück. Polizeiprotokolle, die später auf den Schreibtisch des Botschafters flatterten, sprachen von drei überfahrenen Rotlichtern und knappen Hundertvierzig in der Zielgeraden, aber diese Angabe konnte nur auf Schätzung beruhen, denn niemand hatte die geringste Lust gehabt, mit ihm gleichzuziehen. Guillam selber erinnert sich kaum an die Fahrt, nur noch an einen Beinahe-Zusammenstoß mit einem Lastwagen und an einen verrückt gewordenen Radfahrer, der dringend links hatte abbiegen müssen, als Guillam nur noch hundertfünfzig Meter hinter ihm war.

Seine Wohnung lag an einer Privatstraße im dritten Stock. Kurz vor der Zufahrt trat er hart auf die Bremse, stellte den Motor ab und kam schlitternd am Straßenrand zum Stehen, dann sauste er bis zur Haustür, so leise, wie sein Tempo es zuließ. Er hatte erwartet, irgendwo in der Nähe ein parkendes Fluchtauto zu sehen, wahrscheinlich mit einem Fahrer startbereit am Steuer, doch zu seiner vorübergehenden Erleichterung war keines in Sicht. Aber im Schlafzimmer brannte Licht, und jetzt stellte er sich Marie-Claire geknebelt und ans Bett gefesselt vor und daneben die Banditen, die auf sein Eintreffen warteten. Sollten sie es auf Guillam abgesehen haben, so war er gesonnen, sie nicht zu enttäuschen. Er war unbewaffnet gekommen, notgedrungen. Die Housekeepers des Circus hegten einen heiligen Abscheu vor Schußwaffen, und sein verbotswidriger Revolver lag in der Nachttischlade, wo die Banditen ihn inzwischen zweifellos gefunden hatten. Er flitzte lautlos die drei Treppen hinauf, und vor der Wohnungstür warf er sein Jackett ab und ließ es neben sich auf den Boden fallen. Er hatte den Schlüssel bereits in der Hand, und jetzt schob er ihn so behutsam wie möglich ins Schloß, dann drückte er auf den Klingelknopf und rief durch den Briefschlitz »Facteur« – Postbote – und dann *»Exprès«*. Mit der Hand am Schlüssel wartete er, bis er Schritte herankommen hörte, die, wie er sogleich wußte, nicht von Marie-Claires Füßen stammten. Die Schritte waren langsam, ja, gewichtiger, und für Guillams Ohr längst nicht verstohlen genug. Und sie kamen vom Schlafzimmer her. Danach tat er eine Menge Dinge gleichzeitig. Das Öffnen der Tür von innen erforderte, wie er wußte, zwei genau definierte Handgriffe: zuerst die Kette aushängen, dann den Schnapper zurückziehen. Geduckt wartete Guillam, bis er die Kette gleiten hörte, dann setzte er seine Überraschungswaffe ein: Er drehte seinen Schlüssel, warf sich mit dem ganzen Gewicht gegen die Tür und genoß im nächsten Moment den zutiefst befriedigenden Anblick einer fülligen männlichen Gestalt, die rücklings gegen den Dielenspiegel flog und ihn aus der Halterung riß, während Guillam den Arm des Mannes packte und mit einem gemeinen Griff fast bis zum Brechen verdrehte – nur um in die bestürzten Züge seines lebenslangen Freundes und Mentors George Smiley zu blicken, die ihn hilflos anstarrten.

Was auf diesen Zusammenprall folgte, wird von Guillam ein wenig nebulos geschildert; er hatte natürlich keine Ahnung von Smileys Kommen gehabt, und solange sie in der Wohnung waren, sagte Smiley – vielleicht aus Furcht vor Mikrophonen – wenig Erhellendes. Marie-Claire war im Schlafzimmer, aber weder gefesselt noch geknebelt, und auf dem Bett lag, von Marie-Claire dorthin beordert, die Ostrakowa, noch immer in ihrem alten schwarzen Kleid, und Marie-Claire verwöhnte sie mit allem, was das Haus zu bieten hatte – Hühnerbrüstchen in Aspik, Pfefferminztee, sämtlichen Schongerichten, die sie emsig für den wundervollen, doch leider nicht absehbaren Tag gehortet hatte, an dem Guillam krankheitshalber ihrer Betreuung bedürfte. Wie Guillam feststellte, mußte die Ostrakowa (deren Namen er allerdings noch nicht kannte) gewaltige Prügel bezogen haben.

Graue Druckstellen breiteten sich um Augen und Mund aus, und ihre Finger waren schwer lädiert, offenbar hatte sie versucht, sich zu wehren. Nachdem Smiley den Hausherrn einen kurzen Blick auf die Szene hatte werfen lassen – die Dame in der Obhut der besorgten Kind-Frau –, führte er Guillam in dessen eigenen Salon und erteilte ihm mit der Autorität des ehemaligen Chefs, der er ja war, in aller Eile seine Anweisungen. Erst jetzt erhielt Guillams hastige Heimfahrt doch noch ihre nachträgliche Rechtfertigung. Die Ostrakowa – Smiley sagte nur »unser Gast« – müsse noch heute Abend Paris verlassen, sagte er. Das sichere Haus der Residentur in der Nähe von Orléans – er sagte »unser Landsitz« – sei nicht sicher genug, sie müsse an einen Ort gebracht werden, wo sie Pflege und Schutz fände. Guillam entsann sich eines französischen Ehepaars in Arras. Eines pensionierten Agenten und dessen Frau, die schon früher den einen oder anderen Zugvogel des Circus beherbergt hatten. Man kam überein, daß er in Arras anrufe, aber nicht von der Wohnung aus: Smiley schickte ihn zu einer öffentlichen Telefonzelle. Als er die notwendigen Verabredungen getroffen hatte und wieder heimkam, hatte Smiley bereits ein kurzes Fernschreiben auf einem Bogen von Marie-Claires abscheulichem Briefpapier mit den grasenden Häschen entworfen, das Guillam unverzüglich an den Circus absenden sollte. »Persönlich an Saul Enderby, nur vom Empfänger zu entschlüsseln.« Der Text, den Guillam auf Smileys Geheiß lesen mußte (aber nicht laut), bat Enderby »betreffs eines zweiten, Ihnen inzwischen sicherlich zur Kenntnis gelangten Todesfalls« höflich um eine Zusammenkunft bei Ben in achtundvierzig Stunden. Guillam hatte keine Ahnung, wer Ben war.

»Und, Peter.«

»Ja, George«, sagte Guillam, noch immer ganz benommen.

»Ich nehme an, es gibt eine offiziellle Telefonliste der in Paris akkreditierten Diplomaten. Haben Sie zufällig so ein Ding in der Wohnung?«

Guillam hatte eines. Marie-Claire konnte ohne dieses Verzeichnis nicht leben. Sie hatte überhaupt kein Namensgedächtnis, daher das Heft neben dem Telefon im Schlafzimmer, damit sie es konsultieren konnte, sooft sie von einem Mitglied ausländischer Botschaften telefonisch zu einem Drink, einem Dinner oder im schlimmsten Fall anläßlich der zahlreichen Nationalfeiertage eingeladen wurden. Guillam holte es und lugte Smiley über die Schulter. »Kirow« las er – aber auch diesmal nicht laut –, als er Smileys Daumennagel folgte »Kirow, Oleg, Zweiter Sekretär (Handel), unverheiratet.« Danach eine Adresse im 7. Arrondissement, dem Getto der Sowjetbotschaft.

»Schon mal getroffen?« fragte Smiley.

Guillam schüttelte den Kopf. »Vor ein paar Jahren haben wir ihn uns angesehen. Er ist tabu«, antwortete er.

»Wann wurde diese Liste zusammengestellt?« fragte Smiley. Die Antwort stand auf dem Deckel. Dezember des vergangenen Jahres.

Smiley sagte: »Also, wenn Sie in Ihr Büro kommen – «

»Schaue ich in der Kartei nach«, versprach Guillam.

»Und dann noch *das* hier«, sagte Smiley scharf und reichte Guillam eine einfache Kuriertasche, in der sich, wie Guillam später feststellte, mehrere Mikrokassetten sowie ein dicker brauner Briefumschlag befanden.

»Mit der ersten Kurierpost morgen früh, bitte«, sagte Smiley. »Gleiche Einstufung und Adresse wie das Fernschreiben.«

Guillam ließ Smiley beim weiteren Studium der Telefonliste und die beiden Frauen in der Abgeschiedenheit des Schlafzimmers zurück und raste wieder zur Botschaft, wo er den verwirrten Anstruther von seiner Telefonwache erlöste und ihm die Kuriertasche zusammen mit Smileys Instruktionen ans Herz legte. Die Spannung in Smiley hatte Guillam beträchtlich zugesetzt, er schwitzte. In all den Jahren, seit er George kannte, habe er ihn, so sagte er später, nie so verschlossen, so erregt, so elliptisch, so verzweifelt gesehen. Guillam schloß den Tresorraum wieder auf, codierte das Fernschreiben, schickte es ab und wartete nur, bis die Empfangsbestätigung aus London eingegangen war; dann holte er sich die Akte über Personalveränderungen in der So-

wjetbotschaft und blätterte die letzten Ausgaben der Beobachtungslisten durch. Er mußte nicht lange suchen. Bereits die dritte Drucksache, Kopie nach London, gab die gewünschte Auskunft. Kirow, Oleg, Zweiter Sekretär, Handel, hier bezeichnet als »verheiratet, aber Ehefrau nicht *en poste*«, war vor zwei Wochen nach Moskau zurückgekehrt. In der Spalte für verschiedene Anmerkungen hatte die französische Verbindungs-Dienststelle eingetragen, laut informierter sowjetischer Quellen sei Kirow »kurzfristig an das sowjetische Außenministerium berufen worden, um dort einen überraschend freigewordenen höheren Posten anzutreten«. Die üblichen Abschiedspartys hatten daher nicht stattfinden können.
In Neuilly wurden Guillams Eröffnungen von Smiley mit tiefem Schweigen quittiert. Er wirkte nicht überrascht, aber er wirkte wie von einem Schauder erfaßt, und als er schließlich sprach – was er erst tat, nachdem sie alle drei im Auto saßen und in Richtung Arras brausten –, hatte seine Stimme einen fast hoffnungslosen Klang. »Ja«, sagte er – als seien Guillam die Zusammenhänge längst bekannt. »Ja, genau das *würde* er natürlich tun, nicht wahr? Er würde Kirow unter dem Vorwand einer Beförderung zurückrufen, damit er auch ganz gewiß käme.«
So hatte Georges Stimme bisher nur ein einzigesmal geklungen, sagte Guillam, der es im Nachhinein mit Sicherheit zu wissen glaubte – in jener Nacht nämlich, in der er Bill Haydon als Karlas Maulwurf und zugleich als Anns Liebhaber entlarvt hatte.

Auch die Ostrakowa hatte rückblickend kaum eine zusammenhängende Erinnerung an diese Nacht, weder an die Autofahrt, auf der sie endlich Schlaf fand, noch an das geduldige, aber hartnäckige Verhör, dem der pummelige Mann sie unterzog. Vielleicht hatte sie überhaupt vorübergehend ihre Wahrnehmungskraft – und entsprechend auch das Erinnerungsvermögen – eingebüßt. Sie beantwortete seine Fragen, sie war ihm dankbar, sie gab ihm – ohne die Zusätze oder »Ausschmückung« – dieselbe Information, die sie auch dem Magier gegeben hatte, obgleich

der dicke Mann das meiste bereits zu wissen schien. »Der Magier«, sagte sie einmal. »Tot. Mein Gott.«
Sie fragte nach dem General, achtete jedoch kaum auf Smileys unverbindliche Antwort. Sie dachte, Ostrakow, dann Glikman und jetzt der Magier – und nie sollte sie seinen Namen erfahren. Ihr Gastgeber und dessen Frau waren gleichfalls freundlich zu ihr, prägten sich jedoch ihrem Bewußtsein nicht ein. Es regnete, und sie konnte die fernen Felder nicht sehen.
Gleichwohl begann die Ostrakowa allmählich, während Woche um Woche verging, sich in ihrem Winterquartier wohlzufühlen. Die große Kälte kam früh in diesem Jahr, und sie ließ sich behaglich einschneien; sie machte kurze Spaziergänge, dann sehr ausgedehnte, ging früh zu Bett und sprach wenig, und im gleichen Maß, wie ihr Körper sich erholte, genaß auch ihr Geist. Anfangs herrschte verzeihliche Wirrnis in ihrem Kopf, und sie ertappte sich dabei, daß sie in denselben Ausdrücken an ihre Tochter dachte, mit denen der rothaarige Mann sie beschrieben hatte: staatsfeindliche Ausreißerin und starrsinnige Rebellin. Dann dämmerte ihr langsam die Logik der ganzen Geschichte. Irgendwo, so argumentierte sie, gab es die echte Alexandra, die lebte und ihr Dasein führte, wie vordem. Oder, auch wie vordem, nicht lebte. In jedem Fall bezogen sich die Lügen des rothaarigen Mannes auf ein ganz anderes Mädchen, eines, das »sie« eigens für ihre Zwecke erfunden hatten. Die Ostrakowa brachte es sogar fertig, sich mit dem Gedanken zu trösten, daß ihre Tochter, wenn überhaupt, in völliger Unkenntnis dieser Machenschaften lebte.
Vielleicht bewirkten die Wunden, die ihr an Geist und Körper zugefügt worden waren, was jahrelange Gebete und Ängste nicht vermocht hatten, und befreiten sie von ihren Schuldgefühlen gegenüber Alexandra. Sie trauerte aus tiefstem Herzen um Glikman, sie war sich klar darüber, daß sie allein in der Welt stand, doch auf dem winterlichen Land war ihr diese Einsamkeit nicht unlieb. Ein pensionierter *brigadier* machte ihr einen Heiratsantrag, aber sie lehnte ab. Später stellte sich heraus, daß er al-

len weiblichen Wesen Heiratsanträge machte. Peter Guillam besuchte sie mindestens jede Woche, und manchmal gingen sie ein paar Stunden miteinander spazieren. Er plauderte in fehlerfreiem Französisch mit ihr, vorwiegend über Landschaftsgärtnerei, ein Gebiet, auf dem er schier unerschöpfliche Kenntisse besaß. Das war das Leben der Maria Ostrakowa, soweit es mit dieser Geschichte zu tun hat. Und es wurde in völliger Unkenntnis der Geschehnisse zu Ende gelebt, die ihr erster Brief an den General ins Rollen gebracht hatte.

19

»Wissen Sie, daß er tatsächlich Ferguson heißt?« knautschte Saul Enderby in besonders breitem Belgravia-Cockney, der letzten Unsitte der englischen Oberklasse.
»Ich habe nie daran gezweifelt«, sagte Smiley.
»Er ist ungefähr alles, was von diesem ganzen Pfadfinder-Stall übrig ist. Die Weisen sind heutzutage nicht für Inlands-Aufklärung. Parteiwidrig oder sonst ein Käse.« Enderby konzentrierte sich wieder auf das umfangreiche Dokument, das er in der Hand hielt. »Und wie heißen *Sie*, George Smiley? Sherlock Holmes, der seinen armen alten Moriarty hetzt? Kapitän Ahab, der seinen großen weißen Wal jagt? Wer sind Sie?«
Smiley antwortete nicht.
»Ehrlich gesagt, möchte ich gern einen Feind haben«, bemerkte Enderby und blätterte ein paar Seiten um. »Bin schon seit Olims Zeiten auf der Suche. Oder, Sam?«
»Tag und Nacht, Chef«, pflichtete Sam Collins munter bei und bedachte seinen Meister mit einem vertraulichen Grinsen.
Bei Ben waren die rückwärtigen Räumlichkeiten eines dunklen Hotels in Knightsbridge, und dort hatten die drei Männer sich vor einer Stunde getroffen. An der Tür hing ein Schild »Geschäftsleitung, nur privat«, und dahinter war ein Vorraum mit Garderobe und WC, und dahinter lag das Allerheiligste, angefüllt mit Büchern und Moschusduft, das hinwiederum Zugang gewährte zu einem kleinen ummauerten Gartengeviert – vom Park abgezwackt –, mit einem Fischteich und einem Marmorengel und einem Pfad zu sinnendem Umherwandeln. Bens Identität war, falls er jemals eine besessen hatte, in den ungeschriebenen Archiven der Circus-Mythologie abgelegt. Aber diese nach ihm benannte Stätte war geblieben, als nicht registriertes Zube-

hör von Enderbys – und vor ihm von Smileys – Posten und als Stelldichein für Treffen, die später nie stattgefunden hatten.
»Ich möchte es nochmals durchgehen, wenn's Ihnen recht ist«, sagte Enderby. »Bin um diese Tageszeit ein bißchen langsam von Begriff.«
»Wäre sicher riesig hilfreich, Chef«, sage Collins.
Enderby rückte an seiner Halb-Brille, aber nur, um darüber hinwegzublicken, und Smiley war insgeheim überzeugt, daß sie ohnehin aus Fensterglas bestand.
»Kirow ist also der Sprecher. Nachdem Leipzig ihm die Daumenschrauben angesetzt hat, stimmt's, George?« Smiley nickte zerstreut. »Die beiden sitzen immer noch in Unterhosen in diesem Puff, aber es ist fünf Uhr morgens, und die Mädchen wurden heimgeschickt. Zunächst kommt Kirows tränenreiches Wie–konntest–du–mir–das–antun? ›Ich hielt dich für meinen Freund, Otto!‹ sagt er. Herrgott, wie man sich doch täuschen kann! Dann folgt seine Aussage, von den Übersetzern in schlechtes Englisch gebracht. Sie haben eine Konkordanz angefertigt – ist dies das richtige Wort, George? Die ›Ähs‹ und ›Ehems‹ ausgelassen?«
Smiley ließ dahingestellt, ob es das richtige Wort war oder nicht. Vielleicht wurde auch keine Antwort erwartet. Er saß sehr still in einem Lederfauteuil, über die gefalteten Hände gebeugt, und er hatte seinen braunen Tweedmantel nicht ausgezogen. Ein Exemplar der Kirow-Umschrift lag in Reichweite. Er sah mitgenommen aus, und Enderby äußerte später, er habe damals offenbar eine Hungerkur gemacht. Sam Collins, oberster Einsatzleiter, saß buchstäblich in Enderbys Schatten; ein eleganter Mann mit dunklem Lippenbärtchen und einem strahlenden Lächeln zum An- und Ausknipsen. Früher einmal war Collins der harte Mann des Circus gewesen, der in jahrelangen Außeneinsätzen die Liebedienerei der fünften Etage verachten gelernt hatte. Jetzt war aus dem Wildschützen ein Forstgehilfe geworden, der für seine eigene Rente und Sicherheit Sorge trug, so wie er einst für seine Netze Sorge getragen hatte. Er enthielt sich jeder eigenen

Meinung; er rauchte seine braunen Zigaretten bis zur Hälftenmarkierung, dann drückte er sie in einer zersprungenen Muschel aus, und sein treuer Hundeblick ruhte unverwandt auf Enderby, seinem Herrn. Enderby lehnte am Mittelrahmen einer Fenstertür, so daß seine Gestalt sich dunkel vor dem Licht von draußen abhob, und stocherte mit einem abgebrochenen Streichholz in den Zähnen. Aus seinem linken Ärmel lugte ein seidenes Taschentuch, und er hatte ein Knie vorgeschoben und leicht gebeugt, als befände er sich hinter der Prominenten-Barriere in Ascot. Über dem Rasen im Garten lagen Nebelschleier wie dünne Gaze. Enderby legte den Kopf zurück und hielt das Dokument mit ausgestrecktem Arm, wie eine Speisenkarte.

»Also los. Ich bin Kirow. ›Als Finanzbeamter der Moskauer Zentrale war ich von 1970 bis 1974 mit der Aufgabe betraut, Unregelmäßigkeiten in den Abrechnungen europäischer Residenturen aufzuspüren und die Schuldigen zur Anzeige zu bringen.‹« Enderby brach ab und linste wieder über die Halb-Brille. »Das alles war, ehe Kirow den Posten in Paris antrat, stimmt's?«

»Stimmt genau«, sagte Collins keck und blickte Smiley Beistand heischend an, erhielt jedoch keinen.

»Muß mich erst orientieren, ja, George«, erklärte Enderby. »Muß erst die Strecke auslegen. Habe nicht Ihre kleinen grauen Zellen.«

Sam Collins lächelte strahlend über so viel unangebrachte Bescheidenheit seines Chefs.

Enderby las weiter: »›Im Zuge dieser äußerst delikaten und vertraulichen Erhebungen, die in manchen Fällen zur Bestrafung hoher Funktionäre der Moskauer Zentrale führten, machte ich die Bekanntschaft des Leiters des unabhängigen Dreizehnten Direktoriums, einer Unterabteilung des Zentralkomitees der Partei; eines Mannes, der in der Zentrale nur unter seinem Arbeitsnamen Karla bekannt ist. Karla ist ein Frauenname und war angeblich der Name des ersten Netzes, das er geführt hat.‹ Stimmt das, George?«

»Das war während des Spanischen Bürgerkriegs«, sagte Smiley.

»Der große Tummelplatz. Na schön. Es geht weiter. ›Das Dreizehnte Direktorium ist innerhalb der Zentrale eine Sonderabteilung, denn seine Hauptaufgabe besteht in der Anwerbung, Ausbildung und Einschleusung von Tiefenagenten in faschistische Länder, sogenannten Maulwürfen‹ . . . bla . . . bla . . . bla. ›Häufig dauert es viele Jahre, bis ein Maulwurf innerhalb des Ziellandes richtig plaziert und geheimdienstlich aktiv werden kann.‹ Siehe Bill Haydon. ›Die Aufgabe, solche Maulwürfe zu bedienen, wird nicht den normalen Residenturen im Ausland anvertaut, sondern einem Beauftragten des genannten Karla, gewöhnlich einem Militär, der offiziell als Attaché an einer Botschaft tätig ist. Diese Beauftragten werden von Karla persönlich handverlesen und bilden eine Elite‹ . . . bla . . . bla . . . ›Sie genießen weit mehr Vertrauen und Freiheit als die übrigen Funktionäre der Zentrale und Privilegien in Form von Geld und Reisen. Weshalb sie die Eifersucht des übrigen Geheimdienstes auf sich ziehen.‹ «

Enderby stieß einen bühnenreifen Seufzer aus: *»Herrgott*, diese Übersetzer!« rief er. »Oder vielleicht redet Kirow wirklich so schwülstig. Man sollte meinen, wer seine letzte Beichte ablegt, würde soviel Benimm haben und sich kurz fassen, nicht wahr?« Nur Collins lachte.

»Also weiter«, sagte Enderby und verfiel wieder in seinen feierlichen Ton. » ›Im Verlauf meiner umfassenden Fahndung nach finanziellen Unregelmäßigkeiten geriet die Integrität eines Karla-Residenten ins Zwielicht, des Residenten in Lissabon, Oberst Orlow. Karla berief ein Geheimtribunal seiner eigenen Leute zusammen, das über den Fall befinden sollte, und aufgrund meines Beweismaterials wurde Oberst Orlow am 10. Juni 1973 in Moskau liquidiert.‹ Das haut hin, sagen Sie, Sam?«

»Wir haben einen nicht bestätigten Überläufer-Bericht, wonach er von einem Exekutionskommando erschossen wurde«, sagte Collins forsch.

»Glückwunsch, Genosse Kirow, Beelzebubs Busenfreund. Herrje, was für eine Schlangengrube. Schlimmer als wir.« Enderby las weiter: »›Für meinen Anteil an der Überführung des Verbrechers Orlow wurde ich von Karla persönlich belobigt und mußte ihm Geheimhaltung schwören, da er den Verstoß Oberst Orlows als eine Schande für sein Direktorium und als Schädigung seines eigenen Ansehens innerhalb der Moskauer Zentrale empfand. Karla ist als Genosse von hohen moralischen Maßstäben bekannt und hat aus diesem Grund viele Feinde in den Reihen der Laxen.‹«

Enderby machte eine Kunstpause und blickte Smiley aufs neue über die Brille hinweg an.

»Wir drehen uns alle selber den Strick, an dem wir baumeln werden, wie, George?«

»Wie Spinnen, die sich im eigenen Netz erdrosseln, Chef«, sagte Collins munter und schoß ein noch strahlenderes Lächeln auf eine Stelle zwischen den beiden Männern ab.

Aber Smiley war völlig in sein Exemplar von Kirows Aussage vertieft und allen Späßen unzugänglich.

»Überspringen wir das nächste Jahr von Brüderchen Kirows Leben und Lieben und kommen wir gleich zu seiner nächsten Begegnung mit Karla«, schlug Enderby, unangefochten von Smileys Wortkargkeit, vor. »Die nächtlichen Vorladungen . . . die Norm, nehme ich an.« Er blätterte ein paar Seiten weiter. Smiley tat desgleichen. »Wagen fährt vor Kirows Moskauer Domizil vor – warum zum Teufel können sie nicht einfach *Wohnung* sagen? –, er wird aus dem Bett getrommelt und mit unbekanntem Ziel abtransportiert. Führen schon ein kurioses Leben, diese Gorillas von der Moskauer Zentrale, wie? Wissen nie, ob ein Orden oder eine Kugel auf sie wartet.« Er bezog sich wieder auf den Bericht: »Paßt das alles, George? Die Fahrt und so weiter? Eine halbe Stunde im Auto, kleines Flugzeug etcetera?«

»Das Dreizehnte Direktorium hat drei oder vier Niederlassungen, einschließlich eines großen Ausbildungslagers in der Nähe von Minsk«, sagte Smiley.

Enderby blätterte nochmals weiter.

»Also, Kirow ist jetzt wieder bei Karla: im Niemandsland, selbe

Nacht. Karla und Kirow ganz unter sich, kleine Blockhütte, Art Eremitenklause, kein Drum und Dran, keine Zeugen – jedenfalls keine zu sehen. Karla kommt sofort zur Sache: Wie würde Kirow ein Posten in Paris gefallen? Würde Kirow sehr gut gefallen, Sir –« Er schlug die nächste Seite auf. »Kirow hat das Dreizehnte Direktorium schon immer bewundert, Sir, bla, bla – immer schon Karla-Fan gewesen –, kriechen, krabbeln, kriechen. Hört sich an wie Sie, Sam. Interessant, daß Kirow fand, Karla wirke müde – merken Sie was? –, nervös. Karla steht unter Streß, raucht wie ein Schlot.«

»Das hat er immer getan«, sagte Smiley.

»Was hat er getan?«

»Er war von jeher ein sehr starker Raucher«, sagte Smiley.

»Was Sie nicht sagen!«

Enderby blätterte weiter. »Jetzt Kirows Auftrag«, sagte er. »Karla instruiert ihn. ›In offizieller Mission bekleide ich einen Posten in der Handelsabteilung der Botschaft, und als Sondermission sollte ich die Kontrolle und Führung der Konten sämtlicher Außenstellen des Dreizehnten Direktoriums in folgenden Städten übernehmen . . .‹ Kirow zählt sie sodann auf. Bonn gehört dazu, aber nicht Hamburg. Mitgekommen, Sam?«

»Auf der ganzen Linie, Chef.«

»Nicht im Labyrinth verirrt?«

»Keinen Schritt, Chef.«

»Schlaue Lümmel, diese Russkis.«

»Teuflisch.«

»Wieder Kirow: ›Er schärfte mir die immense Wichtigkeit meiner Aufgabe ein‹ – bla, bla –, ›erinnerte an meine ausgezeichnete Arbeit im Fall Orlow und wies mich an, daß ich meine Berichte in Anbetracht des besonders delikaten Charakters der von mir wahrzunehmenden Tätigkeit direkt an Karlas Privatbüro schikken und hierfür einen Spezial-Code benutzen würde . . .‹ Aufschlagen Seite fünfzehn –«

»Seite fünfzehn aufgeschlagen, Chef«, sagte Collins.

Smiley hatte die Stelle bereits gefunden.

»›Zusätzlich zu meiner Arbeit als Revisor des Dreizehnten Direktoriums für die westeuropäischen Außenstellen würde ich jedoch, wie Karla mir mitteilte, mit gewissen geheimzubleibenden Aktivitäten betraut werden, zwecks Erstellung von Tarn-Vitae oder Legenden für künftige Agenten. Sämtliche Mitglieder seines Direktoriums seien damit befaßt, sagte er, aber die Ausarbeitung von Legenden unterliege dennoch verschärfter Geheimhaltung, und ich dürfe unter gar keinen Umständen mit irgend jemandem darüber sprechen. Weder mit meinem Botschafter noch mit Major Pudin, Karlas ständigem operativem Vertreter in unserer Pariser Botschaft. Ich sagte natürlich zu und trat nach Ableistung eines Sonderkursus in Sicherheit und Kommunikation meinen Posten an. Ich war noch nicht lange in Paris, als Karla mir in einem persönlichen Fernschreiben mitteilte, daß dringend eine Legende für eine Agentin benötigt werde, Alter etwa einundzwanzig Jahre.‹ Jetzt sind wir soweit«, kommentierte Enderby voll Genugtuung. »›Karlas Fernschreiben nannte mir mehrere Emigrantenfamilien, die unter entsprechendem Druck einwilligen könnten, eine solche Agentin als ihre eigene Tochter auszugeben, denn für Karla ist Erpressung ein probateres Mittel als Bestechung.‹ Womit er verdammt recht hat«, stimmte Enderby lebhaft zu. »Bei der heutigen Inflationsrate ist Erpressung ungefähr die einzige Valuta, die ihre Kaufkraft behält.« Sam Collins bekundete seinen Beifall durch ein volltönendes Lachen. »Danke, Sam«, sagte Enderby huldvoll. »Verbindlichsten Dank.«

Ein geringerer Mann als Enderby – oder ein Mann von geringerer Dickfelligkeit – hätte vielleicht die nächsten paar Seiten übersprungen, denn sie bestätigten größtenteils, wie recht Connie Sachs und Smiley gehabt hatten, als sie vor drei Jahren auf eine Durchleuchtung der Leipzig-Kirow-Verbindung drängten.

»Kirow klappert pflichtschuldigst die Emigranten ab, aber ohne Erfolg«, verkündete Enderby, als lese er die Untertitel im Kino vor. »Karla mahnt Kirow zu größerem Eifer, Kirow verdoppelt seine Anstrengungen, wieder Fehlanzeige.«

Enderby brach ab und blickte Smiley an, diesmal sehr direkt. »Kirow taugte nichts, wie, George?« sagte er.
»Nein«, sagte Smiley.
»Karla konnte seinen eigenen Leuten nicht trauen, darauf wollen Sie doch hinaus. Er mußte sich unterm Fußvolk umsehen und einen so unsicheren Kantonisten wie Kirow anwerben.«
»Ja.«
»Einen Tölpel. Der nie und nimmer Sarratt geschafft hätte.«
»Genau.«
»Mit anderen Worten: Nachdem er seinen eigenen Apparat aufgezogen und ihm seine eisernen Regeln antrainiert hat, wagte er nicht, ihn in dieser speziellen Sache einzusetzen. Wollen Sie darauf hinaus?«
»Ja«, sagte Smiley. »Darauf will ich hinaus.«
Als Kirow nun im Flugzeug nach Wien ach so zufällig Leipzig wiedersah – Enderby gab nun den Inhalt von Kirows Bericht in seiner eigenen Formulierung wieder –, erschien Otto ihm wie ein Geschenk des Himmels. Was tat's, daß Ottos Sitz in Hamburg war, was tat's, daß damals in Riga manch Unschönes passierte: Otto war Emigrant, hatte Kontakt mit den Emigrantengruppen, Otto der Goldjunge. Kirow jagte eine Meldung an Karla und schlug vor, daß Leipzig als Emigranten-Quelle und Talentsucher angeheuert werde. Karla gab seine Zustimmung.
»Auch eine kuriose Sache, wenn man's bedenkt«, bemerkte Enderby. »Herrje, ich meine, wie kann ein Mensch, der seine fünf Sinne beisammen hat, auf einen Gaul mit Leipzigs Ruf setzen? Noch dazu für einen solchen Job?«
»Karla war im Druck«, sagte Smiley. »Kirow sagte das aus, und es wird auch von anderer Seite bestätigt. Er war in Eile. Er mußte Risiken eingehen.«
»Leute umlegen, zum Beispiel?«
»Das war erst kürzlich«, sagte Smiley in so begütigendem Ton, daß Enderby ihm einen scharfen Blick zuwarf.
»In letzter Zeit sind Sie verdammt nachsichtig, wie, George?« sagte Enderby argwöhnisch.

»Tatsächlich?« Smiley schien durch die Frage verwirrt. »Wenn Sie es sagen, Saul.«
»Und verdammt sanftmütig obendrein.« Er wandte sich wieder der Tonbandabschrift zu. »Seite einundzwanzig, dann ist Feierabend.« Er las langsam, um der Stelle besonderes Gewicht zu verleihen. »Seite einundzwanzig«, wiederholte er. »›Im Anschluß an die erfolgreiche Anwerbung der Ostrakowa und die amtliche Ausstellung eines französischen Visums für ihre Tochter Alexandra erhielt ich den Auftrag, ab sofort monatlich zehntausend US-Dollar aus dem Pariser Spesenfonds für die Bedienung dieser neuen Tiefenagentin abzuzweigen, die unter dem Arbeitsnamen KOMET geführt werde. Die Agentin KOMET erhielt außerdem die höchste Geheimhaltungsstufe innerhalb des Direktoriums, so daß alle sie betreffenden Meldungen dem Leiter persönlich unter Benutzung des Absender-Empfänger-Codes und ohne Mittelsperson zugehen mußten. Wenn irgend möglich, sollten solche Mitteilungen per Kurier reisen, da Karla strikter Gegner unnötiger Funkkontakte ist.‹ Ist da etwas Wahres dran, George?« fragte Enderby leichthin.
»Auf diese Weise haben wir ihn damals in Indien geschnappt«, sagte Smiley, ohne den Kopf zu heben. »Wir haben seine Codes geknackt, und daraufhin schwor er, nie wieder Funk zu benutzen. Wie die meisten Schwüre wurde auch dieser nur bedingt gehalten.«
Enderby biß ein Streichholzende ab und schmierte es auf seinen Handrücken. »Möchten Sie nicht den Mantel ablegen, George?« fragte er. »Sam, fragen Sie ihn, was er trinken möchte.«
Sam fragte, aber Smiley war so sehr in die Tonbandabschrift vertieft, daß er nicht antwortete.
Enderby nahm seine Vorlesung wieder auf. »›Ferner erhielt ich Anweisung, dafür zu sorgen, daß in den Jahresabrechnungen für Westeuropa, die ich als Revisor abzeichnen und Karla zur Vorlage beim Collegium der Moskauer Zentrale am Ende eines jeden Geschäftsjahres übermitteln mußte, kein Hinweis auf KOMET zu finden sein würde . . . Nein, ich bin der Agentin KOMET

nie persönlich begegnet und weiß auch nicht, was aus ihr geworden ist oder in welchem Land sie operiert. Ich weiß nur, daß sie unter dem Namen Alexandra Ostrakowa lebt, Tochter in Frankreich naturalisierter Eltern . . .‹« Weiteres Umblättern. »›Die monatliche Summe von zehntausend Dollar wurde nicht durch mich direkt ausbezahlt, sondern an eine Bank in Thun, im schweizerischen Kanton Bern, überwiesen. Die Überweisung geschieht per Dauerauftrag zu Gunsten eines Dr. Adolf Glaser. Glaser ist nomineller Konto-Inhaber, aber ich glaube, Glaser ist nur der Arbeitsname eines Karla-Mannes an der Sowjetbotschaft in Bern, dessen richtiger Name Grigoriew lautet. Zu dieser Annahme gelangte ich aus folgendem Grund: Bei einer dieser Geldsendungen nach Bern unterlief der überweisenden Bank ein Irrtum, und das Geld traf nicht in Bern ein. Als Karla davon erfuhr, trug er mir auf, sofort denselben Betrag nochmals und zwar an Grigoriew persönlich zu überweisen, während die Bank der Sache nachging. Ich führte den Befehl aus und erhielt später die doppelt bezahlte Summe zurück. Das ist alles, was ich weiß. Otto, mein Freund, ich flehe dich an, behalte diese vertraulichen Informationen für dich, sie könnten mein Tod sein.‹ Womit er verdammt recht hat. Waren sie.« Enderby warf das Protokoll auf einen Tisch, wo es mit lautem Klatschen landete. »Kirows Testament und Letzter Wille, könnte man sagen. Das wär's. George?«

»Ja, Saul?«

»Wirklich nichts zu trinken?«

»Danke, ich bin ganz zufrieden.«

»Ich bin noch immer am Ausklamüsern, bei mir geht's nicht so schnell. Rechnen wir mal gemeinsam nach. Im Kopfrechnen sind Sie mir um Längen voraus. Also, Zug um Zug.« Er erinnerte an Lacon, als er eine weiße Hand hochhielt und die Finger spreizte, an denen er sodann abzählte.

»Nummer eins: Die Ostrakowa schreibt an Wladimir. Ihr Brief rührt alte Geschichten wieder auf. Vermutlich hat Mikhel ihn abgefangen und gelesen, aber das werden wir nie erfahren. Wir

könnten ihn in den Schwitzkasten nehmen, aber das würde vermutlich nicht nur nichts nützen, sondern höchstwahrscheinlich in Karlas Taubenschlag Großalarm auslösen.« Er packte einen zweiten Finger. »Nummer zwei: Wladimir schickt eine Kopie des Briefes an Otto Leipzig mit der dringenden Bitte, er möge umgehend seine Freundschaft mit Kirow aufwärmen. Nummer drei: Leipzig braust nach Paris, besucht die Ostrakowa, läuft seinem lieben alten Kumpel Kirow über den Weg, lockt ihn nach Hamburg – wohin Kirow schließlich ohne weiteres mitdarf, denn Leipzig steht bei Karla immer noch als Kirows Agent auf der Liste. Aber jetzt frage ich mich etwas, George.«
Smiley wartete.
»In Hamburg zieht Leipzig seinem Freund Kirow die Würmer aus der Nase. Ja? Beweis liegt hier in unseren Schwitzhändchen. Aber ich frage mich – wie?«
Vermochte Smiley wirklich nicht zu folgen oder lag ihm daran, Enderby noch ein bißchen Kopfarbeit leisten zu lassen. Jedenfalls zog er es vor, Enderbys Frage als rhetorisch zu betrachten.
»*Wie* erpreßt Leipzig ihn genau?« bohrte Enderby. »Was ist das Druckmittel? Sex-Fotos? Schön, okay. Karla ist Puritaner, Kirow auch. Aber ich meine, Herrgott, wir leben nicht mehr in den fünfziger Jahren, wie? Heutzutage kann jeder sich ein bißchen Fleischeslust erlauben, was?«
Smiley lieferte keinen Kommentar zu russischen *mores*; aber zum Thema Druckmittel äußerte er sich so präzise, wie Karla es vermutlich getan hätte. »Ihre Ethik ist anders als die unsrige. Sie duldet keine Dummköpfe. Wir halten uns immer für leichter erpreßbar als die Russen. Das stimmt nicht. Das stimmt ganz einfach nicht.« Er schien in diesem Punkt sehr sicher zu sein. Er schien in letzter Zeit reichlich darüber nachgedacht zu haben: »Kirow war unfähig und indiskret. Allein seiner Indiskretion wegen hätte Karla ihn vernichtet. Leipzig besaß den Beweis dafür. Vielleicht erinnern Sie sich, als wir die ersten Recherchen über Kirow anstellten: Damals hatte Kirow sich betrunken und höchst unklug über Karla ausgepackt. Hat Leipzig erzählt, Karla

habe ihm befohlen, die Legende für eine Agentin aufzubauen. Damals mißtrauten Sie der Geschichte, aber sie stimmte.«

Enderby war kein Mann, der errötete, aber er hatte tatsächlich soviel Anstand, ein schiefes Grinsen zu zeigen, ehe er in seiner Tasche nach einem weiteren Streichholz fischte.

»*Und wer einen Stein wälzt, auf den rollt er zurück*«, zitierte er befriedigt, ob er allerdings auf sein eigenes Versäumnis anspielte oder auf Kirows Achtlosigkeit, blieb unklar. »›Erzähl uns den Rest, Kumpel, oder ich erzähle Karla, was du mir schon alles erzählt hast‹, sagt Klein Otto zu der Fliege. Herrje, Sie haben recht, er hatte Kirow *wirklich* am Wickel!«

Sam Collins riskierte eine vermittelnde Bemerkung. »Ich glaube, was George sagt, paßt ziemlich genau zu dem Hinweis auf Seite zwei, Chef«, sagte er. »An dieser Stelle erwähnt Leipzig tatsächlich ›unsere Gespräche in Paris‹. Da hat er schon das Karla-Messer angesetzt, keine Frage. Stimmt's, George?«

Aber was die Aufmerksamkeit anging, die Smiley und Enderby ihm zollten, hätte Sam Collins ebenso gut im Nebenzimmer sprechen können.

»Leipzig hatte auch den Brief der Ostrakowa«, ergänzte Smiley. »Der Inhalt sprach nicht gerade für Kirow.«

»Noch etwas«, sagte Enderby.

»Ja, Saul?«

»Vier Jahre, ja? Es ist volle vier Jahre her, seit Kirow seinen ersten Versuch bei Leipzig gemacht hat. Plötzlich reißt er die Ostrakowa auf und probiert die gleiche Masche. Vier Jahre später. Wollen Sie sagen, er sei die ganze Zeit über mit ein und demselben Auftrag Karlas schwanger gegangen, ohne mit einem Resultat niederzukommen?«

Smileys Antwort war seltsam bürokratisch. »Man kann nur vermuten, daß Karlas Bedarf nicht mehr gegeben war und später wieder akut wurde«, erwiderte er steif, und Enderby war klug genug, nicht weiter in ihn zu dringen.

»Kurz und gut: Leipzig erspreßt Kirow nach Strich und Faden und macht Wladimir davon Mitteilung«, faßte Enderby zusammen, und hob abermals zählend die gespreizten Finger. »Wladimir schickt Willem als Kurier los. Inzwischen hat Karla auf seiner Ranch in Moskau Lunte gerochen, oder Mikhel hat gepfiffen, vermutlich letzteres. Wie dem auch sei, Karla beordert Kirow unter dem Vorwand einer Beförderung nach Hause und hängt ihn an den Ohren auf. Kirow singt sofort, hätte ich auch getan. Karla versucht, die Zahnpasta wieder in die Tube zu drükken. Tötet Wladimir, der mit dem Brief der Ostrakowa auf dem Weg zu unserem Treff ist. Tötet Leipzig. Macht einen gemeinen Mordanschlag auf die alte Dame, aber es klappt nicht. Wie ist ihm jetzt zu Mute?«

»Er sitzt in Moskau und wartet, daß Holmes oder Kapitän Ahab bei ihm auftauchen«, scherzte Sam Collins mit seiner Samtstimme und zündete sich seine soundsovielte Zigarette an.

Enderby mußte nicht lachen. »Und warum buddelt Karla seinen Schatz nicht wieder aus, George? Deponiert ihn anderswo? Wenn Kirow Karla beichtete, was er Leipzig gebeichtet hat, dann mußte Karla als erstes alle Spuren verwischen!«

»Vielleicht ist der Schatz nicht zu transferieren«, erwiderte Smiley. »Vielleicht sind Karlas Möglichkeiten erschöpft.«

»Aber es wäre heller Wahnsinn, dieses Bankkonto stehenzulassen!«

»Es war auch heller Wahnsinn, einen Idioten wie Kirow einzusetzen«, sagte Smiley. »Es war Wahnsinn, ihn Leipzig anwerben zu lassen, Wahnsinn, sich an die Ostrakowa heranzumachen, und Wahnsinn zu glauben, durch drei Morde könne er das Leck stopfen. Die Voraussetzung voller Zurechnungsfähigkeit ist daher nicht gegeben. Warum auch?« Er schwieg eine Weile. »Und Karla *glaubt* es offenbar *immer* noch, sonst würde Grigoriew nicht nach wie vor in Bern sein. Das ist er doch, wenn ich Sie recht verstanden habe?« Nur die Andeutung eines Seitenblicks zu Collins.

»Bis dato sitzt er noch brav im alten Nest«, sagte Collins mit seinem Allwetter-Lächeln.

»Dann wäre ein Transfer des Bankkontos kaum ein logischer

Schritt«, bemerkte Smiley. Und er fügte hinzu: »Nicht einmal für einen Wahnsinnigen.«
Und es war seltsam – das äußerten Collins und Enderby später übereinstimmend im engsten Kreis –, daß alles, was Smiley sagte, wie ein kalter Hauch durch den Raum zu wehen schien, daß sie beide, ohne zu begreifen, wie es zuging, sich in eine höhere Sphäre menschlichen Verhaltens versetzt sahen, für die sie nicht gebaut waren.
»Wer ist also seine Dunkle Dame?« fragte Enderby. »Wer ist ihm zehntausend pro Monat und seine ganze verdammte Karriere wert? Bringt ihn soweit, daß er Gimpel ausschickt, statt seiner eigenen regulären Halsabschneider? Muß eine bemerkenswerte Puppe sein.«

Wiederum kann man nur raten, warum Smiley beschlossen hatte, diese Frage nicht direkt zu beantworten. Vielleicht liegt die Erklärung in seiner eisernen Unzugänglichkeit; oder vielleicht haben wir es mit der hartnäckigen Weigerung des geborenen Agenten zu tun, seinem Vorgesetzten irgendetwas zu offenbaren, was für die Zusammenarbeit nicht unbedingt notwendig ist. Ganz bestimmt hatte sein Entschluß einen philosophischen Grund. Schon war Smiley überzeugt, niemandem außer sich selber verantworlich zu sein: Warum sollte er handeln, als wäre dies nicht der Fall? »Alle Fäden führen in mein eigenes Leben!« mag er argumentiert haben. »Warum meinem Gegenspieler die Enden in die Hand geben, nur damit er mich daran gängeln kann?« Oder aber, er dachte – und vermutlich zu recht –, daß Enderby die Wirrungen von Karlas Lebensweg ebenso bekannt waren wie Smiley; und daß er, falls dem nicht so gewesen sein sollte, seine Rußland-Spezialisten die ganze Nacht hindurch hatte wühlen lassen, bis sie auf die Antworten gestoßen waren, die ihm fehlten.
Was immer zutreffen mag, fest steht, daß Smiley sein Wissen für sich behielt.
»George?« sagte Enderby nach langer Pause.

Ein Flugzeug donnerte im Tiefflug über das Haus.
»Die Frage ist ganz einfach, ob Sie das Produkt haben möchten«, antwortete Smiley schließlich. »Ich sehe sonst nichts, was letztlich von großer Bedeutung wäre.«
»Ach, Sie sehen sonst nichts!« sagte Enderby, zog die Hand vom Mund und damit das Streichholz. »Oh doch, ich *möchte* ihn haben«, fuhr er fort, als sei dies nur ein Teil des Ganzen. »Ich *möchte* die Mona Lisa haben und den Vorsitzenden der Volksrepublik China und den Sieger des nächstjährigen Irish Sweep. Ich *möchte* Karla in Sarratt auf dem heißen Stuhl haben, wo er vor den Inquisitoren seine Lebensgeschichte ausspuckt. Ich *möchte*, daß mir die amerikanischen Vettern noch jahrelang aus der Hand fressen. Ich *möchte* alle Trümpfe haben, klar, daß ich das *möchte*. Aber das hilft mir nicht aus dem Schlamassel.«
Doch Smiley schien an Enderbys Dilemma seltsam uninteressiert.
»Bruder Lacon dürfte Sie doch aufgeklärt haben? Über den Stillhalte-Befehl und so?« fragte Enderby. »Ein junges idealistisches Kabinett, nichts geht über Entspannung, Transparenz der Regierungsarbeit ist die Parole, diesen ganzen Scheiß? Schluß mit den bedingten Reflexen des Kalten Krieges? Schnüffeln unter jedem Whitehall-Bett nach Tory-Verschwörungen, besonders unter dem unsrigen? Hat er das getan? Hat er Ihnen gesagt, daß sie eine gewaltige anglo-russische Friedensinitiative starten wollen, wieder einmal, die prompt spätestens bis nächste Weihnachten platzen wird?«
»Nein. Nein, davon hat er mir nichts gesagt.«
»Aber das Vorhaben besteht wirklich. Und wir dürfen es nicht gefährden, tra-la-la. Typisch, derselbe Verein, der die Friedenstrommeln rührt, schreit Zeter und Mordio, wenn wir die Ware nicht liefern. Das muß jedem einleuchten, wie? Schon jetzt möchten sie wissen, wie die Reaktion der Sowjets ausfallen wird. War das schon immer so?«
Smiley zögerte so lange mit der Antwort, als müsse er das Urteil des Jüngsten Gerichts fällen. »Ja. Ich glaube schon. Ich glaube,

in der einen oder anderen Form war es schon immer so«, sagte er schließlich, und diese Feststellung schien für ihn selber viel zu bedeuten.
»Hätten Sie mir vorher sagen können.«
Enderby schlenderte zur Mitte des Zimmers und goß sich am Buffet ein Glas reines Sodawasser ein; er starrte Smiley in anscheinend ehrlicher Unschlüssigkeit an. Starrte ihn an, wandte den Kopf und starrte ihn aufs neue an, zeigte alle Symptome eines Mannes, der mit einem unlösbaren Problem konfrontiert ist.
»Eine harte Nuß, Chef, wahrhaftig«, sagte Sam Collins, wovon keiner der beiden anderen Männer die geringste Notiz nahm.
»Und es ist nicht einfach ein gemeines Bolschi-Komplott, George, das uns ins eigene Grab locken soll – sind Sie da *ganz* sicher?«
»Ich fürchte, diesen Aufwand sind wir nicht mehr wert, Saul«, sagte Smiley mit abbittendem Lächeln.
Enderby war nicht erpicht darauf, an die Grenzen von Britanniens Größe erinnert zu werden, und sekundenlang verzog sich sein Mund zu einer säuerlichen Grimasse.
»All right, Maud«, sagte er nach einer Weile. »Laß uns in den Garten gehen.«

Sie spazierten Seite an Seite. Collins war auf ein Nicken Enderbys hin im Haus geblieben. Unter dem sachten Regen kräuselte sich die Wasserfläche des Teichs, und der Marmorengel glänzte im Dämmerlicht. Von Zeit zu Zeit schüttelte eine kurze Brise einen Wasserschauer von den hängenden Zweigen auf den Rasen und auf den einen oder anderen der beiden Männer. Aber Enderby war ein englischer Gentleman, Gottes Regen mochte den Rest der Menschheit durchnässen, doch er wollte verdammt sein, wenn auch er etwas abbekäme. Das Licht fiel in kleinen Flecken auf sie. Aus Bens Fenstertüren fielen kleine gelbe Rechtecke über den Teich. Von jenseits der Ziegelmauer kam der kränklich grüne Schimmer einer modernen Straßenlampe. Sie drehten schweigend eine Runde, ehe Enderby sprach.

»Sie haben uns ganz schön in Trab gehalten, George, das muß ich schon sagen. Willem, Mikhel, Toby, Connie. Der arme alte Ferguson hatte kaum Zeit, seine Spesenabrechnung auszufüllen, und schon waren Sie wieder auf Achse. ›Muß er denn nie schlafen?‹ hat er mich gefragt. ›Muß er nie was trinken?‹«

»Tut mir leid«, murmelte Smiley, um irgendetwas zu sagen.

»Eben nicht«, sagte Enderby und blieb unvermittelt stehen. »*Verdammte* Schnürsenkel«, brummte er und beugte sich über seinen Stiefel, »immer der gleiche Jammer bei Wildleder. Zu wenige Ösen, daher. Sollte man nicht einmal den verdammten Briten zutrauen, daß sie's fertigbringen, mit *Löchern* zu knausern, wie?«

Enderby setzte den Fuß wieder auf den Boden und hob den anderen.

»Ich will ihn, wie er leibt und lebt, George, hören Sie? Bringen Sie mir einen lebendigen, redenden Karla, und ich nehme ihn und entschuldige mich später dafür. Karla bittet um Asyl? Nun ja, ehem, nicht eben gern, aber er soll's haben. Bis die Weisen ihre Donnerbüchsen geladen haben, um mich abzuschießen, habe ich genügend aus ihm rausgequetscht, daß ihnen für immer das Maul gestopft ist. Den ganzen Mann oder gar nichts, verstanden?«

Sie hatten ihre Wanderung wieder aufgenommen, Smiley trottete hinter Enderby her, der jedoch, obgleich er sprach, nicht den Kopf wandte.

»Und bilden Sie sich bloß nicht ein, Sie könnten diese Sippschaft abhängen«, warnte er. »Wenn Sie und Karla auf dem schmalen Felsvorsprung über den Reichenbach-Fällen nicht mehr vor- und zurückkönnen und Sie schon die Hände um Karlas Hals legen, steht plötzlich Bruder Lacon hinter Ihnen, zerrt an Ihren Rockschößen und sagt, daß man zu einem Russen nicht garstig sein darf. Ist Ihnen das klar?«

Smiley sagte, ja, es sei ihm klar.

»Was haben Sie bisher gegen ihn vorzubringen? Mißbrauch seiner Amtsbefugnisse, nehme ich an. Betrug. Veruntreuung öffentlicher Gelder, genau das, weswegen er den Knaben aus Lissabon hinrichten ließ. Ungesetzliches Vorgehen im Ausland, einschließlich einiger Mordanschläge. Vermutlich eine verdammt lange Liste, wenn man's zusammenzählt. *Plus* dieser Bande eifersüchtiger Biber in der Moskauer Zentrale, die schon lang nach seinem Blut lechzen. Er hat recht: Erpressung ist verdammt besser als Bestechung.«

Smiley sagte ja, es scheine so.

»Und Sie werden Leute brauchen. Babysitter, Pfadfinder, sämtliches verbotene Spielzeug. Kein Wort darüber zu mir, suchen Sie sich selber, was Sie brauchen. Geld ist etwas anderes. Ich kann Sie auf Jahre hinaus in den Konten verschwinden lassen, so, wie diese Hampelmänner im Schatzamt arbeiten. Sagen Sie mir nur, wann, wieviel und wohin, und ich mache Ihren Karla und frisiere die Bücher. Wie steht's mit Pässen und so? Wollen Sie Adressen haben?«

»Ich glaube, ich bin versorgt, danke.«

»Ich lasse Sie Tag und Nacht überwachen. Wenn das Unternehmen schief geht und es einen Skandal gibt, möchte ich mir nicht vorwerfen lassen, ich hätte Sie unter Beobachtung halten sollen. Ich werde sagen, daß ich nach der Sache mit Wladimir einen Alleingang befürchtet und beschlossen hätte, Sie für alle Fälle an die lange Leine zu nehmen. Ich werde sagen, die ganze Katastrophe sei nur das lächerliche Ein-Mann-Unternehmen eines senilen Spions, der nicht mehr alle Tassen im Schrank hat.«

Smiley sagte, das halte er für eine gute Idee.

»Ich kann zwar kein großes Aufgebot auf die Straße schicken, aber ich kann immerhin Ihr Telefon anzapfen, Ihre Briefe aufdämpfen und wenn's mir Spaß macht, in Ihrem Schlafzimmer Wanzen setzen. Genau gesagt, sind wir schon seit Samstag in der Leitung. Nichts natürlich, aber was kann man schon erwarten?«

Smiley nickte mitfühlend.

»Sollte Ihre Abreise ins Ausland mir als überstürzt oder geheimnisvoll auffallen, so werde ich Meldung machen. Außerdem brauche ich eine Legende für Ihre Besuche im Archiv des Circus.

Sie werden zwar nur nachts hingehen, aber jemand könnte Sie erkennen, und ich will mich auch *hierbei* nicht erwischen lassen.«

»Es bestand einmal der Plan, eine interne Geschichte der Dienststelle in Auftrag zu geben«, sagte Smiley hilfsbereit. »Natürlich nicht zur Veröffentlichung, aber doch eine Art fortlaufender Chronik, die Neulingen und gewissen Verbindungsdienststellen zur Verfügung stehen könnte.«

»Ich schicke Ihnen ein offizielles Schreiben«, sagte Enderby. »Und ich werde es wohlweislich zurückdatieren. Sollten Sie während Ihres Aufenthalts innerhalb des Gebäudes Ihre Befugnisse übertreten, so ist das nicht meine Schuld. Der Bursche da in Bern, den Kirow erwähnte, Grigoriew, Handelsattaché. Der Bursche, an den die Moneten gehen?«

Smiley schien tief in Gedanken. »Ja, ja, natürlich«, sagte er. »Grigoriew.«

»Ich nehme an, er ist Ihre nächste Station, wie?«

Eine Sternschnuppe sauste über den Himmel, und einen Augenblick lang sahen sie ihr beide nach.

Enderby zog ein einfaches gefaltetes Blatt Papier aus der Innentasche. »Hier, das ist Grigoriews Stammbaum, so weit wir ihn kennen. Er ist sauber durch und durch. Einer der ganz Wenigen. War früher Dozent für Volkswirtschaft an irgendeiner russischen Universität. Mit einer Schreckschraube verheiratet.«

»Vielen Dank«, sagte Smiley höflich. »Herzlichen Dank.«

»Inzwischen haben Sie meinen Segen, was ich im Ernstfall strikt ableugnen werde«, sagte Enderby, während sie sich auf den Rückweg zum Haus machten.

»Vielen Dank«, sagte Smiley wieder.

»Tut mir leid, daß Sie ein Opfer der imperialistischen Heuchelei werden mußten, aber Sie sind nicht der einzige.«

»Keine Ursache«, sagte Smiley.

Enderby blieb stehen und wartete, bis Smiley ihn eingeholt hatte.

»Wie geht's Ann?«

»Danke, gut.«
»Wie viel –« Plötzlich geriet er aus dem Konzept. »Sagen wir mal so, George«, meinte er, nachdem er eine Weile die köstliche Nachtluft genossen hatte. »Reisen Sie in diesem Fall in Geschäften oder zum Vergnügen? Worum geht's?«
Smileys Antwort ließ auf sich warten und war ebenso indirekt: »Mit dem Begriff Vergnügen konnte ich nie viel anfangen«, sagte er. »Oder vielleicht sollte ich sagen: mit dem Unterschied.«
»Hat Karla noch immer das Feuerzeug, das sie Ihnen schenkte? Das stimmt doch, oder? Es heißt, damals, als Sie in Delhi mit ihm sprachen – ihn umdrehen wollten –, habe er Ihnen das Feuerzeug geklaut. Besitzt es heute noch, wie? Benutzt es noch immer? Würde mich ganz schön wurmen, wenn es mir gehört hätte.«
»Es war nur ein gewöhnliches Ronson-Feuerzeug«, sagte Smiley. »Allerdings sind diese Dinger sehr stabil, so gut wie unverwüstlich, nicht wahr?«
Sie trennten sich grußlos.

20

In den Wochen nach seiner Unterredung mit Enderby war George Smileys Stimmung so komplex und vielschichtig wie die Skala der Vorbereitungsarbeiten, die er in Angriff genommen hatte. Er fand keine Ruhe; alles an ihm war in undefinierbarer Bewegung, die einzige Konstante war seine zielgerichtete Entschlossenheit. Jäger, weltabgeschiedener Liebhaber, Einsamer auf der Suche nach Ergänzung, subtiler Teilnehmer am Großen Spiel, Zweifler auf der Suche nach Bestätigung – Smiley verkörperte abwechselnd jede dieser Rollen und manchmal sogar mehrere zugleich. Wer immer sich später an ihn erinnerte – Mendel, der Polizist im Ruhestand, einer seiner wenigen Vertrauten; eine gewisse Mrs. Gray, Besitzerin einer bescheidenen Frühstückspension für alleinstehende Herren in Pimlico, wo er aus Sicherheitsgründen vorübergehend sein Hauptquartier aufgeschlagen hatte; Toby Esterhase, alias Benati, der distinguierte, auf Arabica spezialisierte Kunsthändler, alle sprachen auf ihre Art von einer ominösen *Insichgekehrtheit*, einer Ruhe, einer Knappheit an Worten und Blicken, und sie beschrieben es je nach dem Grad ihrer Vertrautheit mit ihm und ihrer eigenen Lebenslage.
Mendel, ein springlebendiger, scharf beobachtender Mann mit einem Hang zur Bienenzucht, sagte rundheraus, daß George sich für seinen großen Kampf warm trainiere. Als ehemaliger Amateurboxer, der seinerzeit im Mittelgewicht die Farben seiner Abteilung vertreten hatte, machte er sich anheischig, die Zeichen eines bevorstehenden Kampfes zu erkennen: eine Nüchternheit, eine klärende Einsamkeit, die bewiesen, daß Smiley »an seine Hände dachte«. Mendel scheint ihn gelegentlich eingeladen und ihm Mahlzeiten gekocht zu haben. Aber Mendel war zu klarsichtig, um nicht auch Smileys andere Seiten zu bemerken: die

Ratlosigkeit, oft als gesellschaftliche Verpflichtung getarnt; seine Gewohnheit, sich unter einem fadenscheinigen Vorwand davonzumachen, als halte er das Stillsitzen nicht mehr länger aus, als brauche er Bewegung, um sich selbst zu entrinnen.
Für seine Zimmerwirtin, Mrs. Gray, war Smiley ganz einfach ein Hinterbliebener. Sie wußte nichts von ihm, außer daß er Lorimer hieß und pensionierter Buchhändler war. Doch sie sagte zu den anderen Herren, sie könne spüren, daß er einen *Verlust* erlitten habe, denn warum sollte er sonst seinen Frühstücksspeck stehen lassen; sehr oft, aber immer allein, ausgehen und bei angemachtem Licht schlafen? Er erinnere sie an ihren Vater, nach ›Mutters Heimgang‹. Und damit traf sie ins Schwarze, denn die beiden Morde setzten Smiley während dieser Kampfpause immer noch zu, wenn sie auch in keiner Weise die Schnelligkeit seiner Hände minderten, im Gegenteil. Sie hatte auch recht, wenn sie ihn *geteilt* nannte, denn in kleinen Dingen wechselte er dauernd seine Meinung: Wie der Ostrakowa fielen ihm die nebensächlichen Entscheidungen des Lebens zunehmend schwerer.
Toby Esterhase, der viel mit ihm zu tun hatte, kam zu einer sachkundigeren Beurteilung, in die sich natürlich seine eigene freudige Genugtung darüber mischte, wieder am Ball zu sein. Die Aussicht, Karla ›am großen Tisch‹ auszuspielen, wie er es nannte, hatte einen neuen Menschen aus Toby gemacht. Mister Benati war jetzt wirklich international geworden. Zwei Wochen lang kämmte er die Niederungen von Europas mieseren Städten durch und musterte seine bizzare Armee von abgehalfterten Spezialisten: die Pflastertreter, die Tondiebe, die Fahrer, die Fotografen. Er rief, wo immer er auch war, täglich Smiley an, wählte jeweils einen anderen Teilnehmer, der von der Pension aus bequem zu Fuß zu erreichen war, und berichtete in einem verabredeten Wortcode über den Fortgang seiner Arbeit. Wenn Toby durch London kam, fuhr Smiley zu einem Flugplatzhotel und ließ sich in einem der ihm nun wohlvertrauten Zimmer informieren. George machte, wie Toby erklärte, eine Flucht nach vorn, aus Verzweiflung, wegen der Schwäche seiner Rückendeckung

oder ganz einfach, weil er seine Schiffe hinter sich verbrannt hatte. Was der eigentliche Grund war, konnte er nicht genau beschreiben. ›Hören Sie‹, pflegte er zu sagen, ›George hat es immer auf die Sachte gemacht, wenn Sie verstehen, was ich meine. Man sieht eine Menge – die Augen gehen einem über. Möglich, daß George einfach zuviel gesehen hat.‹ Und in einem Satz, der seinen bescheidenen Platz in der Circus-Folklore gefunden hat, fügte er hinzu – ›George hat zuviele Köpfe unter seinem Hut‹. An Smileys Führungsqualitäten dagegen hegte Toby nicht den mindesten Zweifel. ›Gründlich bis zum Exzeß‹, erklärte er respektvoll, selbst wenn dieser Exzeß bedeutete, daß man seine Reiseabrechnung bis auf den letzten Rappen überprüfte, eine Prozedur, die er mit resigniertem Wohlwollen über sich ergehen ließ. George war nervös, sagte er, wie sie alle, und seine Nervosität erreichte ihren Höhepunkt, als Toby begann, seine Teams in Zweier- oder Dreiereinheiten auf die Zielstadt Bern zu konzentrieren und sehr, sehr vorsichtig die ersten Schritte in Richtung auf das Wild zu tun. ›George stieg zu sehr in die Einzelheiten ein‹, beklagte sich Toby. ›Als wollte er mit uns auf dem Pflaster sein. Als altem Fall-Berater fiel es ihm schwer zu delegieren.‹ Selbst als die Teams alle zusammengestellt, abgesegnet und instruiert waren, bestand Smiley von seiner Londoner Basis aus auf drei Tagen praktischer Untätigkeit, während derer alle sich in die Stadt einleben, sich ortsübliche Kleidung und Transportmittel zulegen und das Kommunikationssystem nochmals durchproben sollten: ›Nur keine Überstürzung, Toby‹, wiederholte er besorgt. ›Je länger nichts passiert, desto sicherer wird Karla sich fühlen. Ein einziger vorschneller Zug, und Karla gerät in Panik, und wir haben das Nachsehen.‹ Nach dem ersten operativen Anlauf wurde Toby von Smiley wieder zur Berichterstattung befohlen: ›Sind Sie sicher, daß kein Augenkontakt stattgefunden hat? Haben Sie wirklich alle Eventualitäten berücksichtigt? Brauchen Sie mehr Wagen, mehr Leute?‹ Dann, sagte Toby, mußte er nochmals mit ihm das ganze Manöver anhand von Straßenkarten und Aufnahmen des Zielhauses durchgehen, genau erklären, wo die statischen Posten standen, wo ein Team vom nächsten abgelöst wurde. ›Warten Sie, bis Sie sein Muster haben‹, sagte Smiley, als sie sich trennten. ›Wenn Sie sein Verhaltensmuster haben, komme ich. Vorher nicht.‹

Toby sagte, er ließ sich wirklich verdammt Zeit.

Über Smileys Besuche im Circus während dieser aufreibenden Zeit gibt es natürlich keine offiziellen Unterlagen. Er betrat das Gebäude wie sein eigener Geist, schwebte wie unsichtbar durch die vertrauten Korridore. Auf Enderbys Anraten kam er um ein Viertel nach sechs Uhr abends, gerade nach Beendigung der Tagschicht und bevor die Nachtmannschaft ins Geschirr gegangen war. Er hatte Hindernisse erwartet, war darauf gefaßt gewesen, daß Pförtner, die ihn seit zwanzig Jahre kannten, sich durch Rückfrage in der fünften Etage absichern würden. Doch Enderby hatte die Dinge anders arrangiert, und als Smiley sich ohne Durchlaßschein an der hölzernen Sperre einfand, dirigierte ihn ein Junge, den er nie zuvor gesehen hatte, mit einem sorglosen Kopfnicken zum offenen Lift. Er fuhr unangefochten in das Untergeschoß. Beim Aussteigen sah er als erstes das schwarze Brett des Freizeitklubs, und die Anschläge, die daran hingen, hatten sich seit seiner Zeit um kein Wort geändert: Kätzchen unentgeltlich abzugeben an Tierliebhaber; die Nachwuchs-Theatergruppe würde am Freitag *The Admirable Crichton*, falsch geschrieben, in der Kantine in einer Lesung zum besten geben. Das gleiche Squash-Turnier, mit Spielern, die aus Sicherheitsgründen unter ihrem Arbeitsnamen aufgeführt waren. Dieselben Ventilatoren gaben ihr stotterndes Summen von sich. So daß er, als er schließlich die Drahtglastür des Archivs öffnete und den Geruch von Druckerschwärze und verstaubten Büchern einatmete, halb und halb erwartete, seinen eigenen rundlichen Schatten zu sehen, im Licht der grünbeschirmten Leselampe über den Eckschreibtisch geneigt, wie damals in den vielen Nächten, in denen er Bill Haydons hektischen Zickzackkurs eines Verräters nachvollzog, versuchte, durch die Umkehrung eines logischen Prozesses die Fehlstellen in der Rüstung der Moskauer Zentrale aufzuspüren.

»Ah, wie ich höre, schreiben Sie jetzt an der Geschichte unserer glorreichen Vergangenheit«, bemerkte die Nachtarchivarin nachsichtig. Sie war ein großes Mädchen vom Lande und hatte einen Gang wie Hilary: Selbst im Sitzen schien sie dauernd vornüber zu kippen. Sie knallte einen alten, blechernen Aktenbehälter auf den Tisch. »Mit vielen Grüßen von der fünften Etage«, sagte sie. »Geben Sie Laut, wenn Sie was brauchen, ja?« Die Aufschrift auf dem Griff lautete ›Memorabilien‹. Smiley hob den Deckel in die Höhe und sah einen Haufen gebundener Akten, die mit einer grünen Kordel umwickelt waren. Er löste sacht die Umschnürung und schlug den ersten Band auf, und sofort starrte Karlas verschwommenes Foto zu ihm auf, wie eine Leiche aus der Dunkelheit ihres Sarges. Er las die ganze Nacht, rührte sich kaum von seinem Platz. Er las sich ebenso weit in seine eigene Vergangenheit hinein wie in die Karlas, und manchmal schien es ihm, als sei das eine Leben ganz einfach die Ergänzung des anderen; als seien sie die Ursachen derselben unheilbaren Krankheit. Und wie schon so oft zuvor fragte er sich wieder, was wohl aus ihm geworden wäre, wenn er Karlas Kindheit gehabt hätte, durch die gleichen Feueröfen revolutionärer Erschütterungen gegangen wäre. Und wie schon so oft zuvor, erlag er der Faszination, die das schiere Ausmaß des Leidens, die bedenkenlose Barbarei und der Heldenmut des russischen Volkes auf ihn ausübten. Im Vergleich dazu fühlte er sich klein und zahm, wenn er auch der Ansicht war, daß es seinem eigenen Leben nicht an Leid gebrach. Als die Nachtschicht endete, saß er immer noch da und starrte auf die vergilbten Seiten, ›wie ein Pferd, das im Stehen schläft‹, wie es die Nachtarchivarin formulierte, die an Reitturnieren teilnahm. Selbst als sie die Akten wegnahm, um sie wieder zur fünften Etage hinaufzubringen, starrte er noch weiter vor sich hin, bis sie ihn sanft am Ellbogen berührte.

Er kam die nächste Nacht und die übernächste, verschwand dann und tauchte eine Woche später wortlos wieder auf. Als er mit Karla fertig war, ließ er sich die Akten über Kirow, über Mikhel, über Willem und über die Gruppe im allgemeinen kommen, und sei es auch nur, um rückblickend die Leipzig-Kirow-Affäre – alles, was er gehört hatte und woran er sich erinnerte – dokumentarisch zu belegen. Denn da lebte noch etwas anderes in Smiley, ein Gelehrter oder meinetwegen ein Pedant, für den die Akte die einzige Wahrheit war und alles übrige pure Extravaganz, solange es sich nicht in die Aufzeichnungen fügte. Er ließ sich auch die Unterlagen über Otto Leipzig und den General kommen und fügte, zur Ehrung ihres Andenkens, wenn schon zu nichts anderem sonst, jeweils eine Notiz hinzu, aus der die wahren Umstände ihres Todes erhellten. Schließlich ließ er sich als letzte die Akte über Bill Haydon kommen. Man zögerte zuerst, sie herauszugeben, und der Diensthabende in der fünften Etage, wer immer es auch war, ließ Enderby aus einer privaten Dinner-Party bei einem Minister herausrufen, um die Frage mit ihm zu klären. Enderby war, das muß zu seiner Ehre gesagt werden, wütend: »Mann Gottes, er hat doch das verdammte Ding in erster Linie verfaßt, oder nicht? Wenn George seine eigenen Berichte nicht mehr lesen darf, wer zum Teufel soll's dann dürfen?« Smiley las eigentlich nicht, berichtete die Archivarin, die den heimlichen Auftrag hatte, alles, was er sich bringen ließ, zu notieren. Es war mehr ein *Schmökern*, sagte sie, und beschrieb ein langsames und nachdenkliches Umblättern, ›wie jemand, der nach einem Bild sucht, das er irgendwo gesehen hat und nicht wiederfinden kann‹. Er behielt die Akte nur eine Stunde oder so und gab sie dann mit einem höflichen ›Danke sehr‹ zurück. Danach kam er nicht mehr, aber die Pförtner wissen zu berichten, daß er in jener Nacht, nachdem er die Unterlagen geordnet, seinen Arbeitsplatz abgeräumt und die wenigen hingekritzelten Notizen in den Behälter ›Material für den Papierwolf‹ gesteckt hatte, kurz nach elf Uhr beobachtet wurde, wie er lange im Hinterhof stand – einem trübseligen Platz voll weißer Fliesen, schwarzer Regentraufen und Katzengestank – und auf das Gebäude starrte, das er nun verlassen wollte, und auf das schwache Licht in seinem ehemaligen Büro – so wie alte Männer auf die Häuser schauen, in denen sie geboren, die Schulen, in denen sie erzogen, und die Kirchen, in denen sie getraut wurden. Und von Cambridge Circus, es war inzwischen elf Uhr dreißig geworden, fuhr er, zu jedermanns Verblüffung, mit einem Taxi nach Paddington und stieg in den Schlafwagenzug nach Penzance, der kurz nach Mitternacht abfährt. Er hatte die Fahrkarte weder vorher gekauft noch telefonisch bestellt; auch hatte er keine Nachtsachen bei sich, nicht einmal einen Rasierapparat – den borgte er sich am nächsten Morgen vom Schaffner. Sam Collins hatte damals ein bunt zusammengewürfeltes Team von Observanten auf ihn angesetzt, einen zugegeben amateurhaften Haufen, die hinterher nur sagen konnten, er habe von einer Zelle aus telefoniert, und ihnen sei keine Zeit mehr geblieben, um irgendetwas zu unternehmen.

»Verdammt komischer Zeitpunkt, um Urlaub zu machen, was?« bemerkte Enderby verdrießlich, als ihm diese Information präsentiert wurde zusammen mit viel Gestöhne seitens des Personals von wegen Überstunden . . . Fahrzeiten und Prämien für Einsatz zu unchristlichen Zeiten. Dann erinnerte er sich und sagte: »Oh, du großer Gott, er besucht seine Hurengöttin. Hat er denn nicht schon genug Probleme damit, daß er Karla ganz allein angehen muß?« Die ganze Geschichte ging Enderby ungewöhnlich auf die Nerven. Er schäumte den ganzen Tag und beschimpfte Sam Collins vor versammelter Mannschaft. Als ehemaliger Diplomat hatte er einen Horror vor unumwundenen Kurzverlautbarungen, was ihn jedoch nicht daran hinderte, dauernd welche von sich zu geben.

Das Haus stand auf einem Hügel, in einem Dickicht aus kahlen Ulmen. Es war groß und aus verwittertem Granit, mit einer Menge Giebel, die wie schwarze, zerrissene Zelte über die Baumwipfel ragten. Mehrere Hektar kaputter Gewächshäuser führten darauf zu, verfallene Ställe und ein verwahrloster Küchengarten lagen unterhalb im Tal. Die Hügel, einstige Befestigungen, waren olivbraun und kahl. *Harrys kornischer Haufen*, nannte sie das Ganze. Zwischen den Hügeln sah man das Meer,

das an diesem Morgen unter den tief hängenden Wolkenbänken hart wie Schiefer wirkte. Ein Taxi, ein alter Humber, der wie ein Generalstabswagen aus dem Krieg aussah, fuhr ihn den holprigen Weg hinauf. Hier hat sie ihre Kindheit verbracht, dachte Smiley; und hier hat sie die meine adoptiert. Die Auffahrt war voller Löcher, Stümpfe gefällter Bäume lagen wie gelbe Grabsteine an beiden Seiten. Sie wird im Haupthaus sein, dachte er. Das Cottage, wo sie zusammen ihren Urlaub verbracht hatten, lag jenseits des Bergrückens, doch wenn sie allein war, wohnte sie im Haus, in ihrem ehemaligen Jungmädchenzimmer. Er sagte zum Fahrer, daß er nicht zu warten brauche und ging auf den Vordereingang zu, wobei er vorsichtig einen Weg zwischen den Pfützen suchte, um seine Londoner Schuhe nicht in Gefahr zu bringen. Es ist nicht mehr meine Welt, dachte er. Es ist Anns Welt und die der Ihren. Er ließ seinen Blick forschend über die vielen Fenster der Vorderfassade gleiten und versuchte, ihre Silhouette hinter einem davon zu erhaschen. Sie hätte mich sicher am Bahnhof abgeholt, aber sie hat wieder einmal die Zeit nicht richtig mitgekriegt, dachte er, nach dem Motto ›Im Zweifel für den Angeklagten‹. Aber ihr Wagen war in den Ställen geparkt und noch mit dem Morgenreif bedeckt; er hatte ihn erspäht, während er den Taxifahrer bezahlte. Er läutete und hörte Schritte auf den Fliesen, doch es war Mrs. Tremedda, die ihm öffnete und ihn in einen der Salons führte – Rauchzimmer, Frühstückszimmer, Wohnzimmer –, er hatte sie nie recht auseinanderhalten können. Ein Kaminfeuer brannte.
»Ich hole sie«, sagte Mrs. Tremedda.
Wenigstens brauche ich mich nicht mit dem verrückten Harry über Kommunisten zu unterhalten, dachte Smiley, während er wartete. Wenigstens brauche ich mir nicht anzuhören, daß die ganzen chinesischen Kellner von Penzance nur auf Order aus Peking warten, um ihre Gäste zu vergiften. Oder daß die verdammten Streiker an die Wand gestellt und erschossen gehören – was ist denn das für eine Auffassung von Pflichterfüllung, um Himmels willen? Oder daß Hitler zwar ein Schuft gewesen ist,

daß aber seine Ansichten in puncto Juden goldrichtig waren. Oder irgendeine ähnlich monströse, doch ernsthaft vorgebrachte Meinung.
Sie hat der Familie Anweisung gegeben, sich fern zu halten, dachte er.
Er konnte den Honig durch den Holzrauch riechen und fragte sich, wie immer, woher dieser Geruch kam. Vom Möbelwachs? Oder war da irgendwo in den Katakomben ein Honigzimmer, so wie da ein Gewehrzimmer, ein Angelzimmer, ein Boxraum und, soviel er wußte, ein Liebeszimmer waren? Er schaute nach der Tiepolo-Zeichnung, die immer über dem Kamin gehangen hatte, eine Szene aus dem venetianischen Leben. Sie haben sie verkauft, dachte er. So oft er kam, war die Sammlung um irgendein weiteres hübsches Stück ärmer geworden. Wofür Harry das Geld ausgab, konnte niemand sagen: Sicher nicht für den Unterhalt des Hauses.
Sie ging durch das Zimmer, und er war froh, daß sie auf ihn zukam und nicht er auf sie, denn er wäre sicher über irgendetwas gestolpert. Sein Mund war trocken, und er hatte einen Kaktusklumpen im Magen, er wollte sie nicht zu nahe an sich haben, ihre Wirklichkeit war plötzlich zu viel für ihn. Sie sah schön und keltisch aus, wie immer hier unten, und ihre braunen Augen versuchten, als sie auf ihn zukam, seine Stimmung zu erforschen. Sie küßte ihn auf den Mund, legte ihre Finger um seinen Nacken, um ihn zu führen, und Haydons Schatten fiel zwischen sie wie ein Schwert.
»Du hast nicht zufällig die Morgenzeitung am Bahnhof gekauft, nein?« fragte sie. »Harry hat sie wieder einmal abbestellt.«
Sie fragte, ob er schon gefrühstückt habe, und er log und sagte ja. Vielleicht könnten sie einen kleinen Spaziergang machen, schlug sie vor, als sei er gekommen, um sich das Gut anzusehen. Sie führte ihn in das Gewehrzimmer, wo sie nach passenden Stiefeln für ihn suchten. Da waren Stiefel, die wie Roßkastanien glänzten, und Stiefel, die immer feucht wirkten. Der Küstenpfad führte in beiden Richtungen aus der Bucht heraus. Harry hatte in

regelmäßigen Abständen Stacheldrahtabsperrungen angebracht oder Schilder aufgestellt mit der Aufschrift »LEBENSGEFAHR! SELBSTSCHÜSSE«. Er lag mit dem Stadtrat in heftiger Fehde wegen der Genehmigung zur Errichtung eines Campingplatzes, und die abschlägigen Bescheide brachten ihn manchmal zum Rasen. Sie wählten den Nordhang und den Wind, und sie hatte sich bei ihm eingehängt, um besser zuhören zu können. Der Norden war windiger, aber am Südhang mußte man hintereinander durch den Stechginster gehen.

»Ich muß ein bißchen weg, Ann«, sagte er und versuchte ihren Namen natürlich auszusprechen. »Ich wollte am Telefon nicht darüber reden.« Er hatte seine ›Ich-zieh-in-den-Krieg-Stimme‹ angenommen und kam sich wie ein Idiot vor, als sie ihm in den Ohren klang. »Ich muß weg, um einen Liebhaber zu erpressen«, hätte er zu ihr sagen sollen.

»Weg irgendwohin Bestimmtes, oder nur weg von mir?«

»Ich muß etwas im Ausland erledigen«, sagte er und versuchte vergeblich von seiner Rolle als Kriegsheld wegzukommen. »Ich glaube nicht, daß du während meiner Abwesenheit in die Bywater Street kommen solltest.«

Sie hatte ihre Finger in die seinen verschränkt, aber das gehörte eben so zu den Dingen, die sie tat: Sie verhielt sich natürlich den Leuten gegenüber, allen Leuten. Unter ihnen, in der Felsenkluft, brach sich die See und bildete wütend Muster aus Gischtschlangen.

»Und du bist den ganzen Weg hierher gekommen, nur um mir zu sagen, daß das Haus unzugänglich ist?« fragte sie.

Er gab keine Antwort.

»Ich werde es anders versuchen«, schlug sie vor, nachdem sie eine Weile gewandert waren. »Wenn die Bywater Street noch zugänglich wäre, hättest du dann vorgeschlagen, ich solle kommen? Oder willst du mir sagen, daß sie endgültig unzugänglich ist?«

Sie blieb stehen und schaute ihn an, hielt ihn von sich und versuchte seine Antwort zu lesen. Sie flüsterte ›Um Himmels willen‹, und er konnte zugleich den Zweifel, den Stolz und die Hoffnung auf ihrem Gesicht sehen und fragte sich, was sie in seinem sah, denn er selbst wußte nicht, was er fühlte, außer, daß er nirgendwo in ihre Nähe gehörte, nirgendwo in die Nähe dieses Ortes, sie war wie eine Frau auf einer schwimmenden Insel, die sich schnell von ihm wegbewegte, inmitten der Schatten all ihrer Liebhaber.

Er empfand Liebe für sie, Gleichgültigkeit, er beobachtete mit dem Fluch der Leidenschaftslosigkeit, wie sie ihn verließ. Wenn ich mich selbst nicht kenne, wie kann ich dann sagen, wer du bist? Er sah die Linien des Alters und des Leidens und des Kampfes, die ihr gemeinsames Leben gezogen hatte. Sie war alles, was er wollte, sie war nichts, sie erinnerte ihn an jemanden, den er einst vor langer Zeit gekannt hatte; sie war ihm ein Rätsel, er kannte sie genau. Er sah den Ernst auf ihrem Gesicht und fragte sich eine Minute lang, wie er dies je hatte für Tiefe halten können; in der nächsten Minute verachtete er sich wegen seiner Abhängigkeit von ihr und wollte nur noch frei sein. Er wollte rufen ›Komm zurück‹, tat es aber nicht: Er streckte nicht einmal eine Hand aus, um zu verhindern, daß sie von ihm wegglitt.

»Du hast doch gesagt, daß ich immer wieder nach dir schauen soll«, sagte er. Diese Feststellung klang wie der Vorspann zu einer Frage, doch die Frage kam nicht.

Sie wartete, dann bot sie ihrerseits eine Feststellung an.

»Ich bin eine Komödiantin, George«, sagte sie. »Ich brauche einen vernünftigen Mann. Ich brauche dich.«

Doch er sah sie wie aus weiter Ferne.

»Es ist wegen der Sache, die ich erledigen muß«, sagte er.

»Ich kann nicht leben mit ihnen. Ich kann nicht leben ohne sie.«

Er vermutete, daß sie wieder von ihren Liebhabern sprach. »Nur eins ist schlimmer als der Wechsel, und das ist der Status Quo. Ich wähle nicht gern. Ich liebe dich. Verstehst du?« Es folgte eine Pause, während der er irgendetwas gesagt haben mußte. Sie stützte sich nicht auf ihn, aber sie lehnte an ihm, während sie weinte, denn das Weinen hatte ihre ganze Kraft aufgezehrt. »Du

hast nie gewußt, wie frei du bist, George«, hörte er sie sagen. »Ich mußte für uns beide frei sein.«
Dann schien sie sich ihrer eigenen Absurdität bewußt zu werden, und sie lachte.
Ann ließ seinen Arm los, und sie gingen eine Weile dahin, während sie versuchte, klar zu kommen, indem sie einfache Fragen stellte. Er sagte: »Wochen, vielleicht länger.« Er sagte: »In einem Hotel«, sagte aber nicht in welcher Stadt oder in welchem Land. Sie schaute ihn wieder an, und die Tränen liefen plötzlich von neuem, schlimmer als zuvor, doch sie rührten ihn noch immer nicht so, wie er es gewünscht hätte.
»George, das ist alles, was noch bleibt, glaube mir«, sagte sie und blieb stehen, um sich Gehör zu verschaffen. »Der Zug ist abgefahren, in deiner Welt und in meiner. Wir sind beieinander gelandet. Damit hat's sich. Am Durchschnitt gemessen, gehören wir zu den glücklichsten Menschen der Welt.«
Er nickte, schien es als gegeben hinzunehmen, daß sie irgendwo gewesen war, wo er nicht gewesen war, ohne es jedoch als endgültig zu betrachten. Sie gingen wieder eine Weile dahin, und er bemerkte, daß er mit ihr verbunden war, solange sie nicht redete, doch nur in dem Sinn, daß sie ein anderer lebender Mensch war, der denselben Pfad entlangging, wie er selbst.
»Es hat mit Leuten zu tun, die Bill Haydon auf dem Gewissen haben«, sagte er zu ihr, entweder als Trost oder als Entschuldigung für seinen Rückzug. Aber er dachte: ›Die dich auf dem Gewissen haben.‹

Er verpaßte den Zug und mußte zwei Stunden totschlagen. Es war Ebbe, und so ging er den Strand entlang bei Marazion, erschrocken über seine Gleichgültigkeit. Der Tag war grau, die Seevögel hoben sich blendendweiß gegen das Schiefermeer ab. Ein paar wackere Kinder plantschten in der Brandung. Ich bin ein Geistdieb, dachte er niedergeschlagen. Ich habe keinen Glauben und verfolge einen Anderen wegen seiner Überzeugung. Ich versuche, mich am Feuer anderer Leute zu wärmen. Er

sah den Kindern zu und erinnerte sich an einen Gedichtfetzen aus lang vergangener Zeit:
Wie Schwimmer, die in reine Fluten springen.
Wend ich mich froh von einer Welt, die alt und kalt und müd geworden.
Ja, dachte er düster, das tu ich.

»Nun, George«, fragte Lacon. »Glauben Sie, daß wir unsere Frauen einfach zu hoch einschätzen, daß wir Burschen aus der englischen Mittelschicht *hier* auf dem Holzweg sind? Glauben Sie – ich will's mal anders ausdrücken –, daß wir Engländer mit unseren Traditionen und Schulen von unserem Weibervolk erwarten, daß sie für eine *Menge* stehen, und sie dann dafür *tadeln*, daß sie für nichts einstehen? Wir sehen sie als Konzepte und nicht als Wesen aus Fleisch und Blut. Hakt's da bei uns?«
Smiley sagte, das könne wohl sein.
»Wenn's das *nicht* ist, warum verknallt sich dann Val *dauernd* in solche Scheißkerle?« schnappte Lacon agressiv, zur Überraschung des Paares, das am Nachbartisch saß.
Sie hatten miserabel in dem Steakhaus gegessen, das Lacon vorgeschlagen hatte, hatten offenen, spanischen Burgunder getrunken, und Lacon hatte sich weidlich über das politische Dilemma in Großbritannien ereifert. Sie tranken nun Kaffee und einen verdächtigen Brandy. Die Kommunistenfresserei sei überholt. Lacon war sich da ganz sicher. Die Kommunisten seien ja schließlich auch nur *Menschen*. Sie seien keine Ungeheuer mit Messern zwischen den Zähnen, nicht mehr. Die Kommunisten wünschten, was jeder wünschte: Wohlstand und ein bißchen Ruhe und Frieden. *Die* Chance, mit dieser verdammten Feindseligkeit Schluß zu machen. Und wenn sie das nicht wollten – nun, was könnten wir dagegen tun? hatte er gefragt. Manche Probleme – man denke nur an das Irische – seien unlösbar, aber man würde die Amerikaner nie dazu bringen zuzugeben, daß *irgendetwas* unlösbar sei. Großbritannien sei unregierbar, und in ein paar Jahren würden das auch alle anderen Länder sein. Unsere

Zukunft liege im Kollektiv, doch unser Überleben hänge am Individuum, und an diesem Paradox litten wir jeden Tag.

»Nun, George, wie sehen Sie die Sache? Sie sind ja schließlich aus dem Geschirr. Sie haben den objektiven Blick, die umfassende Übersicht.«

Smiley hörte sich irgendetwas Blödsinniges über ein Spektrum murmeln.

Und nun war das Hauptthema, vor dem Smiley sich den ganzen Abend gefürchtet hatte, auf dem Tisch: Ihr Seminar über die Ehe hatte begonnen.

»*Man* hat *uns* immer beigebracht, Frauen müßten liebevoll behandelt werden«, erklärte Lacon voller Ressentiment. »Wenn man sie nicht jede Minute des Tages fühlen läßt, daß sie geliebt werden, drehen sie durch. Aber dieser Bursche, mit dem Val sich rumtreibt – nun, wenn sie ihm auf die Nerven geht oder ungefragt redet, dann gibt er ihr eins auf die Schnauze. Wir beide tun das nie, oder?«

»Ganz gewiß nicht«, sagte Smiley.

»Schauen Sie. Angenommen, ich geh zu ihr – stelle sie in seinem Haus – zieh andere Seiten auf – drohe mit Gericht und so – könnte das die Wende bringen? Schließlich bin ich größer als er, weiß Gott. Mir fehlt's nicht an schlagenden Argumenten, in keinem Sinne!«

Sie standen auf dem Gehsteig unter den Sternen und warteten auf Smileys Taxi.

»Na, auf alle Fälle, guten Urlaub, Sie haben ihn verdient«, sagte Lacon. »Irgendwohin, wo's warm ist?«

»Nun, ich dachte, einfach weg und wandern.«

»Sie Glücklicher! Mein Gott, wie ich Sie um Ihre Freiheit beneide! Nun, wie dem auch sei, Sie waren eine große Hilfe. Ich werde Ihren Rat wortwörtlich befolgen.«

»Aber Oliver, ich habe Ihnen doch gar keinen Rat gegeben«, protestierte Smiley leicht beunruhigt.

Lacon achtete nicht darauf. »Und die andere Sache ist ausgebügelt, wie ich gehört habe«, sagte er fröhlich. »Keine Folgen, kein

Kuddelmuddel. Gut gemacht, George. Loyal. Ich werde mal sehen, wie wir uns dafür ein bißchen erkenntlich zeigen können. Ich weiß nicht mehr, was Sie alles schon haben. Ein Bursche hat kürzlich im Athenaeum gesagt, sie verdienten einen Adelstitel.«
Das Taxi kam, und zu Smileys Verlegenheit bestand Lacon darauf, ihm die Hand zu schütteln. »George. Gehaben Sie sich wohl. Sie sind Spitze gewesen. Wir sind aus demselben Holz geschnitzt, George. Beide Patrioten, Geber, keine Nehmer. Zur Pflicht erzogen. An unserem Land. Wir müssen den Preis dafür bezahlen. Wenn Ann statt Ihrer Frau Ihr Agent gewesen wäre, Sie hätten sie wahrscheinlich tadellos geführt.«
Nach einem Anruf von Toby, der besagte, daß ›der Handel spruchreif geworden war‹, flog Smiley in aller Ruhe unter dem Arbeitsnamen Barraclough in die Schweiz. Vom Flughafen Zürich fuhr er mit dem Swissair-Bus nach Bern und begab sich direkt ins Hotel Bellevue, einen riesigen Prachtpalast von ruhiger Vornehmheit, von dem aus man an klaren Tagen über die Vorberge auf die glitzernden Alpen sehen konnte, der aber an diesem Abend in einen brauenden Winternebel eingehüllt war. Er hatte bescheidenere Unterkünfte in Erwägung gezogen. Er hatte an eine von Tobys sicheren Wohnungen gedacht. Aber Toby hatte ihn davon überzeugt, daß das Bellevue das Beste sei. Es besaß mehrere Ausgänge, es lag zentral, und es war das erste Hotel in Bern, in dem man ihn suchen würde, und daher das letzte, in dem Karla, sollte er nach ihm Ausschau halten, erwarten würde, ihn zu finden. Als er in die riesige Empfangshalle ging, hatte Smiley das Gefühl, ein Passagierschiff auf hoher See zu betreten.

21

Sein Zimmer war ein Schweizer Miniatur-Versailles. Das Zylinderbüro war mit Messing verziert und hatte eine Marmorauflage, ein Bartlett-Stich nach Lord Byrons Childe Harold hing über dem uralten Doppelbett. Der Nebel vor dem Fenster bildete einen grauen Wall. Er packte aus und ging dann wieder hinunter zur Bar, wo ein ältlicher Pianist ein Potpourri von Schlagern aus den Fünfzigern spielte, einstmals Anns Lieblingsmelodien und vermutlich auch seine. Er aß Käse, trank ein Glas Fendant und dachte: jetzt. Jetzt ist es so weit. Um zehn Uhr machte er sich auf den Weg in die Altstadt, die er sehr liebte. Die Straßen hatten Kopfsteinpflaster, die frostige Luft roch nach gerösteten Kastanien und Zigarren. Die alten Brunnen schienen durch den Nebel auf ihn zuzukommen, die mittelalterlichen Häuser bildeten die Kulisse zu einem Spiel, in dem für ihn keine Rolle vorgesehen war. Er ging durch die Arkaden, vorbei an Kunstgallerien und Antiquitätenläden und Eingängen, durch die man hoch zu Roß hätte reiten können. An der Nydegg Brücke blieb er stehen und starrte in den Fluß. Soviele Nächte, dachte er. Soviele Straßen bis hierher. Hesse fiel ihm ein: *Seltsam im Nebel zu wandern . . . Kein Baum sieht den andern.* Der gefrorene Nebel zog tief über die reißenden Wasser; das Wehr brannte gelblich durch den Dunst.

Ein orangefarbener Volvo-Kombi mit Berner Nummernschild kam hinter ihm angefahren und blendete kurz ab. Als Smiley auf ihn zuging, öffnete sich die Tür, und unter der Innenbeleuchtung sah er Toby Esterhase auf dem Fahrersitz und hinten eine streng dreinschauende Dame in der Uniform einer Berner Hausfrau, die ein Kind auf den Knien schaukelte. Er benützt sie als Tarnung, dachte Smiley, als das, was die Observanten Silhouette nennen. Sie fuhren wieder an, und die Frau begann auf das Kind einzureden. Ihr Schweizerdeutsch klang, als regte sie sich dauernd über etwas auf. Schau da, der Kran, Eduard . . . jetzt fahren wir am Bärengraben vorbei, Eduard . . . schau, Eduard, eine Tram . . . Observanten können nie genug sehen, erinnerte er sich; das ist das Schicksal eines jeden Voyeurs. Sie deutete herum, richtete die Augen des Kindes auf alles. *Ein Familienabend, Herr Schutzmann,* besagte das Szenarium. *Wir fahren in unserem schönen, orangefarbenen Volvo spazieren, Herr Schutzmann. Wir sind auf dem Heimweg.* Und die Männer, Herr Schutzmann, sitzen natürlich vorne. Sie waren jetzt in Elfenau, dem Diplomaten-Getto von Bern. Durch den Nebel sah Smiley frostweiße Gärten und die grünen Portikos von Villen. Die Scheinwerfer hoben eine Messingplatte aus dem Dunkel, die einen arabischen Staat verkündete, und zwei Leibwächter, die ihn beschützten. Sie fuhren an einer englischen Kirche und einer Reihe von Tennisplätzen vorbei; sie bogen in eine Avenue ein, die von kahlen Buchen gesäumt war. Die Straßenlampen hingen in ihnen wie Lampions.

»Nummer achtzehn ist fünfhundert Meter weiter zur Linken«, sagte Toby leise. »Grigoriew und seine Frau bewohnen das Erdgeschoß.« Er fuhr langsam, benutzte den Nebel als Vorwand für sein Schneckentempo.

»Da wohnen sehr reiche Leute, Eduard«, sang die Frau hinter ihnen. »Alles Ausländer. Viel reicher als wir, da kannst du Gift drauf nehmen. Schau gut hin, dann siehst du vielleicht einen Schwarzen! Selbst die Schwarzen sind reich!«

»Die meisten Leute von hinter dem eisernen Vorhang wohnen in Muri, nicht in Elfenau«, fuhr Toby fort. »Es ist eine Kommune. Sie tun alles in Gruppen. Gehn einkaufen in Gruppen, gehn spazieren in Gruppen, was Sie wollen. Die Grigoriews sind anders. Vor sechs Monaten sind sie von Muri weggezogen und haben diese Wohnung hier privat gemietet. Dreitausendfünfhundert im Monat, George, er bezahlt sie persönlich dem Hausherrn.«

»Bar?«

»Monatlich in Hundertern.«
»Wie wird bei den anderen Botschaftsleuten die Miete bezahlt?«
»Über Missionskonto. Nicht bei Grigoriew. Grigoriew bildet eine Ausnahme.«
Eine Funkstreife zog langsam wie ein Schleppkahn an ihnen vorbei; Smiley sah die drei ihnen zugewandten Köpfe.
»Schau Eduard, Polizei!« rief die Frau und versuchte, das Kind zum Winken zu veranlassen.
»Diplomaten bezahlen keine Steuern«, sagte sie zu dem Kind. »Die bezahlt deine Mammi. Diplomaten können parken, wo sie wollen. So ist das eben.«
Toby war darauf bedacht, keine Sprechpause eintreten zu lassen. »Sie glauben, daß die Palästinenser den ganzen Ort in die Luft sprengen werden. Das war gut für uns, aber auch schlecht, George. Wenn wir uns ungeschickt anstellen, kann Grigoriew sich immer noch sagen, daß wir lokale Schutzengel sind. Bei der Polizei hat das nicht die gleiche Wirkung. Einhundert Meter, George. Schauen Sie nach einem schwarzen Mercedes im Vorgarten. Das übrige Personal benützt Dienstwagen. Nicht Grigoriew. Grigoriew fährt seinen eigenen Mercedes.«
»Wann hat er ihn gekauft?«
»Vor sechs Monaten, gebraucht. Als er von Muri wegzog. War ein großer Sprung für ihn, George. So viele Dinge, wie an einem Geburtstag. Der Wagen, das Haus, Beförderung vom Ersten Sekretär zum Botschaftsrat.«
Es war eine Stuckvilla in einem weitläufigen Garten, dessen hinterer Teil sich im Nebel verlor. In einem Erkerfenster bemerkte Smiley schwaches Licht hinter den Vorhängen. Im Garten war ein Kinderschlitten zu sehen und etwas, das einem leeren Swimming-pool glich. Auf dem Kiesweg stand ein schwarzer Mercedes mit Diplomatenschild.
»Alle Nummern der sowjetischen Botschaftswagen enden auf 73«, sagte Toby. »Bei den Briten ist's 72. Die Grigoriewa hat vor zwei Monaten ihren Führerschein gemacht. In der ganzen Botschaft haben nur zwei Frauen einen Führerschein. Sie ist eine da-

von, und sie fährt furchtbar, George. Wirklich entsetzlich.«
»Wer bewohnt den Rest des Hauses?«
»Der Eigentümer. Ein Professor an der Universität Bern, ein Miesling. Vor drei Monaten haben die Vettern sich an ihn herangemacht und gesagt, sie würden gern ein paar Wanzen im Erdgeschoß installieren, gegen Bezahlung. Der Professor hat das Geld genommen und sie als anständiger Bürger bei der Bundespolizei angezeigt. Die Bundespolizei hat's mit der Angst gekriegt. Die hatten den Vettern versprochen, wegzuschauen, wenn sie dafür einen Blick aufs Produkt tun könnten. Operation abgeblasen. Die Vettern hatten anscheinend kein besonderes Interesse an Grigoriew. War eine reine Routinesache.«
»Wo sind die Grigoriew-Kinder?«
»In Genf, in der russischen Schule, die Woche über im Internat. Kommen Freitagabend nach Hause. Am Wochenende macht die Familie Ausflüge. Wanderungen, Langlauf, Federball, Pilze suchen. Die Grigoriewa ist eine Frischluftfanatikerin. Haben auch angefangen, radzufahren«, fügte Toby mit einem bezeichnenden Blick hinzu.
»Ist Grigoriew bei diesen Familienausflügen dabei?«
»Samstags arbeitet er, George; sicher nur, um sich zu drücken.« Toby hatte sich eine ganz bestimmte Ansicht über Grigoriews Ehe gebildet, bemerkte Smiley. Er fragte sich, wie weit darin die Erfahrungen zum Ausdruck kamen, die Toby in einer seiner eigenen gemacht hatte.
Sie hatten die Avenue verlassen und waren in eine Seitenstraße eingebogen. »Hören Sie, George«, sagte Toby, der immer noch bei Grigoriews Wochenenden verweilte. »Okay? Die Observanten haben eine üppige Phantasie. Müssen sie, gehört zu ihrem Job. Da gibt's ein Mädchen, das in der Visa-Abteilung arbeitet. Brünett und sexy für eine Russin. Die Jungens nennen sie Klein-Natascha. Sie heißt anders, aber für die Jungens ist sie Natascha. Samstags kommt sie in die Botschaft. Zum Arbeiten. Ein paarmal hat Grigoriew sie nach Muri heimgefahren. Wir haben Aufnahmen gemacht, nicht schlecht. Sie ist kurz vor ihrer Woh-

nung ausgestiegen und die letzten fünfhundert Meter zu Fuß gegangen. Warum? Ein anderes Mal hat er sie nirgendwohin gefahren – nur rund um den Gurten, aber in innigem Gespräch. Vielleicht ist das nur ein Wunschdenken der Jungens, wegen der Grigoriewa. Sie mögen den Burschen. George, Sie wissen ja, wie Observanten sind. Ganz Liebe oder ganz Haß. Sie mögen ihn.«
Er bremste. Die Lichter eines kleinen Cafés blinzelten sie durch den Nebel an. Im Vorgarten stand ein grüner Citroën 2 CV mit Genfer Nummer. Auf dem Hintersitz lag ein Haufen Pappschachteln, wie Handelsmuster, und ein Fuchsschwanz baumelte an der Antenne. Toby sprang aus dem Wagen, riß die spindige Türe des 2 CV auf und drängte Smiley auf den Mitfahrersitz. Dann reichte er ihm einen weichen Filzhut, den Smiley aufsetzte. Für sich selbst hatte Toby eine russische Pelzmütze. Sie fuhren wieder an, und Smiley sah die Berner Matrone vorne in den Volvo klettern, den Toby und er gerade verlassen hatten. Ihr Kind winkte ihnen verzagt durch das Rückfenster zu, als sie wegfuhren.
»Wie geht's denn allen so?« sagte Smiley.
»Großartig. Scharren ungeduldig mit den Hufen, George, alle wie sie da sind. Einem der Brüder Sartor ist ein Kind krank geworden, und er mußte heim nach Wien. Hat ihm fast das Herz gebrochen. Aber sonst, großartig. George, Sie sind die Nummer Eins für alle. Da vorne rechts kommt Slingo. Erinnern Sie sich an Harry? War meine Schützenhilfe in Acton.«
»Wie ich höre, hat sein Sohn ein Stipendium für Oxford bekommen«, sagte Smiley.
»Physik. Wadham, Oxford. Der Junge ist ein Genie. Schauen Sie immer nur die Straße hinunter, nicht den Kopf bewegen, George.«
Sie fuhren an einem Kastenwagen vorbei, an dessen Seitenwand in schwungvoller Schrift *Auto-Schnelldienst* stand und dessen Fahrer am Steuer vor sich hindöste.
»Wer ist hinten drin?« fragte Smiley, als sie genügend weit entfernt waren.

»Pete Lusty, ehemaliger Skalpjäger. Diese Burschen haben eine schwere Zeit hinter sich, George. Keine Arbeit, kein Rummel. Pete ist in die Rhodesische Armee eingetreten. Hat ein paar Kerle umgelegt, war ihm zu langweilig, ist zurückgekommen. Kein Wunder, daß die Jungens Sie lieben.«

Sie fuhren wieder an Grigoriews Haus vorbei. Ein Licht brannte hinter dem anderen Fenster.

»Die Grigoriews gehen früh schlafen«, sagte Toby mit einer Art Schaudern.

Vor ihnen stand eine geparkte Limousine mit einem Zürcher Konsulatsschild. Auf dem Fahrersitz las ein Chauffeur ein Taschenbuch.

»Das ist Canada Bill«, erklärte Toby. »Wenn Grigoriew das Haus verläßt und nach rechts fährt, kommt er an Pete Lusty vorbei. Nach links, an Canada Bill. Tüchtige Burschen. Sehr wachsam.«

»Wer ist hinter uns?«

»Die Meinertzhagen-Mädchen. Die Große hat geheiratet.«

Der Nebel dämpfte das Motorgeräusch und hüllte sie schützend ein. Sie fuhren einen sanften Hügel hinunter, am Wohnsitz des britischen Botschafters vorbei. Die Straße bog nach links ab, und Toby folgte ihr. Der Wagen, der bis jetzt hinter ihnen gefahren war, überholte sie und schaltete dabei ordnungsgemäß seine Fernlichter ein. Ihr Strahl, der parallel zu Smileys auf die Straße gerichtetem Blick verlief, fiel in eine baumbestandene Sackgasse mit zwei großen, verschlossenen Toren am Ende, hinter denen eine kleine Wachmannschaft stand. Der Rest war völlig von den Bäumen verdeckt.

»Die Sowjetbotschaft heißt Sie willkommen, George. Vierundzwanzig Diplomaten, fünfzig andere Ränge – Chiffrierer, Stenotypistinnen und ein paar ganz miese Fahrer, alle aus Rußland importiert. Die Handelsdelegation ist in einem anderen Gebäude untergebracht, in der Schanzeneckstraße 17. Grigoriew geht dort häufig ein und aus. In Bern gibt es auch die Tass und Novosti, meist Wald- und Wiesen-Spione. Die Stammresidentur ist in

Genf, unter UN-Tarnung, ungefähr zweihundert Mann stark. Das hier ist ein Nebenzweig, zwölf, fünfzehn im ganzen, wächst, aber nur langsam. Das Konsulat ist hinten an die Botschaft angebaut. Man kommt durch ein Tor in der Umzäunung hinein, als sei es eine Opiumhöhle oder ein Puff. Der Zugang wird durch eine Fernsehkamera überwacht, und im Warteraum sind Abtastgeräte. Versuchen Sie doch einmal, ein Visum zu beantragen.«

»Ich glaube, ich werde darauf verzichten, vielen Dank«, sagte Smiley, und Toby gab eines seiner seltenen Lachen von sich.

»Gehört alles zur Botschaft«, sagte Toby, als die Scheinwerfer über einen Hochwald strichen, der nach links abfiel. »Hier spielt die Grigoriewa Volleyball, gibt sie den Kindern politischen Unterricht. George, glauben Sie mir, das ist ein äußerst krasses Weib. Botschaftskindergarten, ideologische Schulung, Tischtennisklub, Damen-Federball – diese Frau schmeißt den ganzen Laden. Wenn Sie's mir nicht glauben, fragen Sie nur die Jungens.« Als sie von der Sackgasse wegfuhren, schaute Smiley zu dem oberen Fenster des Eckhauses hinauf und sah ein Licht aus- und wieder angehen.

»Und das ist Pauli Skordeno, der zu Ihnen sagt ›Willkommen in Bern‹«, bemerkte Toby. »Es ist uns letzte Woche gelungen, die obere Wohnung zu mieten. Pauli ist ein Reuter-Korrespondent. Wir haben sogar einen Pressepaß für ihn gefälscht. Telegrammkarten, alles.«

Toby hatte am Thunplatz geparkt. Von einem modernen Glokkenturm her schlug es elf Uhr. Es fiel feiner Schnee, doch der Nebel riß nicht auf. Einen Augenblick lang sprach keiner von beiden.

»Heute war es genau wie letzte Woche, und letzte Woche genau wie vorletzte, George«, sagte Toby. »Jeden Donnerstag ist es das gleiche. Nach Arbeitsschluß fährt er den Mercedes in eine Garage, läßt auftanken, Ölstand und Batterien prüfen, verlangt eine Quittung. Dann nach Hause. Kurz nach sechs fährt ein Botschaftswagen vor und heraus steigt Krassky, der reguläre Donnerstagkurier aus Moskau. Allein. Ein Bursche, mit dem nicht gut Kirschen essen ist, ein Profi. Bei allen anderen Gelegenheiten ist Krassky immer mit seinem Begleiter Boganow unterwegs. Fliegen zusammen, befördern zusammen, essen zusammen. Wenn er jedoch Grigoriew besucht, tanzt Krassky aus der Reihe und kommt allein. Bleibt eine halbe Stunde, geht wieder. Warum? Für einen Kurier ist das völlig regelwidrig, George. Äußerst gefährlich, wenn er nicht die nötige Rückendeckung hat, glauben Sie mir.«

»Was halten Sie also von ihm, Toby?« fragte Smiley. »Was ist er?«

Toby wendete die ausgestreckte Hand hin und her. »Grigoriew ist kein ausgebildeter Spion, George. Nicht vom Bau, eine einzige Katastrophe. Aber er ist auch nicht hasenrein. Ein Zwitter, George.«

Genau wie Kirow, dachte Smiley.

»Glauben Sie, daß wir genug über ihn haben?« fragte Smiley.

»Technisch kein Problem; die Bank, der falsche Name, vor allem Klein-Natascha: Technisch haben wir eine Handvoll Trümpfe.«

»Und Sie meinen, daß er brennen wird«, sagte Smiley mehr bestätigend als fragend.

In der Dunkelheit drehte Toby wieder die Hand, nach oben, nach unten.

»Verbrennen ist immer Glückssache, George, verstehen Sie mich? Manche Burschen kriegen's mit der Heldenhaftigkeit und wollen plötzlich für ihr Vaterland sterben. Andere wieder rollen sich zusammen und rühren sich nicht mehr, sobald man den Arm um sie legt. Bei Erpressung schalten manche Leute auf stur, verstehen Sie?«

»Ja, ja, ich glaube schon«, sagte Smiley. Er erinnerte sich wieder an Delhi und an das stumme Gesicht, das ihn durch den Zigarettenrauch hindurch beobachtete.

»Immer mit der Ruhe, George. Okay? Sie müssen ab und zu das Gas wegnehmen.«

»Gute Nacht«, sagte Smiley.

Er fuhr mit der letzten Tram in die Stadtmitte. Als er zum Bellevue kam, schneite es heftig: große Flocken, die in dem gelben Licht wirbelten, die aber zu naß waren, um liegenzubleiben. Er stellte seinen Wecker auf sieben.

22

Das Mädchen, das Alexandra genannt wurde, war seit genau einer Stunde wach, seit dem Weckruf, doch als sie die Glocke gehört hatte, zog sie sofort die Knie in ihrem Kalikonachthemd in die Höhe, kniff die Augen zu und schwor bei sich selbst, daß sie noch immer schlief, ein ruhebedürftiges Kind. Die Glocke rasselte wie Smileys Wecker um sieben Uhr los, doch schon um sechs hatte sie das Läuten aus dem Tal gehört, die katholischen Glocken, die protestantischen, dann die vom Rathaus, aber sie traute keiner von ihnen. Nicht diesem Gott, nicht jenem und am wenigsten den Bürgern mit ihren Fleischergesichtern, die beim jährlichen Fest mit herausgestreckten Bäuchen in Habachtstellung dastanden, während der Feuerwehrchor patriotische Lieder im Dialekt gröhlte.

Sie wußte das alles, denn man hatte ihr als besondere Vergünstigung erlaubt, an dem Fest teilzunehmen: Ihr erstes, und zu ihrem großen Gaudium galt es, die gemeine Zwiebel zu feiern. Sie hatte zwischen Schwester Ursula und Schwester Béatitude gestanden, und sie wußte, daß beide scharf aufpaßten für den Fall, daß sie, Alexandra, versuchte auszureißen oder daß sie ins Haus zurückrennen und verrückt spielen würde, und sie ließ eine Stunde langweiligster Ansprachen über sich ergehen, dann eine Stunde Gesang, begleitet von schmetternder militärischer Blechmusik. Anschließend ein Vorbeimarsch von Leuten in Dorftracht, die Ketten von Zwiebeln an langen Stöcken trugen, allen voran der Fahnenschwinger, der an gewöhnlichen Tagen die Milch zum Pförtnerhaus und, wann immer er daran vorbeiwischen konnte, zum Tor des Heims brachte, in der Hoffnung, eines der Mädchen durch das Fenster zu sehen, oder vielleicht war es auch Alexandra, die versuchte, ihn zu sehen.

Nachdem die Dorfglocken sechs Uhr geläutet hatten, beschloß Alexandra, in den tiefsten Tiefen ihres Bettes die Sekunden bis in alle Ewigkeit zu zählen. In ihrer selbstauferlegten Rolle als Kind hatte sie vor sich hingewispert: ›eintausendund*eins*, eintausendund*zwei*. Um zwölf Minuten nach sechs, nach ihrer kindlichen Berechnung, hörte sie, wie die Oberin Felicitas auf dem Rückweg von der Messe mit ihrem Prachtmoped die Anfahrt hinaufschnurrte und dabei jedem verkündete, daß Felicitas-Felicitas – pop-pop – und niemand sonst – pop-pop – unsere Direktorin und die offizielle Ingangbringerin des Tages war: Niemand sonst – pop-pop – hatte das Zeug dazu. Sie hieß komischerweise gar nicht Felicitas, diesen Namen trug sie für die anderen Nonnen. Ihr eigentlicher Name war, wie sie Alexandra als Geheimnis anvertraut hatte, Nadezhda, was ›Hoffnung‹ bedeutet. Alexandra hatte dafür Felicitas gesagt, daß *ihr* eigentlicher Name Tatjana sei und nicht Alexandra: *Alexandra* sei ein neuer Name, erklärte sie, den sie sich speziell für die Schweiz zugelegt habe. Doch Felicitas-Felicitas hatte scharf erwidert, sie solle kein dummes Ding sein.

Nach der Ankunft von Mutter Felicitas hatte Alexandra die weiße Bettdecke bis zu den Augen hochgezogen und beschlossen, daß die Zeit still stehen solle, daß sie ein Kind sei in einem weißen Kinderreich, wo alles schattenlos war, selbst Alexandra, selbst Tatjana. Weiße Lampen, weiße Wände, ein weißes, eisernes Bettgestell. Weiße Heizkörper. Durch die hohen Fenster weiße Berge vor einem weißen Himmel.

Herr Dr. Rüedi, dachte sie, hier ist ein neuer Traum für unser nächstes Donnerstagsgespräch, oder ist es Dienstag?

Hören Sie gut zu, Herr Doktor. Reicht Ihr Russisch dazu aus? Manchmal behaupten Sie, mehr zu verstehen, als in Wirklichkeit der Fall ist. Schön, ich fange an. Ich heiße Tatjana, und ich stehe in meinem weißen Nachthemd vor der weißen Alpenlandschaft, versuche mit der weißen Kreide von Felicitas-Felicitas, deren wirklicher Name Nadezhda ist, auf die Bergwand zu schreiben. Ich trage nichts darunter. Sie behaupten, sich aus solchen Dingen

nichts zu machen, aber wenn ich Ihnen erzähle, wie sehr ich meinen Körper liebe, dann sind Sie ganz Ohr, nicht wahr, Herr Dr. Rüedi? Ich kritzle mit der Kreide auf die Bergwand. Ich drücke darauf, wie mit einer Zigarette, die man ausmacht. Ich denke an die schmutzigsten Wörter, die ich kenne – jawohl, Herr Doktor Rüedi, *dieses* Wort, *jenes* Wort, doch ich fürchte, daß sie in Ihrem russischen Wortschatz fehlen –, ich versuche, sie hinzuschreiben, aber weiß auf weiß, was kann ein kleines Mädchen schon bewirken, ich frage Sie, Herr Doktor?
Herr Doktor, es ist furchtbar, Sie dürfen nie meine Träume haben. Wissen Sie, daß ich einst eine Hure war, namens Tatjana? Daß ich kein Unrecht tun kann? Daß ich Dinge in Brand stecken kann, auch mich selbst, den Staat schlecht machen und *trotzdem* von der weisen Obrigkeit nicht bestraft werde? Daß man mich statt dessen durch die Hintertür hinausläßt – geh, Tajana, geh. Wußten Sie das?
Als sie Schritte auf dem Flur hörte, kroch Alexandra noch tiefer unter die Decke: Die Französin wird auf die Toilette geführt, dachte sie. Die Französin war das schönste Mädchen des Heims. Alexandra liebte sie, wegen ihrer Schönheit. Die Französin hob damit das ganze System aus den Angeln. Selbst wenn sie in die Zwangsjacke gesteckt wurde – weil sie sich selbst verkratzt oder besudelt oder irgendetwas zerbrochen hatte – schaute ihr Engelsgesicht sie an wie eine der zahlreich vorhandenen Ikonen. Selbst wenn sie ihr form- und knopfloses Nachtgewand trug, spannten ihre Brüste den Stoff zu einem steilen Grat, und niemand, nicht einmal die Eifersüchtigsten, nicht einmal Felicitas-Felicitas, die eigentlich ›Hoffnung‹ hieß, konnte sie daran hindern, wie ein Filmstar auszusehen. Wenn sie sich die Kleider vom Leib riß, dann starrten die Nonnen sie in einer Art begehrlichem Schauder an. Nur die Amerikanerin hatte es an Schönheit mit ihr aufnehmen können, aber die Amerikanerin war weggebracht worden, sie war zu schlimm gewesen. Die Französin war schon schlimm genug mit ihrem Entkleidungsfimmel, ihrer Pulsadernaufschneiderei, ihren Wutanfällen gegenüber Felici-

tas-Felicitas – aber das war alles nichts im Vergleich zu dem, was die Amerikanerin getrieben hatte, bevor sie wegging. Die Schwestern hatten Kranko aus dem Pförtnerhaus holen müssen, damit er sie zur Verabreichung einer Spritze niederhielte. Sie hatten dazu den ganzen restlichen Flügel räumen lassen müssen, doch als der Kastenwagen die Amerikanerin wegbrachte, war es wie ein Todesfall in der Familie gewesen, und Schwester Béatitude hatte während der ganzen Morgenandacht geweint und später, als Alexandra sie drängte, alles zu erzählen, hatte Schwester Béatitude sie bei ihrem Kosenamen genannt, ein sicheres Zeichen von Verzweiflung.

»Die Amerikanerin ist nach Untersee gegangen«, hatte sie auf Drängen Alexandras unter Tränen gesagt. »Oh, Sascha, Sascha, versprich mir, daß du nie nach Untersee gehen wirst.« So wie man sie in dem Leben, von dem sie nicht sprechen durfte, gebeten hatte: »Tatjana, du darfst diese verrückten und gefährlichen Dinge nicht tun!«

Danach war ›Untersee‹ für Alexandra zum schlimmsten Schreckgespenst geworden, zu einer Drohung, die sie jederzeit zur Räson bringen konnte, auch wenn sie noch so ungebärdig war: »Wenn du böse bist, kommst du nach Untersee, Sascha. Wenn du Herrn Doktor Rüedi ärgerst, vor ihm deinen Rock hochziehst und die Beine übereinanderschlägst, muß dich Mutter Felicitas nach Untersee schicken. Ruhig, oder du kommst nach Untersee.«

Die Schritte kamen wieder den Flur zurück. Die Französin wird zum Anziehen gebracht. Manchmal wehrte sie sich dagegen und landete in der Zwangsjacke. Manchmal ließ man Alexandra holen, damit sie das Mädchen beruhigen solle. Sie kämmte dann wortlos der Französin das Haar, solange, bis das Mädchen sich entspannte und anfing, ihr die Hände zu küssen. Dann wurde Alexandra fortgeschickt, denn Liebe stand nicht, stand keineswegs, stand unter gar keinen Umständen auf dem Lehrplan.

Die Tür flog auf und Alexandra hörte Felicitas-Felicitas' artige Stimme, die sie mahnte wie ein altes Kindermädchen in einem russischen Stück:

»Sascha! Du mußt sofort aufstehen! Sascha, wach sofort auf! Sascha, wach auf! Sascha!«
Sie kam einen Schritt näher. Alexandra fragte sich, ob sie wohl die Decke wegreißen und sie aus dem Bett ziehen würde. Mutter Felicitas konnte, trotz ihres aristokratischen Bluts, rauh sein wie ein Soldat. Sie war kein Tyrann, verstand aber keinen Spaß und war schnell eingeschnappt.
»Sascha, du kommst zu spät zum Frühstück. Die anderen Mädchen werden auf dich schauen und lachen und sagen, daß wir dummen Russen immer zu spät dran sind. Sascha? Sascha, willst du die Morgenandacht versäumen? Gott wird sehr böse auf dich sein, Sascha. Er wird traurig sein, und Er wird weinen. Vielleicht muß Er sich auch überlegen, wie Er dich bestrafen soll.«
Sascha, willst du nach Untersee kommen?
Alexandra drückte die Lider noch fester zu. Ich bin sechs Jahre alt, und ich brauche meinen Schlaf, Ehrwürdige Mutter. Gott, mach mich fünf Jahre alt, Gott, mach mich vier. Ich bin drei Jahre alt und brauche meinen Schlaf.
»Sascha, hast du vergessen, daß heute dein besonderer Tag ist? Sascha, hast du vergessen, daß heute dein Besuch kommt?«
Gott, mach, daß ich zwei Jahre alt bin, Gott, mach, daß ich ein Jahr alt bin, Gott, mach, daß ich nichts bin und ungeboren. Nein, ich habe meinen Besuch nicht vergessen, Ehrwürdige Mutter. Ich hab' an meinen Besuch gedacht vor dem Einschlafen, ich hab' von ihm geträumt, ich hab' an nichts anderes gedacht, seit ich wach bin. Aber, Ehrwürdige Mutter, ich will meinen Besuch heute nicht und auch an keinem anderen Tag, ich kann nicht, ich kann mein Leben nicht in die Lüge zwingen, ich weiß nicht, wie ich das machen soll, und darum will ich nicht, will ich ganz und gar nicht, daß der Tag beginnt.
Gehorsam kletterte Alexandra aus dem Bett.
»Brav«, sagte Mutter Felicitas und gab ihr einen flüchtigen Kuß, bevor sie den Flur hinuntereilte, wobei sie ständig »Wieder zu spät! Wieder zu spät!« rief und in die Hände klatschte, ›husch, husch‹, als wolle sie eine Herde dummer Hühner scheuchen.

23

Die Bahnfahrt nach Thun dauerte eine halbe Stunde, und vom Bahnhof aus unternahm Smiley einen Schaufensterbummel, wobei er kleine Umwege machte. *Manche Burschen kriegen's mit der Heldenhaftigkeit und wollen plötzlich dringend für ihr Vaterland sterben*, dachte er . . . *Bei Erpressung schalten manche Leute auf stur.* Er fragte sich, worauf er schalten würde.
Es war ein Tag, an dem alles in düstere Leere getaucht war. Die wenigen Fußgänger glitten wie langsame Schatten durch den Nebel, und die Seedampfer lagen in ihren Fahrrinnen eingefroren. Gelegentlich teilte sich die Leere zu einem Durchblick auf eine Burg, einen Baum, ein Stück Stadtmauer. Und schloß sich dann schnell wieder. Schnee lag auf dem Kopfsteinpflaster und im Geäst der Kugelbäume. Die wenigen Autos fuhren mit angeschalteten Scheinwerfern, ihre Reifen knirschten auf dem Matsch. Die einzigen Farben waren in den Auslagen: goldene Uhren, Skianzüge wie Nationalflaggen. »Kommen Sie frühestens um elf,« hatte Toby gesagt. »Selbst elf ist noch zu früh, George, sie kommen nicht vor zwölf.« Es war erst zehn Uhr dreißig, aber er brauchte die Zeit, er wollte kreisen, bevor er sich niederließ, Zeit, wie Enderby sagen würde, um die Strecke auszulegen. Er ging in eine enge Gasse hinein und sah das Schloß direkt über sich aufragen. Die Arkade wurde zu einem Gehsteig, dann zu einer Treppe, dann zu einem steilen Abhang, den er hinaufstieg. Er ging an einem English Tea-Room, einer American-Bar, einem Oasis Night-Club vorbei, alle bebindestricht, alle neonbeleuchtet, alle eine keimfreie Kopie eines verlorenen Originals. Er kam auf einen Platz und sah die Bank, diejenige welche, und direkt gegenüber auf der anderen Straßenseite das kleine Hotel, genau wie Toby es beschrieben hatte, mit seinem

Café-Restaurant im Erdgeschoß und den Gästezimmern darüber. Er sah das gelbe Postauto, das kühn unter einem Parkverbotsschild abgestellt war, und er wußte, daß es sich um Tobys statischen Posten handelte. Toby hatte sein Leben lang an Postautos geglaubt, er stahl sie, wo immer er sich befand, behauptete, daß niemand sie wahrnehme oder sich an sie erinnern könne. Er hatte neue Nummernschilder angebracht, aber sie sahen älter aus, als der Wagen. Smiley ging über den Platz. Ein Anschlag an der Bank besagte: Geöffnet Montag bis Donnerstag von 7 Uhr 45 bis 17 Uhr, Freitag von 7 Uhr 45 bis 18 Uhr 15.

»Grigoriew bevorzugt die Mittagszeit, weil in Thun niemand seine Essenspause für einen Gang auf die Bank verschwenden würde,« hatte Toby erklärt. »Er verwechselt ganz einfach Ruhe mit Sicherheit, George. Leere Räume, volle Aufmerksamkeit, Grigoriew verhält sich so auffällig, daß es schon peinlich ist, George.« Er ging über eine Fußgängerbrücke. Es war zehn vor elf. Er überquerte die Straße und hielt auf das kleine Hotel zu, das freie Sicht auf Grigoriews Bank gewährte. Spannung in einem Vakuum, dachte er, und lauschte auf das Stapfen seiner Füße und auf das Gurgeln des Wassers aus den Regentraufen; die Saison war zu Ende, und die Stadt lebte außerhalb der Zeit. *Verbrennen, George, ist immer Glückssache.* Wie würde Karla es machen? fragte er sich. Was würde der Absolutist anders machen als wir? Smiley fiel nichts ein, er kam zu keiner eindeutigen Schlußfolgerung. Karla würde die operativen Informationen sammeln, dachte er, und dann auf gut Glück vorgehen. Er öffnete die Tür des Cafés, und die warme Luft schlug ihm entgegen. Er ging auf einen Fenstertisch zu, den ein Schild als ›Reserviert‹ auswies. »Ich warte auf Herrn Jakobi«, sagte er zu der Kellnerin. Sie nickte mißbilligend und schaute an ihm vorbei. Ihr Gesicht war blaß und völlig ausdruckslos. Er bestellte einen *café crême* im Glas, aber sie sagte, wenn er im Glas serviert werde, müsse er einen Schnaps dazunehmen.

»Dann in der Tasse«, kapitulierte er.

Warum hatte er ihn zuerst im Glas verlangt?

Spannung in einem Vakuum, dachte er wieder und sah sich um. Das Café war in neuantikem Stil eingerichtet. Gekreuzte Plastiklanzen hingen an Stuckpfeilern. Verborgene Lautsprecher spielten nichtssagende Musik, die Stücke wurden von einer diskreten Stimme in jeweils einer anderen Sprache angekündigt. In einer Ecke spielten vier Männer schweigend Karten. Er schaute zum Fenster hinaus auf den leeren Platz. Ein Junge fuhr auf einem Rad vorbei. Er trug eine rote Wollmütze, und die Mütze bewegte sich die Straße hinunter wie eine Fackel, bis der Nebel sie auslöschte. Der Bankeingang bestand aus einer Doppeltür mit einer elektronischen Lichtschranke. Er sah auf die Uhr. Zehn nach elf. Eine Registrierkasse klingelte. Eine Kaffeemaschine zischte. Einer der Kartenspieler war am Mischen. An den Wänden hingen Holzplatten: tanzende Paare in Nationaltracht. Die Lampen waren aus Schmiedeeisen, doch das Licht kam von kreisförmig an der Decke angebrachten Neonröhren, und es war sehr grell. Er dachte an Hongkong mit seinen bayerischen Bierkellern im fünfzehnten Stock, und wie damals hatte er das Gefühl, auf Erklärungen zu warten, die nie kommen würden. Und dabei geht es heute nur um die Vorbereitung, dachte er: Heute findet nicht einmal der Anstoß statt. Er schaute wieder auf die Bank. Niemand ging hinein, niemand kam heraus. Ihm war, als habe er sein ganzes Leben auf etwas gewartet, das er nicht mehr definieren konnte: Vielleicht könnte man es Entschluß nennen. Er erinnerte sich an Ann und an ihren letzten Spaziergang. Entschluß im Vakuum. Er hörte einen Stuhl knarzen, sah die Hand, die Toby ihm nach Schweizer Art zum Schütteln hinhielt, und Tobys strahlendes Gesicht, das glänzte, als komme er von einem Waldlauf.

»Die Grigoriews haben das Haus in Elfenau vor fünf Minuten verlassen«, sagte er ruhig. »Die Grigoriewa fährt. Wahrscheinlich kommen sie sowieso unterwegs um.«

»Und die Fahrräder?« fragte Smiley besorgt.

»Wie immer«, sagte Toby und zog einen Stuhl heran.

»Ist sie letzte Woche gefahren?«

»Auch die vorletzte. Sie besteht darauf. George, dieses Weib ist wirklich ein Monstrum.« Die Kellnerin brachte ihm ungefragt einen Kaffee. »Letzte Woche hat sie Grigoriew förmlich aus dem Fahrersitz gehievt und hat dann den Wagen gegen den Torpfosten gefahren und den Kotflügel verbeult. Pauli und Canada Bill haben so gelacht, daß wir glaubten, es würde die Flüsterer zerreißen.« Er legte Smiley freundschaftlich eine Hand auf die Schulter. »Hören Sie, es wird ein hübscher Tag werden. Glauben Sie mir. Hübsches Licht, hübsche Ausstattung, Sie müssen sich nur zurücklehnen und die Schau genießen.«

Ein Telefon läutete, und die Kellnerin rief: ›Herr Jakobi.‹ Toby ging beschwingt zur Theke. Sie reichte ihm den Hörer und errötete über irgendetwas, was er ihr zuflüsterte. Von der Küche her kam der Chef mit seinem kleinen Sohn: ›Herr Jakobi!‹ Die Chrysanthemen auf Smileys Tisch waren aus Plastik, aber irgend jemand hatte Wasser in die Vase getan.

»Ciao«, rief Toby angeregt in das Telefon und kam zurück. »Alle sind auf ihrem Posten, alle sind glücklich«, verkündete er zufrieden. »Essen Sie doch was. Amüsieren Sie sich, George. Wir sind doch schließlich in der Schweiz.«

Toby trat fröhlich auf die Straße. *Genießen Sie die Schau*, dachte Smiley. Genau. Ich hab' sie geschrieben, Toby hat sie inszeniert, und alles, was ich jetzt tun kann, ist mich zurücklehnen und zuschauen. Nein, dachte er und korrigierte sich: Karla hat sie geschrieben, und manchmal machte ihm das ganz gehörig zu schaffen.

Zwei Mädchen in Camperinnen-Aufmachung gingen durch die Doppeltür der Bank, auf dem Fuße gefolgt von Toby. Er packt die Bank voll, dachte Smiley. Er beschickt jeden Schalter mit zwei Leuten. Nach Toby ein junges Paar, Arm in Arm, dann eine stämmige Frau mit zwei Einkaufstaschen. Das gelbe Postauto hatte sich nicht vom Fleck gerührt: Niemand vergreift sich an einem Postwagen. Er bemerkte eine öffentliche Telefonzelle und darin zwei zusammengekuschelte Gestalten, die sich vielleicht wegen des Regens untergestellt hatten. Zwei sind unauffälliger als einer, predigte man immer in Sarratt, und drei sind unauffälliger als ein Paar. Ein leerer Ausflugsbus fuhr vorbei. Eine Glocke schlug zwölf, und wie auf ein Stichwort schlitterte ein schwarzer Mercedes aus dem Nebel heraus, dessen eingelassene Scheinwerfer einen glitzernden Strahl auf das Kopfsteinpflaster warfen. Der Wagen bumste gegen den Rinnstein und kam vor der Bank, sechs Fuß vor Tobys Postauto, zum Stehen. *Alle Nummern der sowjetischen Botschaftswagen enden auf 73*, hatte Toby gesagt. *Sie setzt ihn ab und fährt dann ein paarmal um den Block, bis er wieder herauskommt*, hatte Toby gesagt. Doch heute bei dem scheußlichen Wetter hatten die Grigoriews anscheinend beschlossen, den Parkgesetzen und auch Karlas Gesetzen ein Schnippchen zu schlagen und sich darauf zu verlassen, daß ihr CD-Schild sie vor Unannehmlichkeiten bewahren würde. Die Tür an der Mitfahrerseite ging auf, und ein untersetzter, dunkelgekleideter und bebrillter Mann eilte, mit einer Aktenmappe in der Hand, geschäftig zum Bankeingang. Smiley hatte gerade Zeit genug, das dichte, graue Haar und die randlose Brille zu registrieren, die er auf den Fotos gesehen hatte, bevor ein Lastwagen ihm die Sicht verstellte. Als der Laster wieder weiterfuhr, war Grigoriew verschwunden, doch dafür hatte Smiley jetzt die massige Grigoriewa mit ihrem roten Haar im Visier, die mit verbiesterter Fahrschülermiene hinter dem Steuer saß. *George, glauben Sie mir, das ist ein äußerst krasses Weib.* Als er sie jetzt sah, die ausgeprägten Kinnbacken, den finsteren Blick, teilte Smiley, wenn auch nur vorsichtig, zum erstenmal Tobys Optimismus. Wenn Furcht die Hauptvoraussetzung für erfolgreiches Verbrennen war, dann berechtigte die Grigoriewa zu den schönsten Hoffnungen. Sie war wirklich zum Fürchten.

Vor Smileys geistigem Auge spielte sich nun die Szene ab, genau wie er und Toby sie geplant hatten. Die Bank war klein, ein Team von sieben Leuten konnte sie überfluten. Toby hatte für sich selbst ein Privatkonto eröffnet. Herr Jakobi, ein paar tausend Franken. Toby würde sich einen Schalter vornehmen und ihn mit kleinen Transaktionen beschäftigen. Die Devisenstelle war auch kein Problem. Zwei von Tobys Leuten konnten sie, mit einer weit gefächerten Palette von Währungen, einige Minuten lang auf Trab halten. Er konnte sich Tobys lärmende Heiterkeit vorstellen, die Grigoriew zwang, die Stimme zu heben, um sich verständlich zu machen. Er stellte sich die beiden Camperinnen vor, wie sie ihre Doppelnummer abzogen, ein Rucksack, der nachlässig vor Grigoriews Füße plumste und alles aufnahm, was er zu dem Kassierer sagte; und die verborgenen Kameras, die aus Umhängetaschen knipsten, aus Rucksäcken, Mappen, Bettsäcken oder wo sonst immer sie untergebracht waren. »Es ist wie bei einem Erschießungskommando, George«, erklärte Toby, als Smiley sich wegen des Klickens der Verschlüsse besorgt zeigte. »Jeder hört das Geräusch, mit Ausnahme des Opfers.«

Die Banktüren glitten auf. Zwei Geschäftsleute kamen heraus, ordneten ihre Regenmäntel, als seien sie auf der Toilette gewesen. Die stämmige Frau mit den beiden Einkaufstaschen folgte ihnen, und dann kam Toby, der lebhaft mit den Camperinnen plauderte. Schließlich erschien Grigoriew. Selbstvergessen hopste er in den schwarzen Mercedes und drückte seiner Frau einen Kuß auf die Wange, bevor sie den Kopf wegdrehen konnte. Smiley sah, wie ihr Mund sich tadelnd verzog und bemerkte Grigoriews versöhnliches Lächeln, als er antwortete. Ja, dachte Smiley, da ist sicher etwas, weswegen er sich schuldig fühlt; ja, dachte er und erinnerte sich an das Faible der Observanten für ihn. Ja, ich verstehe auch das. Die Grigoriews fuhren nicht weg, noch nicht. Kaum hatte Grigoriew die Tür hinter sich geschlossen, als eine große Frau in einem grünen Lodenmantel, die Smiley vage bekannt vorkam, sich dem Wagen näherte, grimmig an das Fenster des Beifahrers klopfte und anscheinend eine geharnischte Rede über das verwerfliche Verhalten von Parksündern losließ. Grigoriew war verlegen, doch die Grigoriewa lehnte sich über ihn hinweg und belferte zum Fenster hinaus – Smiley hörte sogar das Wort ›Diplomat‹ in schwerfälligem Deutsch durch den Verkehrslärm herüberschallen –, aber die Frau blieb stehen, wo

sie war, mit der Handtasche unter dem Arm und schimpfte ihnen nach, als sie wegfuhren. Sie hat sie im Wagen aufgenommen, mit dem Bankeingang im Hintergrund, dachte er. Heutzutage kann man durch winzige Löcher fotografieren; ein halbes Dutzend nadelstrichfeine Öffnungen, und die Linse kann tadellos sehen.
Toby war wieder zurückgekommen und hatte sich zu ihm an den Tisch gesetzt. Er hatte sich ein Zigarillo angezündet. Smiley konnte spüren, daß er zitterte, wie ein Hund nach der Jagd.
»Grigoriew hat seine üblichen zehntausend abgehoben«, sagte er. Sein Englisch war ein bißchen hastig geworden. »Genau wie letzte Woche, genau wie vorletzte Woche. Wir haben sie, George, die ganze Szene. Die Jungens sind überglücklich, die Mädchen auch. George, wirklich, sie sind phantastisch. Das Beste vom Besten. Ich hatte noch nie so gute. Was halten Sie von ihm?«
Eine scharfe männliche Stimme unterbrach ihn. »Herr Jakobi!« Aber es war nur der Küchenchef, der Toby mit einem Schnapsglas zuprostete.
In seiner Überraschung über die Frage lachte Smiley doch tatsächlich auf.
»Er steht sicher unter dem Pantoffel«, meinte er.
»Und ein netter Bursche, wissen Sie? Vernünftig. Er wird sicher auch vernünftig reagieren. Das ist meine Ansicht, George. Und auch die der Jungens.«
»Wohin fahren die Grigoriews von hier aus?«
»Zum Mittagessen am Bahnhofsbuffet, erster Klasse. Die Grigoriewa nimmt Schweinekotelett mit Chips, Grigoriew ein Steak und ein Glas Bier. Vielleicht genehmigen sie sich auch ein paar Wodkas.«
»Und was tun sie nach dem Mittagessen?«
Toby nickte heftig, als bedürfe die Frage keiner Klärung.
»Natürlich«, sagte er. »Genau das. George, nur Mut. Der Bursche wird gefügig sein, glauben Sie mir. Sie haben nie eine derartige Frau gehabt. Und Natascha ist ein süßes Kind.« Er senkte die Stimme. »Karla ist sein Nährvater. So einfach ist das. Aber

die einfachen Dinge verstehen Sie nicht immer, George. Glauben Sie, die Grigoriewa wird zulassen, daß er die neue Wohnung aufgibt? Den Mercedes?«

Alexandras allwöchentlicher Besuch kam, wie immer, pünktlich, wie immer um dieselbe Zeit, am Freitag nach der Mittagsruhe. Gegessen wurde um ein Uhr, und freitags gab es kalten Braten, Rösti und Apfelkompott oder vielleicht Pflaumen, je nach der Jahreszeit, aber sie konnte nichts essen, und manchmal würgte sie so lange, bis sie sich übergab, oder sie rannte auf die Toilette oder rief Felicitas-Felicitas und beklagte sich in den gemeinsten Ausdrücken über die Qualität der Mahlzeiten. Die Oberin zeigte sich immer sehr betroffen darüber. Das Heim war stolz darauf, das Obst aus eigenem Anbau zu beziehen, und die Werbebroschüren in Felicitas-Felicitas' Büro enthielten viele Fotos von Früchten und blühenden Bäumen und Alpenbächen und Bergen, alles bunt durcheinandergewürfelt, als ob der Liebe Gott oder die Schwestern oder Dr. Rüedi diese ganze Pracht eigens für die Heiminsassinnen geschaffen hätten. Nach dem Mittagessen kam eine Ruhestunde, und freitags empfand Alexandra diese Stunde als ganz besonders schlimm, die schlimmste der ganzen Woche, wenn sie sich auf die weiße Bettstatt legen mußte, angeblich, um sich zu entspannen, während sie den nächstbesten Gott anrief und ihn bat, er möge Onkel Anton überfahren oder einen Herzanfall erleiden oder am allerbesten ganz und gar verschwinden lassen – wegsperren mit ihrer eigenen Vergangenheit, ihren Geheimnissen und ihrem Namen Tatjana. Sie dachte an seine randlose Brille, und in ihrer Phantasie trieb sie ihm diese Brille in den Schädel, so daß sie auf der anderen Seite wieder herauskam zusammen mit seinen Augen, und Alexandra, statt seinem wäßrigen Blick zu begegnen, direkt durch ihn hindurch auf die Welt draußen schauen konnte.
Und jetzt war die Ruhezeit wenigstens vorbei, und Alexandra stand, sonntäglich angezogen, in dem leeren Speiseraum und blickte durch das Fenster auf das Pförtnerhaus, während zwei

dienende Nonnen den gefliesten Boden schrubbten. Ihr war übel. Klump, dachte sie. Fahr dein blödes Rad zu Klump und dich dazu. Andere Mädchen bekamen auch Besuch, aber nur samstags, und keine hatte einen Onkel Anton, nur wenige bekamen männlichen Besuch irgendwelcher Art, meist kamen bläßliche Tanten und gelangweilte Schwestern. Und keiner wurde Felicitas-Felicitas' Arbeitszimmer zur Verfügung gestellt, damit sie den Besucher hinter verschlossener Tür allein empfangen könne. Das war ein Privileg, das allein Alexandra und Onkel Anton genossen, wie Schwester Béatitude nicht müde wurde zu betonen. Doch Alexandra hätte diese Vergünstigung und noch etliche dazu liebend gern für das Privileg eingetauscht, keinerlei Besuch von Onkel Anton zu erhalten.

Das Tor am Pförtnerhaus ging auf, und sie fing absichtlich an zu zittern, schüttelte ihre Hände in den Gelenken, als habe sie eine Maus, eine Spinne oder einen nackten Mann vor sich gesehen. Eine rundliche Gestalt in einem braunen Anzug radelte die Anfahrt herauf. Aus seiner Bemühtheit konnte sie schließen, daß er kein geübter Radfahrer war. Er kam nicht von weit und brachte auch keine Frische von draußen mit. Es mochte brütend heiß sein, Onkel Anton schwitzte nicht und kochte nicht. Es mochte in Strömen regnen, Onkel Antons Mackintosh und Hut würden, wenn er am Haupttor ankam, kaum naß sein, und seine Schuhe waren nie schmutzig. Nur vor drei Wochen, oder war's vor drei Jahren, als gewaltige Massen von Schnee gefallen waren und einen zusätzlichen Wall von einem Meter Höhe um das tote Schloß gezogen hatten, sah Onkel Anton annähernd wie ein echter Mensch aus, der aus echten Elementen kam: Wie er so in seinen dicken Stiefeln, seinem Anorak und seiner Pelzkappe an den Tannen entlang den Pfad heraufstapfte, trat er geradewegs aus Erinnerungen, von denen sie nie sprechen durfte. Und als er sie umarmte, sie »mein Töchterchen« nannte, seine großen Handschuhe auf Felicitas-Felicitas' glänzend polierten Tisch knallte, da spürte sie ein Gefühl der Verwandtschaft und eine Hoffnung in sich hochsteigen, so übermächtig, daß sie sich noch Tage später dabei ertappte, wie sie in der Erinnerung daran lächelte.

»Er war so warm«, vertraute sie Schwester Béatitude in ihrem bißchen Französisch an. »Er hat mich im Arm gehalten, wie einen Freund! Warum macht der Schnee ihn so zärtlich?«

Doch heute sah man nur Matsch und Nebel und große, weiche Flocken, die auf dem gelben Kies nicht liegenbleiben würden. Er kommt in einem Wagen, Sascha – hatte Schwester Béatitude einmal zu ihr gesagt –, mit einer *Frau*, Sascha. Béatitude hatte sie gesehen. Zweimal. Sie natürlich als gute Schweizerin beobachtet. Sie hatten Fahrräder auf das Autodach geschnallt, auf den Kopf gestellt, und die Frau saß am Steuer, eine große, starke Frau, ein bißchen wie Mutter Felicitas, bloß nicht so christlich, mit Haaren, die rot genug waren, um einen Stier zu reizen. Wenn sie am Dorfrand ankamen, parkten sie den Wagen hinter der Scheune von Andreas Gertsch, und Onkel Anton nahm sein Fahrrad herunter und fuhr zum Pförtnerhaus. Doch die Frau blieb im Wagen, rauchte und las die *Schweizer Illustrierte*, manchmal schimpfte sie in den Rückspiegel, und ihr Rad blieb, während sie las, immer auf dem Dach, wie eine Sau, die auf dem Rücken liegt! Und stell dir vor! Onkel Antons Fahrrad war *gesetzeswidrig*! Das Rad – als gute Schweizerin hatte Schwester Béatitude hierauf ganz selbstverständlich ihr Augenmerk gerichtet –, Onkel Antons Rad hatte kein Schild, keine Zulassung, er machte sich strafbar, wie seine Frau, aber die war wahrscheinlich zu dick, um zu radeln!

Doch Alexandra ließen gesetzeswidrige Fahrräder kalt. Was sie interessierte, war das Auto. Welche Marke? Welche Farbe? Und vor allem, woher kam es? Aus Moskau? Aus Paris? Woher? Doch Schwester Béatitude war vom Lande und schlichten Gemüts, für sie war in der Welt hinter den Bergen eine Stadt wie die andere. Was waren denn für Buchstaben auf dem Nummernschild, um Himmels willen, du Dummkopf, schrie Alexandra. Schwester Béatitude hatte keine Ahnung. Schwester Béatitude schüttelte den Kopf, wie das tumbe Milchmädchen, das sie war.

Von Fahrrädern und Kühen verstand sie etwas. Autos gingen über ihren Horizont.
Alexandra beobachtete, wie Grigoriew näherkam, sie wartete auf den Augenblick, wo er den Kopf nach vorne über die Lenkstange neigen, sein ausladendes Hinterteil lüpfen und ein Beinchen über den Sattel schwingen würde, als klettere er von einer Frau herunter. Sie sah, daß die kurze Fahrt sein Gesicht gerötet hatte, sie verfolgte, wie er die Mappe aus dem Gepäckträger über dem Hinterrad zog. Sie lief zur Tür und versuchte ihn zu küssen, zuerst auf die Wange und dann auf die Lippen, denn sie hatte sich vorgenommen, ihre Zunge als Willkommensgruß in seinen Mund zu stecken, doch er schusselte mit gesenktem Kopf an ihr vorbei, als sei er schon wieder auf dem Rückweg zu seiner Frau.
»Grüß dich, Alexandra Borisowna«, hörte sie ihn aufgeregt flüstern. Er sprach ihren Vaternamen aus, als sei er ein Staatsgeheimnis.
»Grüß dich, Onkel Anton«, antwortete sie, als Schwester Béatitude sie grob am Arm packte und flüsterte, sie solle sich benehmen, denn sonst . . .
Das Arbeitszimmer von Mutter Felicitas war bescheiden und prächtig zugleich. Es war klein und karg und sehr hygienisch, die Nonnen schrubbten und polierten es täglich, so daß es wie in einem Schwimmbad roch. Doch ihre kleinen russischen Dinge glänzten wie Geschmeide. Sie besaß Ikonen und reich gerahmte Sepiafotografien von Prinzessinnen, die sie geliebt, und Bischöfen, denen sie gedient hatte, und an ihrem Namenstag – oder war es ihr Geburtstag oder der des Bischofs? – brachte sie das alles nach unten und machte daraus eine Schaubühne mit Kerzen, einer Jungfrau und dem Christkind. Alexandra wußte das, denn Felicitas hatte sie kommen lassen und neben sich gesetzt, ihr laut alte russische Gebete vorgelesen und Stücke aus der Liturgie im Marschrhythmus vorgesungen, ihr Plätzchen und Punsch gegeben, nur um russische Gesellschaft zu haben an ihrem Namenstag – oder war es Ostern oder Weihnachten gewesen? Die Russen sind die besten Menschen der Welt, hatte sie gesagt. Trotz der

vielen Pillen, die sie genommen hatte, wurde Alexandra allmählich klar, daß Felicitas-Felicitas stockbetrunken war. Sie hob ihr die Beine hoch, legte ein Kissen für sie zurecht, küßte sie aufs Haar und ließ sie auf dem Tweedsofa einschlafen, auf dem die Eltern saßen, wenn sie neue Patienten anmeldeten. Es war dasselbe Sofa, auf dem Alexandra nun saß und auf Onkel Anton starrte, der das kleine Notizbuch aus der Tasche zog. Sie bemerkte, daß er seinen braunen Tag hatte: brauner Anzug, braune Krawatte, braunes Hemd.
»Du solltest dir braune Hosenklammern kaufen«, sagte sie zu ihm auf Russisch.
Onkel Anton lachte nicht. Um sein Notizbuch war ein strumpfbandartiges Stück Gummi geschlungen, das er jetzt wie widerwillig löste, während er die offiziellen Lippen befeuchtete. Manchmal hielt Alexandra ihn für einen Polizisten, manchmal für einen verkleideten Priester, manchmal für einen Rechtsanwalt oder Schullehrer und manchmal sogar für eine besondere Art von Arzt. Doch was immer er auch war, er wollte ihr durch das Gummiband und das Notizbuch sowie durch den Ausdruck nervösen Wohlwollens klar zu verstehen geben, daß es da ein Höheres Gesetz gab, für das weder er noch sie persönlich verantwortlich waren, daß er nicht ihr Kerkermeister war, daß er sie, wenn schon nicht um ihre Liebe, so doch um Vergebung für die Umstände bat, die ihn zwangen, sie von der Welt abzuschließen. Und sie sollte auch wissen, daß er traurig war, sogar einsam und ganz sicherlich ihr zugetan und daß er in einer besseren Welt der Onkel gewesen wäre, der ihr getreulich Geburtstagsgeschenke, Weihnachtsgeschenke gebracht, ihr jedes Jahr – ›meine Sascha, wie groß du bist‹ – unters Kinn gegriffen und unauffällig eine ihrer Rundungen betätschelt hätte, um anzudeuten, ›meine Sascha, bald bist du reif für den Topf‹.
»Wie geht's mit deiner Lektüre vorwärts, Alexandra?« fragte er, während er das vor ihm liegende Notizbuch glattstrich und nach der Liste blätterte. Das war Geplauder. Das war nicht das Höhere Gesetz. Das war wie ein Gespräch über das Wetter, oder

was für ein hübsches Kleid sie trug, oder wie glücklich sie heute aussah, ganz und gar nicht so wie letzte Woche.
»Ich heiße Tatjana und komme vom Mond«, antwortete sie. Onkel Anton tat, als habe sie nichts gesagt, sie hatte also vielleicht nur zu sich selbst gesprochen, lautlos in Gedanken, wo sie sich eine Menge Dinge erzählte.
»Bist du mit der Novelle von Turgenjew fertig, die ich dir gebracht hatte?« fragte er. »Du hast inzwischen wohl die ›Frühlingsströme‹ gelesen, nehme ich an.«
»Mutter Felicitas liest sie mir vor, aber sie ist zur Zeit heiser«, sagte Alexandra.
»So.«
Das war eine Lüge. Sie hatte ihr Essen auf den Boden geworfen, und um sie zu strafen, las Felicitas-Felicitas ihr nicht mehr vor. Onkel Anton hatte in seinem Notizbuch die Seite mit der Liste gefunden, und auch seinen Kugelschreiber hatte er gefunden, einen Silberstift mit Gleitmine, auf den er ungemein stolz zu sein schien.
»So«, sagte er. »Also dann, Alexandra!«
Plötzlich wollte Alexandra nicht mehr auf seine Fragen antworten. Plötzlich war ihr das unmöglich. Sie überlegte, ob sie ihm nicht die Hosen herunterziehen und ihn verknuspern sollte. Sie überlegte, ob sie nicht wie die Französin in eine Ecke machen sollte. Sie zeigte ihm die blutig gekauten Stellen an ihren Händen. Sie wollte ihm durch ihr eigenes göttliches Blut zu verstehen geben, daß sie seine erste Frage nicht hören wollte. Sie stand auf, hielt ihm eine Hand hin, während sie die Zähne in die andere grub. Sie wollte Onkel Anton ein für allemal klarmachen, daß die Frage, die er im Kopf hatte, obszön war, beleidigend, unannehmbar und verrückt, und zu dieser Demonstration hatte sie das nächstliegende und beste Beispiel gewählt, das Beispiel Christi: Hing Er nicht an Felicitas' Wand, direkt vor ihr, und Blut lief an seinen Handgelenken herab? *Ich hab' das für dich vergossen, Onkel Anton*, erklärte sie und dachte jetzt an Ostern, an Felicitas und ihren Gang rund um das Schloß beim Eierpecken. *Bitte. Das*

ist mein Blut, Onkel Anton. Ich hab' es für dich vergossen. Doch die andere Hand hielt sie auf den Mund gepreßt, und alles, was sie mit ihrer Sprechstimme zustande brachte, war ein Schluchzer. Schließlich setzte sie sich stirnrunzelnd wieder hin, die im Schoß verschränkten Hände bluteten nicht eigentlich, aber sie waren zumindest naß von ihrem Speichel.
Onkel Anton hielt in der Rechten das Notizbuch und in der Linken den Stift. Er war der einzige Linkshänder, den sie kannte, und wenn sie ihm beim Schreiben zusah, fragte sie sich manchmal, ob er nicht ein Spiegelbild war und sein echtes Ich im Wagen hinter der Scheune von Andreas Gertsch saß. Sie dachte, daß man auf diese Weise glänzend mit dem fertig werden könnte, was Doktor Rüedli eine *gespaltene Natur* nannte – man schickte eine Hälfte auf einem Fahrrad weg, während die andere Hälfte bei der rothaarigen Frau im Wagen blieb. Felicitas-Felicitas, wenn du mir dein pop-pop Moped leihst, dann setz ich meinen schlechten Teil darauf und schick ihn weg.
Plötzlich hörte sie sich sprechen. Es war ein herrlicher Klang. Ein Klang, den sie an den kräftigen, gesunden Stimmen um sich herum liebte: Politiker im Rundfunk, Ärzte, wenn sie sich über ihr Bett beugten.
»Onkel Anton, wo kommst du bitte her?« hörte sie sich mit gemessener Neugierde fragen. »Onkel Anton, paß bitte genau auf, während ich jetzt eine Aussage mache. Bevor du mir nicht sagst, wer du bist und ob du wirklich mein Onkel bist, und was für ein Nummernschild dein großer, schwarzer Wagen hat, beantworte ich keine einzige deiner Fragen mehr. Tut mir leid, aber es geht nicht anders. Ich will auch wissen, ob die Rothaarige deine Frau ist oder Felicitas-Felicitas mit gefärbtem Haar, wie Schwester Béatitude immer sagt.«
Doch Alexandras Geist sprach zu oft Wörter, die ihr Mund nicht weitergab, sodaß die Wörter in ihr herumflogen, unfreiwillig von ihr bewacht, so unfreiwillig wie Onkel Anton vorgab, sie selbst zu bewachen.
»Wer gibt dir das Geld, damit du Felicitas-Felicitas für meine In-

haftierung bezahlen kannst? Wer bezahlt Dr. Rüedi? Wer bestimmt, welche Fragen jede Woche in dein Notizbuch kommen? An wen gibst du die Antworten weiter, die du so gewissenhaft niederschreibst?«

Doch wieder flogen die Wörter in ihr herum wie die Vögel in Krankos Gewächshaus während der Obstzeit, und es gab nichts, womit Alexandra sie bewegen konnte, herauszukommen.

»Also?« sagte Onkel Anton zum drittenmal, mit dem verwaschenen Lächeln, das Dr. Rüedi aufsetzte, wenn er ihr eine Spritze gab. »Würdest du mir zuerst einmal deinen vollen Namen nennen, Alexandra?«

Alexandra hielt drei Finger in die Höhe und zählte wie ein braves Kind an ihnen ab. »Alexandra Borisowna Ostrakowa«, sagte sie mit kindlicher Stimme.

»Gut. Und wie hast du dich diese Woche gefühlt, Sascha?«

Alexandra lächelte höflich.

»Danke, Onkel Anton. Ich habe mich diese Woche viel besser gefühlt. Dr. Rüedi sagt, daß ich jetzt überm Berg bin.«

»Hast du irgendwie – per Post, Telefon oder mündlich – eine Botschaft von außerhalb bekommen?«

Alexandra hatte nun beschlossen, eine Heilige zu sein. Sie faltete die Hände auf dem Schoß und legte den Kopf auf die Seite und stellte sich vor, sie sei eine von Felicitas-Felicitas' russisch-orthodoxen Heiligen, die hinter dem Schreibtisch an der Wand hingen. Vera, der Glaube, Liubow, die Liebe; Sofia, Olga, Irina oder Xenia; alle die Namen, die Felicitas sie an jenem Abend lehrte, als sie ihr anvertraute, daß ihr richtiger Name ›Hoffnung‹ sei – während Alexandras Name Alexandra oder Sascha war und nicht, aber schon ganz und gar nicht Tatjana, merk dir das. Alexandra lächelte Onkel Anton an, und sie wußte, daß ihr Lächeln sublim war und tolerant und weise; und daß sie Gottes Stimme hörte und nicht die Onkel Antons; und Onkel Anton wußte das auch, denn er gab einen langen Seufzer von sich, legte das Notizbuch beiseite und drückte auf die Klingel, um Mutter Felicitas zur Geldzeremonie herbeizurufen.

Mutter Felicitas kam hastig herein, und Alexandra vermutete, daß sie nicht weit von der Türe entfernt auf der anderen Seite gewartet hatte. Sie hielt die Rechnung fertig in der Hand. Onkel Anton prüfte sie stirnrunzelnd wie immer, zählte dann die Scheine, blaue und orangefarbene, einzeln auf den Tisch, so daß jeder einen Augenblick lang im Strahl der Leselampe durchsichtig wurde. Dann tätschelte Onkel Anton Alexandra die Schulter, als sei sie fünfzehn und nicht fünfundzwanzig oder zwanzig oder wie alt auch immer sie war, als sie die verbotenen Teile ihres Lebens abgekappt hatte. Sie sah zu, wie er zur Tür und dann zum Rad watschelte. Sie beobachtete, wie sein Strampeln immer regelmäßiger wurde, als er von ihr weg an Krankos Pförtnerhaus vorbei den Hügel hinab zum Dorf fuhr. Und dabei sah sie etwas Merkwürdiges, etwas, was nie zuvor passiert war, zumindest nicht Onkel Anton. Aus dem Nichts tauchten zwei entschlossene Gestalten auf, ein Mann und eine Frau, die ein Motorrad schoben. Sie mußten auf der Sonnenbank auf der anderen Seite des Pförtnerhauses gesessen haben, hatten sich vor den Blicken verborgen, vielleicht um sich zu lieben. Sie schwenkten in die Straße ein und starrten ihm nach, stiegen aber nicht auf ihr Motorrad, noch nicht. Sie warteten, bis er fast außer Sicht war, bevor sie hügelab hinter ihm herfuhren. Nun entschloß Alexandra sich zu schreien, und diesmal fand sie ihre Sprechstimme, und der Schrei zerriß das Haus vom First bis zum Grund, bis Schwester Béatitude sich auf sie stürzte, um sie mit einem heftigen Schlag auf den Mund zu zähmen.

»Es sind dieselben Leute«, erklärte Alexandra.

»Wer, es?« fragte Schwester Béatitude, die Hand erhoben für den Fall, daß sie sie nochmals benötigen würde. »Wer sind dieselben Leute, du böses Mädchen?«

»Die Leute, die meiner Mutter nachgegangen sind, bevor sie sie weggezogen und umgebracht haben.«

Schwester Béatitude schnaubte ungläubig. »Mit Rappen, wahrscheinlich!« spottete sie. »Auf einem Schlitten quer durch Sibirien gezogen.«

Alexandra hatte diese Geschichten schon mehrmals ausgesponnen. Daß ihr Vater ein Fürst war, mächtiger als der Zar. Daß er nachts herrschte, wie die Eulen, wenn die Falken ruhen. Daß seine grauen Augen ihr überallhin folgten, daß seine geheimen Ohren jedes Wort hörten, das sie sagte. Und daß er eines Nachts, als er ihre Mutter im Schlaf beten hörte, nach seinen Männern schickte, die sie mit in den Schnee hinausnahmen. Niemand hat sie je wiedergesehen, nicht einmal der liebe Gott, er schaut immer noch nach ihr aus.

24

Das Verbrennen von »Tricky Tony« – so der launige Codename, den Grigoriew von seinen Beschattern erhielt – ging später in die Circus-Mythologie als eine jener seltenen Operationen ein, bei denen sich Glück, Zeitwahl und organisatorische Vorbereitung zur idealen Verbindung zusammentaten. Allen Beteiligten war von Anfang an klar gewesen, daß es darum ging, Grigoriews allein habhaft zu werden, und zwar bei einer Gelegenheit, die ein paar Stunden später eine reibungslose Rückführung in sein normales Leben ermöglichen würde. Doch bis zum Wochenende nach dem Einsatz in der Thuner Bank hatte die intensive Ausforschung von Grigoriews Verhaltensmuster noch keine klaren Hinweise darauf ergeben, wann eine solche Gelegenheit eintreten werde. Skordeno und de Silsky, Tobys harte Männer, entwarfen in ihrer Verzweiflung bereits den hirnrissigen Plan, Grigoriew auf dem Weg zur Arbeit zu schnappen, irgendwo an den paar hundert Metern zwischen seinem Haus und der Botschaft. Toby winkte sofort ab. Eines der Mädchen bot sich als Lockvogel an: Vielleicht könnte sie sich als Anhalterin an Grigoriew heranmachen? Ihre noble Geste erntete Beifall, die praktische Durchführbarkeit war jedoch gleich null.

Das Hauptproblem war, daß Grigoriew unter doppelter Bewachung stand. Nicht nur hielten die Sicherheitsbeamten der Botschaft routinemäßig ein Auge auf ihn; seine Gattin stand ihnen an Wachsamkeit nicht nach. Die Observanten waren überzeugt, daß Madame Grigoriewa den Gatten einer kleinen Schwäche für Klein-Natascha verdächtigte. Diese Überzeugung bestätigte sich, als es Tobys Lauschtrupp gelang, den Kabelkasten an der Straßenecke anzuzapfen. Während eines einzigen Tages rief die Grigoriewa ihren Mann nicht weniger als dreimal an, nur um

sich zu vergewissern, daß er wirklich noch in der Botschaft war. »George, ich meine, dieses Weib ist ein Ungeheuer«, wetterte Toby, als er davon erfuhr. »Liebe – ich meine, alles recht und schön. Aber totale Besitzergreifung, das verurteile ich absolut. Für mich ist das eine Prinzipfrage.«
Das einzige schwache Glied in der Kette war Grigoriews regelmäßige Donnerstag-Nachmittagsfahrt zur Autowerkstatt, wo er den Mercedes nachsehen ließ. Wenn ein erfahrener Altwagenfrisierer wie Canada Bill in der Nacht vom Mittwoch einen Motorschaden basteln könnte – so daß der Mercedes zwar vom Fleck käme, aber nur mit knapper Not –, wäre es dann nicht möglich, Grigoriew aus der Werkstatt zu schnappen, während er darauf wartete, daß der Mechaniker den Fehler entdeckte? Der Plan starrte von Unsicherheitsfaktoren. Selbst wenn alles klappen sollte, wie lange würden sie Grigoriew für sich haben? Zum Beispiel mußte Grigoriew an Donnerstagen rechtzeitig wieder zu Hause sein, um den allwöchentlichen Besuch des Kuriers Krassky nicht zu versäumen. Trotz allem blieb es ihr bisher einziger Plan – der schlechteste mit Ausnahme aller übrigen, sagte Toby –, und so begann ein banges fünftägiges Warten, während Toby und seine Teamführer über Ausweich-Prozeduren für die zahlreichen unerfreulichen Folgesituationen brüteten, die ein Platzen des Vorhabens nach sich ziehen würde: Jeder mußte sein Bündel geschnürt und sich in seinem Hotel abgemeldet haben; Fluchtpapiere und Geld allezeit bei sich tragen; Funkausrüstung verpacken und unter einem amerikanischen Namen in den Tresorräumen einer größeren Bank verwahren, damit eventuelle Spuren auf die Vettern, nicht auf den Circus verweisen würden; keinerlei Zusammenkünfte, nur kurzer Wortwechsel auf der Straße im Vorübergehen; Wellenlängen alle vier Stunden ändern. Toby kannte seine schweizerische Polizei, sagte er. Er hatte schon früher hier gejagt. Wenn die Sache aufflöge, sagte er, sei es umso besser, je weniger von seinen Jungens und Mädchen in der Gegend seien und Fragen beantworten könnten. »Gott sei Dank, daß die Schweizer bloß neutral sind!«

Als recht schwachen Trost und zur Auffrischung der anfälligen Kampfmoral der Observanten bestimmten Smiley und Toby, daß Grigoriews Überwachung während der bevorstehenden Wartetage auf vollen Touren weiterlaufen sollte. Der Beobachtungsposten am Brunnadernrain würde rund um die Uhr besetzt sein; Auto- und Motorradpatrouillen verkürzten die Abstände. Jeder sollte sprungbereit sein, für den unwahrscheinlichen Fall, daß Gott in einer völlig uncharakteristischen Anwandlung sich auf die Seite der Gerechten schlagen würde.

In der Tat schickte Gott ein idyllisches Sonntagswetter, und dies brachte die Entscheidung. Gegen zehn Uhr vormittags schien es, als sei die Alpensonne vom Oberland herabgestiegen, um das Leben der umnebelten Talbewohner zu erleuchten. Im Bellevue Palace, wo sonntags geradezu überwältigende Stille herrscht, hatte ein Kellner soeben fürsorglich eine Serviette über Smileys Knie gebreitet. Smiley trank geruhsam Kaffee und versuchte, sich auf die Wochenend-Ausgabe der *Herald Tribune* zu konzentrieren, als er, aufblickend, die liebenswürdige Erscheinung des Chefportiers Franz vor sich stehen sah.

»Excusez, Mr. Barraclough, Sie werden am Telefon verlangt. Ein Mr. Anselm.«

Die Kabinen waren in der Haupthalle, die Stimme war Tobys Stimme, und der Name Anselm bedeutete Alarmstufe 6. »Das Büro in Genf meldete uns soeben, daß der Herr Generaldirektor jetzt auf dem Wege nach Bern ist.«

Das Büro in Genf war der Codename des Beobachtungspostens Brunnadernrain.

»Fährt seine Gattin mit?« sagte Smiley.

»Madame ist leider verhindert, sie macht einen Ausflug mit den Kindern«, erwiderte Toby. »Könnten Sie vielleicht in die Filiale herüberkommen, Mr. Barraclough?«

Tobys Filiale war ein Pavillon in einem gepflegten Park in der Nähe des Bundeshauses. Smiley war in fünf Minuten dort. Unten lag das Bett des grünen Flusses. In der Ferne ragten die besonnten Gipfel des Berner Oberlands prachtvoll in den blauen Himmel.

»Grigoriew hat die Botschaft vor fünf Minuten verlassen, allein, in Hut und Mantel«, sagte Toby zur Begrüßung. »Er ist zu Fuß auf dem Weg in die Stadt. Alles, wie am ersten Sonntag unserer Beschattung. Er geht zu Fuß zur Botschaft, zehn Minuten später marschiert er in die Stadt. Er will das Schachspiel verfolgen, George, kein Zweifel. Was sagen Sie?«
»Wer ist bei ihm?«
»Skordeno und de Silsky zu Fuß, dahinter ein Observierungswagen, zwei weitere Autos vor ihm. Ein Team ist im Moment unterwegs zur Münsterterrasse. Wollen wir, George, oder wollen wir nicht?«
Sekundenlang konnte Toby wieder jenen Zwiespalt wahrnehmen, der Smiley immer dann zu befallen schien, wenn ein Unternehmen ins Rollen kam: nicht so sehr Unentschlossenheit, vielmehr ein rätselhafter Widerwillen gegen den Vorstoß.
Toby drängte: »Grünes Licht, George? Oder nicht? George, bitte! Es geht jetzt um Sekunden!«
»Wird das Haus überwacht sein, wenn die Grigoriewa mit den Kindern zurückkommt?«
»Vollständig.«
Wiederum zögerte Smiley sekundenlang. Sekundenlang wog er die Mittel gegen den Zweck ab, dann schien Karlas graue und ferne Gestalt ihn anzuspornen.
»Also grünes Licht«, sagte Smiley. »Ja. Wir wollen.«
Er hatte kaum zu Ende gesprochen, als Toby auch schon in der keine zwanzig Meter vom Pavillon entfernten Telefonzelle stand. »Mit Herzklopfen wie eine komplette Dampfmaschine«, wie er später behauptete. Aber auch mit dem Feuer des Kampfes in den Augen.

In Sarratt existiert sogar ein maßstabgetreues Modell der Szene, und von Zeit zu Zeit holen die Schulungsleiter es hervor und erzählen die Geschichte.
Die Altstadt von Bern beschreibt man am besten als einen Berg, eine Festung und eine Halbinsel, alles zugleich, wie das Modell

zeigt. Zwischen der Kirchenfeld- und der Kornhausbrücke zieht die Aare, tief in einer schwindelnden Schlucht, einen hufeisenförmigen Bogen, und die alte Stadt nistet besonnen in seinem Schutz, ihre mittelalterlichen Straßen steigen hügelan bis zu dem prächtigen Spitzturm des spätgotischen Münsters, das die Krone und die Krönung des Berges bildet. Der Fremdling, der die Aussicht von der Südseite, der auf gleicher Höhe liegenden Plattform, aus genießen will, mag schaudernd unter sich etwa dreißig Meter nackte Felswand erblicken, die senkrecht in den brodelnden Fluß abstürzt. Eine Stelle, die Selbstmörder anziehen muß und es zweifellos schon mehrmals getan hat. Eine Stelle, an der, wie der Volksmund zu berichten weiß, einst ein frommer Mann von seinem Pferd abgeworfen wurde, und, obgleich er in diese furchtbare Tiefe stürzte, durch Gottes Hilfe überlebte, von Stund an der heiligen Kirche diente und dreißig Jahre danach in hohem Alter eines friedlichen Todes starb. Im übrigen ist die Plattform ein angenehmer Aufenthaltsort mit Bänken und Baumreihen und einem Kinderspielplatz – und, seit kurzem, einem Freiluft-Schachspiel. Die Figuren sind über einen halben Meter hoch, leicht genug, daß man sie bewegen kann, aber schwer genug, um den gelegentlichen Stößen des Südwinds standzuhalten, der von den Höhen herabstürmt. Auch diese Schachfiguren sind im Sandkastenmodell von Sarratt zu sehen.
Als Toby Esterhase an jenem Sonntagvormittag dort ankam, hatte der unerwartete Sonnenschein bereits eine kleine und adrette Schar von Spielbegeisterten angezogen, die rings um das schwarz-weiß karierte Pflastergeviert standen oder saßen. Und mitten unter ihnen, keine zwei Meter von Toby entfernt, stand, so blind und taub für seine Umgebung, wie man es sich irgend wünschen konnte, Botschaftsrat (Außenhandel) Anton Grigoriew von der sowjetischen Gesandtschaft in Bern, der alle Amts- und Familienbande abgeschüttelt hatte und aufmerksam durch seine randlose Brille jeden Zug der Spieler verfolgte. Und hinter Grigoriew standen Skordeno und sein Kollege de Silsky und beobachteten Grigoriew. Die Spieler waren jung und bärtig und

lässig – Kunststudenten vielleicht, auf jeden Fall wollten sie für solche gehalten werden. Und sie vergaßen auch nicht einen Augenblick lang, daß sie ein Duell unter den Augen der Öffentlichkeit ausfochten.
Toby war schon früher ebenso nah an Grigoriew herangekommen, aber nie, während die Aufmerksamkeit des Russen so ausschließlich einer anderen Sache galt. Mit der Ruhe, die dem Kampf vorausgeht, taxierte Toby ihn und fand bestätigt, was er schon immer behauptet hatte: Anton Grigoriew war kein ausgebildeter Agent. Seine hingerissene Aufmerksamkeit, die sorglose Offenheit seines Mienenspiels verrieten eine Unschuld, die in den Palastkämpfen der Moskauer Zentrale nie und nimmer hätte überleben können.
Tobys äußere Erscheinung gehörte gleichfalls zu den Glückstreffern dieses Tages. Zu Ehren des Berner Sonntags trug er einen dunklen Mantel und seine schwarze Pelzmütze. Somit war er in diesem entscheidenden Augenblick aus dem Stegreif das, was er zu scheinen beabsichtigt hätte, wenn alles bis in die letzte Kleinigkeit geplant gewesen wäre: ein angesehener Bürger, der sich sonntags ein bißchen Muße gönnt.
Tobys dunkle Augen hoben sich zum Münsterplatz. Die Absetzautos standen bereit.
Gedämpftes Lachen stieg auf. Mit ausholender Bewegung hob einer der bärtigen Spieler seine Königin vom Feld, wirbelte sie scheinbar mühsam, als wäre sie zentnerschwer, ein paar Schritte weit und ließ sie ächzend niederplumpsen. Grigoriew runzelte düster die Stirn, während er diesen unerwarteten Zug betrachtete. Auf Tobys Nicken hin schoben sich Skordeno und de Silsky rechts und links an ihn heran, so dicht, daß Skordenos Schulter an die Schulter der Beute stieß, doch Grigoriew achtete nicht darauf. Tobys Hilfstruppen, die dies als ihr Signal auffaßten, schlängelten sich langsam durch die Menge und bildeten eine zweite Staffel hinter de Silsky und Skordeno. Jetzt wartete Toby nicht länger. Er trat direkt vor Grigoriew hin, lächelte und lüftete die Pelzmütze. Grigoriew erwiderte das Lächeln – ein wenig

unsicher, es mochte sich um einen anderen Diplomaten handeln, an den er sich nicht mehr recht erinnerte – und lüftete gleichfalls den Hut.

»Wie geht's Ihnen heute, Herr Botschaftsrat?« fragte Toby auf Russisch, in leicht scherzendem Ton.

Verwirrter denn je sagte Grigoriew, vielen Dank, es gehe ihm gut.

»Ich hoffe, der kleine Ausflug am Freitag hat Ihnen Spaß gemacht«, fuhr Toby im gleichen ungezwungenen, aber sehr leisen Ton fort, während er Grigoriew unterhakte. »Ich sage immer, die alte Stadt Thun erfährt bei den Mitgliedern unserer noblen diplomatischen Gemeinde nicht die ihr gebührende Würdigung. Dabei empfiehlt sich dieses Städtchen, wenn Sie mich fragen, nicht nur wegen seiner Altertümlichkeit, sondern auch wegen seines Bankwesens. Finden Sie nicht auch?«

Diese Offensive war lang genug und bestürzend genug, um Grigoriew widerstandslos an den Rand des Zuschauerkreises zu befördern. Skordeno und de Silsky hatten dicht aufgeschlossen.

»Mein Name ist Kurt Siebel«, raunte Toby vertraulich in Grigoriews Ohr, und seine Hand ruhte noch immer auf Grigoriews Arm. »Ich bin Chefrevisor der Berner Standard Bank in Thun. Wir haben ein paar Fragen betreffs des Privatkontos, das Dr. Adolf Glaser bei uns unterhält. Tun Sie, als wären wir Bekannte, es ist in Ihrem eigenen Interesse.« Sie gingen noch immer. Hinter ihnen folgten die Observanten in schräger Linie, wie Rugbyspieler, die einen Durchbruch des Gegners verhindern wollen. »Bitte beunruhigen Sie sich nicht«, fuhr Toby fort und zählte die Schritte, während Grigoriew sich an seiner Seite hielt. »Wenn Sie eine Stunde für uns erübrigen könnten, so ließe die Sache sich gewiß aus der Welt schaffen, ohne daß Ihr häusliches oder berufliches Leben eine Störung erfahren würde. Bitte.«

In der Welt eines Geheimagenten ist die Mauer zwischen Sicherheit und höchster Gefahr so gut wie nichts, ein dünnes Häutchen, das in Sekundenschnelle bersten kann. Er mag seinen Mann jahrelang umworben und für die Pfanne gemästet haben.

Aber der Augenblick, wenn er ihn in die Pfanne haut – »wirst du, wirst du nicht?« –, ist ein Sprung entweder ins Verderben oder zum Sieg, und sekundenlang glaubte Toby, dem Verderben ins Antlitz zu blicken. Grigoriew war endlich stehengeblieben und hatte sich umgewandt, um ihn anzustarren. Er war bleich wie ein Schwerkranker. Sein Kinn hob sich, er öffnete den Mund zum Protest gegen eine monströse Anschuldigung. Er zerrte an seinem blockierten Arm, um sich loszumachen, aber Toby hielt ihn fest. Skordeno und de Silsky gaben Rückendeckung, doch die Entfernung zum Wagen betrug noch immer fünfzehn Meter, und das war nach Tobys Maßstäben ein weiter Weg, wenn man einen stämmigen Russen mit sich zerren mußte. Toby redete ununterbrochen; das gebot ihm sein Instinkt.

»Es liegen gewisse Unregelmäßigkeiten vor, Herr Botschaftsrat. Schwere Unregelmäßigkeiten. Wir haben eine Akte über Ihre werte Person, liest sich höchst unerfreulich. Wenn ich dieses Dossier der Schweizer Polizei übergeben würde, so könnten alle diplomatischen Proteste der Welt Sie nicht vor der peinlichsten öffentlichen Bloßstellung schützen. Welche Folgen dies für ihre berufliche Karriere haben würde, muß ich wohl nicht erwähnen. Bitte. Ich sagte *bitte*.«

Grigoriew hatte sich noch immer nicht geregt. Er schien gelähmt vor Unentschlossenheit. Toby schubste ihn am Arm, aber Grigoriew stand wie ein Fels und schien den physischen Druck nicht wahrzunehmen. Toby schob energischer an. Skordeno und de Silsky rückten noch dichter auf, doch Grigoriew besaß die störrische Kraft eines Irren. Sein Mund öffnete sich, er schluckte, sein Blick heftete sich dümmlich auf Toby.

»Welche Unregelmäßigkeiten?« sagte er schließlich. Nur der Schock und die Ruhe in seiner Stimme gaben Grund zur Hoffnung. Sein dicker Körper stemmte sich auch weiterhin gegen jede Bewegung. »Wer ist dieser Glaser, von dem Sie sprechen?« fragte er heiser, im gleichen benommenen Ton. »Ich bin nicht Glaser. Ich bin Diplomat. Grigoriew. Das Konto, von dem Sie sprechen, ist durchaus legal. Als Handelsattaché habe ich Immunität. Ich habe auch das Recht, im Ausland Bankkonten zu unterhalten.«

Toby feuerte seinen zweiten und letzten Schuß ab. *Das Geld und das Mädchen*, hatte Smiley gesagt. *Das Geld und das Mädchen sind Ihre einzigen Trümpfe, mehr haben Sie nicht auszuspielen*.

»Es geht auch noch um das delikate Problem Ihrer Ehe, Herr Botschaftsrat«, begann Toby aufs neue mit gespielter Verlegenheit. »Ich muß Sie darauf hinweisen, daß Ihre Eskapaden innerhalb der Botschaft unerfreuliche Auswirkungen auf Ihre Häuslichkeit haben könnten.« Grigoriew setzte sich in Bewegung, und man hörte ihn murmeln *Bankier* – ob es ungläubig oder höhnisch gemeint war, wird man nie erfahren. Seine Augen schlossen sich, und er wiederholte das Wort, diesmal – laut Skordeno – klang es eindeutig obszön. Aber er setzte sich wieder in Bewegung. Die rückwärtige Tür des Wagens war geöffnet. Der zweite Wagen wartete dahinter. Toby plapperte irgendeinen Unsinn über die Hinterziehung von Steuern auf schweizerische Bankzinsen, aber er wußte, daß Grigoriew ihm nicht wirklich zuhörte. De Silsky schlüpfte an ihnen vorbei, sprang in den Fond des Wagens, und Skordeno warf Grigoriew direkt hinterher, dann setzte er sich neben ihn und schmetterte die Tür zu. Toby nahm den Beifahrersitz ein; eines der Meinertzhagen-Mädchen chauffierte. Toby ermahnte sie auf Deutsch, langsam zu fahren und um Gottes willen zu bedenken, was ein Berner Sonntag sei. Kein Englisch in seiner Hörweite, hatte Smiley gesagt.

Irgendwo in der Nähe des Bahnhofs mußte Grigoriew auf dumme Gedanken gekommen sein, denn es entstand ein kurzes Handgemenge, und als Toby in den Rückspiegel blickte, war Grigoriews Gesicht schmerzverzerrt, und er hielt beide Hände über die Leistengegend. Sie fuhren zur Länggass-Straße, einer öden Straße hinter der Universität. Die Tür des Miethauses öffnete sich im selben Augenblick, als sie davor hielten. Auf der Schwelle stand eine magere Frau. Es war Millie McCraig, die Haushälterin und altgediente Circus-Kraft. Beim Anblick ihres Lächelns bäumte Grigoriew sich auf, und nun ging es nur noch um Tempo, nicht mehr um Tarnung. Skordeno sprang auf den Gehsteig, packte Grigoriews Arm und riß ihn fast aus dem Gelenk; de Silsky mußte einen weiteren Schlag gelandet haben, obgleich er später schwor, es sei ein unglücklicher Zufall gewesen, denn Grigoriew tauchte zusammengekrümmt aus dem Wagen, und sie trugen ihn zwischen sich über die Schwelle wie eine Braut und stolperten selbdritt geräuschvoll ins Wohnzimmer. Smiley saß in einer Ecke und erwartete sie. Im Zimmer herrschten brauner Chintz und Spitzendeckchen vor. Die Tür fiel zu, die Entführer leisteten sich eine kurze Siegerpause. Skordeno und de Silsky lachten vor Erleichterung laut auf. Toby nahm die Mütze ab und wischte sich den Schweiß von der Stirn.

»Ruhe«, sagte er leise. Sie gehorchten ihm sofort.

Grigoriew massierte sich die Schulter, der Schmerz schien ihn für alles andere unempfänglich zu machen. Smiley, der ihn genau beobachtete, schöpfte Trost aus dieser Selbstbezogenheit: Unbewußt stellte Grigoriew sich mit diesem Schulterreiben in die Reihen der Verlierer. Smiley erinnerte sich an Kirow, an das Fiasko mit der Ostrakowa und an seine beflissene Anwerbung Otto Leipzigs. Er blickte Grigoriew an und las aus allem, was er sah, die gleiche unheilbare Mittelmäßigkeit: aus dem neuen, aber schlecht gewählten gestreiften Anzug, der die Beleibtheit des Trägers betonte; den teuren grauen Schuhen, perforiert, um luftdurchlässig, aber zu schmal, um bequem zu sein; dem geschniegelten gewellten Haar. Alle diese winzigen nutzlosen Werke der Eitelkeit meldeten Smiley einen Drang zur Größe, der, wie er wußte – und wie auch Grigoriew zu wissen schien –, niemals Erfüllung finden würde.

Ehemaliger Universitätsdozent, besagte das Schriftstück, das Enderby ihm bei *Ben* ausgehändigt hatte. *Vertauschte offenbar die akademische Laufbahn gegen die Annehmlichkeiten des Diplomatenstatus.*

Ein Kneifer, hätte Ann gesagt, die seine Sexualität mit einem einzigen Blick erfaßt hätte. *Heimschicken*.

Aber Smiley konnte ihn nicht heimschicken. Grigoriew war ein angehakter Fisch, und Smiley mußte sich in Sekundenschnelle entscheiden, wie er ihn an Land ziehen sollte. Grigoriew trug eine randlose Brille und wurde um das Kinn herum zu fett. Sein Haaröl, von der erhöhten Körpertemperatur erwärmt, gab einen Zitronendunst ab. Er knetete noch immer seine Schulter, aber jetzt starrte er seine Entführer der Reihe nach an. Schweiß rann über sein Gesicht wie Regentropfen.

»Wo bin ich?« verlangte er wild von Toby zu wissen, den er für den Anführer hielt; Smiley ignorierte er vollständig. Seine Stimme war heiser und schrill. Er sprach deutsch, mit slavischen Kehllauten.

Drei Jahre als Erster Sekretär (Handel), sowjetische Militärmission in Potsdam, erinnerte sich Smiley. *Kein Hinweis auf geheimdienstliche Verbindung*.

»Ich verlange zu erfahren, wo ich bin!« schrie Grigoriew. »Ich bin höherer Sowjetdiplomat. Ich verlange, unverzüglich mit meinem Botschafter zu sprechen!«

Die unablässige Beschäftigung seiner Hand mit der lädierten Schulter nahm seiner Entrüstung die Schärfe.

»Man hat mich gekidnappt! Ich wurde gegen meinen Willen hierher gebracht! Wenn Sie mich nicht unverzüglich zu meinem Botschafter zurückkehren lassen, gibt es einen ernsten internationalen Zwischenfall!«

Grigoriew hatte die Bühne für sich allein und vermochte sie nicht ganz auszufüllen. Nur George wird Fragen stellen, hatte Toby seinem Team eingeschärft. Nur George wird antworten. Doch Smiley saß so still da wie ein Bestattungsunternehmer; anscheinend konnte nichts ihn aus der Ruhe bringen.

»Wollen Sie Lösegeld?« rief Grigoriew ihnen allen zu. Ein gräßlicher Gedanke schien ihm zu kommen. »Sind Sie Terroristen?« flüsterte er. »Aber wenn Sie Terroristen sind, warum verbinden Sie mir nicht die Augen? Warum lassen Sie mich Ihre Gesichter sehen?« Er glotzte zuerst de Silsky an, dann Skordeno. »Legen Sie Gesichtsmasken an. Gesichtsmasken! Ich will keinen von Ihnen kennen!«

Gereizt durch das anhaltende Schweigen schlug Grigoriew die geballte Faust in die Handfläche und brüllte zweimal: »Ich bestehe darauf!« Woraufhin Smiley mit der Miene amtlichen Bedauerns ein Notizbuch öffnete, das auf seinem Schoß lag, etwa so, wie es Kirow getan hätte, und einen leisen, sehr amtlichen Seufzer von sich gab. »Sie sind Botschaftsrat Grigoriew von der sowjetischen Botschaft in Bern?« fragte er mit denkbar gelangweilter Stimme.

»Grigoriew! Ich bin Grigoriew! Ja, ausgezeichnet, ich bin Grigoriew! Und wer sind Sie, bitte? Al Capone? Wer sind Sie? Warum fixieren Sie mich wie ein Kommissar?«

Kommissar war für die Beschreibung von Smileys Verhalten unübertrefflich: Es war träge bis zur Gleichgültigkeit.

»Nun, Herr Botschaftsrat, wir haben keine Zeit zu verlieren, ich muß Sie daher bitten, sich die belastenden Fotos auf dem Tisch hinter Ihnen genau anzusehen«, sagte Smiley mit der gleichen wohlberechneten Trägheit.

»Fotos? Was für Fotos? Wie können Sie einen Diplomaten belasten? Ich verlange, unverzüglich mit meinem Botschafter zu telefonieren!«

»Ich würde dem Herrn Botschaftsrat empfehlen, zuerst die Fotos anzusehen«, sagte Smiley in mürrischem, keinem Bundesland zugehörigen Deutsch. »Nach Kenntnisnahme steht es dem Herrn Botschaftsrat frei, anzurufen, wen immer er möchte. Bitte links zu beginnen«, schlug er vor. »Die Fotos sind von links nach rechts angeordnet.«

Ein Mensch, der erpreßt wird, hat die Würde aller unserer Schwächen, dachte Smiley, als er verstohlen beobachtete, wie Grigoriew am Tisch entlangschlurfte, als träfe er die Auslese an einem der zahllosen diplomatischen Buffets. Ein Mensch, der erpreßt wird, ist unser aller Ebenbild, geschnappt im letzten Moment, wenn wir versuchen, der Falle zu entrinnen. Smiley hatte die Anordnung der Bilder persönlich besorgt; er hatte sich dabei die orchestrierte Abfolge von Katastrophen aus Grigoriews Sicht vorgestellt. Die Grigoriews parken ihren Mercedes vor der Bank. Die Grigoriewa wartet mit ihrem chronisch verbiesterten Gesichtsausdruck allein auf dem Fahrersitz und umklammert das Steuer, für den Fall, daß jemand versuchen sollte, es ihr wegzunehmen. Grigoriew und die kleine Natascha auf einem Tele-Foto, dicht an dicht auf einer Bank sitzend. Grigoriew im Bankgebäude, mehrere Aufnahmen, als Gipfelpunkt ein prachtvoller Schnappschuß über die Schulter Grigoriews, der eine Auszahlungsquittung unterschreibt, mit dem vollen Namen Adolf Glaser klar leserlich in Maschinenschrift über seinem Namenszug. Dann Grigoriew, sichtlich ungelenk auf einem Fahrrad, wie er in die Auffahrt zum Sanatorium einschwenkt; dann wiederum die Grigoriewa, verdrossen im Wagen hockend, diesmal neben Gertschens Scheune, auf dem Wagendach ihr Fahrrad verzurrt. Aber das Foto, das Grigoriew am längsten fesselte, war, wie Smiley feststellte, die Tele-Aufnahme, die den Meinertzhagen-Mädchen gelungen war. Die Qualität war nicht besonders, aber die beiden Köpfe im Wagen konnte man deutlich erkennen, auch wenn sie Mund an Mund zusammengewachsen schienen. Einer gehörte Grigoriew. Der andere, der mit menschenfresserischer Gier über ihn herfiel, gehörte der kleinen Natascha.

»Das Telefon steht zu Ihrer Verfügung, Herr Botschaftsrat«, ließ Smiley sich ruhig vernehmen, als Grigoriew sich noch immer nicht regte.

Doch Grigoriew war über diesem letzten Foto erstarrt, und seine Miene drückte äußerste Verzweiflung aus. Er war nicht nur ein ertappter Mann, dachte Smiley; er war ein Mann, dessen schönster und bisher in den Schleier des Geheimnisses gehüllter Liebestraum plötzlich an die Öffentlichkeit gezerrt und zum Gespött geworden war.

Wiederum im gleichen lustlosen Ton amtlicher Notwendigkeit begann Smiley nun mit dem, was Karla als die Pressionsphase bezeichnet hätte. Andere Inquisitoren, sagt Toby, hätten Grigoriew eine Wahl geboten und dadurch unweigerlich den Widerstand des Russen und den russischen Hang zur Selbstzerstörung

wachgerufen: eben jene Impulse, sagt er, die eine Katastrophe hätten heraufbeschwören können. Andere Inquisitoren, behauptet er, hätten gedroht, gebrüllt, wären schließlich pathetisch und vielleicht sogar gewalttätig geworden. Nicht so George, sagt er: niemals. George hielt bis zuletzt den gleichmütigen Erfüllungsgehilfen durch: Grigoriew, wie alle Grigoriews dieser Welt, nahm ihn als sein unabwendbares Geschick an. George schloß jede Wahl kategorisch aus. George machte Grigoriew klar, warum er keine Wahl haben könne: Das Wichtigste, Herr Botschaftsrat – sagte Smiley, als erläuterte er eine Steuerforderung –, sei zu bedenken, welche Wirkung diese Fotos dort auslösen könnten, wo sie sehr bald unter die Lupe genommen würden, wenn man nichts unternähme, um ihre Weiterleitung zu verhindern. Da seien erstens einmal die Schweizer Behörden, sagte Smiley, die verständlicherweise über den Mißbrauch eines schweizerischen Passes durch einen akkreditierten Diplomaten ungehalten sein würden, ganz zu schweigen von dem schweren Verstoß gegen die Bankgesetze. Energischer offizieller Protest müßte die Folge sein, und die Grigoriews würden über Nacht nach Moskau zurückgeschickt, alle zusammen, um nie wieder die Früchte eines Auslandsposten zu genießen. Aber auch daheim in Moskau würde man Grigoriew kaum mit offenen Armen empfangen, erklärte Smiley. Seine Vorgesetzten im Außenministerium brächten wohl wenig Verständnis auf für sein Verhalten, »sowohl im privaten wie im beruflichen Bereich«; von einer weiteren Verwendung im Staatsdienst könne keine Rede sein. Er würde als Verbannter im eigenen Land leben müssen, sagte Smiley, und seine Familie mit ihm. Seine ganze Familie. »Stellen Sie sich vor, daß Sie vierundzwanzig Stunden am Tag Madame Grigoriewas Grimm im hintersten Sibirien über sich ergehen lassen müßten«, war der Sinn seiner Rede.
Woraufhin Grigoriew auf einen Stuhl plumpste und beide Hände über dem Kopf zusammenschlug, als fürchte er, der Schädel könne ihm platzen.
»Und schließlich«, sagte Smiley und blickte, wenn auch nur ganz

kurz, von seinem Notizbuch auf – und was er darin las, sagte Toby, weiß Gott allein, die Seiten waren liniert, aber im übrigen völlig leer –, »schließlich, Herr Botschaftsrat, gilt es noch, die Reaktion gewisser staatlicher Sicherheitsorgane auf diese Fotos zu bedenken.«

Und nun ließ Grigoriew seinen Kopf los, zog das Taschentuch aus der Brusttasche und begann, sich die Stirn zu wischen, doch so heftig er auch wischte, der Schweiß trat immer wieder von neuem hervor. Er rann so unaufhaltsam, wie Smileys Schweiß damals im Verhörraum in Delhi, als er Karla Auge in Auge gegenübergesessen hatte.

Smiley ging völlig in seiner Rolle als bürokratischer Sendbote des Unvermeidlichen auf: Er seufzte abermals und wendete pedantisch eine weitere Seite in seinem Notizbuch um.

»Herr Botschaftsrat, darf ich fragen, um welche Zeit Sie Ihre Gattin und die Kinder vom Picknick zurückerwarten?«

Grigoriew war noch immer ausschließlich mit seinem Taschentuch beschäftigt.

»Madame Grigoriewa und die Kinder picknicken in den Wäldern von Elfenau«, erinnerte Smiley ihn. »Wir haben Ihnen ein paar Fragen zu stellen, indes wäre es bedauerlich, wenn Ihre Abwesenheit von zu Hause Anlaß zu Besorgnis gäbe.«

Grigoriew steckte das Taschentuch weg. »Sie sind Spione?« flüsterte er. »Sie sind Spione der Westmächte?«

»Herr Botschaftsrat, es ist besser, wenn Sie nicht wissen, wer wir sind«, sagte Smiley ernst. »Solches Wissen ist eine gefährliche Bürde. Erfüllen Sie unsere Forderungen, und Sie werden als freier Mann von hier fortgehen. Sie haben unser Wort. Weder Ihre Gattin noch die Moskauer Zentrale – auch sie nicht – sollen jemals etwas erfahren. Bitte sagen Sie mir, wann die Ihren von Elfenau zurückkommen –« Smiley brach ab.

Grigoriew setzte, ziemlich halbherzig und wie um der Form zu genügen, zu einem Ausbruchsversuch an. Er stand auf und machte einen Satz auf die Tür zu. Paul Skordeno sah für einen harten Mann ein bißchen phlegmatisch aus, aber er hatte den Flücht-

ling an der Krawatte, noch ehe Grigoriew einen zweiten Schritt tun konnte, und führte ihn behutsam, um keine Druckmale zu hinterlassen, zu seinem Stuhl zurück. Mit einem weiteren bühnenreifen Ächzen warf Grigoriew verzweifelt die Arme hoch. Das schwere Gesicht wurde dunkelrot und schmerzverzerrt, die breiten Schultern dehnten sich noch vor Erregung, und aus seinem Mund quoll ein trostloser Sturzbach von Selbstanklagen. Er sprach halb russisch, halb deutsch. Er verfluchte sich mit langsamer und heiliger Inbrunst, und danach verfluchte er seine Mutter, seine Frau, sein persönliches Pech und seine verhängnisvolle Schwäche als Vater. Er hätte in Moskau bleiben sollen, im Wirtschaftsministerium. Er hätte sich niemals von der Alma Mater fortlocken lassen sollen, nur weil sein törichtes Weib nach ausländischen Kleidern und Musik und Privilegien gierte. Er hätte sich längst von ihr scheiden lassen sollen, aber er könnte die Trennung von den Kindern nicht ertragen, ein Narr und ein Clown, der er sei. Er selber sollte in der geschlossenen Anstalt sitzen, nicht das Mädchen. Als er damals nach Moskau zitiert wurde, hätte er nein sagen, sich dem Druck widersetzen und, die ganze Sache nach seiner Rückkehr dem Botschafter melden sollen.
»Oh, Grigoriew!« rief er aus. »Oh, Grigoriew! Du bist so schwach, so schwach!«
Als nächstes ließ er eine Tirade gegen die Konspiration vom Stapel. Die Konspiration sei sein Fluch, mehrmals in seiner Karriere sei er gezwungen gewesen, mit den verhaßten »Nachbarn« bei irgendeinem blödsinnigen Unternehmen zu kollaborieren, jedesmal habe es mit einer Katastrophe geendet. Geheimdienstleute seien Verbrecher, Scharlatane und Narren, eine Clique von Ungeheuern. Warum waren die Russen so sehr in sie verliebt? Oh, das fatale Unvermögen zur Heuchelei in der russischen Seele!
»Die Konspiration hat den Glauben ersetzt!« jammerte Grigoriew den Versammelten auf Deutsch vor. »Sie ist unsere Ersatzreligion! Und ihre Agenten sind unsere Jesuiten, diese Schweine, sie machen alles kaputt!«
Er ballte jetzt die Fäuste und rammte sie sich in die Wangen, mal-

trätierte sich in Gewissensbissen, bis Smiley ihn mit einem Wedeln des Notizbuches auf seinen Knien streng wieder zur Sache brachte: »Betreffs Madame Grigoriewa und Ihrer Kinder, Herr Botschaftsrat«, sagte er. »Es ist wirklich wichtig, daß wir wissen, um welche Zeit sie daheim zurückerwartet werden.«

Bei jedem erfolgreichen Verhör – so pflegt Toby Esterhase an dieser Stelle seiner Schilderung *ex cathedra* zu erklären – passiert eine einzige kleine Fehlleistung, die nicht wieder gutzumachen ist; eine einzige Gebärde, schweigend oder beredt oder sogar nur aus einem angedeuteten Lächeln bestehend oder der Entgegennahme einer Zigarette, die den Wechsel vom Widerstand zur Zusammenarbeit markiert. Grigoriew passierte – in Tobys Darstellung der Szene – seine Fehlleistung eben jetzt. »Sie wird um ein Uhr zu Hause sein«, murmelte er und vermied sowohl Smileys wie Tobys Blick.

Smiley sah auf seine Uhr. Zu Tobys geheimem Entzücken tat Grigoriew es ihm nach.

»Aber sie könnte sich verspäten«, wandte Smiley ein.

»Sie verspätet sich nie«, gab Grigoriew finster zurück.

»Dann darf ich Sie bitten, mit der Schilderung Ihrer Beziehung zu dem Mädchen Ostrakowa zu beginnen«, fuhr Smiley sofort sein schweres Geschütz auf – sagt Toby – und ließ die Aufforderung dennoch so klingen, als sei sie die natürliche Fortsetzung der Frage nach Madame Grigoriewas Pünktlichkeit. Dann zückte er die Feder, und zwar so, sagt Toby, daß ein Mann wie Grigoriew einfach gar nicht anders konnte, als ihm etwas zu schreiben zu liefern. Trotz alledem war Grigoriews Widerstandskraft noch nicht völlig verpufft. Seine Selbstachtung erforderte zumindest noch eine letzte Kundgebung. Also wandte er sich mit ausgestreckten Händen an Toby: *»Ostrakowa!«* wiederholte er mit übertriebener Verachtung. »Er fragt mich nach einer Person namens *Ostrakowa*? Ich kenne keine solche Frau. Vielleicht er, aber ich nicht. Ich bin Diplomat. Lassen Sie mich unverzüglich frei. Ich habe wichtige Termine.«

Aber seine Proteste verloren rasch an Dampf und auch an Logik. Grigoriew wußte das genauso gut wie alle anderen.
»Alexandra Borisowna Ostrakowa«, deklamierte Smiley, während er mit dem breiten Ende seiner Krawatte die Brille polierte: »Eine junge Russin, aber mit französischem Paß.« Er setzte die Brille wieder auf. »So, wie Sie, Herr Botschafter, Russe sind, aber einen Schweizer Paß haben. Unter falschem Namen. Also, wie sind Sie mit ihr in Verbindung gekommen, bitte?«
»*Verbindung?* Jetzt sagt er schon, ich habe eine *Verbindung* mit ihr! Glauben Sie, ich bin so infam und schlafe mit geisteskranken Mädchen? Ich wurde erpreßt. Wie Sie mich jetzt erpressen, so wurde ich damals *erpreßt*. Unter Druck gesetzt! Immer unter Druck, immer Grigoriew!«
»Dann erzählen Sie, wie man Sie erpreßt hat«, schlug Smiley, flüchtig zu ihm aufblickend, vor.
Grigoriew schaute angelegentlich in seine Hände, hob sie, ließ sie jedoch, ausnahmsweise ungenutzt, wieder auf seine Knie fallen. Dann betupfte er sich mit dem Taschentuch die Lippen. Er schüttelte den Kopf über die Schlechtigkeit der Welt.
»Ich war in Moskau«, sagte er, und in Tobys Ohren jauchzten, wie er später erklärt, Engelchöre ihr Hallelujah. George hatte es geschafft, und Grigoriews Beichte hatte begonnen.
Smiley hingegen verriet keinerlei Jubel ob seines Erfolgs. Im Gegenteil, sein molliges Gesicht zog sich zu einer gereizten Grimasse zusammen.
»Das *Datum*, bitte, Herr Botschaftsrat«, sagte er, als sei der Ort völlig unwichtig. »Geben Sie das *Datum* Ihres Aufenthalts in Moskau an. Und in der Folge bitte zu jeder Begebenheit das Datum.«
Absolut klassisch, erklärt Toby hierzu: Der erfahrene Befrager wird immer ein paar falsche Leuchtzeichen setzen.
»September«, sagte Grigoriew verdutzt.
»Welches Jahr?« sagte Smiley, während er schrieb.
Grigoriew schickte abermals einen wehen Blick zu Toby. »Welches Jahr! Ich sage September, er fragt mich, *welcher* September.

Ist er Geschichtsschreiber? Ich glaube, er ist Geschichtsschreiber. *Diesen* September«, sagte er grämlich zu Smiley. »Ich wurde zu einer wichtigen Handelskonferenz nach Moskau gerufen. Ich bin Experte für gewisse hochspezialisierte Wirtschaftszweige. Eine solche Konferenz wäre ohne meine Anwesenheit sinnlos gewesen.«

»Hat Ihre Gattin Sie auf dieser Reise begleitet?«

Grigoriew stieß eine hohle Lache aus. »Jetzt hält er uns für Kapitalisten!« belehrte er Toby. »Er glaubt, wir lassen unsere Ehefrauen wegen einer Konferenz von zwei Wochen in der Welt herumfliegen, erster Klasse, Swissair.«

»›Im September dieses Jahres erhielt ich Anweisung, allein nach Moskau zu fliegen, um dort an einer zwei Wochen dauernden Wirtschaftskonferenz teilzunehmen‹«, faßte Smiley zusammen, als verlese er Grigoriews Aussage. »›Meine Frau blieb in Bern‹. Bitte beschreiben Sie den Zweck der Konferenz.«

»Der Gegenstand unserer auf höchster Ebene geführten Besprechung war streng geheim«, erwiderte Grigoriew resigniert. »Mein Ministerium wollte Möglichkeiten erwägen, wie der offiziellen sowjetischen Haltung gegenüber solchen Nationen, die Waffen an China liefern, mehr Nachdruck verliehen werden könnte. Wir sollten darüber beraten, mit welchen Sanktionen die Schuldigen zu belegen seien.«

Smileys Ausdruckslosigkeit, das Verhalten des Bürokraten, der, wenn auch bedauernd, nur seine Pflicht tut, war jetzt nicht mehr lediglich angedeutet, sagt Toby, es war perfekt: Grigoriew hatte es in Bausch und Bogen akzeptiert, mit philosophischem und sehr russischem Pessimismus. Die übrigen Anwesenden konnten später kaum glauben, daß der Botschaftsrat nicht bereits in redseliger Stimmung die Wohnung betreten hatte.

»Wo fand die Konferenz statt?« fragte Smiley, als interessierten Geheimsachen ihn weit weniger als formale Einzelheiten.

»Im Wirtschaftsministerium. Vierte Etage . . . im Konferenzzimmer. Gegenüber den Toiletten«, parierte Grigoriew mit mißglücktem Sarkasmus.

»Wo wohnten Sie?«
In einem Gästehaus für höhere Beamte, erwiderte Grigoriew. Er nannte die Anschrift und fügte sogar ironisch seine Zimmernummer hinzu. Manchmal endeten unsere Besprechungen erst spät nachts, sagte er – jetzt gab er sogar Auskünfte, die gar nicht verlangt worden waren; doch am Freitag herrschte noch immer sehr heißes Sommerwetter, und daher wurde die Sitzung früher aufgehoben, damit die Teilnehmer, wenn sie dies wünschten, aufs Land fahren könnten. Grigoriew hatte keine derartigen Pläne. Grigoriew sagte, er habe über das Wochenende in Moskau bleiben wollen. Aus gutem Grund: »Ich hatte verabredet, zwei Tage in der Wohnung einer jungen Frau namens Eudokia zu verbringen, meiner früheren Sekretärin. Ihr Mann war auswärts beim Militär«, erklärte er, als handelte es sich hier um ein ganz gängiges Arrangement zwischen Männern von Welt; ein Arrangement, das zumindest Toby, als verwandte Seele, gebilligt hätte, auch wenn seelenlose Kommissare dafür kein Verständnis aufbrachten. Dann ging es, zu Tobys Erstaunen, straks weiter. Von seinem Techtelmechtel mit Eudokia kam Grigoriew unerwartet und unmittelbar zum Kern aller Fragen:
»Leider scheiterte meine Wahrnehmung des getroffenen Übereinkommens am Dazwischentreten von Mitgliedern des Dreizehnten Direktoriums, bekannt auch als Karla-Direktorium. Ich erhielt Anweisung, mich unverzüglich zu einer Besprechung einzustellen.«

In diesem Augenblick klingelte das Telefon. Toby nahm den Anruf entgegen, legte auf und sprach zu Smiley.
»Sie ist wieder zu Hause eingetroffen«, sagte er, immer noch auf Deutsch.
Ohne Umschweife wandte Smiley sich direkt an Grigoriew: »Herr Botschaftsrat, man meldet uns, Ihre Gattin sei jetzt wieder zu Hause. Es läßt sich daher nicht umgehen, daß Sie unverzüglich dort anrufen.«
»Dort anrufen?« Grigoriew fuhr entsetzt zu Toby herum. »Er

sagt mir, dort anrufen! Was sage ich ihr? ›Grigoriewa, hier spricht liebender Gatte! Bin von West-Spionen entführt!‹ Ihr Kommissar ist verrückt! Verrückt!«
»Sagen Sie ihr bitte, daß Sie gegen Ihren Willen aufgehalten wurden«, sagte Smiley.
Seine Friedfertigkeit schürte noch Grigoriews lodernde Entrüstung: »Ich sage das zu meiner Frau? Zu Grigoriewa? Bilden Sie sich ein, Sie wird mir glauben? Sie wird mich sofort bei meinem Botschafter anzeigen. ›Herr Botschafter, mein Mann ist weggelaufen! Holen Sie ihn zurück!‹«
»Der Kurier Krassky überbringt Ihnen allwöchentlich Befehle aus Moskau, nicht wahr?« fragte Smiley.
»Der Kommissar weiß alles«, sagte Grigoriew zu Toby und fuhr sich mit der Hand übers Kinn. »Wenn er alles weiß, warum spricht er dann nicht selber mit Grigoriewa?«
»Sie werden am Telefon einen dienstlichen Ton anschlagen, Herr Botschafter«, riet Smiley. »Erwähnen Sie Krassky nicht namentlich, aber lassen Sie durchblicken, daß Sie Anweisung erhielten, ihn zu einem konspirativen Gespräch irgendwo in der Stadt zu treffen. Dringender Fall. Krassky hat seine Pläne geändert. Sie haben keine Ahnung, wann Sie nach Hause kommen oder was er will. Wenn sie protestiert, machen Sie kurzen Prozeß. Sagen Sie ihr, es sei ein Staatsgeheimnis.«
Sie sahen, wie er erschrak, sie sahen, wie er nachdachte. Und dann sahen sie, wie sich ein leises Lächeln in seine Züge stahl.
»Ein Geheimnis«, wiederholte Grigoriew leise. »Ein Staatsgeheimnis. Ja.«
Kühnen Schritts begab er sich zum Telefon und wählte eine Nummer. Toby stand dicht neben ihm und hielt eine Hand diskret in der Schwebe, um sie auf die Gabel zu schmettern, falls Grigoriew irgendeinen Trick versuchen sollte, doch Smiley wies ihn mit einem kleinen Kopfnicken auf seinen Platz zurück. Sie hörten Grigoriewas Stimme »Ja?« sagen, auf Deutsch. Sie hörten Grigoriews kühne Erwiderung, danach wieder seine Gattin – es ist alles auf Band –, die energisch zu wissen begehrte, wo er jetzt

sei. Sie sahen, wie er sich straffte und das Kinn reckte und eine dienstliche Miene aufsetzte; sie hörten ihn ein paar knappe Sätze bellen und eine Frage stellen, auf die offenbar keine Antwort erfolgte. Sie sahen, wie er den Hörer wieder auflegte, blankäugig und rosig vor Vergnügen und die kurzen Arme entzückt in die Luft warf, wie jemand, der ein Tor geschossen hat. Und dann brach es aus ihm hervor, ein dröhnendes anhaltendes Lachen, pralle Schwaden slavischen Lachens, die Tonleiter hinauf und hinunter. Spontan fielen die anderen in dieses Lachen mit ein – Skordeno, de Silsky und Toby. Grigoriew schüttelte Toby die Hand.

»Heute freut Konspiration mich ungemein!« schrie Grigoriew zwischen weiteren Anfällen brausenden Lachens. »Konspiration ist heute sehr gut!«

Smiley schloß sich der allgemeinen Feststimmung nicht an, doch obwohl er sich die Rolle des Spielverderbers auferlegt hatte, saß er da und blätterte geduldig in seinem Notizbuch, bis der Spaß sich ausgetobt hatte.

»Sie schilderten zuletzt, wie Sie von Mitgliedern des Dreizehnten Direktoriums aufgesucht wurden«, sagte Smiley, als wieder Ruhe eingekehrt war. »Auch bekannt als das Karla-Direktorium. Bitte fortzufahren.«

25

Fühlte Grigoriew die neue Hochspannung im Raum – das Erstarren jeglicher Bewegung? Fiel ihm auf, wie Skordenos und de Silskys Blicke Smileys ausdrucksloses Gesicht suchten und daran haften blieben? Wie Millie McCraig lautlos in die Küche verschwand, um nochmals ihre Bandgeräte zu kontrollieren, für den Fall, daß die Hand einer mißgünstigen Gottheit den Hauptapparat und die Reservegarnitur gleichzeitig außer Betrieb gesetzt hätte? Fiel ihm Smileys jetzt fast orientalische Apathie auf – das genaue Gegenteil von Interessiertheit –, die Art, wie seine ganze Person sich in den Faltenwurf des braunen Reisemantels zurückzog, während er geduldig Daumen und Zeigefinger netzte und eine neue Seite aufschlug?
Toby jedenfalls entging dies alles nicht – Toby hatte in seiner dunklen Ecke neben dem Telefon einen Logenplatz, von dem aus er jeden beobachten und selber so gut wie unbeobachtet bleiben konnte. Wäre eine Fliege über den Fußboden gekrochen, Tobys wachsame Augen hätten ihre Odyssee vom Start bis zum Ziel registriert. Toby beschreibt sogar seine eigenen Symptome – ein heißes Gefühl rings um das Halsbündchen, sagt er, ein Krampf in der Kehle und im Magen –, Toby ertrug solches Ungemach nicht nur, er behielt es auch treulich im Gedächtnis. Ob Grigoriew auf die veränderte Atmosphäre ansprach, ist eine andere Frage. Höchstwahrscheinlich war er zu sehr von seiner zentralen Rolle durchdrungen. Der Triumph des Telefongesprächs hatte ihn stimuliert und sein Selbstvertrauen neu belebt, und es war bezeichnend, daß die ersten Worte, die er nun wieder an sein gebannt lauschendes Publikum richtete, nicht dem Karla-Direktorium galten, sondern seiner eigenen Bravour als Liebhaber von Klein-Natascha. »In unserem Alter *braucht* man so ein Mädel«,

erklärte er Toby augenzwinkernd, »es macht uns wieder zu den jungen Männern, die wir einmal waren!«
»Also, Sie flogen allein nach Moskau«, sagte Smiley ziemlich barsch. »Die Konferenz war im Gange, Sie wurden zu einer Unterredung beordert. Bitte fahren Sie hier fort. Wir haben nicht den ganzen Nachmittag Zeit, wie Sie wissen.«
Die Konferenz habe am Montag angefangen, wiederholte Grigoriew gehorsam, was er bereits ausgesagt hatte. »Am Freitagnachmittag kehrte ich ins Gästehaus zurück, um meine Sachen zu holen und sie in Eudokias Wohnung zu bringen, zu unserem kleinen gemeinsamen Wochenende. Doch statt dessen erwarteten mich drei Herren und nötigten mich in ihren Wagen, noch kommentarloser, als Sie das taten« – Seitenblick zu Toby – »Sie sagten mir nur, ich würde für eine Sonderaufgabe benötigt. Während der Fahrt ließen sie mich wissen, daß sie dem Dreizehnten Direktorium der Moskauer Zentrale angehörten, also der Elite, wie das ganze offizielle Moskau weiß. Ich hatte den Eindruck, daß es sich um intelligente Leute handelte, über dem Durchschnitt ihres Gewerbes, der, mit Verlaub gesagt, nicht sehr hoch ist. Ich hatte den Eindruck, daß sie höhere Chargen seien, nicht bloß Lakaien. Dennoch machte ich mir weiter keine Sorgen. Ich nahm an, man benötige mein fachliches Gutachten über irgendeine Geheimsache, das war alles. Die Herren waren höflich, und ich fühlte mich sogar irgendwie geschmeichelt . . .«
»Wie lang war die Fahrt?« unterbrach Smiley ihn, ohne mit dem Schreiben innezuhalten.
Quer durch die Stadt, erwiderte Grigoriew vage. Quer durch die Stadt, dann hinaus aufs Land, bis zum Einbruch der Dunkelheit. Bis wir zu diesem kleinen Mann kamen, der wie ein Mönch in einer Art Zelle saß und ihr Chef zu sein schien.

Hier bestätigt Toby unweigerlich aufs neue, wie einzigartig Smiley die Situation meisterte. Es beweise Smileys bisher unerreichte Verfahrenstechnik, sagt Toby – und auch, wie völlig er Grigoriew im Griff hatte –, daß er während Grigoriews langat-

miger Schilderung nicht ein einziges Mal, ob durch eine überstürzte Nachstoß-Frage oder auch nur die geringste Abweichung in seinem Tonfall, der unpersönlichen Rolle untreu wurde, die er für das Verhör gewählt hatte. Durch seine Zurückgenommenheit, behauptet Toby, hielt George die ganze Szene rundum in der Hand«. Die kleinste unbedachte Regung seinerseits hätte alles verderben können, aber er machte keine. Und als krönendes Beispiel bringt Toby gern diesen entscheidenden Moment, in dem der wirkliche Karla zum erstenmal auftauchte. Jeder andere Befrager, sagt Toby, hätte bei der bloßen Erwähnung eines »kleinen Mannes, wie ein Mönch, der ihr Chef zu sein schien«, auf eine Beschreibung gedrängt – sein Alter, Rang, was er trug, rauchte, wieso wußten Sie, daß er der Chef war? Nicht Smiley. Smiley stieß mit einem unterdrückten Ausruf des Unmuts die Spitze des Kugelschreibers mehrmals auf seinen Notizblock und forderte Grigoriew mit Engelsgeduld auf, jetzt und in Zukunft freundlichst *nicht* über faktische Einzelheiten hinwegzugehen. »Lassen Sie mich die Frage wiederholen. Wie lang war die Fahrt? Bitte beschreiben Sie alles ganz genau nach Ihrer Erinnerung, und dann wollen wir weitergehen.«
Der geknickte Grigoriew bat tatsächlich um Entschuldigung. Er würde sagen, daß sie vier Stunden lang mit hoher Geschwindigkeit gefahren seien, vielleicht länger. Er erinnere sich jetzt, daß sie zweimal haltgemacht hätten, um sich zu erleichtern. Nach vier Stunden seien sie in ein Sperrgebiet eingefahren – nein, ich sah keine Achselstücke, die Wachen trugen einfache Anzüge – und mindestens eine halbe Stunde lang tief ins Innere gefahren. Wie in einem Alptraum.
Hier machte Smiley wiederum einen Einwand, denn er war entschlossen, die Temperatur so niedrig wie möglich zu halten. Wie es ein Alptraum sein konnte, wollte er wissen, da Grigoriew doch erst vorhin behauptete, er habe sich nicht geängstigt?
Nun ja, nicht direkt ein Alptraum, genauer gesagt, ein Traum. In diesem Augenblick habe Grigoriew den Eindruck gehabt, er werde vor den *Gutsherrn* gebracht – er benutzte das russische

Wort, und Toby übersetzte es –, während er selber sich immer mehr wie ein armer Bauer fühlte. Daher ängstigte er sich auch nicht, denn er hatte keine Macht über die Ereignisse, und folglich hatte er sich auch nichts vorzuwerfen. Aber als der Wagen endlich anhielt und einer der Männer ihm die Hand auf den Arm legte und eine Warnung aussprach; von diesem Moment an habe seine Haltung sich völlig verändert: »Sie werden jetzt einem großen Sowjetkämpfer und einem mächtigen Mann begegnen«, hatte die Warnung gelautet. »Sollten Sie es ihm gegenüber an Respekt fehlen lassen oder versuchen, ihn zu belügen, so werden Sie Ihre Frau und Ihre Familie vielleicht niemals wiedersehen.«
»Wie heißt dieser Mann?« hatte Grigoriew gefragt.
Aber der andere erwiderte lächelnd, dieser große Sowjetkämpfer habe keinen Namen. Grigoriew fragte, ob es vielleicht Karla persönlich sei; er wußte, daß Karla der Codename des Vorsitzenden des Dreizehnten Direktoriums war. Der Mann wiederholte nur, der große Kämpfer habe keinen Namen.
»So wurde aus dem Traum ein Alptraum«, sagte Grigoriew erbötig. »Und mein Liebes-Wochenende könne ich abschreiben, sagten sie. Meine kleine Eudokia müsse sich ihren Spaß anderweitig suchen, sagten sie. Dann lachte einer von ihnen.«
Nun bekam Grigoriew große Angst, und als er den ersten Raum betreten hatte und sich der zweiten Tür näherte, zitterten ihm die Knie vor Furcht. Er hatte sogar noch Zeit, sich um die geliebte Eudokia Sorgen zu machen. Wer mochte dieser Übermensch sein, fragte er sich in ehrfürchtigem Schrecken, der fast schon vor Grigoriew selber von dieser Verabredung mit Eudokia an diesem Wochenende wissen konnte?
»Dann klopften Sie an die Tür«, sagte Smiley eifrig schreibend.
»Und wurde aufgefordert, einzutreten!« fuhr Grigoriew fort. Seine Geständnisfreudigkeit stieg; und damit die Abhängigkeit von seinem Befrager. Seine Stimme war lauter geworden, sein Gestus freier. Es war, als versuchte er, sagt Toby, Smiley mit physischen Mitteln aus der Reserve zu locken; während in Wahrheit Smileys gespielte Gleichgültigkeit Grigoriew dazu

verlockte, immer mehr aus sich herauszugehen. »Dann stand ich nicht etwa in einem geräumigen und prächtigen Büro, wie es einem hohen Staatsbeamten und großen Sowjetkämpfer zukommt, sondern in einem so kärglichen Raum, daß er als Gefängniszelle hätte dienen können, mit einem leeren Schreibtisch in der Mitte und einem hölzernen Besucherstuhl davor: Bedenken Sie, ein großer Sowjetkämpfer und ein mächtiger Mann! Und alles, was er hatte, war ein leerer Schreibtisch, den nur eine höchst armselige Lampe beleuchtete! Und dahinter saß dieser Priester, ein Mann ohne alle Eitelkeit oder Großspurigkeit – ein Mann von gründlicher Erfahrung, würde ich sagen –, ein Mann aus den Wurzeln seines Landes gewachsen, mit kleinen, stetig blickenden Augen und kurzem grauen Haar, und er hielt die Hände aneinander, während er rauchte.«

»*Was* rauchte?« fragte Smiley und schrieb.

»Wie bitte?«

»Was rauchte er? Die Frage ist doch sehr einfach. Eine Pfeife, Zigaretten, Zigarren?«

»Zigaretten. Amerikanische, und der Raum war voll von ihrem Aroma. Es war wieder wie in Potsdam, als wir mit den amerikanischen Offizieren aus Berlin verhandelten. ›Wenn dieser Mann die ganze Zeit Amerikanische raucht‹, dachte ich, ›dann ist er bestimmt ein Mann von Einfluß.‹« In seiner Erregung fuhr Grigoriew wieder zu Toby herum und erklärte ihm dasselbe nochmals auf Russisch. Amerikanische Zigaretten rauchen, Kettenrauchen, sagte er: Man stelle sich die Kosten vor, den Einfluß, den man haben muß, um so viele Päckchen zu bekommen!

Dann bat Smiley, getreu seinem pedantischen Gehabe, Grigoriew möge vormachen, was er meine mit »die Hände aneinanderhalten«, während er rauchte. Und er beobachtete gleichmütig, wie Grigoriew einen braunen hölzernen Bleistift aus der Tasche nahm und seine beiden plumpen Hände vor dem Gesicht darüber schloß, den Bleistift in beiden Händen hielt und parodierend daran sog, wie jemand, der beidhändig aus einem Becher trinkt.

»So!« erklärte er, und unversehends schlug seine Stimme abermals um, und er rief laut lachend Toby etwas auf Russisch zu, was Toby zu diesem Zeitpunkt nicht übersetzungswürdig fand und was auch in der Tonbandumschrift nur als »obszön« wiedergegeben wird.

Der Priester befahl Grigoriew Platz zu nehmen und beschrieb zehn Minuten lang die intimsten Details von Grigoriews Liebesverhältnis mit Eudokia, desgleichen seiner Affairen mit zwei weiteren jungen Frauen, die beide früher als seine Sekretärinnen, eine in Potsdam, die andere in Bonn, gearbeitet und schließlich – was die Grigoriewa nicht wußte – sein Lager geteilt hatten. An dieser Stelle konnte Grigoriew, wenn man ihm glauben durfte, nicht mehr an sich halten, er sprang beherzt auf und fragte, ob er deshalb quer durch halb Rußland hierhergebracht worden sei, um sich eine Moralpredigt anzuhören: »Daß jemand mit seiner Sekretärin schlief, sei kein unbekanntes Phänomen, sagte ich ihm, nicht einmal im Politbüro! Ich schwor ihm, daß ich niemals Affairen mit Ausländerinnen gehabt hätte, nur mit Russinnen. ›Auch das ist mir bekannt‹, sagte er. ›Indes bezweifle ich, daß die Grigoriewa diesen feinen Unterschied zu würdigen wüßte.‹« Und dann ließ Grigoriew zu Tobys anhaltender Verblüffung eine weitere Salve kehligen Lachens los; und obwohl de Silsky und Skordeno gemäßigter mit einstimmten, überdauerte Grigoriews unbändige Heiterkeit die aller übrigen, so daß sie warten mußten, bis sie abgeklungen war.

»Sagen Sie uns jetzt bitte, warum der Mann, den Sie den Priester nennen, Sie holen ließ«, sagte Smiley aus den Tiefen des braunen Tweedmantels.

»Er teilte mir mit, daß ich für das Dreizehnte Direktorium einen Sonderauftrag in Bern übernehmen solle. Ich dürfe mit niemandem darüber sprechen, auch nicht mit meinem Botschafter, es sei zu streng geheim für jeden Dritten. ›Aber‹, sagt der Priester, ›Ihrer Frau werden Sie es sagen. Die persönlichen Umstände machen es Ihnen unmöglich, ohne Kenntnis Ihrer Frau einen konspirativen Auftrag zu erfüllen. Das weiß ich, Grigoriew. Also sagen Sie's ihr.‹ Und er hatte recht«, kommentierte Grigoriew. »Ein kluger Mann. Er hat klar bewiesen, daß nichts Menschliches ihm fremd ist.«

Smiley wandte eine Seite um und schrieb weiter. »Bitte, fahren Sie fort«, sagte er.

Zuerst, sagte der Priester, müsse Grigoriew in der Schweiz ein Bankkonto eröffnen. Der Priester händigte ihm tausend Schweizer Franken in Hunderternoten aus und wies ihn an, sie als erste Einzahlung zu benutzen. Er solle das Konto nicht in Bern eröffnen, wo er bekannt sei, auch nicht in Zürich, wo es eine Sowjetische Handelsbank gibt. »Die Vozhod«, erläuterte Grigoriew aus freien Stücken. »Über diese Bank werden viele offizielle und inoffizielle Transaktionen abgewickelt.« Also nicht in Zürich, sondern in der kleinen Stadt Thun, wenige Kilometer von Bern entfernt. Er solle das Konto unter dem Namen Glaser, eines Schweizer Bürgers, eröffnen. »Aber ich bin sowjetischer Diplomat!« hatte Grigoriew eingewendet. »Ich bin nicht Glaser, ich bin Grigoriew!«

Gleichwohl händigte der Priester ihm einen schweizerischen Paß auf den Namen Adolf Glaser aus. Jeden Monat, sagte der Priester, würden auf dieses Konto mehrere tausend Schweizer Franken überwiesen werden, manchmal sogar zehn- oder fünfzehntausend. Grigoriew werde jeweils Anweisung erhalten, wie er sie zu verwenden habe. Es sei streng geheim, wiederholte der Priester geduldig, und zu dem Geheimnis gehörte sowohl eine Belohnung wie eine Drohung. Beides machte der Priester ihm ungeschminkt deutlich, ganz ähnlich, wie Smiley es vor einer Stunde getan hatte. »Sie hätten ihn sehen sollen, wie er mir gegenübersaß«, sagte Grigoriew ergriffen zu Smiley. »Seine Ruhe, seine Autorität in jeder Situation! Beim Schach würde er jedes Spiel gewinnen, allein durch seine Nerven.«

»Aber er hat nicht Schach gespielt«, wandte Smiley ungerührt ein.

»Nein, wahrhaftig nicht«, pflichtete Grigoriew ihm bei und nahm unter betrübtem Kopfschütteln seine Erzählung wieder auf.

»Eine Belohnung und eine Drohung«, wiederholte er.
Die Drohung bestand aus einem Wink an Grigoriews zuständiges Ministerium, daß er aufgrund seiner Liebesaffairen unzuverlässig sei und daher für Auslandsposten künftig nicht mehr in Frage komme. Dies würde nicht nur Grigoriews Karriere schaden, sondern auch seiner Ehe. Soweit die Drohung.
»Es würde äußerst gräßlich für mich sein«, fügte Grigoriew überflüssigerweise hinzu.
Nun zur Belohnung, und die würde beträchtlich sein. Wenn Grigoriew seine Sache gut machte und absolutes Schweigen wahrte, wolle man seine Karriere fördern und über seine Affairen hinwegsehen. Er würde sich in Bern eine angenehmere Wohnung nehmen können, was der Grigoriewa gewiß gefiele; aus einem Spezialfonds dürfe er sich einen imposanten Wagen kaufen, was durchaus in Grigoriewas Sinn wäre; auch könnte er dann auf Botschafts-Chauffeure verzichten, die zwar in der Mehrzahl *Nachbarn* seien, aber keinen Zugang zu diesem großen Geheimnis bekommen dürften. Und schließlich, sagte der Priester, sollte seine Beförderung zum Botschaftsrat beschleunigt werden, womit sich sein höherer Lebensstandard erklären ließe.
Grigoriew blickte nun auf den Stapel Schweizer Franken, der zwischen ihnen auf dem Schreibtisch lag, dann auf den Schweizer Paß, dann auf den Priester. Und er fragte, was passieren würde, wenn er sagte, daß er sich lieber doch nicht an dieser Verschwörung beteiligen möchte. Der Priester nickte. Auch er habe, so versicherte er Grigoriew, diese dritte Möglichkeit erwogen, doch leider lasse die Dringlichkeit des Falles einen solchen Ausweg nicht zu.
»Dann sagen Sie mir, was ich mit diesem Geld tun muß«, sagte Grigoriew.
Reine Routine, erwiderte der Priester, und dies sei ein weiterer Grund, warum man gerade Grigoriew ausgesucht habe. »In Routineangelegenheiten gelten Sie als sehr tüchtig«, sagte er. Obgleich Grigoriew bereits von kaltem Grausen erfaßt war,

durch alles, was der Priester ihm mitgeteilt hatte, fühlte er sich jetzt doch geschmeichelt. »Man hat mich ihm empfohlen«, erklärte er Smiley voll Stolz. Dann erzählte der Priester Grigoriew von dem verrückten Mädchen.

Smiley zuckte nicht mit der Wimper. Er hielt beim Schreiben die Augen fast geschlossen, aber er schrieb unentwegt – obwohl nur Gott allein weiß, *was* er schrieb, sagt Toby, denn George hätte sich nicht im Traum einfallen lassen, irgendetwas von auch nur vorübergehender Wichtigkeit einem Notizblock anzuvertrauen. Von Zeit zu Zeit, sagt Toby, während Grigoriew weitersprach, sei aus dem Mantelkragen Georges Kopf gerade weit genug aufgetaucht, daß er die Hände des Sprechenden oder sogar sein Gesicht betrachten konnte. Im übrigen scheine er von allem und allen im Zimmer unendlich weit entfernt gewesen zu sein. Millie McCraig stand unter der Tür, de Silsky und Skordeno glichen zwei Statuen, während Toby nur still betete, Grigoriew möge »weiterreden, ich meine weiterreden um jeden Preis, ganz egal. Wir haben jetzt Karlas Verfahrenstechnik aus erster Hand kennengelernt.«
Der Priester versicherte Grigoriew, daß er ihm nichts verschweigen werde – was, wie jedermann im Zimmer, mit Ausnahme Grigoriews, sofort begriff, im Klartext hieß, daß er ihm sehr wohl etwas zu verschweigen gedachte.
In einer psychiatrischen Privatklinik in der Schweiz, sagte der Priester, lebe seit kurzem eine junge Russin, die an Schizophrenie im fortgeschrittenen Stadium leide: »In der Sowjetunion ist man mit dieser Art Krankheit nicht ausreichend vertraut«, sagte der Priester. Grigoriew erinnerte sich, daß diese kategorische Erklärung des Priesters ihn seltsam berührte. »Diagnose und Therapie werden allzu häufig durch politische Erwägungen kompliziert«, fuhr der Priester fort. »Während der vierjährigen Behandlung in unseren Anstalten wurde das Mädchen Alexandra von den Ärzten aller möglichen Dinge bezichtigt. ›Paranoides Reformertum und Wahnvorstellungen ... Überhöhtes Selbstwertgefühl ...

Mangelhafte soziale Anpassungsfähigkeit . . . Überschätzung der eigenen Fähigkeiten . . . Bourgeoise Dekadenz des Sexualverhaltens.‹ Die Sowjetärzte hätten ihr wiederholt befohlen, solche abwegigen Ideen aufzugeben. »Das ist nicht Medizin«, sagte der Priester unglücklich zu Grigoriew, »das ist Politik. In Schweizer Kliniken nimmt man solchen Fällen gegenüber eine weit fortschrittlichere Haltung ein. Grigoriew, das Kind Alexandra mußte in die Schweiz gebracht werden!«

Inzwischen war es Grigoriew klar geworden, daß der hohe Funktionär persönlichen Anteil an dem Problem des Mädchens nahm und mit jedem seiner Aspekte vertraut war. Schon fing Grigoriew selber an, Mitleid zu empfinden. Sie sei die Tochter eines Sowjethelden – sagte der Priester –, eines ehemaligen Offiziers der Roten Armee, der jetzt, als Verräter am Sowjetstaat getarnt, in sehr bedrängten Verhältnissen unter lauter zaristischen Konterrevolutionären in Paris lebe.

»Sein Name«, sagte der Priester jetzt und weihte damit Grigoriew in das größte aller Geheimnisse ein, »sein Name«, sagte er, »ist Oberst Ostrakow. Er ist einer unserer besten und aktivsten Geheimagenten. Er liefert uns hundertprozentig zuverlässiges Nachrichtenmaterial über revolutionsfeindliche Verschwörer in Paris.«

Niemand im Zimmer, sagt Toby, verriet die geringste Überraschung ob dieser Glorifizierung eines toten russischen Deserteurs.

Der Priester, sagte Grigoriew, habe sich nun angeschickt, die Lebensweise des heldenhaften Agenten Ostrakow zu schildern und gleichzeitig Grigoriew in die Mysterien der geheimdienstlichen Tätigkeit einzuführen. Um der Wachsamkeit imperialistischer Spionage-Abwehr zu entgehen, erklärte der Priester, müsse man für einen Agenten eine Legende oder gefälschte Biographie erfinden, die ihn für anti-sowjetische Elemente attraktiv mache. Ostrakow wurde daher nach außen hin zum Deserteur aus der Roten Armee, der nach Westberlin »geflüchtet« sei und von dort aus nach Paris, während er seine Frau und eine Tochter in Moskau zurückgelassen habe. Aber um Ostrakows Ansehen bei den Pariser Emigranten aufrechtzuerhalten, sei es logischerweise notwendig, daß seine Frau für die verräterischen Handlungen ihres Mannes büßen mußte.

»Denn schließlich«, sagte der Priester, »falls imperialistische Spione melden sollten, daß die Ostrakowa, Ehefrau eines Deserteurs und Abtrünnigen, in Moskau in guten Verhältnissen lebe – zum Beispiel die Bezüge ihres Mannes weiterhin erhalte oder noch dieselbe Wohnung innehabe –, stellen Sie sich vor, wie sich das auf Ostrakows Glaubwürdigkeit auswirken würde!«

Grigoriew sagte, das könne er sich gut vorstellen. Der Priester, fügte er beiläufig hinzu, habe in keiner Weise die Autorität herausgekehrt, er habe vielmehr Grigoriew eher wie seinesgleichen behandelt, zweifellos mit Rücksicht auf dessen akademische Qualifikation.

»Zweifellos«, sagte Smiley und machte sich eine Notiz.

Daher, habe der Priester ein wenig übergangslos gesagt, seien die Ostrakowa und ihre Tochter mit voller Billigung ihres Ehemannes in eine entlegene Provinz verbracht worden, wo sie ein eigenes Haus und andere Namen erhielten und sogar – bescheiden und selbstlos, wie sie seien – eine unerläßliche neue Legende. So, sagte der Priester, sehe die bittere Wirklichkeit jener Menschen aus, die sich für Sonderaufgaben zur Verfügung stellten. Und bedenken Sie, Grigoriew – habe er in eindringlichem Ton hinzugefügt –, bedenken Sie, welche Wirkung diese Entbehrungen und Ausflüchte, ganz zu schweigen von der Veränderung der Identität, auf ein empfindsames und vielleicht schon damals labiles Mädchen haben mochten: ein abwesender Vater, dessen Name sogar für immer aus ihrem Leben getilgt bleiben mußte! Eine Mutter, die, ehe man sie in Sicherheit brachte, die ganze Wucht der öffentlichen Schande zu ertragen hatte! Malen Sie sich selbst aus, beschwor der Priester ihn – Sie, als Vater –, welche Belastung dies alles für das junge und zarte Gemüt eines heranreifenden Mädchens bedeutete!

Überwältigt von diesem Wortschwall beeilte Grigoriew sich zu sagen, daß er, als Vater, sich diese Belastung unschwer ausmalen könne; und in diesem Moment ging Toby und vermutlich auch allen anderen Anwesenden auf, daß Grigoriew genau das war, was er zu sein behauptete: ein gutherziger und anständiger Mensch in den Fängen von Ereignissen, die sich seinem Verständnis und seiner Kontrolle entzogen.

Während der letzten Jahre, fuhr der Priester fort, und seine Stimme klang jetzt dumpf und bekümmert, sei das Mädchen Alexandra – oder Tatjana, wie sie sich selber nannte – in der Provinz, in der sie lebte, sittenlos und asozial geworden. Auf die Zwänge, denen ihre Situation sie unterwarf, habe sie mit verschiedenen kriminellen Handlungen reagiert, zu denen Brandstiftung und Ladendiebstahl zählten. Sie habe sich mit pseudointellektuellen Verbrechern und den denkbar übelsten anti-sozialistischen Elementen eingelassen. Sie habe sich hemmungslos Männern hingegeben, oft mehreren an einem Tag. Als sie die ersten Male festgenommen wurde, sei es dem Priester und seinen Leuten noch möglich gewesen, den Lauf der Gerechtigkeit aufzuhalten. Doch in der Folge mußte dieser Beistand aus Sicherheitsgründen eingestellt werden, und Alexandra sei wiederholt in staatliche psychiatrische Anstalten eingewiesen worden, die auf die Behandlung von erblichen sozialen Anpassungsschwierigkeiten spezialisiert waren – die negativen Resultate habe er bereits geschildert.

»Außerdem mußte sie mehrmals in gewöhnlichen Strafanstalten einsitzen«, sagte der Priester leise. Und, laut Grigoriew, beschloß er seine traurige Erzählung wie folgt: »Daher werden Sie, mein lieber Grigoriew, als Akademiker, als Vater, ohne weiteres begreifen, wie tragisch die immer betrüblicheren Nachrichten von seiner Tochter sich auf die Nützlichkeit unseres heldenhaften Agenten Ostrakow in seinem einsamen Pariser Exil auswirkten.«

Wiederum habe ihn, Grigoriew, das ungewöhnliche Maß von Mitgefühl beeindruckt – er würde sogar von einem Gefühl unmittelbarer persönlicher Verantwortlichkeit sprechen –, das der Priester bei seinem Zuhörer zu wecken vermochte.

In unverändert dürrem Ton machte Smiley hier einen weiteren Einwurf.

»Und die Mutter ist jetzt *wo*, Herr Botschaftsrat, nach Angabe Ihres Priesters?« fragte er.

»Tot«, erwiderte Grigoriew. »Sie starb in der Provinz. Der Provinz, in die sie verbracht worden war. Natürlich wurde sie unter einem anderen Namen begraben. Nach dem, was er mir erzählte, starb sie an gebrochenem Herzen. Auch das bürdete dem heldenhaften Agenten des Priesters in Paris eine schwere Last auf«, fügte er hinzu. »Und den Behörden in Rußland ebenfalls.«

»Natürlich«, sagte Smiley, und seine Feierlichkeit übertrug sich auf die vier regungslosen Gestalten, die rings im Zimmer aufgestellt waren.

Schließlich, sagte Grigoriew, sei der Priester zu dem eigentlichen Grund für Grigoriews Vorladung gekommen. Der Tod der Ostrakowa, zusammen mit dem furchtbaren Schicksal Alexandras, habe im Leben des heldenhaften Außenagenten eine schwere Krise heraufbeschworen. Kurze Zeit sei er sogar versucht gewesen, seine eminent wichtige Arbeit in Paris aufzugeben, um nach Rußland zurückzukehren und sich seines zerrütteten und mutterlosen Kindes anzunehmen. Aber letzten Endes sei man doch zu einer anderen Lösung gelangt. Da Ostrakow nicht nach Rußland kommen konnte, mußte seine Tochter in den Westen gebracht und in einer Privatklinik gepflegt werden, die dem Vater zugänglich war, wann immer er das Mädchen zu besuchen wünschte. Frankreich war für diesen Zweck zu gefährlich, aber jenseits der Grenze, in der Schweiz, dem argwöhnischen Auge von Ostrakows konterrevolutionären Kumpanen entzogen, konnte die Behandlung durchgeführt werden. Als französischer Staatsbürger hatte der Vater die Ausreisegenehmigung für seine Tochter fordern und die notwendigen Papiere erlangen können. Eine passende Klinik war gefunden worden, nur eine kurze Autofahrt von Bern entfernt. Grigoriews Aufgabe bestehe nun darin, daß er sich um dieses Kind während des Aufenthaltes in der Klinik kümmere. Er müsse das Mädchen besuchen, die Kosten begleichen und wöchentlich über ihre Fortschritte nach Moskau berichten, so daß die Meldung unverzüglich an den Vater weitergeleitet werden könne. Dies sei der Zweck, sowohl des Bankkontos wie dessen, was der Priester als Grigoriews Schweizer Identität bezeichnete.

»Und Sie willigten ein«, sagte Smiley, als Grigoriew eine Pause machte, und man hörte seinen Stift emsig über das Papier kritzeln.

»Nicht sofort. Ich stellte ihm zuvor noch zwei Fragen«, sagte Grigoriew mit einer kuriosen Aufwallung von Eitelkeit. »Wir Akademiker lassen uns nicht so leicht hinters Licht führen, wissen Sie. Zuerst fragte ich ihn natürlich, warum diese Aufgabe nicht von einem der zahlreichen in der Schweiz postierten Vertreter unseres Staatssicherheitsdienstes wahrgenommen werden könne.«

»Eine ausgezeichnete Frage«, sagte Smiley – ein überraschendes Lob aus seinem Munde. »Was hat er darauf geantwortet?«

»Es sei zu geheim. Geheimhaltung, sagte er, sei eine Frage der Abschottung. Er wünsche nicht, daß der Name Ostrakow mit dem Kernpersonal der Moskauer Zentrale in Verbindung gebracht werde. Bei der jetzigen Regelung, sagte er, würde er im Fall einer Panne wissen, daß nur Grigoriew der Schuldige sein könne. Ich war für diese Auszeichnung nicht dankbar«, sagte Grigoriew und feixte Nick de Silsky ein bißchen gezwungen an.

»Und wie lautete Ihre zweite Frage, Herr Botschaftsrat?«

»Sie betraf den Vater in Paris: Wie oft würde er das Mädchen besuchen? Wenn der Vater häufig käme, so wäre mein Auftreten als Ersatzvater völlig überflüssig. Direkte Zahlungen an die Klinik ließen sich arrangieren, der Vater könne jeden Monat aus Paris zu Besuch kommen und sich selber um das Wohlergehen seiner Tochter kümmern. Darauf erwiderte der Priester, der Vater könne nur sehr selten kommen und dürfe in Gesprächen mit dem Mädchen Alexandra auf keinen Fall erwähnt werden. Er fügte, wenig folgerichtig, hinzu, das Thema ›Tochter‹ sei für den Vater höchst schmerzlich, und es sei daher denkbar, daß er sie überhaupt nie besuchen werde. Ich solle mich geehrt fühlen, einem geheimen Helden der Sowjetunion einen so wichtigen Dienst erweisen zu dürfen. Er wurde scharf. Er sagte, es stehe mir nicht zu, das Verfahren von Fachleuten mit der Logik eines Amateurs zu messen. Ich entschuldigte mich. Ich sagte, daß ich mich in der Tat geehrt fühle. Daß ich stolz darauf sei, meinen Beitrag im Kampf gegen den Imperialismus zu leisten.«

»Aber sie sagten es ohne innere Überzeugung?« mutmaßte Smiley, blickte abermals auf und hielt mit Schreiben inne.

»Ja, das stimmt.«

»Warum?«

Zunächst schien Grigoriew nicht recht zu wissen, warum. Vielleicht hatte ihn noch nie jemand aufgefordert, die Wahrheit über seine Gefühle zu äußern.

»Vielleicht, weil Sie dem Priester nicht *glaubten*?« half Smiley aus.

»Die Geschichte enthielt viele Widersprüchlichkeiten«, antwortete Grigoriew stirnrunzelnd. »Zweifellos ist das in der Geheimarbeit unvermeidlich. Dennoch empfand ich vieles als unwahrscheinlich oder unwahr.«

»Können Sie erklären, warum?«

In der Katharsis des Bekennens vergaß Grigoriew erneut, in welcher Gefahr er schwebte, und lächelte überlegen.

»Er hat Gefühle gezeigt«, sagte er. »Ich fragte mich. Danach, als ich anderntags bei Eudokia war, an ihrer Seite lag, die Sache mit ihr durchsprach, fragte ich mich: Was ist zwischen dem Priester und diesem Ostrakow? Sind sie Brüder? Alte Kameraden? Dieser große Mann, zu dem man mich gebracht hatte, der so mächtig ist, so geheim – er macht Verschwörungen in der ganzen Welt, setzt Druckmittel ein, vergibt Sonderaufträge. Er ist ein gnadenloser Mann in einem gnadenlosen Beruf. Und doch, während ich, Grigoriew, bei ihm sitze, und wir sprechen über irgend jemands geistesgestörte Tochter, dann habe ich das Gefühl, ich lese die intimsten Liebesbriefe dieses großen Mannes. Ich sagte zu ihm: ›Genosse. Sie erzählen mir viel zuviel. Erzählen Sie mir

nichts, was ich nicht unbedingt wissen muß. Sagen Sie mir bloß, was ich tun soll.‹ Aber er sagt zu mir: ›Grigoriew, Sie müssen diesem Kind ein Freund sein. Dann werden Sie auch mein Freund sein. Das verworrene Leben ihres Vaters hat sich schlimm auf sie ausgewirkt. Sie weiß nicht, wer sie ist und wohin sie gehört. Sie spricht von Freiheit und hat keine Ahnung, was das bedeutet. Sie ist das Opfer gemeingefährlicher bourgeoiser Hirngespinste. Sie gebraucht schmutzige Ausdrücke, die sich für ein junges Mädchen nicht schicken. Im Lügen besitzt sie das Ingenium des Wahnsinns. Nichts von alledem ist ihre Schuld.‹ Dann frage ich ihn: ›Genosse, kennen Sie dieses Mädchen persönlich?‹ Und er sagt nur darauf: ›Grigoriew, Sie müssen ihr ein Vater sein. Ihre Mutter war in vieler Beziehung auch keine bequeme Frau. Für diese Dinge haben Sie Verständnis. Im späteren Leben wurde sie verbittert und unterstützte sogar ihre Tochter in deren anti-sozialistischen Phantastereien.‹«
Grigoriew schwieg eine Weile, und Toby Esterhase, dem noch immer schwindelte bei dem Gedanken, daß Grigoriew Karlas Vorschlag nur wenige Stunden danach mit seiner zeitweiligen Geliebten besprochen hatte, war dankbar für die Atempause. »Ich fühlte, daß er auf mich angewiesen war«, fuhr Grigoriew sodann fort. »Ich fühlte, daß er nicht nur Fakten, sondern auch Gefühle verschwieg.«
Blieben noch, sagte Grigoriew, die praktischen Details. Der Priester hatte bereits vorgesorgt. Leiterin der Klinik sei eine Weißrussin, Ordensfrau, früher Angehörige der russisch-orthodoxen Gemeinde in Jerusalem, aber eine tüchtige Person. In solchen Fällen sollten wir keinen allzu strengen politischen Maßstab anlegen, habe der Priester gesagt. Diese Frau habe Alexandra persönlich in Paris abgeholt und in die Schweiz gebracht. Die Klinik verfüge auch über einen russisch sprechenden Arzt. Das Mädchen spreche, dank der ethnischen Verbindungen ihrer Mutter, auch deutsch, weigere sich aber häufig, das zu tun. Diese Faktoren hätten, zusammen mit der isolierten Lage des Hauses, bei der Wahl dieser Klinik den Ausschlag gegeben. Das Geld, das

auf das Konto in Thun einbezahlt werde, reiche aus zur Begleichung der Klinikkosten, der ärztlichen Betreuung, die im Monat bis zu tausend Franken gehen dürften, und decke den geheimen Zuschuß für Grigoriews neuen Lebensstil. Weitere Gelder seien verfügbar, falls Grigoriew dies für nötig erachte; er solle keine Rechnungen oder Quittungen aufbewahren; falls Grigoriew betrügen sollte, würde der Priester dies umgehend erfahren. Grigoriew solle einmal wöchentlich die Klinik aufsuchen, um die Rechnung zu bezahlen und sich über das Befinden des Mädchens zu erkundigen; der sowjetische Botschafter in Bern werde dahingehend informiert, daß die Grigoriews mit einem geheimdienstlichen Auftrag betraut seien und daß er ihnen entsprechenden Bewegungsspielraum lassen solle.

Dann kam der Priester auf die Frage zu sprechen, wie Grigoriew Verbindung mit Moskau halten solle.

»Er fragte mich: ›Kennen Sie den Kurier Krassky?‹ Ich antworte, natürlich kenne ich diesen Kurier; Krassky kommt mit seiner Eskorte jede Woche einmal, zuweilen auch zweimal in die Botschaft. Wenn man nett ist mit ihm, bringt er einem einen Laib Schwarzbrot direkt aus Moskau mit.«

In Zukunft, sagte der Priester, werde Krassky pünktlich jeden Donnerstagabend während seines offiziellen Besuchs in Bern Grigoriew privat aufsuchen, entweder in dessen Haus oder im Büro in der Botschaft, aber wenn irgend möglich zu Hause. Es würden keine konspirativen Gespräche geführt werden, sondern Krassky werde Grigoriew lediglich einen Umschlag mit einem angeblichen persönlichen Brief von Grigoriews Tante in Moskau aushändigen. Den Brief werde Grigoriew an einem sicheren Ort bei vorgeschriebenen Temperaturen mit drei chemischen Lösungen behandeln, die auf dem freien Markt erhältlich seien, der Priester nannte sie, Grigoriew wiederholte jetzt die Bezeichnungen. Die Schrift, die dann zum Vorschein komme, sagte der Priester, enthalte eine Liste von Fragen, die Grigoriew dem Mädchen Alexandra beim nächsten wöchentlichen Besuch zu stellen habe. Beim selben Treffen mit Krassky solle Grigoriew ihm einen Brief an dieselbe Tante übergeben, in dem er scheinbar in allen Einzelheiten über das Befinden seiner Gattin Grigoriewa schreiben, in Wahrheit jedoch dem Priester alles über das Mädchen Alexandra berichten werde. Das nenne man Wort-Code. Später werde der Priester, falls sich dies als nötig erweisen sollte, Grigoriew mit Material zum Zweck einer noch geheimeren Korrespondenz versorgen, doch zunächst genüge der Wort-Code-Brief an Grigoriews Tante.

Dann händigte der Priester Grigoriew ein ärztliches Zeugnis aus, das von einer Moskauer Kapazität stammte.

»Während Ihres Aufenthalts hier in Moskau erlitten Sie eine kleine Herzattacke als Folge von Streß und Überarbeitung«, sagte der Priester. »Der Arzt rät zu regelmäßigem Radfahren zwecks Besserung Ihrer physischen Kondition. Ihre Frau wird Sie dabei begleiten.«

Indem Grigoriew sich per Fahrrad oder zu Fuß zur Klinik begebe, erklärte der Priester, werde niemand das Nummernschild des Diplomatischen Corps an seinem Wagen sehen.

Dann erlaubte ihm der Priester den Kauf zweier gebrauchter Fahrräder. Nun blieb noch die Frage, welcher Wochentag sich am besten für Grigoriews Besuche in der Klinik eigne. Samstag war der normale Besuchstag, aber das war zu gefährlich; mehrere Insassinnen waren aus Bern, und so bestand immer das Risiko, daß »Glaser« erkannt würde. Die Leiterin habe daher Mitteilung erhalten, daß die Samstage nicht in Frage kämen, und sei, ausnahmsweise, mit regelmäßigen Besuchen am Freitag einverstanden. Der Botschafter werde keine Einwände erheben, aber wie wolle Grigoriew seine Abwesenheit an den Freitagen mit seinen routinemäßigen Obliegenheiten vereinbaren?

Das sei kein Problem, antwortete Grigoriew. Es sei durchaus zulässig, Freitag und Samstag zu vertauschen, er werde also einfach darum nachsuchen, am Samstag arbeiten zu dürfen; dann hätte er den Freitag frei.

Nach beendigter Beichte ließ Grigoriew seinem Publikum ein rasches, überbelichtetes Lächeln zukommen.

»Zufällig arbeitete auch eine gewisse junge Dame in der Visa-Abteilung immer samstags«, sagte er und zwinkerte zu Toby hinüber. »Dadurch hatten wir Gelegenheit, miteinander ein bißchen allein zu sein.«
Diesmal war das allgemeine Gelächter nicht ganz so herzhaft, wie es hätte sein können. Die Zeit näherte sich, genau wie Grigoriews Erzählung, ihrem Ende.

Sie waren wieder dort angelangt, wo sie begonnen hatten, und plötzlich hatten sie nur noch Grigoriew als Gegenüber, Grigoriew, um den allein sie sich sorgen, den allein sie festhalten mußten. Er saß feixend auf dem Sofa, aber sein Übermut verflüchtigte sich zusehends. Er hatte die Hände ergeben gefaltet und blickte von einem zum andern, als warte er auf Befehle.
»Meine Frau kann nicht radfahren«, bemerkte er mit einem leisen traurigen Lächeln. »Sie hat es immer wieder versucht.«
Ihr Versagen schien ihm eine ganze Menge zu bedeuten. »Der Priester schrieb mir aus Moskau: ›Nehmen Sie Ihre Frau mit zu Alexandra. Vielleicht braucht das Mädchen auch eine Mutter.‹«
Ratlos schüttelte er den Kopf. »Sie kann es einfach nicht«, sagte er zu Smiley. »Wie kann ich Moskau in einer so wichtigen Geheimsache sagen, Grigoriewa kann nicht radfahren?« Vielleicht bewährte Smiley sich in seiner Rolle als federführendes Organ niemals trefflicher als durch die Art und Weise, wie er nun, fast *en passant*, die bisherige Quelle Grigoriew in den idealen Überläufer Grigoriew verwandelte.
»Herr Botschaftsrat, wie immer auf längere Sicht Ihre Pläne sein mögen, bleiben Sie bitte noch mindestens zwei Wochen an der Botschaft«, verfügte er und schloß umständlich sein Notizbuch. »Danach wird Ihnen, falls Sie sich entschließen sollten, irgendwo im Westen ein neues Leben zu beginnen, ein freundlicher Empfang sicher sein.« Er ließ das Notizbuch in seine Tasche gleiten. »Aber am nächsten Freitag werden Sie unter gar keinen Umständen das Mädchen Alexandra besuchen. Sagen Sie Ihrer Gattin, dies sei der Inhalt Ihres heutigen Treffens mit Krassky

gewesen. Wenn der Kurier Krassky Ihnen den fälligen Donnerstagsbrief bringt, nehmen sie ihn wie immer entgegen, aber Sie werden auch danach Ihrer Gattin gegenüber dabei bleiben, daß kein Besuch bei Alexandra stattfinden dürfe. Keine weiteren Erklärungen. Lassen Sie Madame Grigoriewa getrost im dunkeln tappen.«
Grigoriew quittierte diese Instruktionen durch ein unbehagliches Nicken.
»Ich muß Sie indes warnen: Sollten Sie auch nur den kleinsten Fehler machen oder, in der anderen Richtung, irgendeinen Trick versuchen, so wird der Priester es erfahren und Sie vernichten. Außerdem würden Sie Ihre Chancen für eine wohlwollende Aufnahme im Westen verwirken. Ist Ihnen das klar?«
Nun mußte man Grigoriew nur noch die Telefonnummern geben, bei denen er sich gegebenenfalls melden sollte, und ihm erklären, wie Anrufe zwischen öffentlichen Fernsprechzellen zu tätigen sind; und wider alle Gesetze des Metiers erlaubte Smiley ihm, sich alles aufzuschreiben, denn er wußte, daß Grigoriew die Nummern nicht im Gedächtnis behalten könnte. Als auch das erledigt war, verabschiedete Grigoriew sich in dumpfer Niedergeschlagenheit. Toby fuhr ihn zu einer Stelle, wo er unauffällig abgesetzt werden konnte, und kehrte dann zu einem kurzen Lebewohl in die Wohnung zurück.
Smiley saß noch immer in seinem Sessel und hielt die Hände im Schoß gefaltet. Die übrigen waren unter Millie McCraigs Oberbefehl emsig damit beschäftigt, die Spuren ihrer Anwesenheit zu tilgen, sie putzten und polierten, leerten Aschenbecher und Papierkörbe. Toby sagte, außer Smiley und ihm werde alles heute die Stadt verlassen, auch das Observierungsteam. Nicht heute abend, nicht morgen. Jetzt. Sie säßen auf einer Super-Zeitbombe, sagte er: Schon in diesem Augenblick könne Grigoriew, wenn sein Bekennerdrang anhalte, die ganze Episode seinem gräßlichen Eheweib beichten. Wenn er Eudokia alles über Karla berichtet hatte, wer könne dann sagen, daß er nicht auch der Grigoriewa oder etwa Klein-Natascha sein heutiges Schwätz-

chen mit George schildern werde? Niemand solle sich abgeschoben, niemand solle sich ausgeschlossen fühlen, sagte Toby. Sie hätten großartige Arbeit geleistet, und sie würden sich bald wieder treffen, um ihr Werk zu krönen. Man schüttelte sich die Hände, vergoß sogar ein paar Tränen, aber die Aussicht auf den letzten Akt versüßte allen den Abschied.

Und Smiley, der so still, so regungslos inmitten des allgemeinen Aufbruchs saß, was empfand Smiley? Äußerlich betrachtet konnte er einen stolzen Erfolg verzeichnen. Alles, was er sich vorgenommen hatte, war ihm gelungen, auch wenn er dabei zu Karlas Techniken hatte greifen müssen. Er hatte es ganz allein geschafft; und heute hatte er, wie die Aufzeichnungen zeigen würden, innerhalb weniger Stunden Karlas so sorgfältig ausgewählten Agenten geknackt und umgedreht. Allein gelassen, ja, sogar behindert von denen, die seine Dienste erneut gefordert hatten, hatte er sich durchgekämpft bis zu dem Punkt, wo er ehrlich sagen konnte, daß das letzte entscheidende Schloß gesprengt sei. Er war ein betagter Mann, und doch hatte er nie bessere Arbeit geleistet; zum erstenmal in seiner beruflichen Laufbahn lag er in Führung vor seinem alten Gegenspieler.
Andererseits hatte dieser Gegenspieler jetzt ein menschliches Gesicht von bestürzender Klarheit angenommen. Er war keine reißende Bestie, die Smiley mit solcher Meisterschaft jagte, auch kein hemmungsloser Fanatiker, kein seelenloser Automat. Er war ein Mensch; und einer, dessen Sturz, sobald Smiley sich entschließen würde, ihn herbeizuführen, letztlich keine sträflichere Ursache hätte als ein Übermaß an Liebe, eine Schwäche, die Smiley aus den Verstrickungen seines eigenen Lebens in hohem Maß vertraut war.

26

Laut Circus-Überlieferung ist die Zeit, die man bei einer Geheimaktion mit Warten verbringt, länger als die Ewigkeit, und George Smiley wie auch Toby Esterhase hatten, jeder auf seine ganz spezielle Art, den Eindruck, daß die Zeit zwischen Samstagabend und Freitag es durchaus mit der Endlosigkeit des Jenseits aufnehmen konnte.

Sie lebten eigentlich nicht so sehr nach den Moskauer Regeln, sagte Toby, als vielmehr nach Georges Kriegsregeln. Beide wechselten noch am selben Samstagabend Hotel und Namen. Smiley zog in ein kleines *hôtel garni* in der Altstadt, das Arca, und Toby in ein scheußliches Motel außerhalb der Stadt. Danach verständigten sich die beiden Männer per Telefon von öffentlichen Zellen aus, die sie in einem vorher abgesprochenen Turnus benützten, und wenn sie sich treffen wollten, wählten sie belebte Orte im Freien, gingen eine kurze Strecke nebeneinander her und trennten sich wieder. Toby hatte beschlossen, seine Spuren zu verwischen, wie er sagte, und er verwendete den Wagen so wenig wie möglich. Er hatte die Aufgabe, Grigoriew im Auge zu behalten. Die ganze Woche gab er der unerschütterlichen Überzeugung Ausdruck, daß Grigogiew, nach den kürzlich genossenen Wonnen eines Geständnisses, sich todsicher den Luxus einer weiteren Beichte leisten würde. Um dem zuvorzukommen, hielt er Grigoriew so kurz wie möglich an der Leine, aber es war schon ein Kunststück, ihn überhaupt zu halten. So brach Grigoriew zum Beispiel jeden Morgen um ein Viertel vor acht Uhr von zu Hause auf und ging fünf Minuten zu Fuß zur Botschaft. So weit, so gut: Toby fuhr dann um Punkt sieben Uhr fünfzig die Straße hinunter. Trug Grigoriew seine Mappe in der rechten Hand, dann wußte Toby, daß nichts im Busch war. Die Linke bedeutete jedoch »Alarm« mit einem Blitztreff in den Gärten von Schloß Elfenau und einer Ausweichlösung in der Stadt. Am Montag und Dienstag benützte Grigoriew über die ganze Strecke nur die rechte Hand. Doch am Mittwoch schneite es, er wollte seine Brillengläser abwischen, blieb also stehen und suchte nach dem Taschentuch. Ergebnis: Toby sah zuerst die Mappe in seiner Linken, raste um den Block, um sich nochmals zu vergewissern, und siehe da, Grigoriew grinste ihn an wie ein Irrer und winkte ihm mit der Mappe zu, die er in der Rechten hielt. Toby hatte, nach seinen eigenen Worten, ›einen totalen Herzanfall‹. Am nächsten Tag, dem entscheidenden Donnerstag, brachte Toby in dem kleinen Dorf Allmendingen, vor den Toren der Stadt, einen Autotreff mit Grigoriew zustande und konnte direkt mit ihm sprechen. Eine Stunde zuvor war der Kurier Krassky gekommen und hatte Karlas wöchentliche Order gebracht: Toby hatte ihn bei Grigoriew ins Haus gehen sehen. Wo sind also die Instruktionen aus Moskau? fragte Toby. Grigoriew war aufsässig und ein wenig betrunken. Er verlangte zehntausend Dollar für den Brief, was Toby so wütend machte, daß er Grigoriew mit allen möglichen Bloßstellungen bedrohte; er würde ihn zur nächsten Polizeiwache bringen und ihn persönlich anzeigen, weil er sich als Schweizer ausgab, weil er seinen Status als Diplomat mißbrauchte, weil er die Schweizer Zollgesetze verletzte und noch wegen fünfzehn anderer Dinge einschließlich Hurerei und Spionage. Der Bluff funktionierte, Grigoriew rückte den bereits behandelten Brief heraus, die Geheimschrift trat deutlich lesbar zwischen den handgeschriebenen Zeilen hervor. Toby machte mehrere Aufnahmen davon und gab ihn dann Grigoriew zurück.

Die Fragen aus Moskau, die Toby spät am Abend Smiley bei einem ihrer seltenen Treffen in einer Landgaststätte zeigte, hatten einen flehenden Klang:

». . . berichten Sie ausführlicher über Alexandras Aussehen und Geistesverfassung . . . Ist sie bei Verstand? Lacht sie und klingt ihr Lachen glücklich oder traurig? Hält sie sich reinlich, saubere

Fingernägel, Haar gebürstet? Wie lautet der letzte Befund des Arztes, empfiehlt er irgendeine andere Behandlung?«
Doch Grigoriews Hauptsorge bei ihrem Treffen in Allmendingen galt weder Krassky noch dem Brief, noch dem Verfasser des Briefes. Seine Freundin aus der Visa-Abteilung habe ihn wegen seiner Freitagsausflüge zur Rede gestellt. Daher seine Depression und sein betrunkener Zustand. Grigoriew hatte ausweichend geantwortet, aber er hatte sie im Verdacht, eine Spionin aus Moskau zu sein, die entweder der Priester oder, schlimmer noch, irgendein Organ des Staatssicherheitsdienstes auf ihn angesetzt hatte. Toby teilte zufällig diese Vermutung, hatte aber den Eindruck, daß nichts damit ausgerichtet wäre, wenn er es sagte.
»Ich habe ihr gesagt, ich würde erst wieder mit ihr ins Bett gehen, wenn ich ihr völlig trauen könnte«, sagte Grigoriew ernsthaft. »Ich bin mir auch noch nicht ganz sicher, ob sie mich nach Australien begleiten und mit mir ein neues Leben anfangen darf.«
»George, das ist ein Narrenhaus!« sagte Toby zu Smiley in einem Furioso von Bildern, während Smiley weiterhin Karlas drängende Fragen studierte, ungeachtet der Tatsache, daß sie in Russisch abgefaßt waren. »Hören Sie, wie lange meinen Sie, daß wir den Damm noch halten können? Der Kerl ist total übergeschnappt!«
»Wann fliegt Krassky nach Moskau zurück?«
»Samstagmittag.«
»Grigoriew muß vor seinem Rückflug ein Treffen mit ihm vereinbaren. Er soll Krassky sagen, er habe eine Sonderbotschaft für ihn. Eine dringende.«
»Klar«, sagte Toby. »Klar, George.« Und damit hatte es sich. Wo weilte George in seinen Gedanken? fragte sich Toby, während er Smiley wieder einmal in der Menge verschwinden sah. Karlas Instruktionen an Grigoriew schienen Smiley aus dem Häuschen gebracht zu haben. »Ich war eingeklemmt zwischen einem komplett Schwachsinnigen und einem total Depressiven«, lautet Tobys Urteil über diese aufreibenden Tage.

Während Toby wenigstens über die Flausen seines Herrn und seines Agenten stöhnen konnte, hatte Smiley nichts Gleichwertiges zum Zeitvertreib, und dieser Mangel schien ihm zu schaffen zu machen. Am Donnerstag fuhr er mit der Bahn nach Zürich und aß in der Kronenhalle mit Peter Guillam zu Mittag, der auf Saul Enderbys Order über London angeflogen war. Ihre Unterhaltung war reserviert, und das nicht nur aus Sicherheitsgründen. Guillam hatte, wie er sagte, bei seinem Londoner Aufenthalt aus eigenem Antrieb Ann aufgesucht und sei nun gespannt zu erfahren, ob er ihr irgendeine Botschaft übermitteln könne? Smiley sagte eisig, daß es nichts zu übermitteln gebe, und ließ Guillam etwas zuteil werden, was, soweit der sich zurückerinnern konnte, einem Anschnauzer am nächsten kam. Bei anderer Gelegenheit, gab er zu verstehen, würde Guillam vielleicht so freundlich sein, seine verdammten Finger von Smileys Privatangelegenheiten zu lassen. Guillam schaltete hastig aufs Geschäftliche um. A propos Grigoriew, sagte er. Saul Enderby trage sich mit der Idee, Grigoriew, so wie er war, an die Vettern zu verkaufen, statt ihn in Sarratt zu bearbeiten. Was meine George dazu? Saul habe so das Gefühl, der Glanz eines höherrangigen russischen Überläufers würde den Vettern in Washington einen dringend benötigten Auftrieb geben, selbst wenn er nichts zu erzählen hätte, während Grigoriew in London sozusagen den zu erwartenden reinen Wein nur verwässern würde. Was George nun davon halte?
»Genau«, sagte Smiley.
»Saul hat sich auch gefragt, ob diese Freitagsache wirklich so dringend notwendig war«, sagte Guillam mit offensichtlicher Überwindung.
Smiley hob ein Tischmesser auf und starrte lang auf die Klinge. »Sie ist ihm seine Karriere wert«, sagte er schließlich mit aufreizender Hartnäckigkeit. »Er stiehlt für sie, er lügt für sie, er riskiert seinen Hals für sie. Er muß unbedingt wissen, ob sie sich die Fingernägel putzt und das Haar bürstet. Meinen Sie nicht, daß wir verpflichtet sind, sie uns anzuschauen?«

Verpflichtet wem gegenüber? fragte sich Guillam nervös, als er zur Berichterstattung nach London zurückflog. Hatte Smiley gemeint, er sei sich selbst gegenüber dazu verpflichtet? Oder meinte er Karla gegenüber? Aber er war zu vorsichtig, um diese Theorien vor Saul Enderby auszubreiten.

Aus der Ferne gesehen hätte es ein Schloß sein können oder eines dieser Gehöfte, die im Schweizer Weinland auf den Hügelkuppen kauern, mit Türmchen und Wassergräben, über die überdachte Brücken zu Innenhöfen führen. Wenn man näher kam, nahm es prosaischere Züge an, mit einer Müllverbrennungsanlage, einem Obstgarten und modernen Anbauten, deren Fenster ziemlich klein waren. Am Dorfrand gab ein Schild die Richtung an, pries die ruhige Lage, den Komfort und die Tüchtigkeit des Personals. Der Orden wurde als ›interkonfessionell christlich-theosophisch‹ bezeichnet, und ausländische Patienten seien eine Spezialität des Hauses. Felder und Dächer waren mit altem, schwerem Schnee bedeckt, doch die Straße, auf der Smiley fuhr, war geräumt. Der Tag war makellos weiß, Himmel und Schnee waren zu einer einzigen, unvermessenen Leere verschmolzen. Vom Haus am Eingangstor rief ein finsterer Pförtner telefonisch nach oben, erhielt von irgend jemand die Erlaubnis und winkte Smiley weiter. Ein Parkplatz war ›Für Ärzte‹ und einer ›Für Besucher‹, und Smiley stellte seinen Wagen auf dem zweiten ab. Als er auf die Klingel drückte, öffnete ihm eine einfältig aussehende, grau gekleidete Frau, die errötete, bevor Smiley überhaupt den Mund aufgemacht hatte. Er hörte Krematoriumsmusik, Geschirrklappern aus der Küche und menschliche Stimmen, alles durcheinander. Es war ein Haus mit blanken Fußböden und vorhanglosen Fenstern.

»Mutter Felicitas erwartet Sie«, flüsterte Schwester Béatitude scheu.

Ein Schrei würde im ganzen Haus widerhallen, dachte Smiley. Er bemerkte Topfpflanzen, die außer Reichweite standen. Seine Begleiterin schlug kräftig an eine Tür mit der Aufschrift ›Büro‹

und stieß sie dann auf. Die Oberin Felicitas war eine große, temperamentvoll wirkende Frau, mit einem Blick von verwirrender Weltlichkeit. Smiley saß ihr gegenüber. Auf ihrem ausladenden Busen ruhte ein reich geschmücktes Kreuz, über das sie beim Sprechen mit ihren breiten Händen strich. Ihr Deutsch war langsam und königlich.

»So«, sagte sie. »So, Sie sind also Herr Lachmann, und Herr Lachmann ist ein Bekannter von Herrn Glaser, und Herr Glaser ist diese Woche unpäßlich.« Sie spielte mit diesen Namen, als wüßte sie genau, daß sie falsch waren. »Er war nicht so unpäßlich, daß er nicht hätte telefonieren können, aber er war so unpäßlich, daß er nicht radfahren konnte. Ist das so?«

Smiley sagte, daß es so sei.

»Bitte, senken Sie nicht Ihre Stimme, nur weil ich eine Nonne bin. Wir betreuen hier ein lärmendes Haus, aber deswegen ist niemand weniger fromm. Sie sehen blaß aus. Haben Sie Grippe?«

»Nein. Nein, ich fühle mich ganz wohl.«

»Nun, dann sind Sie besser dran als Herr Glaser, der an Grippe erkrankt ist. Letztes Jahr hatten wir die ägyptische Grippe, vorletztes die asiatische Grippe, doch heuer scheint das *malheur* ganz und gar einheimischen Ursprungs zu sein. Darf ich fragen, ob Herr Lachmann Papiere hat, die ihn ausweisen?«

Smiley reichte ihr eine Schweizer Kennkarte.

»Aber, aber. Ihre Hand zittert ja. Doch Sie haben keine Grippe. Beruf *Professor*«, las sie laut. »Herr Lachmann stellt sein Licht unter den Scheffel. Herr Lachmann ist Herr Professor Lachmann. Darf man fragen, in welchem Fach Herr Professor Professor ist?«

»Philologie.«

»So, so. Philologie. Und Herr *Glaser*, was ist er von Beruf? Er hat es mir gegenüber nie erwähnt.«

»Soviel ich weiß, ist er geschäftlich tätig.«

»Ein Geschäftsmann, der perfekt russisch spricht. Sprechen Sie auch perfekt russisch, Herr Professor?«

»Leider, nein.«
»Aber Sie sind Freunde.« Sie gab ihm die Kennkarte zurück. »Ein schweizerisch-russischer Geschäftsmann und ein bescheidener Professor der Philologie sind Freunde. So, so. Hoffen wir, daß es eine fruchtbare Freundschaft ist.«
»Wir sind auch Nachbarn«, sagte Smiley.
»Wir sind alle Nachbarn, Herr Lachmann. Kennen Sie Alexandra schon?«
»Nein.«
»Junge Mädchen werden in vielen Eigenschaften hierher gebracht. Wir haben Patenkinder. Wir haben Mündel. Nichten. Waisen. Vettern und Basen. Tanten, ein paar. Etliche Schwestern. Aber Sie würden überrascht sein zu erfahren, wie wenig Töchter es auf der Welt gibt. Wie ist zum Beispiel Herr Glaser mit Alexandra verwandt?«
»Soviel ich weiß, ist er ein Freund von Monsieur Ostrakow.«
»Der in Paris lebt. Aber unsichtbar ist. Genau wie Madame Ostrakowa. Unsichtbar. Wie heute auch Herr Glaser. Sie sehen, wie schwierig es für uns ist, die Welt in den Griff zu bekommen. Wenn wir selbst kaum wissen, wer wir sind, wie können wir dann *ihnen* sagen, wer *sie* sind.« Eine Glocke verkündete das Ende der Ruhezeit. »Manchmal lebt sie in Dunkelheit. Manchmal sieht sie zuviel. Beides ist schmerzlich. Sie ist in Rußland aufgewachsen. Ich weiß nicht, warum. Es ist eine komplizierte Geschichte, voller Kontraste, voller Lücken. Wenn es auch nicht der Grund ihrer Krankheit ist, so ist es doch sicherlich, sagen wir einmal, der äußere Anlaß. Sie glauben wohl nicht, daß Herr Glaser der Vater ist?«
»Nein.«
»Ich auch nicht. Haben Sie den unsichtbaren Ostrakow kennengelernt? Nein. Existiert der unsichtbare Ostrakow überhaupt? Alexandra behauptet, er sei ein Phantom. Alexandra bildet sich ganz andere Eltern ein. Nun, das tun viele von uns.«
»Darf ich fragen, was Sie ihr über mich erzählt haben?«
»Alles, was ich weiß. Das heißt, nichts. Daß Sie ein Freund von

Onkel Anton sind, den sie nicht als ihren Onkel akzeptiert. Daß Onkel Anton krank ist, was sie anscheinend entzückt, aber wahrscheinlich sehr beunruhigt. Ich hab' ihr gesagt, ihr Vater wünsche, daß jemand sie einmal die Woche besuche, aber sie sagte mir, ihr Vater sei ein Bandit und habe ihre Mutter mitten in der Nacht von einem Berg hinabgestürzt. Ich hab' ihr gesagt, sie solle deutsch mit Ihnen sprechen, aber es kann sein, daß sie russisch für besser hält.«

»Ich verstehe«, sagte Smiley.

»Da kann ich Sie nur beglückwünschen«, gab Mutter Felicitas zurück. »Ich kann nicht das gleiche von mir behaupten.«

Alexandra trat ein, und er sah zuerst nur ihre Augen: so klar, so schutzlos. Er hatte sie sich aus irgendeinem Grund größer vorgestellt. Ihre Lippen waren voll in der Mitte, doch an den Winkeln bereits ausgedünnt und zu beweglich, und ihr Lächeln war von gefährlicher Entrücktheit. Mutter Felicitas befahl ihr, sich zu setzen, sagte etwas auf Russisch, küßte sie auf das flachsfarbene Haar und verließ das Zimmer. Sie hörten ihre Schlüssel klirren, als sie den Flur hinunterging, hörten, wie sie auf Französisch eine der Schwestern anherrschte, sie möge unverzüglich diesen Dreck aufputzen. Alexandra trug einen grünen Hänger mit langen, an den Handgelenken enganliegenden Ärmeln und eine Strickweste, die sie wie ein Cape um die Schultern geworfen hatte. Sie schien ihre Kleidung mehr herumzutragen als zu tragen, als hätte jemand sie für dieses Treffen angezogen.

»Ist Anton tot?« fragte sie, und Smiley bemerkte, daß zwischen dem Ausdruck auf ihrem Gesicht und den Gedanken in ihrem Kopf keine Verbindung bestand.

»Nein, Anton hat eine böse Grippe«, antwortete er.

»Anton sagt, er sei mein Onkel, aber das stimmt nicht«, erklärte sie. Ihr Deutsch war gut, und er fragte sich, ob sie es wirklich, wie Karla zu Grigoriew gesagt hatte, von ihrer Mutter mitbekommen oder ob sie die Sprachbegabung ihres Vaters geerbt habe, oder beides. »Er behauptet auch, keinen Wagen zu haben.« Wie einst ihr Vater, sah sie ihn unbewegt und unbeteiligt an. »Wo ist Ihre Liste?« fragte sie. »Anton bringt immer eine Liste mit.«

»Oh, ich habe meine Fragen im Kopf.«

»Es ist verboten, Fragen zu stellen, ohne eine Liste zu haben. Fragen aus dem Kopf sind von meinem Vater ganz und gar verboten.«

»Wer ist Ihr Vater?« fragte Smiley.

Eine Zeitlang sah er wieder nur ihre Augen, die ihn wie die einer Blinden aus ihrer unzugänglichen Einsamkeit anstarrten. Sie hatte eine Rolle Scotchtape vom Schreibtisch der Mutter Felicitas aufgenommen und strich mit den Fingern leicht über die glänzende Oberfläche.

»Ich habe Ihren Wagen gesehen«, sagte sie. »BE bedeutet Bern.«

»Stimmt«, sagte Smiley.

»Was für einen Wagen hat Anton?«

»Einen Mercedes. Einen schwarzen. Sehr groß.«

»Wieviel hat er dafür bezahlt?«

»Er hat ihn gebraucht gekauft. An die fünftausend Franken würde ich sagen.«

»Warum kommt er dann immer per Fahrrad zu mir?«

»Vielleicht braucht er ein bißchen körperliche Bewegung.«

»Nein«, sagte sie. »Er hat ein Geheimnis.«

»Haben *Sie* ein Geheimnis, Alexandra?« fragte Smiley.

Sie hörte seine Frage, lächelte darüber und nickte ihm mehrmals zu, als sei er weit von ihr entfernt. »Mein Geheimnis heißt Tatjana.«

»Ein guter Name«, sagte Smiley. »Wie sind Sie dazu gekommen?«

Sie hob den Kopf und lächelte strahlend die Ikone an der Wand an. »Es ist verboten, darüber zu sprechen. Wenn man darüber spricht, glaubt einem niemand, und man wird in eine Klinik gebracht.«

»Aber Sie sind ja bereits in einer Klinik«, bemerkte Smiley.

Sie sprach nicht lauter, nur schneller. Dabei war sie so völlig reglos, daß sie nicht einmal zwischen den Wörtern Atem zu ho-

len schien. Ihre Klarsichtigkeit und ihre Höflichkeit hatten etwas Unheimliches. Sie respektiere seine Freundlichkeit, sagte sie, aber sie wisse, daß er ein äußerst gefährlicher Mann sei, gefährlicher als Lehrer oder Polizisten. Herr Doktor Rüedi habe das Eigentum und die Gefängnisse erfunden und viele der geschickten Argumente, die es der Welt erlaubten, ihre Lügen völlig auszuleben, sagte sie. Mutter Felicitas sei zu nahe an Gott, sie begreife nicht, daß Gott jemand war, dem man die Peitsche und die Sporen geben müsse wie einem Pferd, damit er einen in die richtige Richtung trüge:
»Aber Sie, Herr Lachmann, repräsentieren die Vergebung der Obrigkeit. Ja, das wird wohl leider so sein.«
Sie seufzte und bedachte ihn mit einem müden, nachsichtigen Lächeln, doch als er auf den Tisch sah, bemerkte er, daß sie ihren Daumen gepackt hatte und ihn zurückbog, bis er fast zu brechen schien.
»Vielleicht sind *Sie* mein Vater, Herr Lachmann«, meinte sie lächelnd.
»Nein, leider, ich habe keine Kinder«, antwortete Smiley.
»Sind Sie Gott?«
»Nein, ich bin nur ein ganz gewöhnlicher Mensch.«
»Mutter Felicitas sagt, in jedem gewöhnlichen Menschen steckt ein Teil, der Gott ist.«
Diesmal ließ Smiley mit der Antwort lange auf sich warten. Er machte den Mund auf und schloß ihn dann wieder mit einem ganz uncharakteristischen Zögern.
»Das hab' ich auch sagen hören«, antwortete er und sah dabei einen Augenblick von ihr weg.
»Sie müssen mich fragen, ob ich mich besser fühle.«
»Fühlen Sie sich besser, Alexandra?
»Ich heiße Tatjana«, sagte sie.
»Wie fühlt sich dann Tatjana?«
Sie lachte. Ihre Augen glänzten unnatürlich. »Tatjana ist die Tochter eines Mannes, der so wichtig ist, daß es ihn gar nicht gibt«, sagte sie. »Er herrscht über ganz Rußland, aber es gibt ihn

nicht. Wenn irgendwelche Leute sie verhaften, dann sorgt ihr Vater dafür, daß sie wieder frei kommt. Es gibt ihn nicht, aber jeder fürchtet ihn. Tatjana gibt es auch nicht«, fügte sie hinzu. »Es gibt nur Alexandra.«
»Und wie steht es mit Tatjanas Mutter?«
»Sie ist bestraft worden«, sagte Alexandra ruhig, wobei sie diese Information mehr den Ikonen anvertraute als Smiley. »Sie ist der Geschichte nicht gefolgt. Das heißt, sie glaubte, die Geschichte habe einen falschen Lauf genommen. Sie irrte. Das Volk sollte nie versuchen, die Geschichte zu ändern. Es ist Sache der Geschichte, das Volk zu ändern. Ich möchte, daß Sie mich mitnehmen, bitte. Ich möchte aus dieser Klinik heraus.«
Ihre Hände rangen wütend miteinander, während sie weiterhin die Ikone anlächelte.
»Hat Tatjana je ihren Vater kennengelernt?«
»Ein kleiner Mann hat die Kinder immer auf ihrem Weg zur Schule beobachtet«, antwortete sie. Er wartete, aber sie sprach nicht weiter.
»Und dann?« fragte er.
»Von einem Wagen aus. Er hat immer das Fenster heruntergekurbelt und nur mich angeschaut.«
»Haben auch Sie ihn angeschaut?«
»Natürlich. Wie könnte ich sonst wissen, daß er mich angeschaut hat?«
»Wie sah er aus? War er groß? War er klein? Hat er gelächelt?«
»Er rauchte. Bitte, tun Sie sich keinen Zwang an. Mutter Felicitas genehmigt sich auch ab und zu eine Zigarette. Aber das ist nur menschlich, nicht wahr? Rauchen beruhigt das Gewissen, wie man mir gesagt hat.«
Sie hatte auf die Klingel gedrückt. Die Hand ausgestreckt und lange darauf gedrückt. Er hörte wieder das Klirren der Schlüssel, als Mutter Felicitas den teppichlosen Gang herunterkam, hörte sie mit den Füßen scharren, als sie vor der Tür stehenblieb, um aufzusperren, hörte die Geräusche, die jedem Gefängnis der Welt zueigen sind.

»Ich möchte mit Ihnen in Ihrem Wagen wegfahren«, sagte Alexandra.
Smiley beglich die Rechnung, und Alexandra sah zu, wie er die Scheine unter der Lampe hinzählte, genau wie Onkel Anton dies immer tat. Mutter Felicitas bemerkte Alexandras gespannten Blick, und vielleicht witterte sie Ungemach, denn sie blickte Smiley scharf an, als verdächtige sie ihn einer Ungehörigkeit. Alexandra begleitete ihn zur Tür, war Schwester Béatitude beim Öffnen behilflich, schüttelte Smiley mit Grandezza die Hand, wobei sie den Ellbogen abspreizte und das Knie des vorgestellten Beins beugte. Sie versuchte, ihm die Hand zu küssen, doch Schwester Béatitude hinderte sie daran. Sie schaute ihm auf dem Weg zum Wagen nach und begann zu winken. Er war bereits am Anfahren, als er sie aus nächster Nähe schreien hörte und sah, daß sie versuchte, die Wagentür zu öffnen, um mit ihm zu kommen. Schwester Béatitude riß sie vom Auto und zog die unaufhörlich Schreiende ins Haus zurück.

Eine halbe Stunde später in Thun, in demselben Café, von dem aus Smiley vor einer Woche Grigoriews Gang zur Bank beobachtet hatte, händigte er Toby wortlos den von ihm vorbereiteten Brief aus. Grigoriew solle ihn am heute abend Krassky geben, sagte er.
»Grigoriew möchte diese Nacht abspringen«, wandte Toby ein.
Smiley schrie. Zum erstenmal in seinem Leben schrie er. Er riß den Mund sehr weit auf, er schrie, und das ganze Café fuhr hoch – das heißt, das Mädchen hinter der Theke sah von ihren Heiratsanzeigen auf, und von den vier Kartenspielern in der Ecke drehte mindestens einer den Kopf. »Noch nicht!«
Und um zu zeigen, daß er sich wieder in der Gewalt hatte, wiederholte er ruhig: »Noch nicht, Toby. Verzeihen Sie bitte. Noch nicht.«

Von dem Brief, den Smiley über Grigoriew an Karla schickte, existiert keine Kopie, ein Manko, das vielleicht von Smiley beabsichtigt war, indes kann kaum ein Zweifel über den Tenor des Schreibens bestehen, war doch Karla, wie er selbst von sich gesagt hatte, ein erklärter Verfechter der Kunst dessen, was er Unterdrucksetzen nannte. Smiley dürfte die nackten Tatsachen vorgebracht haben: daß Alexandra unbestreitbar seine Tochter sei und die seiner ehemaligen und jetzt toten Geliebten, deren anti-sowjetische Einstellung amtsbekannt war; daß er Alexandras illegale Ausreise aus der Sowjetunion bewerkstelligt habe, unter dem Vorwand, sie sei seine Geheimagentin; daß er öffentliche Gelder und Einrichtungen mißbraucht habe; daß er zwei Morde und vielleicht auch die mutmaßliche offizielle Hinrichtung von Kirow organisiert habe, um sein verbrecherisches Vorhaben zu decken. Smiley dürfte auch darauf hingewiesen haben, daß angesichts Karlas prekärer Stellung innerhalb der Moskauer Zentrale die angehäufte Beweislast mehr als genüge, um seine Liquidierung durch die Kollegiumsgenossen zu sichern; und daß, falls dies eintreten sollte, die Zukunft seiner Tochter im Westen – wo sie unter falschen Angaben weilte – äußerst unsicher sein würde, um es milde auszudrücken. Es würde kein Geld für sie da sein, und aus Alexandra würde eine auf Lebenszeit zum Exil verdammte Kranke werden, die man von Spital zu Spital schleppt, ohne Freunde, ohne ordentliche Papiere, völlig mittellos. Im schlimmsten aller denkbaren Fälle würde sie nach Rußland zurückgebracht und dem vollen Zorn der Feinde ihres Vaters ausgeliefert werden.

Nach der Peitsche bot Smiley das Zuckerbrot, wie vor mehr als zwanzig Jahren in Delhi: Retten Sie Ihre Haut, kommen Sie zu uns, sagen Sie uns, was Sie wissen, und wir werden für Sie sorgen. Ein klares Wiederholungsspiel, sagte später Enderby, der sportliche Metaphern liebte. Er dürfte Karla auch versprochen haben, daß man ihn nicht wegen Beihilfe zum Mord an Wladimir belangen würde, und es gibt Beweise dafür, daß Enderby über seine deutsche Verbindungsstelle die gleiche Zusicherung der Straffreiheit im Hinblick auf den Mord an Otto Leipzig erwirkte. Ganz zweifellos stellte Smiley auch noch allgemeine Garantien bezüglich Alexandras Zukunft im Westen in Aussicht – Behandlung, Pflege und, wenn nötig, Staatsbürgerschaft. Schlug er wieder die Saite der Seelenverwandtschaft an, wie damals in Delhi? Appellierte er an Karlas Menschlichkeit, die jetzt so demonstrativ zur Schau stand? Versetzte er das alles mit Argumenten, die Karla das Gefühl der Demütigung ersparen und, angesichts seines Stolzes, vor einem Akt der Selbstzerstörung bewahren sollten?

Ganz sicher gab er Karla wenig Zeit, sich zu entschließen. Einer der Lehrsätze über die Ausübung von Druck lautet, wie auch Karla sehr wohl wußte: Zeit zum Nachdenken ist gefährlich. Nur daß in diesem Fall Anlaß besteht zu vermuten, daß die Zeit auch für Smiley gefährlich war, wenn auch aus völlig anderen Gründen: Er hätte in elfter Stunde zurückschrecken können. Ausschließlich der unmittelbare Zwang zum Handeln kann, nach Sarratt-Überlieferung, das Wild dazu bringen, seine Scheu abzuwerfen und sich jedem angeborenen oder anerzogenen Instinkt zuwider ins Unbekannte zu stürzen. Das gleiche mag bei dieser Gelegenheit wohl auch für den Jäger gegolten haben.

27

Es ist, als setze man sein ganzes Geld auf Schwarz, dachte Guillam, als er aus dem Fenster des Cafés starrte: Alles, was man auf der Welt hat, seine Frau, sein ungeborenes Kind. Und dann wartet, Stunde um Stunde, bis der Croupier die Scheibe in Bewegung setzt.
Er hatte Berlin gekannt, als es noch die Welthauptstadt des Kalten Krieges war, als jeder Übergang von Ost nach West einem chirurgischen Eingriff gleichkam. Er erinnerte sich, wie in Nächten wie dieser Scharen von Berliner Polizisten und alliierter Soldaten immer unter den Bogenlampen herumstanden, füßestapfend auf die Kälte fluchten, das Gewehr von einer Schulter auf die andere warfen und sich gegenseitig frostige Atemwolken ins Gesicht bliesen. Er erinnerte sich, wie die Tanks mit laufendem Motor warteten, die Kanonenläufe in Imponiergebärde nach drüben gerichtet. Er erinnerte sich an das plötzliche Aufheulen von Alarmsirenen und an die Blitzfahrt zur Bernauerstraße oder wo immer der letzte Fluchtversuch stattgefunden hatte. Er erinnerte sich an das Ausfahren von Feuerwehrleitern, die Befehle, zurückzuschießen; nicht zurückzuschießen; an die Toten, einige davon Agenten. Doch nach der heutigen Nacht, das wußte er, würde er sich an die Stadt nur noch als etwas erinnern, das so dunkel war, daß man nicht ohne Taschenlampe auf die Straße gehen wollte, so still, daß man das Spannen eines Gewehrhahns über den Fluß herüber hörte.
»Was wird er als Tarnung benützen?« fragte er.
Smiley saß ihm an dem kleinen Plastiktisch gegenüber, an seinem rechten Ellbogen stand eine Tasse mit kaltem Kaffee. Er sah sehr klein aus in seinem Mantel.
»Etwas Bescheidenes«, sagte Smiley. »Etwas Passendes. Hier

kommen meist nur betagte Rentner herüber, nehme ich an.« Er rauchte eine von Guillams Zigaretten, die seine gesammelte Aufmerksamkeit in Anspruch zu nehmen schien.
»Was um alles auf der Welt wollen denn Rentner hier?« fragte Guillam.
»Manche arbeiten. Manche besuchen Verwandte. Ich habe mich nicht sehr eingehend erkundigt, fürchte ich.«
Guillam schien diese Erklärung nicht zu befriedigen.
»Wir Rentner bleiben am liebsten unter uns«, fügte Smiley in dem kläglichen Versuch, einen Scherz zu machen, hinzu.
»Wem sagen Sie das«, sagte Guillam.
Das Café lag im türkischen Viertel, denn die Türken sind jetzt die armen Weißen von West-Berlin, und Wohnungen sind am miesesten und am billigsten in der Nähe der Mauer. Smiley und Guillam waren die einzigen Fremden. An einem langen Tisch saß eine ganze türkische Familie, kaute Fladenbrot und trank Kaffee und Coca Cola. Die Kinder hatten kahlgeschorene Schädel und die großen, verwunderten Augen von Flüchtlingen. Islamitische Musik ertönte von einem alten Bandgerät. Farbige Plastikbänder hingen von dem aus einer Hartfaserplatte geschnittenen islamitischen Türbogen.
Guillam wandte den Blick wieder dem Fenster und der Brücke zu. Zuerst kamen die Pfeiler der Hochbahn, dann das alte Backsteinhaus, das von Sam Collins diskret als Beobachtungszentrale requiriert worden war. Seine Leute hatten in den letzten beiden Tagen heimlich darin Stellung bezogen. Dann kam der Lichthof von Bogenlampen und dahinter eine Absperrung, ein MG-Stand und schließlich die Brücke. Die Brücke war nur für Fußgänger, und der einzige Weg darüber bestand aus einem stahlumzäunten, laufgitterartigen Korridor, der manchmal einer, manchmal drei Personen Durchgang gewährte. Gelegentlich kam jemand mit beflissen harmloser Miene und steten Schritts herüber, bemüht, den Wachturm nicht zu beunruhigen, und trat dann in den Lichtkreis der Bogenlampen, wenn er den Westen erreicht hatte. Bei Tageslicht war der Laufgang grau, nachts aus irgendeinem

Grund gelb und seltsam leuchtend. Der MG-Stand befand sich einen oder zwei Meter innerhalb der Grenze, sein Dach überragte nur knapp die Absperrung. Beherrscht wurde das Ganze von dem Turm, einem eisenschwarzen, rechteckigen Gebilde in der Mitte der Brücke. Selbst der Schnee hielt sich von ihm fern. Er lag auf den Betonzähnen, die jeglichen Autoverkehr verhinderten, er wirbelte um die Lampen und den MG-Stand und ließ sich malerisch auf das Kopfsteinpflaster nieder; doch der Wachturm war tabu, als ob nicht einmal der Schnee sich ihm aus eigenem freien Willen nähern wollte. Kurz vor den Lampen verengte sich der Laufgang zu einem letzten Gatter und einem Pferch. Das Gatter, sagte Toby, konnte im Nu vom Inneren des MG-Stands aus automatisch geschlossen werden.
Es war zehn Uhr dreißig, doch es hätte ebensogut drei Uhr morgens sein können, denn an der Grenze entlang geht Berlin mit Einbruch der Dunkelheit schlafen. Im Landesinneren mag die Inselstadt plaudern und trinken und huren und ihr Geld verpulvern; die Leuchtreklamen und die wiederaufgebauten Kirchen und Konferenzhallen mögen glitzern wie ein Rummelplatz: Auf den dunklen Grenzstreifen schweigt das Leben ab sieben Uhr abends. Dicht neben den Bogenlampen stand ein Christbaum, aber nur die obere Hälfte war mit Lichtern versehen, denn nur die obere Hälfte konnte man vom anderen Ufer aus sehen. Es ist ein Ort, der keinen Kompromiß kennt, dachte Guillam, keinen dritten Weg. Welche Vorbehalte er auch gelegentlich gegenüber der westlichen Freiheit gehegt haben mochte, an dieser Grenze wurden sie, wie die meisten anderen Dinge, null und nichtig.
»George«, sagte Guillam leise und warf Smiley einen fragenden Blick zu.
Ein Arbeiter war in den Lichtkreis getreten. Er schien förmlich hineinzuwachsen, wie alle, wenn sie aus dem Laufgang kamen: Als sei eine Last von ihren Schultern gefallen. Er trug eine kleine Mappe und etwas, das wie eine Eisenbahnerlampe aussah. Er war von schmalem Wuchs. Doch Smiley war, wenn er den Mann überhaupt bemerkt hatte, wieder zu den Revers seines braunen

Mantels und zu seinen einsamen, in der Ferne weilenden Gedanken zurückgekehrt. »Wenn er kommt, kommt er pünktlich«, hatte er gesagt. Warum müssen wir dann zwei Stunden früher hier sein? war Guillam versucht zu fragen. Warum sitzen wir hier wie zwei Fremde, trinken aus winzigen Tassen süßen Kaffee, der vom Dampf der elenden türkischen Küche durchtränkt ist und reden nichtssagendes Zeugs? Aber er kannte die Antwort bereits. Weil wir dazu *verpflichtet* sind, würde Smiley gesagt haben, wenn Smiley in gesprächiger Stimmung gewesen wäre. Weil wir verpflichtet sind, uns zu sorgen und zu warten, verpflichtet, die Bemühungen eines Mannes zu honorieren, der dem System entrinnen will, das er mitgeholfen hat zu schaffen. Denn solange er versucht, uns zu erreichen, sind wir seine Freunde. Niemand sonst ist auf seiner Seite.

Er kommt, dachte Guillam. Er kommt nicht. Er kommt vielleicht. Wenn das kein Gebet ist, dachte er, was ist dann eins?

»Noch einen Kaffee, George?«

»Nein, danke Peter; nein, ich glaube nicht. Nein.«

»Es scheint auch so etwas wie Suppe zu geben. Falls das nicht der Kaffee war.«

»Vielen Dank, ich glaube, ich habe alles zu mir genommen, was in mich hineingeht«, sagte Smiley im Plauderton, so, als wolle er jedem eventuellen Lauscher die Möglichkeit geben, auf seine Kosten zu kommen.

»Vielleicht sollten wir etwas bestellen, nur einfach als Miete«, sagte Guillam.

»Miete? Verzeihung. Natürlich. Weiß Gott, wovon sie leben.«

Guillam bestellte zwei weitere Kaffees, die er sofort bezahlte. Er tat dies jedesmal, für den Fall, daß sie schnell weg müßten.

Komm George zuliebe, dachte er, mir zuliebe. Komm verdammt nochmal uns allen zuliebe, damit wir die unmögliche Ernte einbringen können, von der wir schon so lange träumen.

»Wann haben Sie gesagt, daß das Baby fällig ist, Peter?«

»Im März.«

»Ah, im März. Wie werden Sie es nennen?«

»Das haben wir uns eigentlich noch nicht überlegt.«
Im Licht eines Möbelgeschäftes, das Schmiedeeisen-Imitationen, Brokat und falsche Zinnkrüge und Musketen verkaufte, bemerkte Guillam die vermummte Gestalt Toby Esterhases, der unter seiner balkanesischen Pelzmütze heraus angelegentlich das Warenangebot musterte. Toby und sein Team hielten die Straßen besetzt, Sam Collins den Beobachtungsposten: So war es abgemacht. Toby hatte darauf bestanden, daß Taxis als Fluchtwagen genommen wurden, und da waren sie, drei an der Zahl, gebührend schäbig, in der Dunkelheit unter den Bogen der Hochbahn, an ihren Windschutzscheiben steckten Schilder mit der Aufschrift ›Außer Dienst‹, und ihre Fahrer lungerten am Imbißstand und aßen Würstchen mit süßem Senf von Papiertellern. *Der Ort ist ein Minenfeld, Peter*, hatte Toby gewarnt. *Türken, Griechen, Jugoslawen, ein Haufen Gauner – selbst die Katzen sind elektrisch geladen, ohne Spaß.*
Nirgends auch nur ein Flüstern, hatte Smiley befohlen. *Kein Mucks, Peter. Sagen Sie das Collins.*
Komm schon, dachte Guillam beschwörend. Wir stehen uns für dich alle die Beine in den Bauch. Komm schon.
Von Tobys Rücken hob Guillam den Blick langsam bis zum obersten Fenster des alten Hauses, wo Collins Beobachtungsposten war. Guillam hatte sein Berlin-Soll erfüllt, war ein dutzendmal mit dabei gewesen. Die Fernrohre und Kameras, die Richtmikrophone, der ganze nutzlose Trödel, der angeblich das Warten leichter machte; das Knistern der Funkgeräte, der Kaffee- und Tabakgestank; die Klappbetten. Er stellte sich den abkommandierten westdeutschen Polizisten vor, der keine Ahnung hatte, was er eigentlich hier sollte, und der würde bleiben müssen, bis zum erfolgreichen Abschluß oder zum Abbruch der Operation – der Mann, der die Brücke auswendig kannte, die regelmäßigen von den gelegentlichen Grenzgängern zu unterscheiden vermochte und das geringste böse Omen auf der Stelle ausmachen konnte: die lautlose Wachverstärkung, die Vopo-Scharfschützen, die unauffällig in Stellung gingen.

Und wenn sie ihn erschießen? dachte Guillam. Wenn sie ihn verhaften? Wenn sie ihn, nach bewährter Art, auf dem Laufgang, keine zwei Meter vom Lichtkreis der Lampen entfernt, mit dem Gesicht nach unten verbluten lassen?

Komm schon, dachte er ein bißchen weniger zuversichtlich und richtete seine Gebete an den schwarzen Horizont im Osten. Komm trotz allem.

Ein dünner, sehr heller Lichtstrahl huschte über das oberste, nach Westen gehende Fenster des Beobachterhauses und brachte Guillam auf die Beine. Er drehte sich um und sah, daß Smiley bereits auf dem halben Weg zur Tür war. Toby Esterhase erwartete sie auf dem Gehsteig.

»Es ist nur eine Möglichkeit, George«, sagte er im Ton eines Mannes, der jemand eine Enttäuschung ersparen will. »Nur eine schmale Chance, aber es könnte unser Mann sein.«

Sie folgten ihm wortlos. Die Kälte war grimmig.

Sie gingen an einem Schneiderladen vorbei, in dem zwei dunkelhaarige Mädchen nadelten. Sie gingen an Plakaten vorbei, die billigen Skiurlaub, Tod den Faschisten und Tod dem Schah anboten. Die Kälte nahm ihnen den Atem. Als Guillam wegen des wirbelnden Schnees den Kopf zur Seite drehte, sah er einen Abenteuerspielplatz mit alten Eisenbahnschlafwagen. Sie gingen in der pechschwarzen, frostigen Dunkelheit an düsteren, toten Gebäuden entlang, dann nach rechts über die gepflasterte Straße zum Flußufer, wo ein alter, kugelsicherer Holzunterstand mit Schießscharten war, von dem aus man die ganze Länge der Brücke überblicken konnte. Zu ihrer Linken hob sich ein großes, mit Stacheldraht umwickeltes Holzkreuz schwarz gegen das feindselige Ufer ab, erinnerte an einen Unbekannten, der es nicht ganz geschafft hatte.

Toby zog schweigend einen Feldstecher aus dem Mantel und reichte ihn Smiley.

»George. Hören Sie. Viel Glück, okay?«

Tobys Hand schloß sich kurz um Guillams Arm. Dann verschwand er wieder in der Dunkelheit.

Die Luft im Unterstand war stickig und roch nach vermodertem Laub. Smiley kauerte sich an die Schießscharte, der Saum seines Tweedmantels schleifte über den Schmutz, während er die Szene vor sich betrachtete, als spielte sich in ihr sein eigenes langes Leben ab. Der Fluß war breit und langsam und nebelig vor Kälte. Bogenlampen ließen ihre Strahlen, in denen der Schnee tanzte, darüber spielen. Die Brücke ruhte auf mächtigen Steinpfeilern, sechs oder acht an der Zahl, die sich, wo sie ins Wasser tauchten, zu klobigen Sockeln verdickten. Zwischen den Pfeilern rundeten sich Bogen, von denen einer, der mittlere, so begradigt war, daß Schiffe durchfahren konnten. Doch das einzige Schiff war ein graues, am Ostufer festgemachtes Patrouillenboot, und das einzige Handelsgut, das es zu bieten hatte, war der Tod. Hinter der Brücke stand, wie ihr eigener, riesiger Schatten, die Bahnüberführung, aber wie der Fluß war auch sie stillgelegt, es fuhren keine Züge mehr darüber. Die Lagerhäuser am fernen Ufer wirkten monströs, wie die Gefängnisschiffe eines vergangenen, barbarischen Zeitalters, und die Brücke mit ihrem gelben Laufgang schien auf halber Höhe aus ihnen herauszuspringen, wie ein phantastischer Lichtweg aus der Dunkelheit. Von seinem strategischen Punkt aus konnte Smiley mit dem Feldstecher die ganze Strecke überblicken, von dem flutlichtüberstrahlten, weißen Barackenbau am Ostufer bis zum schwarzen Wachturm am Ende der Steigung und dann, leicht bergab nach der westlichen Seite, bis zum Pferch, dem MG-Stand, der das Gatter überwachte, und schließlich dem Lichthof der Bogenlampen.
Guillam stand knapp hinter ihm, doch Guillam hätte ebensogut in Paris sein können, so wenig war Smiley sich seiner Anwesenheit bewußt: Er hatte gesehen, wie die einsame, schwarze Gestalt zu ihrem Gang ansetzte; er hatte das Aufglühen des Zigarettenstummels gesehen, als der Mann einen letzten Zug tat; den Funkenregen, als er ihn über die Eisenumzäunung des Laufgangs ins Wasser schnippte. Ein kleiner Mann, in einem halblangen Arbeitskittel, eine Werkzeugtasche über die schmale Brust gehängt, der weder schnell noch langsam ging, sondern eben so wie

ein Mann, der gewohnt ist, viel zu gehen. Ein kleiner Mann, der Körper ein bißchen zu groß im Verhältnis zu den Beinen, barhäuptig trotz des Schnees. Das ist alles, dachte er: Ein kleiner Mann geht über eine Brücke.

»Ist er es?« flüsterte Guillam. »George, sagen Sie. Ist es Karla?«

Komm nicht, dachte Smiley. *Schießt doch*, dachte Smiley und sprach zu Karlas Leuten, nicht zu den seinen. Der Gedanke, daß dieses schmächtige Wesen dabei war, sich von der unüberwindlichen Festung in seinem Rücken abzuschneiden, dieses Vorherwissen war ihm plötzlich unerträglich. Schießt ihn nieder vom Wachturm aus, vom MG-Stand, von dem weißen Barackenbau, von dem Ausguck des Lagerhausgefängnisses aus, schlagt das Gatter vor ihm zu, legt ihn um, euren Verräter, tötet ihn! In seiner fieberhaften Phantasie sah er, wie die Szene sich abspielte: Die Moskauer Zentrale entdeckt in letzter Minute Karlas Schandtat und telefoniert an die Grenze: ›Haltet ihn auf, um jeden Preis.‹ Und schließlich die Schüsse, nie zuviele, gerade genug, um einen Mann ein- oder zweimal zu treffen. Dann das Abwarten.

»Er ist es!« flüsterte Guillam. Er hatte das Fernglas aus Smileys willenloser Hand genommen. »Es ist derselbe Mann. Das Foto, das an Ihrer Wand im Circus hing. George, Sie Zauberkünstler!«

Doch Smiley sah im Geist nur die Suchscheinwerfer der Vopos, die Karla einfingen wie Autoscheinwerfer einen Hasen, so schwarz vor dem weißen Hintergrund des Schnees, sah Karlas hoffnungslosen Altmännerlauf, bevor die Kugeln ihn von den Beinen rissen und wie eine Stoffpuppe purzeln ließen. Wie Guillam hatte Smiley das alles schon einmal miterlebt. Er schaute wieder über den Fluß in die Dunkelheit, und ein frevlerischer Schwindel erfaßte ihn, als das Böse, das er bekämpft hatte, nach ihm zu greifen, von ihm Besitz zu nehmen schien, trotz seiner Gegenwehr auf ihn Anspruch erhob und ihn auch einen Verräter nannte; ihn verspottete und zugleich seinen Verrat guthieß. Über Karla war der Fluch von Smileys Mitgefühl gekommen; über Smiley der Fluch von Karlas Fanatismus: Ich habe ihn mit den Waffen zerstört, die ich verabscheute, mit den seinen. Wir haben einer des anderen Grenze überschritten, wir sind Niemande in diesem Niemandsland.

»Nur immer weitergehen«, murmelte Guillam. »Nur immer weitergehen, laß dich durch nichts aufhalten.«

Als er sich der Schwärze des Wachturms näherte, machte Karla ein paar kürzere Schritte, und einen Augenblick lang dachte Smiley wirklich, er habe sich eines anderen besonnen und wolle sich den Ostdeutschen ergeben. Dann sah er das Züngeln einer Flamme, als Karla sich eine neue Zigarette anzündete. Mit einem Zündholz oder mit einem Feuerzeug? fragte sich Smiley. *Für George von Ann in aller Liebe.*

»Mann, der hat Nerven!« sagte Guillam.

Die kleine Gestalt setzte sich wieder in Bewegung, doch langsamer, als sei sie müde geworden. Er facht seinen Mut für den letzten Schritt an, dachte Smiley, oder er versucht, seinen Mut zu zügeln. Er dachte an Waldimir und an Otto Leipzig und an den toten Kirow, er dachte an Haydon und an die Trümmer seines eigenen Lebens; er dachte an Ann, die Karlas listige und Haydons berechnende Liebesmühe in seinen Augen für immer gezeichnet hatte. Er sagte sich in seiner Verzweiflung eine ganze Liste von Verbrechen vor – die Folterungen, die Morde, die endlose Kette der Korruption –, die dem einsamen Fußgänger auf der Brücke anzulasten waren, doch die Last glitt von den schmächtigen Schultern des Mannes: Er wollte die Beute nicht, die mit diesen Methoden erjagt worden war. Und wieder hatte Smiley den Eindruck, daß der gezackte Horizont ihn zu sich hinüberwinkte, ihn im Inferno des wirbelnden Schnees ansog wie ein schwindelerregender Abgrund. Eine weitere Sekunde stand er schwankend am Rand des schwelenden Flusses.

Sie hatten sich in Bewegung gesetzt und gingen nun den Treidelweg entlang, Guillam voraus, Smiley widerstrebend hinterher. Der Lichtkreis lag vor ihnen, wurde immer größer, je mehr sie sich ihm näherten. *Wie zwei gewöhnliche Fußgänger*, hatte Toby gesagt. *Gehen Sie einfach zur Brücke und warten Sie, das ist völ-*

lig normal. Aus der Dunkelheit um ihn hörte Smiley flüsternde Stimmen und das flüchtige, gedämpfte Geräusch von hastigen, mit Nervosität geladenen Bewegungen. *George*, flüsterte jemand. *George.* In einer gelben Telefonzelle hob eine unbekannte Gestalt die Hand zu einem diskreten Gruß, und er hörte, wie ihm durch die nasse, gefrierende Luft das Wort *Sieg* zugeschmuggelt wurde. Der Schnee trübte seine Gläser, und er hatte Mühe zu sehen. Hinter den Fenstern des Beobachtungspostens zu ihrer Rechten brannte kein Licht. Vor dem Hauseingang bemerkte Smiley einen geparkten Kastenwagen und stellte fest, daß es ein Berliner Postauto war, Tobys Lieblingsmarke. Guillam blieb zurück. Smiley hörte so etwas wie ›Preis einheimsen‹.

Sie hatten den Saum des Lichtkreises erreicht. Ein orangefarbener Wall entzog Brücke und Absperrung ihren Blicken. Doch auch sie waren außerhalb der Sichtlinie des Schilderhauses. Toby Esterhase stand, über dem Christbaum schwebend, auf dem Beobachtungsgerüst und mimte, mit einem Fernglas bewaffnet, gelassen den Kalten-Krieg-Touristen, sekundiert von einer stämmigen Observantin. Ein alter Anschlag machte ihnen klar, daß sie auf eigene Gefahr hier standen. Auf der zerstörten Backsteinüberführung erspähte Smiley ein vergessenes Wappen. Toby machte eine winzige Handbewegung: *Daumen nach oben, unser Mann kommt.* Von jenseits des Walls hörte Smiley leichte Fußtritte und das Vibrieren eines Eisengitters. Er nahm den Geruch einer amerikanischen Zigarette wahr, den der eisige Wind dem Raucher vorausschickte. Da ist immer noch das automatisch gesteuerte Gatter, dachte er. Er wartete auf das hallende Geräusch des Zuschlagens, doch es kam keines. Er überlegte, daß er eigentlich gar nicht wußte, wie er seinen Gegner anreden sollte: Er kannte nur einen Codenamen und noch dazu einen weiblichen. Selbst sein militärischer Rang war ein Geheimnis. Und immer noch zögerte Smiley, wie jemand, der sich weigerte, die Bühne zu betreten.

Guillam schloß zu ihm auf und schien zu versuchen, ihn vorwärts zu drängen. Er hörte leise Fußtritte, als Tobys Observanten im Schutz des Walls zum Rand der beleuchteten Zone kamen, wo sie mit angehaltenem Atem auf das Kommen des Wildes warteten. Und plötzlich stand er da, wie ein Mann, der unbemerkt in eine belebte Halle gleitet. Seine kleine, rechte Hand hing flach und bloß an der Seite herunter, die Linke hielt die Zigarette schüchtern vor der Brust. Ein kleiner Mann, barhäuptig, mit einer Werkzeugtasche. Er trat einen Schritt vor, und im Lichtschein sah Smiley sein Gesicht, gealtert, müde und gezeichnet, das kurze Haar vom Schnee weiß gestäubt. Er trug ein schmuddeliges Hemd und eine schwarze Krawatte: ein armer Mann, der zum Begräbnis eines Freundes geht. Die Kälte hatte seine Wangen tief nach unten gezogen und so seinem Alter noch ein paar Jahre hinzugefügt. Sie sahen sich an; sie waren vielleicht einen Meter voneinander entfernt, wie damals im Gefängnis von Delhi. Smiley hörte wieder Schritte, und diesmal kam das Geräusch von Toby, der behend die Holzleiter herunterkletterte; er hörte leise Stimmen und leises Gelächter; er glaubte sogar ein Geräusch zu vernehmen, das sich wie leichtes Schulterklopfen anhörte, aber er war sich nicht sicher; es wimmelte von Schatten, und sobald er im Lichtkreis stand, hatte er Mühe, darüber hinauszusehen. Paul Skordeno glitt nach vorne und nahm auf einer Seite Karlas Aufstellung, Nick de Silsky auf der anderen. Er hörte Guillam zu irgend jemandem sagen, man möge doch den verdammten Wagen herbringen, bevor sie über die Brücke kämen und ihn wieder zurückholten. Er hörte das Klirren von etwas Metallischem, das aufs Pflaster fiel, und er wußte, daß es Anns Feuerzeug war, doch außer ihm schien es niemand bemerkt zu haben. Sie wechselten noch einen Blick, und vielleicht sah jeder diese eine Sekunde lang in dem anderen etwas von sich selbst. Er hörte das Knirschen von Reifen und das Geräusch von aufgehenden Türen, während der Motor weiterlief. De Silsky und Skordeno bewegten sich auf das Auto zu, und Karla ging mit ihnen, obwohl sie ihn nicht führten; er schien bereits die unterwürfige Haltung eines Gefangenen angenommen zu haben, so, wie er es in einer harten Schule gelernt hatte. Smiley trat zurück, und die drei gingen leise an ihm vorbei, ohne ihn weiter zu beachten, ganz auf ihr Ritual konzentriert. Der Lichtkreis war leer. Er hörte das sanfte Schließen von Türen und das Geräusch des abfahrenden Autos. Er hörte die beiden anderen Wagen nachher oder gleichzeitig wegfahren. Er sah ihnen nicht nach. Er fühlte, wie Toby Esterhases Arme sich um seine Schultern legten, und sah, daß Tobys Augen mit Tränen gefüllt waren.

»George«, fing Toby an. »Ihr ganzes Leben. Phantastisch!« Dann ließ irgendetwas an Smileys Steifheit ihn zurückweichen, und Smiley selbst trat schnell aus dem Lichtkreis und ging dabei nahe an Anns Feuerzeug vorbei. Es lag leicht schräg genau am Rande des Lichtkreises und glitzerte wie Katzengold auf dem Pflaster. Einen Augenblick erwog er, das Feuerzeug aufzuheben, aber es schien keinen Sinn zu ergeben, und niemand sonst hatte es anscheinend bemerkt. Jemand schüttelte ihm die Hand, jemand anderer klopfte ihm auf die Schulter. Toby hielt sie behutsam zurück.

»Passen Sie auf sich auf, George«, sagte Toby. »Machen Sie's gut, hören Sie?«

Smiley hörte, wie Tobys Leute sich einer nach dem andern entfernten, bis nur noch Peter Guillam übrig blieb. Sie gingen ein kurzes Stück am Ufer entlang zurück, fast bis zum Kreuz, und Smiley schaute wieder auf die Brücke, wie um festzustellen, ob sich etwas geändert habe. Doch alles war wie vorher, und obgleich der Wind ein bißchen stärker wehte, wirbelte der Schnee immer noch in alle Richtungen.

Peter Guillam berührte Smileys Arm.

»Kommen Sie, alter Freund«, sagte er. »Es ist Zeit, schlafen zu gehen.«

Aus alter Gewohnheit hatte Smiley seine Brille abgenommen und putzte sie geistesabwesend mit dem breiten Ende seiner Krawatte, die er dazu mühevoll aus den Tiefen seines Tweedmantels hatte fischen müssen.

»George, Sie haben gewonnen«, sagte Guillam, als sie langsam zum Wagen gingen.

»Wirklich?« sagte Smiley. »Ja. Ja, es sieht wohl so aus.«